U0006570

文字析義注

魯實先 著　王永誠 注

下

魯實先教授與注者王永誠合照

魯教授實先先生生平事略

　　魯教授實先，譜名佑昌，以字行，晚年更號瀞廔。湖南寧鄉縣人，民國二年三月十二日生於寧鄉傳家灣。民國六十六年十二月逝世於臺灣大學附設醫院，享壽六十有五，卜葬南港墓園。

　　先生秉質殊異，讀書過目成誦，龢齘能文章，情采高妙，動驚宿老。十二歲時曾能手批《荀子》，二十六歲完成《史記會注考證駁議》一書，震驚士林，名學者楊樹達教授親為作序，並譽其立說若「雲中天馬，破空而來」，又推贊其曆學為「獨步古今」。因薦先生入川就聘國立復旦大學教授，時年僅二十八歲。日寇敗降，東下江西應聘國立中正大學文史講席，三十七年回湘，邑人推聘靳江中學校長。旋經香江來臺，舊好芮君延入嘉義中學課讀，因而移居臺中，先後就聘國立臺中農學院及東海大學教授，居處安定，乃掇輯舊撰曆術文字並益以新作，名為《殷曆譜糾譑》、《曆術卮言甲集》，後更有《十四史曆志疏證》、《劉歆三統曆譜證舛》等諸作。民國五十年應國立臺灣師範大學教授聘，遷居台北，益勤治文字之學，箸有《殷契新詮》、《卜辭姓氏通釋》、《周金疏證》、《說文正補》、《轉注釋義》、《假借遡原》與《文字析義》等諸書。

　　先生天才卓絕，好學不倦，宏識孤懷，當代罕見。精通經史百家，尤長於古今曆法、甲骨鐘鼎、文字訓詁之學，先生學術成就，超邁前賢，獨步學界。

文字析義注　下冊目次

著者魯實先教授與注者王永誠教授合照

魯實先教授生平事略

文 字 析 義 注

下 冊

乏 丏

丏，春秋傳曰反正為乏。

丏，不見也，象雝蔽之形。

案射臬名正見《齊風猗嗟》、《周禮射人》、《禮記中庸》，
【注】《齊風猗嗟》云「猗嗟名兮，美目清兮。儀既成兮，終日射
兮，不出正兮」。〈中庸〉云「射有似乎君子，失諸正鵠，反求諸
其身」。正與鵠皆所以射之目標中心也。亦猶射臬名鵠，皆
取鳥為名見《儀禮大射禮注》，司獲者隱身避矢之物名
乏見《周禮車僕、服不氏》、《儀禮鄉射禮、大射禮》，乃乏之
本義。【注】〈服不氏〉云「射則贊張侯，以旌居乏而待獲」。鄭
玄注「待獲者所蔽」。乏可容身，故亦曰容見《周禮射人》。
【注】〈射人〉云「王以六耦射三侯，三獲三容」。鄭玄注「容者
乏也，待獲者所蔽」。乏者所以禦矢，與受矢之正，義適
相反，故以正之反書而構乏字。乏丏形近，當為一
文，此徵之構形，而知乏丏為一文也。乏之引伸有
雝蔽之義，此徵之義訓，而知乏丏為一文也。乏丏

同為脣音，乏及乏所孳乳之芝、鴆、貶、窆、乏、砭、泛、妊，於古音屬幫滂並紐，丏所孳乳之賓聲諸字亦屬幫滂並紐，此徵之聲類，而知乏丏為一文也。乏丏二字，形既小異，韻亦互殊者，蓋以示別於本義，是以異其形聲。此猶疋之與足，鹵之與鹵，亦以示別於本義，故爾異其形聲。或曰正為亭立之義，乏為傾覆之義_{章炳麟}《文始》，或曰乏不足也，反足為乏_{林義光}《文源》，是皆回穴形義之謬說。殷契卜辭於一版之中一事多卜，數見正字，或反書或不反書，而其音義無異。此審之文義，可以塙知，即律以它字，亦無異撰。通考字之反書，而成別一音義者，肇於東周。然則禦矢之乏，必非東周以前之古名也。「反正為乏」之說，乃春秋時晉伯宗之言《左傳宣十五年》，【注】《左傳宣十五年》伯宗云「天反時為災，地反物為妖，民反德為亂，亂則妖災生，故文反正為乏」。夫以春秋之人，而言東周之字，則其言之不爽，決非後人可議。而說者乃謂「反足為乏」，是尤愚憒不學，而敢為妄言者矣。

知

知，詞也，从口矢。

案知於卜辭作𠙻《前編》5.17.3片，於鼎銘作𠚞《錄遺》72圖，乃從大吁會意。從于者猶爰粵吁之從于，以示語詞之義也。爰以引詞為本義說見爰下，智於〈智布〉作𥄉丁氏《古錢大辭典》779圖至802圖，字乃從口矯聲，以示為方國之義。〈毛公鼎〉作𥄉《三代》四卷47葉，於口中益一橫畫，為古文之冘筆，是即篆文智之所本。〈黽部〉之䵞，〈酉部〉之䣌，俱從矯聲，可證篆文構字猶存矯之初文，其作知者，乃矯之省體。許氏未識矯字，故於〈白部〉釋智曰「識詞也，从白亏知」。是誤以方國之名，為語詞之義，誤以從口為從白，且誤以諧聲為會意。其云「識詞」者，乃知義而非矯義也。其於釋䵞䣌二字，則曰「智省聲」，是又誤以矯聲為智省聲。此猶許氏釋高亭亳為「從高省」，釋啟榮啓為「啟省聲」，釋垟為「觲省聲」，乃以不知高攼為高啟之古文，不知羊為觲牲之本字也。《荀子正名篇》云「知有所合謂之智」，【注】〈正名篇〉云「所以知之在人者謂之知，知有所合謂之智」。楊倞注云「知有所合，謂所知能合於物也」。《呂覽當務篇》云「知時智也」，則已別知智為平去二聲矣。

矣

㠯，語已詞也，从矢㠯聲。

案壯於〈牧師父簋〉作㑚《三代》八卷 26 葉，於〈毛公鼎〉及〈虢季子白盤〉并從由作⿰《三代》四卷 46 葉、十七卷 19 葉，矣由士於古音同屬噫攝，故篆文從士作壯。【注】〈毛公鼎〉云「唯天壯集氒命」，案壯義為大，集義為成，義謂上天大成其國運也。又云「邦壯害吉」，義謂邦大有何善也。〈虢季子白盤〉云「壯武于戎工」，案壯者，大也。武者，勇也。義謂大勇於戎事也。㠯乃從大已聲，已者笄之象形說見已下，從大已聲，所以示成人加笄，是矣當以壯大為本義。以矣借為語已詞，故自矣而孳乳為訓大之俟。是猶已借為紀日之名，故自己而孳乳為笄，皆為別於借義之轉注字也。大矢形近，故從大矢之字，篆文頗有互易，若卜辭之⿰陵，從自⿰聲，而篆文作夷，斯乃誤矢為大。【注】射箭必置矢於兩弧之中，故夷之訓平，字當從矢從弓會意。尊銘之⿰《三代》十一卷 22 葉，簋銘作⿰《三代》七卷 12 葉，并從大巨聲，而篆文從矢作榘。卜辭之⿰⿰，彝銘之⿰⿰，示據杖疑立，於文為從兀之合體象形，而篆文作夿，是皆誤大為矢。以故從大之⿰於篆文誤作㠯，此所

以<u>許氏</u>未得矣之本義，而謬以假借之義釋矣也。

憲

憲，敏也，从心目害省聲。

案憲於〈井人鐘〉作憲《三代》一卷 25 葉，〈揚簋〉作憲《三代》九卷 24 葉，鼎銘作憲《錄遺》94 圖，盂銘作憲《三代》十四卷 9 葉，并從厶直會意。直於卜辭作直，其緐文作直。從直之德於〈盂鼎〉作德《三代》四卷 42 葉，於〈辛鼎〉作直《周金文存》二卷 40 葉，所從之直，俱從十目會意，以示溥覽十方，則得其正說見直下。篆文之直乃直之謁易，非從乚也。此證以直德之古文，而知彝銘之憲乃從厶直會意。亦猶濫之古文作金見《說文鷹部》，為從厶正會意《玉篇》以金列人部非是。然則憲之本義當依《爾雅釋詁》訓法。《小雅六月》云「萬邦為憲」，〈桑扈〉云「百辟為憲」，《大雅崧高》云「文武是憲」，《尚書益稷》云「慎乃憲」，《禮記學記》云「發慮憲」，《左傳》〈襄二十八年〉、《國語》〈周語下〉、《管子》〈權修篇、八觀篇〉、《韓非子》〈飾邪篇、問辯篇、定法篇〉所云「憲令」，【注】憲令，謂憲法也。〈襄二十八年〉云「此君之憲令，而小國之望也」。<u>杜預</u>注「憲，

法也」。《國語》云憲言〈周語中〉、憲則〈晉語八〉、憲法〈晉語九〉亦見《管子心法篇》、《管子》云憲律〈法法篇〉、憲術〈白心篇〉，是皆憲之本義。漢魏書傳之憲，胥與古義相符。篆文之憲，乃從宀恵會意，以直恵同音，故相通作恵從直聲，而《說文》僅以會意釋之，非是。。《說文》訓憲為敏，則於載籍無徵。釋憲為「從心目害省聲」，亦於字形不合，是皆許氏之肊說。若夫《逸周書諡法篇》云「博聞多能曰憲」，亦猶「執應八方曰侯」，「壹德不解曰簡」，如斯之屬舉為後起之說，未可據索文字之本義也。

規

根，有法度也，从夫見。

案鼎銘之𡨢《三代》二卷 9 葉，尊銘之𡨢《三代》二卷 9 葉，角銘之𡨢《三代》十六卷 41 葉，鉦銘之𡨢《三代》十八卷 7 葉，并從夫宀會意，而為規之古文。𡩗從宀直會意，而為憲之古文說見憲下，規從夫憲者，所以示人有法度。猶矩於〈白矩鼎〉從夫作𫸩，或從大作𫸩《三代》三卷 23 葉、十一卷 22 葉，所以示人之有矩矱。篆文作規者，所從之見乃憲之假借見憲古音同

屬安攝。【注】《說文》以有法度釋規，字從夫見構形，而見無法度之義，是規之從見無所取義。憲，法也。從憲始有法度之義，是知見乃憲之借也。《說文工部》載巨之或體作榘者，所從之矢乃大之形誤也說見巨下。或引《字統》曰「丈夫識用必合規矩，故規從夫」《說文》段注。或曰「從夫非誼，當从矢从見會意」朱駿聲《通訓定聲》。是皆據篆文之假借構字，而曲為謬說者矣。

宄

宄，姦也，外為盜，內為宄，从宀九聲，讀若軌，𠈟，古文宄，𡧘，亦古文宄。

案宄於卜辭作𡪀，於〈兮甲盤〉作𡧗，從宀殳九聲，或從宀又九聲，於〈敔子鼎〉作𡩈《三代》三卷 16 葉，〈義白簋〉作𡩈《三代》七卷 16 葉，字俱從宮。其它西周彝器之〈剌鼎〉《三代》三卷 27 葉、〈闕卣〉《三代》十三卷 26 葉，字亦從宮，〈師酉簋〉作𡩈《三代》九卷 21 葉，則從宮省。然卜辭與篆文之宄，當亦從宮省，而以宮室落成為本義。《春秋隱五年》云「考仲子之宮」，【注】〈隱五年〉云「九月，考仲子之宮，初獻六羽」。杜預注云「成仲子之宮，安其主而祭之」。服虔云「宮廟初成，祭

之，名為考」。《禮記雜記》云「路寢成，則考之而不釁」，是即宄之本義，而假考為之宄考古音同屬幽攝牙音。卜辭云「庚辰卜大貞，來丁亥[illegible]寣，㞢埶，歲羌卅，卯十牛，十月」《前編》6.16.1 片。宼寣讀如宄寢，埶乃祭名讀如爇，亦即《禮記郊特牲》「焫蕭」之焫釋文、《廣韻》并以爇焫同音，歲讀如劌，亦即後起字之劌《廣雅釋言四》云「劌，䥴也」。，此辭乃卜于丁亥日行宄寢之禮，并行爇祭，䥴殺羌人三十，及殺十牛為牲，卜以問其宜否也。據此則卜辭之宄，義同《春秋》之考，斯正宄之本義。《國語魯語上》云「竊寶者為宄，用宄之財者為姦」，〈晉語六〉云「亂在內為宄，在外為姦」，《尚書》屢見「姦宄」見〈堯典〉、〈盤庚〉、〈微子〉、〈牧誓〉、〈康誥〉、〈梓材〉、〈呂刑〉，於《左傳》、《韓非》則作「姦軌」見〈成十七年〉、〈詭使篇〉，宄軌并為姦之雙聲轉語。而《左氏》、《國語》則以內外分別詁之。是猶《左氏襄七年》云「正直為正，正曲為直」，〈定九年〉云「凡獲器用曰得，得用焉曰獲」，《漢書五刑志》云「兄喪弟曰短，父喪子曰折」〈下之上〉，皆為後世支離之說，舉悖初義。葢宄軌為姦之轉語，猶觀、豸、端為京、蟲、章之轉語說見京豸

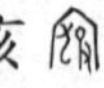

章下，并為語轉之假借，而非語轉之轉注。良以宄、觀、豸、端與姦、京、蟲、章，義訓互殊，未因音轉而別構新字，與轉注之例，畛域固異。則亦不得據音轉之借義，而釋宄為姦。古文從心作忞，則為承姦義而孳乳之假借構字，與姦為轉注。猶之怡、懋、憙、㦽，而為台秇喜夢之轉注。宄忞義訓有別，猶之忞為怨之或體，非宛之或體。惟以宄忞、宛怨同音，故《說文》誤為一文也。

耏

耏，罪不至髡也，从彡而，而亦聲。耐，或从寸，諸法度字从寸。

案耏為刑辠之名，始見《漢書高祖紀》。【注】《漢書高祖紀下》云「令郎中有罪耐以上，請之」。顔師古注引應劭曰「輕罪不至於髡，完其耏鬢，故曰耏」。或假耐為之，見《漢書高惠高后文功臣表》，通考其它辠名，亦無一從彡者，則耏當為而之或體。猶彣彰為文章之或體，非有二義也。《後漢書章帝紀》詔云「冒耏之類，咸來助祭」，注曰「字書耏多須貌」。《釋名釋形體》云「耳耏也，耳有一體屬箸兩邊耏耏然也」。《史記高祖功

臣侯表》索隱曰「《字林》以多鬚髮曰耏」,《玉篇》別耏耐為二字,而於〈彡部〉云「耏,頰須,又獸多毛」,《漢書西域傳上》顏師古注曰「耏,亦頰旁毛,音而」,《一切經音義》卷十五引《考聲集訓》云「耏,頰邊毛也,從彡而聲」。是諸說之耏,與而音義相同。蓋而借為語詞,故孳乳為耏,乃而之轉注字。猶䚮鬟為丹鼠之轉注字也。張衡〈西京賦〉云「猛毅髟髵」,髟髵即鬃耏之異體,義謂怒豎短須。據此則章帝之詔,張衡之文,與《釋名》之說,所云耏鬚,與耐迥別。《玉篇》別耏鬚為二字,是亦憒於文字之變體者矣。《漢書高祖紀》應劭注曰「古耐字從彡,髮膚之意也,杜林以為法度之名皆從寸,後改如是」。應說當據《說文》而言,藉如所云,則不應章帝之詔,張衡之文,俱用耏鬚為䚮之義,且自呂忱《字林》以後,率承其說也。

蟲

蟲,有足謂之蟲,無足謂之豸,從三虫。

　　案《說文》據《爾雅》以釋蟲,說殊舛謬。蟲從三虫,其義當溥於蚰,而為蚰魚鳥獸之總名。《周

禮大司樂》云「凡六樂者，一變而致羽物，再變而致贏物，三變而致鱗物，四變而致毛物，五變而致介物」。《禮記月令》云「其蟲鱗，其蟲羽，其蟲倮，其蟲毛，其蟲介」。《大戴禮曾子天圓篇》云「毛蟲之精者曰麟，羽蟲之精者曰鳳，介蟲之精者曰龜，鱗蟲之精者曰龍，倮蟲之精者曰聖人」，義亦見《易本命篇》。據此則鱗羽倮毛介，統名曰蟲，是為蟲之本義。凡從虫之字，而非蝮之類者，亦皆蚰蟲二文之省。惟《大戴禮》述孔子之言，以人為倮蟲，則是人蟲通為一名，決非構文之恉，斯為後人偽託孔子之言。《爾雅釋蟲》云「有足謂之蟲，無足謂之豸」。然而從豸之字，胥為有足之獸，【注】《說文豸部》所列似虎之豹、似狸之貙、貙屬之貚、豹屬之貔、狼屬之豺、似熊之貘、似狐之貈、貈類之貆、胡地野狗之豻、似貙之貍、野豕之貛、鼠屬之貁、鼠屬之貂等，諸有足之獸，并從豸構形。從虫之字，亦多無足之蟲。此未知豸乃蟲之雙聲轉語二字同屬澄紐，【注】蟲音直弓切，豸音池爾切，直、池同屬澄紐。以故豸有蟲義。乃據後世之轉語，而謬為分別，是以并悖其初恉也。

奭

奭，盛也，从大从皕，皕亦聲，此燕召公名，讀若
郝，〈史篇〉名醜，奭，古文奭。

　　案《說文》云「皕，讀若逼」，於古音屬噫攝
幫紐。其云「奭，讀若郝」，於古音屬烏攝曉紐，聲
韻遼隔，則奭不當從皕為聲。彝器有〈𤏳尊〉《綴遺》
十八卷 10 葉，從旳赤聲，以示盛赤之義。從旳者即《玉
篇》訓白色之旳，以示其光明之盛，猶訓顯之晶從
三白會意《說文》無旳字。【注】旳音ㄅㄧˋ、biˋ，是則𤏳
乃奭赫與郝之古文，赫即奭之異體。奭所從之大乃
赤之譌，所從之皕乃旳之誤，此覈之形義而可知者。
《說文》云「奭，讀若郝」，是奭之音讀無異赫郝，
此徵之聲音而可知者。審〈𤏳尊〉文義，而知𤏳為
姓氏。考之彝銘古璽，未見赤赫二氏。徵之書傳，
若赤誦子《淮南子齊俗篇》，或作赤松，見《韓非子解老篇》、《楚
辭遠遊》、赫胥氏《莊子馬蹄篇、胠篋篇》之屬，荒侈難徵。
【注】〈齊俗篇〉云「今夫王喬、赤誦子吹嘔呼吸，吐故納新」。〈解
老篇〉云「赤松得之，與天地統」。〈遠遊〉云「聞赤松之清塵兮，
願承風乎遺則」。赤松即赤松子，王充《論衡无形》云「赤松、王
喬，好道為仙，度世不死」。後世之氏赫者，亦非炎黃苗

胤。若<u>赤張滿稽</u>《莊子天地篇》，<u>赤張曼枝</u>《韓非子說林下》，蓋以<u>赤張</u>為氏，而非以<u>赤</u>為氏。唯於<u>郝氏</u>，則自<u>漢郝賢</u>之後，載籍多見<u>郝賢見</u>《漢書功臣表》，溯其初祖，當為<u>奭氏</u>後昆，此考之姓氏，而知奭亦郝之初文。然則奭之音義，與赫不殊，而以盛赤為本義，《小雅采芑》云「路車有奭」，傳曰「奭，赤貌」，其說得之。《說文》釋奭為盛，其說非是。釋為「從大皕聲」，則尤失之形聲乖越矣。《說文》云「史篇名醜」者，乃以奭為郝之初文，音亦如赤，赤醜雙聲同屬穿紐，故於<u>燕召公</u>之名，〈史籀篇〉作醜也。

肎

肎，骨間肉肎肎箸也，从肉冎省，一曰骨無肉也，肎，古文肎。

　　案肎於〈禽肯鼎〉作𣎴《三代》三卷 25 葉、44 葉，〈禽肯簋〉作𣎴《三代》十卷 8 葉，并從肉止，而以骨節為本義。良以骨節相交，非有肌肉相附，故字從肉止會意。《莊子養生主》云「技經肯綮之未嘗」，綮結音近古音同屬衣攝牙音，義謂其解牛之技，未嘗以刀經骨節糾結之閒，斯正肯之本義，而與字從肉止，

形相切合者也。《說文》釋其構形，與骨無異。陳其義訓，二義相違。乃以不知肯為肎之初文，故亦不悉肎之形義。《玉篇》、《廣韻》載肎亦作肯，諸宋本書傳多作肯，與彝銘密合。可徵後世典籍有存文字初形者，後世語言有存文字初義者，未可蔑視也。《邶風終風》云「惠然肯來」，《魏風碩鼠》云「莫我肯顧」，斯并借肯為可。【注】肯於古音苦等切，可於古音枯我切，肯可並屬溪紐，則肯借為可，乃雙聲假借。葢以肯借為可，故省變為肎。是猶草借為輿隸之義而省變為卑，讎借為出賣之義而省變為售說見𡴀下，皆為別於本義之變體也。

市

，買賣所之也，市有垣从冂，从乁象相及也，乁，古文及字，㞢省聲。

案《御覽》一百九十一引《說文》云「市，買賣之所也」，今本作「所之」，當為誤倒。市於〈兮甲盤〉作《三代》十七卷20葉，從兮止聲，兮者衙之假借衙兮同為匣紐，乃以示行賣者留止為市。葢以古無衙字，是以假兮為衙。兮買古音同部同屬益攝，然

知市所從之分非買之假借者，乃以其聲類縣隔，且卜辭已有買字，彝銘亦為多見，固為<u>殷周</u>習知。【注】買於卜辭作𧶜、於彝銘作𧶜，并從网從貝會意。構字者不宜曲意迂繚，而必假分為買，以示留止為市之義也。古之為市，登壟斷而可矙全區見《孟子公孫丑下》，必無市垣以為屏蔽。篆文有市外門之闤，《周禮司市》有「門市」之名，與闤義不殊，是<u>東周</u>亦無市垣之制。藉令市外有垣，則冂非垣牆之義，亦必不從冂構字。《說文》乃云「市有垣从冂」，此其曲解字形者一也。《說文》於市今二字，并云「從乀，乀古文及」。於〈口部〉釋周之古文作𠱾者，亦謂「從古文及」，於〈二部〉釋凡云「從弓，弓，古文及字」，然考之卜辭彝銘，四字俱非從古文之及，藉如其說，亦於形義不符。而乃云然，此其曲解字形者二也。𣏟之古文，市與𡳿先字并從止說見𡳿先之下，惟以止𡳿形近，故《說文》俱誤釋為從屮。《說文》釋市為「屮省聲」，此其曲解字形者三也。

乘

𣎴，覆也，从入桀，桀黠也，軍法入桀曰椉，𣎴，

古文桀从几。

　　案乘於卜辭作🔯🔯，〈克鐘〉作🔯，〈格白簋〉作🔯，從大從🔯，以示踐櫱之形，當以登車為本義，引伸凡上升之義。【注】《說文木部》云「櫱ㄋㄧㄝˋ、nieˋ，伐木餘也，从木獻聲。🔯，古文櫱，從木無頭」。卜辭或從木，而為彝銘之所本，義亦相通。彝銘或作🔯者，乃象其二足也。《說文》載古文作🔯，則示踐几登車，〈曲禮上〉云「尸乘必以几」，是古之乘車有踐几之制也。乘於〈格白簋〉或作🔯《三代》九卷 14 葉，斯為乘之省體，而為篆文之所本，是以《說文》誤以為「從入桀」，既乖其字形，因謬其本義。攷卜辭復有登字，文作🔯🔯，乃示踐乘石以登車乘石見《周禮隸僕》。【注】乘石乃天子登車之墊腳石，《周禮隸僕》云「王行，洗乘石」，<u>鄭玄</u>注云「王所登上車之石也」。審此則登乘二字俱見卜辭，本義無異。所以不忌重贅者，則以登於卜辭引伸為上獻之名，亦假為徵召之義說見登下，為明義恉，故自登而孳乳為乘登乘古音同屬應攝舌音，乃以別於引伸與假借之轉注字也。《說文》云「軍法入桀曰乘」，斯乃季世之說，無當於乘之構形矣。《管子乘馬篇》云「方六里為一乘之地，一乘為四馬」，是知一乘四

馬，乃為田賦兵車之制，〈克鐘〉云「錫克甸車馬乘」
《三代》一卷 21 葉，〈虢叔盤〉云「王賜乘馬」《三代》
十七卷 19 葉，〈格白簋〉云「格白取良馬乘于倗生」，
是知馬之四匹曰乘，於西周已然。可證「一乘四馬」
之賦，乃承用西周舊制。非謂通常之車必有四馬服
軛，它若乘壺見《禮記少儀》，乘矢見《儀禮鄉射禮、大射
禮》，乘皮見《儀禮聘禮》，乘韋見《左傳僖三十三年》，皆
為兵車之制引伸之名也。【注】乘壺謂四壺也，《禮記少儀》
云「其以乘壺酒，束脩，一犬，賜人」。鄭玄注云「乘壺，四壺也」。
乘韋謂四張熟牛皮，《左傳僖三十三年》云「秦師及滑，鄭商人弦
高將市於周，遇之，以乘韋先牛十二犒師」。杜預注云「乘，四韋。
先韋乃入牛。古者將獻遺於人，必有以先之」。

槤 輦 連

槤，胡槤也，從木連聲。

輦，輓車也，从車夫夫，夫夫在車歬引之也。

連，負車也，从辵車會意。

　　案輦於卣銘作 ，《三代》十三卷 13 葉，〈姁癸卣〉
作 《錄遺》266 圖，而連槤二字，於彝銘無徵。可證
輦為初文，連則輦之異體，而為後起之字。以連借

為相聯，故孳乳為槤，乃以別於借義之轉注字。亦猶殳、冓、豆、戶之孳乳為杸、構、梪、房，而為別於借義之轉注字也。《說文》區連槤為二字，而以「胡槤」釋之，是非唯未知槤為連之轉注，且亦昧於胡槤之義，而誤以假借釋槤矣。《禮記明堂位》云「夏后氏之四璉，殷之六瑚」，《論語公冶長篇》之「瑚璉」，〈漢韓勅禮器碑〉之「胡輦」〈隸釋〉卷一，皆簠宯之假借。《左傳哀十一年》之「胡簋」，即《周禮》、《禮記》、《孝經》、《國語》、及《晏子春秋》之「簠簋」見《周禮舍人、鬷人》、《禮記曾子問、禮運、樂記》、《孝經喪親章》、《國語周語中》、及《晏子春秋》卷五。亦假胡為簠。良以胡簠古為疊韻古音同屬烏攝，璉輦與宯字屬雙聲同屬來紐，故相通借。〈明堂位〉所云「有虞氏之兩敦，夏后氏之四連，殷之六瑚，周之八簋」者，義謂饗食之禮，所陳黍稷之器，後盛於前，非謂諸器為四代之異名也。《論語》集解引包咸曰「夏曰瑚，殷曰璉，周曰簠簋」，是未知瑚為簠之假借，且誤以諸器為一物之異名。許氏以胡槤釋槤，斯亦據《禮記》及《論語》之借字而言，其謬與包咸同揆。玫人輓之車曰服連者見《管子海王篇》，或曰胡奴

見《御覽》七百七十三所引司馬法，【注】《周禮地官鄉師》云「於其輂輦」，鄭玄注引司馬法曰「夏后氏謂輂曰余車，殷曰胡奴車，周曰輜輦」。《釋名釋車》云「胡奴車，東胡以罪沒入官為奴者引之，殷所制也」。然非許氏所釋胡槤之義。所以知者，茍許氏以胡槤為輦之異名，則當述於輦連二字之下。而乃別出槤字，僅以胡槤釋之，則知許氏乃據《禮記》、《論語》而言，惟以不詳器制，故僅述其名，而不言其用也。〈明堂位〉之連，釋文云「本又作璉」，據此則瑚璉之從玉，殆皆漢後所附益，故於〈漢韓勅禮器碑〉作「胡輦」，於《說文》則作「胡槤」也。

舫 斻

舫，船師也，明堂月令曰舫人習水者，从舟方聲。

斻，方舟也，从方亢聲。

　　案《藝文類聚》七十一引《說文》云「舫，併船也」《御覽》七百七十引《說文》無也字，《一切經音義》二十六引服虔《通俗文》云「連舟曰舫」，《爾雅釋言》云「舫，舟也」，郭璞注曰「竝兩船」，《玉篇舟部》、《廣韻四十一漾》、《史記張儀傳》索隱俱「舫，並兩船」，是舫之本義為併船，自漢訖唐皆無異說，

引伸為船名、船師之名，及濟渡之義。諸本《說文》作「船師」者，乃引伸義也。別有亢聲之航，字見《淮南子主術篇、道應篇、氾論篇、詮言篇》【注】〈氾論篇〉云「古者大川名谷，衝絕道路，不通往來也，乃為窬木方版，以為舟航」。高誘注「舟相連為航也」。、《楚辭》、劉向〈九歎〉、《方言》卷九、《法言吾子篇、問道篇、寡見篇、君子篇》，《淮南子主術篇》注曰「方兩小船共濟為航」，〈氾論篇〉注曰「舟相連為航」，是航與《說文》之斻，皆與舫義不殊。方亢古音同部，則航斻俱為舫之後起字，蓋無可疑。案〈石鼓文〉云「舫舟西逮」，《戰國策楚策一》云「舫船載卒」，此舫之見於先秦者，【注】〈楚策一〉云「舫船載卒，一舫載五十人」。鮑彪注「舫，併船也」。若航字始見《淮南子》，而於先秦無徵。斻字錄於《說文》之外，始見《後漢書杜篤傳、李南傳》，而於西漢無徵。此考之文獻，而知舫為航斻之初文，益無可疑。其作斻者，乃舫省形益聲字，猶之望為朢之省形益聲字說詳朢下。《說文》析舫斻為二字，與析朢望為二字，其誤同揆。許氏未知斻為舫航之變體，故誤以斻所從之方有併船之義，遂至誤以併船之義而釋方方之本義為方國，說

見方下，此以昧於文字之初義，因而昧於文字之孳乳也。或曰「𣃚今俗作航」_{徐鉉注}，斯則專守許書，固不足與知文字之原流矣。《一切經音義》卷二十一、《御覽》七百七十，并引《說文》云「航，方舟也」，是即《說文》𣃚之釋義。蓋以𣃚航音義相同，是以誤𣃚為航。《一切經音義》卷二十九云「航，《說文》從方作𣃚」，《後漢書杜篤傳》注云「《說文》𣃚字在方部」，可證《說文》有𣃚無航，唐人所見，與今本無異也。

朢 望

朢，月滿也，與日相望，侣朝君，从月从臣从壬，壬，朝廷也。𦣎，古文朢省。

望，出亡在外，望其還也，从亡朢省聲。

案朢於卜辭作𦣎𦣎，臣者頤之初文_{說見臣下}，朢從壬臣，以示挺身遠視，而為朢望之初文。月相而有「既朢」，其名始見《尚書》，【注】〈召誥〉云「惟二月既朢，越六日乙未，王朝步自周，則至于豐」。《釋名釋天》云「望，月滿之名也，月大十六日，小十五日，日在東，月在西，遙相望也」。而於卜辭殷器無徵。是當與生霸、死霸、

朔、朏諸名，皆為<u>周代</u>所創，故於生霸、死霸、旣朢之名疊見<u>西周</u>彝器。然其初文仍作朢，〈保卣〉「迨王大祝祓于<u>周</u>，在二月旣朢」《錄遺》276 圖，此為<u>周</u>初之器，朢仍作朢之墒證也。然則朢乃從月朢聲，以示與日相朢，而為<u>西周</u>所造之字，決無可疑。《說文》乃云「从月臣壬，壬，朝廷也」，是誤以形聲為會意，猶之誤以笠磬雲䨮為象形說見笠下。皆以昧於初文，故亦未知篆文之構體也。篆文之謾於〈師朢鼎〉作𦣝《三代》四卷 35 葉，〈檣白簋〉作𦣞《三代》六卷 53 葉，字并從言朢聲，可證朢朢同音，故相通作。<u>揚雄</u>《太玄經》猶存謹字，蓋<u>揚氏</u>尚知朢非望之省體。旣朢於〈無叀鼎〉作「旣𰀁」《三代》四卷 34 葉，字從凵聲，乃朢之省形益聲字。亦如飤之作飼見《玉篇食部》，榦之作幹經傳多見，鬆之作𩭤見《韓非子外儲說左上》，促之作慼經傳多見，贏之作贏經傳多見，舫之作䑹見《說文方部》，彫之作剛見《玉篇刀部》，瀹之作爚見《禮記文王世子》，堀之作𡶶《漢書揚雄傳下》，【注】<u>揚雄</u>〈長楊賦〉云「西厭月𡶶，東震日域」。<u>服虔</u>曰「𡶶音窟，月𡶶，月所生也」。<u>師古</u>曰「日域，日初出之處也」。而為飤、榦、鬆、促諸文之省形益聲字，非有二義。《說文》乃區朢望

舫舡為二字，是猶《玉篇》以輪幹，鬢髦，促慼，彤剛，堀崛，區為二字，此皆未知文字演變之謬說也。蓋文字有省形益聲，於西周已然。誕於卜辭作兦，從大言聲，以示誇詘，篆文作誕，則既從言聲，復從延聲。虞於卜辭作𤜵𤜵，從大虍聲，或從人虍聲，以示為虞人之職，〈散氏盤〉作𤜵《三代》十七卷21葉，則既從虍聲，復從吳聲虍吳古音同屬烏攝。屠於卜辭從豕刀聲作剢，以示殺豕，〈散氏盤〉作剢，則既從刀聲，復從者聲刀者古音同屬端紐。豨於卜辭作𧰧，從大豕聲，以示大豕，篆文作豨，則既從豕聲，復從希聲豕希古音同屬衣攝。是知省形益聲之字，於西周已肇其耑，朢之作望，始見西周之〈無吏鼎〉，亦如剢之作剢，始見西周之〈散氏盤〉。許氏未知望之初文作朢，亦未知虞之初文為虍，以及屠之初文為剢，豨之初文為𧰧，是以皆謬其義訓說見虞屠豨下。自漢以降，穿鑿形聲，乖於義訓者，若劉熙、顧野王之屬，謬戾益甚，固不勝苛責矣。

𥰠

𥰠，可以收繩者也，从竹象形，中象人手所推握也。

互，筶或省。

案《廣韻》云「筶，所以收絲」，《說文》之可乃所之形譌。或曰「收當作糾，糾絞也，今絞繩者古有其器，其物象工字」《說文》段注，文作互者，上下橫畫象其器，中體之ㄅ，乃象繩索數股糾合之形。以其為數繩糾合，故引伸有糾合之義。《廣雅釋器》云「鞊謂之筶」，《說文竹部》云「篗，所以收絲者也」，是皆據糾繩之互，而引伸為名。互篗古音同部同屬烏攝，故自筶而孳乳為篗，筶岀對轉相通岀屬央攝與烏攝對轉，故自筶而孳乳為鞊。以互有交互之義，故孳乳為桓栢。名為桓栢者，示以其木梃連比相交而成者也。【注】桓栢，用木條交叉制成之柵攔，置于官署前遮攔人馬，又稱行馬。《周禮天官掌舍》云「掌王之會同之舍，設桓栢再重」。鄭玄注引杜子春曰「桓栢，謂行馬」。筶乃從竹互聲，栢罡并從互聲，是其明證。《說文》以互為筶省，故以筶為象形，失其構形矣。《說文》於〈示部〉釋禍為禱省、〈艸部〉釋葷為蓬省、〈禾部〉釋康為穅省、〈广部〉釋欮為癥省、〈王部〉釋壆為壑省、〈石部〉釋殷為磬省、〈水部〉釋册為淵省、〈雲部〉釋云為雲省、〈田部〉釋畀為疇省、〈金部〉釋亞為鎧

省，是皆誤以初文為篆文之省體，說并非是。攷𣪘
曷并從丂聲，則知褐鞨亦從丂聲。逢夆并從夅聲，
則知峯亦從夅聲。康㳉歗并從康聲，則知穅亦從康
聲。厥闕并從欮聲，則知瘚亦從欮聲。謦磬聲㲆并
從殸聲，則知磬亦從殸聲。逈褗蕭嫻并從冎聲，則
知淵亦從冎聲。芸囩䰟魂并從云聲，則知雲亦從云
聲。覢覶并從亞聲，則知鏗亦從亞聲。望為朢之初
文，則知朢從望聲<small>說見朢下</small>。《說文》既誤以初文為
省體，故誤篆文形聲為象形或會意。《說文》於〈箕
部〉釋箕曰「从竹𠔼象形」，於〈雨部〉釋靁曰「从
雨畾象回轉形」，亦誤以其聲之箕，及畾聲之靁為象
形，凡此皆<u>許氏</u>未能審辨字形之謬說也。後之說者，
於〈裘部〉之「从衣求聲」，臆改為「从衣象形」。
於〈土部〉之「从土畾聲」，臆改為「靁省聲」<small>段玉
裁《說文注》</small>，是徒蔽於謬說，而未識文字之流變矣。

觲

觲，用角低仰便也，从羊牛角，讀若詩曰「觲觲角
弓」。

　　案卜辭之𦎩與〈大簋〉之𦎫，并從牛羊會意，

以示為赤色之牛，而為觲之初文。卜辭云「丙子卜貞，<u>康祖丁</u>日，其牢羊。　　丙申卜貞，<u>康祖丁</u>日，其牢羊，丝用」《前編》1.12.7片。「辛卯卜<u>妣辛</u>求，叀羊」《粹編》334片。「<u>父甲</u>歲羊，丝用」《續編》1.28.1片。「<u>父己</u>歲叀羊」《粹編》316片。「叀羊，王受又」《粹編》595片。「叀羊又正」《慶應》18片。「叀羊丝用」《前編》1.10.4片。「用羊」《京都》2730片。〈大簋〉云「錫芻羊剛」《三代》八卷44葉，凡此諸羊，皆為經傳之觲。〈大簋〉之「羊剛」，即《魯頌閟宮》及《禮記明堂位》之「觲剛」。【注】觲剛謂祭祀所用之赤色公牛。〈閟宮〉云「白牡騂剛，犧尊將將」。〈明堂位〉云「<u>夏后氏</u>牲尚黑，<u>殷</u>白牡，<u>周</u>騂剛」。卜辭之「其牢羊」，及「叀羊丝用」，皆為卜赤色之牛為牲，即《尚書洛誥》之「騂牛」，及《左傳襄十年》之「騂旄」。【注】《左傳襄十年》<u>瑕禽</u>曰「昔<u>平王</u>東遷，吾七姓從王，牲用備具，王賴之，而賜之騂旄之盟」。<u>杜預</u>注「騂旄，赤牛也」。赤與黃為近，故騂牛卜辭亦作黃牛，如云「叀黃牛」《佚存》258片、《粹編》545片，「卯黃牛」《續編》1.53.1片是也。夫牛之習於陸者，其色多騂，於陽祀用之。牛之習於水者，其色必黝，於陰祀用之。《周禮牧人》云「凡陽祀用騂牲，陰祀用

黝牲」是也。【注】〈牧人〉云「凡陽祀用騂牲,毛之;陰祀用黝牲,毛之」。鄭玄注「陽祀,祭天於南郊及宗廟。陰祀,祭地北郊及社稷也」。黝牲亦即卜辭之幽牛,其辭曰「叀幽牛」《粹編》550片是也。騂之本字從羊作羋者,乃以牛之習於陸者,其革堅而味美,牛之習於水者,其革臟而味劣,故羋以從羊會意,以示其為美牛,亦猶美善二字之從羊會意也。卜辭多見羊字,是知牲之貴羊,非周代為然。《小雅信南山》毛傳乃以「周尚赤」而釋騂牲,是據後世終始五德之說,以釋牲制,非其義矣。篆文之觲,從角羊聲,而為羋之後起字,從角者,示其非無角之犢,與童禿之牛。《論語雍也篇》云「犁牛之子騂且角,雖欲勿用,山川其舍諸」。《淮南子說山篇》云「髡屯犁牛既科以橢,生子而犧」,此可證牛之科頭無角者,毛色雖赤,不得為牲,此所以自羋而孳乳為觲也。《小雅角弓》云「騂騂角弓」,義謂觲牛角所成之弓,重言「騂騂」者,乃狀美好之詞。《韓詩外傳》卷八云「此弓若烏號之柘,騂牛之角,荊麋之筋,河魚之膠,四物者天下之練材也」,可證角弓尚觲牛之角,此所以詩云「騂騂角弓」也。毛傳云「騂騂調利也」,未為塙詁。以羋字

久逸，故羊牲之字，經傳并假騂為之《說文》無騂字，當以赤馬為本義，見《魯頌駉篇》。〈石鼓文〉云「觲觲角弓」，《爾雅廣詁》云，「觲，赤也」，則為羊解之後起字。<u>許氏</u>未知解之形義，乃以「用角低仰便」釋解。蓋循「調利」之詁，而又傅合字形，以臆為之說。云「从羊牛角」，則又誤以形聲為會意矣。以羊為赤色之牛，引伸為凡赤色之義，故自羊而孳乳為赤剛土之埄。《說文》釋埄曰「从土解省聲」，是猶釋啓棨啓為啟省聲，釋禮薲欀驪纗為俴省聲，釋竉䵍為䭯省聲，釋寷為商省聲，乃以不知攴為启之古文，不知羊夒矪㕙為解俴䭯商之初文說見知下，故誤以省聲說之也。

夏

夒，中國人也，从攵，从頁，从臼，臼兩手，攵兩足也。圅，古文夏。

　案夏於〈秦公簋〉作夒《三代》九卷 33 葉，從頁臼止會意，與篆文同例。百下之人作夊者，乃示足有所飾，從臼者示手之奮搖，從攵或止者，示足之蹌踴，是夏當以樂舞為本義。猶之無於卜辭作夶夵，

示執旄羽跿躍，而為舞之初文，其構字同意也說見無下。《禮記內則》云「二十而冠舞〈大夏〉」，〈明堂位〉云「皮弁素積，裼而舞〈大夏〉」，《周禮大司樂》云「舞〈大夏〉以祭山川」，〈鐘師〉云「凡樂事以鐘鼓奏〈九夏〉」，《左傳襄四年》云「三月天子所以享元侯也」，【注】元侯，諸侯之長也。《呂覽古樂篇》云「禹命皋陶作為〈夏籥九成〉，以昭其功」，此皆夏之本義。夏之從臼而手無所執，即《周禮樂師》所謂「人舞」。無象手有所執，即〈樂師〉所謂帗舞、羽舞、旄舞之屬。殷字從攴，即〈舞師〉所謂兵舞，〈樂師〉所謂干舞說見殷下。其曰皇舞者，乃以戴皇冠為名，字或從羽作翌，則為樂舞之本字說見皇下。然則夏殷無翌，皆為樂舞，而其義各有主，是以構字有別。《周禮舞師》云「凡小祭祀則不興舞」，循知樂舞皆用於盛祭，故夏、殷、皇、無，引伸俱有盛大之義。若夫姒氏以夏為國號，乃為假借之名。良以唐虞商周之為國號，皆為假借，則不應夏為國名，獨有專字。此衡以字例，而知《說文》釋義之非者一也。頁示人眢，臼夊與止，則示手足，此固四夷所同。乃以手足踔揚之字，而示中國人之義，

則又何殊於蠻夷戎狄。此覈之字形，而知《說文》釋義之非者二也。虞舜之樂曰〈韶箾〉，殷湯之樂曰〈韶濩〉，周武之樂曰〈大武〉見《左傳襄二十九年》，【注】《左傳襄二十九年》云「見舞〈大武〉者，曰『美哉，周之盛也，其若此乎』。見舞〈韶濩〉者，曰『聖人之弘也，而猶有慚德，聖人之難也』。見舞〈大夏〉者，曰『美哉，勤而不德，非禹其誰能脩之』。見舞〈韶箾〉者，曰『德至矣哉，大矣哉，如天之無幬也，如地之無不載也』。」俱非以國號為名。循知禹樂為〈大夏〉者，亦必非取國號為義。則未可云夏為國號，其義在前，夏為樂舞，其義在後也。夏之立國，世歷綿長，故引伸為中國之名，亦引伸為雅正之義，書傳作雅者，乃夏之假借也。《說文》所載古文會，於古璽作會見丁佛言《說文古籀補補》，乃從會省從正會意，蓋晚周之時，據雅正之義而孳乳者也。

成

戚，就也，从戊丁聲。戚，古文成从午。

　　案成於卜辭作戚戚，於彝銘作戚戚，并從十戊會意，而以成軍賦為本義。戊讀如賦戊古音讀如武，說見戊下，以示十通始成軍賦之數。《司馬法》云「井

十為通，通十為成，革車一乘，士十人，徒二十人」《周禮小司徒》注引，是即通十為成之義也。因十通始成軍賦，故引伸為凡成就之義。蓋以殷無賦字，故爾假戌為賦。成甸雙聲成屬禪紐，古音與甸同屬定紐，故亦名成為甸。《周禮小司徒》云「四井為邑，四邑為丘，四丘為甸」者是也。甸凡六十四井，成凡百井，亦若大小異制。蓋以百井之地，實出貢賦者，為六十四井。自餘三十六井，凡三百二十四夫，則以役力於溝洫，【注】溝洫，田間水道也。《周禮考工記匠人》云「匠人為溝洫。九夫為井，井間廣四尺，深四尺，謂之溝。方十里為成，成間廣八尺，深八尺，謂之洫」鄭玄注云「主通利田間水道」。不供貢賦，就其貢賦之實數而言，則為六十四井，為方八里。就其貢賦之地域而言，則為百井，為方十里說見〈小司徒〉正義，是則成甸非有大小之異。杜佑《通典食貨志》云「昔黃帝始經土設井，使八家為井，迄乎夏殷，不易其制」。據此則井田之制，肇於虞夏之前。其說雖未可必信，然而成之構字，乃示十通以成軍賦，則固商之舊制。戏之并於卜辭作㺲㺲，字從井友或從井从會意，以示同井相助說見并下。因知殷有井田，故有因井地而設軍賦之成字也。

《說文》所載篆文之戌，文與卜辭同體，其古文之戌，則變古文之丨為篆文之十，斯固篆文恆例，非從午也。《說文》以就訓成，且云「从戊丁聲」，是誤以引伸為本義，誤以會意為諧聲矣。成於卜辭或作𢦏𢦏，乃為從口成省聲，以示方國之名，凡卜辭方名多有從口之例，非如《說文》所謂「从戊丁聲」也。【注】魯先生曰「方名所以從口者，乃都邑城郭之象；卜辭從口之字而非聲符者，必為方名」。引見《殷栔新詮引言》。

同

同，合會也，从𠕋口。

案同於卜辭作𠕋𠕋，於彝銘作𠕋𠕋或𠕋，并從凡口會意，而以會同為本義。引伸為齊一聚合之義。《周禮大宗伯》云「以賓禮親邦國，時見曰會，殷見曰同」，【注】時見，指諸侯不在規定期間朝見天子。殷見，周代各方諸侯于一年四季分批朝見天子。〈大宗伯〉云「春見曰朝，夏見曰宗，秋見曰覲，冬見曰遇，時見曰會，殷見曰同」。鄭玄注「時見者，言無常期。殷見者，殷猶眾也，十二歲王如不巡守，則六服盡朝。朝禮既畢，王亦為壇，合諸侯以命政焉。所命之政，如王巡守。殷見，四方四時分來，歲終則徧」。《國語周語上》

云「其惠足以同其民人」注曰「同猶一也」，是即同之本義。【注】《管子八觀篇》云「入州里觀習俗，時無會同，則齒長輯睦，毋自生矣」。則會同之禮，上自王朝，下至州里皆有之。凡本槃之象形說見凡下，借為聚合總括之義。同之從凡，乃承聚合之義。猶合之從亼，乃承集合之義，是皆假借構字也。

閩

閩，東南越，它穜，从虫門聲。

　　案閩乃蝨蟊之異體門蟊古音同屬明攝明紐，【注】《說文》列蟊為蝨之或體。《論衡感虛篇、遭虎篇》之「閩虵」，《禮記月令》之「閩蚋」，并用為蝨，此正閩之本義。若閩為東南越之名，乃蠻之雙聲轉語，而為蠻後起之名。猶之貉為狄之疊韻轉語，而為狄後起之名也說見貉下。蠻字始見〈禹貢〉，【注】案蠻謂蠻荒也。《尚書禹貢》云「五百里荒服；三百里蠻，二百里流」。孔傳云「以文德蠻來之，不制以法」。鄭云「蠻者聽從其俗，羈縻其人耳，故云蠻」。其於《毛詩》、《禮記》、《左傳》、《論語》、《管子》、《孟子》、《莊子》、《荀子》，并有蠻而無閩。惟《周禮夏官職方》有「八蠻七閩」，〈秋官職官〉有蠻隸、

閩隸，乃以閩為種族之名。葢於晚周始析南蠻為之別種為閩，猶之戰國時始析北狄之別種為貉。夷戎狄貉俱非以種族為本義說見貉下，則知自蠻而音轉之閩，亦非以種族為本義也。〈虢季子白盤〉云「賜用戉，用政蠻方」《三代》十七卷 19 葉，蠻即經傳之蠻，然種族之名，其初假蠻為之。孳乳為蠻，當為蟲魚之名，葢為鰻與蜓之或體，鰻形似虫，故亦從虫作蠻。蠻本蟲魚之名，而借為種族之義蠻曼面古音同屬安攝明紐，亦如狄貉本為獸名，而借為種族之義。此證以蠻之初文作蠻，而知南蠻之名非有本字也。證以閩蠻之從虫，異乎羌、僰、僬、僥之從人，則知閩蠻擧非以種族為本義也。

豐

豐，行禮之器也，从豆象形。

案豐於卜辭作豐豐，從壴珏會意，而為禮之初文。壴示鐘鼓，珏示玉帛，葢凡吉、凶、軍、賓、嘉之禮，皆需鐘鼓玉帛，是以禮之初文從壴珏會意。豐於殷周并借為醴，如卜辭云「癸未卜貞酌豐，叀业祉用，十月」《後編下》8.2 片，「丙戌卜叀新豐用，　叀

舊豐用」《粹編》232 片，「叀絲豐用，　比用絲豐，　叀絲豐用，王受又」《佚存》241 片？「貞日于祖乙，其乍豐」《粹編》236 片，「其乍豐又正，囗受又？　比乍豐」《京都》1881 片，「叀勺公乍豐」《甲編》2546 片，〈長白盉〉云「穆王饗豐」《錄遺》293 圖，凡此諸豐，并讀如醴。醴乃裸之古文，其云「醴豐」者，謂卜裸祭之醴也。以豐借為醴，故孳乳為禮，乃以別於借義之轉注字。卜辭無禮醴二字，西周之〈大鼎〉《三代》四卷 32 葉、〈師遽方彝〉《三代》十一卷 37 葉，始有醴字，而於禮字訖無一見。【注】〈大鼎〉云「大以氒友守王饗醴」、〈師遽方彝〉云「王在周康寢饗醴，師遽蔑曆眘」。二器醴字，從酉豐聲，則從酉之醴，葢自西周始也。饗醴乃其異制數，以醴重於酒也。〈大鼎〉云「大以氒友守」者，謂大與其僚友留於京師居官守職，未從王至歸佷宮也。〈師遽方彝〉云「師遽蔑曆眘」者，師葢其官，遽為其氏，眘讀如侑，義如《小雅楚茨》「以享以祀，以妥以侑」之侑，毛傳曰「妥，安坐也，侑，勸也」。云「師遽蔑曆眘」者，謂師遽勤勉敬勸酒也。葢禮之孳乳當在東周，是猶祖之孳乳始見〈綰鎛〉《三代》一卷 67 葉，及〈鑾書缶〉《錄遺》514 圖，亦皆東周之器也。【注】〈綰鎛〉云「用亯用孝于皇祖聖朿」，〈鑾書缶〉云「以祭我皇祖」。二器之祖

字，并從示作祖，則從示之禮字，當亦始於<u>東周</u>也。《<u>說文</u>》云「豐，行禮之器也，从豆象形」。乃以豐為禮器之總名，則於載籍無徵。且也禮器滋多，不當以豆籩小器，兼晐鼎鬲簠簋。是以宗廟之器名曰彝，固不專取一器以構字。苟如<u>許</u>說，則義不可通矣。

豐

豐，豆之豐滿也，从豆象形。一曰鄉飲酒有豐侯者。
古文豐。

案豐於卜辭作 ，於〈豐兮簋〉作 《<u>三代</u>》八卷 13 葉，卜辭之 從壴凵聲，〈豐兮簋〉之 從壴丵省聲，其作 者與篆文同體，乃從壴丰聲。蓋以凵丵丰同為脣音，古相通作凵丵古音同屬央攝明紐，丰聲則音轉邑攝滂紐。。考從丵聲之莫，於卜辭或作 《<u>前編</u>》4、9、2 片，可證 乃從丵省聲。審此則卜辭彝銘之豐，及篆文之豐，皆為從壴諧聲，而又聲不示義，斯必狀聲之字，而為鼓聲之名。《<u>大雅靈臺</u>》云「鼉鼓逢逢」，是即假逢為豐，而為豐之本義。卜辭之 從二亡凵聲，篆文之豐從二丰丰聲者，是猶卜辭之 ，從二章章聲，皆以二形駢列，以示對稱之美也。

《小雅采芑》云「伐鼓淵淵」，〈鐘鼓〉云「鐘鼓將將」，《周頌執競》云「鐘鼓喤喤」，其所云之淵將喤，乃韽鎗鍠之假借。蓋以狀聲之名，初無本字，是以〈靈臺〉亦假逢為韽，亦猶〈宗周鐘〉之假倉悤為鎗鏓也《三代》一卷 65 葉。夫樂器而有狀聲之字，於鐘則有銑鍠鎗鏓銑狀鐘聲，見《辥氏》卷七〈秦公鐘〉，於鼓則有韇韽鼚鼞，其於卜辭亦有彭豐二文，可證鐘鼓為聲樂重器，故特有狀聲之文。此於殷時已然，則其器制美備，必然由來已久。因知〈堯典〉所云「八音克諧，神人以和，擊石拊石，百獸率舞」，決非誇飾。然則當堯舜之時，聲律已能化及禽獸，固非後世舞馬見《宋書謝莊傳》、《新唐書禮樂志》第十二，所能企望者矣。【注】《宋書謝莊傳》云「宋孝武帝大明間，河南獻舞馬，詔羣臣為賦，莊上〈舞馬賦〉又使莊作〈舞馬歌〉，令樂府歌之」。《新唐書禮樂志》第十二云「玄宗又嘗以馬百匹，盛飾分左右，施三重榻，舞〈傾盃〉數十曲，壯士舉榻，馬不動」。書傳訓豐為滿盛大多者，乃丰之假借說見丰下。自豐而孳乳為好長之豔，及大屋之寷，則承假借義而構字也。《說文》云「豐，豆之豐滿，從豆象形」。是乃誤解字形，因亦誤以假借為本義。其云「豐侯」者，

即《儀禮鄉射禮、燕禮、大射禮、公食大夫禮》所言之豐，是當以豐為本字，而為從豆丰聲。惟以豐豐音同形近，故《儀禮》假豐為豐，許氏未知豐豐義別，因之誤為一字。〈大射禮〉注曰「豐從豆曲聲」，是亦承許說之誤，而別為謬說也。或曰「唐本曰从豆从山丰聲，蜀本曰丰聲，山取其高大」戴侗《六書故》。其所云唐本蜀本，皆不可據信。藉如所言，則鼓聲之豐與禮器之豐，俱不宜從山。自餘說者，於豐豐二字，要皆援附許書，各陳曲解，靡不悖於初形朔義，固無庸諦議者矣。

貉

貉，北方豸種也，从豸各聲。孔子曰貉之言貉貉惡也。

　　案《豳風七月》云「一之日于貉」，《論語子罕》云「衣敝縕袍，與衣狐貉者立」，〈鄉黨〉云「狐貉之厚以居」，《周禮考工記》云「貉踰汶則死」，【注】〈考工記序〉云「橘踰淮而北為枳，鸜鵒不踰濟，貉踰汶則死，此地氣然也」。汶謂源出山東之汶水也。《山海經中山經》云「扶豬之山有獸焉，其名如貉」，《淮南子齊俗篇》

云「狟貉得埓防弗去而緣」,〈脩務篇〉云「玁貉為曲穴」,是皆以貉為獸名,《列子湯問篇》釋文所云「貉似狐善睡」者是也。彝器有〈貉子簋〉《三代》八卷3葉、〈貉子卣〉《三代》十三卷41葉、〈白貉尊〉《三代》十一卷22葉、〈白貉卣〉《三代》十三卷18葉,是皆<u>西周</u>之器,因知貉之為字,<u>西周</u>即已有之。《孟子告子下》云「子之道<u>貉</u>道也」,【注】貉道者,<u>趙岐</u>注云「貉舊時在北方,其氣寒,不生五穀,無中國之禮」。此乃對北方<u>貉</u>民族習俗、制度之貶偁也。《周禮夏官職方》云「七<u>閩</u>九<u>貉</u>」,《墨子兼愛中》云「以利<u>燕</u>代胡<u>貉</u>」,此偁北狄之別種為<u>貉</u>,乃<u>春秋</u>以後之名。《管子小匡篇》云「<u>山戎</u>、<u>穢</u>、<u>貉</u>」,當為後人羼亂,非<u>管</u>氏原文。此證以貉之構字肇於<u>西周</u>,而自<u>春秋</u>以前,無以貉為北狄之名者,是知貉之本義為獸名者一也。通考四裔之族,若<u>羌</u>、<u>僰</u>、<u>僬</u>、<u>僥</u>,字并從人僬僥見《國語魯語下》、〈晉語四〉,其不從人者乃假借為名。,斯為種族專名,一望可辨。若夫〈禹貢〉之三苗,<u>西戎</u>,《逸周書》之<u>穢</u>、<u>發</u>、<u>俞</u>、<u>甌</u>、<u>共</u>、<u>巴</u>、<u>蜀</u>、<u>方</u>、<u>卜</u>、<u>康</u>、<u>禽</u>、<u>路</u>、<u>稷</u>、<u>慎</u>、<u>周頭</u>、<u>黑齒</u>、<u>白民</u>、<u>東越</u>、<u>於越</u>、<u>姑妹</u>、<u>且甌</u>、<u>自深</u>、<u>義渠</u>、<u>央林</u>、<u>北唐</u>、<u>渠叟</u>、<u>樓煩</u>、<u>卜盧</u>、<u>區</u>

陽、規規、西申、方煬、奇輪、獨鹿、孤竹、山戎、
禺氏、大夏、犬戎、數楚、匈奴、權扙、白州之屬
見〈王會篇〉，無一不為借字為名。然則貉與夷狄蠻閩，
俱非以種族為本義。此證之字例，而知貉之本義為
獸名者二也。貈乃貉之異體，猶之灂為洰之異體見
《說文水部》。貈灂并從舟聲，與貉洰聲韻乖隔舟於古音
屬幽攝端紐，各固并屬烏攝見紐。，葢以舟戶古音形近，
是貈灂所從舟聲，當為戶之形譌。以貉貈為一文，
是以《淮南子原道篇》所云「貈渡汶而死」，亦即〈考
工記〉之「貉踰汶則死」。而《說文》乃區貉貈為二
字，而以「北方豸種」釋貉，以「似狐善睡」釋貈，
是非唯謬於貉之本義，亦且誤區貉貈為二字矣。

勞

𢦏，劇也，从力熒省，焱火燒冂，用力者勞。𢥠，
古文勞从悉。

案勞從嫈力會意，以示小心盡力。旣小心又盡
力，則易疲憊，故其義為勞勮。【注】《說文女部》云「嫈，
小心態也，从女熒省聲」。是以小心盡力為勞也。古文之𢥠亦
從嫈省從悉會意，構字異撰，而示其小心盡力，則

與勞義不殊。可證勞煢合緒相依，不容亂以曲說也。《說文》云「从力熒省，焱火燒冂，用力者勞」。既云從熒，熒為小光_{說見熒下}，則無「焱火燒冂」之義。且熒從焱冂聲，焱為火華，無然燒之義，冂為遠界，無居室之義。藉如其說，而以「焱火燒冂」，則遠事難赴，何能用力止火，陳義如斯，迂晦之甚矣。或曰勞從力從營省，用力經營故勞_{孔廣居《說文疑疑》}。或曰籌鐙力作，勤勞之意_{徐灝《說文注箋》}。是未知用力經營，與籌鐙力作，固有樂此不疲者，未足示勞勮之義也。

宵

宵，夜也，从宀，宀下冥也，肖聲。

案宵於簋銘作宵宵《三代》六卷 24 葉，從宀月小聲。從宀猶宿寢之從宀，示止息之義。從月小聲，示日入廌作見《左傳昭二十五年》，小心戒慎之義。【注】《左傳昭二十五年》云「為之徒者眾矣，日入廌作，弗可知也」。杜預注「日冥姦人將起」。《周禮秋官司寤氏》云「禁宵行者，夜遊者」，是古有戒夜之制也。慎於古璽作宵宵丁氏《古籀補補》，從夜心會意。〈龜公華鐘〉作宵《三

代》一卷 62 葉，從亦心會意，亦夜同音，因知𣆕𣅥皆示小心戒夜，與宵之從小取義不殊。篆文月肉形近，致易轂譌，故《說文》誤以肖聲釋之。是猶有於彝銘從肉又聲，而《說文》誤釋為從月又聲也。或據簋銘之宵，而謂肖即宵之省文_{林義光《文源》}，是未知肖之從肉小聲，以示骨肉相似。【注】從月之宵，今多誤以從肉作宵。猶之胤之從幺肉會意，以示子孫相承。肖之從肉與宵之從月，形義迥別，乃謂肖宵同體，是不明點畫，而任臆妄說者矣。

熒

𤈷，屋下鐙燭之光也，从焱冂。（冂音ㄐㄩㄥˇ、jiong）

案熒乃從焱冂聲，而以小火為本義_{熒熲炯古音同屬嬰攝牙音}。蓋以冂為遠界，凡物之遠望者，形必眇小，故㝆乳為小堂之高，與小火之熒。《說苑敬慎篇》云「熒熒不滅，炎炎奈何，涓涓不壅，將成江河」，乃以熒涓相對為文，正為熒之本義。《太玄 狩》云「熒狩猛猛」_{晉范望}注曰「熒者光明小見之皃」，《文選。班固答賓戲》云「守窔奧之熒燭」，注引_{呂忱}《字林》曰「熒，小光也」，《楚辭。王逸哀歲》云「鬼火兮

熒熒」，注曰「熒熒，小火也」，是皆本義之相承，而見於載籍者。以熒為小火，故孳乳為小聲之謍，小瓜之甇，絕小水之濴，及小心態之嫈。《說文》云「熒，屋下鐙燭之光也，從焱冂」，是誤以遠界之冂，為訓覆之冂（冂音ㄇㄧˋ、miˋ，或作冖。）。而未知冂為冕之初文說見冂下，初無屋宇之義，且又誤以諧聲為會意矣。顧乃曲陳義訓者，是猶《說文》釋克云「象屋下刻木之形」說見克下，釋宰云「皋人在屋下執事者」說見宰下，釋庶云「屋下眾也」說見庶下，釋勞云「焱火燒冂，用力者勞」說見勞下，俱為悖於形義之謬說也。【注】魯先生之釋克云「克從卩由會意，以戰勝為本義」。釋宰云「宰從宀辛會意，以膳宰及宰夫為本義」。釋庶云「庶從火石聲，而以焚石為本義」。釋勞云「勞從嫈力會意，而以小心盡力為本義」。或曰「熒從焱冂，冂象屋形，屋上二火象其光」林義光《文源》。信如所言，則是屋下之火，而光出屋上。此非唯不識文之構體，且亦智遜童惛矣。

尚

尚，曾也，庶幾也，從八向聲。

　　案尚於彝銘作𠈃尚，從八向聲。八為臂之初文

說見八下，尚之從八，乃示在臂肘之下，而為掌之初文。漢之職官有尚衣《史記外戚世家》、尚席、尚方《史記絳侯世家》【注】〈絳侯世家〉云「景帝居禁中，召條侯賜食，獨置大胾，無切肉，又不置箸，條侯心不平，顧謂尚席取箸」。則尚席乃掌管宴席之官。又云「條侯子為父買工官尚方甲楯五百被可以葬者」。司馬貞索隱云「工官即尚方之工，所作物屬尚方，故云工官尚方」、尚食《史記馮唐傳》、尚書《史記魏其武安傳》、尚符節《漢書高后紀》，先秦有尚宰、尚浴《韓非子內儲說下》，尚謂職司其事，義同《周禮》之掌。故尚書或作掌書見《呂覽驕恣篇》，【注】〈驕恣篇〉云「王曰：春子，春子反！何諫寡人之晚也？寡人請今止之。遽召掌書曰『書之』。」是掌書乃古代職掌符節文史記載之官。此尚之本義仍存於漢世者也。以尚借為語詞，故孳乳為掌。猶之亦借為語詞，而孳乳為掋，皆為別於借義之轉注字。手足可資為抵距，故孳乳為㨃，則承本義而構字。尚與職典同為舌音，故於主司吏事，而有職內、職歲、職幣、職表、職金、及典婦功、典絲、典枲、典瑞、典命、典祀、典同、典庸器、典路并見《周禮》，典冠、典衣、典謁之名見《韓非子二柄篇、七徵篇》，斯并承尚義而音轉之假借尚於古音屬定紐，掌與職典同屬端紐。孳乳

為訓主之敊，則承借義而構字也。或曰尚當為賞之古文林義光《文源》，是未知賞賜之字，其初文從商聲作賣，以示賜賚旂常財貨說見商下。篆文作賞者，所從尚聲乃商之假借。《說文》別賞賣為二字，而以行賈釋賣，已悖初恉。說者乃謂「尚為賞之古文」，是昧於文字之演變，而恣為妄說矣。

加

加，語相增加也，从力口。

案加乃嘉之初文，從力猶功勳勤勞之從力，從口示以詞命加功。《左傳昭三年》云「鄭伯如晉，晉侯授之以策曰賜女州田，以胙乃勳」，是即詞命嘉功之證。字作策者，乃冊之假借。〈虢季子白盤〉云「王孔加子白義」《三代》十七卷 19 葉，【注】「王孔加子白義」，孔加即《豳風東山》及《小雅賓之初筵》之孔嘉，義謂王甚善子白之美功也。《左傳宣十四年》云「朝而獻功，於是有加貨」，是皆以加為嘉，「加貨」謂嘉功之贈賄也。嘉禮則慶，故孳乳為賀。以加借為加減，故孳乳為嘉。嘉禮有鐘鼓之樂，故從壴作嘉，是加乃以嘉功為本義，引伸為凡美善之名。嘉借為臘祭之名見《風

俗通義祀典篇》、《史記秦始皇本紀》，【注】《史記秦始皇本紀》云「三十一年十二月，更名臘曰『嘉平』，」是嘉平為臘祭之別稱。故孳乳為哿。《小雅正月》云「哿矣富人，哀者惸獨」，〈雨無正〉云「哿矣能言，巧言如流」，哿矣并讀如嘉其其矣古音同屬噫攝，蓋以別於增加之義，故孳乳為嘉，別於臘祭之義，故孳乳為哿，是皆別於假借之轉注字。以哿為嘉之轉注字，故增可聲，以示有別於嘉。良以凡轉注之孳乳，苟增形文，必與初文同音，因知哿乃從加可聲。《說文》釋加為「語相增加」，是誤以假借為本義。《說文》從《爾雅》釋嘉為「美」，是誤以引伸為本義。《說文》釋哿為「可」，乃遵詩傳之說，而未諦明詩恉。【注】〈正月〉、〈雨無正〉所云「哿矣」之哿，<u>毛傳</u>釋哿為可。《左傳昭八年》引詩曰「哿矣能言，巧言如流」。<u>杜</u>注「哿，嘉也」。則哿義釋嘉，合於詩恉。《說文》釋哿為從可加聲，亦如釋叛為從半反聲說見叛下，皆為顛亂構體，故爾謬其義訓也。或曰「加疑从力可省聲，或吹省聲」<u>朱駿聲</u>《通訓定聲》，是未得加之本義而謬為臆度者矣。

勺

囚，气也，从人為勹，遂安說。

案勹於卜辭作 𠣬 𠣬，彝銘作 𠣬 𠣬，并從从刀會意，示無刀貨而行气。《管子山權數》云「禹以歷山之金鑄幣，贖民之無糧賣子者」，【注】糧音业ㄢ、zhan，義為厚粥。是笵金為幣，固已創行於夏禹之時也。《管子地數篇》云「珠玉為上幣，黃金為中幣，刀布為下幣，先王高下其中幣，而制下上之用，則文武是也」。《漢書食貨志下》云「凡貨金錢布帛之用，夏殷以前，其詳靡記，太公為周立〈九府圜法〉，【注】九府乃周代掌管財幣之機構。《史記貨殖列傳》張守節正義云「周有大府、玉府、內府、外府、泉府、天府、職內、職金、職幣，皆掌財幣之官，故云九府也」。《漢書食貨志下》云「太公為周立〈九府圜法〉，顏師古注「圜，謂均而通也」。貨寶於金，利於刀，流於泉，布於布，束於帛，太公退又行於齊」。據此則周初即有刀布，肇於何時，則典記未詳。彝器有〈囚壺〉《三代》十二卷 1 葉，〈囚乙爵〉《續殷文存下》17 葉，審其文字，并為殷器，乃象臧刀貨之形，而為貯之古文。然則證之卜辭之勹，與殷器之貯，固知殷代已行刀貨。九府圜法之刀幣，乃襲之殷制也。𠣬於篆文譌作囚，故遂安以亡人釋之，意謂逃亡必

乞食。然案春秋戰國之時，凡亡命它邦，而有官祿者，不勝摟數，是匃人非必行匃，上世亦必同然。唯無刀布，則須乞貸為生，此所以匃從凵刀會意。玄應《一切經音義》卷二云「匃從人從亡，言人亡財物，則行求匃」，是亦讕詞曲說者也。

反

反，覆也，从又，厂反形。反，古文。

案反於卜辭作反《前編》2.41 片，彝銘作反反，并與篆文同體，從又厂會意。《孟子》云「以齊王，由反手也」〈公孫丑上〉，【注】〈公孫丑上〉云「以齊王，由反手也」。由，猶也。趙岐注「孟子言以齊國之大而行王道，其易若反手耳」。《荀子》云「葉公子高定楚國，如反手爾」〈非相篇〉，【注】〈非相篇〉云「葉公子高入據楚，誅白公，定楚國，如反手爾，仁義功名著於後世」。是即反之本義，引伸為凡轉覆之名。訓還之返，多白眼之眅，買賤賣貴之販，車二耳反出之軨，皆據引伸之義而孳乳。厂乃抯之初文，反之從厂示引臂掔，爭之從厂示抯引歸己，曳之從厂示以繩帶牽引。若訓麋之弋，文非從厂。而《說文》釋弋從厂象形，乃為釋形之誤。《說文》

云「反，覆也，从又厂反形」。是誤以引伸為本義，誤以會意為象形。蓋許氏未知反從訓抪之厂也。或曰「反當云厂聲，厂，呼旱切」《說文》段注，是未知反厂雖古音同部，然反從厂聲，無所取義。且反為脣音，厂屬牙音，凡從反聲之字，無音轉牙音者，而乃云然，非唯義訓不合，且於聲類相乖矣。《說文》所載古文之𠬞，於又上衍一橫畫，乃文之冗筆也。

廷

𢓊，朝中也，从廴王聲。

案廷於〈秦公簋〉作🤏《三代》九卷33葉，〈毛公鼎〉作🤏《三代》四卷46葉，象梃立陛下，上無覆葢，以示外廷之義。文作🤏者，構形整飭，𠃊象陛次，其作🤏者，陛形省略，而又析王為人土二文，失其初形矣。自餘作🤏🤏凹者，皆其省變之體，非從廴也。字從王聲，而𠃊不成文，是猶番從釆聲，主從丶聲，舜從舛聲，酋從酉聲，而田呈匽八俱為附聲以象形，而無獨具之音義，是皆形聲字形不成文之例也。【注】田象獸掌，呈象鐙坐，匽象蔓地生而連華形，八象水半見，皆形不成文之例。考〈廴部〉訓行之延，即

〈辵部〉延之異體。立朝律之建，於鼎銘從辵作㣤《三代》二卷 52 葉，然則〈爻部〉所屬廷延建三字據非從爻，其作彳者，亦即行省之彳。<u>許氏</u>析行為彳丁二文，釋彳為「小步」，釋丁為「步止」，已乖字義說見行下。而於彳外復列彳部，釋之曰「彳，長行也，从彳引之」，是析行為彳丁爻三文，悖謬之甚矣。通考諧聲之字，多有聲兼象形者。若莫從茻聲以示日在艸中，商從章聲以示豎立旗章，共從廿聲以示合手如口，肺從朮聲以示分別如朮，矣從己聲以示成人加笄，軌從九聲以示日出於九，卿從茻卯聲以示相嚮就食，【注】卯於彝銘作𠨖，象二人相嚮。庫從車聲以示臧車於广，侯從矢聲以示豕身受矢，電從申聲以示光燿如紳，蟬從帶聲以示形曲如帶，番從釆聲以象獸爪，畀從由聲以象舉由，主從丶聲以象鐙火，奚從絲聲以象係虜，垒從厽聲以象絫墼，綴從叕聲以象聯叕。它若冐之作蜎，互之作筻，其之作箕，皀之作篔，來之作徠，久之作灸，無之作舞，毌之作貫，由之作胄，求之作裘，毛之作髦，奢之作執，鼠之作鼧，不之作芣，土之作社，亞之作鐚，且之作祖，癸之作戣，辰之作蜃，午之作杵，申之作紳，

亥之作荄，臣兄臣丁之作頤頏頤頂，并為自象形而孳乳為形聲。凡此皆為聲亦兼形，正如廷之從壬聲之聲兼形也。

嗇

嗇，宮中道，从口，象宮垣道上之形。詩曰室家之嗇。

案嗇從口行束會意，口示宮垣，行示交道<small>說見行下</small>，【注】行下云「行之古文作𧗟𧗟，象交道之形，而以道路為本義」。束示宮有禁約。字有妄入宮掖之闌，【注】《說文門部》云「闌，妄入宮掖也，從門繿聲，讀若闌」。故嗇以從束會意也。

有

有，不宜有也，《春秋傳》曰「日月有食之」，从月又聲。

案有於〈盂鼎〉作𠂇<small>《三代》四卷 42 葉</small>，〈毛公鼎〉作𠂇<small>《三代》四卷 46 葉</small>，從肉又聲，示持肉以祭，即卜辭所多見之又祭。〈彔卣〉云「用乍又<u>母辛</u>障彝」<small>《三代》五卷 30 葉</small>，〈王乍簋〉云「王乍又鼎彝」<small>《三代》</small>

六卷 29 葉，〈仲再簋〉云「仲再乍又寶彝」《三代》六卷
45 葉，《小雅楚茨》云「以妥以侑」，《周頌我將》云
「旣右饗之」，〈雝篇〉云「旣右烈考，亦右文母」，
《周禮大祝》云「以享右祭祀」，又云「隋釁逆牲逆
尸，命鐘鼓，右亦如之」，是皆假又及侑右為有。〈索
角〉云「索諆乍有羔日辛將彝」《三代》十六卷 46 葉，
羔讀如考，義謂作有祭考日辛之祭器，斯正有之本
義而見於彝器者。〈保卣〉云「迶王大祀祔于周，在
二月旣望」《錄遺》276 圖，祔從示友聲，義同〈索角〉
之有。葢以有借為有亡，故孳乳為祔，乃以別於借
義之轉注字。字從友聲，而不從有聲者，所以別於
從又肉會意之祭，故爾假友為有。〈虢仲盨〉「茲盨
友十又二」《三代》十卷 37 葉，乃假友為有亡之義，可
證友有同音，於西周固相通作也。審〈保卣〉文字
乃周初之器。循知為避形義相溷，固有轉注假借，
自殷周已然。此乃先民有意為之，非同耦合。自有
而孳乳為戁龓，猶之自不而孳乳為否否，【注】《說文
有部》云「戁，有炎彰也，從有戁聲。龓，兼有也，從有龍聲」。
〈口部〉云「否，不也，從口不」。〈日部〉云「否，不見也，從
日否省聲」。則為承借義而構字。《說文》云「有，不

宜有也，从月又聲」。是誤以假借為本義，誤以肉為月。篆文肉月形近，故《說文》亦誤釋從月之宵為從肖聲說見宵下，皆為失之形義乖剌。或曰「有，持有也，从又持肉」林義光《文源》，是亦覩文而不能得義者也。

臧

臧，善也，从臣戕聲。**臧**，籀文。

案臧承臣僕之義而孳乳，當以男奴為本義。臧獲之名見《墨子大取篇、小取篇》、《荀子王霸篇》、《韓非子喻老篇、外儲說右上篇、難一篇、難勢篇、顯學篇》，而於戰國以前無徵。【注】臧獲乃古代對奴婢之賤稱。〈王霸篇〉云「大有天下，小有一國，必自為之然後可，則勞苦耗頓莫甚焉；如是，則雖臧獲不肯與天子易執業」。《方言》卷三云「荊、淮、海、岱、雜齊之間，罵奴曰臧，罵婢曰獲。齊之北鄙，燕之北郊，凡民男而壻婢謂之臧，女而婦奴謂之獲，亡奴謂之臧，亡婢奴謂之獲，皆異方罵奴婢之賤稱也」。據此則臧獲卑於臣僕，名曰臧者，示施鑱黥之刑，以警逃亡臧鑱同屬精紐，《禮記文王世子》作纖，乃鑱之借字，猶童妾之從辛，示加剠

剧說見童下。名曰獲者，示如禽獸之獵獲，猶之罵人曰虜也見《史記高祖本紀、劉敬傳》。【注】〈高祖本紀〉云「項羽大怒，伏弩射中漢王。漢王傷匈，乃捫足曰『虜中吾指』！」〈劉敬傳〉云「上怒，罵劉敬曰『齊虜！以口舌得官，今迺妄言沮吾軍』。」案虜，對人之蔑稱也。《漢書賈誼傳》注引晉灼曰「吳人罵楚人曰傖」，斯乃別於臧否之義之轉注字臧傖古音同屬央攝齒音。通考諧聲字之初文，聲多兼義，其後因應語言遷易，而易聲文，以是形聲之字，其有聲不兼義者，率為轉注孳乳。若臧之孳乳為傖，無以示鑣黥之義，亦其比也。若臧為貯臧，亦猶紫為貯臧并為戩之雙聲轉語。臧為臧否，其本字從口作戚，〈冀白盤〉云「割眉壽無彊，慶其㠯戚」《錄遺》176圖至179圖，斯正訓善之戚，其本字從口之明證。自戚字逸傳，而經傳假臧為之。〈盤庚〉云「邦之臧惟汝眾，邦之不臧，惟予一人有佚罰」，從臣作臧，當為後人所易。《說文》云「臧，善也」，是從《爾雅》及詩傳之說，而誤以假借為本義矣。臧於籀文作臧，《玉篇》所載籀文與徐鉉本同。是猶正之作㞢，閭之作𨷒，防之作堕，皆以從土而示方國之義，此固古方名絫文之一例說詳《殷栔新詮引言》。【注】魯先生

云「葢以上世華夷雜處，爾時水患頻仍，<u>殷</u>都且不恆厥居，榛莽必多於城郭，是其僅有族居而無城邑者，類亦別有緐文。葢示其為山川方域，則其文從山川土自」。說見《卜辭姓氏通釋之三》。籀文之臧從土作𡒄，葢其例也。其作𡒄者，下體之二葢土之剝蝕。或曰籀文從𡉵，𡉵乃𡉵之譌<u>王國維</u>《史籀篇疏證》，苟如其說，則於語詞及臧獲之義，俱不可通，是不識文字構體之謬說也。

皇

皇，大也，從自王，自，始也，始皇者三皇，大君也，自讀若鼻，今俗以始生子為鼻子。

案皇於彝銘作𤽐𤽅𤽃𤽄，其上體與篆文之𥤚同，即兒之古文。攷兒於卜辭作𤼲𤼸，〈父癸卣〉作𤼷《三代》十三卷 11 葉，觚銘作𤼴《三代》十四卷 15 葉，并從𠂤或從白象形，即《說文》所載之𥏻𥏫說詳《殷栔新詮引言》，皇兒二字所作之𤽐𤽅，乃𤼲之變體，亦即隸定之弁。是則皇兒構字同意，惟其音讀互殊者，乃以皇從弁王聲，兒則從儿弁聲也。此審之字形，因知皇以弁屬為本義。《禮記王制》云「<u>有虞氏</u>皇而祭，<u>夏后氏</u>收而祭，<u>殷</u>人冔而祭，<u>周</u>人冕而祭」〈內則〉文

同，是皇為古之首服，此其明證。其於樂舞所冠之翠見《說文羽部》，【注】〈羽部〉云「翠，樂舞吕羽翟自翳其首，吕祀星辰也，從羽王聲，讀若皇」。當與祭服同物，從羽作翠者，乃皇之後起字，猶之授賣而為受買之後起字。《周禮舞師、樂師》并作皇舞者，乃其初文也。皇從王聲者，示其為大冠。猶之王父、王母《爾雅釋親》，王彗、王芻《爾雅釋草》，王蛇《爾雅釋魚》，王鴡《爾雅釋鳥》，王鮪《周禮䲣人》，王棘《儀禮士喪禮》，皆以示其為大也。《說文》云「皇，大也，從自王」，是從詩傳之說，而以引伸義釋皇，且誤以古文之弁為自矣。「三皇、五帝」之名，始見《周禮外史》及《莊子天運篇》，【注】〈春官外史〉云「外史掌三皇五帝之書」，〈天運〉云「余語汝三皇五帝之治天下」。成玄英疏云「三皇者，伏羲、神農、黃帝也」。《大戴禮》以黃帝、顓頊、帝嚳、唐堯、虞舜為五帝。葢戰國時言黃老者所增飾。西周彝器多見皇字，知其初義，非王天下之號。而《說文》云「始皇者三皇，大君也」，斯為據後說以釋古文，其非初義，斷然可知。或謂彝銘之坓上象冠形，土象其架，篆文之㠯當是从几从皇省會意《說文詁林》引汪榮寶說。其說近之，然未知凵為弁之古文，故亦未知皇兒之

構體。西周彝器之皇，其下多作土土或土，乃承襲卜辭之太。西周之〈無㠱簋〉作皇《三代》九卷 1 葉，〈吳彭父簋〉作皇《三代》八卷 10 葉，乃承襲卜辭之𠙻，【注】案卜辭之太𠙻，乃王之古文。若東周之〈沇兒鐘〉、〈王孫鐘〉、〈鼄公華鐘〉、〈綸鎛〉、〈禾簋〉、〈鄘侯簋〉、〈陳助簋〉、〈秦公簋〉、〈陳曼簋〉、〈陳侯午錞〉，皇下所從王聲，與篆文同體，校以西周之皇，雖有一畫之殊，而結體無異。可證皇為從自王聲，皃為從儿自聲，決無可疑。衣、冠、冑、免之見於彝銘及篆文者，俱無閣置之象。而說者乃謂皇下之「土象其架」，是尤乖於字例，而謬為臆說者矣。夫皇從王聲，而《說文》以會意釋之。是猶袷、毳、君、命、右、周、局、道、御、衙、衛、訥、共、異、與、䛐、友、史、筆、緊、堅、杸、敗、畋、教、庸、渺、䚯、百、鼻、雀、蔑、爯、幼、叀、茲、剆、刵、栔、觲、等、簋、奱、左、差、䡟、奇、哥、號、桓、䶇、眚、飤、糴、矦、㕓、稟、師、賓、華、國、䞋、朙、𠁁、貫、臬、兇、瘚、置、仁、徛、仰、伍、什、佰、寑、倪、侻、㑊、㐱、朢、袁、屍、俞、兟、覞、歆、羨、脂、醮、䊫、

厸、髦、司、嚞、令、辟、羿、勻、旬、勺、包、
胞、鬼、羗、屵、庫、庶、喦、虖、鬵、驪、灰、
炅、焱、夷、喬、絞、悥、愚、態、㴱、沆、淖、
瀺、脜、覝、冬、電、鱻、瀺、乖、㹴、轟、奴、
如、嬰、姦、我、義、封、堯、鑾、衛、釿、隍、
垒、馗、亂、辯、挽、屛、醉、醫，而《說文》釋
為會意。笘、箕、豐、虞、高、齊、兌、石、磬、
淵、雲、弢、蜀、畾、鏗、臼、酉，而《說文》釋
為象形。從●聲之朱而《說文》釋為指事。是皆誤
形聲之字為會意或象形，固許書所多見者。或於蔭、
刞、笙、朙、華、枭、侍、仰、什、倪、俵、醮、
齹、汧、醮，諸字之下注曰「會意包形聲」，而於駉
鑣輗之下臆刪聲字段玉裁《說文解字注》。是未知會意未
可包形聲，而形聲可以晐會意。凡形聲之不兼會意
者，則為假借構字。自許氏以降，舉視諧聲之字唯
以識音，此所以昧於假借為造字之通則也。

慎

愼，謹也，从心真聲。㥏，古文。

　　案慎於〈龜公華鐘〉作㤬《三代》一卷62葉，【注】

〈鼄公華鐘〉云「⿱亦曰為出⿱耳心,元器其舊哉」。案⿱亦曰隸定為昚,⿱耳心為聽之古文,義謂審慎悉以聽之也。元器其舊哉者,義謂此善美之寶器能歷久不毀也。於古璽作⿱亦心⿱亦心丁氏《古籀補補》,⿱亦曰亦從心會意,⿱亦心從夜心會意,亦夜同音,故從亦猶從夜,與宵從宀月小聲,皆以示日入匽作,小心謹慎之義說見宵下,攺忘於〈陳侯午鐘〉作⿱亦甘《三代》八卷42葉,所從之甘與⿱亦曰所從之曰皆東周之變體,《說文》所載古文之昚,乃⿱亦曰之譌變。惡之作⿱亞日,亦為東周所傳,《說文》列⿱亞日於〈亞部〉,而云「闕」,是許氏未識⿱亞日為惡之異體,則其不識昚之構體,斷然可知。昚隸定為昚,書傳或作眘,始見《史記虞卿傳》,【注】〈虞卿傳〉云「虞卿聞之,入見王曰『此飾說也,王眘勿予』!」〈集解〉徐廣曰「眘,音慎」。《玉篇》於月日二部兼收眘昚二字,并云「古文慎」,是又未知眘為昚之譌變。《說文襾部》云「襾讀若⿱亞日」,則許氏固知⿱亞日從亞聲,而云「闕」者,乃以不識其形文,及其本義也。《玉篇日部、亞部》并云「⿱亞日,烏訝切,姓也」,《廣韻》、《集韻》俱因其說,是則惡之變體為⿱亞日,自許氏以後,幾於逸傳。唯郭忠恕〈汗簡〉云「⿱亞日,古文惡,出《石經》」,此乃古義之僅存者。

可證魏之《三體石經》多存古字，亦有補苴許書罅漏者，此其一耑也。古璽有「壹心慎事」《十鐘山房印舉》三卷 2 葉，此為篆文之慎，始見銘識者。審其文字，乃晚周或嬴秦之物。然則自會意之杏，而孳乳為諧聲之慎，當出晚周。慎從真聲，無以示謹惕之義，斯則形聲之字聲不兼義者，非因轉注易聲，亦多為後世孳乳者也。

乃

乃，秦人市買多得為乃，从乃從久，益至也，詩曰「我乃酌彼金罍」。

案《說文》云「乃，曳詞之難也」，卜辭之于或從乃作丐丐，以示于為語詞，可證乃為語詞，塙不可易。久者止之到文，而以返行為本義說見久下。然則乃從乃久，當以且止詞為本義。自乃而孳乳為盈，則以止而勿增，以示器滿之義。《說文》引《周南卷耳》之乃，正為語詞，而僅存於經傳者。此審之字形，及乃所孳乳之盈，與《周南卷耳》之乃，舉可證乃為語詞。【注】〈卷耳〉云「陟彼崔嵬，我馬虺隤。我乃酌彼金罍，維以不永懷。陟彼高岡，我馬玄黃，我乃酌彼兕觥，維

以不永懷」。案夃通姑，即姑且，暫且之語詞。《說文》據<u>秦</u>人之言以釋夃，亦猶據蠻夷之物以釋核說見核下，據<u>巴蜀</u>之言以釋氏說見氏下，說并非是。而《說文》云「从乃從夂，益至也」，斯為曲解字形，無俟諦議。藉如其說，義無見市買多得之義也。

彝

，宗廟常器也，从糸，糸綦也，持之，米器中實也，从彑象形，此與𢍮相佀，《周禮六彝》，雞彝、鳥彝、黃彝、虎彝、蜼彝、斝彝，以持祼將之禮。、，皆古文彝。

案彝於卜辭作，於彝銘作，并從雞會意，以示執雞行彝，文作者，象束祧瀝血，以示釁祭，形尤宛肖。彝銘之彝於雞首之側，別箸三與二者，是猶毓於〈祖丁卣〉作，於〈呂仲爵〉作，於去下別箸點形，以象生子之血，其構字同意。【注】〈祖丁卣〉作，見《三代》十三卷 38 葉，〈呂仲爵〉作，見《三代》十六卷 40 葉。文作者乃從糸雞會意，從糸所以示束縛之義。雞彝古韻同屬衣攝，而聲類縣隔彝於古音屬定紐，雞屬見紐，此所以知彝非從雞聲也。

《禮記雜記下》云「凡宗廟之器，其名者成，則釁之以豭豚」，可證宗器新成必有釁祭之典，又〈雜器下〉云「成廟則釁之，門夾室皆用雞」，此以雞釁廟之典。夫牛羊犬豕，俱可用釁，是故牛以釁鐘見《孟子梁惠王上》，【注】〈梁惠王上〉云「王坐於堂上，有牽牛而過堂下者，王見之，曰：『牛何之？』對曰『將以釁鐘』。」趙岐注云「新鑄鐘，殺牲以血塗其釁郤，因以祭之曰釁」。羊以釁積見《周禮羊人》，犬有幾珥見《周禮犬人》。而釁之構字，乃象割雞為釁者，則以宗廟之器，若簠、簋、尊、豆、爵、罕、卣、盉、觚、匜、觶之屬，小器為多，是其用小牲為釁，必多於大牲。《禮記》所謂「凡宗廟之器，其名者成，則釁之以豭豚」者，名義為大〈禮器〉注曰「名猶大也」，乃謂大器釁以豭豚，則可準知小器必釁以雞，此司馬子魚所謂「小事不用大牲」也見《左傳僖十九年》。【注】《左傳僖十九年》云「司馬子魚曰『古者六畜，不相為用，小事不用大牲，而況敢用人乎』？」夫宗廟之器，品類多方，未可偏據一端以通名諸器。惟釁祭之禮，乃為宗器所同。養生之器，固無釁祭之制，是以釁之構字，乃示以雞為釁，葢以唯此始可示其為宗廟之器。是猶唯從品從犬，始可示其為

一切盛物之器也。彝於卜辭或從卜作𣎵者，乃示卜日行祭，猶之擇日以祭龜見《史記龜策傳》。此證之彝或從卜，則知彝以祭祭構字，益無可疑。〈楚王酓章鐘〉云「楚王酓章乍曾侯乙宗彝」《辭氏款識》卷六，據此則彝非僅為食器飲器之名，亦為樂器之名。篆文於象瀝血之形譌變為米，《說文》遂云「米器中實也」，則悖其形義矣。《說文》復云「从互象形」，是又誤以雞喙為互，乖謬益甚。《說文》所載古文之𢆉，不見卜辭彝銘，且亦構形無義，當為晚周謬體，或為傳錄之譌。或曰「古彝字从雞从廾，手執雞者，守時而動，有常道也，故宗廟常器之謂彝」吳氏《古籀補》引楊沂孫說。斯則識其字形，而謬於字義。或曰「彝从彡，文飾也」林義光《文源》，則於字形且不識，而妄言字義者矣。

食

𠊊，亼米也，从皀亼聲，或說亼皀也。

　　案食於卜辭作𠊊𠊊𠊊𠊊，彝銘作𠊊𠊊，并從亼皀會意，而以進食為本義。皀者簋之初文說見皀下，亼讀如集，以示集簋而食。《秦風權輿》云「每食四

簋」，《小雅伐木》云「陳饋八簋」，《禮記玉藻》云
「朔月少牢，五俎四簋」，〈祭統〉云「三牲之俎，
八簋之實，美物備矣」，是古者饗燕饋食之禮，少則
四簋，多則八簋，此所以食從亼皀會意。以皀為黍
稷之器，故名六穀之飯曰食，《周禮饎人》云「共王
及后之六食」，斯乃食之引伸義也。【注】六食，謂以稻、
粱、菽、麥、黍、稷六穀所作之食物。《說文》釋食為「一
米」諸本《說文》皆作一米，段注本改作亼米。，釋其構形，
則曰「從皀亼聲，或說亼皀」，是未識皀為簋之初文，
故亦未得食之本義。食亼聲韻縣越食於古音屬噫攝定紐，
亼屬音攝從紐，而云「從皀亼聲」，則尤失之乖剌矣。
案《管子君臣上》云「主德不立，則婦人能食其意」，
《管子君臣下》云「明君在上，便僻不能食其意」，
【注】案便僻亦作便辟，謂諂媚逢迎。《論語季氏篇》孔子曰「損
者三友，友便辟、友善柔、友便佞，損矣」。邢昺疏「便辟，巧辟
人之所忌以求容媚者也」。《戰國策衛策》云「君所行於世
者，食高麗也」，是皆假食為用食用古音同屬定紐。【注】
高麗謂超高華美也。〈宋衛策〉云「人生之所行，與死之心異。始
君之所行於世者，食高麗也」。姚宏注「食，用也。麗，美也。諸
所行為者，務用高美觀目而已，不務用德也」。以食假為用，

故孳乳為飤，乃以別於借義之轉注字。飤之見於彝器者，其文曰飤鼎《三代》三卷 8 葉〈須盂生鼎〉、23 葉〈陳屮襄鼎〉、24 葉〈內公鼎〉。，飤䥎《三代》四卷 13 葉〈寡兒鼎〉、18 葉〈蔡大師鼎〉，飤鼎鬲《三代》三卷 36 葉〈鄆孝子鼎〉，飤䃑䃑《三代》三卷 33 葉〈袁鼎〉，飤瓹《三代》五卷 12 葉〈邕子瓹〉、《錄遺》06 圖〈王孫壽瓹〉，飤簠《三代》十卷 1 葉〈樊君簠〉、3 葉〈大司馬簠〉、5 葉〈魯士簠〉、15 葉〈楚子簠〉，飤盂《周金文存》四卷 39 葉〈宜桐盂〉，飤器《三代》十七卷 13 葉〈黃韋俞父盤〉，是皆盛食之器，故名之曰飤，義同《管子》及《韓非子》之「食器」見《管子度地篇》、《韓非子十過篇》。〈命簠〉云「命其永臣叚飤多友」《三代》八卷 31 葉，案原文以叚飤倒置於多友之下。，〈白旅簠〉云「白旅魚父乍旅簠用飤倗友」《三代》十卷 7 葉，案原文以飤倒置於倗友之下。，〈儔兒鐘〉云「樂我父兄，歆飤訶遳」《積古》三卷 3 葉，案訶遳即篆文之歌舞。，〈弲仲簠〉云「饌具召飤」《辥氏》卷十五，可覘飤食音義相同，此其明證。若夫飲器之觶，銘曰「父乙飤」者《三代》十四卷 42 葉，飤乃姓氏食之緐文，異乎它器與食同義之飤，故於「飤」下不箸器名也。《玉篇》云「飤，食也」，其說密符初恉，當為相承古義。《說

文》云「飤，糧也，从人食」。是昧於轉注之通則，而誤以食飤為二義，且又誤以諧聲為會意。飾蝕與飭皆從飤聲，於飾以示食已清㪍，於蝕以示蟲食膚肉，於飭所從飤聲，則為用之假借，以示用力致堅。此證以飤所孳乳之飾蝕與飭，因知食飤音義無異，益無可疑。《說文》釋飾云「从巾从人食聲」，釋蝕云「从虫人食，食亦聲」，釋飭云「从人力食聲」，是如釋祝从示儿口說見祝下，并為磔裂字形，以釋字義者矣。或曰飤篆淺人所增《說文》<u>段</u>注，斯則囿於經典而言，宜其說有未然也。

帥

帥，佩巾也，从巾𠂤聲。帨，帥或从兌。

案帥於彝銘作帥帥，〈㝅白簋〉作帥《三代》九卷27葉，〈師虎簋〉作帥《三代》九卷29葉，《禮記內則》云「子生男子設弧於門左，女子設帨於門右」，此彝銘之帥所以從門巾會意。且自彝銘以至篆文，并以巾置門右，無一遷移，此固會意字亦兼象形者也。所從之門，於彝銘疊作𨳌或𨳊者，是猶篆文之𡆧、𡭊所從之屮并疊作艸，乃以字之橫廣者，而易為狹

長，是亦<u>殷商</u>以降之通例_{說見目下}。【注】若目於卜辭作
⬦、▱，於彝銘作▨、▱，而於篆文則豎之作「目」是也。文作
眔者，猶帶之從重巾，乃以示佩巾之非一。文從戶
作帥者，與從門同意。若篆文之帥，所從之𠁣乃𦥔
之譌易。《說文》云「从巾𠂤聲」，是非特昧於帥之
構體，且不明𠂤之音義_{說見𠂤下}，而據以妄說文字
矣。

皮

皮，剝取獸革者謂之皮，从又為省聲。𣬉，古文皮，
　𤿭，籀文皮。

案皮於〈未皮父簋〉作𤿗𤿗《三代》八卷 38 葉，
從又革省會意。從又示剝取，從革省示獸革，以其
剝取未竟，異乎張革待乾，故不從革之全形。是猶
梟從鳥省，示受磔刑，故不從鳥之全形，其構字同
意_{段注本從<u>張參</u>〈五經文字〉改篆文從鳥，其說非是。}。皮為
古音同部_{同屬阿攝}，故《說文》釋曰「為省聲」，然
案皮於古音屬並紐，為屬為紐，凡從皮聲之字，無
轉牙音者。凡從為聲之字無轉脣音者。【注】案牙音即
舌根音，如見、溪、群、疑是也。脣音即雙脣音，幫、滂、並、

明是也。爲屬牙音，皮屬脣音。此覈之形聲，而知皮非從爲聲。藉如其說，亦無以示獸革之義。乃以爲聲釋之，是猶釋帝從束聲，釋單從吅聲，釋羔從照聲，釋覃從鹹聲，釋季從千聲，釋黍從雨聲，釋袁從叀聲，釋戍從一聲，釋良長俱從亾聲，皆爲聲類相乖之謬說。籀文之 𠕋 乃 𠂤 之譌易，古文之 𥁕 則晚周之俗體也。

帝

帝，諦也，王天下之號，从二束聲。𠀑，古文帝，古文諸上字皆从一，篆文皆从二，二，古文上字，示、辰、龍、童、音、章，皆从古文上。

　　案帝於卜辭作 𥝌 𥝌 𥝌 𥝌，彝銘作 𥝌 𥝌，於文爲從不之合體指事。不爲華英，而爲柎之初文說見不下。則帝乃華柎而爲蒂之初文。不於卜辭作 𥝌 𥝌，上象華柎，下象華英，是其構形，固已兼具華柎，而於不外，復有帝字，於華英及華柎之間，別箸丨或一，以示丨一之上爲華柎之義。猶之木杪之末，別箸橫畫，以示枝上爲末，皆爲合體指事。華柎亦即瓜果之柎，凡取瓜果必折其柎，故自帝而孳乳爲拓果實

之摘。摘從啻聲者，乃帝之假借，《鄘風君子偕老》、《魏風葛屨》并假掃為擿，斯正摘之本字。【注】〈君子偕老〉云「玉之瑱也，象之掃也，揚且之晳也」。毛傳云「掃，所以摘髮也」。孔穎達疏「以象骨搔首，因以為飾，名之掃，故云『所以摘髮』。」〈葛屨〉云「佩其象掃」是也」。若夫卜辭之䘏《京津》4363 片，乃祭名帝之緐文，非摘之古文也。上帝之名始見卜辭《後編上》28.14 片，《甲編》1164 片。，斯為假借之義。王者賓天，上配天帝，故亦偁之曰帝，《禮記曲禮》云「措之廟，立之主曰帝」者是也。〈堯典〉與〈皋陶謨〉并偁堯、舜曰帝，卜辭亦有帝甲、帝丁見《粹編》259 片、376 片，此皆歿後之名。《管子揆度篇》於共工、堯、舜并偁之曰王，則不從歿後之尊偁也。以帝借為上帝，故於卜辭孳乳為從中之憲說見憲下，於篆文孳乳為從艸之蔕帝憲蔕古音同屬端紐，皆為別於借義之轉注字。《春秋元命苞》云「帝者諦也」，《春秋文耀鉤》云「王者往也」《御覽》七十六引，《說文》因據以釋帝釋王，是皆緯書傅合之說，《後漢書李雲傳》引孔子曰「帝者諦也」，文與《春秋元命苞》相同。因知《說文》所載孔子之言，胥出緯書偽託，未可據釋字義。帝於卜辭作帝，彝銘

作𤯔，并於文上箸一橫畫者，乃古文之冗筆，而為篆文之所本，非從二也。帝朿古音同部_{同屬益攝}，故《說文》云「从二朿聲」。然案帝屬端紐，朿屬清紐，凡從帝聲之字，無轉齒音者。凡從朿聲之字，無轉舌音者。此𤯔之形聲，及帝所孳乳之蒂，因知<u>許氏</u>之說，於形聲義，并悖初恉。通考《說文》所釋諧聲之字，多有聲類睽違，而於古音不相通轉者。若牡從土聲、單從吅聲、舌從干聲、業從丵聲，罬從囪聲、皮從為聲、𣪘從未聲、奭從皕聲、習從自聲、彭從彡聲、豈從散聲、虔從文聲、食從亼聲、覃從鹹聲、曑從參聲、矤從矢聲、并從幵聲、袁從叀聲、參從㐺聲、莧從首聲、麳從來聲、失從乙聲、弼從西聲、斯從其聲、少弟俱從丿聲、聿妻俱從屮聲、分穴俱從八聲、良長俱從亾聲、聿秀戉俱從一聲，若斯之比，亦猶帝之與朿，聲類迥殊。而牡之與土、罬之與囪、𣪘之與未、奭之與皕、習之與自、彭之與彡、豈之與散、虔之與文、食之與亼、曑之與參、矤之與矢、并之與幵、參之與㐺、麳之與來、弼之與西、斯之與其、聿之與屮、少弟之與丿、分穴之與八、聿秀戉之與一聲，韻部亦不通轉。考之古文，

示為指事，辰龍俱為象形，童為從辛東聲，章為從辛象形。《說文》釋童為從辛重聲，釋音為從言指事，亦尚愍戾初悟。《說文》釋示辰為從二，釋龍從童聲，釋章從音十，斯乃大悖形義，且於篆文不符。而此云「龍童音章，皆从古文上」，則又自語相違矣。蓋許氏釋字，多有游逡二說或三說者，皆以理遴明通，故爾靡能決正。《說文》云「蒂，瓜當也」，乃據〈曲禮〉以寘為瓜當之義而釋蒂，是未知華之柢亦即瓜果之當。【注】〈曲禮上〉云「為天子削瓜者，……士寘之」。孔穎達疏「寘謂脫華處」。且夫艸木固有華而不實者，苟且有華則必有蒂，是蒂之義訓非僅瓜當，故其初文從不作帝。乃以瓜當釋之，是亦未能切合字義者也。

甯

甯，所願也，从用寧省聲。

案甯乃用寧之合文，猶〈亥鼎〉之趬《三代》三卷 44 葉，為走馬之合文。用丁同屬舌音用於古音屬定紐，丁屬端紐。，故緩言為丁寧。《左傳宣四年》云「伯棼射王，汏輈及鼓跗，著於丁寧」，【注】汏乃太之假借，過也。《國語晉語五》云「戰以錞于、丁甯，儆其民

也」，〈吳語〉云「王乃親就鳴鐘，鼓丁寧，錞于振鐸」，【注】錞于，古代樂器名，青銅製。形如筒，上圓下虛，頂有紐可懸掛，以物擊之而鳴。多與鼓配合，用于戰爭中指揮進退。丁寧亦古代樂器名，即鉦，似鐘而小。〈吳語〉云「昧明，王乃秉枹，親就鳴鐘，鼓丁寧錞于，振鐸」。是皆甯之復言也，丁寧之合音為鉦，則為甯之後起字，猶驪為趲之後起字。用為鐘之初文說見用下，鉦為鐘屬之器，故其字從用作甯，乃據引伸義而構字。惟以寧甯同音，古或通借，故《說文》誤以願詞之寧而釋甯。是未知用之初義，且未知從用之字，無語詞之義也。

各

𠕁，異𦥸也，從口夂，夂者行而有止之，不相聽意。

案各於卜辭作𠙵𠙷𠚒𠚓，於彝銘作𠙵𠙺，〈師虎簋〉作𡗜，〈庚嬴卣〉作𡗜，【注】〈師虎簋〉見《三代》九卷 29 葉，〈庚嬴卣〉見《三代》十三卷 45 葉，文作𠙵者，乃從夂口會意，而以至為本義。字從夂口，以示反止入邑。猶之出於卜辭作𠚖，以示止之離邑，構字同意說見出下。文作𠚒者，猶正於卜辭作𠙽，乃一字之異體。此徵之字形，而知各之本義為至者一也。各

義為至，多見彝銘。此徵之古訓，而知各之本義為至者二也。卜辭云「比𠴵止若，　其𠴵又正，　比𠴵」《粹編》1062片，比讀如庀，此卜庀行各祭之宜否。各祭即〈堯典〉「歸格于藝祖」之格，【注】案格即各祭。

藝祖謂有文德之祖。〈堯典〉云「十有一月，朔巡守，至于北岳，如西禮。歸格于藝祖，用特」。孔傳「巡守四岳，然後歸告至文祖之廟」。孔穎達疏「才藝文德其義相通，故藝為文也」。用特，謂用公牛為牲也。亦即《左傳桓二年》「反行飲至」之至。

卜辭亦有至祭，與各祭同實而異名。此徵之古訓，而知各之本義為至者三也。《方言》卷一云「各，至也」，此各之本義見於書傳者。蓋以各借為異詞，故孳乳為格迖，及篆文之徦，皆為別於借義之轉注字

各段古音同屬烏攝見紐。徦從段聲，無以示行至之義，所從之段乃各之假借。可徵篆文之徦，即卜辭之各。各從行省作格，或從辵作迖者，皆所以示行止之義，亦即各之絫文。《說文》列各徦為二字，已乖初恉，而以異詞釋各，則又誤以假借為本義。蓋從口之字，於卜辭彝銘多無異於言食之口，遂以各為從口，而以異詞釋之也。或謂各乃从口自名羅振玉《增訂殷契考釋中》64葉，是未知各於卜辭亦作𠴵𠴵《鐵雲》190、3

片、《前編》4、31、2片，文正從口，非若名之從口。乃云「从口自名」，是亦不能因形見義者矣。

雁

，雁鳥也，从隹从人瘖省聲。，籒文雁从鳥。

案《說文鳥部》於鳶鷂之下，并云「鷙鳥也」，雁與鳶鷂同類，則其義訓當同。《一切經音義》卷二十九引《說文》云「鷹，鷙鳥也」，可證今本《說文》鳥上奪「鷙」字。雁於彝銘作，所從之與〈析戈〉所從之同體《三代》十九卷22葉，是隸定為𢉖，從隹斤會意。從斤者猶鷻之從𦎫案𦎫乃敦之古文、鷙之從執，皆以示殺伐之義。𦎫義如《魯頌閟宮》「敦商之旅」之敦，其初文作𦎫，〈宗周鐘〉云「𦎫伐其至」《三代》一卷65葉，〈寡子卣〉云「以𦎫不𠹌」《三代》十三卷37葉，義皆謂撻伐，【注】〈宗周鐘〉云「南或𠬝子敢陷虐我土，王𦎫伐其至」。𦎫乃敦之初文，引伸有征伐之義。鐘銘之義，乃謂南國諸君敢攻陷我城邑，殘暴我人民，王必隨其所至而擊之也。〈寡子卣〉云「以𦎫不𠹌，康乃邦」。義謂征伐不善，安其邦國也。是則雁鷻鷙三字之結體，皆示其為擊殺之鳥。以雁主擊殺，故〈月令〉名之曰

征鳥。【注】《禮記月令》云「季冬之月，征鳥厲疾」。征鳥謂遠飛之鳥，鷹隼之屬。征伐為兵事，故其字從斤作鴈，亦猶兵之從斤也。篆文作雁當為鴈之譌變，《說文》云「從隹從人瘖省聲」，是據譌文誤以會意為諧聲。而未知雁亦能鳴，乃云雁從瘖聲，非唯無所取義，且雁瘖韻部乖隔瘖屬音攝，雁屬應攝，惟二字同屬影紐。，是徒牽合聲類相同，而誤以諧聲釋之也。禽獸之名，從人構字者，唯雁字為然。良以雁有人性，飛則成列，止則羣居，其或配耦有喪，則任斥候而不雙宿，皆人之所貴，以故先王制禮，取以為贄，《周禮大宗伯》云「大夫執雁」者是也。其若駕鵝曰鴈，乃鵝之轉語鴈屬安攝疑紐，鵝屬阿攝疑紐，對轉相通。，雁鴈本為一文，非有二義。雁性迥異於雁，則其字不當從人。若夫羊有從人之羌，以示游牧之族。犬有從人伏，以示犬善伺人。像以示形似，儦以示行皃，能以示意態，儨以示豫賈，佗以示負何，傝以示驕倨，凡此所從之人，皆非禽獸蟲豸之義，固異乎雁之從人，而為鳥名也。或據彝銘之𩿨而謂從隹從𠂆從丨，鷹窠多在山石巖穴閒，故以從𠂆見義，𠂆象厂圻，丨則象山石墜落之形<u>方濬益</u>《綴遺齋彝器考釋》四卷 21 葉。

或謂雁所從之𠂤乃從人從丨，當象一腋之形，雁在人臂，故字如此作王國維《史籀篇疏證》。是皆觀頗之言，無一近理。通考鳥獸蟲魚之名，其以居處構字者，僅有蠹字，蠹者蠱之或體見《說文蚰部》，生長木中，不可或離，故字以從木見義。其從彙聲作蠹者，亦以彙為橐之初文，以示彙居木中，久則中空如橐，此以比擬構字也。它如牛閑曰牢，豕廁曰圂，鼠匿於穴曰竄，兔在宀下曰冤，鳥止於木曰集，鳥在巢上曰西，固未嘗以為一物之名，則不應於雁獨以止宿之所而構字。且也崖穴之禽尚有鷲鵰蝙蝠，雀為依人之鳥，犬為狎習之獸，而鷲鵰不從崖穴，雀犬未嘗從人。乃謂𠂤象厂圻之形，或謂𠂤象一腋之形，是豈先民構字之意。案《荀子法行篇》「鷹鳶猶以山為卑，而增巢其上」。孫楚〈鷹賦〉云「生於窟者則好眠，巢於木者則常立」《御覽》九百二十六引。是知鷹有窟處，亦有巢居。其於棲止人臂，唯於行獵為然，乃為馴服如斯，而亦千百之一，尤不可偏據一耑，以構文字。矧夫斧示圻厂，亦象臂掖，而雁所從之𠂤於斧亦二文，無一形近。乃謂𠂤象厂圻，或謂𠂤象一腋，是尤鑿空妄說，皆為觀文而不能得義者也。

自餘異說，率為荒幼，無庸一論矣。

剛

，彊斷也，从刀岡聲。，古文剛如此。

案《說文山部》云「岡，山脊也」，訓彊斷之剛而從岡聲，無所取義。攷剛之初文於卜辭作，隸定為㓻，從刀网聲。网者如罷置罵詈之從网，義謂辠网。從刀网聲者，示勇破辠网，不屈於刑辠之義。此正彊斷之本字，從网聲作㓻之明證。篆文之剛，〈剛爵〉之《三代》十六卷 17 葉，〈散盤〉之《三代》十七卷 21 葉，則并為方名之專字。以方名多有從山從土之例也說見《殷栔新詮引言》。以㓻義為彊斷，引伸之義為彊，故凡從㓻聲之字，俱有彊義。特牛之犅，於卜辭作，於〈大仲簋〉作《三代》八卷 44 葉，〈靜簋〉作《三代》六卷 55 葉，示其彊大有力，篆文作犅者，所從岡聲，乃㓻之假借也。辠之小者曰罰，從言㓻會意，以示言詞彊愎，違於禮法者，其辠當罰，非如《說文》所謂持刀罵詈也。許氏誤以方名之剛為彊斷之本字，非唯失之形義不符，且亦無解於罰之構體矣。鐵之堅者曰剛鐵，木之堅者

曰剛木見《山海經北山經》，鬣之彊者曰剛鬣見《禮記曲禮下》，【注】《禮記曲禮下》「凡祭宗廟之禮，牛曰一元大武，豕曰剛鬣」。孔穎達疏「豕肥則毛鬣剛大也」。是皆剛之引伸義。或曰剛本訓為芒刃之堅利朱駿聲《通訓定聲》，是不知彊斷之義為斷皋网，且不知其本字為㓝，故爾別生謬說也。

民

民，眾氓也，从古文之象。𠂤，古文民。

案民於〈克鼎〉作𤰕，〈盂鼎〉作𤰕，於古璽作𤰕𤰕丁佛言《說文古籀補補》，從母從氏省會意，以示無姓氏者為民。蓋以古者因生地而立姓，因封邑而為氏，是皆受之天子，世祿及於子孫。《左傳隱八年》所謂「天子建德，因生以賜姓，胙之土而命之氏」者是也。凡有姓氏者，不為侯伯，必在王官。《左傳隱八年》所謂「官有世功，則有官族」者是也。以其受姓氏者，必在官常，故偁百官為百姓。〈堯典〉云「平章百姓」，【注】〈堯典〉云「九族既睦，平章百姓」。案平乃采之譌變，采，辨別也。章義為明，義謂親族既已親和，進而辨別明察百官之職守也。〈楚語〉云「百姓千品」者

是也。《史記平準書》云「居官者以為姓號」，據此可知姓氏非庶民所有，故自<u>嬴秦</u>以後尚有無氏之民，此所以民從毋氏會意也。《國語晉語一》云「昔者之伐也，興百姓以為百姓，是以民能欣之」。《管子任法篇》云「羣臣百姓人挾其私，而幸其主」。《荀子彊國篇》云「詐臣亂之朝，貪吏亂之官，眾庶百姓皆以貪利爭奪為俗」。〈君子篇〉云「百吏官人無怠慢之事，眾庶百姓無姦怪之俗」。凡此所云百姓，則為黔首之儔。【注】《禮記祭義》云「明命鬼神，以為黔首則」。<u>鄭</u>注「黔首，謂民也」。<u>孔</u>疏「凡人以黑巾覆首，故謂之黔首」。蓋以有土之君，後世喪其國邑，淪為臣僕，而仍存其姓氏，故自<u>春秋</u>以來，始以百姓為眾庶之名也。《說文》云「民，眾氓也，從古文之象」。其云「從古文之象」者，乃謂篆文之民，取象於古文之民。而於古文之民，《說文》未釋其字，是民之構體，乃<u>許氏</u>所未詳。

去

去，人相違也，从大凵聲。

　　案去於卜辭作𠫓𠫓，古匋文作𠫓𠫓<u>丁氏</u>《古籀補

補》，從去之濥於〈克鼎〉、〈盂鼎〉、〈師酉簋〉作㐱，古幣之刀於濥貨二字省為去化，去皆作㐱《古錢大辭典》838圖至1058圖，并從大口會意。猶之出於卜辭作𠱠𠱠，從止口會意，皆以示行離本邑。【注】口，國邑也。音ㄨㄟˊ、weiˊ，《說文囗部》云「囗，古文囗，从口象國邑」是也。亦猶遣於卜辭作𨑹𨑹，以示行師出征說見𠳐下，字俱從口，非從言食之口與飯器之凵也。秦權秦量作㐱見容庚《金文編》，則與《說文》所載篆文相同，乃其省體。《說文》未覯初文，故誤以為從大凵聲。苟如其說，則去當與飲盦即卿諸字同義卿乃饗之初文，說見卿下，不當有相違之義，從去之字，若朅、㥦、狜、劫，并承違離之義而孳乳，不承飯器之義而孳乳，此不待考之古文，而知去非從凵聲也。【注】《說文去部》云「朅，去也。㥦，去也」。〈犬部〉云「狜，多畏也」。〈力部〉云「劫，人欲去以力脅止曰劫。或曰以力去曰劫」。由此可知從去構形之朅、㥦、狜、劫，并承違離之義而孳乳也。是知篆文之去作㐱，乃從口省，非從飯器之凵也。

父　匁

𠂇，矩也，家長率教者，从又舉杖。

䆞，老也，从又从灾，闕。䆞，籀文从寸。㑶，䆞
或从人。

案父於卜辭作𠂇𠂇，於彝銘作𠃜𠃜，從又持丶
會意。丶者主之初文，以示為家主，而以光明導人。
䆞於卜辭作𤕫𤕫或𤑫𤑫見《甲編》788片、《拾掇二編》
159片，於方名之外，義同《爾雅釋天》「春獵為蒐」
之蒐。𤕫𤑫為一文之緐省，其作𤑫者乃從攴火會意。
從攴與從又同，從火與從丶同，文作𤕫者，乃從宀
灷聲。據此則父䆞二文構字同意。若持杖之尹，於
卜辭作𠂤𠂤，於彝銘作𠃝𠃝，與父形迥別。惟彝銘
之父自西周之季多作𠂇𠂇，而為篆文之所本，故許
氏誤為「从又舉杖」。而於持杖之尹，則釋為「从又
丿握事者也」，是皆未識初文，故爾昧於二字之構體。
《說文》釋䆞云「从又灾」，則非唯誤以形聲為會意，
且誤以灷所從之火與宀連為一文。亦若老䆞而有救
灾之役，其義難通，其聲韻迥異。是猶祭之與有有
義說見有下、是之與韙、干之與盾干義說見干下、𣃘之
與飾、卜之與貞、目之與眼、盾之與戭、予之與付、
甘之與旨、桀之與磔、寒之與冷、匕之與匙、炙之
與燎、尢之與尰、冶之與銷、力之與筋，并義同音

異，非轉注之孳乳。斯必古者華夷雜處，先民寫四夷之言以構字，是以聲韻不同夏言。然而卜辭已有父叜甘旨之字，可證殊方異語，殷時已有兼容。逮乎姬周，其數彌夥。若丁零之貂、南越之狻、北野之騊駼、胡地之貔豹、薉邪頭國之鮸魵、樂浪潘國之鱸鯜、遼東之鰸䰽、氐人之絣紕、薉貉之繝，如此之流，皆必譯音制字。可證姬周之時，禹域文教廣被遠夷，荒垂物產，多入中夏，此考之文字而知之。以較伊尹所為四方獻令見《逸周書王會篇》，固尤可資堅信也。【注】〈王會篇〉云「湯問伊尹曰：『諸侯來獻，或無馬牛之所生，而獻遠方之物事實相反不利。今吾欲因其地勢，所有獻之，必易得而不貴，其為四方獻令』。伊尹受命，于是為四方令曰：『臣請正東，符婁、仇州、伊慮、漚深、十蠻、越漚、鬋髮文身，請令以魚皮之鞞、鰂鰂之醬、鮫敵利劍為獻。正南，甌鄧、桂國、損子、產里、百濮、九菌，請令以珠璣、玳瑁、象齒、文犀、翠羽、菌鶴、短狗為獻。正西，昆侖、狗國、鬼親、枳巳、耳貫胸、雕題、離身、漆齒，請令以丹青、白旄、紕罽、江歷、龍角、神龜為獻。正北，空同、大夏、莎車、姑他、旦略、豹胡、代翟，匈奴、樓煩、月氏、孅犁、其龍、東胡，請令以橐駝、白玉、野馬、騊駼、駃騠、良弓為獻』。湯曰：善」。父巴同音古音同屬烏攝幫紐，自父而孳乳為爸。父與邪者古為疊韻，故孳乳為爺爹。

者多雙聲二字古音同屬端紐，故自銮而孳乳為爹爸、爺、
銮、爹，并見《玉篇父部》，案爺乃從父耶聲，《玉篇》及書傳并
作爺者，耶乃邪之俗體。。是皆<u>漢後</u>所孳乳之轉注字也。

習

習，數飛也，从羽从白。

　　案習於卜辭作習習，古璽作習《十鐘山房印舉》，
從習聲之騽於卜辭作騽騽《前編》2.5.7 片，4.47.5 片，
并從日羽會意，以示日日常飛，而以習飛為本義〈月
令〉云「鷹乃學習」，斯正習之本義，引伸
為重複常久，與凡學習之義。卜辭云「癸未卜習一
卜，習二卜」《佚存》220 片，「習一卜」《甲編》920 片，「習
卜」《摭佚續》61 片，「習二卜、習三卜、習四卜」《寧
滬》1.5.18 片，《尚書金縢》云「乃卜三龜一習吉」，【注】
乃卜三龜，謂三王各卜以龜。一習吉，一，同也。習，重也。義
謂占卜三個龜版，通皆吉利也。《左傳襄十三年》云「先王
卜征五年，而歲習其祥，不習則增修德而改卜」，〈哀
十年〉云「卜不襲吉」，《禮記表記》云「卜筮不相
襲」，凡此之習襲，皆重複之義。習襲同音，是以假
襲為習。卜辭之「習一卜」，或「習四卜」，乃記重

卜之數。其云「囗卜習霝，一卜五囗」《粹編》1550 片，霝乃從雨龜聲，而為滈之古文龜高同屬見紐，「卜習霝」者，乃卜是否重有久雨也。《周易坎卦》相重，名曰習坎，其象辭曰「習坎重險也」，因知習為重疊之義，乃殷周相承之古訓。唐人未知襲為習之假借，乃曰「重衣謂之襲」見《大雅公劉》孔氏正義，斯則穿鑿形義之謬說矣。證之卜辭及《周易》習坎之義，則知習為數飛，說無可易。證以殷周古文，則知習從日羽，亦無可疑。許氏據譌變之篆文，而釋為「从羽从白」，則失之形義未符。《說文繫傳》云「從羽自聲」，則失之聲韻乖越習屬音攝邪紐，古歸定紐，自屬威攝從紐。。或以合韻釋之《說文》段注，固亦謬為曲說者也。

叚

叚，借也，闕。𢼜，古文叚。叚，譚長說叚如此。

案叚於〈禹鼎〉作𣪊，〈克鐘〉作𣪊，從受𠂤會意。【注】〈禹鼎〉見《錄遺》99 圖，《三代》一卷 23 葉〈克鐘〉云「用匄屯叚永令」，案屯叚即《小雅賓之初筵》之純嘏，義謂用匄求大福長命也。𠂤乃從厂＝聲，而為庢之古文。

段之從厂，為今之借字，示財貨相付受，非取石中含金之義也。叚與椎物之段，皆從古文之厂說見段下，惟段以殳厂會意，而叚以從受厂會意。篆文作叚，譚長說作叚，形小譌易，古文作𣪠，則乖舛益甚。

殳

殳，㠯杖殊人也，《周禮》殳㠯積竹八觚，長杖二尺，建於兵車，旅賁㠯先驅，從又几聲。

案彝器有〈殳爵〉《綴遺》十九卷 9 葉，乃殳之象形，〈父乙卣〉之殳《三代》十二卷 48 葉，則為從又殳聲。猶之耒於〈父己觶〉象形作耒《三代》十四卷 44 葉，於〈父己鼎〉作耒《三代》二卷 24 葉，則為從又耒聲。爵於爵銘作爵《三代》十六卷 26 葉，於〈父癸卣〉作爵《三代》十二卷 55 葉，則為從又爵聲。殳於卜辭作殳殳《甲編》237 片，《乙編》1153 片，亦即卣銘之殳。於〈季良父壺〉則省其柲鐏而作殳《三代》十二卷 28 葉，〈趞曹鼎〉作殳，篆文作殳并為殳之變體。《說文》云「從又几聲」，是據變體之文而誤以為從短羽之几聲矣。考之兵器及刀類之文，若干、戈、弓、矢、刀、戉、盾、矛，字皆象形，短柄之刉與剞劂，【注】

《說文刀部》云「刉，鐮也。剞、劂，曲刀也」。長柄斧與戚戣亦皆象形所孳乳說見九辛戊癸之下。其若鏌、鈒、銚、鉈、鏦之屬，獨以諧聲構字，而聲不兼義者，乃以其與戟矛同類，無可形象，故皆以諧聲構字。且必為後起之名，而非<u>夏殷</u>古字。若殳為無刃之兵，形既異乎戈矛斧戌，字亦早見卜辭，則其構字，決非從几諧聲。<u>許氏</u>未能明徹文字孳乳之例，故誤以几聲釋之也。

枚　攴

枚，榦也，從木攴，可為杖也，詩曰施于條枚。

攴，小擊也，从又卜聲。

　　案枚於〈父辛簋〉作《三代》六卷 16 葉，〈父戊卣〉作《三代》六卷 16 葉，從木從又象執丫杖之形丫杖《釋名釋用器》作丫杖，後起字作枈杚，見《玉篇木部》，於六書為會意而兼象形，篆文從攴者，乃之譌變。良以杖攴本非一物，則不當從攴會意。《說文》釋枚從木攴，是亦據譌文而言。攴於經傳作扑，《左傳襄十七年》<u>杜</u>注訓扑為杖，【注】《左傳襄十七年》云「<u>子罕</u>聞之，親執扑」。<u>杜</u>注「扑，杖也」。信如其說，則是枚之從

攴，適以見枚可以為杖之義。然案扑之見於典籍者，則如鞭箠之屬，未嘗以為扶病輔老之物也。《尚書堯典》云「鞭作官刑，扑作教刑」，《禮記月令》云「司徒搢扑，北面誓之」，【注】搢扑，謂插扑於帶間，示以軍法警戒誓眾之意。《淮南子時則篇》高誘注「搢，插也。扑，以教導也，插置帶間，贊相威儀也。司徒主眾教導之也」。《周禮地官司市》云「大刑扑罰」，〈夏官校人〉云「飾幣馬，執扑而從之」，《儀禮鄉射禮、大射禮》尤多見「搢扑」之文。《左傳文十八年》云「邴歜以扑抶職」，杜注曰「扑，箠也」，《尚書偽孔傳》曰「扑，榎楚也」，說并得之。彝器有〈攴爵〉《三代》十五卷 7 葉，〈攴罍〉《錄遺》207 圖，是卽攴之古文。《儀禮鄉射禮》云「楚扑長如笴，刊本尺」，鄭注曰「笴，矢榦也，長三尺」。據此則扑乃刊竹而成，剖而中分之者二尺，其供握持者一尺，故攴之古文作攴，正象剖而中分，留本一尺之形。然則云「刊本尺」者，非謂削平其持處也。知攴非木製者，以木雖中剖，而一端相連，不至岐若二片。唯竹有彈性，剖其上耑，則形適如Ｖ也。彝銘之攴，乃從又Ｖ聲，卜辭從攴之字，文作攴攴者，乃攴之變體。彝銘作攴者，則為攴之躲

體。篆文作𣪊，形同卜辭之𣪊，非從占卜之卜也。此審之彝銘，而知攴乃刊竹而成之榎楚，亦即〈鄉射禮〉之楚扑，引伸則為扑擊之義。《呂覽安死篇》云「扑擊過奪」，《史記刺客傳》云「<u>高漸離</u>舉筑扑<u>秦皇帝</u>」，是皆扑之引伸義。《說文攴部》云「攴，小擊也」，則誤以引伸為本義矣。此考之攴之義訓，及攴之字形，而知攴性柔弱，未可倚以為杖，是以杖之古文不從攴會意也。引伸凡竹木之平直者為枚，故有「銜枚」《周禮大司馬》、《國語吳語》，【注】銜枚，橫銜枚於口中，以防喧譁或叫喊。枚，形如筷子，兩端有帶，可繫於頸上。《周禮大司馬》云「羣司馬振鐸，車徒皆作，遂鼓行，徒銜枚而進」。及「以枚數闔」《左傳襄十八年》之文。門杙曰枚，亦取平直之義。鐘乳形似門杙，故鐘乳亦曰枚見〈考工記鳧氏〉。枚亦引伸為紀數之名，《墨子》云「石重千鈞以上者五百枚」〈備城門篇〉，《左傳》云「枚筮」〈昭十二年〉，是皆偁紀數為枚，其云「枚筮」者，謂一一筮之。其云「還於門中，識其枚數」者《左傳襄二十一年》，謂知其門之杙數也。<u>杜</u>注以「門板」釋之，非其義矣。

共

𦱷，同也，从廿廾。𦱷，古文共。

案共於卜辭作𠬞𠬞，簠銘作𠬞𠬞《三代》六卷 18
葉，20 葉，從口𠬞聲，示二手之指相交如口，而為拱
之初文，當以交手度物為本義。口者圍之初文，古
者以手度物，伸指度物曰圍，屈指握之曰把，二手
相交曰拱，連臂相交曰抱。《老子》云「合抱之木生
於毫末」，此度物之大名也。其曰拱把與圍者，《莊
子人閒世》云「宋有荊氏者宜楸柏桑，其拱把而上
者，求狙猴之杙者斬之。三圍四圍者，求高名之麗
者斬之。七圍八圍，求禪旁者斬之」。《管子山國軌》
云「握以下者為柴楂，把以上者為室奉，三圍以上
為棺槨之奉」。《孟子告子上》云「拱把之桐梓」，《左
傳僖三十二年》云「中壽爾墓之木拱矣」，《國語晉
語八》云「拱木不生危」，《淮南子繆稱篇》云「交
拱之木，無把之枝」，《韓詩外傳》卷五云「盈把之
木，無合拱之枝」，《史記殷本紀》云「桑穀共生於
朝，一暮大拱」，《左傳襄二十八年》云「與我其拱
璧」，【注】〈襄二十八年〉云「與我其拱璧，吾獻其柩」。孔穎達
疏「拱，謂合兩手也，此璧兩手拱抱之，故為大璧」。〈三十一

年〉云「叔仲帶竊其拱璧」，《老子》云「雖有拱璧，以先駟馬」，凡此皆以手為度物之名。惟以共借為供給之義，故孳乳為拱，乃以別於借義之轉注字。共既從卝，而復從手作拱者，是猶舁之孳乳為舉見《說文舁部、手部》，巩之孳乳為拏見《說文卂部》，皆為增益形文之例也。《說文》訓共為同，訓拱為斂手者，斯并共之引伸義。以共義為交手，交手以示肅敬，故自共而孳乳為恭，復孳乳為兩手同械之恭。其作拲者《說文手部》，亦如拱之為重形俗字也。或謂共者拱璧，而曰《商頌長發》受小共大共，即言大璧小璧郭沫若《金文叢考釋共》。是未知〈長發〉之「大共小共」，義如《左傳》「共其職貢」之貢見〈襄二十八年、昭三十年〉，謂受小國之職貢，及大國之職貢，【注】〈襄二十八年〉云「僑聞之，小適大有五惡，說其罪戾、請其不足、行其政事、共其職貢、從其時命」。〈昭三十年〉云「鄭游吉對曰，以敝邑居大國之間，共其職貢」。職貢乃古代藩屬或外邦對朝廷按時之貢納。非如鄭箋所謂「猶小球大球」。知者以球為美玉之統名，此詩上章云「受小球大球」，固已兼言圭璧，不宜復有拱璧之屬，以增贅複。矧夫璧之大者，則名拱璧，豈有大拱小拱之名。乃循鄭氏之說，

曲為傅合，非唯謬釋字形，亦且乖於詩義矣。共於
〈畬志鼎〉作艸《三代》四卷 17 葉，古璽作艸《十鐘山
房印舉》一冊 12 葉，皆晚周之變體，而為篆文之所本。
《說文》云「共，同也，从廿卅」，是據譌變之文，
誤以引伸為本義，誤以口為廿，而未知從廿無所取
義，且又誤以諧聲為會意矣。或曰二十人皆竦手是
為同《說文》段注。或曰艸具四手，兩人之手相連，
是共為一事之狀王筠《說文釋例》。或據彝銘之𢆶，而
曰兩手奉器，象共具之形《綴遺齋彝器考釋》二十六卷 22
葉。此皆悖於初義之誤解。共於古璽或作艸《匋齋藏
印》第二集，原書倒置。，與《說文》所載古文之艸，
并為季世之譌體，益不足據以考共之朔義也。

昜

昜，開也，从日一勿。一曰飛揚，一曰長也，一曰
　彊者眾皃。

　　案昜於卜辭作昜昜，彝銘作昜昜昜昜，其作昜
昜者，乃從日丂會意。猶旭晧之從九告諧聲，俱以
示日出之義。良以丂與九告同音，故相通作丂九告古
音同屬幽攝，丂屬溪紐，九告并屬見紐，見溪二紐古相通轉。。

文作𣏾𣇃者，卽篆文之易，乃從旦勿會意，以示日出旗上，猶執之從旦从聲，以示日出旗中。是則易之古文雖構字互殊，然為一字異體，而為暘之初文。蓋日出勿上為易，日在勿下為智，亦猶日出木上為杲，日在木下為杳，其構字同意。易從旦而不從日者，乃以示別於訓變之易也。以易借為對揚見〈伊簋〉、〈貉子卣〉，【注】〈伊簋〉云「伊拜手諎首對易天子休」《三代》九卷 20 葉。〈貉子卣〉云「貉子對易王休」《三代》十三卷 41 葉。諎首即經傳之稽首，案稽義為留，頭至地多時，則為稽首也。乃古代跪拜禮，叩頭至地之禮儀。對易卽它器之對揚，休義為賞。揚天子（王）休者，謂報答顯揚天子（君王）之賞賜也。亦引伸為陰陽之義，故孳乳為暘，則為別於假借及引伸義之轉注字。日出則光景開明，故引伸為開脤之義。《說文》云「易，開也，從日一勿。一曰飛揚，一曰長也，一曰彊者眾皃」。是誤以二文為三文，誤以引伸為本義。其以長彊眾皃為訓者，乃以長彊攩壯古音同部同屬央攝，故傅合音訓為說也。或曰易者雲開而見日，一者雲也，蔽翳之象朱駿聲《通訓定聲》。是誤以易與日光暫見之暘同義矣。藉如其說，而以日下之一為雲，是則雲在日下，不能翳蔽日光。而

乃云然，是慣於文字之構體矣。

商

商，從外知內也，从冏章省聲。**爾**，古文商。**爾**，
亦古文商。**爾**，籀文商。

案商於卜辭作*丙*、*㐭*、*商*，其作*丙*者，從丙章聲，
乃其初文。文作*㐭*者，章聲相耦，所以示對再之美。
從口作*商*，乃以示方國之義。逮乎彝銘之商，則字
并從口，而為篆文之所本。唯於賞賜之字，彝銘及
篆文猶從*丙*聲，斯乃古文之僅存者，《說文》不識*丙*
字，因釋賣為商省聲，非其義矣。丙者插旗之盤石
_{說見丙下}，章者文錦之一端_{說見章下}，古文之*丙*乃示章
豎旗礎之上，是商當以旗常為本義。古之旗物，天
子、諸侯、孤卿、大夫、州里、氏族，文識俱異，
從章聲者，以示旗為錦製，且以彰示尊卑與名號。《周
禮春官司常》云「官府各象其事，州里各象其名，
家各象其號」，此其制也。《國語周語上》云「司商
協名姓」_{宋明道本名作民，證以韋注，知其非是，茲從明金李}
_{校本。}，義謂司商之官，主給州里之名，及氏族之姓，
俾能文之旗物，非謂一人名姓。蓋以古之鄉里多有

同名，氏族因鄉里為號，亦必多有同字，故由司常協定，以示區別也。其司常、大常大常見〈春官中車、夏官大司馬〉，或旗章見《禮記月令》、《國語周語上》，或曰章旗見《管子君臣下》，或曰章見《國語晉語一》、《管子兵法篇》、或曰常見《周禮大行人》、《國語吳語》，是皆商之假借。此徵商之古文，及司商之名，可知商之本義為旗常者一也。賞於彝銘作、，從貝示賜財貨，從㠯示賜官祿。官祿高卑，旗服異等，故賞之古文從㠯為聲。〈麗羌鐘〉作，〈舀鼎〉作，所從尚聲為商之假借。【注】〈麗羌鐘〉云「武侄寺力敓楚京，賞于韓宗」《三代》一卷 32 葉。〈舀鼎〉云「東宮迺曰賞舀禾十秭，遺十秭，為廿秭」《三代》四卷 45 葉。賣賞古本一字，其訓行賈者，乃賈之轉語賈屬烏攝，與央攝對轉相通。，猶完為姦之轉語。《說文》別賞賣為二文，而以行賈訓賣，亦猶以姦訓完，并失其初義矣。此徵之諸㠯所孳乳之賣，可知商之本義為旗常者二也。韋昭注《國語》曰「司商掌賜族受姓之官，商金聲清，謂人始生，吹律合之，定其姓名」。【注】吹律謂吹奏律管。吹律定聲，以別姓氏，謂之吹律定姓。是不明司商之義，而謬為之說。案《易是類謀》云「黃帝吹律以定姓」《御覽》三百六

十二引，《白虎通姓名篇》云「古者聖人吹律定姓」，此乃後世讖記之言，而術數之徒如<u>京房</u>者，始據以定氏見《漢書本傳》，固未可資以上考古制。藉如其說，則五聲之首曰宮見《管子地員篇》，祭祀之樂無商見《周禮春官大司樂》，是不應主聲律之官，而以司商為名。且也古無官祿，則無姓氏，故儕百官為百姓，儕庶民為黎民或兆民見《尚書堯典》、《國語楚語下》，【注】《尚書堯典》云「百姓昭明，協和萬邦，黎民於變時雍」。《國語楚語下》云「天子之田九畡，以食兆民」。豈有官司為億兆蒼生，吹律以定姓名之理。後人乃援〈是類謀〉及《白虎通》，以實其謬見<u>汪遠孫</u>《國語發正》，而無或悟其非者，皆以未知商之本義而然也。以商為方名，故卜辭有從口作啇啇者。尊銘有作啇者容庚《金文編》，是猶臣虘於卜辭作𤔲𤔲，义止於彝銘作𢆷，皆從重口，以示城墉之壯盛，凡此并方國之緐文也。若夫卜辭之啇《佚存》518片，與籀文之爾所從之⊙⊙，形同卜辭之屮，蓋以示「三辰旂旗」之義也《左傳桓二年》。或以〈傳卣〉之啇所益之∵為星之象形，因謂商即心宿<u>郭沫若</u>《殷周青銅器銘文研究》125葉，《說文》云「商，從外知內也，从冏章省聲」。是皆據緐文以索初義，宜夫未

得本恉。或曰商疑从言省，从內會意朱駿聲《通訓定聲》。信如所言，則是商訥同義，悖謬益遠矣。

庶

庶，屋下眾也，从广炗，炗，古文光字。

案庶於卜辭作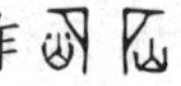，彝銘作，并從火石聲，而以焚石為本義。所從之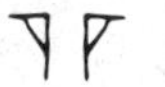，乃石之初文，非從厂也說見石下。焚石之性辛烈，可殺蟲魚，《周禮壺涿氏》云「掌除水蟲，以焚石投之」，此其證也。壺涿讀如庶豥，乃以庶殺水蟲，因以為名，與掌除毒蠱之〈庶氏〉相同。惟以所司互異，葢避名義溷殽，故爾假壺為庶。此證之〈庶氏〉與〈壺涿氏〉之職，因知庶為焚石，殆無可疑。焚石經水化或風化則成灰，故曰石灰。《後漢書楊璇傳》云「以排囊盛石灰于車上，順風鼓灰，賊不得視」，張華《博物志》卷二云「燒白石作白灰」，《抱朴子道意篇》云「洛西有古墓，穿壞多水，墓中多石灰，石灰汁主治瘡」，此石灰上遡焚石與庶，固知其同物而異名。非夫《政和類本草》之焚石，與《本草經》之石灰也。石炭可供然燒，然庶非石炭之義。所以知者，

考石炭用之冶鐵，創見東漢之時 1959 年於河南鞏縣鐵生溝，發現漢代鍊鐵遺址，規模之大，在漢代其它鍊廠之上。其燃料有木柴、原煤，及煤餅三種，見《文物》1959 年第二期。此為石炭用之然燒，肇於東漢之證。。徵之載籍，用之炊爨，始見宋雷次宗《豫章記》《御覽》八百七十一引。用之冶鐵，始見釋氏《西域記》《水經注》卷二〈河水注〉引。魏晉閒用之書寫，故名石墨，始見晉《陸雲家書》《陸士龍文集》卷八〈與平原書〉，及顧微《廣州記》，戴延之《西征記》《御覽》六百五引，可徵石炭於魏晉時，猶未溥用然燒，則其表暴，當不在嬴秦以前。以是而知卜辭之庶，決非宋齊之石炭。《越絕書地傳篇》云「練塘者，句踐時采錫山為炭」，義謂采錫山之木以作炭。《吳越春秋》云「句踐練冶銅錫之處，采炭於南山」引見《水經漸江水注》，今本無。，義亦視此，皆非石炭也。且也《證類本草》之焚石，《本草經》之石灰，與夫石炭，舉非可殺蟲魚。惟庶與《周禮》之焚石，楊璇、張華所見之石灰，則固纘述相仍，物類無異。此可徵庶為〈壺涿〉之焚石，其義甚審。《周禮》鄭注曰「焚石投之，使驚去」，是未知焚石之義，而謬為之說矣。庶於〈黽公華鐘〉作庲，〈子仲匜〉

作庶，【注】〈黿公華鐘〉云「鑄其龢鐘，台樂大夫台宴士庶子」《三代》一卷 62 葉。〈子仲匜〉云「魯大嗣徒子中白其庶女属孟姬媵匜」《三代》十七卷 39 葉。斯乃東周之器，而於文上宂書橫畫，固亦古文恆見說見亥下，此卽篆文之所本，非從广也。《說文》云「庶，屋下眾也，从广炗，炗，古文炎字」。是據篆文之變體，而誤以火石為广炗，誤以假借為本義，誤以諧聲為會意矣。考光於卜辭作𤉡𤈦，彝銘作𤈦𤉡，并從火在人女之上。而《說文》載光之古文作𤌐炗，因據炗以釋庶黃二字，是據晚周謬體，以釋殷周古文，宜其形義乖越。推此而言，則〈又部〉之度，乃從又石聲，以示揣量之義說見度下。〈巾部〉之席，乃從巾石聲，以示施藉於地，其古文從石作𥚃，卽其明證。而《說文》并釋為從庶，是亦失之形義差舛，以法釋度，亦誤以引伸為本義。若夫眾庶之字，於卜辭從丞庶聲而作𤕰《前編》5、25、1 片，本字久逸，經傳假庶為之。許氏昧其形義，故亦承經傳假借之義，而釋庶也。

王

王，天下所歸往也，董仲舒曰「古之造文者三畫連

貫其中謂之王，三者天地人也，而參通之者王也」。

孔子曰「一貫三為王」。𤣥，古文王。

案王於卜辭作大立禾王，彝銘作禾王。作大立者，從一土會意，作禾者從二土會意，【注】案二乃上之古文。土為社之象形說見土下，里必有社說見里下，從一土者，示一統眾社。從二土者，二為君上，示君臨眾社。是則王之構字，於卜辭雖有一土二土之殊，然以示萬方共主，義無異趣。《小雅北山》云「溥天之下，莫非王土」，《左傳襄二十五年》云「社稷是主」，此即王所以從一土與二土之義。王於卜辭作禾《京津》3665 片、《甲編》1611 片，於〈始馮句鑵〉作禾《三代》十八卷 2 葉，多一橫者，乃古文之宂筆也說見亥下。夏諺云「吾王不遊，吾何以休，吾王不豫，吾何以助」《孟子梁惠王下》，可徵夏后之時已有王字。〈甘誓〉、〈湯誓〉，及卜辭之王，皆為人君之偁，是王之構字，乃以君臨天下為本義。【注】〈甘誓〉云「大戰于甘，乃召六卿。王曰：六事之人，予誓告汝」。〈湯誓〉云王曰「格爾眾庶，悉聽朕言」。異乎帝之假借為名說見帝下。若夫從王之閏，不見卜辭彝銘，而見於〈堯典〉，斯蓋古事流傳，而為東周寫定，未可據證堯舜之時，已有閏之一文也。

以王為人君之名，引伸有鉅大之義，故偁大父大母
曰王父王母見《爾雅釋親》、《禮記雜記上》，草有王彗、王
芻《爾雅釋草》，蟒曰王蛇《爾雅釋魚》，虎曰王蜵《爾雅
釋蟲》，雕有王鴡《爾雅釋鳥》，魚有王鮪見《周禮𪗉人》，
是皆據王之引伸義而為名也。或曰王从二从丄，丄
古火字，地中有火，其氣盛也，大盛曰王，德盛亦
曰王吳大澂《說文古籀補》。然案卜辭彝銘多見王字，無
一從火者，乃謂王為從火，是亦歋曲之說。藉曰王
示地中有火，則與窦義不殊，不當有火盛之義。而
曰「盛德亦曰王」，則是以君王之名，為引伸之義矣。
然案一家之尊親，若父母祖兄，皆有專字，豈有天
下共主，乃以引伸為名，此衡以字例，而知其說之
非也。或曰士王皇三字，均象人端拱而坐之形《中研
院史語所集刊》第四本四分徐中舒說。苟如所言，則三字皆
與尸坐之義相同，是士不當有甲士之義，皇不當有
皇冠之義，王不當有天王之義也。或曰士、且、王、
土，同係牡器之象形郭沫若〈甲骨文字研究釋祖妣〉。是未
知且土為祖社之初文說見且、土之下，乃以諸文皆象男
陰，則是秉性為男，胥為天王，或者胥為宗社之主，
而域中竟無愚冢之兆民矣。陳義如斯，是皆不待考

覈形義，即知其謬者也。

青

青，東方色也，木生火，从生丹，丹青之信言必然。

𡕥，古文青。

　　案青於〈吳尊〉作𡕥，從青之靜於〈克鼎〉作
𤯽，〈兔盤〉作𤯪，并為從生井聲，而以曾青為本義
青井古音同屬嬰攝齒音。【注】〈吳尊〉云「用乍青尹寶障彝」見
《三代》六卷 56 葉，〈克鼎〉云「㓜靜于猷，盍哲厥德」見《三
代》四卷 40 葉。〈兔盤〉云「兔穧靜女王休」見《三代》十四卷
12 葉。從生者示如艸木之青蔥，從井聲者，示其掘地
而出，猶丹於篆文作月，以象采丹之井。《周禮秋官
職金》云「掌凡金玉錫石丹青之戒令」，《逸周書王
會篇》云「正西昆侖狗國，請令以丹青為獻」，《管
子小稱篇》云「丹青在山，民知而取之」，〈山至數
篇〉、〈揆度篇〉并云「秦明山之曾青一策也」，《荀
子王制篇》云「南海則有曾青丹干焉」，〈正論篇〉
云「加之以丹矸，重之以曾青」，《史記李斯傳》云
「西蜀丹青不為采」，此皆曾青之見於書傳者。其名
或曰空青見《說文石部》䂩字下、《周禮職金》注，【注】《說

文石部》砮字下云「上擿山巖，空青珊瑚陊之」。或曰碧青見《南齊書李珪之傳》，要皆銅英所化，故亦曰銅青見《抱朴子金丹篇》，《淮南子說林篇》云「銅英青」，是卽青之本義。春秋時齊有公孫青字子石見《左傳昭二十年》，乃以本義為名，以青義為曾青，故孶乳為艸色之蒼倉青同屬清紐。蓋以別於韭華之菁，故假倉而作蒼也。

陳

𨻰，宛丘也，舜後媯滿所封，从𨸏从木申聲。𨹔，古文陳。

案陳於〈陳卯戈〉作𨻰《三代》十九卷 33 葉，文與篆文同體，乃從𨸏東會意，而以堂之東階為本義。從𨸏者猶除階阼陛之從𨸏，所以示陔次也。東階亦曰阼階，《儀禮士冠禮》云「設洗置于東榮」，【注】鄭玄注「榮，屋翼也。」《夢溪筆談》辨證一云「榮者，夏屋東西序之外屋翼也，謂之東榮、西榮」。東榮卽正房東邊之廊簷也。〈士昏禮〉云「設洗于阼階東南」，又云「舉鼎入陳于阼階南」，〈鄉飲酒禮〉、〈鄉射禮〉并云「設洗于阼階東南，水在洗東，篚在洗西，南肆」，〈燕禮〉云「設洗篚于阼階東南，設膳篚在其北西南」，〈特牲饋食

禮〉云「設洗于階東南，壺禁在東序」，〈少牢饋食禮〉云「設洗于阼階東南，當東榮」，又云「陳鼎于東方，當序南于洗西」，又云「佐食遷肵俎于阼階西」，又云「祝命佐食徹肵俎，降設于堂下阼階南」，據此則周之冠昏饗燕，俱以東階為設盥洗、鼎俎、酒器之所。唯於喪禮，則設鼎俎于西階，《儀禮士虞禮》云「設洗于西階西南」，又云「鼎設于西階前」者是也。蓋以周人殯于西階見《禮記檀弓上》，故以賓禮待之，是以聘禮亦設飪鼎于西階。然則周前之古制，無論吉凶之禮，必皆設鼎俎于東階，《禮記檀弓上》云「夏后氏殯于東階」者是也。以東階為設鼎俎之所，故引伸有陳列之義，亦有堂塗之義。《小雅何人斯》傳曰「陳，堂塗也」，【注】〈何人斯〉云「彼何人斯，胡逝我陳」？意謂他是何人，為何過我前庭？堂塗，《周禮考工記》鄭玄注「謂階前」，即堂下至門之磚路。《說文攴部》云「敶，列也」，是皆陳之引伸義。《說文自部》云「陳，宛丘也，舜後媯滿所封，从自从木申聲」。乃誤別陳敶為二字，而以引伸義釋敶，以假借義釋陳，并悖其初恉，且又誤以會意為形聲矣。彝器於齊之陳氏從土作墜，於宛丘之陳氏從攴作敶，是皆陳之絫文。

蓋陳之孳乳為敶，亦猶古正合分之孳乳為故政攺敊，并義訓相同。許氏既誤以假借義釋陳，因之遂專以陳列之義而釋敶也。彝銘之隓敶字俱從東，而《說文》載陳之古文從申作㕛，蓋為晚周俗體。許氏闇其初形，故誤以諧聲釋之。東者橐之象形說見東下，借為方位之名。陳承借義而構字，是猶棘從二東，亦承借義而構字說見棘下。或曰陳之本義謂陳列徐灝《說文注箋》，然陳從𠣬東，決非以陳列為本義。而乃云然，是亦未能諦覈形義者也。

士

士，事也，數始於一終於十，从一十，孔子曰「推十合一為士」。

案士於卜辭作士《甲編》3913 片，於彝銘作士士，并與篆文同體，從甲以守一。猶或之從戈以守一，於文為合體指事，而以甲士為本義。《左傳僖二十八年》云「子玉使鬬勃請戰曰『請與君之士戲』」，〈文十二年〉云「秦行人夜戒晉師曰『兩君之士皆未憖也』。」〈宣二年〉云「將戰華元殺羊食士」，〈宣十二年〉云「下軍之士多從之」，又云「三軍之士皆如

挾纊」，【注】〈宣十二年〉云「申公巫臣曰『師人多寒』。王巡三軍，拊而勉之，三軍之士皆如挾纊」。杜預注「纊，綿也，言說以忘寒」。挾纊，以喻受人撫慰而感到溫暖，猶如披著綿衣也。〈成十六年〉云「國士在且厚，不可當也」，〈襄二十八年〉云「士皆釋甲束馬」，《禮記曲禮》云「前有士師，則載虎皮」，〈王制〉云「有發則命大司徒教士以車甲」，〈月令〉云「天子乃命將帥選士厲兵」，《管子七法篇》云「列陳之士皆輕其死」，又云「為兵之數存乎士，而士無敵」，又云「不明于敵人之士，不先陳也」，又云「以教卒練士，擊毆眾白徒」，〈幼官篇〉云「數戰則士罷」，又云「深入危之，則士自修」，〈輕重甲〉云「湩然擊鼓士忿怒，鎗然擊金，士帥然」，《荀子議兵篇》云「魏氏之武卒，不可遇秦之銳士」，〈正論篇〉云「庶士介而坐道」，以及爪士《小雅祈父》、【注】《小雅祈父》云「祈父！予王之爪士」。爪士猶衛士也。甲士、戎士《左傳閔二年、成二年》、勇士《左傳襄二十一年》、戰士《管子樞言篇》、兵士《管子八觀篇》、陳士、卒士《管子重令篇》、教士《管子小匡篇》、軍士《管子輕重乙》、武士《莊子人間世》、將帥之士、虎賁之士《禮記樂記》，皆為士之本義。引伸則為丈夫之名，及才德之

俉。《周易大過》云「老婦得其士夫」,《荀子非相篇》云「處女莫不願得以為士」,此引伸為丈夫之名,自士孳乳為壻,乃據引伸義而構字也。《論語》云「行己有恥,使于四方,不辱君命,可謂士矣」〈子路篇〉。又云「居是邦也,有其士之仁者」〈衛靈公篇〉。以及良士《唐風蟋蟀》、髦士《小雅甫田》、《大雅棫樸》、志士《論語衛靈公篇》、秀士、俊士《禮記王制》、名士《禮記月令》、善士、處士、廉士《孟子滕文公下》、賢士《孟子盡心上》、辯士《管子禁藏篇》、正士《管子桓公問》、謀士、智士《管子山至數篇》、隱士《莊子繕性篇》、任士、烈士《莊子秋水篇》、才士、義士《莊子盜跖篇》、通士、公士、愨士《荀子不苟篇》、修士《荀子禮論篇》、游士《韓非子和氏篇》、豪傑之士《孟子滕文公上》、盛德之士《孟子萬章上下》、有方之士《禮記經解》、博學之士《管子任法篇》,此皆引伸為才德之俉。職官而名士者,亦引伸之義也。若夫刑獄之官曰士見《尚書堯典》,【注】《尚書堯典》云「帝曰『皋陶!蠻夷猾夏,寇賊姦宄。汝作士,五刑有服,五服三就』。」此士為刑獄之官也。或曰士師見《周禮秋官》、《論語微子篇》、〈子張篇〉,斯乃辭之假借士辭古音同屬噫攝,與士義不相承矣。蓋士之本義為甲士,猶之楚人俉士為武見《淮南

子覽冥篇、齊俗篇、人閒篇、脩務篇》，皆以禦侮戡亂為名。楚人之言，當亦本之古義，是以同實異名如合符契也。《說文》云「士从一十」，乃據篆文之十而言。蓋以不識十為甲之古文，是以未得士之形義。所引孔子之言，與王下所引孔子之言，并為乖於形義之謬說，其為漢世緯書之偽託，憭無可疑。《說文》以事釋士，亦為傅合音訓，而未得初怡。良以事乃承史而孳乳，非承士而孳乳。事士義殊，而乃謬為牽附，如斯之比，固所多見。若《說文》云「帝，諦也。若，擇菜也。八，別也。單，大也。共，同也。臤，堅也。臣，牽也。丰，艸蔡也。東，動也。南，艸木至南方有枝任也。克，肩也。宄，姦也。七，相與比敘也。卿，章也。危，隉也。氐，至也。丙，位南方萬物成火丙然。丁，夏時萬物成皆丁實。癸，冬時水土平可揆度也。子，十一月易气動萬物滋。丑，紐也。卯，冒也。辰，震也。巳，已也。午，牾也。未，味也。申，神也。酉，就也。戌，滅也。」凡此皆為音訓之乖於初義者也。若夫牡於卜辭作𤘘𤘾，從牛羊與土會意，土為它之假借，乃據男陰之義而孳乳為牡說見牡下。或釋卜辭之牡，為推十合一

之士王國維《觀堂集林》卷六釋牡，是非特昧於士土之形義，且未知土於卜辭或省作⊥也。或謂士且王土同係牡器之象形郭沫若《甲骨文字研究釋祖妣》，是未知四文於卜辭彝銘構形迥異，聲韻亦殊，乃謂象形同原，【注】案士於卜辭作士，且於卜辭作𠁁，王於卜辭作𠂤，土於卜辭作◊或⊥，形異聲殊。而聲義判別，是不識形義之妄說矣。

牡

牡，畜父也，从牛土聲。

案牡於卜辭作𤚩𤝗𤜼，於〈剌鼎〉作牡《三代》四卷 23 葉，并從牛羊豕土會意。土乃它之假借土它同屬透紐，它為男陰，故引伸而孳乳為畜父之牡，與父牛之特寺屬邪紐，古音屬定紐，與土同屬舌音。，惟牡為會意，特為諧聲，【注】《說文牛部》云「特，特牛也，從牛寺聲」。《鉉本》云「朴特牛父也」。皆承它義而孳乳之假借構字，則固同出一原者也。玆土於卜辭有作⊥者，如云「東⊥受季， 南⊥受季吉， 西⊥受季吉， 北⊥受季吉」《粹編 907 片》，所云東⊥、南⊥、西⊥、北⊥，即它辭之東◊、南◊、西◊、北◊，可證卜辭之𤚩𤝗乃從土會意。或謂卜辭之牡為從十合一之

士王國維《觀堂集林》卷六釋牡，是非特未知牡所從之土為它之假借，未知土於卜辭或省作⊥，且未知士於卜辭從甲作士說見士下。絜契者乃據其說，而謂牡牝所從之⊥當是士字，亦即故書習見男陰之勢屈萬里《甲編攷釋》350片釋文，是未知漢人所言之勢，乃它之假借說見它下，士之與勢，聲韻縣絕士於古音屬噫攝從紐，勢它俱屬阿攝透紐，何能通為一名。乃據謬說而臆為比合，是尤重悖之甚者矣。牡之與土聲韻舛戾牡於古音屬幽攝明紐，土屬烏攝透紐。，而《說文》云「牡从土聲」，是誤以會意為諧聲。通考《說文》所釋字形，有誤以象形指事與會意為諧聲者，有誤以諧聲為象形或會意者。若釋單從吅聲、句從丩聲、革從臼聲、者從耂聲、叀從屮聲、冐從口聲、豈從敳聲、南從芊聲、圅從已聲、鼎從貞聲、穴從八聲、覓從首聲、能從㠯聲、龍從童聲、乞從乙聲、戉從丨聲、黃從茨聲、辰從厂聲、聿戌俱從一聲、良長俱從亾聲、虎疑俱從矢聲、也氏俱從乁聲，此誤以象形為諧聲也。若釋帝從朿聲、釋身從申聲，此誤以指事為諧聲也。若釋元從兀聲、少從丿聲、豖從豕聲、必從弋聲、哭從獄聲、隶從屮聲、舌從干聲、糞從𠦪聲、

僕從菐聲、段從耑聲、皮從為聲、摯從未聲、雝從
瘫聲、羔從照聲、奎從大聲、乎從一聲、彭從彡聲、
虔從文聲、虢從乎聲、去從凵聲、卽從卪聲、食從
亼聲、弦從引聲、亲從辛聲、栝從舌聲、員從口聲、
敳從豈聲、并從幵聲、量從鄉聲、監從䘓聲、參從
㫃聲、允從㠯聲、髡從兀聲、秋從來聲、奔從卉聲、
忍從刀聲、冶從台聲、威從戌聲、弻從西聲、絲從
每聲、斯從其聲、陳從申聲、成從丁聲、追帥并從
𠂤聲、農思并從囟聲、習息并從自聲、妃配并從己
聲，此誤以會意為諧聲也。若笪從互聲、箕從𠀀聲、
豐從丰聲、虞從虍聲、靁從晶聲、雲從云聲、咢從
丂聲、鏗從臤聲、俎從且聲、自從厶聲、酋從酉聲，
而《說文》并以象形釋之。若祫從合聲、社從土聲、
皇從王聲、髦從毳聲、君從尹聲、命從令聲、右從
又聲、局從句聲、道從首聲、御從卸聲、衕從言聲、
衞從韋聲、訥從內聲、共從廾聲、與從与聲、馘從
戈聲、堅從臤聲、投從殳聲、教從爻聲、鼻從畀聲、
雀從小聲、蔑從首聲、茲從玄聲、剑從刀聲、聝從
耳聲、絜從刉聲、等從寺聲、左從𠂇聲、差從左聲、
奇從可聲、桓從豆聲、飤從食聲、糶從糴聲、癸從

矦聲、厚從㫗聲、賣從買聲、華從𠌶聲、國從或聲、𡖈從多聲、貫從毌聲、臬從臼聲、兇從凶聲、瘚從欮聲、仰從卬聲、伍從五聲、什從十聲、佰從百聲、朢從𦣠聲、俒從完聲、偄從耎聲、仚從山聲、屍從尸聲、歖從喜聲、腯從肉聲、醮從焦聲、𢇍從斷聲、彣從文聲、𧦝從司聲、𢍭從辟聲、胞從包聲、羨從羑聲、𡵓從卪聲、崔從隹聲、庫從車聲、豦從虍聲、騛從飛聲、灰從又聲、焱從炎聲、喬從高聲、絞從交聲、愚從禺聲、態從能聲、懣從滿聲、洐從行聲、瀗從獻聲、冬從𠔾聲、電從申聲、𩺰從魚聲、𤅱從𩺰聲、銍從至聲、聶從耳聲、嬰從賏聲、姦從奻聲、我從戈聲、義從我聲、埽從帚聲、堯從垚聲、㠯從厶聲、隉從毀聲、垒從厽聲、馗從九聲、辯從辡聲、挽從免聲、孱從孨聲、醉從卒聲、醫從殹聲、畋甸俱從田聲、幼丝俱從幺聲、置悳俱從直聲、仁令俱從人聲、俔覞俱從見聲、勺包俱從勹聲、衇覛俱從𠂢聲、奴如俱從女聲、銜釿俱從金聲，而《說文》并以會意釋之，凡此又誤以諧聲為象形與會意也。它如若從叒聲、周從𠁣聲、【注】案若於卜辭作叒，象被髮舉手長跽之形，引伸為順服之義，彝銘從口作若，而為篆文之

所本。卜辭之囲，象田中密樹嘉穀，方名從口作周，而為篆文之所本。異從由聲、叜從叏聲、貞從鼎聲、豁從矨聲、爯從冉聲案冉卽彝銘之冄，象權石之形，而為稱之初文。、觲從羊聲、簋從皀聲、瞽從棘聲、青從井聲、允從壬聲、師從𠂤聲、侵從㚔聲、俞從余聲、覍從㕣聲、司從㇆聲㇆為枱之古文、庶從石聲、百從白聲、蜀從罒聲、丞承俱從卪聲、勻旬俱從𠣬聲𠣬者旬之古文，此考之卜辭彝銘而可知者。《說文》并以會意或象形釋之，斯則昧於初文，因亦誤其構體，固其宜也。

乃若社皇右訥之屬，其為諧聲，明顯易見，而《說文》顧以會意釋之者，許氏之意，蓋以字之構體，當以會意為重，因以會意或象形釋之。於象形會意，而未悉其義者，乃以諧聲釋之。於聲之兼義者，則以亦聲釋之。是其釋字，圻咢未能分明，歧旁亦多障塞。蓋以許氏未知形聲之字，聲必兼義，則於亦聲之說，有不勝殫記者矣。凡字之諧聲，而不兼會意者，或為轉注孳乳，而別有初文。或為語詞及狀聲之字，或為山水與方國之名，是皆假借構字。許氏未能悉者，故於假借靡窺藩篳。若牡之從土，土為它之借，以示其為畜父。冶之從台，台為㓞之借，

以示其為金銷說見冶下。而許氏未知牡冶為假借構字，因以諧聲釋之。其意以為諧聲唯以識音，而不兼會意。是許氏非唯不知轉注假借，且亦未識會意形聲，故其釋字多有形義相乖，聲韻舛戾者。後之說者，於形聲之字，聲亦兼義者，乃謂「以會意包形聲」，遂於玒、蔭、笙、駉、軴字之下，妄刪「聲」字，又於醮下注云「聲字當刪」見段玉裁《說文注》，是未知諧聲本兼會意，而會意不能晐諧聲也。

虞

虞，騶虞也，白虎黑文，尾長於身，仁獸也，食自死之肉，從虍吳聲，詩曰：于嗟乎騶虞。

　　案虞於卜辭作🐯🐯🐯，於〈頌鼎〉作🐯《三代》四卷39葉，🐯🐯從人大虍聲，🐯乃從夲虎聲，以示虞人執獸。🐯隸定為虞，從受网虍聲，以示張網捕獸，皆以示掌山林之官。字并從虍者，以虎為山獸之君，舉虎以晐眾獸也虍虎為一文，說見虍下。〈堯典〉云「汝作朕虞」，【注】〈堯典〉云「帝曰：益，汝作朕虞」。意謂舜帝命益為主山林川澤之官也。《周禮》之〈山虞〉、〈澤虞〉，《國語》之水虞、獸虞〈魯語上〉，是皆虞之本義。《周

易屯》云「卽鹿無虞，君子幾不如舍」。此言獵鹿而無虞為導，君子見幾不如止而勿往也《淮南子繆稱篇》注釋虞為欺，其說謬甚。。《周禮山虞》云「若大田獵，則萊山田之野」，〈澤虞〉云「若大田獵，則萊澤野」，《左傳昭二十年》云「齊侯田于沛，招虞人以弓」，《國策魏策一》云「文侯與虞人期獵」，《禮記月令》云「山林藪澤，有能取蔬食，田獵禽獸者，野虞教道之」，是虞司助獵，此所以字并從虍，而於〈頌鼎〉復從受网作虞也。【注】〈頌鼎〉云「用追孝祈匄康虞屯右」。案虞為娛之借，康義為安，娛義為樂。屯右即〈君奭〉之純佑，純乃奄之借，佑為祐之俗字，福也。義謂其鼎之作，乃用以追思孝道，祈求安樂大福也。篆文增吳聲作虞者，證之卜辭，是猶𡖊之孳乳為誕說見誕下，𡥀之孳乳為孫說見孫下，皆為後世省形益聲之字，晦其初義矣。《新書禮篇》釋詩之騶虞曰「騶者天子之囿也，虞者囿之司獸者也」，釋虞為司獸之人，其說甚允。惟騶為廄御之名見《左傳襄二十二年》，亦即《周禮夏官》之趣馬。《詩》云「于嗟乎騶虞」者，乃讚歎馭馬之騶，及司獸之虞，皆善其職守，故能射而獲，以至「壹發五豝」，或「壹發五豵」也。【注】《召南騶虞》云「彼茁者葭，壹發

五豝。于嗟乎騶虞！彼茁者蓬，壹發五豝。于嗟乎騶虞」！毛傳云「騶虞，義獸也。白虎黑文，不食生物，有至信之德則應之」。此詩傳之說為許氏之所本。《商君書禁使篇》云「今騶虞以相監」，亦謂騶虞為官名，此正〈召南〉騶虞之義。賈誼以騶虞為天子之囿者，乃〈魯詩〉之謬說也見《後漢書班固傳》注引〈魯詩〉傳。《說文》據詩傳之說，以「白虎黑文」釋虞，是未得虞之本義，而亦悖於詩義矣。《尚書西伯戡黎》云「不虞天性」，乃假虞為娛。《大雅抑篇》云「用戒不虞」，乃假虞為慮。卜辭有方名曰𩰌《後編上》18、10片，或從口作𩰌，或從山作𩰌，其於〈吹鼎〉作𩰌，〈周生簠〉作𩰌，〈櫨白簠〉作𩰌，【注】〈吹鼎〉見《三代》三卷 9 葉、〈周生簠〉見《三代》七卷 48 葉、〈櫨白簠〉見《三代》六卷 53 葉。字并從木與卜辭之從口從山者，皆方國之繇文。所從之𩰌乃從肖虍聲，而為喪祭之本字。以其本字逸傳，故經傳假虞為之，未可據虞祭之義，以疑虞也。

冶

𨮏，銷也，从仌台聲。

　　案冶於〈樊君匜〉作也𬇙《三代》五卷 26 葉，𬇙

象鍛鑪，所從之亼乃二之譌體。二象沙金之形，卽金之初文，故叚、則、匀、鈴，於彝銘字并從二說見匀下。然則冶乃從二自象形，而以銷金為本義鑪冶古音同屬烏攝，鑪屬來紐，冶屬定紐，聲類稍殊。。《周禮考工記》云「攻金之工築、冶、鳧、㮚、段、桃」，又云「攻金之工，冶氏執上齊」，【注】築、冶、鳧、㮚、段、桃，乃古代之六種金工也。冶氏猶冶工也。《管子君臣上》云「如冶之於金，陶之於埴」，〈任法篇〉云「猶金之在鑪，恣冶之所以鑄」，以及載籍所云良冶《禮記樂記》、陶冶《墨子節用中》、《孟子滕文公上》、大冶《莊子大宗師》、工冶《荀子彊國篇》、冶工《韓非子外儲說左上》、《淮南子俶真篇》、巧冶《淮南子齊俗篇、說林篇、泰族篇》、冶鑄《史記貨殖傳》，凡此皆冶之本義。從仌之冰於〈陳逆簠〉作冰《三代》八卷 28 葉，此可證仌二形近，古文昧於初義，或相通作，是以從二之冶，於〈樊君鬲〉從仌作頒。篆文之冶旣承從仌之誤，而又誤自為台，台冶雙聲，故《說文》釋為從仌台聲台冶同屬喻紐，古音屬定紐。。是據篆文之誤體，曲解字形，而於古韻不諧台於古音屬噫攝。猶之釋敜為從受古聲，亦為據篆文之誤體，曲解字形，而於古韻相乖也說見敜下。《周

易繫辭》之冶容，【注】《周易繫辭上》云「慢藏誨盜，冶容誨淫」，孔穎達疏「女子妖冶其容」。《楚辭九章》之佳冶，【注】《楚辭九章、惜往日》云「妒佳冶之芬方兮，嫫母蛟而自好」。佳冶謂嬌美妖冶也。《荀子》之姚冶〈非相篇、樂論篇〉，【注】〈非相篇〉云「今世俗之亂君，鄉曲之懁子，莫不美麗姚冶，奇衣婦飾，血氣態度，擬於女子」。楊倞注「姚，美好貌；冶，妖」。姚冶謂妖艷也。則為豔之雙聲假借冶豔同屬喻紐四等。《易繫辭》之冶容，釋文曰「鄭陸虞姚王肅作野」，乃以冶野同音，故相通作。此可證冶非從台聲也野於古音亦屬烏攝定紐。或曰冶，冰釋也，引之則鎔金曰冶戴侗《六書故》。或曰仌之融如鑠金然，故鑪鑄亦曰冶《說文》段注。是皆因循《說文》，而曲加謬說。《文選海賦》云「陽冰不冶」，則以金之銷鑠，而擬於冰之融解，斯乃詞賦用字，不必密符本義。釋文字者，昧於初形，而曲陳義訓，則失之乖剌矣。

叚

叚，椎物也，从殳耑省聲。

案叚於〈叚金篇簋〉作[字]《三代》六卷 38 葉，〈叚簋〉作[字]《三代》八卷 54 葉，[字]乃從厂二聲，而為厔

之古文。攷石之古文作厂說見厂下，金之古文作𠃊說
詳𠃊下，因知𠂆卽篆文之厤。段厤聲韻乖隔段屬安攝定
紐，厤屬音攝羣紐，是段乃從殳厤會意，以示椎石取金，
引伸為凡椎擊之義。自段而孳乳為屬石之碫，與小
冶之鍛，則為後起重形之字，而以段為初文。【注】
《說文石部》云「碫，屬石也，从石段，段亦聲」。〈金部〉云「鍛，
小冶也，从金段聲」。春秋時宋有褚師段，鄭有印段，并
字伯石見《左傳襄二十年、二十七年》，鄭有公孫段字伯石
《左傳襄三十年》，乃以段為碫。《周禮考工記》云「攻
金之工築、冶、鳧、㮚、段、桃」，又云「攻金之工，
段氏為鎛器」，【注】段氏為鎛器，鄭玄注「鎛器，田器，錢
鎛之屬者」。段氏猶段工也。乃以段為鍛，是段為碫鍛之
初文，而見於經傳者。《晉書張軌傳》云「裂匹以為
段數」，〈鄧遐傳〉云「斬蛟數段而出」，《魏書太武
五王傳》云「日給肉一段」，斯乃漢魏以後假段以為
章斷說見章下，與段義邈不相承。《說文》云「段，
椎物也，从殳耑省聲」，則誤以引伸為本義，誤以會
意為諧聲也。

勻　鈞

（字形），少也，从勹二。

（字形），三十斤也，从金勻聲。（字形），古文鈞从旬。

案勻於〈非余鼎〉作（字形）《三代》四卷 7 葉，簠銘作（字形）《三代》六卷 23 葉，從 = 勹聲，而為鈞之初文。=者金之象形，文見〈效父簋〉與〈伂高卣〉《三代》六卷 46 葉、十三卷 30 葉。【注】〈效父簋〉云「休王賜效父=三，用乍氒寶隣彝」。〈伂高卣〉云「王賜伂高=，用乍彝」。二器金字并作=，是金之象形也。段於簋銘作（字形）《三代》八卷 54 葉，所從之 戶 乃厓之古文。鈴於〈成周鈴〉作（字形）《三代》十八卷 11 葉，所從之 ; 與〈效父簋〉之 = ，并為金之古文。則於〈祖戊簋〉作（字形）《三代》六卷 43 葉，〈則白簋〉作（字形）《三代》十卷 1 葉，〈則未盨〉作（字形）《三代》十卷 30 葉，皆從刀 ∷ 貝會意，以示畫分金貝。凡此所從之 = ; 與 ∷ ∷ ，并象沙金之形。《管子地數篇》云「金起於汝漢之右洿」，《韓非子內儲說上》云「荊南麗水之中生金」，《尸子》云「清水有黃金」《御覽》五十八引，《山海經南山經》云「闞水南流注于虖勺，其中多黃金」，〈西山經〉云「淒水其中多黃金」，〈中山經〉云「漳水東南流注于雎，其中多黃金」。《論衡驗符篇》云「永昌郡有金焉，纖靡大如黍粟，在

水涯沙中，民采得日重五銖之金，一色正黃」。《魏書食貨志》云「漢中舊有金戶千餘家，常於漢水沙陶金」。《論衡》及《魏書》所記，與《管子》及郭璞注《山海經》相合。可證先秦多有沙金，是以金之初文，乃象沙金之形而作 ▪ 也。彝銘之 𢎗 所從之 𠃌，即卜辭之 𠄌 𠄎，從十云會意，以示十日圓回，而為旬之古文。旬勻古音同屬因攝，故知 𢎗 乃從金旬聲，而為鈞之初文。〈非余鼎〉云「內史令典史錫金一 𢎗 」，正用勻為鈞，此其塙證也。〈小臣守簋〉從金作 𨥓 《三代》八卷 47 葉，乃勻之後起字，篆文作鈞，則為勻之重形字。蓋以晚周不識勻從古文之金，故於從金之外，復從 𢎗 以諧聲。是猶叢莩作叢華，皆以不識叢莩之從𡴆𠂇，義同從艸，故而重其形文而作叢華。皆為後世緟形俗字，異乎轉注之孳乳也。《說文》云「勻，少也，从勹二」，《一切經音義》五十八引《說文》云「勻，調勻也」，是俱謬其形義。《廣韻》云「勻，徧也，齊也」，俱為均之假借。《禮記月令》云「均琴瑟管簫」，《荀子王霸篇》云「天下莫不平均」，〈君道篇〉云「以禮分施，均徧而不偏」，〈賦篇〉云「或厚或薄，帝不齊均」，《呂覽圜

道篇》云「音皆調均」,〈不苟篇〉云「說義調均」,《淮南子冥篇》云「投足調均」,此皆調和平徧之義,其本字作均之證也。

卸 御

卸,舍車解馬也,从卩止午聲,讀若<u>汝南</u>人寫字之寫。

御,使馬也,從彳卸。馭,古文御从又馬。

　　案卸於卜辭作𢓜 𢓜 𢓜,於彝銘作𢓜 𢓜 御,隸定為卸御御,亦卽篆文之卸御。攷之卜辭卸有方名之義,凡為方名,皆有從行止彳辵為緐文之例說詳《殷契新詮引言》,是以卜辭作𢓜,彝銘作御,與卸音義相同,而以卸為初文。卸從人午聲,示執杵以事舂橐,而以舂橐為本義午為杵之初文,說見午下。《周禮秋官司屬》云「其奴女子入于舂橐」,《管子小匡篇》云「女三嫁入于舂穀」,《墨子天志下》云「胥靡婦人以為舂酋」,【注】《墨子天志下》云「丈夫以為僕圉、胥靡,婦人以為舂酋」。僕圉,僕,《左傳文十八年》<u>杜</u>注「僕,御也」。圉,《周禮夏官》<u>鄭</u>注「養馬曰圉」。是僕圉謂駕車養馬者也。胥靡,<u>成玄英</u>疏「徒役之人也」。《國語魯語下》云「天子日

監九御，使潔禘郊之粢盛」，【注】粢盛，謂古代盛於祭器內以供祭祀之穀物。九御即《周禮內宰》及〈九嬪〉之九御，乃女御之名，是即御以舂稾為本義之證。《墨子》之酋當為䊠之譌文，䊠見卜辭，乃從米酉聲，而為稻之古文。然則《墨子》之「春酋」，亦即《管子》之「春穀」也。卲於〈麥盉〉作〔字形〕《三代》十四卷 11 葉，卣銘作〔字形〕《三代》十二卷 42 葉，爵銘作〔字形〕《三代》十五卷 35 葉，觚銘作〔字形〕《錄遺》299 圖，尊銘作〔字形〕《續殷上》50 葉，并示執杵以臨粢盛，可證卲以舂稾為本義，益為昭顯。〔字形〕〔字形〕之下，俱象粢盛之容器，非以從皿口為緐文。此審之字義，而有異於卜辭之它文者也。以卜辭之卲御與彝銘之卲御，音義相同，循知篆文之卸御決非二字。以御之本義舂稾，故引伸為一切侍御之名，及治事之義。〈虢尗旅鐘〉云「御于卑辟」《三代》一卷 57 葉，謂侍于其君也。〈頌鼎〉云「貯用宮御」《三代》四卷 37 葉，貯讀如予貯予古音同屬烏攝定紐，謂予以宮中侍御之臣也。〈牧師父簋〉云「牧師父弟尗㵪父御于君」《三代》八卷 26 葉，〈逼簋〉云「王饗酉，逼御匕遣」《三代》八卷 52 葉，〈衛簋〉云「㦲父賣卲正衛馬匹自王」《三代》六卷 49 葉，凡此

之衒御及卸，義如《國語吳語》「奉盤匜以隨諸御」

之御。「凶遣」義如《儀禮士昏禮》之「無愬」遣愬

古音同屬音攝溪紐，其云「卸正」者，乃為官名，而為

御士之長，衛者其氏也。〈盂鼎〉云「昵正厥民，在

雩卸事」《三代》四卷42葉，昵乃畯之古文，義如《爾

雅》訓長之駿，謂長治厥民，在于治事之臣也，此

皆御之引伸義。《禮記曲禮》云「御食于君」，其義

為侍，與〈虢卡旅鐘〉諸器相同。而鄭注曰「勸侑

曰御」，是亦悖於經義矣。卜辭用卸為祭名，亦用為

饗燕之義，并為禦之初文。其用為饗燕之義者，如

云「癸卯卜叶，卸子亦于父乙，口」《前編》6.19.5片，

「丁巳卜宁，卸子狱于父乙」《後編上》22.6片，「貞卸

子漁于父乙，屮一伐，卯窜」《京津》807片，「貞卸子

漁于父乙，兑羊」《京津》2088片，「貞卸子央于龍甲」

《前編》6.19.6片，凡此之卸，義如《小雅六月》「飲

御諸友」，及《小雅吉日》「以御賓客」之御，謂饗

燕子亦、子狱、子漁、子央、于父乙及龍甲之廟也。

諸辭而有卜牲之文者，乃於禦祭之後，而飲燕賓客，

【注】《逸周書世俘篇》云「戊辰王遂禦循追祀文王」《說文示部》

云「禦，祀也，从示御聲」。是禦有祭義也。是則御有饗燕之

義者，乃禴祭之引伸。說詩者釋御為進或釋為侍見《小雅六月》毛傳、鄭箋，或釋為給賓客之御見《小雅吉日》鄭箋，是皆未得詩義也。若夫使馬之御，當以駿驛及馭為本字。作駿者，乃從古文之鞭見《說文革部》，示以鞭驅馬之義，〈令鼎〉云「王駿溓仲僕」《三代》四卷27葉，〈師獸簋〉云「縠嗣我西扁東扁，僕駿百工」《博古圖》十六卷27葉，〈師寰簋〉云「徒駿毆孚士女牛羊」《三代》九卷28葉，〈盂鼎〉云「人鬲自駿至于庶人，六百又五十又九夫」《三代》四卷43葉，〈石鼓文〉云「徒駿湯湯」，又云「徒駿孔庶」，是皆駕御之本字作駿及驛之證。《周禮》多存古文，凡駕馭及侍御之字，亦若彝銘之煥別無淆。此證之彝器與《周禮》，因知御馭非一文也。《說文》云「卸，舍車解馬也，從卪止午聲，讀若寫字之寫」。又云「御，使馬也，從彳卸。𢓜，古文御」。是誤析卸為二字，誤以御馭為一文，且皆誤假借為本義，而又誤以從人為從卪矣。其曰「舍車解馬」者，當以寫為本字，〈石鼓文〉云「宮車其寫」，又云「四馬其寫」。《後漢書皇甫規傳》云「旋車完封，寫之權門」。《晉書潘岳傳》云「發槅寫鞍，皆有所憩」。《方言》卷七

云「發稅舍車，東齊海岱之閒謂之發」，【注】海岱，海謂渤海；岱謂泰山。卽山東省渤海至泰山間之地帶。郭璞注曰「今通言發寫」。據此則自東周以訖漢晉，并儨舍車解馬曰寫，是乃相仍之古義。唯許氏以卸為寫，葢以午舍車馬古音同部同屬烏攝，而又未識午為杵之初文，故有此曲合形義之謬說。厥後顧野王《玉篇》、《北齊書韓寶業傳》，并以卸為舍解之義，此皆承《說文》之誤，而始見書傳者。《論衡須頌篇》云「今方板之書，出見者忽然，不卸服也」，是亦讀卸如寫。以卸寫古音同部，漢世有斯音變之言，此許氏所以據而釋卸也。或曰御从彳从止从卩，會行止有節義。又曰卸从御省彳為意，葢御之則行，不行則卸孔廣居《說文疑疑》。或釋卜辭之馭所從之 ？，謂象馬策羅氏《增訂殷契考釋中》70葉。或疑 ？ 象索形，殆馭馬轡郭沫若《甲骨文字研究》。是皆從《說文》之誤，而以御為使馬之本字，故爾曲解御卸二文。或曰卜辭之馭，午實為聲，卩象人跪而迎迓行道也，迎迓於道是為御聞宥說。然案迎訝并為逆之雙聲轉注字，卜辭彝銘有逆而無迎訝，足徵迎訝二文皆逆所孳乳。御而有迎義者，則為訝之假借逆訝御古音同屬烏攝疑紐。說者

乃以御義為迎，此未知文字孳乳之例，及形聲字聲亦兼義之恉，是以誤假借為本義。𤄒𤄒皆卯之𥼶文，乃以行道釋之，是徒專固一文，臆為頗說者矣。

穌

𥼶，杷取禾若也，从禾魚聲。

案穌於〈穌旨妊鼎〉作𩆡，〈穌公簋〉作𩆡，魚義如漁利《管子法禁篇》、漁色《禮記坊記》、漁食《漢書何並傳》之漁，以示獵取。【注】《管子法禁篇》云「漁利蘇功，以取順其君」。尹知章注「飾詐以釣君利，謂之漁利」。即以不正當手段謀取利益之謂也。《禮記坊記》云「諸侯不下漁色」。孔穎達疏「漁色，謂漁人取魚，中網者皆取之，譬如取美色，中意者皆取之，若漁人之求魚，故云漁色」。《漢書何並傳》云「陽翟輕俠趙季、李款多畜賓客，以氣力漁食閭里」。顏師古注「漁者，謂侵奪取之，若漁獵之為也」。穌之從木魚聲，乃以采樵為本義，引伸為采取與樵柴之義。《史記淮陰侯傳》云「樵蘇後爨，師不宿飽」，《宋書羊玄保傳》云「貧弱者薪蘇無記」，是皆穌之本義。〈離騷〉云「蘇糞壤以充幃」，《列子周穆王篇》云「其宮榭若累塊積蘇」，是皆穌之引伸義，而并假蘇為之。《周禮委人》

云「掌斂野之賦斂薪芻，凡疏材木材」，又云「凡疏材共野委兵器」，〈掌荼〉云「徵野疏材之物」，則并假疏為穌_{疏穌古音同屬烏攝心紐}。穌乃新之雙聲轉注字，故從木作穌，書傳所云「樵蘇」及「薪蘇」，皆同義疊語。《周禮》以「疏材」連文，則其與樵新同義，亦無可疑。惟草木俱供炊爨，故《莊子天運篇》俓取芻狗為蘇，【注】〈天運篇〉云「夫芻狗之未陳也，盛以篋衍，巾以文繡，尸祝齊戒以將之；及其已陳也，行者踐其首脊，蘇者取而爨之而已」。是亦穌之引伸義。《史記集解》引《漢書音義》云「樵取薪也，蘇取草也」，則以未知蘇之本字作穌，故區「樵蘇」為二義也。《方言》卷三云「蘇、芥，草也，<u>江淮南楚之閒曰蘇</u>」，斯乃假蘇為薻。《禮記樂記》云「蟄蟲昭蘇」，《左傳宣八年》云「殺諸絳市，六日而蘇」，斯乃假蘇為生_{蘇生古音同屬心紐}，是皆與蘇穌之義，邈不相涉。《說文》云「穌，杷取禾若也」，則據譌變之篆文，而以穌為培取禾稦之義，是亦曲合字形之臆說。蘇從穌聲，乃穌之譌也。

孚 俘

，卵卽孚也，从爪子，一曰信也。，古文孚从禾，禾，古文保，保亦聲。

，軍所獲也，从人孚聲。

案孚於彝銘與篆文同體，以示禽執敵人，而以俘獲為本義。亦若㞋於卜辭作，以示降服敵人。奚於卜辭作，以示係虜奚奴，其構字同意說見㞋、奚之下。卜辭作，則從行省孚聲，而為孚之緐文。卜辭云「昔甲辰方𨑒于㞢，人十㞢五人，五日戊申方亦𨑒，人十㞢六人」《菁華》五片，〈敔簋〉云「褱孚人四百」《博古圖》十六卷 36 葉，〈師寰簋〉云「徒馭毆孚士女羊牛」《三代》九卷 28 葉，是皆孚之本義，引伸為凡取獲之名。〈叀鼎〉云「眚于人身孚戈」《積古》四卷 23 葉，〈翏生盨〉云「孚戎器孚金」《三代》十卷 44 葉，〈鼎〉云「孚貝」《三代》四卷 18 葉，〈過白簋〉《三代》六卷 47 葉、〈員卣〉《三代》十三卷 37 葉，并云「孚金」，是皆孚之引伸義。自孚孳乳為《三代》十卷 5 葉〈魯士簠〉，從孚户聲，以示孚人服役，《公羊傳宣十二年》云「廝役扈養」，扈卽𡩄之假借也。【注】

《公羊傳宣十二年》云「南郢之與鄭，相去數千里，諸大夫死者數人，廝役扈養死者數百人」。何休注「養馬者曰扈，炊亨者曰養」。

以孚借為誠信，故孳乳為俘，乃以別於借義之轉注字。猶之矣、頃、安、卬，孳乳為俟、傾、侒、仰，亦為別於借義之轉注字也。孚既從子，而復從人作俘者，是猶辟之作僻，各之作佫，皆為後起重形之字_{案辟字從人，說見辟下。}。此徵之字形與義訓，舉可證孚俘為一文。《說文》以「卵即孚」釋孚，則區孚俘為二義。是未知鳥之孚卵，乃取冡覆之義，《管子禁藏篇》云「如鳥之覆卵」，【注】〈禁藏篇〉云「如鳥之覆卵，無形無聲，而唯見其成」。覆卵謂孵卵也，《春秋繁露深察名號》云「卵待覆而為雛」，皆其本字。《莊子庚桑楚》作伏，《淮南子人閒篇》作孚，俱覆之假借_{覆孚古音同屬幽攝滂紐，覆伏同屬脣音。}。《方言》卷三云「雞伏卵而未孚」，則兼用伏孚，而又異其義訓，是未知伏孚皆覆之借字。《說文》以「卵即孚」，及誠信之義釋孚，俱誤以假借為本義。猶之以「語已詞」釋矣，亦誤以假借為本義也。

員　圓

員，物數也，从貝口聲。鼏，籀文从鼎。

圓，圜全也，从口員聲，讀若員。

案員於卜辭作𣬭𣬭，於彝銘作𣬭𣬭，并與籀文同體，從○鼎會意。○為圜之初文說見正下，字從○鼎者，示其如天體之圜，而以物圜為本義。《孟子》云「不以規矩不能成方員」〈離婁上〉，《淮南子原道篇》云「員者常轉」，又云「員不中規」，〈俶真篇〉云「若周員而趨」，又云「能戴大員者履大方」，又云「不能察方員」，〈時則篇〉云「規者所以員萬物也」，又云「歸之為度也，員而不垸」，〈主術篇〉云「主道員者，運轉而無端」，又云「智欲員而行欲方」，〈齊俗篇〉云「員者走澤，方者處高」，又云「窺面而盤水則員，於杯則隋」，〈氾論篇〉云「是猶枘方枘周員鑿」，〈詮言篇〉云「員之中規，方之中矩」，〈兵略篇〉云「若轉員石於萬丈之谿」，〈說林篇〉云「環可以喻員，不可以輪」，〈脩務篇〉云「其方員銳橢不同」，是皆以員為圜全之義。又西漢墓出土竹簡《孫臏兵法》云「高則方之，下則員之」，又云「凡陳有十，有員陳，員陳者，所以槫也」，又云「敵人員陳以胥」山東臨沂出土，《帛書經法》云「規之內曰員」長沙利氏墓出土，此證以漢初所寫先秦載籍，而知員為圜之初文，益無可疑。自員而孳乳為塤，以示器形

之員乃承本義而構字。篆文作壎者，所從熏聲乃員之假借說見員下。《周禮庾人》云「正校人員選」，【注】〈夏官庾人〉云「正校人員選」，鄭玄注「正員選者，選擇可備員者平之」。《墨子備城門篇》云「令容七八員艾」，《商君書農戰篇》云「雖有詩書鄉一束，家一員」，《淮南子說山篇》云「春至旦不中員程」，《漢書尹翁歸傳》云「使斫莝責以員程」，【注】員程，指規定人數，限期之工程指標。〈尹翁歸傳〉云「豪強有論罪，輸掌畜官，使斫莝，責以員程，不得取代」。斫莝，謂剉切餵馬草料。員程，顏師古注「員，數也，計其人及日數為功程」。《後趙岐傳》云「可立一員石於吾墓前」，是皆借員為物數。以員為物數，故孳乳為圓，以別於借義之轉注字。若物數紛亂之賦，外博眾視之覻，及訓減之損，則承借義而構字，損從員聲者，示減其物數也。古文之鼎有易形同於貝，故篆文作員。《說文》云「員，物數也，從貝口聲」。是誤以假借為本義，誤以會意為諧聲，且誤以鼎為貝矣。葢許氏不知〇為圜之初文，而以員口雙聲二文同屬為紐，故誤以口聲釋之也。

羍 辛

𣓑，亲實如小栗，从木辛聲，《春秋傳》曰「女摯
不過亲栗」。

辛，秋時萬物成而孰，金剛味辛，辛痛即泣出，从
一辛，辛，辠也，辛承庚，象人股。

案辛於篆文作𨐌，與讀若愆之辛，僅一畫之殊，
說者因疑辛辛為一字_{徐灝《說文注箋》}，或謂十干之辛
自為一字_{王國維〈釋辭〉}，而皆未能審辨辛辛之形義也。
考之古文，從辛之字，有直筆下垂者。若言於卜辭
作𠷎，彝銘作𠷎，童於〈毛公鼎〉作𤔲，〈番生簋〉
作𤔲，妾於〈克鼎〉作𡚰，〈伊簋〉作𡚰，憲於卣
銘作𢡁，尊銘作𢡁，【注】〈毛公鼎〉見《三代》四卷46葉，
〈番生簋〉見《三代》九卷37葉，〈克鼎〉見《三代》九卷40葉，
〈伊簋〉見《三代》九卷20葉，𢡁見《三代》十三卷12葉〈憲
卣〉，𢡁見《三代》十一卷20葉〈憲尊〉，凡此所從之辛，皆
直筆下垂，所以象剞劂正視之形_{說見辛下}。若卜辭之
辛作𨑨，㫄作𣃚，𢖻作𢖻，宰作𡧓，屖作𡰥，辭作
𤔲，辤作𥫗，避於〈彔攸比鼎〉作𨑨，〈仲虘父簋〉
作𨑨，章於〈頌簋〉作𤔲，〈史頌簋〉作𤔲，辨於〈父
己簋〉作𤔲，宰於〈宰㭭角〉作𡧓，〈宰𡥼簋〉作𡧓，
屖於〈競卣〉作𡰥，於〈屖尊〉作𡰥，辟於〈盂鼎〉

作□，〈召卣〉作□，帶於〈毛公鼎〉作□，〈番生簋〉作□，辭於〈毛公鼎〉作□，辭於〈龕公華鐘〉作□，〈綸鎛〉作□，【注】〈鬲攸比鼎〉見《三代》四卷 35 葉，〈仲戲父簋〉見《三代》八卷 33 葉，〈頌簋〉見《三代》九卷 38 葉，〈史頌簋〉見《三代》九卷 7 葉，〈父己簋〉見《三代》六卷 43 葉，〈宰梳角〉見《三代》十六卷 42 葉，〈宰峀簋〉見《三代》八卷 19 葉，〈競卣〉見《三代》十三卷 10 葉，〈犀尊〉見《三代》十一卷 30 葉，〈盂鼎〉見《三代》四卷 43 葉，〈召卣〉見《錄遺》277 圖，〈龕公華鐘〉見《三代》一卷 62 葉，〈綸鎛〉見《三代》一卷 66 葉。凡此所從之辛，皆曲筆下垂，所以象剞劂側視之形。可證辛之一文，固有曲直二體。唯紀日之名，及方國姓氏之辛，其下垂之筆無作曲形者。是乃亲之省體，與辛形聲迴別。〈萬簋〉於辛巳之字作亲《三代》八卷 50 葉，〈濼姬簋〉於父辛之字作亲《攈古》二之二卷 72 葉，《三代》拓本漫漶。，方名之辛於〈中白壺〉作亲《三代》十二卷 18 葉，〈中白簋〉作亲《西清古鑑》二十七卷 23 葉，或亲《攈古》二之一卷 67 葉，此日名與方名之辛，其本字皆為從木作亲之證。考親於〈克鐘〉作□，新於〈師酉簋〉作□，〈復公子簋〉作□，〈散盤〉作□，其於卜辭亦作□□，可證

從亲聲之親新二文，或省作辛，是以於日名及方名之亲，亦省作辛。是猶共之省作六說見共下，皆所以示別於義訓之不同也。亲從辛木會意，示加剖剧於木上，而以刻木為本義。猶之契從刧聲，而以刻木為本義。《淮南子俶真篇》云「百圍之木斬為犧尊，鏤以剖剧」，是卽亲之從辛，而以刻木為義之證。【注】犧尊，古代酒器。作犧牛形，背上開孔以盛酒。《莊子天地篇》云「百年之木，破為犧尊」是也。《尚書》之梓材，《管子》之梓器〈山至數篇〉，義謂彫刻之器。《周禮考工記》之梓人，墨翟與孟子之梓匠《墨子節用中篇》、《孟子滕文公下篇》，莊周之梓慶《莊子達生篇》，義謂刻木之人，是皆亲之本義。觀夫《周禮》之梓人，職司雕琢筍虡，或作爵觚射侯，莊周所記之梓慶，則云「削木為鐻」，因知梓為刻木之工，其義昭顯。字作梓者，斯為亲之或體，猶李之古文作杍見《說文木部》，多之古文作𡖇見《說文多部》，皆迻置相重之文，以為駢列之例也。亲當讀若辛，《韓非子說林下》云「刻削之道，鼻莫如大」，葢以辛削雙聲，是以假削為亲也，〈考工記〉注曰「梓，檟屬也」，《尚書梓材》、及《莊子》釋文并曰「梓音子」，或曰木莫良於梓，故書以

梓材名篇，禮以梓人名匠_{宋陸佃《埤雅》卷十四}。是自漢以降，俱以梓材、梓人，為從宰省聲之梓，舉非其義。案〈考工記〉云「攻木之工輪、輿、弓、廬、匠、車、梓。攻金之工築、冶、鳧、桌、段、桃」。夫輪輿弓廬之屬，固非木名。築冶鳧桌之屬固非金名。乃謂獨梓為名，則亦不倫之甚。蓋以漢人未知梓為亲之或體，而又昧於亲之初義，因誤以木名之梓釋亲。自後說經者，并循其誤，皆以未知亲之初義故也。柳宗元〈梓人傳〉亦承梓為木名之義，而誤名匠人為梓人，其失尤甚矣。亲字從辛，而其下垂之筆不作曲行者，乃以刀欑木中，不見鑯刃，此所以從辛之亲，及亲省之辛，於卜辭彝銘并無一象曲刀之形也。然則日名與方名之辛，胥為亲之省體，此證之字形，考之聲韻，固已昭朗無疑。木名曰亲，五味曰辛，以及辛酸辛苦，皆亲之假借義也。《說文》云「亲實如小栗，从木辛聲」。又云「辛，秋時萬物成而孰，金剛味辛，辛痛卽泣出，从一辛，辛，皐也」。所釋形義，并乖初怡，且又誤析亲辛為二文。或曰辛亲一字_{郭沫若《甲骨文字研究》}，然紀日之辛，於卜辭彝銘至為多見，其文無象曲刀而作ᛩ者，此驫

之字形，可知亍辛非一文也。亍辛聲韻睽違，礙難通轉_{亍屬安攝溪紐，辛屬因攝心紐}，【注】案亍音去虔切，今音ㄑ一ㄢ、qian。辛音息鄰切，今音ㄒ一ㄣ、xin。亍辛聲韻不同，非一文也。覈之聲音，而知亍辛非一文也。說者乃曰「刷在脂部，脂真對轉，則刷可變為真部之辛」。此據清人所分韻部，而言通轉_{自段玉裁以至夏炘}，并屆屬脂部。，然脂部當析為脂隊二部_{章炳麟始別析隊部}，其說甚允。，刷隸隊部，不與真部對轉，乃謂對轉相通，說殊未諦。且也剞刷二文，皆辛所孳乳之雙聲連語，而說者曰「剞者可變為亍，刷可變為辛」_{以上皆郭沫若說}，則是自諧聲而遷變為象形，悖於文字孳乳之例。而又析剞刷為二原，則是亍辛非一文，而乃云然，適而自相乖剌矣。或曰辛為立之倒文_{中島竦《書契淵源》第一帙93葉}，此不通考古文之謬說也。或曰辛木柴也，從木干而去枝葉_{元周伯琦《六書正譌》}，說益謬戾。誠以卜辭彝銘之干，皆象盾形，至東周之季，〈干氏不子盤〉始省變作䇂_{《三代》十七卷11葉，說見干下}，乃與卜辭之辛相近。固不能據後世省變之體，而謂辛為從干。後人顧躡其說，而謂亍辛一字，卽薪之象形_{朱芳圃《周文字釋叢》卷上}。是摭腐歹，而益以懵言。

且未知薪無定形，何以能以象形寫物，是以薪之初文為新，亦以諧聲構字。卜辭多見辛辛與新，不相通作，而乃粗合二名以為一字，非僅闇於文字孳乳，不識古文構形，且亦罔知卜辭文義矣。以辛辛二文，其形相近，<u>許氏</u>昧其初義，故於從二文之字，亦多誤解，或以它文釋之。蓋嘗索之古文，考之字義，凡從辛之字，胥承剞劂之義而孳乳。若㖣從辛，以示怒義。言之從辛，以示書刀記詞。章之從辛，以示刀斷文錦說見章下。童、妾、僕、㝮、㞷、辟、皐、辜、辭、辡、辤、辯之從辛，乃示受刀墨之刑說見童㝮之下。亲之從辛，以示剞劂刻木。宰之從辛，以示鸞刀屠牲說見宰下。而《說文》於亲、宰、㞷、辟、皐、辜、辭、辯、辤、辡十字，并以從辛釋之，此誤以辛為辛也。寒病之痒，當從亲省聲，而《說文》云「从疒辛聲」，此誤以辛為別一文也。豕怒毛豎之豙，乃從豕象形說見豙下，而《說文》云「从豕辛」，此誤以象形為會意也。《說文炎部》之燮，與〈又部〉之燮，音同形近，當為一文。《玉篇又部》有燮，〈炎部〉無燮，蓋《說文》之燮為後人所增，且為籀文燮之譌易說見燮下。是其字非從辛，理宜置之不論。

而說者曰宰從辛與嬖同意朱駿聲《通訓定聲》，是亦謬為援附者矣。

宰

宰，皋人在屋下執事者，从宀从辛，辛，皋也。

案宰於卜辭作宮宮，於彝銘作宮宮，并從宀辛意。辛為剞劂之初文說見辛下，宰之從辛，乃示鸞刀之屠割，而以膳宰及宰夫為本義。《小雅信南山》云「執其鸞刀，以啟其毛，取其血膋」，【注】膋，音ㄌㄧㄠˊ、liaoˊ，血膋，謂血和脂膏。鄭箋云「膋，脂膏也。血以告殺，膋以升臭」。此宰之所以從辛，從宀猶庖廚之從广也。膳宰見《儀禮燕禮》、《禮記文王世子、玉藻》、《左傳昭九年》、《國語周語上、周語中》。【注】膳宰，古官名。《儀禮燕禮》云「膳宰具官饌于寢東」。鄭玄注「膳宰，天子之膳夫，掌君飲食膳羞者也」。膳宰與宰夫、宰人、宰臣、宰尹、炮宰，并為掌管膳食之官。宰夫見《周禮天官》、《儀禮聘禮、公食大夫禮、既夕禮、有司徹》、《禮記檀弓下、雜記上下、燕義》、《左傳宣二年、宣四年、昭二十年》。或曰宰人見《莊子說劍篇》，或曰宰臣見《韓非子內儲說下》，或曰宰尹見《韓非子八說篇》，或曰炮宰《韓非子難二篇》，或僅曰宰，《墨子尚賢中》云「今

王公大人有一牛羊不能殺也，必藉良宰」，是皆宰之本義。引伸為凡宰割之名，與宰殺之義。《魏石經春秋殘石》載宰之古文從肉作🄐《希古樓金石萃編》卷八，乃為別於宰制義之轉注字。《說文》云「宰，辠人在屋下執事者」，是誤以辛辛之義為辠，故以「辠人執事」釋之，是亦昧於本義之曲說也

正

🄑，是也，从一，一日止。🄒，古文正从二，二古文上。🄓，古文正从一足，足亦止也。

案正於卜辭作🄔🄕，彝銘作🄖，鼎銘作🄗《錄遺》19圖、20圖，其作🄕者，乃正之詳體。猶各於卜辭作🄘《前編》4.31.2片、《甲編》3916片，各於〈父癸簋〉作🄙《三代》七卷18葉，而為各各之詳體也。🄔🄖乃從止○會意，○者圜之初文，古有〈○鼎〉《錄遺》15圖、〈○布〉《古錢大辭典上》88圖，斯為圜氏之器，與圜方之貨。〈🄚鼎〉《三代》二卷12葉，〈🄛🄜〉《三代》十一卷40葉，則為**圜方大氏**，**與圜方癸氏**之器。卜辭有方名曰🄝《續編》3.10.1片、《甲編》2617片，從爪○聲，而為環之古文，當與〈○鼎〉、〈○布〉為一文。字

從爪者，示用之援引見文瑗字下，蓋環瑗本為同物，故亦同音二字古音同屬安攝牙音，逮後世則區為二名也。【注】《爾雅釋器》云「肉倍好謂之璧，好倍肉謂之瑗，肉好若一謂之環」。郭璞注「瑗，孔大而邊小。環，邊孔適等」。又〈虘雷卣〉云「子錫虘雷彐一」《攈古》二之二卷 5 葉，乃從玕○聲，亦環之異體。此證以古文之環從○為聲，可知○為圜之初文者一也。天於卜辭作𣎴 ꗃ，從大○或從夫○會意，以示圜天在人首之上說見天下。員於〈員父尊〉作𪔂，從○鼎會意，以示如天及鼎之圜說見員下。巨於〈鄦侯簋〉作𫫇，從○象形，以示圜出于矩說見巨下。中於鼎銘作 Φ《三代》二卷 42 葉，從矢○會意，以示射之中的說見仲下。辟於〈盂鼎〉作𨐨，從○倂聲，以示辠人拘于圜土說見辟下。【注】圜土，牢獄也。《周禮地官比長》云「若無授無節，則唯圜土內之」。鄭玄注「圜土者，獄城也」。再於舟甶銘作𣜩《三代》十四卷 22 葉，從八○囟會意，囟象稱權之形，而為稱之初文。字從八○囟者，以示分別復稱，乃取圜而復始之義說見再下。篆文之憲從中衣○聲，中義如抓，以示拈衣繯身說見袁下。篆文之驦，從馬○會意，以示繯駱馬足。此證以古文之天、員、巨、中、辟、再、及

篆文之袤、昜，而知〇為圜之初文者二也。正從〇
在止上，猶天從〇在大上，皆以示天體之圜。《周易
說卦》云「乾為天為圜」者是也。止卽《大雅抑篇》
「淑慎爾止」之止，【注】《大雅抑篇》「淑慎爾止，不愆于
儀」。淑慎謂使和善謹慎。止謂行止，品行也。詩之義謂：好之慎
重其態度，不要失于儀容禮貌。正從〇止，乃示人之行止，
取法於天，則得其正。《周易乾》云「天行健，君子
以自強不息」，《論語》云「唯天為大，唯堯則之」〈泰
伯篇〉，《呂覽圜道篇》云「天道圜，地道方，聖王法
之，所以立上下」，《墨子法儀篇》云「天之行廣而
無私，其施厚而不德，其明久而不衰，故聖王法之」，
《管子內業篇》云「天主正，地主平」，此正所以從
〇之義也。凡古文之虛中者，恆填實之，故卜辭之
𠙻於〈盧鐘〉作𝌳，〈盂鼎〉作𝌳，〈君夫簋〉作𝌳，
〈散盤〉作𝌳。【注】〈盧鐘〉見《三代》一卷 11 葉，〈盂鼎〉
見《三代》四卷 42 葉，〈君夫簋〉見《三代》八卷 47 葉，〈散盤〉
見《三代》十七卷 20 葉。東周諸器多作正，則與篆文相
同。是猶從〇之天再，於篆文作𠀠再，皆其省體。《說
文》釋正與天再，并為從一，是皆據省變之文，而
誤以〇為一矣。正於東周彝銘多作𝌳𝌳，斯乃文之

冘筆，非從古文之上也。《齊風猗嗟》云「終日射侯，不出正兮」，乃名射臬為正，斯為正之引伸義。良以矢之所集，以臬為正，因以正為名。自正而孳乳為墥，則為雙聲轉注字，而為後起之名。所以知者，以正之反書為乏，以示獲者容身之所，乃自射臬之正而孳乳說見乏下。乏之一文多見經傳，是當肇於<u>東周</u>，則名射臬為正，又當前于乏之孳乳。而墥於<u>先秦</u>無徵，且從韋聲，無以示射臬之義，則其為<u>晚周</u>識音之字，斷乎無疑。《周禮司弓矢》云「王弓弧弓以授射甲革椹質者」，【注】椹質，箭靶也。《周禮司弓矢》云「王弓弧弓以授射甲革椹質者」。<u>鄭玄</u>注「質，正也。樹椹以為正」。〈考工記弓人〉云「利射革與質」，《韓非子用人篇》云「發矢中的」，〈外儲說左上〉云「設五寸之的」，《呂氏春秋本生篇》云「萬人操弓，共射其一招」，凡此所云之椹、質、的、招，皆正之假借正與椹、質、的、招，古音同屬端紐。《周禮》之「椹質」，《楚辭大招》之「昭質」，《荀子勸學篇》之「質的」，乃雙聲聯語，并為正之音轉。《周禮司裘》注引<u>鄭司農</u>云「二尺曰正，四寸曰質」，是誤區質正為二義矣。《楚辭》<u>王逸</u>注云「昭質謂明旦」，是誤昭質為《禮

記》與《儀禮》之「質明」矣質明見《禮記禮器、昏義、聘義》，《儀禮士冠禮、士昏禮、既夕禮》，是皆未知文字演變之謬說也。或曰正，射的也《通志六書略》象形第一，後人據之，因曰正字本訓當為侯中，从止亦矢所止朱駿聲《通訓定聲》。然案侯之古文作厌見《說文矢部》，臬於卜辭作（字）《前編》2、18、6片，字皆從矢以示射厌，而正不從矢，則其本義必非從中。猶之壇不從矢，而為後起之名也。或曰正本義當疑為立，从止一者象其正，指事也章炳麟《文始》。信如其說，則凡從正之字，宜有端竦靖竦之義，不宜有訓行之征。或曰正以征行為本義王國維說見劉盼遂〈說文筆記〉，其意蓋以卜辭之（字）為從止口會意口音圍，然出去於卜辭作（字）（字），字從止口或大口，以示人之離邑。藉曰正亦從口，則置止於口下，當以示入邑之義，不當以示征行之義。此律以出去二文，而知彝銘所從之〇，決非《說文》訓回之口，而為圍之初文。說者徒見卜辭用正為征，故謂其本義為征行，此未知征行之本字於卜辭作（字）。其初文作（字）或（字）者，謂聲其罪而討之，或正其疆界而伐之。《周禮大司馬》云「賊殺其親則正之」，《春秋昭元年》云「叔弓帥師疆鄆田」，《周易

離》云「王用出征，以正邦也」，是皆征伐為正義引伸之證。卜辭之𪤐及彝銘之征，皆承正義而構字，故其初文亦作正。然則正之本義，解詁多家，無一幸合。亦如天、員、辟、再，終古莫明。皆由未知字俱從〇，且亦未悉〇之音義故也。或疑卜辭之𪤐卽韋之變體孫詒讓《契文舉例下》，或謂當是撥亂之撥陳孟家《綜述》601葉，是皆闇於卜辭文義，且未知文字固有詳略之例者矣。

獘

𤢺，頓仆也，从犬敝聲，《春秋傳》曰「與犬，犬獘」。𤢾，獘或从死。

案獘之從犬，猶獮、獵、獠、狩之從犬。敝義如緷二字同屬脣音，是獘當以田緷為本義。《周禮獸人、山虞、澤虞》之「獘田」，及〈大司馬〉之火獘、車獘、羅獘，皆為獘之本義。【注】〈獸人〉云「時田則守罟及獘田」，獘田，鄭玄注「獘，仆也。仆而田止」。鄭司農云「獘田謂春火獘，夏車獘，秋羅獘，冬徒獘」。〈大司馬〉云「火獘，獻禽以祭社。車獘，獻禽以享礿。羅獘，致禽以祀祊」。鄭玄注「火獘，火止也。車獘，驅獸之車止也。羅獘，罔止也」。引伸為止

斷之義，《周禮眂祲》云「歲終則弊其事」，〈大司寇〉云「凡庶民之獄訟，以邦成弊之」，〈小司寇〉云「歲終則令羣士計獄弊訟」，是獘之引伸義，而皆譌作弊。若頓仆之義，則以斃為本字，而與踣債仆為轉注斃踣仆同屬並紐，債屬幫紐。。惟以獘斃同音，古相通作，以故許氏誤為一字。是猶旁雱同音，而許氏誤為一字也說詳旁下。通考鳥獸蟲魚之物化，俱以死名之，而無專字。頓仆非犬之特性，則不應如哭臭之比，而有頓仆之獘。《說文》引《左傳僖四年》「犬獘」之文以釋獘，亦若獘之本義，專為犬死而設。苟如所言，則《左傳》於「犬斃」之下，復有「小臣亦斃」，【注】《左傳僖四年》云「太子祭于曲沃，歸胙於公。公田。姬寘諸宮六日。公至，毒而獻之。公祭之地，地墳。予犬，犬斃。予小臣，小臣亦斃」。斯乃據犬死之名，引伸以儗人，是亦貴賤顛易，不倫之甚矣。

蔽

蔽，蔽蔽，小艸也，从艸敝聲。

　　案蔽當以隱覆為本義，艸與敝物，俱可用之隱覆，《周禮巾車》云「木車蒲蔽，素車芬蔽，藻車藻

蔽，駹車萑蔽」，【注】木車蒲蔽，鄭玄注「木車不漆者」。鄭司農云「蠃蘭車以蒲草為蔽」。素車芬蔽，鄭玄注「素車以白土堊車也。蘋麻以為蔽」。藻車藻蔽，鄭玄注「藻，水草，蒼色。以蒼土堊車，以蒼繒為蔽也」。駹車萑蔽，鄭玄注「駹車邊側有漆飾也。萑，細葦席也，以為蔽者」。《儀禮士喪禮》云「冪用葦席」，《禮記雜記上》云「士輤葦席以為屋，席蒲以為裳帷」，此蔽之所以從艸，亦若葢苢藼蒲之從艸。《禮記檀弓下》云「敝帷不弃，為埋馬也，敝葢不弃，為埋狗也」，此蔽之所以從敝為聲。《陳風東門之楊》云「其葉肺肺」，《小雅小弁》云「萑葦淠淠」，〈采菽〉云「其葉蓬蓬」，〈瓠葉〉云「幡幡瓠葉」，《大雅棫樸》云「芃芃棫樸」，〈生民〉云「荏菽旆旆，瓜瓞唪唪」，〈卷阿〉云「梧桐生矣，菶菶萋萋」凡此所云肺肺淠淠之屬，同為脣音，以狀艸木茂盛之義。《召南甘棠》、《小雅我行其野》之「蔽芾」，義亦同此。惟蔽乃菶芃茇葍之轉語，非以艸盛為本義，此其所異也。〈甘棠〉傳曰「蔽芾小貌」，斯乃悖於音義之謬說，而《說文》從之。【注】〈甘棠〉云「蔽芾甘棠，勿剪勿伐」。〈我行其野〉云「我行其野，蔽芾其樗」。以勿剪勿伐，乃存甘棠茂盛之貌，其行於曠野，故能見樗之茂盛。朱

憙集傳云「蔽芾，盛貌」是也。是非唯未得蔽之本義，且亦乖於詩義。《說文》所云「小艸也」，也當為兒之譌。抑有進者，蔽芾乃雙聲連語二字同屬幫紐，詩傳云「蔽芾小貌」者，雖未得詩恉，然以「蔽芾」為連語狀詞，則說無可易。書傳之連語狀詞，多取其音，不取其義。《說文》乃以連語之名為蔽之本義，則亦悖於詩傳之義矣。夫字義有歷世相傳，古今無異，而許氏昧其義訓者。若漢魏舉識蔽為隱蔽，舉識薪為樵柴說見薪下，舉識叛為反叛說見叛下，舉識戴為首戴說見戴下，舉識奪為敓取說見奪下，舉識杜為閉塞說見杜下，舉識核為果核說見核下，舉識斿為斿敖說見斿下，舉識族為氏族說見族下，舉識憲為憲法說見憲下，舉識惢蕊同義說見蕊下，舉識冰凝異字說見冰下，舉識威為軍威說見威下，舉識瓦為屋瓦說見瓦下，舉識鏃為矢鏠說見鏃下，舉識豨為豕說見豨下，舉識賡音如庚說見賡下，獨許氏昧於諸字音義，可證智慈時賢。蓋許氏釋字，未邃於因形得義，亦謝於審義知形，此其所以謬戾棼陳，有不勝剔抉者矣。

誕

𧥝，詞誕也，从言延聲。𧥍，籀文誕省正。

案誕於卜辭作𧥍𧥍《戩壽》26、3片，从言大聲，而以大言為本義。《漢書》注云「誕，大言也」見〈郊祀志上〉、〈藝文志〉、〈朱買臣傳〉，《莊子》云「誕信相譏」〈在宥篇〉，《荀子》云「誠信生神，夸誕生惑」〈不苟篇〉，又云「疾為誕，而欲人之信己也」〈榮辱篇〉，又云「夸誕則虛」〈儒效篇〉，又云「誕詐之人，乘是而欺」〈君道篇〉，是皆誇妄之義而見於書傳者。誕與大誠，古音同屬定紐，《爾雅釋詁》云「誕，大也」，《廣雅釋詁》云「誕，信也」，則為誕之假借義。《說文》云「誕，詞誕也」，陳義迂晦，當為譌文。或以詞為調之譌，而以詞下之「誕」為衍文桂馥《說文義證》，其說甚允。詷誕雙聲，故詷之別一義為諴。【注】《說文言部》云「詷，共也。一曰諴也。諴，誕也」。篆文从延聲作誕者，延乃大之假借大延古音同屬定紐，大屬阿攝，延屬安攝，對轉相通。《一切經音義》卷十七引《說文》云「誕，大也」，義同《爾雅》，故非誕之本義，亦非必許書原文也。

戴

戴，分物得增益曰戴，从異弎聲。戴，籀文戴。

案戴於卜辭作 🔣 🔣 《京津》3075 片、《前編》6.19.8 片，鼎銘作 🔣 《三代》二卷 13 葉，〈父己鬲〉作 🔣 《三代》五卷 13 葉，🔣 乃從人由聲，🔣 🔣 乃從大由聲，并象以首承由，而以戴物於頭為本義。《左傳襄十八年》云「首隊於前跪而戴之」，《管子小匡篇》云「首戴茅蒲」，【注】茅蒲，謂以茅麻與蒲草編成之斗笠。〈小匡篇〉尹知章注「編茅與蒲以為笠」。《孟子梁惠王上》云「頒白者不負戴於道路」，《莊子讓王篇》云「夫負妻戴」，《荀子富國篇》云「負戴黃金」，〈正名篇〉云「乘軒戴絻」，《韓非子外儲說左》云「冠雖穿弊，必戴於頭」，是戴之本義。引伸為在上之名，與翊上之義。《管子心術篇》云「能戴大圓者，體乎大方」，【注】大圓亦作大圜、大員。大圓謂天，大方謂地。《呂氏春秋序意篇》云「爰又大圜在上，大矩在下」。高誘注「圜，天也；矩，方，地也」。《淮南子俶真篇》云「是故能戴大員者履大方」。高誘注「言能戴天履地之道」。〈水地篇〉云「冠黃冠，戴黃蓋」，《淮南子原道篇》云「牛岐蹏而戴角」，《爾雅釋山》云「石戴土謂之崔嵬，土戴石為砠」，《左傳僖十五年》云「君履后土而戴皇天」，〈文十八年〉云「同心戴舜

以為天子」，〈襄二十五年〉云「奉戴厲公」，〈昭九年〉云「翼戴天子」，〈夏書〉云「眾非元后何戴」《國語周語上》引，是皆戴之引伸義。《釋名釋姿容》云「戴，載也，載之於頭也」，此漢人所釋之戴，密符初恉。而漢魏及後世書傳，皆遵循莫廢也。考異於彝銘作 ，亦為從大由聲，以示奉由獻祭。與古文之 音同義近，是以篆文復增弐聲作戴，於籀文則增弋聲作 ，皆所以示別於古文之異。許氏以戴為從訓分之異，又以弐與艸木多益之茲同音弐茲古音同屬噫攝精紐，因是援其謬釋之異，且又曲合音訓，而以「分物得增益」釋戴。是未知篆文之戴所從之 ，為 之譌變。所從弐聲，為避形溷，而益聲文。乃云「分物得增益」，則為誤解字形，而曲陳義訓。亦如以擇菜釋若，以母猴釋為，皆為誤釋字形之謬說。而其釋義，并於載籍一無所徵也。

孔

，通也，嘉美之也，从乙子，乙，請子之候鳥也，乙至而得子，嘉美之也。故古人名嘉，字子孔。

案孔於彝銘作 ，〈父癸鼎〉作 《三代》二卷

48 葉，審諸器字體，♀乃初文，而以人身氣穴為本義，引伸為凡孔穴之名。故自孔而孳乳為乳，以示人匈之乳，乃據引伸義而構字說見乳下。人身氣穴，明顯易見者，莫如嬰兒之囟頂，故從子作♀，以示頭會氣穴之所，於文為從子之合體指事。《素問》、《靈樞》多言鍼灸療疾，鍼灸必明氣穴，因知孔之構字，必肇於鍼灸初興之時。《隋書經籍志》有〈明堂孔穴〉五卷、〈明堂孔穴圖〉三卷，《抱朴子雜應篇》云「多令人以針灸治病，而但說身中孔穴榮輸之名，自非備覽明堂流注偃側圖者，安能曉之」，此為孔之本義而見於載籍者。《隋志》所錄〈明堂孔穴〉，蓋為<u>晉</u>前古籍，而為傳自<u>先秦</u>，是以《抱朴子》亦有明堂圖之名也。《韓非子解老篇》云「知事天者，其孔竅虛」。《淮南子天文篇》云「跂行喙息，莫貴於人，孔竅肢體，皆通於天」，此所云「孔竅」，義謂人身九竅，斯為孔之引伸義。【注】九竅，指耳、目、口、鼻及尿道、肛門之九個孔道。《周禮天官疾醫》云「兩之以九竅之變」。<u>鄭玄</u>注「陽竅七，陰竅二」。以孔借為尤甚之義，故孳乳為空，乃以別於借義之轉注字孔空古音同屬邑攝溪紐。孔與洪通古音同部，故借為大通之義。《爾雅釋器》

云「肉倍好謂之璧，好倍肉謂之瑗」，《周禮考工記
玉人》云「璧羡度尺，好三寸以為度」，是并假好為
孔。古人名嘉字子孔，乃假孔以為嘉_{孔好嘉同為牙音}。
《說文》訓孔為通，亦訓為嘉美，是皆誤以假借為
本義。云「从乙子」，則又誤以指事為會意矣。

異

，分也，从廾畁，畁，予也。

　　案異於卜辭作、，彝銘作、，從人由聲，
或從大由聲，並示奉由以祭，而為禩之初文。猶之
歆於〈嬴霝　簋〉作《三代》七卷15葉，以示設食
於由。〈乍冊大鼎〉云「公束鑄武王成王鼎」《三代》
四卷20葉，異鼎，義謂祭祀之鼎，此正異之本義。借
為怪異與分異，故孳乳為禩，乃以別於借義之轉注
字。禩祀義訓互殊，惟以二字同音，故自卜辭以降，
并假紀年之祀以為祭禩之義，因之《說文》誤以祀
禩為一文_{說見祀下}。是猶以旁雺、氛雺為一文_{說見旁下}，
皆以未能明辨字形，故爾謬其義訓也。或曰異古作
，當為翼之古文，象頭身尾及兩翼之形_{林義光《文}
_{源》}。或曰象人舉手自翼蔽形_{羅振玉《增訂殷契考釋中》62}

葉。是未知〈虢卡旅鐘〉、〈盂鼎〉及〈羌白簋〉之異，并讀為翼者，為假借之義。【注】〈虢卡旅鐘〉云「皇考嚴在上，異在下」《三代》一卷57葉。〈盂鼎〉云「故天異臨子，濃保先王」《三代》四卷42葉。〈羌白簋〉云「異自它邦，有恫于天命」《愙齋》十一卷23葉。三器之異并讀為翼。翼，敬也。《小雅六月》云「有嚴有翼」。毛傳曰「嚴，威嚴也；翼，敬也」。所謂「嚴在上，異在下」者，謂有威嚴在上天，有受人敬愛在下民也。翼乃叚之轉注翼於古音屬定紐，叚屬透紐，同為舌音，斯承借義而構字。異非象兩翼與翼蔽之形，是亦失之曲說形義者矣。

祀

祀，祭無巳也，从示巳聲。禩，祀或从異。

　　案祀於卜辭作 𝀁，彝銘作 祀，并從示巳聲，以示一歲祭巳之義。〈曲禮下〉云「天子祭天地，祭四方，祭山川，祭五祀，歲徧。諸侯方祀，祭山川，祭五祀，歲徧。大夫祭五祀，歲徧」。《爾雅釋天》云「載，歲也，夏曰歲，商曰祀，周曰年，唐虞曰載」。蓋祭奠以一歲為一匊，其制創於殷，故以祀為紀年之名。是即祀之本義。若從異聲之禩，乃異之

轉注字。異於卜辭彝銘并從大由聲，或從人由聲，以示奉由以祭，而為祭禩之本字，覈其聲文，與祀義迥別說見異下。惟以二字同音祀異古音同屬噫攝定紐，故卜辭多假祀為禩。如云：「戊戌卜殷貞，弜祀，六來蟘」《甲編》3353片，案弜義如《周禮大祝》之攻，六讀如戮。，「癸卯王卜貞，其祀多先祖，余受又二，王乩曰弘吉，隹囗」《佚存》860片，「庚寅卜爭貞，我其祀于污」《乙編》258片，案污乃河之古文。，「辛巳卜亙貞，祀岳，求來歲受秊」《乙編》6881片，是皆假祀以為祭禩之義。其於彝銘用異為祭奠之義者，僅見於〈乍冊大鼎〉《三代》四卷20葉。它若〈邾公鈼鐘〉《三代》一卷19葉、〈沇兒鐘〉《三代》一卷54葉、〈鼄公華鐘〉《三代》一卷62葉、〈邾王子旃鐘〉《錄遺》4圖、〈昏鼎〉《三代》四卷45葉、〈段簋〉《三代》八卷54葉、〈大豐簋〉《三代》九卷13葉、〈秦公簋〉《三代》九卷33葉、〈呂白簋〉《西清古鑑》二十七卷11葉、〈保卣〉《錄遺》276圖、〈拍尊〉《三代》十一卷33葉、〈麥尊〉《西清古鑑》八卷33葉、〈召仲考父壺〉《博古圖》十二卷14葉，則并假祀為禩。【注】〈邾公鈼鐘〉云「用敬卹盟祀」。〈沇兒鐘〉云「叀于明祀」。〈鼄公華鐘〉云「台卹其祭祀盟祀」。〈邾王子旃鐘〉云「以追祭祀」。〈昏鼎〉云「昏其萬

季用祀」。〈段簋〉云「孫孫子子萬季用亯祀」。〈大豐簋〉云「王祀于天室」。〈秦公簋〉云「虔敬朕祀」。〈呂白簋〉云「其萬季祀乒祖考」。〈保卣〉《錄遺》云「會王大祀」。〈拍尊〉云「拍乍朕配平姬亯宮祀彝，用祀永世」。〈夌尊〉云「會王饗茲京彤祀」。〈召仲考父壺〉云「用祀用饗」。案盟與明通，是「盟祀」與「明祀」義同。盟、明義如《小雅楚茨》及〈信南山〉「祀事孔明」之明。鄭箋云「明猶備也」。是則盟祀、明祀乃謂備禮儀，盛祭品之大祭也。則祭祀者，乃謂通凡之小祭也。其云「彤祀」者，彤祭卜辭多見，乃古代大祭之一。《周禮》故書之禩，漢人臆改為祀見《周禮大宗伯》注引鄭司農說，以是禩於經傳絕無所徵。此《說文》所以誤釋祀異之義，因而誤以祀禩為一文也。若紀年之名，卜辭彝銘俱作祀，卜辭或借司為之見《前編》2.14.3 片，4 片，而無作異或禩者。是知祀示祭巳，而為紀年之名，此其塙證。《說文》訓為「祭無巳」，是亦謬其本義矣。

莊

莊，上諱。牀，古文莊。

案〈毛公鼎〉之牀《三代》四卷 46 葉，47 葉，〈虢季子白盤〉之牀《三代》十七卷 19 葉，并為從甶爿聲，

以示由之盛物，而為莊裝之初文。〈毛公鼎〉假█為將，〈虢季子白盤〉假█為壯。【注】〈毛公鼎〉云「唯天█集氒命」，案壯，大也。集，成也。命國運也。「天壯集氒命」者，義謂上天大成其國運也。〈毛公鼎〉又云「邦█害吉」，案害讀如曷，█為語詞之將或則，義謂邦有何善也。〈虢季子白盤〉云「█武于戎工」者，義謂大勇於戎事也。由士同音古音同屬噫攝齒音，故篆文承訓大之義而孳乳為壯，承裹束之義而孳乳為莊。莊從艸者，以壯不從由，無以示盛物之義，故以從艸而示束物，《召南》所謂「白茅包之」者是也。【注】《召南野有死麕》云「野有死麕，白茅包之」。以莊借為莊嚴，故孳乳為裝，是█之孳乳為莊裝，皆為別於借義之轉注字。〈趞亥鼎〉之█《三代》四卷44葉，則為從口█聲，而為莊嚴之義，乃承借義而構字。【注】〈趞亥鼎〉云「宋█公之孫趞亥，自作會鼎」。案█公，即《史記宋世家》之莊公。惟以█字逸傳，故載籍假莊為之。猶臧否之字，於〈貯白盨〉從口作臧《錄遺》177圖，亦以臧字逸傳，而載籍假臧為之也說見臧下。《爾雅釋宮》云「六達謂之莊」，斯乃壯之引伸義，以示道之壯大。《玉篇》云「莊，草名，又盛也」，或曰莊，盛飾也徐鍇《說文繫傳》，或曰莊，訓艸大《說

文》<u>段</u>注，或曰莊，疑草整齊皃，故轉注為嚴敬之訓<u>朱駿聲</u>《通訓定聲》，或曰莊卽藏之本字<u>林義光</u>《文源》，是皆未知自𦿜而孳乳為莊，自莊而孳乳為裝，胥為義訓相承，與艸名諸義殊無聯屬也。𦿜從由者，猶戴於〈父己鼎〉從由聲作🅱《三代》五卷 13 葉，以示首之戴由，可證由以盛物，非用之戟臧也。牀乃從丌𠯑屮聲，而為葬之異體。《說文》以為莊之古文，是猶以𩅀為旁之籀文，其誤同科矣。

徹

𢽉，通也，从彳从攴从育。𢽉，古文徹。

　　案徹之從攴，猶教之從攴，以示扑作教刑，當以教育明通為本義，引伸為凡通達之名。《莊子外物篇》云「目徹為明，耳徹為聰，鼻徹為顫，口徹為甘，心徹為知，知徹為德」，此徹之本義也。《左傳成十六年》云「蹲甲而射之，徹七札焉」，【注】蹲甲，謂將皮甲疊在一起。《左傳成十六年》云「<u>潘尫之黨</u>與<u>養由基</u>蹲甲而射之，徹七札焉」。<u>杜預</u>注「蹲，聚也」。徹七札焉，謂洞穿七重也。札，一重之甲也。《國語魯語上》云「焚煙徹于上」，〈越語上〉云「不敢徹聲聞於天王」，此徹之引伸義

也。若古文之徹從攴彳鬲會意，卜辭作△從丑鬲會意，并示以手持鬲，而以去饌為本義，引伸為凡除去之名。《小雅楚茨》，《周禮天官膳夫、九嬪，春官大宗伯、世婦、外宗、樂師、大祝、小祝，夏官小子》所言之徹，及《儀禮》之〈有司徹〉，皆徹之本義也。【注】徹，撤除也。〈楚茨〉云「諸宰君婦，廢徹不遲」。鄭玄箋「諸宰徹去諸饌」。不遲，謂不稍延遲也。若《小雅十月》云「徹我牆屋」，【注】徹，拆毀也。〈十月之交〉云「徹我牆屋，田卒汙萊」。鄭玄箋「乃反徹毀我牆屋」。《左傳宣十二年》云「軍衞不徹」，〈成五年〉云「徹樂出次」，〈襄九年〉云「徹小屋」，《禮記》云「徹重席」〈曲禮上〉，「徹馬」〈投壺〉，《儀禮》云「徹筮席」〈士冠禮〉，「徹帷、徹衣、徹盥、徹巾、徹龜」〈士喪禮〉，皆徹之引伸義也。《管子弟子職》云「拼毋有徹」，乃以徹為發動之義，則為㪿之假借。【注】〈弟子職〉云「拼毋有徹」尹知章注「徹，動也。不得觸動他物也」。惟經傳并假徹為徹㪿，是以《說文》誤以徹徹為一字。猶之經傳假祀為禩、假御為馭，而《說文》亦誤以祀禩御馭為一字，此皆未能諦辨字形而然。《論語》云「不撤薑食」〈鄉黨篇〉，《晏子春秋》云「撤酒去樂」卷七，

蓋後世未知有去饌之籡，故爾別構撤字也。

籞

籞，禁苑也，从竹御聲。《春秋傳》曰「澤之自籞」。

魝，籞或作魝从又从魚。

案禁苑之籞見《漢書元后傳》，字或作籞見《漢書宣帝紀、元帝紀》，《後漢書章帝紀、樊準傳、馬融傳》，而無作魝者。考魝於卜辭作❖，〈沈兒鐘〉作❖《三代》一卷54葉，〈遹簋〉作❖《三代》八卷52葉，〈石鼓文〉作❖，隸定為魝、戲、濞、燮。《周禮天官》有戲人，與〈沈兒鐘〉同體。【注】案卜辭之魝，蓋為方名魚之緐文，如云「貞勿酌戲九月在魝」《寧滬》卷二41片。〈沈兒鐘〉作戲則為余之假借。〈沈兒鐘〉云「戲以宴以喜，以樂嘉賓」是也。〈遹簋〉云「穆王在菱京，乎濞于大池，王饗酒，遹御亾遣」。濞蓋方名魚之緐文。《文選西京賦》云「逞欲畋魝」，【注】畋魝，謂打獵與捕魚也。魝亦從攴與卜辭同體，是皆漁之古文。通考古文籀篆，凡從又之字，與從攴相通，可證魝乃漁之古文，非籞之或體。《說文》以魝籞同音，故誤為一字。《玉篇竹部》有籞無魝，蓋審知魝非籞之異體。《文選西京賦》李善注引《說文》曰「魝，捕魚

也」，而今本《說文》無其文。蓋唐本《說文》固有從攴之鮫，是以《玉篇魚部》亦有鮫字也。

童 僮

鍾，男有皋曰奴，奴曰童，女曰妾，从辛重省聲。

鍾，籀文童，中與竊中同廿，廿曰為古文疾字。

僮，未冠也，从人童聲。

案童於鼎銘作 <童>《三代》二卷 1 葉，〈毛公鼎〉作 <童>，〈番生簋〉作 <童>，字并從辛。辛者剞劂之初文 說見辛下，童妾之從辛，俱以示受刀墨之刑。其作 <童> 者，乃從辛大聲，以示黥刑加額，《白虎通》云「墨其額」引見《御覽》六百四十八，今本無。，是卽墨刑之制。古之童妾，必施黥刑，以警逃亡，是以俱從辛。猶男奴之臧，從戕為聲，亦以示鑴黥之義也 說見臧下。其從大聲作 <童> 者，聲亦兼義，乃其初文。其後謀合語言遷易，故雙聲孳乳為東聲之 <童>，以其重在諧聲，無以示墨刑加額，是以別益形文之目，以示黥刑近目。〈晉令〉云「奴婢亡，加銅青若墨黥，黥兩眼後，再亡黥兩頰上，三亡橫黥目下，皆長一寸五分，廣五分」《御覽》六百四十八引，是卽黥刑近目，此所以古

文之童，從目為形。〈番生簋〉之童，於目下復有岐畫作田者，亦卽〈晉令〉所謂「橫黥目下」之象也。從土作𡘋者，乃古方名與姓氏之絫文<small>古方名有從土之例，說見《殷絜新詮引言》。</small>，是卽篆文之所本，非從重也。籀文作𥫔，辛下之田乃目之譌變，非從廿也。《說文》釋篆文為「从重省聲」，釋籀文為「从廿」，斯并悖其初形矣。載籍而有童子之名，以男奴不冠，故引伸侮年幼未冠者曰童。山無草木曰童者見《管子侈靡篇、揆度篇》、《荀子王制篇》、《莊子徐無鬼篇》，乃以禿義擬之<small>禿屬謳攝透紐，童屬邕攝定紐，音近相通。</small>。【注】〈侈靡篇〉云「山不童而用贍，澤不弊而養足」。「王制篇」云「斬伐養長不失其時，故山林不童，而百姓有于材也」。<u>楊倞</u>注「山無草木曰童」。〈徐無鬼篇〉云「<u>堯</u>聞<u>舜</u>賢，舉之童土之地」。<u>成玄英</u>疏「地無草木曰童土」。《淮南子道應篇》云「禿山不游麋鹿」，此其明證，非取黥面為童之義。以童借為童禿，故孳乳為僮，乃以別於借義之轉注字。《說文》以未冠釋僮，是誤別童僮為二字。猶之以孚、矣、奄、頃、安、卬、坐、喜，與俘、俟、俺、傾、侒、仰、侳、僖別為二字。以童僮義訓迥別，亦猶以孚矣與俘俟義訓迥別，此皆<u>許氏</u>昧於字形，不明轉注之謬說也。

屖，屖遲也，从尸辛聲。

　　案屖於卜辭作🔲🔲，於〈縣改簋〉作🔲，〈競卣〉作🔲，并從辛人會意，示受刀墨之刑從辛之字多有黥刑之義，說見辛下。，隸定為倖，而以刑人為本義。引伸為衺辟之義，亦即僻之初文。自倖而孳乳為僻，則為後起重形之字。受刀墨之刑，而復拘之圜土，故自倖而孳乳為從○之辟，以示施法之義辟從○說見辟下，刑辟人所回離，故自辟而孳乳為避。避於卜辭作🔲🔲，於彝銘做🔲🔲，斯正避之本字，亦即籀文之遲，字不從○者，乃示皋人未受拘禁，宜留意離絕。《禮記王制》云「公家不畜刑人，大夫不養，士遇之塗，弗與言也」，是即古文之避，所以從倖，而不從○之義也。從○之辟於〈鼉羌鐘〉作🔲，從辟之嬖於〈毛公鼎〉作🔲，〈番生簋〉作🔲，可證倖辟同音，故相通作。《說文辵部》以籀文之遲列為遲之重文。《說文尸部》云「屖，屖遲也，从尸辛聲」。斯亦誤以假借為本義，其於屖則又誤以會意為諧聲，是皆昧其初義矣。屖辟同音，而屖讀為齒音者，是猶從非聲之罪，亦自脣音而轉齒音。籀文之遲而讀

舌音者，是猶從包聲之詑，從匕聲之旨，從勹聲之匈，從粵聲之騁，亦自脣音而轉舌音。若斯聲類縣絕，蓋以古者華戎錯處，或雜夷狄方言。是猶濆泉，或曰直泉與失台見《昭五年公羊、穀梁傳》，【注】濆泉，地下噴出之泉水。《公羊傳昭公五年》云「濆泉者何？直泉也；直泉者何？涌泉也」。《穀梁傳昭公五年》云「秋七月戊辰，弓帥師敗莒師于賁泉，狄人謂賁泉失台，號從中國，名從主人」。案賁泉屬魯地，《左傳》作蚡泉。亦為狄人之言，自脣音而轉為舌音也賁於古音屬幫並二紐，直屬定紐，失屬透紐。。遲徲為一字之異體，而《說文》區為二字。是猶襯襺、皇坒為一字之異體，而《說文》區為二字說詳亅下。如斯之比，固《說文》所多見者也。

僕

僕，給事者，从人業，業亦聲。𦫼，古文从臣。

案僕於卜辭作𦫳《後編下》20.10 片，鼎銘作𦫲《三代》二卷 9 葉，〈旂鼎〉作僕《三代》四卷 3 葉，〈趞簋〉作僕《三代》四卷 33 葉，誤作鼎，〈史僕壺〉作僕《三代》十二卷 17 葉。卜辭之𦫳呂下之𠀐乃屖之古文，惟篆文上體小譌，而又復益攴為形，《廣韻》作㚰，又為屖

之譌易。所從之言，與𤔔𤔔所從之言，并為辛之假借，猶篆文之獄所從之言，亦辛之假借。是卜辭之僕乃從言其屍聲，以示刀墨之人，持箕以事灑埽奔走之役。鼎銘之𤔔所從之𦥑為戴之古文說見戴下，所從之㽅乃象酒尊加勺之形，而為酒之古文，是𤔔乃從戴酉其會意，以示戴由奉酒執箕以供侍御。其作𤔔者，乃從仹𦥑會意，仹讀如辟說見犀下，以示刑人奉由缶以給勞役，是卽篆文之僕。案〈甘誓〉、〈湯誓〉并云「予則孥戮汝」，謂罪其妻子以為僕妾也。〈微子〉云「商其淪喪，我罔為臣僕」，謂商於亾國之後，周人不能容我以為臣僕也。【注】《尚書甘誓》云「用命，賞於祖；弗用命，戮于社。予則孥戮汝」。〈湯誓〉云「爾不從誓言，予則孥戮汝，罔有攸赦」。臣僕，《小雅正月》云「民之無辜，并其臣僕」。毛傳「古者有罪不入於刑，則役於圜土，以為臣僕」。此可證古之僕妾，皆由坐辠與虜獲，宜施刀墨，以戒逋逃，此所以童妾字皆從辛說見童下。而僕於卜辭從言，於彝銘從仹，其構字固同意也。《說文》云「从人菐聲」，則誤以會意為諧聲，而無以示僕役之義矣。或曰僕從辛人，辛人者辠人林義光《文源》，是未知辛乃辛省，辛之本義為刻木說見辛下，非訓辠

也。考之彝銘，宰辟辥辪，字皆從辛，非從辛也。
藉令僕本從辛，然辛言聲韻不諧，則僕不當有從言
之譁與讉，是知僕之構字，決非從辛也。

寁

寁，礙難行也，從夊引而止之也，夊者如夊馬之鼻，
　　從冂，此與牽同意。詩曰「載寁其尾」。【注】《幽
　風狼跋》云「狼跋其胡，載寁其尾」。義謂狼有胡妨害其前進，
　又有尾寁礙其後退。案寁今楷書從疌作寁。

　　案寁於卜辭作 𠂤 𠂤，於彝銘作 𠂤 𠂤《三代》十一
卷 20 葉，十三卷 12 葉，彝銘之 𠂤 從辛從止 ㅂ 象足鉗，
以示刀墨之人箸鉗於足，而為釱之初文。於文為會
意而兼象形，當以足鉗為本義，引伸而為躓礙之義。
故自寁同音孳乳為躓，雙聲孳乳為釱。寁於〈曲禮〉
義為瓜當之蔕寁躓古音同屬衣攝端紐，雙聲孳乳則為蔕，蔕即
帝之後起字，寁釱同屬舌音。，卜辭作 𠂤 乃從中 𠂤 省聲，
以示華柢之義，而為蔕之初文，正即〈曲禮〉之寁。
【注】《禮記曲禮下》云「為天子削瓜者…士寁之」。孔穎達疏「寁
謂脫華處」。篆文之 寁 乃卜辭 𠂤 之譌變，當以華柢為本
義，華之柢亦即瓜之當也。然則卜辭從中之 𠂤，與

彝銘從辛之𤔔，字雖同音，而其形義互異。《說文》云「叀，礙難行也，從更引而止之也」。是誤以𤔔之引伸義，而釋從中之叀，且誤以𠚥為從更象形矣。或曰叀合從車《說文繫傳祛妄篇》引李陽冰說，或曰叀從足為㚔省聲戴侗《六書故》，或曰惠叀疊韻，古亦以叀為惠，更即叀之或體林義光《文源》，叡之古文，說并非是。且叀與㚔惠聲韻隔越㚔於古音屬威攝爲紐，惠屬威攝匣紐。乃謂叀從㚔聲，或謂惠叀疊韻，是皆荒幼之說。〈井人鐘〉云「妄憲聖趣，叀處宗室」《愙齋》一冊 19 葉、20 葉，叀讀如端，義謂妄效法其祖考賢聖謇諤之德，而端居宗室也。【注】謇諤，亦作謇鄂或謇愕，謂正直敢言也。《後漢書陳蕃傳》云「忠孝之美，德冠本朝；謇愕之操，華首彌固」。說者釋趣為喪，而以叀字斷句，因曰〈井人鐘〉憲聖喪叀，即顯聖爽德林義光《文源》，是據謬釋之文義，而謂「古以叀為惠」也。卜辭彝銘於更叀二文，形義迥別，乃謂「更即叀之或體」，說尤乖剌。〈晉姜鼎〉云「乍叀為亟」《博古圖》二卷 6 葉，〈秦公簋〉云「眈叀在天」《三代》九卷 34 葉，叀并讀如祉叀祉同屬端紐，「乍叀為亟」者，義謂速作福祉。「眈叀在天」者，眈即《爾雅釋詁》訓長之駿，義

謂長有福祉在天。<u>宋</u>人釋戀為惠見《博古圖》二卷釋文，故後之說彝銘者，率承其誤。乃據前人謬說，而索文字初義，斯尤妄苟之甚矣。

并

并，相從也，从从幵聲。一曰从持二干為并。

案并於卜辭作㸚㸚或㸚㸚，於尊銘作并《錄遺》185 圖，俱從井友會意，或從井从會意，示共井里，而以同力相助為本義。卜辭或作㸚者，乃其省體。《孟子》云「鄉田同井，出入相友，守望相助，疾病相扶持」〈滕文公上篇〉，此并所以從井友之義也。【注】鄉田同井，<u>趙岐</u>注「同鄉之田，共井之家」，謂共井田之各家也。相友，謂互相友愛。守望相助，謂防禦寇盜，互相幫助也。引伸為凡兼合之義，故孳乳為并幹之骿，訓竝之併，及駕二馬之駢。夊并於古音屬嬰攝幫紐，幵屬安攝見紐，是并之與幵聲韻俱乖。《說文》釋并為「从从幵聲」，其別一說曰「从持二干為并」，是皆悖於形義之謬說。井并古音同部，而其聲類縣隔，因知并非從井聲也。

俞

兪，空中木為舟也，从亼从舟从《，《，水也。

案兪於卜辭作𦩻《菁華》一葉，〈曆鼎〉作𦩻《三代》三卷 1 葉，它器與此同體者有〈母辛鬲〉《三代》五卷 30 葉、〈舲白尊〉《三代》十一卷 22 葉、〈舲白卣〉《三代》十三卷 16 葉、〈小臣舲尊〉《三代》十一卷 34 葉、〈父乙卣〉《三代》十二卷 49 葉、〈父辛觶〉《三代》十四卷 46 葉、〈舲者盤〉《錄遺》485 圖，審其銘文，皆為殷器。𦩻隸定為舲，從舟余聲，而為兪之初文。余舟同為舌音，故自舟而孳乳為舲，乃應語言音變之雙聲轉注字。是猶舟之孳乳為船，亦為謀合音變之雙聲轉注字也舟屬端紐，余𦩻同屬喻紐，古歸定紐。。此覈之形聲，而知舲船皆舟之轉注字，則其義訓宜無不同。此可證為合語言，而有轉注之孳乳，殷世卽已有之，惟不若東周之縣興也說詳《轉注釋義》。船字始見東周之〈南疆鉦〉《三代》十八卷 4 葉，案《方言》卷九云「舟自關而西謂之船」，通考關西之言，率於東周始見載籍，而自東周以前，於卜辭彝銘，及《尚書》之典謨誥誓，寂然無徵。蓋船之孳乳，亦始於東周，又在舲之後矣。舲於〈不嬰簋〉作𦩻《三代》九卷 48 葉，〈魯白簠〉作𦩻《三代》十卷 11 葉，所從之余作亽，

斯乃古文之宂筆，而為篆文之所本，非別一文也。《說文》云「空中木為舟也，从厶从舟从巜，巜，水也」。是誤以余聲為厶巜二文，因之誤以諧聲為會意，且亦誤其義訓為刳木之舟也。然案卜辭之舟，乃象併版而成，則知從舟之字，決非刳木之象，而乃云然，其謬一也。從厶之字，或以集合為義，或以屋脊為文說見厶下，乃謂兪為從厶，則二義俱不相聯，其謬二也。舟以行之江河，而非行之溝澮，乃謂兪從巜，其謬三也。《說文》以「空中木為舟」訓兪者，乃以窬有空中之義，推類為訓。【注】《說文穴部》云「窬，穿木戶也，从穴兪聲。一曰空中也」。猶之釋八為別，亦據分兆之義而釋初文說詳八下，皆為乖於本義之謬說。蓋自觚譌變為兪，因之凡從兪聲之字，皆承其誤，而觚字遂逸。唯《廣雅釋水》始有「舳艎」，郭璞〈江賦〉《文選》卷十二，《抱朴子博喻篇》則有「舳艎」，是皆承《左傳》「餘皇」之名〈昭十七年〉，【注】餘皇，<u>春秋吳國</u>船名。〈昭十七年〉云「<u>子魚</u>先死，<u>楚</u>師繼之，大敗<u>吳</u>師，獲其乘舟餘皇」。<u>杜預</u>注「餘皇，舟名」。〈江賦〉云「漂飛雲，運舳艎」。〈博喻篇〉云「舳艎鷁首，涉川之良器也」。注曰「舳艎、鷁首，皆船之極麗者」。而易其行文作舳，非能審知舳為

舟之轉注。《玉篇舟部》別俞艅為二字，而曰「艅艎舟名」，是亦承<u>魏晉</u>之說，而昧於艅之初義也。

牽

牽，引而前也，从牛，冂象引牛之縻也，玄聲。

　　案牽於〈祖庚鼎〉作 《三代》二卷 18 葉，簋銘作 㸤《三代》七卷 2 葉，并從牛自人聲，以示人引牛鼻，而為牽之古文，【注】〈祖庚鼎〉云「㸤祖庚」，蓋為㸤氏為祭其祖庚而作之器。簋銘僅「㸤」一字，器蓋同文，則示其器為㸤氏所作。考古有牽地，《春秋定十四年》云「公會<u>齊侯</u>、<u>魏侯</u>于<u>牽</u>」。<u>杜預</u>注「<u>魏郡黎陽縣東北有牽城</u>」。蓋因地為姓，而漢有<u>兗州</u>刺史<u>牽顥</u>其人，見《後漢書皇甫規傳》。簋銘之㸤，於人自之閒，有象引牛之縻，形義益為密合。是猶從東聲之童，於〈番生簋〉作 𦤇，於目下別益岐畫，以象目下施黥，皆為形聲之字，益體象形之例。【注】案童字目別益岐畫作「𭕄」。人玄古音同部同屬因攝，乃以後世音變，故易為玄聲，斯為㸤所孳乳之疊韻轉注字，以是所從玄聲，無以見牽引之義也。

禽

，走獸總名，从厹象形，今聲。禽离兕頭相侣。

案禽於〈禽鼎〉作　《三代》二卷41葉，〈禽簋〉作　《三代》六卷50葉，〈不娶簋〉作　《三代》九卷48葉，則與篆文同體，字乃從又為姓氏　之絫文。猶之萬於卜辭作　，於彝銘作　，亦為姓氏　之絫文_{說見萬下}，此固上世方名與姓氏絫文之通例_{說見《殷契新詮引言》}。逮乎篆文，則以絫文為正字，以是《說文》遂誤以禽萬為從厹矣，　所從之　與卜辭之　　，皆畢之初文_{說見畢下}，可證　乃從畢今聲，而以網獲鳥獸為本義，引伸為凡網獲與俘虜之義。《周禮獸人、山虞、澤虞、祭僕、田僕》之禽，皆為走獸之名。《周禮大司馬》云「大獸公之，小禽私之」，《禮記曲禮上》云「鸚鵡能言不離飛鳥，猩猩能言不離禽獸」，是皆以禽獸為異名同義，故與飛鳥相對而言。《周禮大宗伯》云「以禽作六摯，大夫執雁，士執雉，庶人執鶩，工商執雞」，則以禽晐羽蟲。蓋凡網獲者曰禽，猶之凡狩獵者曰獸_{說見獸下}，禽獸之初義，固為羽毛二屬之通名。載籍以禽獸連名者，乃同義疊語見《禮記曲禮上、王制、月令、郊特牲、樂記、祭義、中庸》、《左傳襄四年》、《國語周語中、越語下》、《墨子尚同上、尚同中》、《孟

子梁惠王上、滕文公上、滕文公下、離婁下、告子上》、《莊子馬蹄篇、天道篇、徐无鬼篇、秋水篇、盜跖篇》、《荀子勸學篇、榮辱篇、非相篇、王制篇、富國篇、臣道篇、賦篇》。，斯為禽獸本義。《國語魯語上》所云「川禽」，《管子幼官篇》所云「鱗獸」，乃以禽獸而儷水蟲，斯為引伸之義。

【注】《國語魯語上》云「古者大寒降，土蟄發，水虞於是乎講罛罶，取魚名，登川禽，而嘗之寢廟行諸國人，助宣氣也」。韋昭注「川禽，鼈蜃之屬」。《管子幼官篇》云「飲於黑后之井，以鱗獸之火爨」。尹知章注「鱗獸，東方青龍也」。〈不嬰簋〉云「余來歸獻禽」，又云「女多禽，折首執訊」，《左傳》云「不禽二毛」〈僖二十二年〉，又云「宜其為禽」〈宣二年〉，又云「收禽挾囚」〈襄二十四年〉，又云「必為吳禽」〈襄二十五年〉，則名俘虜曰禽，是亦禽之引伸義也。

《孟子》云「獸蹄鳥跡」〈滕文公上〉，《國語》云「獸長麑麌，鳥翼鷇卵」〈魯語上〉，以及經傳之鳥獸連文見《論語陽貨篇、微子篇》、《孟子梁惠王上、滕文公上》、《左傳隱五年、成十一年》、《周禮閭師、調人、司弓矢》、《禮記禮運、郊特牲、三年問》。，則析鳥獸為二名。《周禮庖人》云「掌共六獸六禽」，亦區禽獸為二義。《說文》云「禽，走獸總名」，《爾雅釋鳥》云「二足而羽謂之禽，四

足而毛謂之獸」，是皆得其義之一耑。乃承經傳之鳥獸而言，舉乖其初義矣。《白虎通》云「禽者鳥獸之總名，以其小獸可擒，故通名禽」引見《爾雅釋鳥》疏，今本無。。夫言禽為鳥獸總名，其說得之。乃謂「小獸可擒，故通名禽」，則據〈大司馬〉「小禽」之文而言，是亦未得初愔也。以禽引伸為凡禽獲之義，故孳乳為敆捦，乃以別於禽獸之後起字。《說文》區敆捦為二字，而以急持衣衿釋捦，是亦曲合音訓，而昧其義訓矣。

夘

𱔔，事之制也，从卩日，闕。

　　案𱔔隸變為夘，於卜辭作𱔔𱔔《續編》5.7.4 片、《乙編》1277 片，〈祖辛觶〉作𱔔《三代》十四卷 40 葉，觚銘作𱔔《錄遺》322 圖，〈父癸爵〉作𱔔《錄遺》456 圖，并象二人相對，與北象二人相背，取義相同，而為嚮之本字。篆文之卿鄉，并為從皀夘聲，而為饗燕之本字。書傳作向或鄉者，皆夘之假借，其作嚮者，乃夘之後起字。嚮見《尚書洪範、多士、顧命》、《孟子滕文公上》、及管仲、莊周、荀卿、韓非、《戰國

策》、《呂覽》諸書，亦見漢〈靈臺碑〉、〈劉熊碑〉《隸釋》卷一卷五，葢為漢所孳乳。【注】〈洪範〉云「次九曰嚮用五福，威用六極」。嚮義為勸導。〈多士〉云「嚮於夏時」。嚮，趨向也。〈顧命〉云「牖間南嚮」，又云「東序西嚮」。嚮，方向也。〈滕文公上〉云「入揖於子貢，相嚮而哭」。嚮，朝向也。《說文》云「，事之制也，从卩卩闕」。是誤以從人為卩卩，云「事之制」者，亦謬釋字形之臆說也。許氏未知卿從夘聲，故亦未識夘之音讀。《玉篇》云「夘，子分切」，《廣韻》云「夘，子禮切」，并以卩音擬之。徐鉉云「夘，去京切」，乃以卿音擬之。是猶《說文》不知尖、㐺、兟、屾之音讀，而《玉篇》音尖為士林切，音㐺為力掌切，音兟為所巾切，音屾為所因切，乃以岑音而擬尖，以兩音而擬㐺，以先山之雙聲而擬兟屾，皆臆為比合，未可據信。

卿 鄉 饗

，章也，六卿天官冢宰，地官司徒，春官宗伯，夏官司馬，秋官司寇，冬官司空，从夘皀聲。

，國離邑，民所封鄉也，嗇夫別治，从𨛜皀聲。封圻之內，六鄉六卿治之。

卿，鄉人歙酒也，从鄉从食，鄉亦聲。

案卿於卜辭作 [甲骨文字形]，彝銘作 [金文字形]，簋銘作 [金文字形]《三代》六卷 1 葉，〈父己甗〉作 [字形]《三代》五卷 3 葉，并為從皀 [字形] 聲，以示對簋就食說見皀 [字形] 之下，而為饗之初文。卿之見於彝器者，於姓氏之外，凡有四義。〈征人鼎〉云「天君卿禩酉」《三代》四卷 4 葉，〈大鼎〉云「王卿醴」《三代》四卷 10 葉，〈師遽彝〉云「王在周康寢卿醴」《三代》十一卷 37 葉，〈虢季盤〉云「王各周廟宣廚爰卿」《三代》十七卷 18 葉，〈尹光鼎〉《三代》四卷 10 葉、〈宰甫簋〉《三代》八卷 19 葉、〈遹簋〉《三代》八卷 52 葉，并云「王卿酉」，〈衛鼎〉云「乃用卿王出入使人」《三代》四卷 15 葉，〈矢令簋〉云「用卿王逆造」《三代》九卷 26 葉，〈麥鼎〉云「用卿多寮友」《錄遺》91 圖，〈少戟鼎〉云「用朝夕卿氒多倗友」《三代》三卷 51 葉，〈白康簋〉云「用卿倗友」《三代》八卷 45 葉，〈曾白陭壺〉云「用卿賓客」《三代》十二卷 26 葉，〈甲盂〉云「其萬季用卿賓」《三代》十四卷 10 葉，是皆讀卿為饗，而為卿本義也。【注】此以饗宴為義，古者饗宴有三類，一為不記所用之酒，如「爰卿」。次為「卿酒」，三為「卿醴」。一、二兩類其義相同；卽《禮記月令》藉田之後所飲之勞酒，

為通常之禮。所云「卿醴」，則為異常之禮，《左傳莊十八年》云「虢公、晉侯朝王，王饗醴，命之宥，皆賜玉五瑴、馬三匹」。杜注「宥，助也」。案虢公者，王之卿士，晉侯乃晉武公。時晉武公伐晉侯緡，滅之，盡併晉地。《左傳僖二十五年》云「晉侯朝王，王饗醴，命之宥」。案是時狄師伐周，襄王出居於鄭，晉文公勤王，送襄王返王城，故有是饗。故凡位高而有功者，則以醴饗之也。《漢書匡衡傳》云「適子冠乎阼，禮之用醴，眾子不得與列，所以貴正體而明嫌疑也」。此證醴貴於酒之明證。醴者，《周禮酒正》注曰「醴成而汁滓相將，如今恬酒」。〈大豐簋〉云「王卿大祖」《三代》九卷 13 葉，〈白誓簋〉云「用卿孝」《三代》七卷 41 葉，二器之卿義并如言，亦卽《小雅天保》「是用言孝」之言。【注】此卿之義為孝敬祭祀之言。〈趞曹鼎〉《三代》四卷 24 葉、〈利鼎〉《三代》四卷 27 葉、〈克鼎〉《三代》四卷 40 葉、〈吳彝〉《三代》六卷 56 葉、〈同簋〉《三代》九卷 17 葉、〈伊簋〉《三代》九卷 20 葉、〈休盤〉、〈裒盤〉《三代》十七卷 18 葉，并云「立中廷北卿」，諸器之卿義并如𢍌，亦卽後起字之嚮。【注】此卿義為相對之嚮，所云「立中廷北卿」者，案古代以坐北朝南為尊位。《易說卦》云「聖人南面而聽天下，嚮明而治」。則北嚮為臣位也。〈矢令簋〉云「受卿事寮」《三代》六卷 56 葉，〈番生簋〉云「嗣

公族卿事大史寮」《三代》九卷 37 葉，義如《尚書微子》之卿士。〈甘誓〉及《周禮》之六卿，義與此同。【注】此卿之義，乃古代高級官員之名偁。凡此三義，皆卿之假借義也。皀為盛食之器，故卿於彝銘或從食作𣪊。其作𠨵者，乃卿之省體。篆文之卿則為卜辭𨟃𨟃之譌變，非從二邑之𨟃也。考之卜辭彝銘無從二邑之鄉，唯漢器有〈西鄉鈁〉《漢金文錄》二卷 23 葉，及漢印之鄉，文并從𨟃，當為晚周譌體，故於古器無徵，而與𨟃形相近。案《鄘風桑中》云「沬之鄉矣」，《小雅采芑》云「于此中鄉」，《商頌殷武》云「居國南鄉」，斯為鄉之始見載籍者。自餘鄉里之名，見於《周禮》、《禮記》、墨翟、莊周之書《周禮黨正、司諫》、《禮記樂記、祭義、經解》、《墨子尚同中篇、明鬼下篇、非命上篇、大取篇》、《莊子達生篇》，鄉黨之名，見於《論語》、《孟子》，及《禮記》見《論語鄉黨篇》、《孟子公孫丑下篇》、《禮記曲禮上、仲尼燕居》，是皆東周之名，而於西周無徵也。蓋鄉里諸名，乃方之假借鄉方古音同屬央攝，良以古之方國，即後世鄉里，是以假鄉為方。而其假借之初文，則必從𠨵作卿，此審之形聲而可塙知者。若夫《禮記月令》云「四方來集，遠鄉皆至」，《管子乘

馬篇》云「五聚命之曰鄉，四鄉命之曰方」，則以鄉方并偁，斯為季世之制，而非<u>東周</u>之初制也。以卿借為卿士與鄉里，故孳乳為饗，乃以別於借義之轉注字。《說文》區卿與鄉饗為三字，而以「六卿」釋卿，以「國離邑」釋鄉，是皆誤以假借為本義。以「鄉人歙酒」釋饗，則又失之望文生義矣。

令 命

令，發號也，从亼卩。

命，使也，从口令。

　　案令於卜辭作　　，於簋銘作　《三代》六卷 1 葉，〈父辛卣〉作　《三代》十三卷 4 葉，并從言省人聲人令古音同屬因攝舌音，以示受冊命于宗廟之大室言為宗廟大室，說見言下。《尚書顧命》云「御王冊命」，《周易師》云「王三錫命」，是即令之本義，引伸為號令使令與善美之義。自令孳乳為命，從口以示讀冊，二文義訓相同，是以彝銘多以令為命，人生受之天命，故引伸為生命，〈西伯戡黎〉云「我生不有命在天」？此即生命之義也。《說文》云「令，發號也，从亼卩」又云「命，使也，从口令」。是區令命為二字，且皆

誤以引伸為本義，誤以人為卩，誤以亯為亼矣。或曰古文令从亼人，集眾人而命之羅振玉《增訂殷契考釋中》54葉。然令不從㐺，無以示眾人之義。若〈父癸卣〉之㤅《三代》十二卷56葉，文從亼㐺會意，示集合多人，而為眾之古文，非令之古文也。或曰令从口在人上，象口發號，人跽伏以聽林義光《文源》，此尤昧於字形之妄說。考古從口之字，有作▽者，若《說文口部》之哲君唐咅台，〈吅部〉之嚴，〈辵部〉之造，〈茍部〉之茍，所載古文。〈吅部〉之嚚，〈言部〉之訇、誔，〈革部〉之鞄，〈刀部〉之刉，〈日部〉之昌，所載籀文，形皆作▽，而未有以亼為口者，乃謂令所從之亼為口，是於文字之構體，一無所知。而輒馮其謬見，釋食為从口象食之形，釋僉為二兄合一口，釋侖為从口在冊上，釋今為象口含物之形，是誠庸夫之妄議矣。或曰令者兩骨之節相合，《荀子》節遇謂之命，此令之本義僅存者馬敘倫《說文疏證》卷十七。然《荀子正名篇》之節，亦如《左傳僖十二年》「若節春秋」之節。義謂當時所遇此謂之命，非取骨節與符節之義，楊倞注釋，文義通明。【注】《荀子正名》云「性傷為之病，節遇謂之命」。楊倞注「節，時也，當

時所遇謂之命」。《左傳僖十二年》云「若節春秋，來承王命，何以禮焉」。杜預注「節，時也」。而乃曲從《說文》釋尸之誤，且又誤解旬義，而妄為援附，其為愚陋，又有甚焉。或曰命者令之物也，令出於口，成而不可易之謂命戴侗《六書故》。或曰令者發號也，君事也，非君而口使之，是亦令也《說文》段注。或曰在事為令，在言為命，令當訓使，命當訓發號朱駿聲《通訓定聲》。是皆未明令命為一字，而謬為區別者矣。

昏

昏，塞口也，從口氏省聲。昏，古文从甘。

案昏於〈克鐘〉作昏《三代》一卷 21 葉，〈姑昏母鼎〉作昏《三代》三卷 15 葉，鼎銘作昏《三代》四卷 45 葉，壺銘作昏《三代》十二卷 29 葉，并從爪日聲昏日古音同屬阿攝。【注】案昏隸定作昏，從爪日聲，今音ㄐㄩㄝˊ、jueˊ。〈師害簋〉作昏《三代》八卷 33 葉，則為從爪口會意，俱示奄口禁言，引伸為凡奄塞物口之義。篆文作昏，古文作昏，皆昏之形誤。《說文》云「昏，塞口也，從口氐省聲」，是未知氐於彝銘作氐，乃厥之初文說見氐下。昏從氐聲，無以示塞口之義，乃因字形譌變，

而昧其構體。古文昏所從之口，中有宖畫，非從甘也。彝銘之<u>白</u><u>宋</u>人釋忽《齊氏款識》卷十四，<u>清</u>人釋臼<u>阮元</u>《積古》四卷36葉，皆以懜於文字之流變，是以不識古文也。

朱

米，赤心木，松柏屬，从木，一在其中。

案朱於〈頌鼎〉作米，〈毛公鼎〉作米，〈彔白簋〉、〈師兌簋〉、〈番生簋〉、〈裘盤〉，并與同體。卜辭作米米《後編上》12.8片，《遺珠》12.1片，乃以刀契䰙作圓體，故易圓點為橫畫，是卽篆文之所本。【注】〈頌鼎〉見《三代》四卷39葉、〈毛公鼎〉見《三代》四卷46葉、〈彔白簋〉見《三代》九卷27葉、〈師兌簋〉見《三代》九卷30葉、〈番生簋〉見《三代》九卷37葉、〈裘盤〉見《三代》十七卷18葉，諸器或云「朱黃」、或云「朱市」，乃命服之等別。「朱黃」者，黃為珩之假借，朱黃謂朱色組綬所貫之佩玉也。「朱市」者，《說文市部》云「市，韠也，上古蔽前而已，市以象之。韍，篆文市」。謂赤色之韠，自再命以上服之。《禮記玉藻》云「一命縕韍幽衡，再命赤韍幽衡，三命赤韍蔥衡」是也。〈師酉簋〉作米見《三代》九卷21葉，古布作米《古錢大辭典上》628圖，

多一橫畫者蓋避與未形相溷也。然以𣎳為正體，乃從木丨聲，丨象燈火之形，而為主之初文丨_{朱古音同}_{屬謳攝端紐}，火之色赤，故朱從丨聲以示赤心之木，引伸為凡赤色之名，故孳乳為純赤之絑。《說文》云「朱，赤心木，从木，一在其中」。是據變體之文，而誤以形聲為指事，且無以見赤心木之義矣。或曰朱，榦也，木中曰朱<u>戴侗</u>《六書故》第二十一，乃據《說文》所釋字形，而謬陳本義。或曰朱為株之初文<u>郭</u><u>沫若</u>《金文叢攷釋朱》，是未知朱屯雙聲，初生之題為屯，其已成木則曰株，斯為屯所孳乳，蓋以別於訓簅之楯，故假朱而為株。後起之字作橥見《廣雅釋草》，亦以朵屯同音，故假朵而為屯_{朵屬阿攝端紐，屯屬安攝端紐，}_{對轉相通}。乃謂朱株為一字，是誠面牆妄說。或曰朱實木之異文<u>馬敘倫</u>《說文疏證》卷十一，則視音義縣越之字以為一文，誕妄益甚矣。

冕

冕，大夫以上冠也，邃延垂旒紞纊，从曰免聲。古者<u>黃帝</u>初作冕，絻，冕或从糸作。

案冕所從之免，即冕之古文。免於甗銘作𠊳《三

代》五卷 1 葉，尊銘作 ⊕《三代》十一卷 29 葉，觚銘作 ⊕《三代》十四卷 12 葉，馬鑾作 ⊕《三代》十八卷 37 葉，簋銘作 ⊕《三代》九卷 12 葉，自餘〈免尊〉、〈免卣〉、〈免盤〉及〈史免匡〉，胥與簋同體。文作 ⊕ 者，乃從大冂聲，冂卽篆文之冂，而為上象其紐。文作 ⊕ 者，乃其省體。其作 ⊕ 者，則為重形俗體。人大俱象人形，故亦從人作 ⊕。《魏石經春秋殘石》所載免之古文，正與〈免簋〉同體，凡此諸文，皆從冂聲。冂與冃曰古為一文，是以〈盂鼎〉、〈麥尊〉所云「冕衣市舄」，冕并作冂說見冂下。蓋以別於遠界之冂，故孳乳為 ⊕、⊕ 諸文。⊕ 於篆文作 ⊕，上體與刀形近似，是猶卜辭之 ⊕ ⊕，於篆文作 ⊕ ⊕，皆後世之變體也。說彝銘者或釋 ⊕ 為文《攟古》二之一卷 37 葉，或釋為孫《古籀篇》七十卷 10 葉，是皆不識古文之謬說。或釋〈公伐郣鐘〉之 ⊕ 完冕《綴遺》二卷 10 葉，則又以偽器為古文矣。以 ⊕ 為免之古文，因知免以頭衣為本義。《禮記喪服小記》云「斬衰括髮以麻，免而以布，男子冠而婦人笄，男子免而婦人髽」，

【注】斬衰者，古時五種喪服中最重之一種，用粗麻布制成，不縫衣邊，以示對至親之喪之哀痛。子和未出嫁女對父母、媳婦對

公婆、父已亡之婦、長孫對祖父母、妻對夫都穿斬衰。括髮謂束髮，或曰掠髮。髻者謂古時婦女於服喪期中，用麻線束髮結成之髻。

〈奔喪〉云「免麻于序東」，〈問喪〉云「冠之尊也，不居肉袒之禮，故為免以代之」，《儀禮士喪禮》云「眾主人免于房」，是皆免之本義。以免借為罷免，故孳乳為冕。猶之由借為自從，故孳乳為胄說見胄下，皆為別於借義之轉注字。據此則冂與冃冎免冕古為一文，《說文》乃別冂冃冎冕為四文，是亦昧其本柢者也。或曰《說文》無免字，以兔為免宋陸佃《埤雅》卷三。後之說者曰兔即免也，漢隸偶省一筆，世人遂區而二之錢大昕《十架齋養新錄》卷四。或曰免以兔省，後足脫去之象戴侗《六書故》第十八。後之說者曰免兔逸也，从兔，不見足會意《說文兔部》段注。或曰免即毚之籀文姚文田《說文校議》。或曰免即俛之正體朱駿聲《通訓定聲》。或曰免子脫胞也，从二儿，上儿母也，下儿子也，从也省，薆生免正字鄭珍《說文逸字》。校之古文，說并非是。其以免為兔或毚者，則考之聲韻，乖隔尤遠免於古音屬咠攝明紐，兔屬烏攝透紐，毚屬天攝透紐。《玉篇》以免列儿部，而不以入毚兔二部，可證顧野王尚知免為從儿，與《魏石經》所載古文

相合。此求之字形，而知免與兔毚非一文，亦非從兔省與從二人也。

㡀

㡀，飾也，从又持巾在尸下。

案㡀之從尸，猶佩之從人，與履之從尸，以示飾物之巾為人所佩。蓋以帥借為率循與將帥，【注】率循，或作率從，謂遵循與效法也。《尚書顧命》云「臨君周邦，率循大卞」。〈文侯之命〉云「越小大謀猷，罔不率從」。故孳乳為㡀悅，皆為別於借義之轉注字帥㡀同屬疏紐，《說文》以悅為帥之重文。。是㡀當以佩巾為本義，引伸為㡀飾之名。《說文刀部》刷字下云「禮有刷巾」，是卽㡀之本義，而假刷為㡀。《說文》云「㡀，飾也」，乃誤以引伸為本義。其云「从又持巾在尸下」，則與〈羴部〉云「从羴在尸下，尸，屋也」，文義相同。是許氏之意，蓋以㡀為涂飾牆屋。然而屋宇之涂飾，若塗塓墐墍字俱從土，涂飾之器如杇槾，飾滅之皃如瀎泧，字俱從木或水，則不應所從之尸為象屋形也。

《晏子春秋》卷六云「宰人具盥，御者具巾刷」，《釋名釋首飾》云「刷，刷髮令上瑟然也」，《文選養生

論》云「勁刷理鬢」，注引《通俗文》云「所以理髮謂之刷」，《東宮舊事》云「太子納妃，有七豬鬃刷」《御覽》七百一十四引，《說文艸部》云「荔根可作刷」，是厰刷義訓互殊，而於厰飾之義，則字可作刷也。

尣

尣，尣尣行皃，从儿出冂。

案方之古文從冂人會意說見方下，尣方音義迥別，則其構字不當與方相同。孜壬於卜辭彝銘并作工，彝銘或橫書作⼀，見〈壬戈爵〉《三代》十五卷 34 葉、〈父癸爵〉《三代》十六卷 24 葉、〈辛壬觚〉《錄遺》315 圖、〈壬龍爵〉《錄遺》426 圖，形象儋物之具壬尣古音同屬音攝舌音，故知尣從壬聲。儋屬奄攝端紐，與尣旁轉相通。。儋措於肩，薦首之物與肩相切，故自尣而孳乳為枕，此以形似而比擬構字也。《說文》云「尣尣行皃，从儿出冂」。考詩狀行之詞，見於《鄘風載馳》、《小雅黍苗》，則曰悠悠，見於《邶風谷風》、《小雅采薇》，則曰遲遲，見於《小雅大東》，則曰佻佻，【注】〈載馳〉云「驅馬悠悠，言至于漕」。〈黍苗〉云「悠悠南行，召伯勞之」。〈谷風〉云「行道遲遲，中心有違」。〈采薇〉云「行道遲遲，載渴載飢」。

〈大東〉云「佻佻公子，行彼周行」。此悠悠、遲遲、佻佻諸句，皆為形容行走緩急之詞。凡此皆與尤為雙聲尤悠屬喻紐四等，遲屬澄紐，古音與佻同屬定紐。，故《說文》比傳聲同，而以行皃釋尤。又不知𠃊為壬之橫書，遂誤以諧聲為會意也。或曰尤古統字，從人𠃊象耳塞形孔廣居《說文疑疑》，其說乖謬。良以統𠃊耳旁，所從尤聲乃耴之假借，猶耳𠃊之耽聸，亦耴所孳乳之轉注字耴屬知紐，古音與耽聸同屬端紐。統非取義於尤，則不得謂尤為統之初文。玟沈於〈沈子簋〉作𣎳𣎳，其所從之尤，與篆文尤所從之𠃊，長并過肩，決非蔽耳之象，益可證尤非統之初文也。或曰尤古作𣎳，象人伏穴下形，本義當為沈伏林義光《文源》。是從清人之謬說，誤以免為尤阮元姑釋𣎳為尤，見《積古》五卷33葉。，而又別施曲解，益見貤謬。或曰尤央皆防之本字馬敘倫《說文疏證》卷十，則以尤央俱從遠界之冂，乃謂三文為一字，是非唯字形不合，且於聲韻不諧尤屬音攝定紐，央屬央攝影紐，與尤有侯舌之別。，亦徒見其愚妄而已。

央 殃

𣎳，中央也，从𠆢在冂之內，大，人也。央旁同意，

一曰久也。

𣎴，凶也，从𠥓央聲。

案央於卜辭作𡴀𡴀，從大凵會意。凵象陷阱之形，而為坎之初文說見凵下。凶之從凵，以示地有陷阱。𠥓之從凵，以示窖地有實。央從大凵，以示人陷坎窖，《周易習坎》云「入于坎窖凶」，是卽央之本義為凶咎之證。以央借為中央，故孳乳為殃，乃以別於借義之轉注字。西漢墓出土竹簡《孫臏兵法》民國六十一年山東臨沂縣出土、帛書篆文本《老子》、帛書《經法》、帛書《十大經》、帛書《稱篇》民國六十三年長沙馬王堆利氏墓出土、并以央為殃，無一作殃者，是皆先秦載籍，而為嬴秦或漢初寫本。可證戰國之時，固知央為殃之初文，是以多見書傳也。《說文》云「央，中央也」，是誤以假借為本義。央與旁長古音同部同屬央攝，故許氏復以旁久釋之。央於〈虢季盤〉譌作㞋，篆文承之，故許氏誤以為從冂，是據譌文而釋字義，因亦戾其初恉。或曰卜辭之𡴀象人頭荷枷，孳乳為鞅丁山《方國志》74葉。苟如其說，則是𡴀象《周易噬嗑》所謂「何校」之形。【注】何校，猶戴枷，校，枷械。《周易噬嗑》云「何校滅耳，凶」。孔穎達疏

「何，猶擔何」。然而關木之項，闕其一方而作凵，何能用之鉗束。且也頸有鉗束，則必肢有桎梏，此史公所以有「關三木」之說見《漢書司馬遷傳》。【注】三木乃古時加在犯人頸、手、足上之三件刑具。《漢書司馬遷傳》云「魏其，大將也，衣赭，關三木」。顏師古注「三木，在頸及手足」。《周禮掌囚》云「上罪梏拲而桎，中罪桎梏，下罪梏」。所云「上罪梏拲而桎」，梏當為校之音譌梏校同屬見紐，義謂上罪加頸校及拲桎，中罪則有桎梏而無頸校。循知桎梏為中下之刑，不應既服上刑而弛其中下，卜辭之𢀛手足舒展，是豈攔校之形。乃據頸靼之殃，而臆度央之構字，斯未識殃所從央聲，乃亢之假借，【注】《說文》云「亢，人頸也」。頸靼之殃從央聲無所取義，從人頸之亢，始見頸靼之義，故殃所從之央聲，乃亢之疊韻假借也。非承央義而孳乳也。

方

𠂤，併船也，象兩舟省總頭形。𣴾，或从水。

　案方於卜辭作𣍃𣍇，彞銘作𣍃𣎆，省之俱作𣎳𣎳，并從冂人會意。冂者邑之遠界，方從冂人者，示人居邑中，而以方國為本義。〈戍甬鼎〉云「王令

俎子逭西方于嗇」《三代》四卷 7 葉，〈尹光鼎〉云「隹王正井方」《三代》四卷 10 葉，〈中鼎〉云「隹王令南宮伐虎方之季」《博古》二卷 19 葉，〈小臣艅尊〉云「隹王來正人方」《三代》十一卷 34 葉，〈般甗〉云「王俎人方無敀」《三代》五卷 11 葉，〈虢季盤〉云「用政綣方」《三代》十七卷 19 葉，【注】案彝銘之正及政，義為征伐。〈般甗〉云「王俎人方無敀」者，俎義為往，謂王往人方無災害也，《尚書堯典》云「陟方乃死」，〈多方〉云「告爾四國多方」，《周易觀》云「先王以省方，觀民設教」，復云「先王以至日閉關，后不省方」，〈既濟〉云「高宗伐鬼方」，《大雅皇矣》云「詢爾仇方」，〈蕩篇〉云「覃及鬼方」，〈抑篇〉云「用遏蠻方」，〈常武〉云「震驚徐方」，《論語堯曰》云「無以萬方」，是皆方國之義。卜辭偁國曰方，益為多見，《書》云「陟方乃死」者，謂游陟方國而死。《國語魯語上》云「舜勤民事而野死」，《禮記檀弓上》云「舜葬於蒼梧之野」，是卽舜俎於游陟之證，《易》云「后不省方」者，謂當閉關之時，后不出關以巡視方國也。〈偽孔傳〉釋方為道，王弼注釋方為事，顏師古釋方為常《漢書郊祀志下》注，說并非是。方從冂者，猶邑之從

口，方從人者，猶邑之從人_{說見邑下}，二者構字同科，故亦義無殊軌，此覈之字形，及<u>殷周</u>古義，而知方之本義為方國者一也。從方聲之旁，於卜辭作，者槃之象形，借為都凡之義，【注】都凡，謂大凡，大概，總共。《清史稿刑法志一》云「三年書成，五年頒布。蓋《明律》以《名例》居首，其次則分隸於六部，合計三十門，都凡四百六十條」。旁從方者，乃示溥及萬邦_{說見旁下}。此徵之文字之孳乳，而知方之本義為方國者二也。《周南廣漢》云「江之永矣，不可方思」，《邶風谷風》云「就其深矣，方之舟之」，是乃假方為泭_{方泭古音同屬幫紐}。《爾雅釋水》云「大夫方舟」，《國語齊語》云「方舟設泭」，【注】設泭，謂備置木筏也。〈齊語〉云「至於<u>西河</u>，方舟設泭，乘桴濟河」。<u>韋昭</u>注「編木曰泭，小泭曰桴」。《莊子山木篇》云「方舟而濟于河」，《戰國策齊策一》云「車不得方軌」，《淮南子氾論篇》云「窬木方版以為舟航」，【注】窬木，謂中間挖空之木。〈氾論篇〉云「古者大川名谷，衝絕道路，不通往來也，乃為窬木方版，以為舟航」。<u>高誘</u>注「窬，空也」。是俱假方為竝_{方竝古音同屬央攝脣音}。書傳以方為方圓及方正之義者，斯正匚之假借_{方匚同音}。其以方為版牘及法則之義者，斯為版法之假借。其

以方為類別及表識之義者，則為分別與幖假借。其以方為大義及比擬之義者，則為奔比之假借_{方與版法分別幖奔比諸字，古音同屬幫並二紐}。其以方為常義及橫逆之義者，則為常橫之假借_{方與常橫古音同部}。是皆非方之本義與引伸義也。《說文》云「方，併船也，象兩舟省總頭形」。乃據《爾雅》「方舟」之文以釋方，所釋字形，則依併船之義而臆說，失之形義俱非矣。若夫《說文》訓行皃之尢，則為從儿壬聲，以示人之何物，而為儋之初文_{說見尢下}。《說文》訓中之央，則為從大凵會意，以示人陷坎窞，而為殃之初文_{說見央下}。二字俱非從冂，固不得據以議方之形義也。攷之卜辭彝銘，方之本義固為方國，亦為邑之專名，亦猶邑之本義固為邦國，亦為國之專名。凡古之專名，於卜辭文或從水_{說見《殷契新詮引言》}，于東周字多從邑，是以方或從水作汸，或從邑作邡，皆為國名之絫文。《說文》以汸為方之或體，釋邡為廣漢之汁邡縣，斯并昧其本柢矣。

剌

剌，君殺大夫曰剌，剌，直傷也。从刀束，束亦聲。

案刺從束聲，以示兵器鏠如木芒，而以刺兵為本義。《周禮考工記廬人》云「刺兵欲無蜎」，【注】刺兵欲無蜎者，疏云「欲堅勁不欲柔軟者也」。《淮南子氾論篇》云「脩戟無刺」，【注】〈氾論篇〉云「古之兵，弓劍而已矣，槽矛無擊，脩戟無刺」。高誘注「刺，鋒也」。是卽刺義見於經傳者。引伸為殺戮直傷之名，及凡銳物插陷之義。《春秋僖二十八年》云「公子買戍衞，不卒戍，刺之」，〈成十六年〉云「刺公子偃」，《左傳昭二十七年》云「鱄設諸抽劍刺王」，《孟子梁惠王上》云「是何異於刺人而殺之」，〈公孫丑上〉云「視刺萬乘之君若刺褐夫」，《國語晉語四》云「刺懷公于高梁」，《呂覽貴卒篇》云「周武君使人刺伶悝於東周」，《韓非子安危篇》云「扁鵲之治病也以刀刺骨」，《淮南子說山篇》云「寧百刺以針，無一刺以刀」，《管子揆度篇》云「山林之人刺其猛獸，若從親戚之仇」，《莊子胠篋篇》云「耒耨之所刺」，〈漁夫篇〉云「乃刺船而去」，《荀子富國篇》云「刺中殖穀」，《史記貨殖傳》云「刺繡文不如倚市門」，是皆刺之引伸義。《魏風葛屨》云「維是褊心，是以為刺」，《孟子盡心下》云「非之無舉也，刺之無刺也」，《莊子田子

方》云「而又何論刺焉」，此皆以刺為譏刺，乃以比擬為名，亦卽諫之假借也。《說文》云「君殺大夫曰刺，刺，直傷也」，是誤以引伸義為本義。且夫殺大夫而名刺，僅見於《春秋》魯之公子買與公子偃。而於佗國之殺大夫者，則《春秋》并云「殺其大夫」，蓋於魯獨言刺者，乃諱惡之詞。《說文》據以釋刺，亦若刺為君殺大夫之專名，其說失之。書傳云「刺史」見《漢書武帝本紀元封五年》、「刺姦」《漢書王莽傳下》、「刺舉」《史記田叔傳》、「刺取」《漢書丙吉傳》、「刺探」《漢書章帝紀》，皆察之借字刺察古音同屬清紐，謂審察其事，【注】「刺史」乃古代官名。原為朝廷所派督察地方之官，後沿為地方官職名偁。漢武帝時分全國為十三部，部置刺史。「刺姦」謂督察奸吏。〈王莽傳下〉云「莽大怒，免常官，置執法左右刺姦」。「刺舉」謂檢舉也。〈田叔傳〉云「天下郡太守多為姦利，三河尤甚，臣請先刺舉三河」。「刺取」謂刺探也。〈丙吉傳〉云「馭吏因隨驛騎至公車刺取，知虜入雲中、代郡，遽歸府見吉白狀」。顏師古注「刺謂探之也」。「刺探」謂探聽、偵察也。或謂刺探為引伸之義《說文》段注，是亦昧於字義者也。

睿　遣

𦥑，𦥑商小塊也，从𦣞从㕚。

遣，縱也，从辵𠑹聲。

案𦥑於卜辭作𦥑𦥑，〈大保𣪘〉作𦥑，并從臼𦣞口會意。𦣞者師之初文說見𦣞下，從口猶去出之從口說見去出二字之下，以示行師出征，引伸而為送行縱捨之義。彝器如〈宗周鐘〉、〈小臣謎𣪘〉、〈明公𣪘〉，并與篆文同體，從辵作𨗰𨗰。如〈寽鼎〉、〈趞𠦪鼎〉、〈趞小子𣪘〉、〈趞𠦪盨〉，則并從走作𨗰𨗰，是皆𦥑之籀文。【注】〈宗周鐘〉見《三代》一卷 65 葉、〈寽鼎〉見《三代》四卷 21 葉、〈趞𠦪鼎〉見《三代》四卷 4 葉、〈趞小子𣪘〉見《三代》七卷 28 葉、〈趞𠦪盨〉見《三代》十卷 35 葉。以𦥑有方國與姓名之義，故其字從辵，辵走同義，故亦從走，此固殷周方國籀文之通例也說見《殷契新詮引言》。蓋遣為𦥑之籀文，猶得御為𢔯卸之籀文，義訓俱無異搋說見得御二字下。〈明公𣪘〉云「唯王令明公遣三族伐東或」《三代》六卷 49 葉，〈小臣謎𣪘〉云「唯十又一月遣自𥏹𦣞」《三代》九卷 11 葉，斯并以遣為行師出征，乃遣之本義也。《大雅崧高》云「王遣申伯，路車乘馬」，【注】義謂王遣送申伯大車駟馬，路車，古代天子或諸侯貴族所乘之車。《大雅韓奕》云「其贈維何，乘馬路車」。

鄭玄箋「人君之車曰路車」。《左傳僖二十三年》云「姜與子犯謀，醉而遣之」，《周禮大史》云「遣之日讀誄」，《儀禮既夕禮》云「書遣於策」，以及送葬之車曰遣車見《禮記檀弓下、雜記上》，斯并以遣為送行之義，乃引伸義也。《說文》云「𨺅商小塊也，从𨸏从𠂤」，是據譌變之篆文，而亦以臼為𠂤，誤以𨸏口為𨸏，既悖其字形，因乖其本義。其云「𨺅商小塊也」者，於載籍無徵，葢漢之俗語。藉如所言，則𨸏象山巖重疊，故以示山隒高原，而孳乳為陵隒阿險。【注】《說文𨸏部》云「陵，大𨸏也。隒，大𨸏也。阿，大陵曰阿。險，阻難也」。以示垒土隆高，而孳乳為阹隖陴隍。【注】《說文𨸏部》云「阹，依山谷為牛馬圈也。隖，小障也。陴，城上女牆俾倪也。隍，城池也」。以示層次陵夷，而孳乳為除階阼陛。【注】《說文𨸏部》云「除，殿陛也。階，陛也。陛，升高陛也」。豈有義為小塊，而字顧從𨸏。又豈有從𨸏之字，乃與艸器之𠂤綴成一文。是皆形義相違，謬不待辯。《說文辵部》云「遣，縱也」，則又誤析𨺅遣為二文，而以縱拾為訓，是亦失其本義矣。

出

凷，進也，象艸木益滋上出達也。

　　案出於卜辭作ⵞ ⵞ，其繇文作徣徣。〈矢方彝〉
作徣《三代》六卷 46 葉，〈盉白簋〉作徣《三代》八卷 50
葉，并與卜辭之徣同。【注】案出之從彳或從行作徣徣，乃
其方名之繇文。蓋示其為行國，則其字從行止或辵，從彳與從行
同義。彝器有〈旨徣觶〉《三代》十四卷 55 葉，蓋為旨方出氏所
作之器。彝銘之作ⵞ ⵞ者，則與卜辭之ⵞ ⵞ同。而以
ⵞ為正體，字從止口會意。與去於卜辭作夻，字從
大口會意，取義相同說見去下，皆以人違都邑為本義。
反止為各，於卜辭作ⵞ ⵞ，以示人之入邑，而以至
為本義，亦卽叚之初文說見各下。出於卜辭或作ⵞ ⵞ
者，猶各於卜辭或作ⵜ，去於卜辭或作夻，皆口之
省體，非從人所言食之口，與飯器之凵也。篆文之
凷卽卜辭之ⵞ，《說文》云「出，進也，象艸木益滋
上出達也」，是據省變之文，而誤以會意為象形。亦
猶釋各從口，釋去從凵聲，皆為悖其形義者也。或
謂〈毛公鼎〉之ⵞ所從之ⵜ象納屨形吳大澂《說文古籀
補》，或謂象足之出於凵容庚《金文編》，或謂卜辭之ⵞ
從止，止者不進，凵象屈曲而漸進高田忠周《古籀篇》
六十二卷 35 葉，或謂卜辭ⵞ ⵞ乃足所箸之履郭沫若《殷

周青銅器銘文研究》141 葉，說并失之。前此之說者，悖
謬益甚，舉無庸一辯矣。

卯 貿

卯，冒也，二月萬物冒地而出，象開門之形，故二
　　月為天門。兆，古文卯。

貿，易財也，从貝卯聲。

　　案卯於卜辭作卯卯，彝銘亦與同體。彝器有〈卩
簋〉《三代》六卷 5 葉，乃卩之古文，古之易財，合卩
為信，故卯從二卩會意，而為貿之初文。《周禮天官
小宰》云「聽賣買以質劑」，〈地官司市〉云「以質
劑結信而止訟」，〈質人〉云「大市以質，小市以劑」，
〈小宰〉注曰「質劑謂兩書一札，同而別之，長曰
質，短曰劑」。劑乃卩之後起字，以卩齊音近，故自
卩而孳乳為劑卩齊古音同屬衣攝齒音。劑從刀者，示中
分其物，可相合以取信。從齊聲者，取齊同之義也。
以劑為符信之物，故引伸為凡契約之名。《周禮春官
大史》云「凡邦國都鄙，及萬民之有約劑者藏焉」，
〈秋官大司寇〉云「以兩劑禁民獄」，〈士師〉云「凡
以財獄訟者，正之以傅別約劑」，〈司約〉云「凡大

約劑書於宗彝，小約劑書於丹圖」，〈司盟〉云「凡民之有約劑者，其貳在司盟」，此劑為契約之證。以卪孳乳為劑，故復借節為卪，《孟子》云「若合符節」〈離婁下篇〉，此借節為卪之證。《周禮掌節》之玉節、角節、虎節、人節、龍節、璽節、旌節，皆非中剖而兩分之，是乃卪之引伸義，異乎合二卪之為卯也。《說文》據〈掌節〉之文以釋卪，雖乖初義，說尚近之。惟謂「卪象相合之形」，則誤以卯而釋卪矣。以卯借為紀日之名，故孳乳為貿，乃以別於借義之轉注字。貿字始見〈公貿鼎〉《三代》四卷 12 葉，【注】貿字〈公貿鼎〉作𣪊，所謂公貿，公蓋其爵，貿蓋其方名或姓氏也。蓋貿之孳乳當在西周。卜辭有買無貿，蓋卽以卯買為雙聲轉注字也。《說文》云「卯，冒也，二月萬物冒地而出，象開門之形，故二月為天門」。蓋以篆文之卯，形同二戶，有若門之反書，故云「象開門之形」。然案《後漢書郎顗傳》云「〈詩汜歷樞〉曰『神在天門，出入候聽』。言神在戌亥，司候帝王興衰得失」。【注】〈詩汜歷樞〉曰「卯酉為革政，午亥為革命，神在天門，出入候聽」。言神在戌亥，司候帝王興衰得失，厥善則興，厥惡則亡。宋均注云「神，陽氣，陽氣，君象也。天門，戌

亥之間，乾所據者」。此乃緯候之書，以天門為戌亥。而許氏云「二月為天門」者，於載籍無徵，蓋許氏謬解字形之臆說也。通考卜辭以降之古物，凡卯及從卯之字，無作兆者，唯〈魏石經〉所載古文作兆，蓋晚周變體，乃象二卩刻齒之形，亦若丰象刻齒之形說見丰下。或據古兵銘之𨸏，而釋為卯，因謂合兩刀而為卯，卽《顧命》之劉《綴遺》二十九卷 13 葉。然卜辭彝銘之卯，無一象鋒刃之刀者。古戈之𨸏 𨸏，猶古戈之⌐𨸏，與彝器之□ 𠂤，皆文外之緣飾，而非文字，乃以為卯之古文，憒昧之甚矣。或謂卯鍪同音，𨸏象兜鍪形林義光《文源》。然兜鍪必上有覆蓋，豈有二形分別如𨸏者，而為兜鍪之象。且戰國以前，通名首鎧曰冑，於卜辭作𩵋《文錄》650 片，其初文為由，於卜辭象形作𠙵 𩵋說見冑下，逮《戰國策韓策》始有鞮鍪之名，至後漢始有兜鍪之名，【注】〈韓策一〉云「甲盾鞮鍪，鐵幕革抉㕭芮，無不畢具」。案鞮鍪卽兜鍪，古代戰士之頭盔也。《東觀漢記馬武傳》云「武身被兜鍪鎧甲，持戟奔擊」。是兜鍪之名後於鞮鍪之證。皆為冑之緩言，戰國之前無名兜鍪或鍪者。乃謂卯為鍪之初文，非唯其形不肖，且於名物之演變，亦懵無所知也。或疑卯象門

有雙環，雙環外嚮，乃開門形_{葉玉森}《前編集釋》一卷
37葉，或謂卯為門閉之形_{朱芳圃}《殷周文字釋叢》卷中，
尤為無義之妄說，不待舉謫，可識其非矣。

寅 㺆 引

㗊，髕也，正月昜气動，去黃泉欲上出，侌尚強也，
　象宀不達，髕寅於下也。𤕨，古文寅。

㺆，況䛐也，从矢引省聲。從矢取䛐之所之如矢也。

引，開弓也，从弓丨。

　　案寅於卜辭作㗊㗊㗊㗊，於彝銘作㗊㗊，并從
臼矢會意，以示張弓發矢，而為㺆引之古文。卜辭
作㗊㗊者，形同篆文之矢，乃其省體。以寅借為紀
日之名，固孳乳為㺆_{寅㺆古音同屬因攝舌音}。乃以別於
借義之轉注字。㺆之構字，猶之躲於卜辭作㗊㗊，
并從弓矢會意，與寅之古文從臼矢會意，取義相同。
循知寅㺆皆以開弓為本義，文作引者，乃㺆之省體。
葢以㺆借為語詞，故省變為引，猶之彝銘從矢之中
《三代》二卷42葉，借為伯仲，亦省其鏑羽而作中_{說見}
_{仲下}。此㝬之字形，因知自寅而孳乳㺆引，三文音
義相承，皆以開弓為本義者一也。通考語詞之字，

若噉、嗞、𦤎、吁、誒、𧮙、曆、乃、丂、粤、寧、兮、惸、乎、于、爰、粤、歑、欥、𣤶，并從口、言、曰、乃、丂、于、欠、旡，【注】《說文口部》云「噉，語詞也。嗞，嗟也。𦤎，誰也。吁，驚也」。〈言部〉云「誒，可惡之詞，一曰誒，然也。𧮙，嗞也」。〈曰部〉云「曆，曾也」。〈乃部〉云「乃，曳𧮑之難也」。〈丂部〉云「丂，气欲出𠃟上礙於一也。粤，亏𧮑也。寧，願𧮑也」。〈兮部〉云「兮語所稽也。惸，驚𧮑也。乎，語之餘也」。〈于部〉云「于，於也。粤，于也」。〈爰部〉云「爰，引也」。〈欠部〉云「歑，安气也。欥，詮𧮑也」。〈旡部〉云「𣤶，屰惡驚𧮑也」。諸語詞之字皆不從矢。識詞之知，於卜辭彝銘并從于作𫝐，非從口矢會意說見知下。矣於〈牧師父𥓀〉作𥄮，以示成人加笄，而為俟之初文，非以語詞為本義說見矣下。可證凡字之從矢者，無一而有語詞之義。引之從丨，亦無以示開弓之義。此證之字形字例，因知弦引皆承寅義而孳乳，而以開弓為本義者二也。弦之省作引，亦猶𠦚借為紀數之名而省作六，羍借為紀日之名而省作辛說見𠦚羍二字之下，《說文》析寅與弦引為三文，而於寅弦二字乖其義訓，是猶以𠦚與坴六析為三文，而於𠦚六二字乖其義訓，其謬同揆說見𠦚下。《說文》云「弦，

況詞也，从矢引省聲」。是誤以假借為本義，誤以會意為諧聲，因亦誤以引為從丨也。

州

州，水中可尻者曰州，水旬繞其旁，從重川。)((，古文州。

　　案州於卜辭作川川、〈井侯簋〉作) 《三代》六卷54葉，〈爾比盨〉作)((《三代》十卷45葉，〈散盤〉作)((《三代》十七卷20葉，戈銘作)((《三代》十九卷3葉，與《說文》所載古文相同。〈師旬簋〉作)((《辭氏款識》卷十四，則與篆文之)((相同，皆象川中有陸，惟有詳略之殊也。《說文》釋為從重川，則無以示見水中有可尻之地。是於《周南關雎》所云「在河之洲」，《小雅鼓鐘》所云「淮有三洲」，義不可通矣。《尚書堯典》云「肇十有二州」，〈皋陶謨〉云「州十有二師」，〈禹貢〉云「禹有九州」，皆州之引伸義。《爾雅釋畜》云「白州驠」，《山海經北山經》云「有獸其狀如麖，其州在尾上」，斯乃借州以名醫竅。以州引伸為方域之名，亦借為醫竅之名，故孳乳為洲，乃以別於引伸與借義之轉注字。洲字見於《毛詩》之外，

亦見《尚書堯典》、《爾雅釋水》、《國語楚語下》、《墨子尚賢下》，及《楚辭離騷、九歌、九章》，葢為秦漢所孳乳者也。【注】〈堯典〉云「流共工于幽洲」。《爾雅釋水》云「水中可居者曰洲，小洲曰陼」。〈楚語下〉云「又有藪曰雲連徒洲」。〈尚賢下〉云「昔者傅說居北海之洲」。〈離騷〉云「朝搴阰之木蘭兮，夕攬洲之宿莽」。〈九歌湘君〉云「君不行兮夷猶，蹇誰兮中洲」。〈九章悲回風〉云「望大河之洲渚兮，悲伸徒之抗跡」。諸洲之義為方域之名。

示

示，天𠂹象見吉凶，所以示人也，从二，三𠂹日月星也，觀乎天文以察時變，示神事也。𥘆，古文示。

案示於卜辭作 𝇙𝇙𝇙𝇙，觶銘作 𝇙《續殷下》50 葉，〈卭示爵〉作 𝇙《三代》十五卷 35 葉，〈子示爵〉作 𝇙《三代》十五卷 31 葉，文作 𝇙 者，乃其初文。上增橫畫乃其完筆。示於卜辭有方名之義，故亦從重口之省而作 𝇙𝇙 說見《殷絜新詮釋示》。逮乎彝銘，凡從示之字，皆作 𝇙示，乃據繇文與完筆，以為正體，而為篆文之所本。若《說文》所載古文之 𥘆，亦如〈畬

肯盤〉之棠所從之示作卌《三代》十七卷5葉，并下體
屈曲，乃晚周之變體，益乖初形矣。示之初文作丁，
乃象布算縱橫之形，【注】布算，謂布籌運算，亦謂布著占
卜。而以計算示人為本義，引伸為凡昭示之名，於
文為獨體指事。以示之本義為示人瞻覽，故自示而
孳乳為祘及視。示祘義同音異者，是猶艸之孳乳為
艸，亦義同音異。此徵之示所孳乳之祘，可知示之
本義，乃謂計算示人者一也。敦煌千佛洞所藏古寫
本《立成算經》之式，自一至九其縱列者，作丨、
丨丨、丨丨丨、丨丨丨丨、丨丨丨丨丨、丅、丅丅、丅丅丅、丅丅丅丅。其橫列者作一，
二，三，亖，亖，⊥，⊥，亖，亖。傳世王莽貨布，
有中布六百、壯布七百、第布八百、次布九百，其
六七八九作丅丅丅丅丅丅丅丅《奇觚》十四卷32葉。乃以籌算之
數而銘之貨幣，審其為法，切合《孫子算經》所謂
「一從十橫，百立千僵」之說，是知籌算縱橫之數，
歷世相仍，固無異揆。惟宋秦九韶《數書九章》，始
有○識，四或作✕，五或作ㅎ與ㅎ，九或作火與✕。
元李冶《測圓海鏡》，則於負數別益斜畫，斯乃宋、
元算草之異乎成規者，非夫籌算之原形。此徵之算
式，而知示之初文作丁，乃象籌算之縱橫，以見計

算示人者二也。數名之一二三四，於卜辭彝銘，并積畫而書，乃象籌算之形而為文。十於彝銘作 ┃，則象結繩之形而為文。蓋紀數之名，自十以下，唯此五文為本義。自五至九，及百千萬兆而為數名者，皆假借之義與假借構字。此徵之數名之一二三四，因知籌算興自邃古。籌算唯有縱橫二式，可證示於卜辭作 Ｔ 者，乃象籌算之形，而以計算示人者三也。彝器有〈訐鼎〉《三代》二卷50葉，乃訐氏之器。字從言示，以明相會謀算，示十雙聲，故篆文變體為計示十古音同屬定紐。越有計然《史記貨殖傳》，漢有計子勳《後漢書方術傳》，當卽訐氏之後。此證以計之古文從示作訐，而知示之本義為計算示人者四也。一十於卜辭作一｜，數始於一而終於十，然知 Ｔ 非從一十會意者，考十於彝銘作 ┃，而知西周彝銘凡從示之字，其直筆無作 ┃ 者，是知 Ｔ 非從一十會意也。示於古音有二讀，其一為舌音，與神氏雙聲《廣韻》音示為神至切，古音與神氏并歸定紐。。殷虛骨臼刻詞之示，與甲橋刻辭之氏，義并如送詣之致說詳《殷栔新詮釋示》，此示之古音與神氏相通者也。【注】示有致送之義者，骨臼刻詞云「丙寅邑示七矛，憂」《佚存》866片。「壬寅歸示三矛，

岳」《佚存》866 片。此記邑方與歸方入貢之辭。文末之憂與岳，則為簽收之人。其見於甲橋者，如云「井示廿」《續存上》38 片。「婦井示卅」《乙編》1053 片。示與它辭氏并為致送之義者，如「丙午卜卽貞：又氏羌，翌丁未其用」《京津》3429 片？案卽為卜人姓氏，又為方名，謂又方致送羌人，于丁未日殺以為牲，問神是否接受也。又如「貞：侯氏曲芻」《乙編》513 片。此貞問侯方致送曲方之薪草鬼神是否接受也。此證氏於卜辭與示并有致送之義也。

示亦讀牙音，則與祈祇為雙聲《廣韻》亦音示為巨支切，古音與祈祇同屬溪紐。。卜辭之示用為祭名者，義如《周禮大祝》之祈，《周禮》亦假示為地祇之祇見〈天官大宰、春官大宗伯、大司樂、大祝、家宗人〉，此示之古音與祈祇相同者也。然則凡神祇與祭祀之字，并從示者，乃假示以為神祇而構字，非取示之本義而構字也。

核

核，蠻夷以木皮為匼，狀如籢尊之形也，從木亥聲。

案果核為果與木生育之根，故自艸根之亥而孳乳為核亥為艸根，說見亥下。。是核當如《玉篇》所云「果實中」為本義。《小雅賓之初筵》云「籩豆有楚，殽核維旅」，《爾雅釋木》云「桃李醜核」，《禮記曲

禮》云「賜果於君前，其有核者懷其核」，〈玉藻〉云「食棗桃李，弗致于核」，《山海經西山經》云「有木焉其狀如棠，黃華赤實而無核」，〈東山經〉云「有木焉其狀如楊，其實如棗而無核」，《素問五常政大論》云「其果李，其實核」，《論衡初稟篇》云「草木生於實核」，〈量知篇〉云「物實無中核者謂之郁」，《周禮大司徒》云「其植物，宜覈物」，是皆核之本義。唯《周禮》假覈為核。《詩》云「籩豆有楚，殽核維旅」，謂豆以陳殽，【注】《說文殳部》殽，段注「殽，經典借為肴」，案肴謂熟肉，亦泛指魚肉之類之葷菜。籩以盛果。殽卽《周禮醢人》所云「醢醷」之屬，【注】醢醷，〈醢人〉注曰「醷亦醢也，或曰有骨為醷，無骨為醢」。核卽《周禮籩人》所云「棗栗桃榛」之屬。《說文》云「核，蠻夷以木皮為匧」，其名不見書傳，乃漢世方俗之言而為匧之轉語核匧同屬匣紐。後世字書若《玉篇》、《廣韻》，俱不錄《說文》釋義者，蓋亦審知其非也。《說文西部》云「覈，實也，考事西笮，邀遮其辭，得實曰覈，从西敫聲」。此乃考覈之本字。【注】段注「言考事者定於一，是必使其上下四方之辭皆不得逞，而後得其實是謂覈。此所謂咨於故實也。所謂實事求是也」。覈之從西，猶

察竅之從宀，與覂覆之從西，以示考事於幽隱家覆之中。覈核雙聲，故孳乳為劾。《尚書呂刑》云「其罪惟鈞，其審克之，五刑之疑有赦，五罰之疑有赦，其審克之」，斯乃假克為劾克劾古音同屬噫攝。蓋以古無覈劾二字，故假克為之。此證以覈之構字，及其所孳乳之劾，因知覈核義訓迥殊，惟書傳於考覈及果核之字，相互通作，遂致許氏昧其義訓。《說文骨部》云「骨，肉之覈也」，此許氏誤以覈為果實中之義。蓋以蔽於漢世方俗之言而釋核，故以果實中為覈。亦猶以秦人之言而釋乃，皆為據一隅之言以為本義，而俱乖於造字之恉。若夫《說文》載覈之或體作覈，則於考覈及果核之義，俱不相聯，而亦非它文之異體，此乃覈之譌文，而《說文》艦予存錄者也。

𦥑 擇

𦥑，引給也，从廾睪聲。

擇，柬選也，从手睪聲。

　　案〈子璋鐘〉《三代》一卷 27 葉、〈沇兒鐘〉《三代》一卷 53 葉、〈王孫鐘〉《三代》一卷 63 葉、〈邾王子旃鐘〉

《錄遺》4 圖、〈邕子甗〉《三代》五卷 12 葉、〈王孫壽甗〉《錄遺》106 圖、〈竇兒鼎〉《三代》四卷 13 葉、〈王子吳鼎〉《三代》四卷 14 葉、〈鄅子妝簠〉《三代》十卷 23 葉、〈曾白簠〉《三代》十卷 26 葉、〈中子化盤〉《三代》十七卷 13 葉、〈其次句鑃〉《三代》十八卷 1 葉，并云「鐷其吉金」。〈黿公牼鐘〉《三代》一卷 48 葉、49 葉、〈黿公華鐘〉《三代》一卷 62 葉、〈陳逆簠〉《三代》十卷 25 葉、〈吳王監〉《三代》十八卷 24 葉、〈姑馮句鑃〉《三代》十八卷 24 葉，并云「鐷丕吉金」。〈邾王義楚鍴〉云「鐷余吉金」。《三代》十卷 55 葉，【注】案「鐷其吉金」與「鐷丕吉金」同義。鐷卽柬選之擇，丕，經傳作其或厥，吉金卽《國語魯語》之美金與《國語越語下》之良金，義謂銅也。而所云「鐷余吉金」者，蓋謂選擇自有之美金也。凡此諸鐷皆義同柬選之擇，可證鐷擇為一字之異體，𠬪手同義，故相通作。而𠬪為殷商古文，手為西周孳乳說見手下，則從手之擇，乃鐷之後起字，是以擇字不見彝銘。《說文》區鐷擇為二字，而以引給釋鐷，其說失之。《玉篇𠬪部》云「鐷，引也，給也」，斯亦本之《說文》，而誤以鐷為鐷，且於引下衍一「也」字。《廣韻》云「鐷，引繪兒」，則為鐷之別一義，而非徵引《說文》。說者

乃據《廣韻》改「引給」為「引繒」段注本《說文》，斯固未得𡊟之初義，而亦乖於許書矣。

游

𣇈，旌旗之流也，从㫃汙聲。𨔟，古文游。

案游於卜辭作𣃒𣃒，於𣪘銘作𣃒《三代》六卷 1 葉，尊銘作𣃒《三代》十一卷 1 葉，〈石鼓文〉作𣃒，并從子㫃或人㫃會意。〈祖乙卣〉作𣃒《三代》十二卷 46 葉，則從大㫃會意，皆示執旌而行。《周禮掌節》云「道路用旌節」，〈司常〉云「斿車載旌」，此斿所以從㫃，而以敖斿為本義。夏諺云「吾王不遊，吾何以休，吾王不豫，吾何以助」見《孟子梁惠王下篇》，《管子戒篇》云「先王之游也，春出原農事之不本者謂之游」，《尚書無逸》云「文王不敢盤于遊田」，【注】〈無逸篇〉云「文王不敢盤于遊田，以庶邦惟正之供」。孔傳云「文王不敢樂於遊逸田獵」。與庶邦惟政是恭也。此乃斿之本義。《尚書君奭》云「若游大川」，漢〈孔彪碑〉云「浮斿塵埃之外」《隸釋》卷八，〈高彪碑〉云「惟中平二年龍斿奮若」《隸釋》卷十，〈武榮碑〉云「久斿大學」，〈督郵斑碑〉云「斿精大玄」《隸釋》卷十二，〈城壩碑〉

云「斿學魯衛」《隸釋》卷十八，凡此皆用斿為敖斿之義。《漢書楚元王傳》云「楚元王交字游」，而〈敘傳〉作斿，是其本字為斿，故與交義相合。此可證凡敖斿之字，經傳作遊或游者，皆漢後所易也。《說文》云「游，旌旗之流也，从㫃汙聲」。是未知游乃從水斿聲，而以水名為本義，亦卽《水經淮水注》之游水。乃以旗流之義而釋水名之字，是於斿游之義，俱相乖剌矣。漢〈郊祀歌〉云「神之斿過天門」《漢書禮樂志》，《漢書五行志下之上》云「秦孝文王五年斿朐衍」，《周禮萍氏》云「禁川游者」，《禮記祭義》云「舟而不游」，《左傳莊十八年》云「閻敖游涌而逸」，【注】案閻敖為楚大夫，官那處尹，杜注云「涌水在南郡華陽縣，閻敖旣不能守城，又游涌水而走」。〈哀九年〉云「是謂如川之滿，不可游也」，《管子樞言篇》云「善游者死于梁池」，〈輕重甲〉云「令以矩游為樂」，《莊子達生篇》云「善游者數能」，《呂覽察今篇》云「此其父善游」，是皆假游為汙，而汙字遂於書傳無徵。古文之斿見《荀子禮論篇》、《戰國策齊策五》，亦見《周禮天官大宰、春官巾車、夏官弁師、秋官大行人、考工記輈人》。是猶古文之虠、歈、戲、塤，

并見《周禮》，而《說文》俱失收錄。【注】案虣為暴之古文，歙為吹之古文，戲為漁之古文，塤為壎之古文。〈地官大司徒〉云「以刑教中，則民不虣」。〈春官籥師〉云「籥師管教國子舞羽歙籥」。〈天官序官〉云「戲人，中士二人」。〈春官小師〉云「小師管教鼓、鼗、柷、敔、塤、簫、管、弦、歌」。《說文》以汓聲釋游，此亦昧其構體也。遊亦從孚從辵，以示出斿之義，與水名之游，義訓迥別。而《說文》以為游之重文，是猶以雺為䨘之重文，皆失之疏於考覈說見䨘下。游遊二字與旌旗之流者不相屬。惟以游旒同音二字古音同屬幽攝定紐，典記多假游為旒，故《說文》以旒義釋游，此誤以假借為本義也。或曰游省作斿《說文》段注，此誤以古文為省體也。若夫旒從攸聲，無以示旗流之義，初文當為象形。彝銘有〈𣃚婦鼎〉《三代》二卷 31 葉，〈𣃚簋〉《三代》七卷 1 葉，與卜辭之 𣃚 𣃚《佚存》948 片，《甲編》3231 片，并象旌旗之流，是即旒之古文也。

吉

吉，善也，从士口。

案吉於卜辭作 𠮷 𠮷 𠮷 吉，上體之 𠓼 𠓼 即〈父丁

解〉之 🔺《三代》十四卷43葉，與〈朿鼎〉之朿《三代》二卷13葉，乃言之古文。吉所從之士則為🔺之省體，而為彝銘及篆文之所本，是吉之初形，乃從言口會意。言者宗廟之大室說見言下，吉從言口，以示於大室祝以求福，《周禮大祝》所云「吉祝」，是卽吉之本義，引伸為凡福善之名。《說文》云「吉，善也，從士口」，是誤以引伸為本義，誤以言為士矣。後之說者，要皆未覩初形，故俱謬說形義。或據卜辭而釋吉者，則曰「卜辭之吉作𠯑𠯑，象置句兵於筶盧之中，納物器中所以堅實之寶愛之，故引伸有吉利之義。古者戎器恆置筶盧，如𠷎𠷎象置弓中於口上，與想𠯑同義」于省吾《殷契駢枝》三編。然卜辭與彝銘之吉，文俱從口，非從飯器之凵。若𠷎𠷎乃方名弓仲之緐文，猶目、工、果、貝、般、鹿、牽、罒，或作𠯑、吕、𡴀、𡆼、𡎞、𡎞、𠷎、𠷎，皆從《說文》訓回之口，以示為方名之義。如斯之比，卜辭多見，舉非象筶盧之形說詳《殷契新銓引言》。且夫藏弓矢者曰韣、韇、櫜、医，【注】《說文革部》云「韣，所以戢弓矢。韇，弓矢韇也」。〈櫜部〉云「櫜，車上大橐，詩曰『載櫜弓矢』。」〈匚部〉云「医，臧弓弩矢器也」。是古之臧戢弓矢有

其專字。医於〈父丁簋〉作𢧜《續殷上》38 葉，可證兵器戢於宁櫝，故医之古文從宁。古之偃兵也，則曰「倒載干戈，包以虎皮」《禮記樂記》，或曰「甲不解𦊨，兵不解翳」《國語齊語》，翳者医之借字，是知藏兵器者統名曰医。豈有筮盧而為藏兵之物，又豈有句兵去柲儲藏。縱如所言，則如𠙵、呂、𠙵、𠙵之屬，胥非兵器之名，亦無吉利之義，何獨於吉字為然。而乃云然，是亦思不循理者矣。

告

𠮷，牛觸人，角箸橫木所㠯告人也，从口从牛，易曰「僮牛之告」。

　　案告於卜辭彝銘，并與篆文同體，皆從口牛會意，而以告祭為本義，引伸為凡告語之義。從口者示其讀冊，猶訓告之䚋，於卜辭從口作𠙵。〈金縢〉云「乃告太王、王季、文王，史乃冊祝曰」，〈洛誥〉曰「王命作冊逸祝冊，惟告周公其後」，【注】案冊祝義同祝冊，謂宣讀禱告之冊文也。後，謂留守也。「告周公其後」者，謂告於文王、武王，周公留在後方之洛邑也。是即告之所從口。從牛者示其用牲，《禮記曾子問》云「凡告用

牲幣，反亦如之」，《周禮春官大祝》云「建邦國先告后土，用牲幣」，【注】牲幣，謂犧牲和幣帛。古代用以祀日月星辰、社稷、五岳等。後泛指一般祭祀用品。《周禮春官肆師》云「立大祀用玉帛牲牷，立次祀用牲幣，立小祀用牲」。是即告之所以從牛。《禮記》鄭注曰「牲當為制，字之誤」。鄭氏之意，蓋以諸侯之告祭無牲，故以牲當為制。若夫王者之禮，則告必有牲，此徵之卜辭而可知也。卜辭云「辛亥卜出貞，其鼓彡告于唐，九牛，一月」《後編》1、7、4片，「庚子，其告壴于大乙，六牛，叀再祝」《佚存》233片，「囗巳卜爭囗，告于上甲六牛，翌戊囗卯囗」《甲編》3422片，「貞告于王亥，五牛」《續存下》180片，「庚寅貞，其告高祖，賣于上甲，三牛」《南北明氏》470片，「告于上甲三牛，甲午酌」《南北明氏》514片，「告于上甲三牛」《摭佚續》71片，「丙午卜百賣礼，告于父丁三牛」《南北明氏》617片，「己亥告于父丁三牛」《南北明氏》616片，「辛巳卜其告水入于上甲，兄大乙，二牛，王受又」《粹編》148片，「丙午卜貞，告匚于丁二牛」《甲編》227片，「丁未貞，王其令壆、乘、帚，其告于祖乙一牛，父丁一囗， 貞王其令壆、乘、帚，其告于祖乙二牛」《曾氏綴合》334

片,「癸丑卜宁貞,酚大甲,告于祖乙一牛,八月用」
《佚存》115 片,「己未卜貞,翌庚申告亞其入于丁,
一牛」《佚存》340 片,「癸丑貞王令利出田,告于父丁,
牛一,丝用」《粹編》933 片,「丁卯貞,告于父丁,其
戰一牛」《粹編》374 片,「囗至,其告于上甲一牛,
癸亥貞,酚彡于小乙,其告卣于父丁,一牛」《鄴羽
三集》42.5 片,「囗啓于唐,其告于丁,一牛」《遺珠》
656 片,「丙申告于父丁,一牛」《南北明氏》531 片,「辛
亥囗告龍于父丁,一牛」《粹編》365 片,「癸酉卜其告
于丁,牛一」《粹編》529 片,「癸酉其告于父乙,一牛」
《佚存》214 片,是皆告祭用牛之證。其僅用羊豕者,
如云「告于妣庚,宙羊」《乙編》3299 片,「貞告于母
庚牢」《寧滬》3.38 片,然不多見,且僅用於先妣,此
告之所以從牛也。《說文》云「告,牛觸人,角箸橫
木所㠯告人也,从口从牛,易曰『僮牛之告』」,斯
乃悖於字形之謬說。所引《周易大畜》「僮牛之告」,
乃牢之轉語告牢古音同屬幽攝,自轉語之告而孳乳為牿,
則為牢所音變之假借構字,而非告之本義。觀夫牿
為告之重形字,是必東周孳乳。《尚書費誓》云「今
惟淫舍牿牛馬」,【注】「淫舍牿牛馬」者,《爾雅釋詁》云「淫,

大也。舍，放置也」。《說文》云「牿，牛馬牢也」。義謂統統釋放出牢欄之牛馬也。牿字始見於此。必為後世改易，而非<u>周初</u>原文。以牢音轉為告，故承祭名之本義而孳乳為祮，承告語之引伸義而孳乳為誥，皆以別於牢告之轉注字。此證以告之字形，與卜辭告祭之義，以及告之孳乳為祮，因知告之本義為告祭，斷無可疑者矣。

鏃

鏃，利也，从金族聲。

案《儀禮鄉射禮》云「司射左執弓，右執一个，兼諸弦面鏃」。〈大射禮〉云「司射挾乘矢於弓外，見鏃於弣」。【注】弣音ㄈㄨˇ、fuˇ，<u>鄭玄</u>注「弣，弓把也」。《說文》無其字，《釋名釋兵器》云「弣，弓中央曰弣，弣，撫也，人所持撫也」。又云「左執弓，右執一个，兼諸弦面鏃適次」。〈既夕禮〉云「羽侯矢一乘，骨鏃短衛」。《爾雅釋器》云「金鏃翦羽謂之鏃，骨鏃不翦羽謂之志」。《管子參患篇》云「射而不能中，與無矢者同實。中而不能入，與無鏃者同實」。<u>賈誼</u>〈過秦論〉云「<u>秦</u>無亡矢遺鏃之費」《史記秦始皇本紀》引，《史記李將軍

傳》云「中矢沒鏃」，《鹽鐵論誅秦篇》云「長城之北，旋車遺鏃相望」，〈論功篇〉云「匈奴素弧骨鏃」，《說苑建本篇》云「括而羽之，鏃而砥礪之」。《漢書地理志下》云「兵則弓弩竹矢，或骨為鏃」。是皆以鏃為矢鋒。《釋名釋兵》云「矢本曰足，又謂之鏑，齊人謂之鏃」。《玉篇金部》云「鏃，箭鋒也」，斯正鏃之本義。凡書傳於矢鋒之義并作鏃，於姓氏聚居之義并作族，二字畛域嚴明，無一相溷。《說文》乃訓鏃為利，訓族為矢鋒，說并非是。葢以未知族之從矢，猶或之從戈 說見族下，是以誤以矢鋒釋族。又以鏃鏃為疊韻 古音同為謳攝，故誤以鏃義而釋鏃也。

族

㫃，矢鋒也，束之族族也，从㫃从矢，㫃所以標眾，眾矢之所集。

　　案族於卜辭作 <!-- 甲骨文字形 -->，彝銘作 <!-- 金文字形 -->，并與篆文同體，而以國族聚居為本義。從㫃以示姓氏之旗，《周禮司常》云「州里各象其名，家各象其號」者是也。從矢以示扞衛之兵，猶或之從戈。卜辭云「戊子卜㱿貞，令犬、征族墾田于囗」《京都》281 片，「己卯卜

癸貞，令多子族從犬厌戳周，叶王事」《續編》5.2.2
片，「癸未令旀族戳周叶王事」《前編》4.32.1 片，「庚
申卜殼貞，乎王族征从髟，　　庚申卜殼貞，勿乎王
族征从髟，　　甲子卜爭，雀弗其乎王族來，　　雀其
乎王族來」郭氏《綴合》302 片，「丁酉卜王族爭多子族，
立于召」《南北明氏》224 片，案爭立乃埩婙之初文，此卜王族
安埩多子族，婙于召方之宜否也。「戊午卜自虫子族，　　勿
虫子族」《甲編》3047 片，「癸巳卜王其令五族戌羊」《粹
編》1149 片，「囗丑卜五族戌，弗雉王囗」《鄴羽三集》
39、10 片，「五族其雉王眾」《鄴羽三集》38.2 片，「王叀
次令五族伐羌囗」《後編下》42.6 片，「己亥貞三族王其
追召方及于或」《京津》4387 片，「叀三族令」《京都》2534
片，「眾令三族」《後編下》26.16 片，「己亥貞令王𠦝追
召方及于囗」《南北明氏》616 片，從口作𠦝者，乃其
絲文，猶或之從口，以示都邑之義也。〈毛公鼎〉云
「命女魁嗣公族」《三代》四卷 48 葉，〈中尊〉云「王
大眚公族」《博古圖》六卷 30 葉，〈明公簋〉云「唯王令
明公遣三族伐東或」《三代》六卷 49 葉，〈宋公戈〉云
「宋公差虫所艁不易族戈」《三代》十九卷 52 葉，《尚書
堯典》云「以親九族」，【注】〈堯典〉云「克明俊德，以親

九族」。克明俊德，謂能發揚偉大之美德。九族謂父族四、母族三、妻族二，皆據異姓有服者。此據夏侯、歐陽之說。《小雅黃鳥》云「復我邦族」，【注】邦族，謂邦國宗族也。〈黃鳥〉云「言旋言歸，復我邦族」。孔穎達疏「故我今回族，我今還歸，復反我邦國宗族矣」。《左傳隱八年》云「諸侯以字為諡，因以為族」，又云「官有世功，則有官族」，【注】杜預注云「諸侯位卑，不得賜姓，故其臣因氏其王父字也。或便卽先人之諡稱以為族」。官有世功，則有官族者，杜預注「謂取其舊官舊邑之稱以為族，皆稟之時君也」。是皆以氏族為義，引伸為族黨及部族之名族黨見《周禮大司徒》，自卜辭以至載籍，無二義也。《說文》云「族，矢鏠也」，是誤以鏃義而釋族矣說見鏃下。或曰族當訓大旗朱駿聲《通訓定聲》，或曰矢所叢集謂之族，族，湊也，言湊集於矢中徐灝《說文注箋》，或曰族者軍中部族俞樾《兒笘錄》，或曰〈虞書〉以親九族，其本字當作湊劉師培《古文字攷》，是皆昧於形義之謬說也。

燅 燂

燅，和也，从言又炎聲，讀若淫。燅，籀文燅从芉。

燂，大孰也，从又持炎辛，辛者物孰味也。

案爕於卣銘作〇《三代》十二卷 36 葉，簋銘作〇《三代》八卷 19 葉，并從又炎帀聲爕帀古音同屬奄攝齒音，示持火以匌帀孰物。〈曾白簠〉作〇，〈晉公盨〉作〇，皆其變體。【注】〈曾白簠〉見《三代》十卷 26 葉，〈晉公盨〉見《三代》十八卷 13 葉，案盨音ㄓㄥˋ、zhengˋ，為水器，容庚云「盨卽甀，與盆為一器」。《方言五》云「甀，罃也，秦之舊都謂之甀」。籀文從芊作燅，乃從又炎芊會意。芊者飪之古文說見芊下，是籀文之從芊，與彝銘之從帀，皆以調和孰物為本義，引伸為凡調和之名。《尚書洪範》云「爕友柔克」，〈顧命〉云「爕和天下」，是皆爕之引伸義。〈曾白簠〉云「印爕凡鄬、湯」，印讀如抑印卽抑之古文，義謂鎮抑和輯鄬、湯二邑也。若夫《大雅大明》云「爕伐大商」，又云「肆伐大商」，爕肆并為殺之雙聲借字三字古音同屬心紐，爕伐、肆伐，義皆如《太誓》之「殺伐」《太誓》引見《孟子滕文公下》。【注】殺伐，謂征伐、討伐也。〈滕文公下〉云「《太誓》曰『我武維揚，侵于之疆，則取于殘，殺伐用張，于湯有光』。」詩傳訓爕為和，訓肆為疾，是皆悖於詩義矣。篆文之爕燅形近音同，當為一字，而為籀文燅之譌變。考《玉篇又部》有爕，而〈炎部〉無燅，其於〈又部〉云「爕，

和也，大熟也」，此可證顧野王所見之燮，已兼有大熟之義。因知《說文炎部》之燮，乃後人所坿益者也。

衡

𣃩，牛觸橫大木其角，从角大行聲，詩曰「設其楅衡」。𢍗，古文衡如此。

案衡於〈毛公鼎〉作𣃩，〈番生簋〉作𣃩，與篆文同體，乃從角術聲，術卽〈石鼓文〉之𧗁，皆示人行交道，以人大俱象人形，故相通作。是其構字，乃示服牛於軛下，輓車而行，當以車衡為本義。《呂覽勿躬篇》云「王冰作服牛」，【注】服牛謂役使牛駕車也。《易繫辭下》云「服牛乘馬，引重致遠，以利天下」。《尚書酒誥》云「肇牽車牛遠服賈」，【注】服賈謂從事商賈。〈酒誥〉云「肇牽車牛遠服賈，用孝養厥父母」，義謂辛勤趕牛車，外出事商，賺錢以奉養父母。《周禮牛人》云「凡會同軍旅行役，共其兵車之牛」，是知服牛輓車，溥行已久，以故駕之籀文從牛作㹀見《說文馬部》。《小雅采芑》、《商頌烈祖》并云「約軧錯衡」，《大雅韓奕》云「簟茀錯衡」，〈毛公鼎〉云「金甬錯衡」《三代》四卷49葉，

〈番生簋〉云「道衡右尼」《三代》九卷 37 葉，是皆衡之本義。【注】錯衡謂以金涂飾成文采之車轅橫木。衡附轅前，其行橫平，故比擬為名，而有從衡、銓衡與衡紞之義衡紞見《左傳桓二年》。【注】從衡，或作縱橫，合從連衡之謂也。《韓非子五蠹篇》云「故羣臣之言外事者，有分於從衡之黨」。銓衡，衡量輕重之謂。《淮南子齊俗篇》云「夫挈輕重不失銖兩，聖人弗用，而縣之乎銓衡」。衡紞，杜預注「衡，維持冠者也，紞，冠之垂者也」。是衡乃古代用以使冠冕故著于髮上之簪。紞乃冠冕懸瑱之繩，垂於冠之兩旁者也。鐘甬之上曰衡者見《周禮考工記》，亦以鐘縣枸虡，橫若車衡，故名甬耑曰衡。卜牲別豢，而於牛角施以橫木曰楅衡見《魯頌閟宮》、《周禮封人》。闌門之木其名曰衡，《墨子備穴篇》云「郭門在外，為衡以兩木當門」，《陳風》所云「衡門之下」者，義謂闌門之下，此皆衡之比擬義。猶之關為橫持門戶之木，故亦名銓曰關。《國語周語下》云「官石和鈞，王府則有」，官石即〈月令〉之衡石，義謂征賦之銓石，得其鈞平，王府則常豐有，是亦關之比擬義也。自衡而孳乳為橫與撗撗見《左傳昭十一年》，則為據衡之比擬義，而孳乳之後起字。以橫撗俱為衡之後起字，故其從黃瓜二聲，唯以識音，而

不兼會意也。《說文》云「衡，牛觸橫大木其角，从角大行聲」。乃誤以比擬之名而釋衡，誤以從角術聲，為「从角大行聲」，斯亦劇裂字形，而謬其義訓。是未知詩禮所云「楅衡」，乃謂施以畐束之橫木，故非以衡可晐楅義也。藉如其說，則牲之別豢而以加楅衡者，必其字為從木而非從大，且必養之圈牢，而非用之運轉，則亦不當從行為聲也。

哭

哭，哀聲也，从吅，从獄省聲。

　　案哭從犬吅會意，當以犬嗥為本義。《隋巢子》云「昔三苗大亂，犬哭於市」《御覽》九百五引，《南史張彪傳》云「彪養一犬號叫彪屍側，若有哀狀」。《隋書翟普林傳》云「普林哀臨，犬亦悲號」。此犬嗥之見於書傳者。它物之哀鳴者，非若犬聲與人相近，此所以哭從犬吅，以取其近似人而構字。犬之哀鳴，縣聯曼引，與吠聲狼噑皆殊，故字從吅。若夫人之悲嗥，非必因之獄犴。人之哀聲，雖有号嗥二字，而聲淚未顯。故以犬吅構字，而引伸以傌人，則聲淚俱明。是猶狴、默、犯、猜、狎、猛、獨、臭，

皆以物之特性構字，而引伸以儕人也。蓋犬吅之為哭，亦猶含玉之為玲，甘艸之為苷，艸叢之為藂，犬鳴之為吠，虎聲之為唬，器亾之為喪說見喪下，是少之為尟，正行之為征，及行之為彶，正言之為証，永言之為詠，小鳥之為雀，犬肉之為肰，日見之為晛，面焦之為醮，斷首之為𦠌，系県之為縣，馬飛之為驫，文馬之為駁，壯大之為奘，行水之為洐，地平之為坓，巢車之為轈。證之卜辭，則大豕之為豙，大犬之為𤝠，【注】豙，隸定作豙，音ㄒㄧˋ、xi。𤝠隸定作犾，音ㄑㄩㄢˇ、quanˇ。此皆形義昭明，無假詮釋。《說文》乃云「哭从獄省聲」，則義轉迂晦矣。考之古文，喪非從哭說見喪下，宜列〈亾部〉。而以哭入〈吅部〉或〈犬部〉，則〈哭部〉宜從芟薤也。

羔

羔，羊子也，从羊照省聲。

　　案羔於〈索角〉作𦍍《三代》十六卷 46 葉，案此羔假為考，〈訇白達簋〉作𦍍《愙齋》八冊 10 葉，案此羔假為簋，【注】〈索角〉云「索諆乍有羔曰辛牂彝」，羔、考於古音同屬天攝，羔為見紐，考屬溪紐，是羔借為考乃疊韻假借。〈訇白達簋〉

器銘云「㝬白達乍寶羔」，而蓋銘則作「㝬白達乍寶𣪘」。𣪘乃𣪘之古文，羔𣪘同屬見紐，則羔借為𣪘乃雙聲假借。并與篆文同體，從火羊會意。示以小羊為炙，《楚辭招魂》所謂「腼鼈炮羔」者是也。夫羔從火羊，以示為小羊，猶之豚從豕肉，以示為小豕豚乃豚之初文，說見豚下，皆以會意之字，而示其非體解節折。《禮記》云「婦以特豚饋」〈昏禮〉，《孟子》云「陽貨饋孔子蒸豚」〈滕文公下〉，《晏子春秋》云「晏子之魯朝食進饋，膳有豚焉，晏子曰『去其二肩』。」〈卷五〉是皆豚為全牲之證。然則與豚構字同意之羔，亦必為全牲之名。《禮記雜記下》云「晏平仲祀其先人，豚肩不揜豆」，乃侚節折為豚，斯則引伸之名，非豚之初義也。《說文》云「羔從照省聲」，是猶釋熊從炎省聲說見熊下，并誤以會意為諧聲。且夫《說文》所釋省聲之字，多不可信說見宮下，非僅於羔熊二字為然也。

𡐫

𡐫，小羊也，从羊大聲，讀若達同。𡐫，𡐫或省。

案達於〈保子達𣪘〉作達《三代》七卷 28 葉，〈師𡩁𣪘〉作達《三代》九卷 28 葉，所從之𡐫作𡐫𡐫，并

從小羊會意，篆文譌作𡙧𡙧，故《說文》誤以為大聲也。《初學記》二十九引《說文》云「𡙧，七月生羔也」，《藝文類聚》九十四、《御覽》九百二引《說文》并云「𡙧，七月生羊也」，覈之《說文》次𡙧於羍𦎸之後，而云「羍，五月生羔，𦎸，六月生羔」，則其云「𡙧，七月生羔」，次第整秩，說尚近理。要之羔、羍、𦎸、𡙧，皆為小羊之名，則今本《說文》訓𡙧為小羊，未可非議。矧夫《玉篇》所釋𡙧義，《大雅生民》釋文及正義所引《說文》，并與今本同，【注】釋言「文達生者，言其生易如達羊之生」。正義曰「《說文》云『達，小羊也，從羊大聲』。」則小羊之訓，當為<u>許氏</u>原文。葢羔為小羊，而從小羊會意。猶之雀為小鳥，即從小諧聲也。

奔

𡘺，走也，从夭卉聲，與走同意，俱從夭。

    案奔於〈石鼓文〉作𡙉，〈克鼎〉作𡗢《三代》四卷 41 葉，〈盂鼎〉作𡗢《三代》四卷 42 葉，《爾雅釋宮》云「堂上謂之行，堂下謂之步，門外謂之趨，中庭謂之走，大路謂之奔」，可證奔為疾走，故從三走會

意。亦猶疾言為譶，兔疾為，犬走為猋，【注】譶音ㄊㄚˋ、taˋ，音ㄈㄨˋ、fuˋ，猋音ㄅㄧㄠ、biao。構字同意。〈克鼎〉作者，乃省其二夭，是即篆文之所本。《說文》云「奔，走也，从夭卉聲」，失其恉矣。

胤

，子孫相承續也，从肉从八，象其長也，从幺象重絫也。，古文胤。

案胤於〈逨簋〉作《三代》八卷 30 葉，〈秦公簋〉作《三代》九卷 33 葉，乃允所孳乳之轉注字。從八者，示其宗支緐衍。從幺肉者，示其子嗣相承，猶肖從小肉。《說文》乃云「从八象其長也，从幺象重絫」，其說非是。自胤而雙聲孳乳為胄，乃以應語言音變之轉注字胤胄古音同屬定紐。胄從由聲，由為兜鍪說見胄下，無以示子孫相承之義，斯為胤所孳乳之假借構字。葢子孫相承之義，其初文為允，見於卜辭。自允而孳乳為胤，見於西周之〈逨鼎〉、〈逨簋〉〈逨鼎〉見《周金文存》二卷 36 葉。而於從肉之胄，則於彝銘卜辭一無所見，當為東周孳乳。通考諧聲之字，聲不兼義者，多為應語言音變之轉注字，胤之孳乳為

胄，唯以識音者，亦其一耑也。《尚書堯典》云「胤子朱啟明」，又云「命汝典樂教胄子」，此胤胄二字始見書傳。葢為後世寫定，宜非虞夏古文。《左傳》之「裔胄」、「裔子」與「胄裔」〈襄十四年、昭元年、三十年〉，【注】「裔胄」、「裔子」與「胄裔」，皆謂後代子孫也。〈襄十四年〉云「昔秦人負恃其眾，貪于土地，逐我諸戎。惠公蠲其大德，謂我諸戎，是四嶽之裔胄也，毋是翦棄」。〈昭元年〉云「昔金天氏有裔子曰昧，為玄冥師，生允格、臺駘」。〈昭三十年〉云「吳，周之胄裔也，而棄在海邊，不與姬通」。《國語》之「昆裔」〈晉語二〉，〈離騷〉之「苗裔」，【注】「昆裔」、「苗裔」，亦子孫代後之謂。〈晉語二〉云「天降禍于晉國，讒言繁興，延及寡君之紹續昆裔」。〈離騷〉云「帝高陽之苗裔兮，朕皇考曰伯庸」。并為胤之雙聲借字。說者乃曰「以子孫為苗裔者，取下垂義」《說文》裔下段注，是誤以引伸而說假借矣。

𡴋 墣

𡴋，潰𡴋也，从𠃬（举）从𨳲，𨳲亦聲。

墣，凷也，从土𡴋聲。𠦃，墣或从卜。

　　案𡴋從𨳲举會意，以拔取土凷，而為墣之初文。《管子地員篇》云「沙土之次曰五墣，五墣之狀累

然如僕累」，僕累乃糞垚之借字，言其土之狀，絫積如糞垚也。自糞而孳乳為田地分人之箕_{說見箕下}，乃承本義而構字。以糞為未治之土，故孳乳為木素之樸，乃承引伸義而構字。自糞而孳乳為坡埲，則為雙聲轉注之字_{糞坡古音同屬並紐，墣埲同屬滂紐}。《孟子》之僕僕〈萬章下篇〉，【注】〈萬章下篇〉云「子思以為鼎肉使己僕僕爾亟拜也，非養君子之道也」。趙岐注「僕僕，煩猥貌」。僕僕亟拜者，謂一再作揖行禮也。以為煩瀆之義，則為奅之借字_{糞奅古音同屬謳攝並紐}。《說文》云「糞，潎糞也，從羋從𠫓，𠫓亦聲」，是誤以奅義而釋糞，且誤以會意為諧聲矣。

叛

𠬝，半也，從半反聲。

案叛乃從反半聲，而以背叛為本義。《春秋襄二十六年》云「衛孫林父入于戚以叛」，此叛之始見載籍者。厥後叛字疊見《左氏》、《國語》、《公羊》、《穀梁》，義皆謂犯命背國，與倍為雙聲同義字_{叛倍同屬並紐}。《戰國策齊策六》云「魯連乃書遺燕將曰食人炊骨，士無反北之心」，反北卽叛背之初文。【注】炊骨，

謂燒人骨。極言悽慘也。〈齊策六〉云「食人炊骨，士無反北之心，是孫臏、吳起之兵也」。書傳或云反，或云叛，或云背，或云倍，皆同義而異名。《戰國策》云「反北」，《穀梁傳》云「背叛」〈僖十九年〉，乃雙聲連語。經傳或假畔為叛見《論語雍也篇、陽貨篇》、《孟子公孫丑下》、《禮記檀弓下、王制》。，故有「倍畔」見《墨子尚賢中篇》、《荀子大略篇》，及「反畔」之名見《漢書梅福傳、趙充國傳》，案〈賈捐之傳〉作「反叛」。。因知叛從半聲，而為反之識音字，此其明證半反古音同屬安攝脣音。漢魏書傳之叛，義同於反，《廣雅釋詁》云「叛，亂也」，斯正叛之本義，可徵古義相傳歷世不爽。蓋反之孳乳為叛，所以別於反覆之義，亦猶背之孳乳為倍或偝，乃以別於背脊之義也偝見《禮記坊記、投壺》，《說文》未錄。。【注】〈坊記〉云「利祿先死者而後生者則民不偝」。〈投壺〉云「毋偝立」，孔穎達疏「毋偝立，謂不正面前」。《說文》釋叛，形義俱非。猶之龔乃從龍共聲，哿乃從加可聲，而《說文》釋龔為從共龍聲，釋哿為從可加聲，并為牽合部首，而誤釋字形。其於叛哿失之義訓相乖，其於龔失之聲類不合，皆以誤列部居，因而誤其形義。若夫從𦥔𠬞聲之卿，而《說文》釋為從卯𦥔聲，則

以不識自為篹之初文，故亦謬釋卿之形義。審此則於叛龏哿之誤釋形聲者，斯亦<u>許氏</u>未能墒知其義訓也。<u>段</u>注本改為「叛，半反也，從半反，半亦聲」。其說曰「叛者反之半，以半反釋叛，如以是少釋尟」。是亦未明文字之孳乳，而謬為之說。所以云者，攴反之與叛，亦猶告之與譽，鬥之與鬭，死之與屍，囗之與圍，晶之與曡，夕之與夜，片之與版，象之與豫，亦之與掖，曲之與凵，皆為自象形指事或會意，而孳乳為諧聲之識音字，音義固無異揆。<u>許氏</u>昧於文字之蛻變，是以於反叛告譽之屬，并乖其義訓。說者未悉識音之字，與其初文音義無殊。乃援「是少釋尟」之訓，以釋叛為「半反」，則失之文不成義，彌甚於《說文》以半釋叛矣。

寡

寡，少也，從宀頒，頒，分也，宀分故為少也。

案寡於〈毛公鼎〉作寡，〈父辛卣〉作寡《三代》十三卷46葉，并從宀頁，而以獨尻為本義。書云鰥寡《尚書大誥、康誥、無逸、呂刑》，或云敬寡〈梓材〉，詩云矜寡《大雅烝民》，皆雙聲疊語四字同屬見紐。與〈洪範〉

之「煢獨」，【注】〈洪範〉云「無虐煢獨；而畏高明」。煢獨，謂孤獨無所依之人。「無虐煢獨；而畏高明」者，義謂不要殘害孤獨無依之人；而懼畏富貴有權之人。并為無匹耦之名，其作鰥敬或矜者，乃寡之轉語。猶之書傳以「姦宄」連文，宄乃姦之轉語也。《管子》云「丈夫無妻曰鰥，婦人無夫曰寡」〈入國篇〉，又云「匹夫為鰥，匹婦為寡」〈揆度篇〉，《孟子》云「老而無妻曰鰥，老而無夫曰寡」〈梁惠王下〉，是皆後世分別之說，非寡之初義。案《左傳襄二十七年》云「齊崔杼生成及彊而寡」，《墨子辭過篇》云「內無拘女，外無寡夫」，【注】拘女，指宮女，以如拘禁之囚。〈辭過篇〉云「宮無拘女，故天下無寡夫。內無拘女，外無寡夫，故天下之民眾」。曹耀湘箋「拘女者，女在宮中若拘囚也」。又云「天下之男多寡無妻」，據此則寡為無耦之通俑。《小爾雅廣義篇》云「凡無妻無夫通謂之寡」，此正寡之本義。〈堯典〉云「師錫帝曰有鰥在下曰虞舜」，此俑男之無妻者曰鰥，而始見載籍者。自後書傳不俑無夫者曰鰥，是以《孟子》有「老而無妻曰鰥」之說。以寡為獨尻，故引伸為凡寡少之義。諸侯自俑曰寡人〈禮記曲禮下〉，諸臣自俑其君曰寡君，於君夫人曰寡小君，於大夫曰寡大

夫見《禮記雜記上》，義謂寡德少助，此寡之引伸義也。《尚書康誥》之「寡兄」，《大雅思齊》之「寡妻」，義謂大兄大妻，〈顧命〉之「寡命」，義如〈大誥〉之「大命」，此寡之假借義，亦即㚁之初文瓜寡古音同屬烏攝見紐。〈偽孔傳〉釋敬寡為「敬養寡弱」，釋寡兄為「寡有之兄」，釋寡命為「寡有之教命」，<u>鄭玄</u>詩箋釋寡妻為「寡有之妻」，或釋㚁為「㚁下之大」《說文》<u>段</u>注，是皆未悉字義之謬說也。寡於篆文作寡，是猶彝銘之𠦝攻利盂，或作𠂂𠧪𠧪盂𠧪見〈北白卣〉，𠧪見〈利鼎〉，盂見〈陳子匜〉，皆其籀文。篆文之余寡乃古籀文之遺，《說文》遂誤以余為從八，誤以寡為從頒，因亦誤以引伸為本義而曰「宀分故為少」。藉如其說，則與貧之古文作𡪄者，其義不殊矣。

完

宔，全也，從宀元聲，古文㠯為寬字。

案完所從之宀義如「彌縫」之彌宀彌古音同屬明紐，彌縫見《左傳僖二十六年》。，【注】彌縫，謂縫合；補救。〈僖二十六年〉云「<u>桓公</u>是以糾合諸侯，而謀其不協，彌縫其闕，而匡救其災」。所從元聲義同垣元垣古音同屬安攝，故孳乳為

周垣之院，及補垣之垸，而以修繕牆垣為本義。《大雅韓奕》云「溥彼韓城，燕師所完」，【注】完，謂修築；修繕也。〈韓奕〉云「溥彼韓城，燕師所完」者，鄭玄箋云「彼韓國之城，乃古安平時眾民之所築完」。《管子八觀》云「大城不可以不完」，《左傳》云「大叔完聚」〈隱元年〉，【注】完聚，謂修繕城郭，聚集糧食也。〈隱元年〉云「大叔完聚，繕兵甲，具卒乘，將襲鄭」。又云「修賦繕完」〈成元年〉，〈月令〉云「完隄防」，又云「完要塞」，《孟子》云「城郭不完」〈離婁上〉，又云「使舜完廩」〈萬章上〉，皆完之本義。《說文》以全訓之，乃誤以引伸為本義也。

氐

氐，至也，本也，从氏下箸一，一，地也。

案從氐之質於〈居簠〉作𣄰《攈古》卷二之三85葉，從氐之昏於卜辭作𣄰𣄰，形作𠂤𠂤，乃象伸手抵距，於文為人之變體象形，而為抵之初文，引伸而孳乳為訓觸之牴。氐止雙聲，故借為定止及下止之義。承假借之義，故孳乳為底。它若不進之邸，【注】邸音ㄉㄧˇ、dǐ。訓腫之胝，木根之柢，日冥之昏，絲緒之紙，【注】紙音ㄉㄧ、di。與大車後之軧，皆承止義

而孳乳，此氏之假借構字也。訓觸之趺，【注】趺從氏失聲，音ㄉㄧㄝˊ、die´。則承本義而孳乳，此別於假借之轉注字也。《說文》訓氏為至者，乃據《史記律書》音訓而言氏至古音同屬衣攝端紐。【注】氏，抵達也。《史記律書》云「氏者言萬物皆至也」。訓氏為本者，乃據柢義為解，并謬其初義。考氏於卜辭作 �，與卜辭從氏之昏，構形互異。因知《說文》所云「从氏下箸一」，亦悖其初形矣。

質

𧵅，以物相贄，从貝从所，闕。

　　案質於〈居簋〉作 �《攗古》卷二之三 85 葉，於〈舀鼎〉作 � �《三代》四卷 45 葉，� 乃從貝氏聲氏質古音同屬衣攝端紐，� 乃氏之古文，亦卽抵之初字說見氏下，質從氏聲，乃示以物抵貝之義。� 為姓氏質之複體古姓氏有複體之例，說見《殷栔新詮引言》，於〈舀鼎〉正用為姓氏之義。文作 � 者，隸定為質，則為質之本字，從 � 與從 � 音意相同。猶訓見之贊，從 � 與從先音義相同，以示備贄禮為之先容也。【注】贄禮，謂拜見時贈送之禮物。先容，《文選·鄒陽〈于獄中上書自明〉》云「蟠木

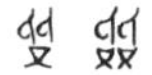

根柢，輪囷離奇，而為萬乘器者，何則？以左右先為之容也」。李善注「容謂雕飾」。本謂先加修飾，後引伸為事先為人介紹、推荐或關說。篆文作質，所從之所，乃从之譌變。許氏據譌文為解，是未知所氐二文之形義。《說文》於〈斤部〉別出所字者，亦猶釋冊從冂从，而於〈入部〉別出从字，皆以懜於字形，因而謬為增竄。《管子山權數》云「請以寶為質於子，以假子之邑粟」，是卽質之本義。引伸凡以物為抵信曰質，《左傳隱三年》云「周鄭交質」，是卽質之引伸義。【注】〈隱三年〉云「周鄭交質，王子狐為質於鄭，鄭公子忽為質於周」。交質謂互相交換質子也。古之質財，必有符信，故有質劑見《周禮司市、質人》。後世之質錢帖子見《南齊書蕭坦之傳》，乃質劑之遺制也。【注】質錢帖子，謂抵押票券也。〈蕭坦之傳〉云「檢家赤貧，唯有質錢帖子數百」。質劑，謂古代貿易券契質和劑之并偁。《周禮天官小宰》云「七曰聽賣買以質劑」。鄭玄注「質劑，兩書一札，同而別之，長曰質，短曰劑。」《後漢書劉虞傳》云「虞所賚賞，典當胡夷」，則偁質錢為典當，此乃質之雙聲借字，異夫贅之為雙聲轉注。自質而孳乳為貼見《玉篇貝部》，貼屬透紐。，乃後起之雙聲轉注字也。《禮記禮器》云「質明而行事」，斯為晳之

假借。《左傳僖二十三年》云「策名委質」，斯為贄之假借。《呂覽慎行論》、《戰國策燕策二》所云「斧質」，乃鑕之假借。孳乳為鑕見《晏子春秋》卷四、《韓非子初見秦篇》、《呂覽高義篇》，則為假借構字也。《周禮司弓矢》云「王弓弧弓以授射甲革椹質者」，【注】椹質，箭靶也。〈夏官司弓矢〉云「王弓弧弓以授射甲革椹質者」。鄭玄注「質，正也。樹椹以為正」。〈考工記弓人〉云「利射革與質」，斯則假質以為射臬之正，其云「椹質」者，乃雙聲聯語說見正下，書傳用質為本體之義者，則為無本字之假借也。

乳

，人及鳥生子曰乳，獸曰產，从孚乞。乞者乞鳥，明堂月令乞鳥至之日，祠于高禖，以請子，故乳从乞，請子必以乞至之日者，乞春分來秋分去，開生之候鳥，帝少昊司分之官也。

案乳於卜辭作《乙編》8896 片，從女象哺子之形。篆文之乳則從爪孔會意，孔者乳孔，示持乳以哺子，而以人乳為本義。引伸為獸乳及胎生之名，與哺乳之義。《荀子禮論篇》云「乳，母飲食之者也」，

《山海經海外西經》云「形天以乳為目」，【注】形天，
神話人物，無首。《山海經海外西經》云「形天與帝至此爭神，帝
斷其首，葬之於常羊之山，乃以乳為目，以臍為口，操干戚為舞」。
《淮南子脩務篇》云「文王四乳」，《史記張蒼傳》
云「口中無齒，食乳，女子為乳母」，《靈樞經脈篇、
經筋篇、五色篇》并云「膺乳」，又〈骨度篇〉云「兩
乳之閒廣九寸半」，《素問刺禁論》云「刺乳上中乳
房，為腫根蝕」，是皆乳之本義。《莊子徐无鬼》云
「豕蝨擇乳閒股腳，自以為安室利處」，《呂氏春秋
音初篇》云「主人方乳」，《史記倉公傳》云「菑川
王美人懷子而不乳」，〈大宛傳〉云「昆莫生弃於野，
狼往乳之」，以及《莊子盜跖篇》之「乳虎」，《荀子
榮辱篇》之「乳彘乳狗」，是皆乳之引伸義。若《禮
記月令》云「雉雊雞乳」，《逸周書時訓篇》云「大
寒之日雞始乳」，乃偁雞之覆卵為乳，斯則引伸之義
而遠於本義者。鐘上之枚曰乳見〈考工記鳧氏〉注引鄭司
農說，藥物有名鍾乳見《御覽》九百八十七，鍾乃渲之借字。，
則以形似人乳而比擬為名。此覈以乳之構字，及其
引伸之義，與比擬之名，舉可證乳以人乳為本義。
乳穀乃疊韻轉注之字古音同在謳攝，《左傳宣四年》云

「楚人謂乳穀」，是則穀為楚之方言，《左傳》作穀者，乃穀之假借也。《說文》以孚為「卵卽孚」說見孚下，以乳「从孚乙」，故以「人及鳥生子曰乳」，此以謬釋字形，故亦謬其本義。其云「乙者乙鳥，明堂月令乙鳥至之日，祠于高禖，以請子，故乳从乙」。信如其說，則是先民育子，皆必祠于高禖，斯尤悖理之甚。【注】高禖，指媒神。《禮記月令》云「仲春之月：是月也，玄鳥至。至之日，以大牢祠于高禖」。鄭玄注「高辛氏之出，玄鳥遺卵，娀簡吞之而生契」。蓋以不知人物共名之字，必取義於人身，故爾誤以引伸為本義。且夫乳汁為湩，固有專字。乃謂湩所從出之乳，非以人乳為本義，是亦理不可通。產為生之轉注字生產同屬疏紐，《國語晉語六》云「如草木之產也，各以其物」，《呂覽義賞篇》云「春氣至，則草木產」，正為產之本義。《左傳僖十五年》云「古者大事必乘其產」，此謂乘馬，必出本土所生，斯為產之引伸義。漢人謂畜牲曰畜產見《史記匈奴傳、衛青傳》，餘從略。，乃為引伸之名，孳乳為犙，乃據引伸義而構字。《說文》云「獸曰產」，則為據引伸之名以言字義，悖其初恉益。

卑

卑，賤也，執事者从ナ甲。

案卑於彞銘作𤰒𤰏，所從之田與彞銘𤰒𤰏所從
之田皆由之古文說見異下。卑從攴由，乃示奉由服役，
故自卑而孳乳為婢。引伸為短小低下，故孳乳為小
鼓之鼙，中伏舍之庳，短脛狗之猈，及短人立之𤰒，
是皆承卑之引伸義而孳乳。卑從攴由，以示奉由服
役，猶之僕從𢍜𠦝，以示舉由給事，構字同意說見僕
下。皆不容回穴形義，予以曲說者也。或曰卑即椑
之古文朱駿聲《通訓定聲》，然案圜榼之椑，傾首之頧，
訓陸之盧，城壔之陴，所從卑盧諸聲，皆匕之假借
卑匕古音同屬幫紐。於椑盧之承匕聲而孳乳，乃取其隋
圓窊空，形如匙首。猶之畜母之牝，牝鹿之麀，歿
母之妣，皆以示陰器如匙。城壔之陴，有窺敵控弦
之孔，形若女陰，故亦名曰女牆也。於頧之承匕聲
而孳乳，猶之攱頃二字之從匕為形，皆取匙柄之傾
側，以擬人首之傾側。說者乃謂「卑即椑之古文」，
是未知有假借構字之法，而謬為比傅矣。【注】案形聲
字有假借聲文構字之法，以卑匕同屬幫紐，故借卑為匕以構字，
此假借構字之法也。說詳魯實先《假借遡原》。或曰卑從畏省

<u>羅振玉</u>〈智鼎跋〉，然案畏於〈毛公鼎〉從卜作𤰇，於〈王孫鐘〉從攴作𤲒，并示鬼之持杖扑擊。藉令卑為從畏，而復從攴，或從宀與又，則是構形緟贅，而音義互殊，益為悖理矣。

步　跱

𣥐，行也，从止屮相背。

𧾰，蹈也，从足步聲。

　　案步於卜辭作𣥑𣥑，〈祖辛尊〉作𣥑《三代》十一卷 13 葉，爵銘作𣥐《三代》十五卷 9 葉，并從二止，示逐足脅行，非從止屮相背也。《周禮校人》云「冬祭馬步」，此借步為神名。【注】馬步，馬神名。《周禮校人》云「冬祭馬步」，<u>鄭玄</u>注「馬步，神為災害馬者」。《大戴禮誥志篇》云「天子崩步于四川」，此借步為祭名。《司馬法》曰「六尺為步」《周禮小司徒》注引，此步之引伸而為度數之名。以步借為神名與祭名，亦引伸為度數之名，故孳乳為跱，以別於假借與引伸之轉注字。通考緟形之字，若告之作誥，共之作拱，舁之作舉，孚之作俘，巩之作𢀜，瘫之作癱，沓之作譫，矣之作俟矣本從大，說見矣下。，氣之作餼，同之作詷，司

之作𣂏，卿之作饗，勺之作鈞勺所從之＝乃金之初文，說見勺下。，昜之作暘，奄之作俺，或之作國，率為轉注之孳乳，音義胥與初文相同。其若窅之作暗，攑之作攓，亦為雙聲轉注之字，義訓固無異趣。然則步之緟形作跰者，是猶共舁之作拱舉，皆為先民有意所構之轉注字。推類而言，若奐之作換，弇之作揜，音義當亦相同。而《說文》於共拱、孚俘、矣俟、司𣂏、卿饗、勺鈞之屬，俱謬其義訓。於步跰或國之屬，區為二字，是皆昧於形義及轉注之通則，故爾說多謬戾。若夫揚州之瓜步見《宋書文帝紀》，則以水瀕為名，而為浦之借字。【注】瓜步，地名。在江蘇六合東南，有瓜步山，山下有瓜步鎮，南臨大江。《宋書文帝紀》云「元嘉二十七年冬，虜偽率大眾至瓜步」。《述異記》云「瓜步在吳中，吳人賣瓜於江畔，用以名焉」。後起字作埠，乃宋元以後之俗字，益悖初文矣。《禮記曲禮上》云「堂上接武，堂下布武」，《國語周語下》云「不過步武尺寸之間」，韋昭注曰「六尺為步，賈君以半步為武」。是未知武為步之疊韻轉語，乃區為二義，乖其初恉矣。【注】步武，謂距離甚短也。〈周語下〉云「夫目之察度也，不過步武尺寸之間」。卜辭作𣥠，則武所孳乳之假借構字，

與步為轉注，而不見於書傳者也。

府

府，文書臧也，从广付聲。

　　案府於〈鑄客鼎〉作 夺 《三代》三卷 19 葉，〈少府小器〉作 宿 《三代》十八卷 39 葉，并為從广貸聲，貸即〈公貿鼎〉之 貨 《三代》四卷 12 葉，乃貨幣名布之本字。此攷之府之古文，因知府以臧貨賄為本義。《管子牧民篇》云「藏於不竭之府者，養桑麻育六畜也」，〈權修篇〉云「府不積貨，藏於民也」，〈山至篇〉云「今刀布藏於官府也」，《墨子尚賢中》云「收斂關市山林澤梁之利，以實官府」，《韓非子十過篇》云「府無儲錢，庫無兵甲」，〈外儲說右上〉云「散府餘財，以賜孤寡」，又云「告府獻五百金」，《晏子春秋》卷五云「晏子使人分倉粟府金而遺之」，卷七云「菽粟幣帛，腐於囷府」，《呂覽分職篇》云「發太府之貨予眾，出高庫之兵以賦民」，〈察微篇〉云「取其金於府」，《戰國策秦策五》云「君之府藏珍珠寶玉」，又云「令庫具車，府具幣」，《周禮》之大府、玉府、內府、外府、泉府、天府，并臧貨賄或

玉器，是皆府之本義。府必在官，故倅官寺曰官府
見《左傳昭十六年》、《管子五輔篇、小匡篇、度地篇、問篇》、《國
語楚語上》、《周禮》大宰以次，尤多見官府之名。。引伸凡物
之貯藏皆曰府，故有酒府、膳府見《周禮酒人、廬人》，
及軍府《左傳成七年》。《左傳僖二十七年》云「詩書
義之府也」，【注】〈僖二十七年〉趙衰曰「說《禮樂》而敦《詩
書》。詩書，義之府也；禮樂，德之則也。德義，利之本也」。〈文
七年〉云「水、火、金、木、土、穀，謂之六府」，
〈昭十二年〉云「吾不為怨府」，以及《素問》、《靈
樞》所言之五藏六府，斯為府之引伸義。《左傳僖五
年》云「勳在王室，藏於盟府」，【注】盟府，古代掌管
保存盟約文書之官府。〈僖五年〉云「虢仲、虢叔為文王卿士，勳
在王室，藏於盟府」。孔穎達疏「以勳受封，必有盟要，其辭當藏
於司盟之府」。《管子立政篇》云「太史既布憲，入籍
於太府」，《墨子天志下》云「書之竹帛，藏之府庫」，
《周禮天府》亦藏禁令與民數之簿籍見《周禮天府、小
司寇、司民》，乃以藏文書者為府，斯亦府之引伸義。
《說文》以「文書臧」釋府者，是誤以引伸為本義
也。或曰府主出納，故從付聲徐灝《說文注箋》，則據
篆文之省體而曲解字義矣。

畏

畏，惡也，从由虎省，鬼頭而虎爪可畏也。畏，古
文省。

案畏於卜辭作畏畏，〈毛公鼎〉作畏，〈王孫鐘〉
作畏，文作畏畏者，【注】畏見《乙編》669片，畏《鐵雲》
146、2片見。〈毛公鼎〉見《三代》四卷46葉，〈王孫鐘〉見《三
代》一卷63葉，乃從卜鬼聲鬼畏古音同屬威攝，卜卽攴之
初文說見攴下，示鬼執杖以事扑擊。文作畏者，乃從
刀鬼聲，示鬼持刀以事賊害。其作畏者，則為後起
緟形之字，葢以不知卜為攴之象形，故復益攴也。《墨
子明鬼下》云「昔者周宣王殺其臣杜伯而不辜，周
宣王田於圃，日中杜伯執朱弓挾朱矢，追周宣王，
射之車上」。又云「昔者燕簡公殺其臣莊子儀而不辜，
期年燕簡公方將馳於祖塗，莊子儀荷朱杖而擊之，
殪之車上」。據此則鬼之殺人，亦資弓矢刀杖，先民
葢習聞之，因據以制字。《說文》釋為「从由虎省」，
是據譌變之篆文，而誤形聲為會意矣。

早

早，晨也，从日在甲上。

案早於卜辭作 《乙編》4488 片，匜銘作 《三代》十七卷 33 葉，〈早成厌鍾〉作 《三代》十八卷 19 葉， 從日屮會意， 并從日毛會意，皆以日出屮上，而示晨旦之義。【注】《說文晨部》云「晨，早昧爽也，从臼辰聲」。晨為農之省體，晨為房星之名，从晶辰聲。晨晨音同形近，今多假晨為晨。猶之杲從日木，以日出木上，而示昭明之義，構字同意。惟屮木之高卑，而別日行之先後，此其異也。〈敔簋〉作 宋本《嘯堂集古錄》卷下，則從日才會意，以示日之初出。古文才甲形近，是以篆文誤其構形為 ，遂至形義乖舛。或曰甲者首鎧，从甲猶从首，舉首見日為早 朱駿聲《通訓定聲》。是未知早之為義，乃在明旦之後，杲曇之前。而謂「舉首見日為早」，則是日中以至日昃，皆為「舉首見日」，又何以識晨旦之義。或曰日在甲上，猶言日在甲位，甲位東北方，日加寅時故為早 張文虎《舒藝室隨筆》。則據漢後方位加時之說，以釋先秦古文，益為謬戾矣。

新 薪

，取木也，从斤亲聲。

，蕘也，从艸新聲。

案新於卜辭作𣂤𣂤，彝銘作𣂺𣂺，并為從斤辛聲。從斤者示以斤伐木，從辛聲者，示散楄為柴。其作𣂤𣂺者，乃從辛省。或曰「當作从斤木辛聲」《說文》段注，然案紀日之辛為辛之省體，猶之數名之六為𠔏之省體說見辛𠔏之下。自辛𠔏而省作辛六，皆以示別於本義。說者未知辛無專文，故謬謂新當從辛聲也。卜辭云「丙戌卜，叀新豐用，　叀舊豐用」《粹編》232片，豐讀如醴，此卜用新醴，或用舊醴之宜否也。【注】醴，甜酒。《周頌豐年》云「為酒為醴，烝畀祖妣」。高亨注「醴，甜酒」。其云「辛酉卜，王其禱新邑」《拾掇》396片，此卜登進新邑之宜否也。據此則假新為新舊之義，自殷已然。卜辭亦用為薪燎之義，如云「貞叀于王亥五牛，新青」《金璋》623片，「貞屮于父乙，白豕新青」《金璋》637片，「叀新五十用」《佚存》211片，「寴大乙又勺，王受又」《粹編》145片，「其寴大乙」《粹編》161片，「辛酉卜其口寴祖乙，王受又　比寴王受又」《寧滬》1、180片，是皆卜以薪祭而祀先祖，從宀作寴者，猶禋之籀文作䄄見《說文示部》，乃新禋之緐文也。薪之見於詩者，如云「吹彼棘薪」《邶風凱風》，「采荼薪樗」《豳風七月》，「烝在栗薪」《豳風東山》，

「析其柞薪」《小雅車舝》,「樵彼桑薪」《小雅白華》,又曰「析薪如之何,匪斧不克」《齊風南山》,「瞻彼中林,侯薪侯蒸」《小雅正月》,「伐木掎矣,析薪杝矣」《小雅小弁》,「芃芃棫樸,薪之槱之」《大雅棫樸》,【注】〈棫樸〉云「芃芃棫樸,薪之槱之」毛傳云「槱,積也,山木茂盛,萬民得而薪之;賢人眾多,職家得用蕃興」。《禮記月令》云「草木黃落,乃伐薪為炭」,又云「乃命四監收秩薪柴,以共郊廟及百祀之薪燎」,【注】薪燎,謂烹飪與照明。鄭玄注「薪以吹爨,柴以給燎」。《左傳僖五年》云「晉侯使士蒍築蒲與屈,不慎寘薪焉」,《國語周語中》云「甸人積薪,司馬陳芻」,《墨子旗幟篇》云「凡守城之法,樵薪有積,菅茅有積,藋葦有積,木有積,松柏有積,蓬艾有積」,《呂覽去宥篇》云「有枯梧樹,鄰人遽伐之,鄰父因請以為薪」,《戰國策秦策三》云「薪貴於桂」,《淮南子主術篇》云「冬伐薪蒸」,又云「昴中則伐薪木」,〈兵略篇〉云「夫以巨斧擊桐薪,不待利時良日,而後破之」,〈說林篇〉云「解門以為薪」,《史記河渠書》云「令羣臣從官皆負薪寘決河,是時東流郡燒草,以故薪柴少」,據此則取木之新與書傳之薪,自殷至漢,皆謂樵柴,而非芻

薐。所以從艸作薪者，乃以別於新舊義之轉注字。
猶之木堇之蕣，楚木之荊，細枝之蔆，桑實之葚，
櫟實之草，字并從艸，而非艸名也。《說文》以薐訓
薪，是昧於轉注之通則，而別新薪為二義。《管子輕
重甲篇》注曰「大曰薪，小曰薐」，則承《說文》之
誤，而臆為曲解，悖謬益甚矣。

再

再，一舉而二也，从一冓省。

　　案，再於卜辭作　　，鼎銘作　《三代》二卷 32
葉，罍銘作　《三代》十三卷 49 葉，觚銘作　《三代》十
四卷 22 葉，爵銘作　《三代》十五卷 37 葉，卣銘作　《三
代》十二卷 56 葉，盤銘作　《三代》十七卷 1 葉，是皆再
方與再氏之器。文作　者，〇乃圓之初文說見正下，
以示圜而復始。　象稱權之形，而為稱之初文說見稱
下。然則　乃從八〇　會意，而以分別復稱為本義，
引伸為凡賡續之名。葢權衡量物，分大數以為小數，
必須循圜稱之，此再取之義也。　與卜辭之　皆其
省體，　乃古之完筆，非從一也。再之見於卜辭者，
如云「癸亥卜狄貞，叀　至，王受又＝」《佚存》314 片，

「其又長子，叀□至，王受又」《後編上》19.6片，「叀□至，又大雨」《佚存》650片，「癸丑卜狄貞，□至，叀祝」《粹編》1572片，「庚子貞，其告壴于大乙，叀□祝」《佚存》233片，「叀□祝」《明氏後編》2182片，諸辭之再，義如《周禮大祝》之辭再辭古音同屬噫攝齒音，乃卜備冊辭，以行至祭與祈祝，至為祭名，卽《左傳桓二年》「反行飲至」之至。審卜辭再之構體，亦與彝銘相同。文作□者，上體之一乃○之省變，是卽篆文之所本。猶之天正於卜辭作□□，於篆文作□□，亦為變○為一。其從丙之作□者，乃假方國之緐文，以為冊辭之義也。《說文》云「再，一舉而二也，从一冓省」，是誤以從○□者，為從一冓矣。《說文》又云「爯，并舉也，从爪冓省」，是誤以從□聲者，為從冓會意矣。說彝銘者，釋□□為舉《博古圖》三卷7葉、八卷7葉，或釋為鬲《積古》一卷30葉，引錢坫說，或釋為冉《奇觚》五卷2葉，或釋為冓《古籀篇》八卷34葉，或釋□為丁□二文羅振玉《三代》目錄，或釋卜辭之□□為員金祥恆《續甲骨文編》，說并非是。或釋〈召白簋〉之□〈郾戻簋〉之□為冓，而曰再象覆甾之形，冓象兩甾背疊之形，爯象手舉覆甾之

形《史學年報》第四期唐蘭〈獲白兕考〉。說益謬甚。考冓於卜辭作 ![字] ![字]，彝銘與之同體，并象木梃相對交積之形。《說文》云「冓，交積材也」，其說甚允。引伸有結合重疊之義，故自冓而孳乳為遘講構媾諸字。畱於卜辭作 ![字] ![字]，於〈子陝鼎〉作 ![字]《頌齋續錄》十六，壯於〈毛公鼎〉作 ![字]《三代》四卷 46 葉，戴於鼎銘作 ![字]《三代》二卷 13 葉，僕於〈旂鼎〉作 ![字]《三代》四卷 3 葉，舁於〈師酉簋〉作 ![字]《三代》九卷 22 葉，異於〈臽鼎〉作 ![字]《三代》四卷 45 葉，戲於〈嬴霝　簋〉作 ![字]《三代》七卷 15 葉，粵於〈番生簋〉作 ![字]《三代》九卷 37 葉，諸字所從之畱，文作 ![字] ![字] ![字]，與再冓再三文，形體互異《說文》釋戴僕異粵，構體俱非。。乃謂三文從畱構字，則何以彝銘從畱之字，竟無一與再冓再相近者，此徵之字形，知其說之非也。再冓再三文，與畱缶之義，邈不相聯，乃謂從畱構字，則何以無一字義訓相屬，此徵之字義，知其說之非也。從如所云，以「再象覆畱」，何所取義。以「冓象兩畱背疊」，義復何居。通考字之構體，凡執容器，未有器形倒置，是以從畱之字，靡不畱口上鄉。乃曰「再象手舉覆畱」，則是顛亂上下，亦若弄丸，此豈再舉之義。

若夫彝銘之㐭，字從二㐬，以示盛米之義，而為㐭
之古文。古之容器亦為量器，故自㐭而孳乳為秅㐭
秅古音同屬烏攝端紐。㐬秭雙聲古音同屬精紐，㐭從二㐬
者，正以示二秭為秅之義。〈召白𣪘〉云「又㐭又成」
《三代》九卷 21 葉，㐭讀如《魯頌閟宮》之緒緒㐭古音
同部，義謂有功績有成就也，【注】緒，功績也。〈閟宮〉
云「奄有下土，鑽禹之緒」。〈鄦厌𣪘〉云「㐭敬禱祀」《攈
古》二之三卷 66 葉，㐭讀如〈皋陶謨〉之祇祇古音屬端紐，
義謂祇敬郊祀也。【注】祇，恭敬也。〈皋陶謨〉云「日嚴祇
敬六德，亮采有邦」。《說文示部》云「祇，敬也」。祇敬為同義詞。

〈蔡厌鐘〉云「為命㝮=」，㝮=讀如詩之祁祁見《召
南采蘩》、《豳風七月》、《小雅出車》、《大雅韓奕》、《商頌玄鳥》。，
【注】祁祁，眾多貌。《豳風七月》云「春日遲遲，采蘩祁祁」，
毛傳「祁祁，眾多也」。義謂助我生命盛多也。凡此之㐭
㝮并㐭秅之古文，而通借為緒祇與祁。二㐬上下易
位者，示相對豎立。猶之啚於卜辭作[symbol]，於鼎銘作
[symbol]《三代》二卷 15 葉，亦象城樓相對，非象二物重疊。
說者釋㐭為冓，而謂「象兩㐬背疊」，是不知點畫，
而妄釋古文者也。或曰再為層之初文，從冓省一聲
馬敘倫《說文疏證》卷八。此未知再之與層義訓互異，

再之與一聲韻俱乖再屬噫攝精紐，一屬衣攝影紐。，乃承許說之誤，而以形聲釋之，愚懜不學，又甚於妄釋再象覆甾之形矣。

對（對）

，譍無方也，从丵口，从寸。，對或从士，漢文帝巳為責對而面言，多非誠對，故去其口巳從士也。

案對於卜辭作，彝銘作，并從又業或丑業會意。業為縣鐘磬之大版，對從又業或丑業者，所以示擊鐘磬，且以別於業。猶之鼓於卜辭從殳作，或從攴作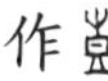，所以示擊鼓，且以別於壴也。是對當以縣鐘磬之堵為本義，亦卽堵與都之初文對者古音同屬端紐。對於卜辭為方名，凡為方名亦兼姓氏，是以彝器有〈父乙尊〉《三代》十一卷24葉，〈父乙卣〉《三代》十三卷27葉，斯為對氏之器。卜辭從土作，彝銘亦多從土而作者，與《說文》所載重文相合，乃承襲方名之本字，固非初文，亦非從士也。〈彔白簋〉作《三代》九卷27葉，則為從貝對聲，以示市傷，乃儥之古文，而假為對揚之字。【注】

〈彔白簋〉云「彔白戜敢拜手頴首儥揚天子不顯休」。義謂彔白戜謹敬拜手稽首。報答顯揚天子偉大光明之賞賜。《周禮春官小胥》云「凡縣鐘磬，半為堵，全為肆」，〈龏公𥂴鐘〉云「鑄辝觫鐘二鍺」《三代》一卷49葉，〈邵鐘〉云「大鐘八聿，其竈四䶃」《三代》一卷54葉，可徵堵必相耦而成。其作鍺者，乃對之後起字。其作堵者，乃對之假借字。者為煮之古文說詳釋者，鍺從者聲，無以示縣鐘之物，猶之屠從者聲，無以示為刳剝之義，是皆後世之假借構字說見屠下，晦其初義矣。以對必相耦，故引伸為凡對耦之名，與應對之義。《大雅江漢》之「對揚」，〈桑柔〉之「聽言則對」，此皆對之引伸義。對答雙聲，故經傳亦假答為對。鐘磬之對豎立若牆，故偁樂器之在對者曰牆，《逸周書大匡篇》云「樂不牆合」，此以牆比擬而名對也。自對雙聲孳乳為堵，此以對比擬而構堵也。為合語言音變，是以堵從者聲，而不從對聲，此固假借造字之通則。《左傳莊二十八年》云「凡邑有宗廟先君之主曰都，無曰邑」，據此則都者備有宗廟樂器，乃因對之引伸而為名。葢以對縣樂器，故引伸而名邑之有禮樂者曰對。《大雅皇矣》云「帝作邦作對，自大伯王季」，

義謂上帝創造此國此都遠在大伯王季之時也。《周頌般篇》云「裒時之對，時周之命」，義謂聚有如是之都，是周之受天命而然也。〈皇矣〉之「作對」，即《商頌殷武》之「設都」，其云「作邦作對」，亦即《墨子》所云「建國設都」見〈尚同中篇、尚同下篇〉，良以國都連言，乃古之恆語見《禮記祭統》、《莊子則陽篇》，是知〈皇矣〉及〈般篇〉之對，俱為都之本字，其義甚審。《大戴禮主言篇》云「五十里而對，百里而有都邑」，則別對都為二義，斯則季世之說，乖於對之初義矣。雅頌傳箋并釋對為配，朱熹集傳釋〈皇矣〉之對為當，釋〈般篇〉之對為答，說益謬矣。後人無一得其通解，皆以昧於對之本義故也。古方名之絲文，字多從口說見《殷栔新詮引言》，《說文》所載之對，當亦從口，而為方名之本字，非從言食之口也。【注】魯先生曰「凡從口字而非聲符者，必為方名，以方名之字乃以口示都邑，而非以口為聲符，故古籀方名多以口為繁構」。引見《卜辭姓氏通釋之三》《說文》以「應無方」釋對，以古文之對為文帝所易，而以對為從口，以對為從士，所釋形義并失初恉。或曰對當為艸木棽儷之誼章炳麟《小學答問》。或曰對本從口從又持業，業

本覆虡之版，引伸為書冊之版，對者執之所以書思對命。或從土，土者壬省，挺立以對也林義光《文源》。是皆未得對之形義。彝銘多見對字從土，而未一見從壬，乃謂對從壬省，是亦骫曲之說。或謂對為菐之異文，對揚字古唯有合《古籀篇》八十三卷33葉。或謂對與封為一字馬敘倫《說文疏證》卷五，然案對與菐封聲韻縣達，非可通轉，詎能視為一文。對揚之字見於西周彝器者，多不勝數。其云「合揚」者，僅見戰國時〈陳侯因資錞〉《三代》九卷17葉，因資卽《史記》之齊威王因齊。，合讀如〈洛誥〉及〈顧命〉之荅，斯為對之假借。【注】荅，報荅也。〈洛誥〉云「奉荅天命，和恆四方民居師」。義謂以報荅上天所賜國運，使四方人民和樂順適居在洛師。〈顧命〉云「用荅揚文武之光訓」。義謂用以報荅顯揚文王、武王光明之教訓。荅揚，彝銘多作對揚，乃謂「對揚字古唯有合」，苟如所言，則是古器胥用借字，至戰國時始一見本字，豈近古者不足徵，後世固存古義，衡之事理，必其不然。且不明合之從口，猶同之從口，非以譍對為義也。

圭

圭，瑞玉也，上圜下方，公執桓圭九寸，侯執信圭，
　伯執躬圭，皆七寸，子執穀璧，男執蒲璧，皆五
　寸，以封諸侯，从重土，楚爵有執圭。珪，古文
　圭从王。

　　案圭於〈毛公鼎〉作圭，〈師遽彝〉作圭，并與
篆文同體，而以土圭為本義。【注】〈毛公鼎〉見《三代》
四卷 46 葉，〈師遽彝〉見《三代》十一卷 37 葉，從二土者，
一以示其質，一以示其為度地之用。《周禮大司寇》
云「以土圭之灋測土深，正日景，以求地中」。又云
「凡建邦國，以土圭土其地，而治其城」，此古以土
圭測日景之短長，度道里之遠近，逮乎漢世猶存其
制端方臧有漢延熹土圭，見《匋齋臧石記》卷一。。此所以圭
從二土會意。土不駢列者，所以象范土而高。猶棗
從二朿相重以示其高，棘從二朿相並以示其卑，皆
為會意而亦象形。它若二止之為步，二爪之為臼，
二孔之為鬥，二人之為从，二火之為炎，二夫之為
扶，二立之為並，二戶之為門，二耳之為聊，二弓
之為弨，二自之為餶，三石之為磊，三土之為垚，
是皆如圭之不容逐易，而義見乎形。唯從炎之燮，
於彝銘作䍐，乃析二火於左右。從門之帥，於彝銘

作𨳿，則併二戶於一方。斯乃雜以它文，別有更置，蓋圖構字整飭，故爾易其原形也。瑞玉之名，若大圭、鎮圭、桓圭、信圭、躬圭、琭圭、祼圭、珍圭、騶圭、琬圭、琰圭之屬，其質皆玉，故以典瑞掌之，而以玉人治之見《周禮春官典瑞、考工記玉人》。以其形如土圭，故名之曰圭。猶之尊彝之承臺，如舟之載物，故名承臺曰舟見《周禮司尊彝》，【注】舟，謂古代尊彝等器之托盤，《周禮春官司尊彝》云「祼，用雞彝，鳥彝，皆有舟」。鄭玄注引鄭司農曰「舟，尊下臺，若今時承盤」。此皆取象於物而為名也。自圭而孳乳為珪，則為瑞玉之本字。猶自舟而孳乳為履，此皆取象於物而構字也。審此則圭珪義各有主。許氏徒見典瑞與玉人文皆作圭，故誤以圭珪為一字。則於圭之從二土會意者，義不可通矣。

續

續，連也，從糸賣聲。𧷇，古文續從庚貝。

案賡於卜辭作𧷇《後編下》21.15 片，與篆文之𧷇同體。乃從貝庚聲，而以賡償為本義，償卽賡之疊韻轉注字。《管子國蓄篇》云「愚者有不賡本之事」，

【注】賡本，抵償成本也。〈國蓄篇〉云「智者有什倍人之功，愚者有不賡本之事」。尹知章注「賡，猶償也」。〈山國軌篇〉云「皆以穀准幣直，幣而庚之」，《禮記檀弓下》云「請庚之」，《史記貨殖傳》云「取之不足以更費」，《鹽鐵論殊路篇》云「食人之重祿不能庚」，是卽賡之本義，字亦作庚與更。此證以先秦與西漢載籍，而知賡與庚更同音，非續之古文者一也。《尚書皋陶謨》云「乃賡載歌」，《史記夏本紀》作「乃更為歌」，【注】賡載，謂相續而成也。乃賡載歌者，義謂於是相續舜之歌聲而唱也。〈皋陶謨〉云「皋陶拜手稽首，颺言曰『念哉！率作興事，慎乃憲，欽哉！屢省乃成，欽哉』！乃賡載歌曰『元首明哉，股肱良哉，庶事康哉』。」孔傳「賡，續；載，成也」。此證史公之書，因知賡非續之古文者二也。《爾雅釋詁》云「賡，揚續也」，此正釋《尚書》之賡為更續之義，乃謂賡續同義，非謂賡續同字。《爾雅》所釋雖不必為本義，然未嘗區一字之異體以為二文。此證以先秦載籍，而知賡續非一文者三也。《爾雅釋文》云「賡，古孟反，沈孫音庚，《說文》以為古文續」。是其音讀，與《廣韻》十二庚密合無閒，沈謂梁之沈旋，孫謂漢之孫炎，此證以賡之音讀，自漢至唐，并與庚更

無異。因知虧續非一文者四也。然則虧續異字，自古胥無異說，唯許氏誤以虧為續之古文。是猶漢人舉知斿為斿敖之義，而許氏獨不識斿字，因誤以游為從扴汙聲也。說者謂虧為會意《說文》段注，或謂後人音讀之誤朱駿聲《通訓定聲》，是皆曲護許書之謬說，不足論矣。《爾雅釋文》云「虧，《說文》以為古文續」，是唐初所見之《說文》，與今本相同。則亦不得謂《說文》所載之虧，為錯簡也。

害

害，傷也，从宀口，言从家起也，丯聲。

案害於〈毛公鼎〉作害《三代》四卷47葉，〈師害簋〉作害《三代》八卷 33 葉，從舍丯聲，而以蓋屋為本義。於〈毛公鼎〉及書傳并假為曷，【注】〈毛公鼎〉云「𤰔邦害吉」，害讀如曷，乃雙聲假借，𤰔為語詞，義為邦有何善也。於〈白家父簋〉《三代》八卷43葉、〈曩白盨〉《錄遺》177圖，并假為匃，【注】案害匃疊韻，匃義為乞求。〈白家父簋〉云「用賜害釁壽黃耇」。案釁字倒置。釁即《說文長部》訓久長之釁，義謂用以乞求久長壽命至于黃耇也。〈曩白盨〉云「害釁壽無彊」。義謂乞求長壽無彊也。於〈屑木多父盤〉《周金

文存》四卷 5 葉，**假為訓大之介**，【注】害介亦疊韻假借，〈𥂡末多父盤〉云「用賜屯彔受害福」，乃謂用賜大祿受大福也。**書傳多假為傷害。孳乳為葢、藹，乃別於借義之轉注字**害葢藹古音同屬阿攝。**葢**字始見<u>戰國</u>時之〈秦公簋〉《三代》九卷 34 葉，可證**葢**之構字，當肇於<u>東周</u>。《說文》訓害為傷，是誤以假借為本義。而曰「从宀口，言从家起」，則曲釋字形，而未見其形義相合也。

笵

𥶽，**法也，从竹氾聲，竹簡書也，古法有竹荊。**

　　案笵為濫所孳乳，猶型為荊所孳乳，義皆謂作器之法。《禮記禮運》云「范金合土，以為臺榭宮室牖戶」。《荀子彊國篇》云「刑范正，金錫美，工冶巧，火齊得，剖刑而莫邪已」。《論衡物勢篇》云「今夫陶冶者，初埏埴作器，必模範為形」，是皆笵之本義。<u>玄應</u>《一切經音義》卷二云「以土曰型，以金曰鎔，以木曰模，以竹曰範，四者一物，材別也」，斯正笵所以從竹之義。作范範者乃笵之假借。《左傳定九年》云「<u>鄭駟歂</u>殺<u>鄧析</u>，而用其竹刑」，【注】竹刑，古代刑書，因書之於竹簡上，故名。〈定九年〉云「<u>鄭駟歂</u>殺

鄧析，而用其竹刑」。杜預注「鄧析，鄭大夫，欲改鄭所鑄舊制，不受君命，而私造刑法，書之於竹簡，故言竹刑也」。此即《說文》所云「古法有竹荊」之所本。然左氏所云「竹刑」，義謂荊法之書，而非作器之法。許氏引以釋范，失之謬為牽合。它如〈八部〉引《孝經》說以釋兆，〈桀部〉引《軍法》以釋桀，〈貝部〉引《孟子》以釋買，〈有部〉引《春秋傳》以釋有，〈乙部〉引〈月令〉以釋乳，〈示部〉、〈邑部〉、〈厽部〉引《易》以釋祝、邑、厽，是皆曲為皮傳以釋字形者也。

我

我，施身自謂也，或說我頃頓也，从戈手，手，古文垂也，一曰古文殺字。我，古文我。

案我於卜辭作𢦏𢦏，彝銘作𢦏𢦏，所從之∃乃扒之省文，扒於〈父辛卣〉作┝《三代》十三卷26葉，扒於〈父辛鼎〉作╡《續殷文存上》15葉，斯其明證。是我之構字，乃從扒省戈聲戈我古音同屬阿攝，而以國族自名為本義。扒而省其柲者，則以與戈相合，不能見二柲也。我從扒者，示其率眾之旗，猶族之從扒說見族下，從戈聲者，示其扦禦之兵，猶或之從戈，

與族之從矢。《尚書大誥》云「知我國有疵」，又云「反鄙我周邦」，【注】〈大誥〉云「天降威，知我國有疵，民不康。曰『予復』。反鄙我周邦」。義謂上天降下災害，其知我國有災難，民心不安定。其曰予要復國。反而圖謀我周國。《春秋隱八年》云「我入祊」，〈桓十八年〉云「葬我君桓公」，斯為我之本義，引伸為一人自偁之名。《說文》云「施身自謂」者，是誤以引伸為本義。其云「頃頓」者，乃我之假借義，亦即俄之初文。而又臆度手為垂殺二字，釋義釋形，俱陳二說，胥陷乖剌，蓋以徒見變體之文，故亦不得其形義也。我於卜辭有方名與姓氏之義。彝器有〈找鼎〉《三代》四卷 21 葉，〈找簋〉《三代》十卷 43 葉，斯為我氏之器。若〈朱求鼎〉《三代》二卷 41 葉，〈朙找鼎〉《三代》四卷 41 葉，則為朱方我氏，及明方我氏之器。《漢書藝文志墨家》有〈我子〉一篇，斯為我氏之見於載籍者。卜辭別有卩字《粹編》1469 片，或釋為我之異體，因我即詩《豳風》「又缺我錡」之錡郭沫若《粹編考釋》197 葉。然案卜辭之卩，與〈祖丁觶〉之𠂤《三代》十四卷 40 葉，簋銘之𠂤《錄遺》133 圖，尊銘之𠂤《錄遺》200 圖，皆錡之古文，非我之異體。錡即殷之錡氏見《左傳定

四年》，厥後韓有錡宣《戰國策韓策二》，漢印有錡樂世、
錡賢《十鐘山房印舉》八冊 36 葉、39 葉、錡頓《印舉》九冊
40 葉、錡滿《印舉》十冊 32 葉、錡豚《匋齋藏印》第三集，
蓋皆殷人苗裔。是我錡二氏，見於卜辭彝銘者，形
義互異，見於載籍者，各有後昆，未可謂我亦錡之
古文也。自餘釋義者，靡不詖詞悖理，不足論矣。

直

直，正見也，从十目乚。㥁，古文直，或从木如此。

　　案直於卜辭作 屮ᗡ，其緐文作 ᗷ屮。屮隸定為
育，從十目會意，以示周覽十方。十方者，謂八方
而兼上下，則溥及四表，而時晐古今，以示廣莫，【注】
廣莫，遼闊空曠也。《左傳莊二十八年》云「狄之廣莫，於晉為都」。
識理必正，故從十目會意。吳季札之論樂曰「五聲
和，八風平」《左傳襄二十九年》，【注】，五聲，杜預注「宮、
商、角、徵、羽，謂之五聲也」。乃謂八方之風，故曰八風，
其名具見《呂氏春秋有始覽》。又《呂覽古樂》云「帝
顓頊令飛龍作效八風之音」，是八風之名，由來已古，
益以上下，則為十方。猶之四方而兼言上下則曰六
合與六極六合見《管子白心篇》、《莊子齊物論》，六極見《莊子

大宗師、應帝王》。，皆為傳自邃古。然則漢前載籍雖無十方之名，而先民固有十方之意，非釋氏為然。若夫《周禮保章氏》有十二風之名者，則為戰國之說，非東周以前之古制也。篆文之直卽卜辭之㣙，蓋以從彳之字，變體為乀，形與乚近，故篆文譌作直。自㥁而孳乳為德，於彝銘并從徝作德，於〈辛鼎〉省心作徝《周金文存》二卷 40 葉，此證以卜辭之㞕㣙，及彝銘之徝，因知篆文之直，乃徝之譌變。唯〈命瓜君壺〉始見𥄂字《三代》十二卷 28 葉，所從之直作㿬，斯為晚周譌體，是卽篆文之所本，非從乚也。或曰「謂以十目視之，乚者無所逃」《說文》段注。或曰「直從十縱橫相交以取正，從乚矩也，所用以審曲直，從目諦視之意」徐灝《說文注箋》。是皆因循譌文，謬陳字義。而未知古文之十非象從橫相交，乚形裛迆，豈為矩方之象。直從十目，非〈大學〉「十目所視」之義也。

狄

狄，赤狄也，本犬種，狄之為言淫辟也，从犬亦省聲。

案狄於卜辭作ᵏ秵秵，〈戰狄鐘〉作狄《三代》一卷 11 葉，〈曾白簠〉作狄《三代》十卷 26 葉。卜辭之秵從犬大聲，當以大犬為本義。猶之玠於鼎銘作奎《三代》四卷 34 葉，而以大珪為本義。《爾雅釋獸》云「麢絕有力狄」，其義乃以麢之有力者，其名曰狄，蓋以大犬而比擬為名，是即狄為大犬之證也。大亦雙聲亦屬喻紐，古音與大同屬定紐。，大介疊韻古音同屬阿攝，故自狄奎而孳乳為狄玠，并為謀合語言之轉注字。〈戰狄鐘〉為西周之器。可證狄於西周已孳乳為狄。《說文》以「赤狄」釋狄，是猶以「北方豸種」釋貉，以「東南越它種」釋閩，皆誤以假借為本義說見貉閩之下。赤狄為狄族之一種，不云「北狄」，而云「赤狄」者，乃傅合音訓而言赤亦古音同屬烏攝舌音。或易赤狄為「北狄」，又曰「亦當作束」《說文》段注，是悖於許氏之恉，而亦未得狄之本義。其云「亦當作束」者，則未知古音固多跨韻。乃囿於雅頌之音，以為韻部不可夌軼，是亦失之顓固矣。【注】夌軼，或作陵軼，謂凌駕；超越也。顓固，謂固執；專一也。

牢

，閑養牛馬圈也，从牛冬省，取其四周帀。

案牢於卜辭作〖圖〗〖圖〗〖圖〗〖圖〗，〈貉子卣〉作〖圖〗，爵銘作〖圖〗，并從宀冖與牛羊會意，以示牛羊在覆蓋之下，與圂之從囗，廄之從广同意。卜辭或作〖圖〗《乙編》315片，猶之宦於卜辭作〖圖〗《菁華》4葉，或釋面，其說非。，是亦從宀，而下象其地也。《戰國策秦策四》云「亡羊補牢，未為遲也」，《韓非子揚搉篇》云「豺狼在牢，其羊不繁」，【注】豺狼，豺與狼皆殘暴野獸，豺狼與羊同牢，則其羊不能蕃衍茂盛。此為牢之本義，固兼閑養牛羊，是以卜辭從牛羊作〖圖〗〖圖〗。《管子國准篇》云「殷人之王，諸侯無牛羊之牢，不利其器」，〈輕重戊〉云「殷人之王，立皁牢服牛馬」，《墨子天志下》云「踰人之欄牢，竊人之牛馬」，《晏子春秋》卷二云「公之牛馬老於欄牢」，《大雅公劉》云「執豕於牢」，《國語晉語四》云「少溲於豕牢」，【注】少溲，小便也。〈晉語四〉云「昔者，大任娠文王，不變，少溲於豕牢，而得文王」。韋昭注「少，小也；豕牢，廁也；溲，便也」。《穆天子傳》卷五云「畜之東虢，是曰虎牢」，《管子度地篇》云「虛牢獄」，是馬廄、豕圂、虎闌、囹圄，俱名曰牢，此牢之引伸義也。殷絜卜牲之辭有䮛字，其辭曰「叀

驫眾大駵凵巛，弘吉」《佚存》970 片，「叀小駵用」《福氏》29 片，葢馬之卜為祭牲，而經別為羞者，其名曰駵，乃據牢之引伸義而構字也。觀乎駵從牢聲，則知牢之初義，固不晐馬。卜辭別有𡨄字《粹編》1551 片、《京津》48431 片、《寧滬》1.521 片，覈其文義，非用牲之名，當為廄之古文，而非牢之異體。卜辭又云「甲申卜方貞，焱婞， 貞勿焱婞，凵囗」《前編》6.27.1 片，「囗申卜爭貞，宙婞焱」《簠室雜事》67 片，「貞焱婞，屮雨」《佚存》1000 片，它辭亦有「焱奼」《乙編》3449 片，「宙奼焱」《乙編》1228 片、4450 片，「勿焱奼」《乙編》6319 片，「焱耽， 勿焱耽」《續編》5.14.2 片，「其焱迴」《續存上》1886 片，「其焱高」《粹編》657 片，凡此皆為卜行焱祭於諸方之辭。婞奼之從女，以示為姓氏，而為方國之本字，非謂用女囚為牲，而名曰婞也。卜辭多見大牢小牢，字亦作𡩡𡩡，而無從豕者，其於用豕為牲者，則有豚麂狅豕諸名，而無如駵之從牢者。審此則殷人之牢，乃閑養牛羊，而晐馬豕，其云大牢者，義專謂牛。其云小牢者，義專謂羊。而於具羊豕者，漢人名之曰中牢見《漢書昭帝紀》，其名與卜辭之大牢小牢，合緒無違，當為相承古義。《左

傳襄二十二年》云「鄭公孫黑肱有疾，歸邑于公，而使黜官薄祭，祭以持羊，殷以少牢」，其云「殷以少牢」，則是以少牢為兼具羊豕，此蓋後世一方之制。

【注】黜官，減省官吏也。杜預注「無多受職」。殷，盛祭也。杜預注「四時祀以一羊，三年盛祭以羊豕。殷，盛也」。何休之注《公羊》曰「牛羊豕凡三，牲曰大牢，羊豕凡二，牲曰少牢」《公羊桓八年》注。是亦囿於春秋時之鄭制而言，非牢之朔義也。〈呂白簋〉云「呂白乍珤宮室寶障彝簋，大牢」《西清古鑑》二十七卷 11 葉，《管子形勢解》云「奚仲之為車器也，用之牢利」，此為堅牢之義，乃牢之假借義也。自牢而孳乳為牿，乃疊韻轉注之字牢牿同屬幽攝。其初文當作告，《說文》告下引《易》曰「僮牛之告」，是其明證。《尚書費誓》作牿者，當為後世所易。【注】《說文》云「牿，牛馬牢也。《周書》曰『今惟牿牛馬』。」〈費誓〉云「今惟淫舍牿牛馬，杜乃擭，敜乃穽，無敢傷牿。牿之傷，汝則有常刑」。以告借為牢告，故孳乳為牿誥，則為別於借義之轉注字說見告下。牿誥與牿，於卜辭彝銘并無所見，蓋皆東周孳乳者也。《說文》云「牢，閑養牛馬圈也」，《一切經音義》卷十二、卷十四，引《說文》馬并作羊，覈之卜辭，

當以作羊者為得初義。其云「从牛冬省」，則為據譌文，而謬釋字形矣。

甫　鋪　鎛　鑮

甫，男子之美偁也，从用父，父亦聲。

鋪，箸門拊首也，从金甫聲。

鎛，鎛鱗也，鐘上橫木上金鍔也，从金尃聲，一曰田器，詩曰「痔乃錢鎛」。

鑮，大鐘淳于之屬，所以應鐘磬也，堵以二金樂，則鼓鑮應之，从金薄聲。

　　案甫於彝銘作甫甫，并從用父聲，與篆文同體。與卜辭之甾甾，彝銘之甾甾，從田中會意者，義訓迴別說見圖下。用乃鐘之初文說見用下，從父聲作甫者，所以示大鐘之義，而為鑮之初文。彝銘有〈甫丁爵〉《三代》十六卷38葉，義如它器之父丁，審其字體，蓋出西周，是甫父通借，西周已然。其以甫為男子之美偁者，乃示尊之如父。猶女之美偁曰母，乃尊之如母。斯為父母之引伸義，非以甫為美偁之本字。夫母為女之美偁，而未構專字。則知父為男子之美偁，亦不宜別有專字，此徵之字例而可知者。經傳

用父為美偁者，不勝殫數，此徵之載籍而可知者。然則《說文》誤以假借釋甫，其義甚審。蓋以甫借為父，故孳乳為鋪。以鋪借為箸門之拊首，故孳乳為鎛。又以鎛借為鎛鱗與田器，故孳乳為鑮。鑮於〈公孫班鎛〉及〈綸鎛〉，并作鎛，而用為大鐘之義《三代》一卷 35 葉、66 葉。是可證<u>戰國</u>之前，已有轉注之鎛字，而別於假借之甫鋪二文。若鑮之構字，則必在<u>晚周</u>之時矣。《說文》於〈用部〉五字，俱誤以假借為本義者，乃以<u>許氏未悉用葡之構形</u>說見用葡下，及轉注之通則，是以靡能得其初恉也。【注】《說文用部》云「用，可施行也。甫，男子之美偁也。庸，用也。葡，具也。甯，所願也」。案用為鐘之初文；甫乃大鐘之義；庸義為鐘；葡乃箙之初文；甯為用寧之合文。

圃

圃，種菜曰圃，从口甫聲。

案圃於卜辭作🔲🔲，〈宰🔲簋〉作🔲《三代》八卷 19 葉，〈父乙尊〉作🔲《三代》十一卷 7 葉，鼎銘作🔲《三代》三卷 30 葉，鬲銘作🔲《三代》五卷 13 葉，尊銘作🔲《三代》十一卷 3 葉，并從田中會意，以示田中種菜，而為

囷之古文。其作圃者，所從之囧乃象圃中藩垣。《鄭風將仲子》云「無踰我園，無折我樹檀」，夫言入園為踰，知必陵牆而入。其云「無折我樹檀」，知其牆上有樹，與上文「無踰我園，無折我樹桑」，義可互證。《戰國策趙策一》云「公宮之垣，皆以狄蒿苦楚廧之」，【注】〈趙策一〉張孟談曰「臣聞董子之治晉陽也，公宮之垣，皆以狄蒿苦楚廧之，其高至丈餘」。是古之牆垣，皆植草木，故知詩之檀桑，乃謂牆上之樹。園既有牆，囷亦無異，是以古文象其形而作圃，且以示別於樹穀之田也。囷於卜辭為方名與姓氏，故彝銘多見囷氏之器，〈御父癸尊〉云「癸未王在圃」《三代》十一卷 32 葉，從囗作圃，乃囷之絲文，亦即方國之本字，非以菜田為本義。猶之曾、周、吾、商、辭、鬶、高、黃，字并從囗，皆以方國為本義，【注】方名之字從囗，乃示都邑城郭之象。魯先生曰「凡從囗之字而非聲符者，必為方名；以方名之字，乃以囗示都邑，而非以囗為聲符，故古籀方名多從囗為繁構」，引見《卜辭姓氏通釋之三》。而《說文》俱誤以它義釋之也。囷與從用之甫，音同義近，是以篆文譌圃為圃，遂致形義未能相合，《說文寸部》之專，乃囷所孳乳，以示播種菜苗說見專下，而篆文

亦譌甾為尃，以是而尃之初義，晦而莫彰。《說文》云「穜菜曰圃」，義猶切合於甾者，乃以經傳皆假圃為甾，《齊風東方未明》傳云「圃，菜園也」，是卽<u>許氏</u>之所本，故能存甾義於圃也。

尃 敷

𦰩，布也，从寸甫聲。

𣀉，敀也，从攴尃聲，《周書》曰「敷遺後人」。

　　案尃於〈克鐘〉作𣀉《三代》一卷23葉，〈毛公鼎〉作𣀉《三代》四卷48葉，并為從又甾聲，簋銘作𤰎《續殷上》34葉，則為從臼甾聲，與從又同意。甾者圃之本字說見圃下，乃以布穜菜苗為本義。甾甫音同形近，故篆文譌作尃。猶之〈御父癸尊〉之圃，為方名甾之本字，而篆文亦譌作圃也。尃於〈蔡庆鼎〉作𤰎𤰎《壽縣蔡庆墓出土遺物》31圖，乃從又幺或受幺，以示布穜幼苗，從四甾者，示廣布之義，故孳乳為大通之博及訓大之溥。猶𡐊於觥銘作𡐊《三代》十八卷20葉，字從二炎，示經拂觸，則散發之多也。以尃為布穜，與敷音義相同，故引伸為凡布敀之義。蓋以尃借為它義，故孳乳為敷，乃以別於借義之轉注字。

雙聲孳乳而為播甫播古音同在幫紐，則為應語言音變之轉注字。《尚書堯典》云「播時百穀」，【注】〈堯典〉云「汝后稷，播時百穀」。《史記五帝本紀》張守節正義云「播時謂順四時而種百穀」。〈大誥〉云「厥父菑，厥子乃弗肯播」，【注】菑與䅇同，開墾也。意謂其父新開墾一地，其子不肯去播種。〈呂刑〉云「稷降播種」，【注】〈呂刑〉云「稷降播種，農殖嘉穀」。義謂后稷教農民稼穡，農民皆能生產嘉穀也。是皆用播為布種，而未一見用專敷為種埶，蓋皆東周所易也。《說文》訓專為布，訓敷為攷，是誤以引伸為本義。訓播為種，則從經傳之義以釋字，而未知專播轉注，播乃專之後起之名也。或據《公羊》「膚寸而合」，及《禮記投壺》「籌室中五扶」之文，而以「度四寸」為專之本義朱駿聲《通訓定聲》。是未知經傳以膚扶為長度者，皆假借之名，徒據同音而擬本義，謬戾之甚矣。

甬

甬，艸木㩻甬甬然也，从㞢用聲。

案甬於〈彔白簋〉作屰《三代》九卷 27 葉，〈師兌簋〉作屰《三代》九卷 30 葉，并從用聲，用者鐘之初

文說見用下，鐘上有穿，以象縣鐘之柄，乃以鐘甬為本義。〈考工記鳧氏〉云「舞上謂之甬，甬上謂之幹」，此正甬之本義，而見於經傳者。〈毛公鼎〉云「金甬道衡」《三代》四卷49葉，金甬者，謂金質軝首，軝首短於車軎，而形若鐘甬，兼之左右等平，高過於衡，宛若鐘甬上豎，故以比擬而名軝首為甬也殷周殉葬之車，其軝首與車軎皆為銅質，形亦相似，惟軝首豎出衡上，宛肖鐘甬。徐同柏謂甬為釭，吳大澂疑甬在轂之兩端，說并非是。繭蟲縣於樹枝，其形亦若鐘縣筍虡，故自甬而孳乳為蛹，乃以比擬構字也。甬從用聲象形，猶廷從壬聲象形說見廷下，主從丨聲象形，舞從舛聲象形，此皆形聲字之形不成文者。【注】案廷於〈秦公簋〉作𰃔，從壬聲，而𠃊象階次，形不成文；《說文丨部》云「主，从丨聲，𤉪象形」。𤉪象燈座而不成文；《說文舛部》云「舞，从舛聲，𡙆象形」。𡙆象艸蔓地生而連華。亦形不成文。若《說文》釋圅從弓聲象形，釋也氏從乁聲象形，則為誤釋形義，猶之釋甬從弓，亦為誤釋形義也。

攻

攻，擊也，从攴工聲。

案攻於〈父乙尊〉作𢼒《三代》十一卷7葉,〈父乙觶〉作𢼒《三代》十四卷41葉,并象執斧擊木,而以攻木為本義,所從之丨,乃工之古文說見工下。〈學記〉云「如攻堅木」,【注】〈學記〉云「善學者,如攻堅木,先其易者」。《逸周書程典篇》云「工攻其材」,〈大聚篇〉云「工匠役工以攻其材」,是卽攻之本義。引伸為治作之名,與精善之義。《尚書召誥》云「太保乃以庶殷,攻位于洛汭」,【注】以庶殷,謂用殷之庶眾也。攻位,謂治作城郭、宗廟、宮殿等位置。汭,《漢書地理志》注「水之北謂汭」。洛汭謂洛水之北。「太保乃以庶殷,攻位于洛汭」者,義謂召公徵用甚多殷人,營治城郭、宗廟、宮殿等位置於洛水之北。《小雅鶴鳴》云「它山之石,可以攻玉」,《大雅靈臺》云「庶民攻之,不日成之」,《論語為政》云「攻乎異端」,《左傳襄十五年》云「使玉人攻之」,《周禮考工記》云「凡攻木之工七,攻金之工六,攻皮之工五」,《逸周書糴匡篇》云「車不雕攻」,【注】〈糴匡篇〉云「車不雕攻,兵不備制」。雕攻,謂華美精緻也。斯為治作之義。惟精善之義,書傳多假工為之也。若夫訓擊之攻,於卜辭作𢼒𢼒,隸定為弞,從斤弓聲,以示擊伐。從斤者猶兵之從斤,以示近擊。從弓聲

者，以示遠取。卜辭之弞，於方名之外，亦有攻伐，與祭名之義。其於祭名，《周禮春官太祝、詛祝》及〈秋官庶氏、翦氏〉之攻，而為除惡祈祥之祭說見《殷契新詮釋弞》，是可證弞乃攻伐之本字。惟書傳并假攻為弞弓攻同屬見紐，故弞字逸傳。<u>許氏</u>昧於初文，故誤以弞義而釋攻也。

豨

豨，豕走豨豨也，从豕希聲。古有封豨脩虵之害。

案豨於卜辭作𧱏𧱏，鼎銘作𧱏《三代》二卷 1 葉，〈妣辛彝〉作𧱏《三代》六卷 22 葉，從大豕聲，以示大豕之義。猶狄於卜辭作𤟭，誕於卜辭作𢙌，以示大犬大言之義說見狄誕之下。《莊子知北遊》<u>郭象</u>注、<u>陸德明</u>音義引<u>李頤</u>集解并曰「豨，大豕也」，是卽豨之本義，引伸而為豕之通偁。《墨子耕柱篇》云「狗豨猶有鬪」，《史記田敬仲完世家》云「豨膏棘軸所以為滑也」，《漢書食貨志下》云「莽大募天下囚徒人奴，名曰豬突豨勇」，〈揚雄傳上〉云「抮蒼豨」，〈王莽傳下〉云「殺豨飲血」，《太玄》卷三云「豨毅其牙」，《潛夫論賢難篇》云「西方之眾有逐豨者」，

《方言》卷八云「豬北燕、朝鮮之閒謂之豭，關東西或謂之彘，或謂之豕，南楚謂之狶」，《廣雅釋獸》云「狶、豠、豭、彘，豕也」，《爾雅釋獸》云「豕子豬」，郭璞注曰「今亦曰彘，江東呼狶，皆通名」，《漢書高帝紀》注引鄧展曰「東海人謂豬曰狶」，〈揚雄傳〉蕭該《音義》引《字林》曰「東方名豕曰狶」，《御覽》九百三引何承天纂文云「梁州以豕為羅，河南謂之彘，吳楚謂之狶」，《南齊書扶南國傳》云「鬭雞及狶為樂」，據此則先秦以訖齊梁，并以狶義為豕也。《左傳》、《國語》之「封豕」見《左傳昭二十八年、定四年》、《國語周語中》，於《楚辭天問》作「封狶」。

【注】封豕，大豬也。〈昭二十八年〉云「伯封實有豕心，貪惏無饜，忿纇無期，謂之封豕」。〈定四年〉云「吳為封豕長蛇，以荐食上國，虐始於楚」。杜預注「言吳貪害如蛇豬」。封豕亦作封狶，〈天問〉云「封狶是射」。《爾雅釋草》之「豕首」，於《呂覽任地篇》作「狶首」，可證豕狶音義相同，故相通作。【注】豕首，即狶首，天名精之別名。菊科多年生草本。《爾雅釋草》云「茢薽，豕首」，郭璞注「今江東呼狶首，可以爝蠶蛹」。〈任地篇〉云「狶首生而麥無葉」。高誘注「狶首，草名也，至其生時，麥無葉皆成熟也」。《說文》云「豕讀與狶同」，是

許氏亦知豕豨同音。《左傳》之大豕〈莊八年〉，卽豢之析言。猶之含玉《周禮典瑞》、《左傳哀十一年》、甘草《呂覽不廣篇》、《淮南子覽冥篇》、大言《莊子齊物論》、丁寧《左傳宣四年》、射盧〈師湯父鼎〉、文馬《左傳宣二年》、趣馬《小雅十月》、《大雅雲漢》、京魚《漢書揚雄傳》、敦弓《大雅行葦》、巢車《左傳成十六年》，而為琀苷誕甯廝瑪騶黥彉轈之析言卜辭之乃誕之初文，廝見〈虢季盤〉。篆文作豨者，猶之朢於篆文作望，乃省形益聲之字說見朢下，非二文也。《說文》以「豕走豨豨」釋之者，考之載籍，胥無其義，是亦臆為妄說。或曰「許說其本義，《方言》說其引伸義」《說文》段注，則為蔽於許書，而未能諦知其音義者矣。

易

，蜥易，蝘蜓，守宮也，象形。〈祕書說〉曰「日月為易，象侌昜也」。一曰从勿。

案易於卜辭作，彝銘作，并從彡會意。卜辭作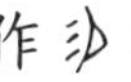者，唯象日之周圜，而不象其光芒也。者涿之古文奇字，《說文水部》云「涿，流下滴也，从水豖聲」。其云「流下滴」者，漏刻為

然。【注】漏刻，古代計時器，亦偁漏壺。因漏壺上之箭上刻符號表時間，故偁。漏刻以記日時，故叽從日以示紀時。《說文》云「乀，流也」，故叽從乀以示流水。涿漏古音同部同屬謳攝，是當為疊韻轉注之字，篆文作涿，乃後起之識音字也。易之從彡，乃示流水之聯縣，猶彭彰之從彡，以示鼓聲聯縣，與舟行延邁。《周禮夏官挈壺氏》云「凡軍事縣壺以序聚檩，凡喪縣壺以代哭者，皆以水火守之，分以日夜」，斯為壺漏之見於載籍者。〈堯典〉云「乃命羲和，欽若昊天，曆象日月星辰，敬授民時」。【注】羲和，羲氏、和氏，《國語楚語二》謂二氏世掌天地四時之官，出於重、黎之後。重為少皡氏之後；黎則顓頊之後。至堯時復典舊職。「曆象日月星辰」者，謂依照日月星辰行動度數，以步算曆法，訂定時令氣節也。藉令無壺漏之屬以紀時，則亦無由授民時令。然則壺漏之制，葢為肇於邃古，是以卜辭有從叽彡之易。漏刻瀝流，隨時不同，指刻命分，輒異圻鄂，可證易從叽彡，乃以變易為本義。卜辭之易，凡有四義，其一為方國之名，其二為輕傷之義，其三為賜之古文，其四為卜气象之變易。如云「易日」，「不易日」，「不其易日」，叢疊多見，皆為卜气象有無變易 說見

《殷栔新詮釋易》，是即易之本義也。從易聲之字，若霽姓之暘，鬼魅之瘍，犬張耳之猲，肅敬之惕，金似銀鉛之錫，皆承更易之義而孳乳，賞賚之賜，貿財之傷，贏但之裼，鬎髮之鬄，皆承逯易之義而孳乳，此覈之易之構文，及其所孳乳之字，則知易之本義為變易，決無可疑。《御覽》九百五十引《嶺南異物志》云「容州有蟲如守宮，一日中隨時變色，土人呼為十二時蟲」，又引《嶺表錄異》云「十二時蟲，則蛇師蜥蜴之類也，俗傳云一日隨十二時變色，因名之」。據此則蟲名之蜥易，乃取其分時易色，是亦承變易之義，而為名者也。《說文》云「易，蜥易，象形，〈祕書說〉『日月為易』，一曰从勿」，乃以蜥易為易之本義，是昧於蜥易之立名，而失之本末到置。所釋字形，凡具三說皆陷乖剌。考之篆文，凡句尾四足之蟲，自蛟螭虬以次，若蜥易之蜥，與蜥易形似之雖蜥蝁，以及同類之蝘蜓，榮蚖，無不以形聲為字。唯龍自卜辭以至篆文，乃為象形，而非從肉童聲說見龍下，蓋以龍體修長，迥異它物，肖形制字，昭朗可明。不應蜥易小蟲，特以象形作易，此審之字形及字例，可知易非象形也。其以「日月

為易」者，乃據《周易陰陽》之義而臆言。其言「一曰从勿」者，乃據篆文譌變之字而謬說。陸德明《周易音義》引虞翻注《參同契》云「字從日下月」，斯亦與〈祕書說〉同一誣妄。易於卜辭彝銘，至為多見，然無一與月勿形近者，乃謂字從月勿，是皆憒昧之說，而無當於初文矣。

夂

，從後至也，象人兩脛，後有致之者，讀若黹。

案夂乃止之到文，於文為變體象形，而以返行為本義。猶帀從反㞢，而以匎帀為本義。以夂為返行，故孳乳為從口之各，以示返行至邑說見各下。亦孳乳為复，以示返行故道說見复下。《說文》釋為「象人兩脛，後有致之者」，則以夂與行遲之夊，并為指事。蓋以夂形近夊，故牽合為說。其云「從後至」者，亦為誤解構形之臆說也。【注】《說文夊部》云「夊，行遲曳夊夊也，象人兩脛有所躧」。案「象人兩脛有所躧」者，乃義有實名，形為臆構。於文為指事。而夂乃止之倒文，止於卜辭作，倒之則為，字形近夊，故許氏以「象人兩脛，後有致之者」釋之，遂誤夂為臆構之指事，因亦誤釋其形義也。

丰

半，艸盛丰丰也，从生上下達也。

案半於卜辭作丰 ⚘ ⚘，於〈康庆鼎〉作半《三代》三卷 3 葉，卣銘作 ⚘《三代》十二卷 41 葉，并從中象艸葉之盛。猶未從木，象枝葉之盛。其作 ⚘ 者，乃從土半聲，而為封之古文。以半為艸盛，故引伸為凡丰滿之義，《鄭風》云「子之丰兮」，謂面貌之丰滿，此丰之引伸義。【注】《鄭風丰篇》云「子之丰兮，俟我乎巷兮，悔予不送兮」！送，謂送女，送嫁也。《說文》云「豐，豆之豐滿」，是乃據書傳之假豐為丰，而謬釋豐之形義也說見豐下。自丰而孳乳為莑，則為後起識音之字。亦猶叩之作讙，㭊之作藩，而為後起識音之字。《說文》云「从生上下達」，霿之古文，其說非是。藉如其說，亦不足示艸盛之義也。

秊

秊，穀孰也，从禾千聲，《春秋傳》曰「大有年」。

案秊於卜辭作 ⚘ ⚘，彝銘作 ⚘ ⚘，并從禾人聲。<u>東周</u>之器若〈郜公鼎〉作 ⚘《三代》四卷 23 葉，〈曾白簠〉作 ⚘《三代》十卷 26 葉，始於人上施一宄畫，而

為篆文之所本。人秊同屬舌音古音同屬泥紐，千屬齒音清紐，是秊之與千，聲類固有舌齒之別。凡從千聲之字，無轉舌音者。此考之古文，徵之聲類，而知秊從人聲。許氏以秊從千聲者，猶之以庶從广莢，皆據篆文之宂筆而言說見庶下，是以誤其字形。《說文人部》載仁之古文從人聲作𡰥，許氏釋為「從千心」，亦誤以宂筆之𠂤為千。自秊而孳乳為稔，乃雙聲轉注之字。稔字始見《左傳》〈僖二年〉、〈襄二十七年〉、〈昭元年、十八年〉，【注】《說文》云「稔，穀孰也」。古時穀一年一孰，故以稔為年之名。〈僖二年〉云「所謂不及五稔者，夫子之謂矣」。五稔五年也。〈昭元年〉云「國無道而年穀和熟，天贊之也，鮮不五稔」。鮮不五稔者，杜預注「鮮，少也；少尚當歷五年，多則不啻也」。義謂至少當歷五年也。葢東周所孳乳者也。

某

𣐭，酸果也，從木甘闕。𣕮，古文某從口。

案某於〈禽簋〉作𣐭《三代》六卷 50 葉，〈諫簋〉作𣐭《三代》九卷 19 葉，并從木甘會意。《左傳昭二十年》云「和如羹焉，水火醯醢鹽梅，以烹魚肉」，據

此則酸果主調和甘味，故從甘會意。【注】醯醢，以魚肉制成之醬。因調制肉醬必用鹽醋等作料，故稱。猶之稻主釀酒，故卜辭之稻，從酉聲作酱說見稻下，皆取其所用而構字。慮難之謀，謀合二姓之媒，亦皆自調和之義而孳乳。循知某之從甘，示和甘味，昭顯無疑。苟以從甘而示果味甘酸，不應以甘而示一果之味。是以凡草木實之味甘者，若甘棠《召南甘棠》，甘瓠《小雅南有嘉魚》，甘櫨《呂覽本味篇》，甘樝《淮南子墜形篇》之屬，胥不從甘構字。矧夫某為酸果，尤與甘味相乖，此<u>許氏</u>所以不知從甘之意，而云闕也。自餘《說文》釋形無誤，而昧於構形之意者，厥數彌多說見丈下，固不僅未悉某之從甘而已。婦孕始兆，則嗜酸味，故孳乳為脒，此據本義而構字也。書傳假某為不定之偁，故孳乳為楳。猶之枲假為枲何，故孳乳為棶見《玉篇木部》，皆為別於借義之轉注字。惟以某梅通借，故《說文》誤隸楳於梅下，則失其轉注之義矣。《說文》載某之古文作𣏗者，斯為姓氏之專字。蓋古之姓氏，多以複文幖之族旗，其後因錄族旗之文，以為方名與姓氏之專字，見於卜辭彝銘者，數固不尠見《殷栔新詮引言》。載於《說文》者，若㪅、

窔、牪、覞、屾、絲、鱻、玨，亦皆姓氏之遺。然
則古文之㮅，乃從二某，而為某之複體。猶之《說
文》載古文之㮅，而為宋之複體。某上之▽為甘之
省書，猶獻於〈毛公鼎〉作𤟭，〈商戲簋〉作𤝔，旨
於〈匽侯鼎〉作𠯑，〈國差繪〉作𠯑，所從之甘，形
亦如口也。或曰梅古文作某，象子在木上，梅乃杏
類，故反杏為梅李時珍《本草綱目》卷二十九，或曰甘者
酸之母，凡食甘多易作酸味段玉裁《說文注》。或曰某
從口，注其中象形姚文田《說文校議》。或曰某從木甘
聲嚴章福《說文校議議》，或曰疑某本從母作槑枏張文虎
《舒藝室隨筆》，是皆未知某所從之甘，而曲為頗說。
言之悖理，固無竢論訏，即知其非矣。

四

四，會數也，象四分之形。𠀞，古文四如此。三，
籀文四。

案卜辭至春秋時彝器之四，并積畫作三，與籀
文同體。乃象籌算之式而為文，於六書為同文會意
說見一下。〈郳孝子鼎〉作四《三代》三卷 36 葉，〈大梁
鼎〉作四《三代》三卷 43 葉，〈邵鐘〉作四《三代》一卷

54葉,〈郐王子鐘〉作⊞《錄遺》4圖,皆為戰國之器,
而為篆文之所本。⊕象四合五方之形,於六書為獨
體指事。五方之名見《禮記王制》,【注】五方謂東、南、
西、北和中央。《禮記王制》云「五方之民,語言不通,嗜欲不同」。
孔穎達疏「五方之民者,謂中國與四夷也」。五方之色見《儀
禮覲禮》、《周禮考工記》、《逸周書作雒篇》、《管子
幼官篇》、《墨子貴義篇》。案《左傳昭十二年》載子
服惠伯曰「黃,中之色也」,可證以五色而配五方,
春秋已有其說。【注】古代以青、赤、黃、白、黑五色分別代
表東、南、中、西、北五方。黃正為中之色是也。是蓋東周之
制,而盛行於戰國之時,是以戰國時因緣五方之說
而構⊕。〈石鼓文〉作⊞,與篆文相同,乃⊕之省易。
《說文》載古文之𢆶,於字義未合,於彝銘無徵,
當為晚周別體,又出篆文之後矣。

秦 積

𥠼,伯益之後所封國,地宜禾,从禾舂省,一曰秦
　　禾名,𥠼,籀文秦从秝。

𥢾,積禾也,从禾資聲,詩曰「積之秩秩」。
　　　案秦於卜辭作𥠼𥠼,彝銘作𥠼𥠼,并與籀文

同體，從秝舂省會意。舂者緟之借字舂緟古音同屬邕攝舌音，以示禾之緟積，而為積之初文秦於古音屬因攝，資屬衣攝，對轉相通。。【注】《說文》云「緟，增益也。積，積禾也。秝，稀疏適秝。」稀疏適秝，謂禾穀稀疏均勻也。以其義為積禾，故從秝會意。猶之穡於卜辭作𣟄𣟄，亦從秝以示積臧。篆文作秦，乃𥠽之省易。亦猶雧之省作集，無以示羣鳥在木，曐之省作星，無以示列星顯燿也。以秦借為方國之名，故孳乳為穦，乃為別於借義之轉注字。雙聲孳乳為積資積古音同在精紐，疊韻孳乳而為秩，則為適應語言之轉注字。以秦為積禾，引伸為盛積之義，故孳乳為艸盛之蓁，及叢木之榛。此覈以秦之構體，及其所孳乳之穦、積、秩、蓁諸字，因知秦之本訓為積禾，義無可易。《說文》以國名釋秦，亦猶以國名釋陳，皆誤以假借為本義說見陳下。其云「一曰秦禾名」者，乃以篆文之從禾，而臆度為說。是未知凡禾名之字，無從秝者。穡之古文從秝，而非禾名，則知秦之本義，亦非禾名。乃據省體之篆文，以為禾名，是亦乖其初形矣。或曰「秦穫禾也，穫禾可以入舂」林義光《文源》，是未知刈穀之穫與擣粟之舂，義不相聯。且也舂為擣粟，

而非擣禾，乃謂秦之舂，而取擣粟之義，則失之迂晦。知舂所從之舂，為緟之借字者，乃以古無緟字，故假舂而為緟也。

蠱

蠱，腹中蟲也，《春秋傳》曰「皿蟲為蠱，淫溺之所生也」，梟桀死之鬼亦為蠱，从蟲从皿，皿物之用也。

案蠱於卜辭作 ，從皿蚰或從皿虫會意。考之篆文，凡從蟲蚰之字多省作虫，然則蠱於卜辭從蚰或虫者，當為蟲省。《左傳宣八年》云「晉胥克有蠱疾」，〈昭元年〉載醫和之言曰「蠱淫溺惑亂之所生也，於文皿蟲為蠱，穀之飛亦為蠱，在《周易》女惑男，風落山，謂之蠱，皆同物也」。【注】杜預注「溺，沈沒於嗜欲也。文，字也；皿，器也；器受蟲害者為蠱也。穀久積則變為飛蟲，名曰蠱也。巽上艮下蠱，巽為長女為風。艮為少男為山。少男而說長女，非匹故惑，山木得風而落也」。《周禮秋官庶氏》云「掌除毒蠱，以攻說禬之，嘉草攻之，凡毆蠱則令之比之」。【注】攻說，古祭名。《周禮春官大祝》云「掌六祈以同鬼神示：一曰類，二曰造，三曰禬，四曰

縈，五曰攻，六曰說」。攻說禬之，謂擊鼓聲討毒蠱之罪而除之。鄭玄注「攻說，祈名。祈其神，求去之也」。嘉草攻之，嘉草，蘘荷之別名，謂以蘘荷燻之也。《史記秦本紀》云「德公二年初伏，以狗禦蠱」，此蠱之箸於先秦者，而皆無以見其本義。案《宋書顧覬之傳》云「沛郡相縣唐賜，往比邨飲酒，還因得病，吐蠱蟲十餘枚，臨死語妻張，死後刳腹出病，張手自破視，五藏悉糜碎」。此因飲食得蠱，而始見載籍者，與蠱之從蟲，形義密合。《隋書地理志下》云「臨川、廬陵、南康、宜春，此數郡往往畜蠱，其法以五月五日聚百種蟲，大者蛇小者蝨，合置器中，令自相啖，餘一種存者，蛇則曰蛇蠱，蝨則曰蝨蠱。行以殺人，因食入腹內，食其五藏」。陳藏器《本草拾遺》、李時珍《本草綱目》，所言胥同。可徵造蠱之法，乃以百蟲合置器中，其相啖獨存者，則名曰蠱，此蠱之所以從皿蟲會意，是卽蠱之本義。《左傳》云「淫溺惑亂之所生」，《說文》云「梟桀死之鬼亦為蠱」，并為蠱之引伸義。《左傳》云「皿蟲為蠱」，與「穀之飛亦為蠱」，相綴而言，則其義當如杜預注所謂「器受蟲害者為蠱」。然則醫和所言蠱之構字，雖與字形相合，而於本義無

關，蠱毒施於食物以殺人，食之者腹中生蟲，斯為蠱之行毒，而非蠱之立名。《說文》乃以「腹中蟲」釋蠱，失之本末顛易。苟如其說，則蠱與蛕蟯之屬無異矣。或釋「腹中蟲」之義曰「中蟲皆讀去聲，腹中蟲者，謂腹中蟲食之毒，自外而入故曰中」段玉裁《說文注》。所釋許說，義較明闊。然蠱之自外入腹者，非必蠱毒，乃以「腹中蟲」釋蠱，斯因未得本義。其云「皿物之用也」，亦失之文義不明，或曰「皿所以盛飲食，行蠱者也」《說文》段注。然而蠱之因飲食而入腹，皆必資皿以為盛，乃謂蠱之從皿為行蠱之器，而非造蠱之法，則與它蟲之入腹者，義無所別。此可證許氏及後之說許書者，皆未知蠱所以從皿之意也。

一

一，惟初大極道立於一，造分天地，化成萬物。弌，古文一。

案數名之一二三四，於卜辭彝銘并積畫作一二三三，乃象籌算紀數之式而為文。【注】籌算亦作筭算。古時刻有數字之竹籌以佈算之稱。《漢書貨殖傳》云「致之臨卭，

大惠，卽鐵山鼓鑄，運籌算」。《抱朴子雜應篇》云「仰觀天文，俯察地理，占風氣，布籌算」。數名之十於彝銘作𐀝，乃象繩之一結而為文。【注】結繩，上古無文字，結繩記事，事大大結其繩，事小小結其繩。《易繫辭》云「上古結繩而治，後世聖人易之以書契」。其若五、六、七、八、九、百、千、萬、意、兆，覈其字形，并與籌算結繩，判然異趣。其非以數名為本義，昭朗易明。然則以數名為本義者，自十以下數止於四，自十以上數止於四十，故有四十并文之卌也說見十下。若五、七、八、九，乃牾切臂刉之初文，六為宍之省體，用為數名，俱為假借之義。百於卜辭作𦥑𦥑，千於卜辭作𠂤𠂤，乃一白與一人之合文，俱為假借構字說見百千之下。《說文》以五行釋五，以易數釋六，是皆昧於本義，未知文字省變之謬說也說見五宍之下。自一至四，雖皆取形籌算，然於六書則一為指事，二三三胥為會意，固無道體與陰陽之義。猶之籌算之式，而無道體與陰陽之義。《說文》云「惟初大極道立於一」，是援後世之說，以釋紀數之名。《說文》以地數釋二，以天地人之道釋三，以会數四，是皆未得字義。它若釋物云「天地之數起於牽牛」，釋甘云「从口含一，

一道也」，釋青云「木生火，从生丹」，釋禾云「木王而生，金王而死」，釋茵云「五行之數二十分為一辰」，釋白云「西方色也，金用事，物色白」，釋包云「男左行三十，女右行二十，俱立於巳，為夫婦」，釋戌云「火死於戌，陽氣至戌而盡」，釋黃云「地之色也」，釋七云「昜之正」，釋九云「昜之變」，以方位釋甲乙，以月建釋子丑，并為傅合後世之說，以釋夏殷古文。釋驁云「駿馬以王申日死，乘馬忌之」。則又據叢辰家之言，而濫予登錄，【注】叢辰家，謂星相術士之說者。以陰陽五行配合歲月日時，附會人事，造出許多吉凶辰名者也。凡此皆許書之蔽也。元從人二宜列人部說見元下，天從大〇宜列大部說見天下，而《說文》以元天俱入一部。既昧其字形，因誤其部次，如斯之比，其失良多。分部隸字，為全書網維，而其所列部首，亦有闕濫。然則審形考義，而謂《說文》大例無尤，是亦未悉文字之流變者也。

七

𠃋，昜之正也，从一，微会從中衺出也。

　　案七於卜辭彝銘并作十十，示斷物為二之形，

於文為指事。借為數名，故孳乳為切。猶乂借為乂，而孳乳為刈說見乂下，皆為別於借義之轉注字。自切而孳乳為刊，則為雙聲轉注字。【注】《說文刀部》云「切，刊也；刊，切也」。切音千結切。刊音倉本切。七倉同屬清紐，故切與刊為雙聲轉注也。篆文作㞋，乃其譌體。猶之二一，於篆文作𠄞𠄟，亦其譌體，而皆不見於彝銘也。《說文》乃據譌變之文，而釋為「微仐從中衺出」，既悖其初形，因謬其本義矣。

十

十，數之具也，一為東西，｜為南北，則四方中央備矣。

　　案十於卜辭作 ╽ ╽，象繩之一結以識盈數。【注】盈數，指十、百、萬等整數。《左傳莊十六年》云「使以十月入，曰：良月也，就盈數焉」。杜預注「數滿於十」。孔穎達疏「〈閔元年傳〉曰『萬，盈數也』。數至十則小盈，至萬則大盈」。猶終於彝銘作 ⋔，象繩之二結下𣎳，以識事之繹止，俱取結繩之形而為文。若一二三四，於卜辭作一二三四，乃取籌算之式而為文，皆以數名為本義，於六書與一并為指事。卜辭作｜者，乃╽之省體也。文之以

數名為本義者，自十以下止於四，自十以上止於四十，是以有并十為文之廿卅卌三字。卌於卜辭作 〣，於〈舀鼎〉作 〤《三代》四卷 46 葉，《廣韻二十六緝》引《說文》云「卌，數名」，《玉篇十部》云「卌，四十也」，是《說文》、《玉篇》并有卌字，而今本《說文》奪之。十於篆文作十者，亦猶彝銘之 ⿱⿻十一 ⿱十一 ⿰ ⿰土王，於篆文作 ⿰⿰⿰土王，皆自點形演為橫畫。《說文》乃云「一為東西，丨為南北」，是昧於初形，而臆為曲解，後之說者，要皆恣為妄言，靡有能得數名之形義者也。

百

⿱一白，十十也，从一白，數十十為一百，百白也，十百為一貫，貫章也。⿱一白，古文百。

案卜辭紀數之名，有 ⿱一白 ⿱二白 ⿱三白 ⿱亖白 ⿱五白，乃一白以至五白之合文。其於六百作 ⿱六白《後編下》43.9 片，八百作 ⿱八白《粹編》1079 片，白上俱無橫畫。此證以卜辭之合文，而知<u>殷世</u>假拇指之白為數名說見白下，猶之假為色名，皆為假借義者一也。祭祀用牲之辭，多見百羌，百宰，百牛，百羊，百豕，文皆作 ⿱一白 ⿱一白。亦有

云白羌者，如云「戊子卜宁貞，由今夕用三⊖羌于丁，用☒」《桼卜》245片，「☒三⊖羌于☒」《續存下》195片，所云⊖羌卽它辭之⊕羌。【注】案羌於卜辭僅有方名之義。用羌為牲，此羌蓋為西羌之羌。其云「用三百羌于丁」者，謂用三百羌人為牲以祭其祖丁氏。此卜其宜否也。然則用牲之辭有云⊖牛，白羊，⊖豕，當卽它辭之⊕牛，⊕羊，⊕豕，異乎白眔，白狐，白鹿，白馬，而為狀色之名。藉令以白牛為毛色，則牛之色白者，非所恆有，不應卜辭多見白牛白牡，尤不應於羌人而有白羌之名。此證以用牲之辭，而知殷世乃借白為百者二也。辭於五百或作𦥑《林氏》1.14.17片，於八百或作𦥑《佚存》512片，并於白上箸一橫畫，此可證百乃從一白聲。猶之千從一人聲，俱為假借構字說見千下。闕後彝銘凡於數名，俱作⊕⊕，遂與白義有別矣。《說文》云「百，十十也，从一白」，是與釋皆魯諸文，俱誤為從𦥒，而又誤以𦥒為自之或體說見自下，故亦誤以會意而釋百也。

千

千，十百也，从十人聲。

案卜辭紀數之名，有 𠂤 𠂤 𠂤 𠂤 𠂤，乃一人至五人之合文。猶之卜辭之 囟 囟 囟 囟 囟，而為一白以至五白之合文。然則卜辭假人為紀數之名，亦如白為紀數之名也說見白下。卜辭云「隹二𠂤」《六錄束》81片，「召方二𠂤，隹囚」《續存上》1946片，「庚寅卜韋貞，鼻人三𠂤，囚」《前編》7.24.2片，「鼻人三𠂤伐迣」《續存下》315片，【注】鼻乃登之古文，登為徵之假借。鼻人三𠂤伐迣者，謂徵兵三千以征伐迣方，卜其宜否也。蓋殷時已行徵兵之制。「丁酉卜殷貞，今旹王𡚴人五𠂤正土方，受坐又，三月」《後編上》31.6片，【注】案𡚴為登之省文，於義為徵，此卜今春王徵兵五千人征伐土方，是否受有保祐也。「六𠂤」《佚存》438片，凡此諸辭所云二千至六千，俱於千上別記數名，而不與人為合文。則知卜辭之千乃從一人聲，而為萬以下紀數之專名。非必限於一千而為千，一百而為百也。《說文》云「千从十人聲」，蓋拘于十百之義，及與人相合之形，而誤以從一為從十也。夫數多之名，艱於象形或會意，是以上世假白人為紀數之名，亦如書傳假萬兆為紀數之名。其後為別形義相溷，因取合文之百千為數名，斯則承假借之義而構字。說者乃曰「人壽以百歲為率，故十人為

千」徐灝《說文注箋》。是昧於構字之通則，而妄為謬說者矣。

尺

尺，十寸也，人手卻十分動脈為寸口，十寸為尺，所目指尺規榘事也，从尸从乙，乙所識也。周制寸尺咫尋常仞諸度量，皆目人之體為法。

案尺從尸乙會意，乙者肱之古文，以示肱下為尺。醫家名手擘診脈之處曰寸關尺，其名始見《難經》，【注】寸關尺，中醫切脈部部位名。橈骨莖突處為關，關前為寸，關後為尺。《難經十八難》云「脈有三部九候。三部者，寸、關、尺也」。寸口尺脈，亦疊見《素問》，必為傳自先秦。寸者去擘骨一寸，王叔和《脈經》卷一云「尺寸終始一寸九分」，唐楊玄操《難經注》引華佗《脈訣》云「寸尺關位合一寸九分」，《靈樞經骨度篇》云「肘至腕長一尺二寸半」，據此則自肘節至尺，其長一尺，自肘節至腕則長在一尺二寸之上，故醫家以尺名之。肘之下止於寸口，故肘字從寸，尺之上止於肱，故尺字從乙，十尺為丈，故丈從又十說見丈下，是皆長短之度，取義於人體者也。《說文》釋尺

從乙，乃據譌變之篆文而謬說。是未知乙為肍之初文，其以乙為幖識者，猶之以丨為幖識，皆以形似於文，而比擬為名說見乙下。乃謂據幖識之義而構字，而無它例可循，是亦許氏之臆說。藉如所言，以尺非從乚，則非唯與寸丈之從又，義不相屬，且無以見尺之義蘊，其非構字之意審矣。

寸

ㄅ，十分也，人手卻一寸動脈謂之寸口，从又一。

　　案篆文從寸之字，見於卜辭者，有得、專、尌、傳，見於彝銘者有寺、專、射、封，字皆從又。唯守於西周之〈大鼎〉作⟨寸⟩《三代》四卷 32 葉，〈守簋〉作⟨寸⟩《三代》八卷 48 葉，則與篆文同體，可證寸之肇造，當在西周。審其字體作ㄅ ㄅ，乃從又而以一識之，以示寸口之所，於文為從又之合體指事，而以寸口為本義。【注】寸口也稱氣口或脈口，中醫切脈部位名。兩手掌後一寸橈動脈處。凡心脾肺腎之脈皆會於此。《難經一難》云「寸口者，脈之大會」。猶之亦身為從大與人之合體指事說見身下，以示掖之所在，與身之所止也。寸口位於掔骨後一寸，故引伸為凡分寸之名，非謂在掔骨

後之一寸，而為從一。《說文》釋寸為「十分」，是誤以引伸為本義。云「从又一」，是誤以指事為會意矣。苟如其說，從又十為丈，則從又一當為尺而非寸，此以丈之從十衡之，因知寸非從一會意。彝銘之守於〈爰人鬲〉作 🔠《三代》五卷 15 葉，〈守宮卣〉作 🔠《三代》十三卷 11 葉，所從之寸與〈大鼎〉、〈守簋〉同體，俱非從一，固其明證。寸口之名，疊見《素問》、《靈樞》及《難經》，為診脈之大候，而卜辭無從寸之字。守於〈守婦簋〉作 🔠《三代》六卷 10 葉，觚銘作 🔠《三代》十四卷 18 葉，覈其字體，乃為殷器，而皆從又，益可證殷無寸字。然則十分為寸，及按寸口而知病徵，蓋皆肇自西周也。

身 𦣻

🔠，躬也，从人申省聲。

𦣻，歸也，从反身。

案身於〈檣白簋〉作 🔠《三代》六卷 53 葉，〈朿向父簋〉作 🔠《三代》九卷 13 葉，象人象匈腹之形。匈腹之下象其所止在髋，於文為從人之合體指事，而以自項至髋為本義。與身同義之躬，從呂會意，以

示與脊骨等長者為躳。是身躳二文，俱以示𦥯之所止。若髑髏與四肢，不與脊骨相屬，則別名曰首或體。《國語齊語》云「首戴茅蒲，身衣襏襫，霑體塗足」，【注】茅蒲、襏襫，即今防晒之斗笠，與防雨之蓑衣也。韋昭注「茅蒲，簦笠也。襏襫，蓑襞衣也」。《左傳定四年》云「藏其身，而以其首免」，《晏子春秋》卷二云「身服不雜綵，首服不鏤刻」，《左傳》云「元體之長」〈襄九年〉，亦偁手足為四體見《左傳襄二十一年、三十年、定四年》、《穀梁成十六年》、《論語微子篇》、《管子內業篇》，此身與首體分言異義之證也。《論語鄉黨》云「必有寢衣，長一身有半」，義謂寢衣之長逾一身，而又餘半身之長，則其長近於𦞤。寢衣謂附身之褻服，言「必有」者，謂孔子所必有，而它人所不必有。何晏集解引孔安國曰「今之被也」，是誤以覆全體之被為寢衣。《說文衣部》云「被寢衣長一身有半」，則承孔氏之誤，而謬其本義。藉如所言，以寢衣為被，則是被僅覆𦞤，理不可通。苟謂《論語》之身為晐全軀，則是孔子門徒不識身義，益為前哲難誣。二者交譏，皆無解於孔、許二氏之昧於文義。《莊子盜跖篇》云「身長八尺二寸」，則偁全體之長而曰身長，是乖於

字義，又在孔安國之前，而為陳壽、范曄踵謬之所本矣。《說文》云「身从人申省聲」，徐鉉本《說文》作「从人厂聲」，是誤以指事為諧聲，失之未悉字例。所以云者，通考象人之文，若人、尸、儿、勹、大、女、子，以象全形。口、止、足、牙、爪、又、屮、目、眉、自、呂、百、面、囟、心、宂、耳、臣、手、傘，以象一節。巳象成胎，幺象襁褓，象其生育則為匕吕去，象其缺臂則為了孑子，象其髮則為毛鬃，象其笄則為夫先，象其須則為而丮，象其陰則為卵它，八象手臂，白象擘指，厶象臂上，叉象爪甲，卂象握持，氐象提挈，臣象舉目，立象偅身，矢象頃頭，夭象屈肘，交象交脛，尢象尩足，乙象匈骨，丁象髑髏，頭骨之凸，脩髮之長，育子之母，筋衇之力，剔骨之冎，斬首之縣，皆以象形為文。若手擊之寸，行遲之夂，言詞之曰，臂下之亦，則以指事為文。尺、頁、須、彡，則以會意為文。它若口之孳乳為噭，臼之孳乳為齒，𦣻之孳乳為頭，鬃之孳乳為鬣，兀之孳乳為刖劓，丁之孳乳為頂顛，皆自象形而孳乳為諧聲者，斯為季世演變，而非西周古文。其在上世，則尟不象形構字，矧夫身之立

義，總領全軀，則其成文，宜與人大相埒。非若題、領、掌、指，必待諧聲示義。身之載於箸錄者，<u>虞夏</u>以還疊見篇章見〈皋陶謨、盤庚、洪範、金縢、大誥、康誥、無逸〉，是其立名，當在<u>夏商</u>之世。斯則衡之字例，徵之載籍，俱不宜如噭齒頭鬐之屬，而以諧聲為字。<u>許氏</u>乃以諧聲釋之，是亦闇於文字之流變者也。自身而孳乳為殷，以示執殳旋轉而舞說見殷下。月即身之異體，<u>許氏</u>未識古文之左右反書，音義無異，乃析身月為二文，亦猶析止屮為二文，其謬同揆說見上下，《玉篇》、《廣韻》并以月屬影紐者，乃以殷之雙聲擬之。猶之《玉篇》以丮卩之雙聲而擬㫄丩，皆後世比附之說也。或曰身為引之古文，故射字從此<u>汪榮寶</u>〈釋身〉。是未知引之初文為寅說見寅下，篆文之射所從之身為月之譌易說見躳下，乃據譌文，曲為比合，固不竢諦議，而知其謬戾稠濁矣。

彥

彥，美士有彣，人所言也，从彣厂聲。

案彥於〈父丁鼎〉作彥《三代》三卷26葉，〈父丁鐘〉作彥《三代》十八卷17葉，彥隸定為斉，從产弓會

意。产從文厂會意，厂卽卜辭之卜，而為石之初文說見石下，产從文厂，以示文石，與鐘銘從石羊聲之厗，并為碭之古文，彥從产弓者，所以示文武美材。〈秦誓〉云「人之彥聖，其心好之」，【注】彥聖，謂善美明哲之士。〈秦誓〉云「人之彥聖，其心好之」，孔穎達疏「見人之美善通聖者，其心愛好之」。《鄭風羔裘》云「彼其之子，邦之彥兮」，【注】毛傳「彥，士之美稱」。是皆彥之本義。《爾雅釋訓》云「美士為彥」，其說得之。文作詹者，隸定為詹，乃從产言聲，而為彥之諧聲字，言彥同音古音同在安攝疑紐，此彥之古文或從言聲作詹也。〈陳貤簋〉云「余墜中劒孫」《三代》八卷 46 葉，則為從旁裔省聲，所從之旁乃彥之異體，以刀弓皆為兵器，故相通作。從弓或刀，亦如士之從甲士從十指事，十乃甲之古文，說見士下。，皆以示材堪禦侮，劒之下體，非從衣相綴，而為訓始之初。彥於篆文作彥，所從之彡乃弓之形誤。《說文》釋為「从彣厂聲」，信如其說，則無以示美士之義。其云「人所言也」，亦為曲合音訓，非字恉也。

將

將，帥也，从寸醬省聲。

案將於卜辭作𩰤、𩰤，於彝銘作𩰥、𩰥，隸定為鼎𩰤鼎𩰤，乃從鼎爿聲，爿者俎之象形，示於俎上解肉，故從爿聲作牂，亦或從刀作牁。彝銘之用鼎字者，文曰鼎彝見《三代》三卷 10 葉〈婦姑鼎〉、27 葉〈屯鼎〉、四卷 5 葉〈員鼎〉、〈宗婦鼎〉、9 葉〈姬鼎〉、26 葉〈史頌鼎〉、七卷 28 葉〈趞小子簋〉、八卷 47 葉〈君夫簋〉，或曰寶鼎《三代》八卷 19 葉〈宰𪊀簋〉，或曰寶鼎殷《三代》二卷 51 葉〈曾鼎〉、三卷 5 葉〈旂父鼎〉、四卷 41 葉〈善夫克鼎〉，或曰障鼎彝《三代》六卷 53 葉〈蔡姞簋〉，或曰又鼎彝《三代》六卷 29 葉〈王乍簋〉，或曰旅鼎彝《三代》六卷 52 葉〈免簋〉，或曰鼎殷《三代》九卷 30 葉〈師兌簋〉，或曰寶鼎殷《三代》八卷 35 葉〈象簋〉，或曰鼎牛鼎《三代》四卷 45 葉〈曶鼎〉，〈刺鼎〉云「其用盨鼎」《三代》三卷 27 葉，〈應公鼎〉、〈曆鼎〉并云「用夙夕鼎言」《三代》三卷 36 葉、45 葉，〈善夫克鼎〉云「其日用鼎」《三代》四卷 28 葉，〈庚姬簋〉云「乍鼎母寶障彝」《三代》六卷 44 葉，凡此皆祭祀之義。〈索角〉作牁《三代》十六卷 46 葉，字不從鼎，乃其初文。〈噩卣〉從𠬪作𩰥《三代》十三卷 21 葉，與篆文從寸作將者同意。是猶祭、有之從又，皆示奉肉以

祭也_{有為祭名，說見有下}。此證之彝銘，則知篆文之將乃從寸爿聲，而以解肉獻祭為本義，引伸為凡陳獻之義。《小雅楚茨》云「或剝或亨，或肆或將」，《周頌我將》云「我將我享，維羊維牛」，義謂體解折節以祭也。《大雅文王》云「殷士膚敏，祼將于京」，【注】膚敏，漂亮聰明也。毛傳「膚，美；敏，疾也」。祼將，謂助王行祼祭之禮也。毛傳「祼，灌鬯也；將，行也」。案將為祭名，釋行非是。詩義謂殷之多士漂亮聰明，行灌酒之事助祭于周京。《周禮小宰》云「凡宰祀贊王祼將之事」，義謂行祼將之祭也。《商頌那篇》云「顧予烝嘗，湯孫之將」，義謂湯孫獻祭也，此皆將之本義。【注】烝嘗謂冬秋二祭也。《小雅楚茨》云「挈爾牛羊，以往烝嘗」。鄭玄箋「冬祭曰烝，秋祭曰嘗」。《小雅鹿鳴》云「承筐是將」，〈楚茨〉云「爾殽既將」，《周禮小宗伯》云「大賓客受其將幣之齎」，此皆以將為獻祭，乃其引伸義也。詩傳釋「或將」為齊，釋「我將」為大，釋「祼將」、「是將」及「既將」為行，鄭玄釋「湯孫之將」為扶助，是皆隨文臆說，失其義矣。將帥之字，於書傳及漢印并作將，乃牆率之假借_{衛乃率之後起字，說見率下}，牆於卜辭從受作𣪘𣪘，與𤔲𤔲形義互異，《說文》以帥釋將，是

誤以習見之字為本義。謂將從醬省聲者，則未知將與獎漿醬俱從爿聲，《說文》釋獎漿為將省聲，釋醬為從肉酉爿聲，是未知古有爿字之謬說也。或曰將疑以將指為本訓朱駿聲《通訓定聲》，或曰將從寸，寸即肘字，將字宜為牆之重文張文虎《舒藝室隨筆》，是皆回穴之說。將指之字，乃壯之假借，顧以將字當之，益為懵於形義矣。

宮

𡩃，室也，从宀躳省聲。

案宮於卜辭作 𠔼 𠔿 𡩇 𡩀，作 𠔼 𠔿 者，象聯室之形，作 𡩇 𡩀 者，為其後起字。此證以卜辭之 𡩇，而知宮乃從宀 𠔼 聲者一也。𠔼 於篆文變體為呂，是以從 𠔼 之營，亦變為呂，覈其構字，乃從 𠔼 熒省聲，以示帀居之義。凡從熒省聲之字，若瑩、謍、螢、榮、禜、煢、裟、婪、縈、鎣、罃、營，靡不省其下體作炏，故營亦省作炏。此證以篆文之營，而知呂乃 𠔼 之變體，亦即宮之初文者二也。篆文之宮所從之呂，無異脊骨之呂，兼之宮躳同音，故《說文》釋宮為「從宀躳省聲」。又以營為帀居，其義與宮相

屬，故釋營為「从宮熒省聲」，此以未知呂為吕之變體，故爾誤釋宮營二字之構形。藉如其說，以營從宮熒省聲，則是所從熒聲，乃省作炏，與它字之從熒省者，為例迥別，其必不然矣。若夫與身同義之躬，則以從脊骨之呂會意說見身下，非從吕以諧聲也。攷之《說文》以省聲釋字，而謬其形義者，或失之檢覈未周，或失之形有譌變，或失之未悉字例，或失之昧於初文。若茵從囷聲，而釋為䎩省聲；匐從勹聲，而釋為包省聲；欚從𤬐聲，而釋為繼省聲；持從寺聲，而釋為特省聲；㞿從坴聲，而釋為陸省聲；否從不聲，而釋為否省聲；臤從臣聲，而釋為堅省聲；斅從效聲，而釋為教省聲；㣇從屍聲，而釋為殿省聲；寒從寠聲，而釋為寒省聲；溦從㭭聲，而釋為微省聲；隋、隨、隳、隨、惰、䲙、墮，并從隋聲，而釋隋隳為隨省聲；釋隨惰為墮省聲；釋墮䲙墮為惰省聲，此失之檢覈未周者。若雕從隹斤會意，而釋為瘴省聲；市從止聲，而釋為屮省聲；度席并從石聲，而釋為庶省聲，此失之形有譌變者。若豈象提鼓上曲，而釋為㣇省聲；鼎象食器容足，而釋為貞省聲；身示自頂至髖，而釋為申省聲；哭

從犬叩以示犬嗥，而釋為獄省聲；段從殳屵以示椎石取金，而釋為耑省聲；皮從又革省以示剝取獸皮，而釋為為省聲；羔從火羊，以示炮炙小羊，而釋為照省聲；弜從弓矢以示開弓，而釋為引省聲；鹽從鹵臽以示厚味，而釋為鹹省聲；嗇從來靣以示靣臧禾麥，而釋為棘省聲；黍從禾水以示黍可為酒，而釋為雨省聲；量從日東以示立表測量，而釋為曏省聲；監從見皿以示盆水察額，而釋為臽省聲；充從㐬儿以示長養毓子，而釋為育省聲；熊從能炎，以示冬月蟄尻，而釋為炎省聲；憲從宀悳，以示集善為法，而釋為害省聲；宕從石聲，以示石穴為屋，而釋為碭省聲；龍象頭冠，而釋為童省聲，此失之未悉字例者。若齋從𠫓聲，而釋為齊省聲；余從亅聲，而釋為舍省聲；复從亯聲，而釋為富省聲；梁從沴聲，而釋為梁省聲；袁從〇聲，而釋為更省聲〇乃圜之初文；𡛚從羊聲，而釋為鮮省聲；啟、棨、綮并從戸聲，而釋為啟省聲；禭、薆、檹、驉、纗，并從㥮聲，而釋為㥮省聲。【注】案㥮今楷字省巾作叟，故今之楷字，禭作禒、薆作蒂、檹作桵、驉作駬、纗做綏。將、獎、漿、醬，并從將聲，而釋將為醬省聲；釋獎漿

為將省聲，此失之昧於初文者。《說文》釋宮為躬省聲，是亦昧於初文之比。且也從躬聲之字，尚有訓極之窮，不因結體之緐而省作呂。乃謂獨宮字為躬省，而其義不相屬，又無它例相同，則知許氏謂宮從躬省者，固不待考之古文，而知其說之非也。

覃

覃，長味也，從㫄鹹省聲。詩曰實覃實吁。𠧪，古文覃，𤮑，篆文覃省。

案覃於〈父乙簋〉作𤮑《三代》六卷20葉，〈父乙卣〉作𤮑《三代》十二卷50葉，【注】案覃於彝銘之義，蓋以姓氏為義；〈父乙簋〉云「共覃父乙」，〈父乙卣〉云「覃父乙」，蓋為共方覃氏所作以祭祀其父乙器也。與篆文同體，并從鹵㫄會意。所以示味之醇厚，故挐乳為酒味之醰，自醰而挐乳為醇，則為雙聲轉注字醰醇古音同屬定紐。《說文》以覃鹹音近，故釋為鹹省聲。而未知鹵者鹹味之所出，固不待從鹹以示厚味之義。且覃鹹雖古音同部同屬音攝，而其聲類則有喉舌之別覃屬定紐，鹹屬匣紐。。凡從覃聲之字，無轉喉音者，是則考之義訓，徵之音理，覃非從鹹聲也。古文之𠧪不與彝銘相合，

當為<u>晚周</u>之省變。

黍

𥠖，禾屬而黏者也，以大暑而種，故謂之黍，从禾
　雨省聲。<u>孔子</u>曰「黍可為酒」，故从禾入水也。

　　案黍於卜辭作𥝩𥝩𥝣𥝣，〈<u>仲虘父盤</u>〉作𥝫《三
代》十七卷 10 葉，𥝩為象形，𥝣𥝫則從禾水會意。從
水者示可為酒，猶稻於卜辭從酉聲作𥤻𥤻，亦示稻
之可為酒，皆取所用而構字。良以禾黍形近，稻為
禾屬，苟皆象形為文，則其音義不顯，是以於黍則
從水以會意，於稻則從酉以諧聲。蓋以別於大共之
名，故以會意諧聲構字，皆以濟象形之窮。從水以
示酒者，與茜酒之𣻑，湛酒之緬，構字同意也，【注】
茜酒，《說文》云「茜，禮祭，束茅加于祼圭而灌鬯酒，是為茜，
象神歆之也」。此乃古以酒灌注茅束祭神之禮，以徵神飲酒也。《春
秋說題辭》曰「黍者緒也，故其立字，禾入水為黍，
為酒以扶老」《御覽》八百四十二引，原文水譌作米。。其說
與《說文》所引<u>孔子</u>言相合，雖為<u>漢</u>人偽託，然以
黍為從水，固無違字恉。惟以水上從入，則為乖於
初形，足徵《緯書》所述，非<u>先秦</u>遺說。若黍之與

雨，聲類有喉舌之殊黍於古音屬透紐，雨屬為紐。，<u>許氏</u>
釋黍從雨聲，是非徒悖於黍之構字，且亦音不相諧。
是猶釋皮從為省聲說見皮下，皆乖於音義之謬說。《管
子輕重己》云「以夏日至始數四十六日，夏盡秋始
而黍熟」。《淮南子主術篇》云「大火中則種黍菽」，
《氾勝之書》曰「黍種必待暑，先夏至二十日可種
黍」《御覽》八百四十二引。據者則種黍為建巳之月，【注】
建巳之月，謂夏曆四月也。自<u>先秦</u>以訖<u>西漢</u>，所言胥同。
《說文》乃云「以大暑而種」，差後兩月，是亦悖於
時令矣。

犛　氂

犛，犛牛尾也，从犛省从毛。

氂，彊曲毛也，可吕箸起衣，从犛省來聲。𣂸，古
　氂省文。

　　案《後漢書岑彭傳》載<u>魏郡</u>〈輿人歌〉，以氂與
之災時茲為韻，【注】〈輿人歌〉曰「我有枳棘，<u>岑君</u>伐之。
我有蟲賊，<u>岑君</u>遏之。狗吠不驚，足下生氂。含哺鼓腹，焉知凶
災。我喜我生，獨丁斯時。美矣<u>岑君</u>，於戲休茲」！可證氂乃
從毛犛聲犛與之災時茲古音同數噫攝。此為相承之古音，

而以氂牛尾為本義，引伸為凡獸尾及彊曲毛之名。《淮南子說山篇》云「馬氂截玉」，《漢書王莽傳中》云「以氂裝衣」，是俖馬尾及彊曲毛為氂，乃氂之引伸義。<u>漢</u>人有<u>劉屈氂</u>見《漢書本傳》，亦取彊曲毛之義以為名。字或作<u>屈氂</u>見《漢書五行志上》，可證氂從犛聲，是以通借為氂。蓋以氂引伸為豪氂豪氂見《禮記經解》、《史記蘇秦傳》所引《周書》，故省形益聲而孳乳為氂，乃以別於引伸義之轉注字。是猶恆之別義為亙，故孳乳為緪，亦為省形益聲，而別於亙義之轉注字。《說文》乃別氂氂、恆緪為二字，亦如別望望、舫𦨭為二字，說并失之說見望𦨭之下。《玉篇毛部》云「氂音毛，音犛」，《廣韻》於豪氂之義音里之切，於犛牛尾之義音莫袍切，是別氂為二音，說亦非是。蓋自<u>魏晉</u>以後，誤以氂為從犛毛聲，是以《玉篇》、《廣韻》於氂有二音也。

宕

宕，過也，一曰洞屋，从宀碭省聲，<u>汝南項</u>有宕鄉。

案宕於〈不𡥀簋〉作宕《三代》九卷48葉，〈召白簋〉作宕《攈古》三之二卷25葉，宕與篆文同體，乃從

宀石聲，而以巖穴之室為本義。宀广俱象屋形，故或從广作𠖔。猶之宅寓之作㡧㢉，亦宀广通作也。<u>鮑照</u>詩云「洞開窺地脈」《鮑氏集》卷八，<u>沈約</u>詩云「洞井含清氣」《文苑英華》卷一百六十，【注】<u>沈約</u>〈被褐守山東〉云「洞井含清氣，漏穴吐飛風」。洞井謂洞之深也。<u>謝脁</u>詩云「清寒起洞門」《謝宣城詩集》卷五，<u>庾信</u>詩云「洞口礙橫松」《庾子山集》卷三，俱儷巖穴為洞，而為<u>隋唐</u>以後所仍襲，此宕之本義見於書傳者，而并假洞為之，以是宕義久逸也。若夫《楚辭》所云「洞房」見《楚辭招魂》，【注】〈招魂〉云「姱容脩態，絚洞房些」。洞房謂幽深之內室也。<u>漢</u>賦所云「洞穴」見《漢書揚雄傳上》，「洞壑」《文選班固西都賦》，【注】<u>揚雄</u>〈羽獵賦〉云「入洞穴，出<u>蒼梧</u>」。〈西都賦〉云「超洞壑，越峻崖」。皆以洞為洞達相通，【注】洞達，謂暢通無阻也。<u>班固</u>〈東都賦〉云「且夫僻借<u>西戎</u>，險阻四塞，脩其防禦，孰與處乎土中，平夷洞達，萬方輻湊」。《說文》云「洞屋」者，是亦「洞房」之比。物之相通者，則必更歷而過，故水名有洞過見《水經》卷六。然則《說文》釋宕為過，或曰洞屋者，乃誤以洞達之義而釋宕。蓋以洞宕通借，自<u>漢</u>已然，是以<u>鮑</u>、<u>沈</u>之詩，并假洞為宕。猶之迭迥或作跌踢見《說文辵部、足部》，

亦以迴踢雙聲，固相通作。石於古音屬烏攝定紐，碭屬央攝定紐，對轉相通，故宕從石聲而讀如碭。許氏昧於古音通轉，故以宕從碭聲。信如其說，則無以見石室之義，是以許氏亦誤以假借之義而釋宕也。

箅 算

箅，六寸長，所以計歷數者，从竹弄，言常弄乃不誤也。

算，數也，从竹具，讀若筭。

案算之從竹，猶籍筥筍簞之從竹，算之從具，其義如暴，以示舉食之器。【注】《說文竹部》云「籍，陳留謂飯帚曰籍；一曰飯器容五升，一曰宋魏謂箸筩。筥，籍也。筍，飯及衣之器也。簞，筍也；漢律令簞小匣也。傳曰簞食壺漿」。是籍、筥、筍、簞，并為舉食之器。然則算從竹具，乃以食器為本義。《史記鄭當時傳》云「然其饋遺人，不過算器食」算《漢書》作具，乃暴之初文。，【注】算器，竹製器皿。司馬貞索隱「謂竹器，以言無銅漆也」。義謂鄭當時贈禮與人，不過竹器所盛些許吃食。此徵之書傳，而知算為食器者一也。因食器而具食，故孳乳為饌。因食器而雙

聲轉注則為笥算笥同屬心紐，疊韻轉注為簞算簞古音同屬安攝。此徵之文字之孳乳，而知算為食器者二也。惟以算筭同音，故經傳多假算為筭。<u>許氏</u>為假借所惑，遂以算籌釋筭，而以計數釋算。【注】算籌乃古時計算數目所用器物之一種。是未知計數之事，及千萬億兆之名，皆出算籌，算器與數名本為一文，《說文》乃區為二義，而假它字當之，悖謬之甚矣。𥛱𥚢皆籑之異體，所從弻顤二聲，乃算之假借。《說文》載籑之或體作饌，則為後起重形之字，猶之饗為鄉之重形字。《說文》別𥛱𥚢與籑為三字，亦若別卿鄉與饗為三字說見卿下。皆為未悉文字之演變，故其義訓亦乖初恉。計投壺與射者亦曰筭，其長尺二寸見《禮記投壺》、《儀禮鄉射禮》，乃筭之引伸義也。

斁剫杜

斁，閉也，从攴度聲，讀若杜。劇，斁或从刀。

劇，判也，从刀度聲。

杜，甘棠也，从木土聲。

　　案《爾雅釋器》云「木謂之剫」，《魯頌閟宮》云「徂來之松，新甫之柏，是斷是度」，《左傳隱十

一年》云「山有木，工則度之」，是即劋之本義，而以度為初文。劋從度聲，示揣度長短大小，而施剖判。自劋而孳乳為劀，則為疊韻轉注之字也_{劋劀古音同屬烏攝}。《說文刀部》據《爾雅》而訓劋為判，其說得之。從攴作斀，乃劋之或體。是猶鼎銘從攴之𢻾《三代》三卷 16 葉，即篆文從刀之解。亦猶剉胙制劋或作挫拊拂撙_{經傳之撙《說文》未錄}，皆一字之異體。若夫訓閉之義，則以杜為本字。〈費誓〉云「杜乃擭」，

【注】《尚書費誓》云「杜乃擭，斂乃穽，無敢傷牿」。孔傳「擭，捕獸機檻；杜當塞之」。《周禮大司馬》云「犯令陵政則杜之」，〈雍氏〉云「秋令塞阱杜擭」，《管子法法篇》云「非杜其門而守其戶」，〈侈靡篇〉云「杜事之於前易也」，《戰國策》云「杜左右之口」〈秦策一〉，又云「杜口裹足」〈秦策三〉，【注】杜口裹足，謂閉口不言，止步不前。又云「杜<u>大梁</u>之門」〈秦策四〉，見於《國語》、《史記》者，或曰杜門《國語晉語一、楚語上》、《史記留侯世家、陳丞相世家、商君傳、魏其傳、司馬相如傳》，或曰杜大行之道《史記酈生傳》，<u>漢</u>、<u>魏</u>書傳以杜為閉塞之義者，不勝殫數，而未一見假斀劋為之。唯《尚書盤庚》云「度乃口」，蓋假度為杜，於載籍僅此一見。

【注】〈盤庚上〉云「各恭爾事，齊乃位，度乃口」。案度乃杜之借，閉也。義謂各自謹慎其事業；努力於其崗位，閉口少說。杜從木土聲者，示以土木為塞，亦猶鋦之從金，以示銷金為塞。《國語吳語》云「乃闔左闔，填之以土」，斯卽杜所以構字之義，非僅閉門為然，蓋凡閉塞之義，無不皆然。其云「杜事」及「杜口」者，乃引伸之義也。《爾雅釋木》云「杜甘棠」，又云「杜赤棠，白者棠」，《說文》據此為說，而曰「牡曰棠，牝曰杜」，是未知杜乃棠之借字_{杜於古音屬烏攝定紐，棠屬央攝定紐，對轉相通。}，而誤以為棠之別種。是據《爾雅》謬為分別杜棠之說以釋杜，亦猶據《爾雅》謬為分別蟲豸之說以釋蟲_{說見蟲下}，皆為憭於構形，故爾乖其字恉。若夫廢劇無以示閉塞之義，而《說文》於攴刀二部，乃區廢劇為二義，於攴部則又以廢劇為一文。足徵見理未明，故亦誤以杜義而釋廢。《小爾雅廣詁》云「杜，塞也」，斯正杜之本義，而見於字書者也。

柯

柯，斧柄也，從木可聲。

案柯當以木枝為本義。考從支聲之字，若芰、赾、跂、邿、伎、岐、屐、頍、魌、馶、駃、汥、技、妓、蚑、疻，并轉喉音芰赾諸字皆屬溪紐，妓屬見紐。。蓋枝之古音亦如芰妓之屬，有讀喉音者，是以雙聲孳乳為柯。此徵之轉注，而知柯之本義為木枝者一也。《禮記禮器》云「禮如竹箭之有筠，如松柏之有心，貫四時而不改柯易葉」，【注】筠，青之竹皮。〈禮器〉云「其在人也，禮如竹箭之有筠也，如松柏之有心也」。鄭玄注「筠，竹之青皮也」。孔穎達疏「筠是竹外青皮」。《逸周書小開篇》云「夏育長美柯葉」，〈周祝篇〉云「葉之美也解其柯，柯之美也離其枝」，《韓非子喻老篇》云「宋人有為楮葉者，豐殺莖柯亂之楮葉之中，而不可別也」，《楚辭九辯》云「柯彷彿而萎黃」，【注】萎黃，枯黃也。〈九辯〉云「顏淫溢而將罷兮，柯彷彿而萎黃」。此徵之書傳，而知柯之本義為木枝者二也。《逸周書和寤篇》云「豪末不掇，將成斧柯」，〈史記篇〉云「斧小不勝柯者凶」，《國語晉語八》云「今若大其柯，去其枝葉」，【注】〈晉語八〉云「今若大其柯，去其枝葉，絕其根本，可以少閒」。韋昭注「柯，斧柄，所操以伐木」。則并偁斧柄為柯，而為柯之引伸義。《說文》據《豳風伐柯》傳，而以

斧柄訓柯。【注】〈伐柯〉云「伐柯如何，匪斧不克」。毛傳「柯，斧柄也」。是未知先有枝柯，而後有斧柄，乃以斧柄訓之，是誤以引伸為本義矣。

香

𤎅，芳也，从黍从甘，《春秋傳》曰「黍稷馨香」。

案〈曲禮下〉云「黍曰薌合，粱曰薌萁」，薌者香之後起字，是黍粱俱以馨香之气為名。香必從黍者，乃取其為祭祀之所重者而構字。《管子輕重己》云「天子祀於太祖，其盛以黍，黍者穀之美者也」。《韓非子外儲說左》載孔子之言曰「黍者五穀之長也，祭先王為上盛」，是黍為粢盛之貴者，此香所以從黍。物之甘者，气必芬芳，此香之所以從甘。自香而疊韻孳乳為芳古音同屬央攝，雙聲孳乳而為馨香馨同屬曉紐，自芳而雙聲孳乳為芬苾方分必古音同屬幫紐，皆為後起之轉注字，其義無殊於香。《尚書酒誥、呂刑》并有「馨香」之文，可徵周初已有馨字。【注】〈酒誥〉云「弗惟德馨香，祀登聞於天，誕惟民怨」。〈呂刑〉云「上帝監民，罔有馨香德，刑發聞惟腥」。德馨香、馨香德，謂美德善行也。若芬苾乃隔越相承，是當肇於東周。諸字

所從殷方分必諸聲，唯以識音，不兼會意，此乃轉注之通則也。【注】《說文敘》曰「轉注者，建類一首，同意相受，考老是也」。魯先生曰「其云建類一首者，謂造聲韻同類之字，出於一文。其云同意相受者，謂此聲韻同類之字，皆承一文之義而孳乳。轉謂轉迻，注謂注釋，故有因義轉而注者，有因音轉而注者，此所以名之曰轉注也」。說詳魯先生《轉注釋義》。《說文》云「馨，香之遠聞也」，是曲合殷聲，而以香有遠近之別矣。又《說文屮部》云「芬，艸初生，其香分布也」，是曲合分聲，及芬之從屮，而別香芬為二義矣。陳義如斯，足徵許氏未能諦知轉注。它若釋薪為蕘，釋甫為男子之美偁，釋柯為斧柄，釋獵為放獵逐禽，此皆許氏未悉轉注之謬說也。

泰

，滑也，從𠬞水，大聲。，古文泰如此。

案太於卜辭作，〈父癸簋〉作《三代》六卷 39葉，戈銘作《續殷文存下》81葉，并象張股過大之形，於文為從大之合體指事，亦取大為聲，而以張大為本義，引伸為過甚窮極之義。夫大古通，故戈銘從夫作。太亦從大聲者，猶之甬、俎、酋，從

用且西象形，亦取為聲也。《左傳襄十三年》云「樂<u>壓</u>為汏」，〈三十年〉云「伯有汏侈」，又云「汏侈者因而斃之」，〈昭元年〉云「<u>楚王</u>汏侈」，【注】汏侈，謂驕泰奢侈也。〈四年〉云「汏而愎諫減」，《論語》云「約而為泰」〈述而篇〉，又云「今拜手上泰也」〈子罕篇〉，《國語》云「驕泰奢侈」〈晉語八〉，《管子》云「禁侈泰為國之急」〈八觀篇〉，又云「毋侈泰之養」〈重令篇〉，又云「泰奢之數不可用於危隘之國」〈事語篇〉，《孟子》云「從者數百人，傳食於諸侯，不以泰乎」〈滕文公下〉，《荀子》云「般樂奢汏」〈仲尼篇〉，又云「非特以為淫泰」〈富國篇〉，又云「縣樂奢泰」〈王霸篇〉，是皆太之本義也。《墨子》之太盛、大厚、大薄〈親士篇、節葬下篇〉，《莊子》之太甚、太多、太少〈漁父篇、天下篇〉，<u>荀卿</u>之大蚤、大晚〈大略篇〉，<u>韓非</u>之太重、太信、太貴、太威〈孤憤篇、人主篇〉，俱為過甚之義。<u>莊子</u>之太極、太清、太虛、太初〈大宗師篇、天運篇、知北遊篇、列禦寇篇〉，俱為窮極之義。《左傳宣四年》云「<u>伯棼</u>射王，汏輈及鼓跗」，【注】〈宣四年〉云〈<u>伯棼</u>射王，汏輈及鼓跗，著於丁寧〉。<u>杜預</u>注「輈，車轅。汏，過也。箭過車轅上也。丁寧，鉦也。」跗，所以架鼓，

及於鼓跗，謂箭越過車轅及於鼓架，而著於鉦也。乃以汏為逾越，是皆太之引伸義也。書傳作汏汰或泰者，皆太之假借。太大音同義通，故凡以太為名者，<u>漢碑</u>及書傳亦通作大。〈矢尊〉之𠀤師《三代》十一卷 38 葉，卽《周禮春官》之大師。〈父己簋〉之𠀤僕《三代》七卷 35 葉，卽《周禮夏官》之大僕。於彝銘則有〈大師鼎〉《三代》三卷 28 葉，〈大師小子師望鼎〉《三代》四卷 35 葉，〈奠大師小子厌父甗〉《三代》五卷 10 葉，大下并無橫畫，可證太大相通，自<u>西周</u>已然。<u>漢碑</u>作太者，與卜辭彝銘同體。〈衡方碑〉《隸釋》卷八、《金石萃編》卷十二，及<u>延平</u>元年〈陽三老題字〉_{端方}《匋齋臧石記》卷一，并作太，則與《說文》所載古文同體，斯乃文之完筆，非構字之初恉。說者乃謂古文从仌，取滑之意_{段玉裁}《說文注》，是《說文》之謬解，而妄為臆說矣。考卜辭之𠀤僅有方名之義，〈父癸簋〉之𠀤亦為姓氏，葢卜辭之太方，卽《山海經中山經》之<u>太水</u>，篆文從𣲖水作泰者，乃方名之緐文，亦卽<u>太水</u>之本字。其於方名及姓氏，雖二文相通，然於構字之恉，則義各有主。是猶姓氏之斿游，二文相通，而斿為敖斿，游為水名，亦義各有主_{說見游下}。

《說文》乃以泰太為一文，而又誤其義訓為滑，亦猶以游遊為一文，而又誤其義訓為旌旗之流，其謬相若。葢以泰㲋雙聲同屬透紐，故傳合音訓，而以㲋義釋泰也。【注】案㲋音ㄊㄠ、tao，《說文又部》云「㲋，滑也，詩云『㲋兮達兮』。」今本《鄭風子衿》云「挑兮達兮」。<u>毛傳</u>「挑達，往來相見貌」。<u>孔疏</u>「挑達，乍往乍來」是也。<u>陳子展</u>《詩經直解》云「今謂挑達，猶俗語溜踏，溜有滑意，踏與達通，不違故訓也」。以太義為張大，故孳乳為奢，而為太之雙聲轉注字_{太奢古音同屬透紐}。彝器有〈奢父乙簋〉《三代》六卷 51 葉，〈奢虎簋〉《三代》十卷 9 葉，可證<u>西周</u>已有奢之孳乳。傳云泰侈或奢侈者，斯乃奢之轉語，而非太之轉注_{說見侈下}，《說文》以奢訓侈，是亦誤以假借為本義也。若夫〈趞簋〉所云「赤市幽亢」《三代》四卷 33 葉，則為假太為帶_{太帶古音同屬阿攝}。或釋為亢，而謂為黃之假借<u>郭沫若</u>《兩周金文辭大系考釋》58 葉。然案亢為人頭，其文乃從弁省象形_{說見弁下}，豈有於兩脛之間，別施橫畫，以示人頭之理。而乃云然，是未知文字構體之謬說矣。

鬼

，人所歸為鬼，从儿由象鬼頭，从厶，鬼陰气賊害，故从厶。，古文鬼。

案鬼於卜辭作，壺銘作《錄遺》225 圖，從人由會意。由為頒之初文，從由猶禺之從由，皆以示其形之如人說見由下。而以禺亦從由，以見禺鬼俱為異類。鬼從人者，乃以示其為人所化也。考之書傳，若彭生之懼齊襄公《左傳莊八年》，【注】〈莊八年〉云「齊侯遊于姑棼，遂田于貝丘。見大豕，從者曰『公子彭生也』，公怒曰『彭生敢見』。射之。豕人立而啼。公懼，隊于車，傷足喪屨。」杜預注曰「公見大豕，而從者見彭生，皆妖鬼也」。案公子彭生受齊襄公之命，於享魯桓公時刺殺桓公於車中。其後歸罪彭生，殺之以謝魯人。時在魯桓公十八年，齊襄公四年。至是妖現，故襄公見是大豕，而從者見是彭生也。狐突之御共大子《左傳僖十年》，【注】〈僖十年〉云「晉侯改葬共大子，秋，狐突適下國，遇大子，大子使登僕」。杜預注「共大子，申生也。下國，曲沃新城，遇大子言狐突如夢而見大子申生。狐突本為申生御，故復使登車為僕也」。杜伯之射周宣王，莊子儀之擊燕簡公《墨子明鬼下》、杜伯事亦見《國語周語上》，【注】〈明鬼下〉云「周宣王殺杜伯不以罪，後宣王田於圃，見杜伯執弓矢射，宣王伏弢而死也」。又云「昔者燕簡公殺其臣莊子儀而不辜，莊子儀

曰:『吾君王殺我而不辜。死人毋知亦已,死人有知,不出三年,必使吾君知之』。期年,燕將馳祖。日中,<u>燕簡公</u>方將馳於祖塗,<u>莊子儀</u>荷朱杖而擊之,殪之車上」。此皆鬼之見形,有不待巫覡者。如斯之比,上世必饒,此所以知鬼之一文,故非陵虛臆構者也。《墨子明鬼下》云「有天鬼,有山水鬼,亦有人死而為鬼者」,故有山鬼社鬼之名<u>山鬼見《楚辭九歌》、社鬼見《漢書王莽傳下》</u>。《禮記祭法》云「萬物死皆曰折,人死曰鬼」,此則以人物殊名,然以鬼為人化,則無異說。因知鬼有多種,而以人鬼為本義,以鬼為人化,故特有專字。異夫物死曰折,而以假借為名,此先民構字,主在貴人之證。若魖魅與魃,則為據引伸義而構字。古文之䰣於〈陳肪簋〉作𩲡《三代》八卷 46 葉,所從之𩳁與篆文同體,蓋鬼䰣皆<u>東周</u>孳乳,篆文之鬼乃從厶兒聲。<u>許氏</u>昧於初文,故誤以會意釋鬼也。

蜀

𜶉,葵中蠶也,从虫,上目象蜀頭形,中象其身蜎蜎,詩曰「蜎蜎者蜀」。

　　案蜀於卜辭作𜶊𜶋,象葵蠶之首,及身宛曲之

形，非從目也。篆文之蜀，乃從虫𧕦聲，亦猶𧕦之孳乳為蝸，皆以明其音義。《說文》未知初文作𧕦，故誤以象形釋之。《爾雅釋山》云「獨者蜀」，《方言》卷十二云「一蜀也，南楚謂之蜀」，《管子形勢解》云「抱蜀者祠器也」，《爾雅釋畜》云「雞大者蜀」，據此則蜀借為孤獨、祠器，及大雞之名，故孳乳為蠋，乃以別於借義之轉注字。蠋字見《豳風東山》、《管子水地篇》、《莊子庚桑楚篇》、《韓非子說林下、內儲說上》，【注】〈東山〉云「蜎蜎者蠋，烝在桑野」，高亨注「蠋，蟲名，似蠶，有毒，咬人立腫，多生在桑樹上」。〈庚桑楚篇〉云「奔蜂不能化藿蠋，越雞不能伏鵠卵」。成玄英疏「蠋者，豆中大青蟲」。蓋蜀之孳乳為蠋，亦猶告共𡧱或之孳乳為誥、拱、𥨊、國，皆為重形之轉注字。然則蠋於經傳有徵，藉令非先秦古文，蓋為秦漢所構者也。

畀

畀，相付與之，約在閣上也，从丌由聲。

　　案《說文異部》云「異，分也，從廾畀」，是知畀之構形，與異之上體相同。考異於卜辭彝銘，并為從大由聲，示奉由以祭，而為禩之初文說見異下。

據此參證，則畀乃從丌由會意。從由猶異之從由，設餰之盩於彝銘從由聲作𤔲《三代》七卷 15 葉，可證由為盛食之器。從丌猶巺奠之從丌，巺者簋之或體，可證丌為𢩑食之器。此𣪠之畀之構字，因知其義與異奠相同，而以設祭為本義，引伸為奉獻之義。《周頌豐年》及〈載芟〉并云「為酒為醴，烝畀祖妣」，義謂作酒醴以行烝畀之祭於祖妣，此畀之本義也。《小雅信南山》云「以為酒食，畀我尸賓」，義謂作為酒食，以獻我尸賓，此畀之引伸義也。審此則畀之從由會意，與異之從由諧聲，其義相同，而聲韻互異。是猶從示又肉會意之祭，與從肉又聲之有，皆示羞肉以祭，其構字同意說見有下。《禮記祭統》云「畀之為言與也，能以其餘畀其下者也」，《鄘風干旄》云「何以畀之」，是皆賜予之義，而為貱之假借。【注】《說文貝部》云「貱，迻予也」。書傳之假畀為貱，亦猶〈小臣鼎〉之假毗為貱《三代》四卷 4 葉，【注】〈小臣鼎〉云「唯十月使于曾，窎伯于成周，休毗小臣金，弗敢𤱶易，用作寶旅鼎」。案休毗乃同義疊語，猶賞賜之為同義疊語也。𤱶，音方，𤱶易乃疊韻連語，𤱶易卽《左傳哀十七年》之方羊，「弗敢𤱶易」者，謂不敢怠忽也。葢以古無貱字，故假畀毗為之

毗者眠之古文，眠與畀敗，古音同屬幫紐。。《爾雅釋詁》云「畀，賜也」，又云「畀，予也」，皆為畀之借義。鄭玄詩箋，乃據《爾雅》以釋《周頌》之畀，失其義矣。《說文》云「相付與之，約在閣上也，從丌由聲」。是亦從《爾雅》，而誤以假借為本義，誤以會意為諧聲。藉如其說，以付與為義，則不當從丌。乃曰「約再閣上」，是曲解字形，而與「付與」之義，大相乖刺。亦猶釋鬥云「兵杖在後，象鬥之形」，皆為自語相違者也。

敨（敢）

敨，進取也，從受古聲。䚗，籀文敨。詙，古文。

案敨於〈毛公鼎〉作敨，〈召白簋〉作敨，它器或作敨敨，【注】案敨字於彝銘多見，今楷書據籀文作敢。〈毛公鼎〉見《三代》四卷46葉。〈召白簋〉見《三代》九卷21葉。并為從爭甘聲，示爭美物而勇於進取。篆文作敨乃其變體，《說文》釋為從受古聲，非為形義不合，且於韻部不諧，斯為釋形之謬敢甘古音同屬奄攝見紐，古屬烏攝見紐。。《說文》釋句為從口丩聲句丩同屬見紐，釋革為從卉臼聲革臼同屬見紐，釋曼為從又冒聲曼冒同屬

明紐，釋瘫為從人瘖聲瘫瘖同屬影紐，釋短為從矢豆聲短屬端紐豆屬定紐，釋复為從夊畗聲复畗同屬並紐，釋員為從貝口聲員口同屬為紐，釋斡為從倝舟聲斡舟同屬端紐，釋允為從人㠯聲允㠯同屬喻紐，古音同屬定紐。案《韻會》所據徐鍇本作从㠯儿。，釋熊為從能炎聲熊炎同屬為紐，釋冶為從仌台聲冶台同屬喻紐，古音同屬定紐。，釋戹為從戶乙聲戹乙同屬影紐，并發聲同類，而於古音相乖，說者因謂諸字乃以雙聲為聲。然考之彝銘，句象帶鉤說見句下，革象張革待乾說見革下，戹象車軛說見戹下，冶乃從二而象鍛鑪說見冶下，是句革戹冶俱為象形也。瘫於彝銘乃從隹斤會意，以示為鷙鳥說見瘫下。复於卜辭彝銘乃從夊㔿聲，㔿者鍑之初文說見复下。員於卜辭彝銘并從○鼎會意，而為圓之初文說見員下。曼於〈曼龏父盨〉作𦣞，乃從受冒會意，以示突前引取。【注】〈曼龏父盨〉云「曼龏父作寶盨，用言孝宗室，其萬年無疆，子子孫孫永保用」《三代》十卷39葉。曼蓋其姓氏。斡於彝銘乃從巜卓聲，而為淖之異體說見斡下。允從儿㠯會意，以示子孫相承說見允下。熊從能冬會意，以示冬蟄之獸。考之卜辭彝銘，凡從大從矢之字，叕之篆文，形或互異說見巨夷之下。蓋短從大豆會意，以

示人身莫短於胝。卽可證凡《說文》據雙聲以釋字者，說多未然也。

熊

𤌈，熊獸侣豕山尻冬蟄，从能炎省聲。

案熊於卜辭作 🐻《後編上》9.4 片，於〈善鼎〉作 🐻《三代》四卷 36 葉，〈宗周鐘〉作 🐻《三代》一卷 66 葉，從能冬會意，示其冬月蟄尻。猶之蟊從昏聲，示其昏時而出，其構字同意。熊冬古音同部同屬宮攝，而聲類不諧冬屬端紐，凡從冬聲之字無轉牙音者。，是知熊非從冬聲。禽獸昆蟲亦有會意為文者，若翟之從羽隹，羔之從火羊，羍之從小羊說見羔羍之下，豚之從豕肉，兔之從㲋兔，蠅之從虫黽，梟之從鳥頭在木，此皆會意構字，與熊同科。篆文省冬之上體，而又譌𡆧為火，故《說文》釋為炎省聲。斯乃據篆文之誤體，牽合雙聲為詁，而於古韻不諧，故亦失其初義熊炎并為為紐，熊屬宮攝，炎屬奄攝。。是猶敢之古文本為從爭甘聲，而篆文譌作𣦵，故《說文》釋為從受古聲，亦據變體之篆文，牽合雙聲釋字，而於古韻不諧，且又失其初義也說見敢下。〈戰狄鐘〉《三代》一卷 11 葉、

〈虢未旅鐘〉《三代》一卷 58 葉，并云「戲戲熊熊」，〈宗周鐘〉云「熊熊戲戲」《三代》一卷 66 葉，戲戲乃言其多，熊熊義如《山海經西山經》熊熊，乃言其盛。【注】〈宗周鐘〉云「熊熊戲戲，降余多福」，〈戰狄鐘〉云「戲戲熊熊，降福無疆」，〈士父鐘〉云「戲戲熊熊，降余魯多福疆」，〈虢未旅鐘〉云「戲戲熊熊，降旅多福」，〈善夫克盨〉云「戲戲熊熊，降克多福」《愙齋》十五冊 18 葉。是諸器之云「戲戲熊熊」者，皆為祈求先王降福之多且盛也。或釋諸器之熊為鼏，而謂讀如博。是未知泉於卜辭彝銘并作 𧰼𧰼𧰼𧰼𧰼𧰼，而無與熊之下體相同者，乃釋為鼏，非其義矣。

獠 獵

，獵也，从犬尞聲。

，放獵逐禽也，从犬鼠聲。

　　案獠從尞聲，示持火以獵，《鄭風大叔于田》云「火烈具舉」，是即持火苣以行獵之證。【注】〈大叔于田〉云「叔在藪，火烈具舉」，鄭玄箋「列人持火具舉言眾同心」。孔穎達疏「火有行列，俱時舉之」。詩之義謂叔在湖邊草地，獵火一齊燒起也。《爾雅釋天》云「　田為獠」，正為獠之本義。自獠而孳乳為獵，乃雙聲轉注之字，義訓無

異於獠。《魏風伐檀》箋云「　田曰獵」，其說得之。《說文》所釋乃謂放獵以逐禽。《玉篇犬部》云「獵，犬取獸」，亦承《說文》而言。可證顧野王所見《說文》，與徐鉉同。然案蒐、苗、獮、狩，無一而非放犬逐禽，乃以「放獵逐禽」為訓，是昧於轉注之謬說也。《說文繫傳》云「獵，畋獵也，逐禽也」，與徐鉉本異，然其悖於初恉，則固相同也。

簋　簠

簋，黍稷方器也，从竹皿皀。𣪘，古文簋，从匚食九。𣪘，古文簋，从匚軌。朹，亦古文簋。

簠，黍稷圓器也，从竹皿甫聲。匤，古文簠，从匚夫。

案《周禮舍人》注曰「方曰簋，圓曰簠」，其說與《說文》異。通考殷周簋簠，其形見於箸錄者，自《宣和博古圖》以次，數皆逾百。凡銘曰段者，器形皆圓，凡銘曰簠者，器形皆方，是簠簋方圓之制，當以鄭玄之說為是。又《魏風伐檀》箋云「田曰獵」，其說與《爾雅釋天》「　田為獠」之義相合。【注】〈伐檀〉云「不狩不獵」，鄭玄箋「冬獵曰狩，宵田曰

獵」。〈釋天〉云「　田為獠」，獵獠同義。故曰鄭箋與〈釋天〉相合也。良以獠獵為雙聲轉注之字，則其義訓宜無不同。而《說文》以「放獵逐禽」釋獵，是亦謬其釋義，不若鄭玄之說，為得字恉。篆文皀卽簋之象形說見皀下，然則簋乃從竹皿皀聲。而《說文》以會意釋簋，是猶不識羍皀兒罒為觲師鬼蜀之古文，而以會意釋觲、師、鬼，以象形釋蜀，俱為失其形義也。

袁　擐

袁，長衣皃，从衣叀省聲。

擐，毌也，从手睘聲，春秋傳曰「擐甲執兵」。

　　案從袁聲之寰，於〈師寰簋〉作圂《三代》九卷28葉，〈寰盤〉作圂《三代》十七卷18葉，從袁聲之罠於〈番生簋〉作罬《三代》九卷37葉，〈罠卣〉作罬《三代》十三卷40葉，所從之恙乃從中衣〇聲，〇者圜之初文說見正下，圜袁同音，故袁從〇聲圜袁古音同屬安攝為紐。中義如抯中抯同為舌音，示拈衣緣身，而以箸衣為本義，卽擐之初文。衣領所以供抯持，故領耑曰帆，此證以帆從耴聲，因知袁上之中乃示抯持衣領。《左傳成二年》云「擐甲執兵」，義謂衣甲執兵，斯

正袁之本義。【注】擐甲執兵，謂貫著甲冑而執兵器。〈成二年〉云「擐甲執兵，固即死也；病未及死，吾子勉之」。以擐為袁之後起字，故其所從睘聲，無以見穿箸之義。蓋以袁借為方名與姓氏，故孳乳為擐。猶之秦借為方名與姓氏，故孳乳為穦，皆為別於借義之轉注字也_{說見秦}下。《說文》釋為叀省聲，形既不肖，音亦相乖_{叀於}古音屬定紐，與袁有喉舌之別。。釋為長衣皃，未見形義相合，且亦義訓無徵。是猶釋叀為小謹，皆<u>許氏</u>之臆說也。

閑

閑，闌也，从門中有木。

案《周禮掌舍》云「掌王之會同之舍，設梐枑再重」，此閑之所以從木。【注】梐枑，謂置于官署前遮攔人馬之柵欄。<u>鄭玄</u>注引<u>杜子春</u>曰「梐枑，謂行馬」。〈虎賁氏〉云「舍則守王閑」，乃偶梐枑曰閑，此閑之本義。梐枑所以防闖入，故引伸為防閑。自閑而孳乳為闌，乃疊韻轉注之字_{閑闌古音同屬安攝}。闌從柬聲，無以示門遮之義者，乃音變之轉注。凡音轉類以假借構字，惟以識音，是聲不兼義也。閑於〈同簋〉作𨶚《三代》

九卷 18 葉，闌於〈虘侯鼎〉作🔲《三代》四卷 32 葉，卣銘作🔲《三代》四卷 32 葉，皆為<u>西周</u>之器，則閑之孳乳為闌，以及門施楗柤之制，自<u>西周</u>已然矣。

畜

畗，田畜也，<u>淮南王</u>曰玄田為畜。醬，〈魯郊禮〉畜从田从茲，茲益也。

　　案畜於〈秦公簋〉作🔲《三代》九卷 33 葉，〈䜌書缶〉作🔲《錄遺》514 圖，於卜辭以示其為方名，則從二口作🔲《佚存》898 片，🔲從田茲省會意，示因田事而有茲益。〈魯郊禮〉從茲作醬，密符畜積之義，此為古文之僅存於《說文》，而不見於卜辭彝銘者。攷茲於卜辭作🔲，卜辭之茲用，或省作🔲用《粹編》398 片，是以從茲之醬，於卜辭亦省作🔲。又案〈師奎父鼎〉、〈無叀鼎〉《三代》四卷 34 葉，〈頌鼎〉《三代》四卷 37 葉，〈敔簋〉《三代》八卷 44 葉，〈休盤〉、〈裹盤〉《三代》十七卷 17 葉，所謂玄衣，〈白晨鼎〉《三代》四卷 36 葉，〈吳彝〉《三代》六卷 56 葉，〈曶壺〉《三代》十二卷 29 葉，所謂玄袞衣，玄并作🔲，可證古文之茲其省作🔲者，與玄形無異，是以🔲於篆文從玄作畜，遂有

「玄田為畜」之謬說也。畜借為畜養，故孳乳為稸，乃以別於借義之轉注字。案宋玉〈高唐賦〉云「臨大阺之稸水」，【注】〈高唐賦〉云「登巉巖而下望兮，臨大阺之稸水」。巉巖，謂險峻陡峭之山巖。大阺，大山坡也。李善注引《字林》「稸，積也，與畜同」。案稸音ㄒㄩˋ、xùˋ。《戰國策魏策四》云「或以年穀不登，稸積竭盡」，《淮南子人閒篇》云「臣故稸積於民」，《漢書貨殖傳》云「稸足功用，如此之備也」，是皆以稸為畜積之義。《蒼頡篇》云「稸，積也」玄應《一切經音義》卷十六引，據此則亦先秦所構。若畜養之義，於卜辭作 🐚，其辭曰「🐚馬在茲廏」《粹編》1551 片，乃卜養馬在茲廏之宜否。🐚從囶茲省會意，🐚與卜辭之囷，并從田𢆶會意，即《說文囗部》所載籒文之 🐚，所以從 🐚茲者，乃示閑養禽獸於囷中，俾有孳息也。以從囷為畜養之本字，可證以囷養禽，自殷已然。書傳借畜為之，本字遂逸。孳乳為蓄，乃為後起畜養之字，從艸所以示養禽獸，《管子禁藏篇》云「六畜蕃息」，《晏子春秋》卷二云「今夫胡、貉、戎、狄之蓄狗也，多者十有餘」，《荀子榮辱篇》云「蓄雞狗豬彘又蓄牛羊」，此正蓄之本義。《說文》訓蓄為積，非

冕

�，冕也，周曰冕，殷曰吁，夏曰收，从皃象形。
[glyph]，或冕字。[glyph]，籀文冕，从[glyph]，上象形。

案冕於卜辭作[glyph][glyph]，卣銘作[glyph]《三代》十三卷 10
葉，觚銘作[glyph]《三代》十四卷 15 葉，〈父甲觚〉作[glyph]《三
代》十四卷 28 葉，并為從臼或從[glyph]象形，即《說文》
所載之[glyph]，及朕所從之[glyph]說見朕下。【注】案卜辭之[glyph]有
方名之義，如云「癸巳卜，王令其五族戍[glyph]」《粹編》1149 片？五
為伍之初文，此乃卜王是否令五族戍守弁方也。「乙丑卜[glyph]貞，射、
[glyph]獲羌」《後編上》43.3 片？案[glyph]乃方名玨之繁文，此乃卜射、弁
二方是否俘獲羌方也。古之弁方，審其地望，當為弁水之域，在
今河南榮陽以至商丘之間。諸器之弁氏，蓋皆受氏於殷之弁方。
說詳見《殷契新詮釋弁》。篆文冕皇所從之屵[glyph]，皆[glyph]之
形誤。然則冕乃從人[glyph]聲，以示[glyph]在人首。猶之皇
從[glyph]王聲，冠從冂元聲，彝銘之[glyph]從人冂聲，皆以
諧聲，而示首服之義說見皇冕之下。惟[glyph]冂乃冕冕之
初文，此徵之文字之演變，而知冕冕之名，在皇冠
之前也。〈父己壺〉之[glyph]《三代》十二卷 8 葉，〈父己卣〉

之 🦌《三代》十三卷 24 葉，與卜辭之 🦌《前編》7.37.1 片，則為從大象形，斯為覓之異體。雖其構體異撰，然以從大而示首服，則無異於覓 🦌 之從人。《說文》釋覓為「從兒象形」，乃誤以 👁 與儿相綴，則其所象者，唯有 👁 旁之八，而不見首服之形。且以頌儀之兒而示首服之義，則與 🦌 之從人以示首服，先之從儿以示首筓，為例迥別，益為理不可通。《說文》釋兜為首鎧，而以兜亦從兒，則尤失之形義俱非 說見兜下，固未可據謬釋之兜以證覓也。

卓

🦌，高也，早匕為卓，匕卪為卬，皆同意。🦌，古文卓。

案卓於簋銘作 🦌《三代》八卷 14 葉，趠於鼎銘作 🦌《三代》四卷 16 葉，綽於〈蔡姞簋〉作 🦌《三代》六卷 53 葉，所從之卓，并從人子會意，以尻人上，而示高超之義。古文之卓與從子聲之仔，音義互殊。良以卓從人子，而有象形之意。猶之杲杳俱從日木，棗棘俱從二木，伐戍俱從人戈，而各有象形之意，故其音義迥別也。《論語》云「如有所立卓爾」〈子罕

篇〉，卓爾者高超之貌，斯正卓之本義，《說文》訓高，其說得之。《說文》誤以人下之子為𣎐，亦猶誤以從毛才之早為從甲說見早下。許氏昧於初文，故釋早云「從日在甲上」，釋卓云「早匕為卓」，皆據謬體而釋字形，宜其形義不協。古文之𣎏亦為晚周誤體，尤不足論。自卓而孳乳為邵，乃自會意而孳乳為諧聲之識音字卓邵古音同屬天攝舌音。邵字見於西周彝器之〈宗周鐘〉《三代》一卷65葉、〈剌鼎〉《三代》四卷23葉、〈頌鼎〉《三代》四卷37葉、〈毛公鼎〉《三代》四卷47葉、〈邵簋〉《三代》六卷24葉、〈井戻簋〉《三代》六卷54葉、〈沈子簋〉《三代》九卷38葉、〈麓白簋〉《周金》三卷41葉、〈大師虘豆〉《三代》十卷47葉，字并從人作𤔲𤔲，與卓之從人，皆以示高尻人上。【注】案諸器之𤔲𤔲從人，當隸定為佋，佋與昭通，書傳作昭。〈宗周鐘〉云「㽙子迺遣閒來逆邵王」。又云「用邵各不顯且考先王」。遣閒來逆邵王者，邵通昭，《爾雅釋詁》「昭，見也」，義謂遣密使來迎覲周天子也。用邵各不顯且考先王者，邵各義同詩之昭假，亦名昭事，或明祀與昭祀；義謂備禮儀盛祭品，以祭祀偉大光明之祖考先王也。〈剌鼎〉云「禘邵王，邵王賜剌三十朋」，邵王蓋卽周之昭王。〈頌鼎〉云「王才周康邵宮」，邵宮之邵，蓋卽左昭右穆之昭。〈毛

公鼎〉云「用印卲皇天」，此卲義為祀。〈卲簋〉云「<u>卲乍寶彝</u>」，則卲義為方名或姓氏。〈井侯簋〉云「卲朕福血」，卲義為紹，續也。〈沈子簋〉云「卲告朕吾考令」，卲通昭，明也。〈麓白簋〉之卲享，〈大師虘豆〉之卲洛，義同〈宗周鐘〉之卲各。《說文》釋卲從卪，猶之釋卽從卪聲說見卽下，并失之形義不合。夋之彝器，<u>西周</u>已有卲字，則卓之構字，必在<u>殷</u>時，惟於卜辭無徵也。或疑卓當從早聲徐灝《說文注箋》，則謬以聲韻俱異之字卓於古音屬天攝端紐，早屬幽攝精紐。，而妄為皮傅矣。

內

內，入也，從冂入，自外而入也。

案內於卜辭作⟨圖⟩《前編》4.28.3片，於彝銘作⟨圖⟩⟨圖⟩，從入宀會意。從宀猶賓客之從宀，皆以示自外而入尻宅。賓於卜辭作⟨圖⟩⟨圖⟩，於〈虘鐘〉作⟨圖⟩《三代》一卷 17 葉，字從人宀會意，是卽賓之初文。入內為雙聲轉注之字古音同屬泥紐，【注】入音人汁切，屬日紐；內音奴對切，屬泥紐。而古音娘日歸泥，入內皆屬泥紐，是為建類一首。《說文入部》云「入，內也；內，入也」，則為同意相受。故入內為雙聲轉注之字也。而卜辭兼有二文，可證<u>殷商</u>已

多轉注之孳乳。篆文作內，形小譌易，《說文》釋為「从冂入」，是據譌文，而誤以宀為冂矣。

昴

昴，白虎宿星，从日卯聲。

案昴於〈敔簋〉作𠨎《博古圖》十六卷 36 葉，從晶卯聲。晶者星之初文說見晶下，故星名之曑曟，星多之疊說見疊下，字并從晶，篆文作昴，乃其省體。猶曑曟之作星晨，亦其省體。《說文》釋為從日，則失之形義相悖矣。昴於〈堯典〉，及《召南小星》、《爾雅釋天》以次，并以為星宿之名，【注】《尚書堯典》云「日短星昴，以正仲冬」。孔傳「昴，白虎之中星」。義謂晝短夜長，黃昏時可見昴星，此正仲冬時令。〈小星〉云「嘒彼小星，維參與昴」。參昴謂參星和昴星，皆為二十八宿之一。故《說文》未失其本義。它若天、祝、三、王、小、少、牛、哭、正、足、舌、十、千、僕、䢉、革、父、卑、受、皮、貞、習、雁、羊、羔、鳥、敢、胤、肙、利、罰、竹、甘、豆、虎、去、卽、邕、倉、內、矢、高、市、向、弟、木、朱、才、束、賓、邑、早、鼎、禾、季、黍、實、宵、宮、穴、羅、帝、

席、卓、身、衣、尺、兒、先、禿、辟、豸、鷹、
鹿、莧、熊、奔、亢、患、水、涅、沙、染、州、
冶、龍、母、姦、民、戈、勺、龜、畜、勞、皋、
与之屬，其義疊見書傳，難與它義相殽。故《說文》
并昧其字形，而未失本義。昂之未失本義者，亦其
比也。

丈

岁，十尺也，从又持十。

　　案又者尺之所出，故尺從尸乙，以示肱下為尺
<small>說見尺下</small>，此丈所以從十又會意，以示十尺之義。《說
文》云「从又持十」，是與釋伐為「從人持戈」，釋
戗為「從从持戈」，其謬同揆<small>說見伐下</small>。惟以丈從十
又，則為得其字形，而未知所以構形之意。猶之釋
某從木甘，而未知所以從甘之意也。【注】<small>案某義為酸
果，酸果主於調和甘味，故某從木甘會意。《說文》釋某從木甘闕，
所謂闕者，因未知所以從甘之意也。</small>它若祀、蔽、薪、尚、
告、譽、冊、識、讘、禱、訓、詛、詵、箕、孚、
臧、廄、攻、甫、宿、肯、胥、算、典、虞、慮、
盧、饗、嬰、㞢、杜、楝、核、晏、族、疊、秦、

完、寋、宛、究、罪、彶、被、般、旆、允、印、府、盧、彤、豨、貉、豫、獵、狩、獎、狄、奚、泰、職、威、取、𡆥、彈、閭、圭、里、釐、家、金、官、余、去、未，《說文》所釋字形無譌，而皆失其本義。其若釋㕻為從又持巾在尸下，釋庸之從庚為更事，釋盾之從目為蔽目，釋棄之從㐬為逆子，釋胤之從幺為象重絫，釋范之從竹為簡書，釋威從火戍為火死於戍，釋臺之從至，謂與室屋同意，釋堲之從土，謂所以主土，如斯之比，并為釋形不誤，而未得構形之理者也。或曰丈老者疾者之所扶，別作杖<u>戴侗</u>《六書故》。後之說者亦曰當是杖之本字，從又象持杖形<u>奚世榦</u>《說文校案》。是俱昧於丈所以從十之臆說。藉如所言，以十象杖形，則扶在又上，而不在又中，豈為持杖之象。此皆不達象形之理，而恣為妄說者矣。

穴

穴，土室也，從宀八聲。

　　案穴篆乃象土室之穹隆，【注】穹隆，謂中間高而四面下垂貌。<u>揚雄</u>《太玄玄告》云「天穹隆而周乎下」。<u>范望</u>注「穹

隆，天之形也」。而有入口之形，與宀广皆為象形同意。《說文》釋為八聲，非唯無所取義，且穴之與八聲韻俱乖穴於古音屬衣攝匣紐，八屬阿攝幫紐。，乃釋為諧聲，故不待諦議而知其謬。通考《說文》，多有誤釋象形會意為諧聲者。亦有於形聲字，而誤釋聲文者。若元從儿二，以示人上為首，而《說文》釋為從一兀聲。帝從不以象華蔕，而《說文》釋為從二朿聲。屮象土屮，而釋為六聲。哭從犬吅，以示犬嗥，而釋為獄聲。舌從口干，以示舌主知味，而釋為干聲。句象帶鈎，而釋為從口丩聲。僕從倅畁，以示皁隸服役，而釋為從人菐聲。革象張以待乾，而釋為從卅臼聲。段從殳厂，以示推石取金，而釋為耑聲。皮從又革，以示剝取獸皮，而釋為為聲。者從屮以象亨飪，而釋為從自米聲。羿從羽以象射翳，而釋為從羽幵聲。羔從火羊，以示小羊為炙，而釋為照聲。叀象紡專，而釋為屮聲。畁從丌由，以示置祭，而釋為由聲。去從大口，以示人之離邑，而釋為凵聲。即從人皀，以示臨簋就食，而釋為卪聲。鹽從鹵臩，以示因鹵味厚，而釋為鹹聲。親從辛木以示剞剧刻木，而釋為辛聲。南象囊形，而釋為從米羊

聲。員從○鼎乃圓之初文，而釋為從貝口聲。鼎象足上有容，而釋為貞聲。黍從禾水，以示黍可釀酒，而釋為雨聲。帥從門巾，以示設帨於門，而釋為自聲。量從日東，以示日出于東，表圭度景，而釋為從重曏聲。監從見血，以示盆水察額，乃釋為從臥䈐聲。身為從人之合體指事，以示身止於臀，而釋為申聲_{申聲依段注本訂}。彥從弓彣，彣者碣之古文，以示士之美材，而釋為從彣厂聲。良從日以示明朗，長從人以象髮長，而并釋為亾聲。莧象山羊細角，而釋為從兔足首聲。熊從能冬，以示冬蟄，而釋為炎聲。奔從三走，以示疾趨，而釋為從夭卉聲。憲從宀惠，以示集義為法，而釋為從心目害聲。冶從二台，二象沙金之形，台為鍛鑪之象，而釋為從仌台聲。卮象車衡烏喙，而釋為從戶乙聲。失從厂手，以示手之所持，為人抴引，而釋為從手乙聲。它也本為一字，乃象男陰，氏於古文從人以象提物，而釋也氏并從乀聲。戉象大斧，而釋為從戈丨聲。緐從糸每，而釋為每聲。陳從𨸏東，以示堂之東階，而釋為申聲。成從十戊，以示十通始成軍賦，而釋為丁聲。辰象大蛤，而釋為厂聲_{案厂乃訓抴之厂}。戌象

戍形，而釋為從戈一聲。單圅能龍俱為象形，而釋
單從吅聲，釋圅從弓聲，釋能從㠯聲，釋龍從童聲。
其於形聲字之誤釋者，若龏從卝聲，龔從共聲，而
俱釋為龍聲。度席俱從石聲，而釋為庶聲。敢從爭
甘聲，以示勇爭甘美，而釋為從受古聲。宵從宀月
小聲，以示小心戒夜，而釋為肖聲。宕從石聲，以
示巖穴之室，而釋為碭聲。卿從皀卯聲，以示饗燕，
而釋為皀聲。匹從厂比聲，以示夫妻耦合，而釋為
從匚八聲。如斯之屬，雖其所釋形義，乖於初恉。
然而覈之聲韻，或為韻部所同，或為聲類所近。若
夫少從小丿，以示小物復有扟引，而釋為從小丿聲
<small>少於古音屬天攝透紐，丿屬阿攝滂紐。</small>牡從牛土以示畜父，
而釋為從牛土聲<small>牡於古音屬幽攝明紐，土屬烏攝透紐。</small>。疌
從止㞢以示行止滑利，乃釋為從又止中聲<small>疌屬奄攝從</small>
<small>紐，中屬衣攝透紐。</small>。追從辵𠂤示追師旅，乃釋為𠂤聲
<small>追屬威攝端紐，𠂤為師之初文，屬衣攝心紐。</small>。㒸從卝𣥠，
以示拔取土齒，乃釋為從卝聲<small>㒸屬謳攝並紐，𣥠屬邑攝見</small>
<small>紐。</small>。農從晨田示執甲而耕，乃釋為囟聲<small>農屬宮攝泥紐，</small>
<small>囟屬因攝心紐。</small>。聿從又以示執筆，乃釋為從𢎦一聲<small>聿</small>
<small>屬威攝定紐，一屬衣攝影紐。</small>。習從日羽，以示日日習飛，

而釋為自聲<small>習屬音攝定紐，自屬威攝從紐</small>。。孚從受一，
而釋為一聲<small>孚屬阿攝來紐，一屬衣攝影紐</small>。。肦從肉八，
而釋為八聲<small>肦屬衣攝曉紐，八屬阿攝幫紐</small>。。肙象小蟲，
而釋為從肉口聲<small>肙屬安攝影紐，口屬衣攝溪紐</small>。。彭從壴
彡，而釋為彡聲<small>彭屬央攝並紐，彡屬音攝心紐</small>。。豈象提
鼓，而釋為散聲<small>豈屬衣攝溪紐，散屬威攝明紐</small>。。虔從虍
文，而釋為文聲<small>虔屬安攝溪紐，文屬屙攝明紐</small>。。食從亼
皀，而釋為亼聲<small>食屬噫攝定紐，亼屬音攝從紐</small>。。弟從弋
韋束省以示韋束次弟，而釋為韋省丿聲<small>弟屬衣攝定紐，丿</small>
<small>屬威攝滂紐</small>。。幵從并友，而釋為幵聲<small>幵屬嬰攝幫紐，幵</small>
<small>屬安攝見紐</small>。。參從彡今，而釋為今聲<small>參屬幽攝明紐，今</small>
<small>屬烏攝溪紐</small>。。髡從兀髟，而釋為兀聲<small>髡屬屙攝溪紐，兀</small>
<small>屬阿攝疑紐</small>。。狱從犬來，而釋為來聲<small>狱屬因攝疑紐，來</small>
<small>屬噫攝來紐</small>。。〈七部〉之矣與〈子部〉之疑，俱為古
文枲之譌變，乃示據杖疑立，而釋為矢聲<small>疑屬噫攝疑</small>
<small>紐，矢屬衣攝透紐</small>。。弰從弱百，而釋為百聲<small>弰屬威攝並</small>
<small>紐，百屬音攝透紐</small>。。斯從斤其，而釋為其聲<small>斯屬益攝心</small>
<small>紐，其屬噫攝溪紐</small>。。歸從畟追聲，示追偯敵，而釋為
從婦自聲<small>歸屬威攝見紐，與自聲韻俱乖</small>。。犁從攴匚來聲，
以示執耒而耕，而釋為從攴厂未聲<small>犁屬噫攝來紐，未屬</small>

威攝明紐。○ 奭從皕赤聲，以示盛赤，而釋為從大皕聲奭屬烏攝曉紐，皕屬噫攝幫紐。○ 卤卣并從口省卣聲，而為方國之本字，《說文》乃析卤卣為二文，而釋卤為籀文之西聲卤卣屬幽攝定紐，西屬噫攝心紐。○ 是皆聲韻違舛，亦如穴八之音不相諧，而《說文》俱誤釋諧聲。此可證<u>許氏</u>釋字，非唯形義多誤，亦且未能明悉古音也。

祝

祝，祭主贊詞者，从示从儿口。一曰从兌省，《易》曰「兌為口為巫」。

　　案祝於卜辭祝祝，〈禽鼎〉作祝，〈長由盉〉作祝，并從示兄會意。【注】《三代》二卷41葉〈禽鼎〉云「大祝禽鼎」。《錄遺》293圖〈長由盉〉云「即<u>井白</u>大祝射」。兄從口者，以示發號說見兄下。祭祀之祝職司贊詞，兼作命誥，并令祭儀見《周禮大祝》、《儀禮士虞禮、特牲饋食禮》，是亦發號之職，故祝以從兄會意。攷兌於卜辭兌兌，祝或省作兄兄，祝兌二文於卜辭經傳不相通作，可證祝非從兌。《說文》據《周易》說卦，以釋祝從兌省，而未知「兌為口為巫」，乃筮者比擬之名。猶之

「兌為澤，為少女，為妾，為羊」，皆非構字之恉。且也說卦之文，為<u>東周</u>筮人之說，不應<u>殷商</u>文字，與說卦之比況同義。而乃云然，是與釋爻為「象《易》六爻頭交」，為同一謬戾矣。《說文》云「祝，從示從儿口」，斯亦悖於字恉。通考《說文》，於會意諧聲，有謬釋字形者。若曾乃從口囱聲，以示為方名，而《說文》釋為八日四聲。喬從又曷聲，乃曷之絫文，而《說文》釋為口咢又聲。建從止㞢以示行止之速，而釋為又止中聲。整從敕正聲，以示誡敕使齊，而釋為攴束正聲。舌從口矞聲，以示為方國，而釋為自于知。雁從隹斤以示鷙鳥，而釋為隹人瘖聲。叡從目叡以示窔明，而釋為從叔目谷省。觲從角羊聲，以示騂牲，而釋為羊牛角。衡從角術聲，以示為車衡，而釋為角大行聲。鼓從支壴，以示擊鼓，而釋為壴中又。巿從分止聲，以示為衒賣所止，而釋為冂八㞢聲。害從舍丰聲，以示葺屋，而釋為宀口丰聲。望從月呈聲，以示與日相望，而釋為月臣壬。俞從舟余聲，以示舟之轉注，而釋為亼舟巜。易從旦勿，以示日出旗上，而釋為日一勿。彘從彖矢聲，以示野彘，而釋為從彑二匕矢聲。涅從水呈

聲，呈者昵之古文，涅從呈聲，以示泥滓，而釋為
從水土日。灑從网潐聲，以示釃酒使盡，而釋為從
网水焦聲。姦從女妖聲，以示爭訟自厶，而釋為三
女。彝從彐雞，以示瀝血釁器，而釋為糸彐米互。
蠲從蜀益聲，而釋為虫罒益聲。陳從自東，以示堂
之東階，而釋為自木申聲。飾、蝕、飭并從飤聲，
而釋為從人食聲。凡此皆如釋祝之比，乃為碎裂字
形，多失本義者也。若元從儿二，以示人上為首，
而釋為從一兀聲。異從大由聲，以示祭禩，而釋為
彐畀。叟從宀炗聲，以示搜求，而釋為又灾。坴從
肉入土，以示肉食遺地，而釋為從肉仕聲。䛒從言
刚，以示言彊悖禮，而釋為刀詈。會從合四，以示
聚合廬舍，而釋為從亼曾省。弟從弋韘省，以示韋
束次弟，而釋為韋省丿聲。游從水斿聲，以示水名，
而釋為從㫃汓聲。蓡從晶㐱會意，以示斬伐殄滅，
而釋為從晶㐱聲。實從宀田貝，以示財富，而釋為
宀貫。宵從宀月小聲，以示小心戒夜，而釋為從宀
肖聲。羅從網省從隹，以示鳥罟，而釋為网維。彥
從弓产，以示士之美材，而釋為從彣厂聲。庶從火
石聲，以示焚石，而釋為广炗。奔從三走，以示疾

趨，而釋為從天卉聲。染從水木九，以示梔茜染色從徐鉉所引裴光遠之說，而釋為從水杂聲。乳從爪孔，以示人乳，而釋為孚乙。耿從火聖聲，以示為光之轉注，而釋為從耳烓聲。乍從匕入，以示耕作，而釋為亾一。埶從埶予聲，而為埶之增聲字，乃釋為從坴省從丮。黃從口𦎫聲，以示方國，而釋為從田茨聲。【注】黃之古文作𢔏，方名從口作𥅆，篆文作黃，乃𥅆之譌變。眚從臼自口，以示提師出征，而釋為自史。為從爪象，以示役象任勞。豊從壴珏，以示行禮，豐從壴丰聲，以示鼓聲。齊從二㐰聲，以示等平。克從𡧟由，以示勝敵。覓從儿𡭴聲，以示首服。易從𣃗彡，以示變易，自從二厶厶亦聲，以示師旅圍衛，而并釋為象形。凡此皆為顛亂字形，多失本義者也。自餘誤以象形為會意或諧聲說見中穴之下，誤以諧聲為象形或會意說見皇下，亦有誤釋形聲，而於形義不符，或聲韻不協。如斯之屬，星布許書，固有不勝枚舉者矣。

兄

兄，長也，从儿从口。

案兄於卜辭作 𠙵𠔼，彝銘作 𠔼𠙵，并從儿口會意。《爾雅釋親》云「男子先生為兄」，是卽兄之本義。經傳以父兄連言見《論語子罕篇、先進篇》、《孟子梁惠王上、梁惠王下、滕文公上、離婁下》、《公羊傳隱二年》、《禮記檀弓上、文王世子、郊特牲、內則》，〈蔡姞簋〉有皇兄之名《三代》六卷 53 葉，【注】案皇義為大，皇兄謂大兄也。〈蔡姞簋〉云「蔡姞乍皇兄尹叔膡鬵彝」。《大雅皇矣》云「皇矣上帝，臨下有赫」。毛傳「皇，大」。與祖考之偁皇，其義相若。見於卜辭，而列于典記者，則自兄甲以至兄癸，其數煩猓，僅闕兄乙一名。見於《詩》者，《鄘風鶉之奔奔》云「人之無良，我以為兄，人之無良，我以為君」，卽此可證親屬之兄，尊同君父。是以其字從口，猶君之從口，以示發號。則其本義亦如父母，皆為親屬之名，非以假借為偁也。《說文》云「兄，長也」，是唯牽合疊韻為訓，失之義恉未明。《大雅桑柔》云「倉兄填兮」，〈召旻〉云「職兄斯引」，并借兄為茲益之詞。【注】案兄通況，以滋益為義，〈桑柔〉云「不殄心憂，倉兄填兮」。毛傳「兄，滋也」。陸德明釋文「兄，音況。本亦作況」。孔穎達疏「況訓賜也，賜人之物則益滋多，故況為滋也」。倉兄，朱熹集傳「倉兄，與愴怳同，悲閔之意也」。

以兄借為語詞，故彝銘於父兄之字，或增生聲而作⿺兄生。〈嘉賓鐘〉云「用樂嘉賓父貺大夫」《三代》一卷 8 葉，〈子璋鐘〉云「用樂父⿺兄生諸士」《三代》一卷 29 葉，〈沇兒鐘〉云「㠯樂嘉賓，及我父⿺兄生庶士」《三代》一卷 54 葉，〈王孫鐘〉云「用樂嘉賓父⿺兄生」《三代》一卷 64 葉，〈朩家父匿〉云「用速先後諸⿺兄生」《三代》十卷 22 葉，凡此之貺⿺兄生，皆為別於借義之轉注字。惟諸器之父⿺兄生，義如《國語》之父兄〈晉語五〉，乃尊長之偁，而為父兄之引伸義也。【注】〈晉語五〉云「大夫非不能也，讓父兄也」。韋昭注「父兄，長老也」。或曰「兄之本義訓益，口之言無盡，故以儿口為滋長之意」段玉裁《說文》兄下注。然案凡語詞之從口者，必以諧聲構字，其非諧聲構字者，必以指事為文。若只乃丂于，文皆指事，凡從四文構字者，皆為語詞，即其明例。葢以語詞義涉陵虛，文艱實構，故不以象形或會意為文。若識詞之𢿱，為方國之本字，其初文於卜辭作[illegible]《前編》5、17、3 片，即篆文之知，乃從大吁會意，以示驚奇《說文》知下。葢古文籀篆，其示語詞之義，而以會意為文者，僅有[illegible]、甹、兮、号、粵、平、[illegible]七字。良以吁、丂、亏、乃，胥為語詞，故從吁之

臥，從丂之粵、兮、号，從于之粵、平，及從乃之
迺，俱為語詞之義《說文》釋迺義非是，說見迺下。它若
各、者、介、曾、茶、余、弜、矣，考其形義，固
非語詞說見各者諸字之下。而《說文》以語詞釋文，是
皆悖於初義之謬說也。夫兄從儿口，非若粵、粵、
平、迺之屬，以指事為文，其非語詞，斷然可識。
藉如其說，則凡語詞，無一不出人口，亦不至僅為
滋益之詞。乃據詩傳所釋假借之義，以為本義，是
不明文字構體之妄言矣。

殷

殷，作樂之盛偁殷，從㐆殳，《易》曰「殷薦之上
帝」。

案殷於彝銘作𣪘𣪘，與篆文同體，從㐆殳會意。
㐆示反身旋轉之容，殳示所執之器，當以兵舞為本
義。《周禮舞師》云「掌教兵舞，帥而舞山川之祭祀」，
【注】兵舞，鄭玄〈鼓人〉注「兵，謂干戚也」。〈司兵〉云「掌
五兵五盾，祭祀授舞者兵」，〈司戈〉云「祭祀授旅
賁殳，授舞者兵亦如之」，此兵舞之見於禮制者。兵
有多種，故有弓矢之舞見《周禮樂師》、有干戚之舞見

《禮記文王世子、樂記》。弓矢之舞，僅用於燕射，宜非祭舞之字所從。【注】燕射，指飲宴之射。《周禮春官樂師》云「燕射，帥射夫以弓矢舞」。孫詒讓正義「燕射者，王與諸侯、諸臣因燕而射」。而殷不從干或戈者，蓋以別於戰禦與殺伐之義，因以無刃之兵，而示其為兵舞也。考殷之見於西周彝器者，有〈仲殷父鼎〉《三代》三卷 29 葉，〈盂鼎〉《三代》四卷 42 葉，〈禹鼎〉《錄遺》99 圖，〈仲殷父簋〉《三代》八卷 3 葉，〈格白簋〉《三代》九卷 14 葉，〈小臣謎簋〉《三代》九卷 11 葉，〈朿殷穀簠〉《三代》十卷 2 葉，〈保卣〉《錄遺》276 圖，〈傳卣〉《三代》八卷 52 葉，〈鮒卣〉《三代》十三卷 39 葉，〈臣辰卣〉《三代》十三卷 44 葉，而卜辭無殷字，其於方名祭名，俱假衣為殷。可證殷之構字，肇於西周。《禮記樂記》云「夫樂者象成者也，總干而山立，武王之事也」。〈明堂位〉云「朱干玉戚，冕而舞〈大武〉」，【注】朱干，紅色之盾。玉戚，玉柄或玉飾之斧。〈明堂位〉云「季夏六月，以禘禮祀周公於大廟……朱干、玉戚，冕而舞〈大武〉」。孔穎達疏「干，盾也；戚，斧也。赤盾而玉飾斧也」。〈祭統〉文亦同。〈大武〉者武王之樂見《左傳襄二十九年》、《呂氏春秋古樂篇》，是知兵舞乃武王所肸，此所以因大舞之樂而構殷字，亦肇於

周初。《公羊傳昭二十五年》云「朱干玉戚以舞〈大夏〉，八佾以舞〈大武〉」。【注】〈大夏〉，周代六舞之一，相傳為夏禹時代之樂舞。〈昭二十五年〉云「乘大路、朱干、玉戚以舞〈大夏〉，八佾以舞〈大武〉，此皆天子之禮也」。其文適與〈明堂位〉及〈祭統〉相反，亦與〈樂記〉及西周使有殷字者，乖牾不符，斯必傳譌之說。當西周之時，凡文之左右反書，不成別一音義，然則殷所從之身，雖為身之反書，必與身義無異。此徵之字例，而知身身同為者一也。攷之卜辭彝銘，凡從人之字，通作ㄱ𠃌。何於〈何戈簋〉作ㄓ《三代》六卷 8 葉，〈父乙卣〉作ㄓ《三代》十二卷 48 葉，保於〈父丁簋〉作ㄗ《三代》七卷 3 葉，〈父己罍〉作ㄗ《三代》十三卷 51 葉，因知人之古文，或象其立而作ㄱ，或象其坐而作𠃌，或象儋戈而作ㄓ，或象勾子而作ㄗ案保勾古為一文，固一文之異構也。保異於卜辭作ㄓㄟ，并象舉手勾持。彝器有〈ㄥ鼎〉《三代》二卷 12 葉，〈ㄥ觶〉《三代》十四卷 32 葉，俱象舉手之形，與ㄟ手之大，亦一文之異構也。然則殷從反身，以象舞容，固與身義無別，猶之ㄱ𠃌ㄥㄥ音義無殊。此徵之字例，而知身身同文者二也。夫夏殷與無，皆為盛祭之樂舞說見夏無之

下，故引伸俱有盛大之義。《周易豫》云「先王作樂崇德，殷薦之上帝」，以及經傳所謂殷祭《禮記曾子問》、《公羊傳文二年》、殷奠《禮記喪服大記》、殷見、殷頫《周禮大宗伯》、殷膳《周禮掌客》、殷聘《左傳昭九年》，是皆殷之引伸義。《說文》據《周易》釋殷者，非其本義也。《說文》訓𣇃為歸者，猶之析二止之𣥂步，而別出𡴍之一文說見止下，皆為晻於文字之演變，而謬為𢇛析者也。并昧其字形，而未失本義。昴之未失本義者，亦其比也。

爻

爻，交也，象易六爻頭交也。

　　案爻於卜辭與篆文同體，於簋銘作 爻 《三代》七卷 3 葉，斝銘作 爻 《三代》十三卷 50 葉，爻 爻 乃一文之詳簡，猶之文於卜辭作 爻 爻，於〈父乙簋〉作 爻 《三代》六卷 32 葉，亦為一文之詳簡，俱象文物相交之形。棥之從爻，以示交木為藩，駁之從爻，以示毛色相雜，希於卜辭作 爻，以示織文交相錯，是爻當以文物相交為本義。凡物之相交，則有錯雜之義，故孳乳為襍錯之襍，亦孳乳為駁牛之犖爻犖古音同屬天攝。

凡物之錯襍者，則視不審諦，故孳乳為視誤之覷覷古音同部。錯襍卽紊紼不整，故有殽亂之義，《莊子齊物論》云「樊然殽亂」，【注】樊然殽亂，謂紛雜混亂貌也。〈齊物論〉云「自我觀之，仁義之端，是非之塗，樊然殽亂，吾何能知其辯」？成玄英疏「樊亂糾紛，若殽饌之雜亂」。是皆爻之引伸義。猶之錯畫之文，孳乳為訓亂之紊，亦為文之引伸義也。《說文》以「易六爻」釋之，斯為傅合之說。葢以《周易》以著草成卦，其象橫列，有相交之理，而無相交之形，是爻之構形，非取象於六爻。矧夫六爻成於周世，而爻之為文，見於卜辭，其非取義六爻，固尤不待詞辨。《說文》據以為訓，是猶據《周易》以釋祝，而未知祝之構形說見祝下。據《周易》以釋殷，而未知殷之本義說見殷下。皆蔽於後世筮人之說，而昧於文字之初義也。

喪

喪，亾也，从哭亡，亡亦聲。

案喪於〈毛公鼎〉作喪，〈量厌簋〉作喪，從器亾會意，而以失器為本義。〈父戊鼎〉云「文考遺寶賚，弗敢喪」《三代》三卷 34 葉，〈量厌簋〉云「子子

孫孫永寶毀勿喪」《三代》六卷47葉，〈余冉鉦〉云「女勿喪勿敗」《三代》十八卷5葉，《左傳襄十年》云「器用多喪」，是皆喪之本義。《邶風擊鼓》云「爰喪其馬」，《大雅皇矣》云「受祿無喪」，〈抑篇〉云「曰喪其國」，以及《周易》之喪朋〈坤〉、喪羊〈大壯〉、喪馬〈睽〉、喪牛〈旅〉、《左傳》之喪師〈隱十一年〉、喪田〈襄十年〉、喪志〈昭元年〉、喪邑〈昭七年〉、喪職〈昭十三年〉、喪改〈昭二十五年〉、喪心〈昭二十五年〉，是皆喪之引伸義。亦引伸為過失之義，而假眚、爽為之說見眚下。【注】眚，過失也。《左傳僖三十三年》云「且吾不以一眚掩大德」。爽，過失也。《衞風氓》云「女也不爽，士貳其行」。《周禮》之〈職喪〉、《禮記》之〈喪服小記〉、〈喪大記〉、〈奔喪〉、〈問喪〉、《儀禮》之〈喪服〉、〈士喪〉，是皆死之雙聲假借喪死同屬心紐。《小雅常棣》云「死喪之威」，〈頍弁〉云「死喪無日」，則以死喪為雙聲連語。彝器有〈喪史實鈕〉，字亦從器作𠀤《三代》十八卷14葉，喪史即《周禮》之〈職喪〉，【注】職喪，古官名。《周禮春官職官》云「職喪掌諸侯之喪，及卿大夫、士凡有爵者之喪，以國之喪禮，涖其禁令，序其事」。可證死喪之義，與失器之義，非有二字。篆文作器，斯為省

體。《說文》云「从哭亡，亡亦聲」，乃以喪為死喪之義。其云「亡亦聲」，則又牽於韻部相合，而不顧聲類相乖，【注】案亡音武方切，屬微紐；喪音息郎切，屬心紐。是亡與喪聲類相乖也。失之形義俱非矣。

湑

湑，茜酒也，一曰浚也，一曰露皃也，从水胥聲。

　　詩曰「有酒湑我」，又曰「零露湑兮」。

　　案湑於卜辭作 𣪊 𣪊，簋銘作 𣪊 𣪊 《三代》六卷 48 葉、七卷 28 葉，隸定為 醔 醔 與 醔。醔 為從酉五聲，醔 為從酉 𣪊 聲，𣪊 卽篆文之魯，其作 𣪊 者，乃從酉 𣪊 省聲，是皆一字之異體，而為湑之古文，從酉者乃示茜酒之義。【注】茜酒，古代祭禮。《說文》云「茜，禮祭，束茅加于裸圭而灌鬯酒，是為茜，象神歆之也。《春秋傳》曰『爾貢苞茅不入，王祭不供，無已茜酒』。」今本《左傳僖四年》作縮酒。魯胥同音古音同屬烏攝心紐，故自 醔 而蛻變為湑。卜辭彝銘皆用 醔 為方名與姓氏，【注】〈季魯簋〉云「季魯肇乍乑文考井未寶障彝」。季魯者，季蓋其名或字，魯則其姓氏。〈趠小子簋〉云「趠小子鞃曰其友乍 醔 男王姬 𦥑 彝」。醔 男，蓋為 醔 方之男爵，則此器之 醔，蓋以方國為義。惟卜辭之 醔，

與「三牢」并見一辭《佚存》749片，葢為莤酒，然辭有殘闕，未能塙知。《說文》訓湑為莤酒者，乃其本義。其曰浚者，乃引伸之義。其曰露皃者，乃假借之義。猶之《唐風杕杜》、《小雅裳裳者華》，俱以湑為狀葉之詞，亦為假借之義。【注】湑或湑湑，皆狀樹葉茂盛貌。〈杕杜〉云「有杕之杜，其葉湑湑」。〈裳裳者華〉云「裳裳者華，其葉湑兮」。朱熹集傳「湑湑，盛貌」。《說文》從詩傳以莤酒與露皃釋湑，而不從詩傳以枝葉之皃釋湑者，乃以湑字從水，宜為酒水之義，故以二義釋之。釋一字而數義棼陳，固《說文》所多見，皆以未能諦知初義，故爾襍陳義訓。亦猶未能諦知字形，固爾襍陳數說也。

索

，艸有莖葉可作繩索，從𣎵糸。杜林說「𣎵亦朱木字」。

案𩜻於卜辭作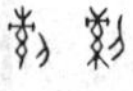《前編》2.8.7片、《後編上》14.3片，隸定為𠛱說見𩜻下。所從之索作者，乃從糸⊢會意。⊢者壬之古文，形象儋物之具說見壬下。索從壬者，以示負之肩背，而以引重繩為本義。所從

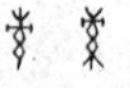

之系猶繩縋之從糸，非取細絲之義也。《小爾雅廣器》云「大者謂之索，小者謂之繩」，其說近之。篆文形譌，故《說文》誤為從朮，而釋為「艸有莖葉可作繩索」，失之形義俱非。與挍同義之宷，於角銘作《三代》十六卷46葉，乃從宀𠬶糸會意，非承索而孳乳。

【注】《說文手部》云「挍，眾意也。一曰求也」。《說文宀部》云「宷，入家挍也」。是知挍求與宷挍同義。篆文作宷者，葢亦形之譌易，或為自會意而蛻變為諧聲也。

緯

，緩也，从素卓聲。緯，緯或省。

案緯於卜辭作、《前編》2.8.7片、《後編上》14.3片，〈姚乙爵〉作《三代》十六卷24葉，并從索刀聲，索者引重之繩說見索下，從刀聲示斷索以緩勞役，而以弛勞為本義，引伸為凡寬緩之義。《尚書無逸》云「不寬緯厥心」，《衛風淇奧》云「寬兮緯兮」，《小雅角弓》云「緯緯有裕」，是皆緯之引伸義也。【注】〈無逸篇〉云「不寬緯厥心，亂罰無罪，殺無辜」。「不寬緯厥心」者，謂不放寬心胸和態度也。〈淇奧〉云「寬兮緯兮」，毛傳「緯，緩也」。〈角弓〉云「緯緯有裕」，毛傳「緯緯，寬也」。索刀與

素卓同音_{索素同屬烏攝心紐，刀卓古音同屬天攝端紐}，故
篆文蛻變為鞣，此乃先民假借構字之通則。〈蔡姞簋〉
云「用祈匄賚壽鞣綰永命」《三代》六卷 53 葉，鞣綰讀
如綽寬_{綰寬古音同屬安攝}，【注】祈乃祈之古文，匄義為乞求，
祈匄即祈求。賚乃賚之省，賚從賚省湏聲，賚即篆文久長之釁。
壽義為久。釁壽乃歷年久遠之同義疊語，詩傳作「眉壽」，眉乃釁
之雙聲假借。謂久長其壽命也。毛傳「眉壽，秀眉也」；又曰「眉
壽，豪眉也」。失其義矣。綽綰讀如綽寬，謂心匈寬容廣大也。永
命即長命。「用祈匄賚壽鞣綰永命」者，謂作器之目的，乃用以祈
求長久其壽命，心胸寬大，至于永命也。可證剶於西周已蛻
變為鞣。《說文》訓鞣為繄者，乃從詩傳而言，非鞣
之本義也。

舛

朱，對臥也，从夂中相背。𧾷，揚雄作舛从足菐。

案從舛之字，於卜辭有虞之作 𢖺《乙編》8035 片，
於簋銘有冀之作 𤘈《三代》六卷 43 葉，於〈穆公鼎〉
有舜之作 𤈮《錄遺》97 圖，於卣銘有韋之作 𤔔《三代》
十三卷 13 葉，於〈姛簋〉有陝之作 𨈬《三代》七卷 26 葉，
并象二止之形。篆文從舛者，若舞之從舛以示趺踊，

舛之從舛以示踐地，桀之從舛以示木上肢解，乘之
從舛以示登几上車_{說見乘下}，凡此皆以舛示二足。是
則舛之以二止會意，而象相背嚮之形，與址從二止
會意，而象相並前嚮之形，構字同意。惟址象二止
前嚮，猶有進趨之義，故正於卜辭作𠬝𠬝。舛象二
止相背，故無進趨之義，而孳乳為舞桀諸字。若韋
韋之從舛，則取相背之義。此覈之字形，徵之從舛
之字，因知舛之本義為二止相背，引伸為凡乖背之
義。《淮南子》之「舛馳」_{〈俶真篇〉、〈氾論篇〉}，<u>賈誼</u>文
之「舛逆」_{《漢書賈誼傳》}，《莊子天下篇》之「舛駁」，
此皆舛之引伸義也。【注】《淮南子》之「舛馳」，互馳也。〈俶
真篇〉云「方其為虎也，不知其嘗為人也；方其為人，不知其且
為虎也。二者代謝舛馳，各樂其成」。<u>高誘</u>注「舛，互也」。<u>賈誼</u>
文之「舛逆」，悖逆也。<u>賈誼</u>文云「本末舛逆，首尾衡決，國制搶
攘，非甚有紀，胡可謂治」。〈天下篇〉之「舛駁」，龐雜不純也。
〈天下篇〉云「惠施多方，其書五車；其道舛駁，其言不中」。<u>成
玄英</u>疏「舛，差殊也；駁，雜糅也。道理殊雜而不純，言辭雖辯
而不當也」。《禮記王制》注曰「臥則僢足」，乃謂二人
足相背嚮，亦為舛義之引伸。《說文》釋為「對臥」
者，蓋據<u>漢</u>人之俗語而言，猶之<u>漢</u>制釋冊印諸字，

皆非本義說見冊下。《說文》云「从夊屮相背」，是亦誤其字形也。

朝

𦩍，旦也，从倝舟聲。

案朝於卜辭作𦱤𦱤或𦩍，其作𦱤者，乃從日屮會意，以示日之初出，見於屮中，與莫從茻聲，構字同意。莫於卜辭作𦱤𦱤，或省作𦱤𦱤，構形與𦱤相溷，故卜辭之𦱤亦從明作𦩍，以示旦明，則其別於杳冥之莫，形義昭明。卜辭云「癸丑卜行貞，翌甲寅毓祖乙歲𦩍酌，丝用」《庫方》1025片。【注】行為卜人之姓氏，此卜於甲寅日行歲祭，朝旦行酌祭於毓祖乙之宜否？丝用，謂用此卜也。毓為後之初文，毓祖乙者，因名祖乙者有多人，故以後之祖乙以資別也。𦩍酌卽它辭之「叀𦱤酌」《續存上》1937片，皆謂於旦明行酌祭，此可證𦩍𦱤一字，皆朝旦之義，𦩍非萌之古文也。水朝宗于海之淖，〈𣥂獸鼎〉作𦩍《三代》三卷51葉，〈盂鼎〉作𦩍《三代》四卷42葉，〈仲殷父簋〉作𦩍《三代》八卷4葉，〈矢彝〉作𦩍《三代》六卷56葉，〈陳侯因資錞〉作𦩍《三代》九卷17葉，并從卓聲。唯𦩍為從巜，𦩍為從川，𦩍則

從水，雖其形有互殊，皆為一字之異體，俱為朝見與朝夕之義。篆文作𩵋，乃朝之形誤。〈朝訶戈〉作𩵋《三代》十九卷46葉，於《中別增列橫畫，是卽篆文誤《為舟之所本。廟於〈趞簋〉作𩵋《三代》四卷33葉，〈羌白簋〉作𩵋《愙齋》十一冊23葉，良以廟為淖所孳乳，故皆假淖以為廟也。此證之卜辭彝銘，因知朝旦之義，其本字從日艸作𦮃。彝銘從《之𩵋與從水之𩵋，皆卽篆文之淖。《說文》未知𩵋為朝之誤體，而以為朝旦之字，且釋為「從倝舟聲」，既誤其義訓，亦誤其字形。非唯形義不符，且亦音相乖刺朝於古音屬天攝，舟屬幽攝。。《說文》釋淖云「從朝省」，是未知𦮃為朝旦之本字，故誤以省形釋之，且又誤以諧聲為會意矣。

伐

�，擊也，从人持戈，一日敗也。

　　案伐於卜辭作� �，彝銘作� �，〈甗伐戈〉作�《三代》十九卷1葉，并從戈人會意，且象戈援加頸，而以擊殺為本義，引伸為凡斫擊之名。卜辭云「丁丑卜貞，王窓<u>武丁</u>，伐十人，卯三牢，邕口尤。

庚辰卜貞，王宾祖庚，伐二人，卯二牢，豐口卣，亡尤」？「丁酉卜貞，王宾文武丁，伐十人，卯六牢，豐六卣，亡尤」《前編》1.18.4片？「丙申卜行貞，王宾伐十人，亡尤？在自逄卜」《續存下》663片。「甲午卜行貞，王宾龍甲，勺，伐繞二人，卯窜，亡尤」《粹編》272片？凡此皆謂伐人為牲。【注】殺人為祭即在後世亦有其例：《左傳僖十九年》「宋公使邾文公用鄫子于次睢之社」。《左傳昭十年》云「平子伐莒取郠，獻俘，始用人於亳社」。《左傳昭十一年》云「楚子滅蔡，用隱太子于岡山」。用人於社之制，夏代即有之。《夏書甘誓》云「弗用命，戮於社」，是其證也。

《小雅出車》云「薄伐西戎」，〈采芑〉云「征伐玁狁」，〈雨無正〉云「斬伐四國」，《大雅大明》云「燮伐大商」，是皆伐之本義。【注】斬伐，征伐也。〈雨無正〉云「降喪饑饉，斬伐四國」。卜辭用伐為征伐之義者，益為多不勝舉。《詩》之伐檀《魏風》、伐柯《豳風》、伐木《小雅》、伐鼓《小雅采芑》、伐鼛《小雅鼓鐘》，是皆伐之引伸義。有功出于征伐，故偁功曰伐，自矜其功亦曰伐，《左傳》云「且旌君伐」〈莊二十八年〉，【注】「且旌君伐」，杜注「旌，彰也；伐，功也」。謂彰顯君王之功績也。又云「驟稱其伐」〈成十六年〉，【注】驟稱其伐，謂數

稱其功也。《老子》云「不自伐故有功」,《論語》云「<u>孟之反</u>不伐」〈雍也篇〉,【注】〈雍也篇〉子曰「<u>孟之反</u>不伐;奔而殿」義謂<u>孟之反</u>不誇己功,為戰敗軍殿後拒敵而不居功也。是亦伐之引伸義。《說文》從詩傳釋伐為擊,說固無誤。惟云「从人持戈」,則與釋戍無異。攷戍於卜辭作 �,於彝銘作 𢌳𢌳,并從人持戈,與伐之象戈援加頸,構形有別。篆文之伐形小遷譌,故《說文》釋伐戍二字,其說相同。乃據篆文之變體而言,是以未得伐之構形,而亦未得伐之初義。《說文》復以敗釋伐者,是徒牽合音訓伐敗古音同屬阿攝舌音,而與伐義相遠矣。

晏

晏,天清也,从日安聲。

　　案《禮記禮器》云「晏朝而退」,〈內則〉云「孺子蚤寢晏起」,《儀禮士相見禮》云「問日之早晏」,《論語子路篇》云「何晏也」,《管子乘馬》云「民知時日之蚤晏」,《國語越語下》云「蚤晏無失」,《晏子春秋》卷二云「日晏不罷」,《墨子非樂上》云「蚤朝晏退」,《戰國策秦策五》云「一日晏駕」,《楚辭

離騷》云「及年歲之未晏」,〈九歌〉云「歲既晏兮孰華予」,《呂覽禁寒篇》云「早朝晏罷」,〈勿躬篇〉云「蚤入晏出」,〈慎小篇〉云「明日日晏」,此秦前載籍,并用晏為日莫之義。《小爾雅廣言》云「晏,晚也」,斯正晏之本義。蓋自莫而雙聲孳乳為彎晚古音同屬明紐,自彎而疊韻孳乳為旰晏古音同屬安攝,皆為音變之轉注字。卜辭有莫而無彎晚,則其構字,當肇於周。旰晏承彎而孳乳,是其肇興又在彎晚之後,而當東周之時,此所以春秋、戰國多用晏之本義也。若夫《淮南子繆稱篇》云「暉日知晏」,揚雄〈羽獵賦〉云「天清日晏」《漢書揚雄傳上》,并假晏為薈晏薈古音同屬安攝影紐。《史記封禪書》之「曤溫」,《漢書郊祀志》之「晏溫」,此正假晏為薈之明證。《說文》以天清釋晏者,不見先秦典記,蓋據揚雄之賦而言。亦猶據揚雄之說以釋曡說見曡下,據揚雄之賦以釋氏說見氏下,【注】案魯先生於曡下云「曡,從晶宜會意,以星多為本義」;於氏下云「氏,象人提物之形,而以提攜為本義」。而《說文晶部》云「曡,揚雄說以為古理官決罪,三日得其宜乃行之。從晶宜。亡新以從三日大盛,改為三田」。《說文氏部》云「氏,巴蜀名山岸脅之旁箸欲落墮者曰氏,氏崩聲聞數百里,象

形，乁聲。揚雄賦『響若氏虒隤』。」胥為失其本義也。

實

𡪄，富也，从宀貫，貫為貨物。

案實於〈散盤〉作𡪄《三代》十七卷 22 葉，〈國差
𤭣〉作𡪄《三代》十八卷 17 葉，从宀田貝會意，以示有
田有貨，而以財富為本義。《管子九變篇》云「田宅
富厚足居也」，此實所以從田。〈散盤〉所從之𤲒，
卽卜辭之𤲒，乃稠之初文説見周下，與從田同意，故
相通作。《左傳文十八年》云「聚斂積實」，【注】「聚
斂積實」，杜預注「實，財也」。謂搜括財貨也。〈文十八年〉云「縉
雲氏有不才子，貪于飲食，冒于貨賄，侵欲崇侈，不可盈厭，聚
斂積實，不知紀極」。《禮記哀公問》云「今之君子好實
無厭」，〈表記〉云「恥費輕實」，皆謂財貨，是卽實
之本義，引伸為虛實之名。篆文譌田為毌，故《說
文》誤釋為「从宀貫」也。

典

𠔤，五帝之書也，从冊在丌上，尊閣之也，莊都說
「典，大冊也」。𠔧，古文典从竹。

案典於〈格白簋〉作典《三代》九卷 14 葉，〈召白簋〉作𢍰《三代》九卷 21 葉，并與篆文同體，示廢閣簡牒，俾象世相傳，而以法式之書為本義。《周禮大宰》云「掌建國之六典，一曰治典以經邦國，二曰教典以安邦國，三曰禮典以和邦國，四曰政典以平邦國，五曰刑典以詰邦國，六曰事典以富邦國」。可證典以載治教禮刑，為經國之常法，為百官萬民之軌則，是以引伸有常法之義。見於書者，〈堯典〉云「慎徽五典，五典克從」，【注】慎，謹也；徽，善也。五典，孔傳「五常之教。父義、母慈、兄友、弟恭、子孝」。義謂恭謹完善推行五教，五種教化皆能有成就。〈皋陶謨〉云「勑我五典五惇哉」。【注】〈皋陶謨〉云「天敘有典，勑我五典五惇哉」。敘，次也。勑同敕，敕正也。惇，厚也。義謂天所定之倫次，有其常理；匡正其五常之性，使人皆能厚於五常之性也。見於傳者，則曰「制事典，正法罪」，或曰「予之法制，告之訓典」《左傳文六年》，或曰「德刑政事典禮不易，不可敵也」，又云「百官象物而動，軍政不戒而備，能用典矣」〈宣十二年〉，又云「言以考典，典以志經」〈昭十五年〉，是皆《周禮》六典之屬，循知典為法式之書。《左傳昭十二年》所謂「三墳五典」，賈逵釋

之曰「三墳三王之書，五典五帝之典」，馬融釋之曰
「三墳天地人之氣也，五典五行也」并見孔穎達《左傳
正義》，是皆臆度之言，不可徵信。《周禮外史》云「掌
三皇五帝之書」，其云三五，適與「三墳五典」相符，
此葢賈逵之所據，而揚雄亦有「五帝垂典」之言也
見《漢書揚雄傳下》。然五帝之書非必以典為名，藉令
名之為典，亦為義之一偏。《說文》乃據以釋典，則
失其全義。猶之以符命釋冊說見冊下，亦失其全義也。
典於卜辭作𠟭𠟭𠟭，〈父丁觶〉作𠟭《三代》十四卷 51
葉，并從𠂤二會意。〈井庚簋〉作𠟭《三代》六卷 54 葉，
從冊二會意。二者上之古文，以示上之冊命文誥，
從𠂤或又者，示職司之義，而為敤之古文。〈堯典〉
云「命汝典樂」，是即典於卜辭從𠂤又之義。莊都以
大冊釋典者，乃誤以丌為大。敤之篆文與卜辭彝銘，
無一形近。亦如「馬頭人為長」之比，皆漢人之謬
說也。

識　職

𧬈，常也，一曰知也，从言戠聲。

𦔻，記微也，从耳戠聲。

案卜辭彝銘有戠無識，職於〈郾王劍〉作戠《錄遺》595圖，〈曾姬壺〉作戠《三代》十二卷25葉，并為東周之器，葢識職肇構於東周，乃一字之異體，而以軍之覢候為本義。從言示有所訊，從耳示有所聞，〈曾姬壺〉從首作戠，猶道之從首，示因候知敵情，而為軍之嚮導，非若職之或體從首作戠也。戠者幟之初文說見戠下，凡候敵者，必因旗幟而審知軍種之兵數，是以從戠為聲。《鶡冠子》所云「僤諜」〈王鈇篇〉，【注】僤諜，謂刺探情報也。〈王鈇篇〉云「驪欣足以相助，僤諜足以相止」。陸佃注「僤，探遝也；諜，間諜也」。《後漢書》所云「偵伺」、「偵候」、「偵羅」、「偵察」〈清河孝王傳〉、〈循吏任延傳〉、〈南匈奴傳〉、〈烏桓傳〉。，皆識之轉注字。《淮南子兵略篇》云「發斥」，《史記李廣傳》云「斥候」，《國語》之「候遮」〈晉語八〉，皆識之假借字識僤偵斥古音同屬透紐，職遮同屬端紐，僤當與聖同音，聖偵古音亦同嬰攝。。考偵字始見《禮記緇衣》，【注】〈緇衣〉云「《易》曰：不恆其德，或承之羞。恆其德偵，婦人吉，夫子凶」。鄭玄注「偵，問也。問正為偵」。陸德明釋文「偵音貞《周易》作貞」。然則僤偵從人非先秦古文，亦必秦漢所孳乳者也。此戠之識職之構形，及承識音而孳乳之僤偵二

字，與假借之斥遮二字，固可審知識為軍之覘候，斷然無疑。《爾雅釋詁》云「職，常也，主也」，《說文》云「識，常也，一曰知也」，是皆假借之義識職常主知同屬舌音。《說文》云「職，記微」者，則以職記古音同部古音同屬噫攝，而為傅合音訓之臆說也。

禿

，無髮也，从儿上象禾粟之形，取其聲，<u>王育</u>說。<u>倉頡</u>出見禿人伏禾中，因吕制字，未知其審。

　　案禿乃從儿烌省會意，猶鷟從烌聲_{見《說文鳥部》}，皆以烌之艸木零落，以示眘之無毛，并資比擬而構字。它如竹支橫出，而孳乳為攱肢枝，匕峀窐空，而孳乳為牝麀妣，求形尨茸而孳乳為莍梂蝚，辰以衰流而孳乳為屟屄紙，赤苗之稱而孳乳為瑈秾，【注】秾見《篇海類編》，秾同穈，《大雅生民》云「誕降嘉穀，維秬維秠，維穈維芑」。毛傳「穈，赤苗也」。穈卽《說文》赤苗嘉穀之𪎭。高竪之巢而孳乳為樑槸，色赤如靪而孳乳為翰翯，絲織如网而孳乳為翼濯，匕柄骩頗而孳乳為攲頃，火性昷熱而孳乳為疢煩，血如華芣而孳乳為肧胚不乃芣之初文，理若筋力而孳乳為扐防，蜃有二甲

而孳乳為脣膿，紳形卷曲而孳乳為電蚺辰申乃蜃紳之
初文，物色如蔥金故孳乳為總銓，馬疾如飛風故孳
乳為驍飆，葦華穎銳如刀而孳乳為芀，艸木初萌如
牙而孳乳為芽，艸之覆蔓如毛故孳乳為芼，艸之多
葉如而故孳乳為蒞，脛骨如果故孳乳為踝，編木如
冊故孳乳為柵，合繩如丩故孳乳為糾，鳥性如人故
孳乳為雁，目窊如穴故孳乳為窅，窊通如叡故孳乳
為叡，視若曲丫故孳乳為首，語若流水故孳乳為沓，
禾末頃枀故孳乳為穎，耒柄裒曲故孳乳為頛，癘瘍
如介札故孳乳為疥介以鎧甲為本義，雨衣形如須丯故孳
乳為衰，足衣似舟故孳乳為屨，馬文似綦故孳乳為
騏，荊平似水故孳乳為瀯，昏時不明故孳乳為惛，
蚤善動躍故孳乳為慅，水色似曾青故孳乳為清，側
泉似縣殼故孳乳為㲘，魚聲似兒故孳乳為鮸，戶形
似圭故孳乳為閨，繡文如米故孳乳為絑，繒如麥稠
故孳乳為絹，蝃蝀如虫故孳乳為虹，虹形如帶故孳
乳為蝃，蟲腹如黽黽故孳乳為蠅，瑞玉如土圭故孳
乳為珪圭以土圭為本義，車軨如枀耳故孳乳為輒，彝器
之承臺載物如舟，故孳乳為受般，戶版之開闔形如
鳥翼，故孳乳為扇扉，墇居奭中亦若自在面中，故

孳乳為臬，面之枯瘠亦若火之焦物，故孳乳為醮，牆垣下基似人之足止，故孳乳為阯，繭蟲縣木如甬之縣虡，故孳乳為蛹甬以鐘甬為本義，井為水井，坎陷似之，故孳乳為阱，它為男陰，虫蝮似之，故孳乳為蛇，凡此皆以比擬構字，亦若禿鷲之從烋，而以比擬構字也。《說文》云「上象禾粟之形，取其聲」者，義謂禿為象形，且取粟為聲也禿粟古音同屬謳攝。惟禿為無髮，則不能以象形為文。且禿上從禾，粟則從米，不應禿從粟聲，而其字形不肖。是知許氏昧於禿之構體，故引王育之說迂曲作解。或謂粟當作秀以避諱改之段玉裁《說文注》，義亦不可通。良以禿秀聲韻俱乖禿屬謳攝透紐，秀屬幽攝心紐。，是禿亦不當從秀為聲。藉如其說，則禿從秀聲，無所取義。良以凡形聲之字，苟非狀聲之詞、譯音制字、與方國之名，以及轉注之孳乳，則其諧聲必兼會意。禿非語詞與方名，亦非譯音及它字之轉注，乃謂禿從秀聲，音義復相乖剌，知其說必不然。《說文》所云倉頡以下十三字，見《廣韻》所引《文字音義》，非許書原文，妄謬不值一辯。【注】《廣韻》云「禿，《說文》云『無髮也，从儿上象禾粟之形』。《文字音義》云『倉頡出見禿

人伏禾中，因曰制字』。」後之異說，靡有當理，尤無庸一述矣。

威

威，姑也，从女从戌，〈漢律〉曰「婦告威姑」。

案威於〈虢未鐘〉作𫭼《三代》一卷57葉，〈未向簋〉作𫭼《三代》九卷 13 葉，文與篆文同體，并從女戌會意。戌乃戚之初文說見戌下，元戎執以示眾，司馬濬所謂「夏執玄戉，殷執白戚」者是也《說文戉部》引。從女者猶委如及奴之從女，示眾之從令，而以軍嚴可畏為本義。《左傳文七年》云「叛而不討，何以示威」，〈襄二十七年〉云「兵之設久矣，所以威不軌，而昭文德也」，【注】義謂兵之所以設，正以威制不軌之徒，而昭明文德之治也，斯為威之本義。引伸為刑虐與威儀之義，〈甘誓〉云「威侮五行」，【注】威侮謂暴虐侮慢。〈甘誓〉云「有扈氏威侮五行，怠棄三正」。孔穎達疏「無所畏忌，作威虐而侮慢之」。〈盤庚〉云「予豈汝威」，【注】〈盤庚中〉云「予豈汝威，用奉畜眾」。意謂我豈敢威脅你們，我乃協助撫養你們也。〈洪範〉云「威用六極」，又云「惟辟作威」，〈酒誥〉云「用燕喪威儀」，〈顧命〉云「思

夫人自亂于威儀」,【注】威儀謂莊重其儀容舉止也。〈顧命〉
云「思夫人自亂于威儀」,亂,治也,孔傳「有威可畏,有儀可象」
意謂望人人奮發自勵也。是皆威之引伸義,而於西周之
前,即已疊見書傳矣。《說文》云「威,姑也,〈漢
律〉曰『婦告威姑』。」蓋許氏以威字從女,因引〈漢
律〉為訓。然案《爾雅釋親》云「婦稱夫之母曰君
姑」,《說文艸部》云「莙讀如威」,可證君聲之字,
於漢之音讀與威相同。〈漢律〉曰「威姑」者,乃君
姑之轉語君屬囷攝,與威攝對轉相通。。威姑非先秦之古
名,則威必非以姑為本訓。且威姑以二名見義,而
非威有姑義,是以漢魏書傳之威,胥與古義不殊。
其於威姑,則省稱曰姑見《漢書賈誼傳、于定國傳》、《後
漢書循吏傳、列女傳》,而不省稱曰威,亦與古義無異君
姑省稱曰姑見《禮記檀弓下、郊特牲、內則、喪服小記、雜記下、
喪服大記、坊記昏義》,乃以姑義釋威,益為乖謬。徐鍇
本《說文》云「威從女戌聲」,然戌威聲韻暌隔戌屬
衣攝心紐,威屬威攝影紐。,是威不當從戌聲也。

夏 復

夏,行故道也,从夊富省聲。

復，往來也，从彳夏聲。

案复於卜辭作🔲🔲🔲🔲，〈帚比盨〉作🔲復《三代》十卷45葉，文作🔲者，乃從夊🔲聲，從夊以示返行之義說見夊下。從彳作復者，卽复之絫文，乃上世絫文之通例，是复復為一文，猶之悳、昏、尋、卻與德、徥、得、御為一文。【注】案昏徥今楷書作㝵很。尋乃從貝寸，篆文誤貝為見而作尋得，🔲🔲🔲乃鍑之象形，而借以識音。猶之徐、彼、徐、傒，從柔、皮、余、奚為聲，亦借為識音。良以諸字其義陵虛，不可以象形或會意為文，以是構為諧聲之字，亦不能聲以兼義也。以象形之🔲🔲借為徥复之義，故孳乳為鍑，乃以別於借義之轉注字。若富於〈父辛爵〉作🔲《三代》十六卷18葉，從畐之福於彝銘作🔲🔲，與卜辭之🔲🔲《乙編》7096片，7751片，及〈季🔲父簠〉之🔲《三代》十卷14葉，構形迥異，此證以卜辭彝銘，而知复非從畐聲也。畐复雖同脣音，而古韻不諧畐於古音屬噫攝，复屬幽攝。，此覈之聲音，而知复非從畐聲也。《說文》別复復為二字，亦猶別悳、昏、尋、卻與德、徥、得、御為二字，皆以未知古有絫文之通則，是以謬為剺析。《說文》釋复為從夊畐省聲，則又誤

以返行之夂，為行遲之夂，誤以鍑之象形為畐之省體。蓋以叀文久逸，且以篆文复之上體作㠯，形近於畐，故爾牽合雙聲而釋字形。猶之釋敢從古聲，亦為牽合雙聲而釋字形說見敢下，皆以篆文譌易，是以未得構字之恉也。

戟 戛

戟，有枝兵也，从戈𠦝，《周禮》「戟長丈六尺」，讀若棘。

戛，戟也，从戈从百，讀若棘。

　　案戟於〈無更鼎〉作𢧢，〈師奎父鼎〉作戒《三代》四卷 34 葉，并從戈目會意。從目猶戛之從百，皆以示其如戈之有接，且兼首之有刺。良以從目義如從首，故彝銘之戟從目以示首之有刺，〈白晨鼎〉之𣄰《三代》四卷 36 葉，從目以示首之兜鍪，其構字同意。〈休盤〉作𢧢《三代》十七卷 18 葉，亦為目之省變，非從夕聲。猶從目之䁑，於〈鄀公簠〉作𣄰《三代》八卷 47 葉，於〈鄀公簠〉作𣄰《三代》十卷 21 葉，亦為目之變體，非從夕與肉也。〈縢厌戈〉從各聲作𢧢《三代》二十卷 13 葉，則為戟之識音字戟各古音同屬烏攝見紐。

篆文作𢧄，從𢦓猶從𠬝，𠬝緊雙聲同屬影紐，乃以示𢧄衣之義。《左傳隱十一年》之棘乃𢧄之假借。【注】棘借為𢧄乃同音假借。〈隱十一年〉云「公孫閼與潁考叔爭車，潁考叔挾輈以走，子都拔棘以逐之」。杜預注「公孫閼，鄭大夫也；輈，車轅也；子都，公孫閼也；棘，戟也」。自𢧄而孳乳為戛同屬見紐，則為𢧄之雙聲轉注字。《左傳莊四年》之子乃戛之假借。【注】〈莊四年〉云「楚武王荊尸，授師子焉，以伐隨」。杜預注引揚雄《方言》子者戟也。借子為戛乃雙聲假借。凡此諸文，或從目𢦓與首會意，或從各諧聲，皆所以示別於戈。戈於彝銘作 𠂤 𠂤，僅有橫刃之援，而無直鋒之刺，《說文》釋戈為平頭戟，乃謂首無刺兵，其說甚允。此徵之文字，可證戈戟異形。《周禮考工記冶氏》云「戈廣二寸內倍之，胡三之，援四之，倨句外博，重三鋝。戟廣寸有半寸，內三之，胡四之，援五之，倨句中矩，與刺重三鋝」。此徵之經典，而戟具援刺。若〈滕厌戈〉純屬句兵，而銘曰戟者，蓋晚周以戈戟為通名，亦猶吳、揚之閒謂戟為戈也見《方言》卷九。傳世古兵，若〈厌戟〉、〈射戟〉《三代》十九卷 22 葉至 24 葉，并柲首有刺，此正戛之所以從首，錄古器者，或偁有刺者為戈，偁無刺者為戟，斯乃

晻於古制之謬說。《說文》釋戟為有枝之兵，則唯見戟之有援，而無以見戟之有刺。鄭司農注〈考工記〉云「刺謂援也」，是亦未知戟首之刺直鏠上出，未可與橫出之援，溷為一名也。

利

𥝢，銛也，刀和然後利，从刀和省，《易》曰「利者義之和也」。𥝢，古文利。

　　案利於卜辭作𥝢𥝢𥝢𥝢，彝銘作𥝢𥝢，并從刀禾會意。文作𥝢𥝢者，乃從重口之省書，而為方名之繇文，卜辭多其例。《說文》所載古文之𥝢，乃繇文之譌易，非從它文構字也。從禾者猶昧龢盉之從禾諧聲，皆取中禾之義。禾之用為中禾，乃無本字之假借，孳乳為昧龢盉利，則為假借構字。惟中禾之義，經傳胥借和為之，許氏惑於經傳之假借，而以「和省」釋利，則未得造字之恉。《呂覽別類篇》云「柔則錈，堅則折，劍折且錈，焉得為利劍」。此所以利必從禾，以示剛柔得中，則其鏠刃無堅不入。《管子制分篇》云「屠牛坦朝解九牛，而刀可以莫鐵」，《戰國策趙策三》云「吳干之劍，金試則截盤

匣」，【注】吳干，謂春秋吳國干將之劍。〈趙策三〉云「吳干之劍，肉試則斷牛馬，金試則截盤匜」。此為剛柔得中之證，引伸為順利與利害之義。卜辭云「其伐先利， 不利， 其伐㴋利」《前編》2、3、1片？此卜伐先、㴋二方，是否順利，可徵殷代已用其引伸義矣。

鬥 鬪

，兩士相對，兵杖在後，象鬥之形。

，過也，從鬥斲聲。

　　案鬥於卜辭作，從二丮會意，象相搏擊之形。簋銘作《三代》六卷1葉，〈父丁卣〉作《三代》十三卷2葉，則從二埶會意。埶乃執之古文，借為權埶說見埶下。鬥從二執者，示爭權埶，而為假借構字。鬥戰雙聲古音同屬端紐，故自鬥而孳乳為戰，與卜辭之從二丮會意者，其義小殊。卜辭於攘敵之名，或云正、或云伐、或云臺，〈宗周鐘〉云臺伐《三代》一卷65葉，〈不嬰簋〉云臺戴《三代》九卷48葉，〈虢季子盤〉云搏伐《三代》十七卷19葉，可證自卜辭至西周彝器，第有鬥及正、伐、臺、戴諸名。【注】〈宗周鐘〉云「王臺伐其至」，臺為敦之古文，即《魯頌閟宮》「敦商之旅」之

敦，「敦商之旅，克咸厥功」者，謂擊商之旅，能成其功也。鄭箋釋敦為治，非是。「王𦎫伐其至」者，謂隨其敵之所至而擊之也。𦎫伐乃同義疊語，「不嬰簋」云「女及戎人大𦎫戟」，義謂汝及戎人大戰鬥。「虢季子盤」云「搏伐玁狁」，義與《小雅六月》「薄伐玁狁」同。𦎫戟與搏伐亦為同義疊語，戟搏葢搏之古文，引伸有擊殺、征伐之義。戰字僅見〈酓忎鼎〉《三代》四卷17葉，乃晚周楚幽王之器，葢東周始有戰之孳乳，而為鬥之轉注字。篆文之鬥乃𩰲之變體，其從斲聲作鬬者，則為鬥之識音字。猶之嚳讙而為告吅之識音字。《說文》別鬥鬬為二字，亦猶別告嚳吅讙為二字，皆為懵於文字之蛻變。《說文》釋鬥之構形，陳義乖剌，是亦未能諦知形義者也。

𢍏

𢍏，賦事也，从丵八，八分之也，八亦聲，讀若頒，一曰讀若非。

案丵為墣之初文說見丵下，𢍏从八丵，乃以田地分人為本義，引伸為凡分予之義。《漢書昭帝紀》云「罷中牟苑，賦貧民」，〈哀帝紀〉云「外家王氏田，皆以賦貧民」，〈廣陵厲王胥傳〉云「奏奪王射陂草

田，以賦貧民」，〈趙充國傳〉云「田事出，賦人二十畮」，是皆糞之本義。《大雅烝民》云「賦政于外」，

【注】賦政謂頒布政令。〈烝民〉云「賦政于外，四方爰發」。鄭玄箋「以布政於畿外，天下諸侯於是莫不發應」。《管子輕重丁》云「號令賦於天下則不信」，《墨子天志中》云「播賦百事」，《國語周語上》云「賦使行刑，必問遺訓」，〈魯語下〉云「社而賦事」，《韓非子外儲說右上》云「發廩粟以賦眾貧」，《呂氏春秋慎大覽》云「賦鹿臺之錢，以示民無私」，【注】鹿臺，古臺名，別偁南單之臺，殷紂王貯藏珠玉錢帛之地。故址在今河南省湯陰縣朝歌鎮南。《尚書武成》云「散鹿臺之財，發鉅橋之粟」，孔穎達疏引《新序》云「鹿臺，其大三里，其高千尺」。〈分職篇〉云「出高庫之兵以賦民」，《莊子齊物論》云「狙公賦芧」，《漢書元帝紀》云「賦貸種食」，〈翼奉傳〉云「賦醫藥」，是皆糞之引伸義，并假賦為之。以借字溥行，糞字遂於書傳無徵。《說文》據〈魯語〉以釋糞者，乃誤引伸義為本義也。【注】〈魯語〉云「社而賦事，烝而獻功」。韋昭注「事，農桑之屬也」。則賦事乃謂分配農桑之事也。糞之與班，本義互殊，亦猶追之與逐，完之與全，互不相承，胥非轉注之孳乳。《說文》云「讀若頒，一曰

讀若非」者，乃為雙聲音變八與頌非古音同屬幫紐。猶之書傳以賦為粪，亦為雙聲假借也。

埶

埶，穜也，從丮坴，丮持種之，詩曰「我埶黍稷」。

案埶於卜辭作 𡎸 𡎸，於簋銘作 𡎸 𡎸《三代》六卷 16 葉、34 葉，觚銘作 𡎸《三代》十四卷 13 葉，爵銘作 𡎸《三代》十五卷 27 葉，并從丮中或木半會意，以示穜植。〈毛公鼎〉作 𡎸《三代》四卷 47 葉，乃從女埶聲，而為姓氏之本字。篆文埶所從之坴，即半之譌變，乃以示植木於土，非從坴也。埶借為形埶與權埶多見《荀子》及《漢書》，【注】形埶謂權位也。《荀子正論篇》云「爵位尊，貢祿厚，形埶勝」。楊倞注「形埶，謂埶位也」。權埶謂權力也。《後漢書馬廖傳》云「廖性質誠畏慎，不愛權埶聲名，盡興心納忠，不屑毀譽」。故孳乳為蓺，乃以別於借義之轉注字。自埶而孳乳為鬥，示爭權埶，則為承借義而構字說見鬥下。蓺借為六蓺見《漢書宣帝紀、藝文志、劉歆傳、董仲舒傳、司馬相如傳、司馬遷傳、韋玄成傳、匡衡傳、儒林傳》，亦借為材蓺見《漢書元帝紀、成帝紀、楚元王傳》，故孳乳為藝，字從云者，以示耘艸，亦所以明穜植之義也。《說文》

無蓺藝二字，而漢碑疊見，凡經傳之字，不見於《說文》，而見於漢碑者，多不勝數。可證《詩》、《禮》、《論語》、《孟子》及《春秋經傳》，迭經傳錄，然其文字尚尟漢後竄改也。

坒

坒，艸木妄生也，从㞢在土上，讀若皇。坒，古文。

案坒於卜辭作 㞢 㞢，并從止土會意，而為徃之初文。從止以示行進，猶走步𡗗先之從止，從土示徃有定地，此覈之字形，而知坒為徃之初文者一也。卜辭徃來之字，數且逾千，無一從彳作徃者，此考之文義，而知坒為徃之初文者二也。卜辭有坒复而無徃复，蓋以坒已從止，以示行進，复已從夊，以示返行說見复下，固無庸贅複而從彳，此徵之字例，而知坒為徃之初文者三也。通考卜辭之䄂文，有從彳者。是以卜辭之㝵知，彝銘之各先，與得御徦徣，音義無異徦見〈沈子簋〉、〈師虎簋〉，徣見〈余義鐘〉。【注】《三代》九卷 38 葉〈沈子簋〉云「用徦多公」。徦即它器之各，如《錄遺》152 圖〈寓簋〉云「其用各百神」，徦各同以祭祀為義。《三代》九卷 29 葉〈師虎簋〉云「徦于大室」。彝銘多見「各于大室」，徦

各義同為至。《三代》一卷 51 葉〈余義鐘〉云「台追孝兟且」。兟即它器之先，義謂以追孝先祖也。卜辭之從彳與不從彳者，義訓相同，厥數遊夥。此證以鈢文，而知屮為徃之初文者四也。篆文之止屮形近，是以從止之寺市屮先，《說文》并釋為從屮說見寺市先之下。其誤釋屮從屮土，故許氏以為與生義相同。復以屮妄古音同部同屬央攝，因釋為「艸木妄生」。此猶釋若為「擇菜」，皆為誤解字形，而又曲合音訓之謬說也。《說文》所載之古文𡳿，誤土為壬，乃季世謬體，益不足議矣。

先

𠑹，前進也，从儿之。

　　案先於卜辭作𠂔𠂔，彝銘作𠂔𠂔，并從儿止會意。〈余義鐘〉作兟《三代》一卷 51 葉，則為先之鈢文。【注】卜辭之先，先進之義，亦有祭名及方名之義。彝器有〈𠂔壺〉見《三代》十二卷 1 葉，〈𠂔父乙爵〉見《三代》十六卷 4 葉。止在儿上，猶之篆文之𦥑，止在舟上。亦猶屮出於卜辭作𡴀𡴀，而以止在土上與口上。考追於卜辭作𧺆，逐於卜辭作𧷤，企於卜辭作𠂇，此會意字所從之止皆在文下也。賓於卜辭從方聲作�此諧聲字所

從之止，亦在文下也。審此則從止之先夅坒出，乃以止置於上，以示前進。追、逐、企、賓，則以止置於下，以示從敵從禽，及人之舉踵，與外賓崃止，可證會意與諧聲之字，亦有象形之意。此所以異戴於彝銘作 🮲 🮳見《三代》五卷13葉，并為從大由聲。然而 🮲 象奉由以祭， 🮳 象戴由於頭，乃以象形而別字義。篆文之杲杳棗棘，并從日木與二束會意。然而杲象日出木上，杳象日入木下，棗象喬木挺立，棘象灌木叢生，亦以象形而明義恉。此所以象形為文字之原，其流及會意與諧聲者，亦有象形之意，雖為同文構字，而其音義固猶昭別無淆也。篆文止屮形近，故《說文》并誤釋坒先為從屮說見屮下。先字多見書傳，而又義訊明塙，故《說文》雖謬釋字形，而未失本義。經傳不見坒字，是以《說文》既失其字形，亦謬其義訓也。

侈

侈，掩脅也，从人多聲，一曰奢泰也。

案侈於卜辭作 🮷《三代》六卷16葉，從大刀聲，以示持刀擊殺，而以側擊為本義。雙聲轉注，而挈

乳為侈與抵刀多氏古音同屬端紐，人大俱象人形，故篆文從人作侈。《國語吳語》云「將夾溝而廖我」，乃假廖為侈，而用為側擊之義。【注】〈吳語〉云「將夾溝而廖我」。韋昭注「旁擊曰廖」。此侈之本義僅見於載籍者。自而孳乳侈抵，則以謀合語言變遷，故爾易其聲文以構字，以是不能因形得義，此轉注之字，所以多失其本義者也。《說文》以「掩脅」釋侈者，乃謂掩蓋而脅迫之，此未得其本義。書傳多用為奢泰之義者，斯乃籀文奓之假借，而非侈之本義。良以侈之古文本從刀聲，則非以奢泰為義，昭朗無疑。《說文》未明侈之本義，故復據書傳之假借，而以奢泰釋侈也。

屠

，刳也，从尸者聲。

案屠於卜辭作，〈父辛鼎〉作《三代》二卷28葉，爵銘作《三代》二卷28葉，并為從豕刀聲，而以殺豕為本義，引伸為凡殺戮之名。《莊子徐無鬼》云「豕蝨擇疏鬣自以廣宮大囿，不知屠者一旦操煙火，而已與豕俱焦也」，此為屠之本義。《戰國策秦

第三》云「北阮馬服，誅屠四十餘萬之眾」，〈韓策二〉云「自屠出腸」，以及屠龍《莊子列禦寇》、屠牛《管子制分篇》、屠羊《莊子讓王篇》、屠狗《史記樊噲傳》，此皆屠之引伸義。【注】屠牛、屠羊、屠狗，指操屠宰牛、羊、狗為職業之人。屠龍謂習其技藝高超而無所用者。《莊子列禦寇》云「朱泙漫學屠龍於支離益，單千金之家，三年技成，而無所用其巧」。《管子制分篇》云「屠牛坦，朝解九牛」。《莊子讓王篇》云「夫三旌之位，吾知其貴於屠羊之肆」。《史記樊噲傳》云「舞陽侯樊噲者，沛人也，以屠狗為事」。張守節正義「時人食狗，亦與羊豕同，故噲專屠以賣之」。豕尸同音古音同屬衣攝透紐，刀者雙聲古音同屬端紐，故自𢇛蛻變為屠，斯乃篆文之假借構字。〈散盤〉作𢇛《三代》十七卷 21 葉，則為𢇛之省形益聲字。許氏昧其初文，故惟牽合音訓，而以剌釋之屠剌古音同屬烏攝，是誤以引伸義為本義矣。卜辭之𡚷𡚷從豕匕聲，而為牝之古文匕巴古音同屬幫紐。說者乃以𢇛𡚷并釋為牝見羅振玉《增訂殷契考釋中》27 葉，是誤合二文為一字，而皆謬其形義，此不明文字蛻變之過也。

野

野，郊外也，从里予聲。壄，古文野，从里省，从林。

案野於卜辭作埜埜，〈克鼎〉作埜《三代》四卷41葉，〈禽忎鼎〉作埜《三代》四卷17葉，并為從林土聲，以示與林相連。《爾雅釋地》云「野外謂之林」，此埜之所以從林之義。埜字見《晏子春秋外篇》、《呂覽愛士篇》、《漢書司馬相如傳》，及《玉篇林部》，而不見於《說文》。通考卜辭彝銘之字，有《說文》未錄，而載於《玉篇》、《廣韻》，及《集韻》者。葢《廣韻》、《集韻》所錄，形聲雖同古文，義訓非必一字。然而《玉篇》纂錄，形義無異古文者，其數良多說見烏下。可徵專固《說文》，以言文字，是亦拘虛之見。篆文之野所從之里，乃林之借林里同屬來紐，所從予聲，乃土之假借土予古音同屬烏攝定紐。土予古音相同，則埜之蛻變為野，非由轉注構字，而為雅俗異體。它若屠所從之尸，為豕之假借，所從者聲為刀之假借說見屠下。涸所從之水為皐之假借，所從固聲為魚之假借說見涸下。𩏑所從之素為索之假借，所從之卓聲為刀之假借說見𩏑下，是皆篆文之假借構字，形聲并借之塙證。以其形聲并借，形義未

能相符。而《說文》釋義，皆未失乖遠者，乃以據《爾雅》而釋洇，據詩傳而釋辥野，皆有古訓可循，書傳多見屠字，亦有文義可考，是以於屠辥二字，雖失初恉，而皆未臻大謬。猶之釋昴為星名說見昴下，舉非因形得義者也。〈酓忎鼎〉為楚幽王之器，而其埜字上同卜辭，蓋戰國之季，猶無野之孳乳。從或不然，亦必肇於晚周。然則經典多有野，而未一見埜者，蓋為漢人所改。《說文》所載古文之墅，從埜予聲，而為增益聲文之後起字，書傳或作壄者，乃墅之形誤。【注】馬融〈長笛賦〉云「山雞晨群，壄雉朝雊」。其壄字從矛，乃從予之誤。《說文》釋為「从里省从林」者，乃以不識埜字，故亦謬其字形，且不知㚄為予聲也。

稻

稻，稌也，从禾舀聲。

　　案稻於卜辭作𥝊𥝊，〈父己鼄〉作𥝊《三代》十一卷41葉，從米者猶困於卜辭作田說見《殷契新詮》，稟於〈農卣〉作𥟊《三代》十三卷42葉，字并從米，而篆文從禾，良以米為粟實，與禾同物，故可互通也。從酉聲者，示稻可以釀酒醴，《豳風七月》云「十月

穫稻，為此春酒」，《左傳哀十一年》云「進稻醴粱
糗」，是古以稻釀酒，因從酉為聲。【注】〈哀十一年〉
云「國人逐之，故出，道渴，其族轅咺進稻醴粱糗腵脯焉」。杜
預注「糗，乾飯也」。猶黍於卜辭作 𣏃𣏃，從禾水會意，
以示黍可釀酒，其構字同意說見黍下。酉舀同音古音
同屬幽攝定紐，故篆文從舀作稻。以篆文為假借構字，
因亦不能因形見義，此文字之蛻變，與轉注之孳乳，
所共有之通蔽也。稻於〈陳公子甗〉作 𥝩《三代》五
卷12葉，乃舀之後起本字。〈史免匡〉作 𥝩《三代》十
卷19葉，〈稻娌簠〉作 𥝩《三代》七卷46葉，從𠂤或從
𠂤水者，皆稻之緐文，而為方名之專字，此固上世
方名緐文之通例說詳《殷契新詮引言》。【注】古之方名，示
其為氏族，故其文多從𠂤為緐文，說詳《卜辭姓氏通釋之三》。諸
器并作於西周，然則自舀而蛻變為稻，自西周已然
矣。卜辭有 𤟭𤟭 諸字，從犬舀聲，乃猶之古文，舀
酉俱酉所孳乳，故篆文從酉聲作猶。〈宗周鐘〉、〈克
鼎〉、〈毛公鼎〉，并作猶，則知猶之蛻變為猶，亦創
於西周之時也。

祼

，灌祭也，从示果聲。

案祼於卜辭作，〈魯医爵〉作《三代》十六卷46葉，從西串聲，從西串聲，從斝串聲，從自串聲。祼與獻鬱鬯與酒同類，故卜辭從酉作。《禮記明堂位》云「灌尊<u>般</u>以斝」，故卜辭從斝作。從自作者，示神之食气，從串聲者，示獻鬯以通神也。串與果雚同音串果雚同屬見紐，串雚亦同屬安攝，果屬阿攝，對轉相通。，故篆文假果作祼，而經傳則假灌為祼，此覈之聲音而知卜辭之與篆文之祼，乃古今異體，而非音變轉注。通考諧聲之字，以卜辭彝銘校之篆文，其聲不同文，而見於卜辭者，若從人虍聲，而為虞之古文。從米酉聲，而為稻之古文。從儿戈聲，而為何之古文。從大豕聲，而為豨之古文。從亡聲，而為狼之古文。從雨隻聲，而為濩之古文。從皐省魚聲，而為涸之古文。從酉𦎫聲，而為湑之古文。從戈大聲，而為撻之古文。從索刀聲，而為繛之古文。從虫由聲，而為蛓之古文。從林土聲，而為野之古文。從斤午聲，而為所之古文。見於彝銘者，若〈熾者鼎〉之《三代》四卷2葉，從示北聲，而為

福之古文。鼎銘之🅇《三代》二卷 13 葉，從大由聲，而為戴之古文。〈綸鎛〉之🅇《三代》一卷 67 葉，從革陶聲，而為鞄之古文。簋銘之🅇《三代》七卷 15 葉，從乩食由聲，而為𩜁之古文。鼎銘之𥅂《三代》四卷 4 葉，從目比聲，而為眈之古文。〈晉公𥂶〉之🅇《三代》十八卷 14 葉，從隹午聲，而為雇之古文。〈陳𢦔錞〉之🅇《三代》九卷 17 葉，從肉次聲，而為臡之古文。〈龜大宰簠〉之🅇《三代》十卷 24 葉，從田荊聲，而為耕之古文。〈克鼎〉之🅇《三代》四卷 40 葉，從貝㷋聲，而為賫之古文。爵銘之一《三代》十五卷 29 葉，從人壹聲，而為㐠之古文。〈拍尊〉之🅇《三代》十一卷 33 葉，從土日聲，而為㞎之古文。鐇銘之𥗌《三代》十八卷 17 葉，從石羊聲，而為碭之古文。【注】《集韻》「鐇，古獲切」，則鐇音ㄎㄨㄛˋ、kuoˋ。容庚云「〈羣氏鐇〉高七分，侈口無足。銘『羣氏詹作膳鐇』。兩行六字，在腹內」。說見《商周彝器通考》上冊 371 頁，圖見下冊 405 圖。卣銘之🅇《三代》十三卷 29 葉，從犬比聲，而為猵之古文。戈銘之🅇《三代》十九卷 38 葉，從門膚聲，而為閭之古文。甗銘之🅇《三代》五卷 4 葉，從門射聲，而為闍之古文。鼎銘之🅇《鄴羽三集上》5 葉，從宁酉聲，而為匵之古文。

鼎銘之⿱（圖）《續殷上》25 葉，從弓目⿰聲，而為彀之古文。簋銘之⿱（圖）《三代》六卷1葉，從戴弓聲，而為紘之古文。是皆校覈篆文，音無怹變。亦若醴之與祼，而為古今異體，非因義轉與音轉而構新字，固不得視為轉注也。惟卜辭之⿰（圖）、⿰（圖）、⿱（圖）、⿱（圖）、⿱（圖）、⿱（圖）、⿰（圖）、⿰（圖），及彝銘⿰（圖）、⿰（圖）、一、⿰（圖）、⿰（圖）、⿰（圖）、⿱（圖）、⿰（圖）、⿱（圖），俱為聲兼會意。其於篆文，則唯以識音，斯乃古今異體，而有雅俗之殊。篆文之假借構字，靡能因形知義，此所以<u>許氏</u>多失初恉也。

賓

⿱（圖），所敬也，從貝宀聲。⿱（圖），古文。

　　案賓於卜辭作⿱（圖）⿱（圖）⿱（圖）⿱（圖），彝銘作⿱（圖）⿱（圖），⿰（圖）從人宀會意，以示賓之竦止，從止作⿱（圖）者，乃其緐文。彝銘之⿱（圖）從貝宀聲，唯於<u>周</u>器見之。從貝以示贈賄之禮，《左傳昭五年》云「入有郊勞，出有贈賄」者是也。賓有贈賄，故引伸為贈賄之名，《左傳隱七年》云「<u>戎朝于周</u>，發幣于公卿，凡伯弗賓」，謂凡伯弗饋以幣也。《管子四稱篇》云「昔者有道之臣，不賓事左右」，謂不以財貨饋遺國君之左右也。賓為贈賄，

而見於<u>西周</u>彝器者，則有〈貿鼎〉《三代》四卷 12 葉、〈幾𣪘〉《三代》七卷 50 葉、〈守𣪘〉《三代》八卷 47 葉、〈茍𣪘〉《三代》八卷 50 葉、〈史頌𣪘〉《三代》九卷 7 葉、〈大𣪘〉《三代》九卷 25 葉、〈睘卣〉《三代》十三卷 40 葉、〈盂爵〉《三代》十六卷 41 葉，可證<u>周</u>之通制，賓有贈賄，此賓之所以從貝。【注】〈貿鼎〉云「伯賓貧馬孌乘」；〈幾𣪘〉云「用乍賓乍丁寶𣪘」；〈守𣪘〉云「<u>夷</u>賓馬网金十鈞」；〈茍𣪘〉云「<u>白黃</u>賓茍章一馬网」；〈史頌𣪘〉云「<u>穌</u>賓章馬四匹吉金」；〈大𣪘〉云「<u>大</u>賓𧼝害章馬网」；〈睘卣〉云「<u>夷</u>伯賓睘貝布」；〈盂爵〉云「王令<u>盂</u>寧异白，賓貝」。此皆<u>西周</u>彝器以賓禮為贈賄之文例。蓋<u>殷</u>無贈賄之禮，故卜辭及<u>殷</u>器俱無從貝之賓。若夫〈𠚮其卣〉，文義若卜辭云「丂貝五朋」《錄遺》274 圖，則與<u>周</u>制相合。斯乃偽器，未可資為考論説詳《殷契新詮釋𠚮》，彝銘賓字所從丂聲，并與卜辭同體，篆文所從之宀，乃丂之形誤。載籍未見𡧛字，篆文於賓字之外，亦無一從宀者。然則《說文》於宀部纂錄𡧛字，乃據偽文，而謬說形義者矣。《說文》所載古文之𡧛，乃𡧛之譌易，所從之元，為古文之宂筆，非從訓首之元也。

何

何，儋也，一曰誰也，从人可聲。

案何於卜辭作 ，簠銘作 《三代》六卷 8 葉，
〈父乙卣〉作 《三代》十二卷 8 葉，并從儿戈聲，隸
定為兲，乃象措戈於肩，以示儋戈行役。《曹風候人》
云「何戈與祋」，斯乃兲之本義，引伸為凡負任與承
受之義。【注】祋，古代杖殊兵器。《曹風候人》云「彼候人兮，
何戈與祋」。朱熹集傳「祋，殳也」。《周易噬嗑》云「何校
滅耳」，謂肩任木囚，隱蔽其耳也。《商頌玄鳥》云
「百祿是何」，〈長發〉云「何天之休」，又云「何天
之龍」，是皆承受之義，而并假何為兲。【注】何義為
承受，則「百祿是何」者，謂百種福錄由其承受也。「何天之休」
者，謂承受上天之賞賜也。「何天之龍」者，謂承受上天之榮寵也。
《左傳昭七年》云「其子弗克負荷」，則又假荷為兲。
書傳用何為誰何之義者，猶用害與奚胡為誰何之義，
并為曷之假借何害奚胡與曷同屬匣紐，何害與曷亦同阿攝。。
其初文作可，〈石鼓文〉云「其魚隹可，隹鱮隹鯉，
可吕橐之，隹楊及柳」，可并讀如何，斯其明證。承
可之借義而孳乳為何，則為假借構字。何於古器僅
見戈銘《三代》二十卷 27 葉，斯為晚周之作。蓋何之構

字，不出<u>春秋</u>之時，與堯義迥別。惟以堯何同音_古
_{音同屬阿攝牙音}，而堯字久逸，故書傳假何為負任之義。
是猶弞攻、戉臧，其義互異，亦以弞戉久逸，而書
傳假攻為弞擊，假臧為戉否，<u>許氏</u>昧其初文，亦儹
於因形得義，故誤以弞戉之義而釋攻臧_{說見攻臧之下}。
其訓何為儋者，亦誤以堯義而釋何。而未知儋任與
誰何，意不相屬，未可兼具二義於一文也。

農

農，耕也，从晨囟聲。農，籀文農从林，農，古文
農。農，亦古文農。

案農於卜辭作農農，彝銘作農農農，〈農篹〉作
農《三代》六卷31葉，并從辰林或辰田會意。農從艸
與從林同意，猶之從艸之莫，於卜辭或作莫，以艸
木同類，故可通作。辰為蜃之初文_{說見辰下}，農從辰
林，農從辰田者，并示執蜃甲而事種藝。蓋當冶鑄
未興之時，無耒枱鉏鐵之利，先民資蜃甲而事耕植，
此農之所以從辰。《淮南子氾論篇》云「古者摩蜃而
耨」，即其明證。農於〈散盤〉作農，即篆文之所本，
篆文之所以從田，形小偏衺，故《說文》釋為囟聲。

是不顧聲韻乖越農於古音屬宮攝泥紐，囪屬因攝心紐。，而誤以會意為諧聲矣。《左傳襄十三年》云「小人農力以事其上」，乃借農為努農努雙聲，努力始見《方言》卷七及李陵、蘇武之詩《文選》卷二十九，葢漢所孳乳。

【注】努力，謂勉力；盡力也。李陵與蘇武詩云「安知非日月，弦望自有時。努力崇明德，皓首以為期」。蘇武與李陵詩云「努力愛春華，莫望歡樂時。生當復來歸，死當長相思」。而其語言傳播，由來已古，此固古今造字之通則也。

闈

闈，閶闈也，从門韋聲。

案闈於甗銘作𨳌《三代》五卷4葉，從門射聲，而以示臺門為本義。《墨子號令篇》云「門之上必夾為高樓，使善射者居焉」，是卽闈之古文所以從射聲，以示門樓射敵之義。射者同音古音同屬烏攝舌音，射屬定紐，者屬端紐。，故篆文蛻變為闈，所從者聲，乃射之假借。葢自闈而蛻變為闈，亦猶校勝負之名，於《史記孫子傳》稱射，於《晉書謝安傳》，及《世說新語》并作賭見〈假譎篇〉、〈汰侈篇〉，其例相若。自闈而孳乳為臺，乃雙聲轉注之字。《墨子備高臨篇》云「為臺

城以臨羊黔」,【注】羊黔,古之攻城戰具。〈備高臨篇〉云「積土為高,以臨吾城,薪土俱上,以為羊黔」。《禮記禮器》云「家不臺門」,《爾雅釋宮》云「闍謂之臺」,《春秋定二年》之「雉門」,亦即臺門之借字_{雉臺古音同屬定紐},凡此舉可證臺闍為同物異名。臺從至者,至乃矢之假借_{至矢同屬衣攝舌音}。亦猶從矢聲之雉,於卜辭或從至聲作_{𢦏𢦏},是知至矢通借,自<u>殷</u>已然。然則臺之從至,亦如闕之從射,皆以示控弦卻敵。異夫室屋之從至,而以止居為義也。《說文》云「臺從至與室屋同意」,是昧於闍之初義,而亦未知臺為闍之異名,未知至為矢之假借,故有此皮傅之說。若夫章華之臺《左傳昭七年》,乾谿之臺《公羊昭十三年》,匏居之臺《國語楚語上》,以及書傳之臺榭,皆為游觀之所,而亦取象臺門,故名曰臺。臺榭雖皆射所孳乳,然其取義互殊。葢臺與牆垣相聯,而用於臨高禦寇,故其初文於甗銘從門作闕。榭乃寢食大屋,而用於聚眾講武,故其古文於〈虢季盤〉從广作_府,此徵之字形,知臺榭異制者一也。〈趙曹鼎〉云「王在<u>周新宮</u>,王射于<u>射盧</u>」《三代》四卷 25 葉,〈虢季盤〉云「<u>王各周廟宣廚</u>,爰饗」《三代》十七卷 19 葉,【注】射盧

之盧，《三代》四卷 24 葉〈師湯父鼎〉從广作盧，以象其高屋之形，則射盧之盧義同廚。「王各周廟宣廚，爰饗」者，各義為至，周廟謂宗周之廟，宣廚乃講習軍實之所。義謂王至周廟宣廚也。爰饗，爰，於是也。饗，原文作卿，卿為饗之初文，爰饗者，謂於是饗燕虢季子白，此即歸而飲之至之禮也。射盧即廚之析言，猶之大豕而為㸇之析言說見豩下。此徵之古制，而知西周之廚，在宗廟之中，用之習射饗燕，與臺制迥異者二也。《國語楚語上》云「先王之為臺榭也，榭不過講軍實，臺不過望氛祥，故榭度於大卒之居，臺度於臨觀之高」。【注】韋昭注「講，習也。軍實，戎事也。大卒，王之士卒也。度謂足以臨見之」。據此則榭之為義，乃為藏軍器之處也。此徵之載籍，而知臺榭異制者三也。《左傳三十一年》云「文公之為盟主也，宮室卑庳，無觀臺榭」，〈哀元年〉云「今聞夫差次有臺榭陂池焉」，【注】謂夫差經行之處，再宿以上即須備有池館之樂也。則以臺榭用之娛游，俱異於初義矣。榭字多見先秦載籍，而未錄於《說文》。是猶篆文有從靳、希、由、𠧧、免、㤅、妥為聲者，而《說文》無七字之篆，皆許氏之失收也。

屔

，反頂受水丠也，从丠从泥省，泥亦聲。

案屔於〈拍尊〉作，其銘曰「醓毋用祀」《三代》十一卷 33 葉，醓乃繼之古文，讀如語詞之其，從土日聲，讀如訓止之尼《爾雅釋詁》云「尼，止也」。。義謂其毋止於用祀，亦卽《魯頌閟宮》所謂「享祀不忒」也。【注】不忒，《說文》云「忒，失常也」。不忒謂無差錯；不變更也。〈閟宮〉云「春秋匪解，享祀不忒」。義謂一年四季不敢鬆懈，獻祭之禮不曾變更也。日尼同音古音同屬衣攝泥紐，故篆文蛻變為屔。黑土在水之涅，乃承屔滓之義而孳乳。《說文》釋涅為「从水从土日聲」，是不識星為屔之古文，故爾磔裂字形，失之形義未合。猶之不識䍧為觧之古文說見觧下，因亦磔裂字形，而謬其本義也。近身衣之衵，亦尼所孳乳，而假日為尼。《說文》云「衵，日日所常衣」，是誤以會意而釋假借之諧聲矣。

紘

，冠卷維也，从糸厷聲，，紘或从弘。

案紘於簋銘作《三代》六卷 1 葉，所從之與鼎

銘之《三代》二卷 13 葉，皆戴之古文說見戴下。從戴弓聲，以示冠之卷維係頤貫笄，形曲如弓。亦猶車蓋若弓，故以弓名之，《周禮考工記》云「輪人為蓋，弓鑿廣四枚」者是也。篆文從糸作紘或紭者，猶冕之或作絻，以示絲織之義，未足示冠維與冠冕之義。所從厷弘二聲，亦無以示冠維之形，斯乃弓之假借厷弓古音同屬應攝。其於姓氏當卽閎之初文，周有閎夭見《尚書君奭》，蓋因泓水而氏泓水見《春秋僖二十二年》。與弔之古文，其形相近說見弔下，蓋以別於字形相溷，故孳乳為紘也。【注】彝銘弔之古文，於〈父癸簋〉作《三代》六卷 42 葉、〈父癸尊〉作《三代》六卷 42 葉，并從人持弓，《說文人部》弔下云「故從人持弓會敺禽」者是也。

涸

，渴也，从水固聲，讀若狐貈之貈。，涸亦从水鹵舟。

案涸於卜辭作，隸定為[illegible]，乃從皋省魚聲，所以示水盡而魚受其烖。《尚書盤庚》云「高后丕乃崇降罪疾」，《大雅召旻》云「天降罪罟」，【注】罪罟，

罪網也。〈召旻〉云「天降罪罟，蟊賊內訌」。義謂上天降下懲人罪網，使得蟊賊之輩自我內訌。皆以睪為裁害之義，此鼂之所以從睪省也。水睪固魚古音同部水睪同屬威攝，固魚同屬烏攝。，故篆文蛻變為淈，乃假水為睪，假固為魚。是猶議睪之瀗，所從之水亦睪之假借，所從之獻聲為言之假借獻言古音同屬安攝，皆為形聲字形聲俱假之例。此審之字形，而知鼂為淈之古文者一也。鼂於卜辭有三義，其一，義如《管子小問篇》「淈旱」之淈。其二，為用牲之名，義如《周禮大宗伯》「以疈辜祭四方百物」之辜。其三，義如《尚書盤庚》「爾惟自鞠自苦」之苦。【注】〈盤庚中篇〉云「爾惟自鞠自苦」。鞠，魯先生《尚書》講授云「鞠乃籟之假借」，《說文》云「籟，窮治睪人也」。引伸為窮，則自鞠謂自找困阨；自苦謂自尋苦惱也。此證之辭義，而知鼂為淈之古文者二也。卜辭別有𩵋𩵋，乃屮魚之合文，讀如有辜，以是而知卜辭之魚聲，固與古聲相通。此證之它字，而知鼂為淈之古文者三也說詳《殷契新詮釋鼂》。凡卜辭彝銘，與籀篆構形不同者，說者靡不謬解字形，妄釋文義，或遞相轉述以踵謬，或別創異說以矜高。要皆不識文字之蛻變，罔知文義之恉歸，以是而紕謬稠濁，

固不勝具駁也。

彀

彇，張弩也，从弓㱿聲。

案彇於鼎銘作彝《續殷上》25 葉，隸定為彝，從
弓目廾聲。從目猶冑於〈白晨鼎〉作彝《三代》四卷
36 葉，從目以示鞏首有刺說見鞏下，可證從目，義同
從首。彝之從目，以示弩為大弓，高與人齊。從廾
示大力引發，異乎彝銘之射從又作彝彝。廾㱿音近
廾於古音屬邑攝見紐，㱿屬謳攝溪紐，對轉相通。，故自彝蛻
變為彇。彇為假借構字，故其所從㱿聲唯以識音，
而不兼會意。自彇而孳乳為彍，則為雙聲轉注之字。
彇字見《管子小稱篇》、《孟子告子上、盡心上》、《莊
子德充符》、《韓非子外儲說左上篇、問辯篇》，彍即
《孫子勢篇》之彍，於先秦僅此一見，蓋東周所構，
而未溥行。鼎銘之彝，審其字體，當為殷器，是殷
已有弩，故有張弩之彝。《古史考》云「黃帝作弩」
《御覽》三百四十八引，蓋非傳譌之說。《大雅行葦》云
「敦弓既句」，乃假句為彇句彇古音同屬謳攝見紐。【注】
敦弓，雕飾之弓。〈行葦〉云「敦弓既句，既挾四鍭」。毛傳「敦

弓，畫弓也。天子敦弓」。<u>孔穎達</u>疏「敦與彫，古今之異。彫是畫飾之義，故云『敦弓，畫弓也』。」《尸子》云「扞弓韣弩」《御覽》三百四十七引，【注】「扞弓韣弩」者，謂引弓張弩也。《尸子》云「鴻鶴在上，扞弓韣弩待之」。乃假韣為彉韣卽篆文之鞯，古音屬烏攝，彉屬央攝，對轉相通。。夫〈行葦〉之詩遠在<u>尸佼</u>之前，此徵之假借，亦知彉後於彀也。

眣 瞋

眣，直視也，从目必聲，詩云「泌彼泉水」。

瞋，恨張目也，从目賓聲，詩曰「國步斯瞋」。

案眣於〈小臣鼎〉作𥄶《三代》四卷4葉，從目比聲，以示目之相比。比必同音，故蛻變為眣必比古音同屬衣攝幫紐。比賓對轉，故亦蛻變為瞋賓屬因攝幫紐，與衣攝對轉。。所從必賓二聲，皆比之假借。然則篆文之眣瞋，俱為眰所孳乳，乃一字之異體，而以張目直視為本義。猶昬之從匕，亦取目之相比而視，以示很戾之義。惟昬從比省會意，而眰則從比諧聲，此其所異也。《說文》未知眣瞋為一文之蛻變，亦猶很為昬之絫文，故別眣瞋、昬很為二字，是皆謬為勞析，而乖於初義。〈小臣鼎〉之眰，乃賏之假借賏

亦屬幫紐，其云「休眂小臣金」者，休眂與〈大保簋〉之「錫休」《三代》八卷 40 葉，及《小雅采菽》之「錫予」，皆同義疊語，義謂賞賜小臣以金也。【注】《說文》云「眅，迻予也」。〈小臣鼎〉云「唯十月使曾，𡧧白于成周休眂小臣金」。彝銘之小臣，其義有二，其一為內小臣，〈善夫克鼎〉云「賜汝史小臣」《三代》四卷 40 葉，義謂賜汝供使令之小臣，當即〈天官〉之內小臣。其二為姓氏之小臣，〈小臣𣪘〉云「趞卡休于小臣貝二朋」《三代》六卷 51 葉。〈小臣鼎〉與〈小臣𣪘〉之小臣，則以姓氏為義。〈大保簋〉云「王侃大保，易休余土」《三代》八卷 40 葉。義謂王嘉美大保之功，王賜以余方之土也。〈采菽〉云「君子來朝，何錫予之」？案「錫予」即賜予，亦為同義疊語也。

� 殲

𢦤，絕也，从从持戈，一曰田器古文，讀若咸。一曰讀若詩「攕攕女手」。

殲，微盡也，从歺韱聲，《春秋》曰「齊人殲于遂」。

　　案𢦤於卜辭作𢦤𢦤，從戈从會意，以視戈援加於人身，而以滅絕為本義。猶之伐於卜辭作�，以示戈援加於人頸，而以擊殺為本義說見伐下。𢦤之從

从，以示眾之就戮，亦猶并之從从，以示眾之同力說見并下，是其構字，與并同意。《左傳莊十七年》云「饗齊戍，醉而殺之，齊人殲焉」，【注】杜預注「饗，酒食也」。〈僖二十二年〉云「宋師敗績，門官殲焉」，【注】門官，守門之官。〈僖二十二年〉云「宋師敗績，公傷股，門官殲焉」。杜預注「門官，守門者，師行則在君左右」。〈襄二十八年〉云「其將聚而殲旃」，此皆戔之本義。經傳作殲者，乃戔之後起字。自戔而孳乳為戩，則為雙聲轉注之字同屬精紐。戩字始見《小雅天保》，及《說文》所引《魯頌閟宮》，蓋為東周所構。【注】〈天保〉云「天保定爾，俾爾戩穀」。毛傳「戩，福也；穀，祿也」。一說戩穀猶盡善也。《說文》引詩曰「實始戩商」。今本《魯頌閟宮》作翦。《說文》區戔殲為二字，亦別戔殲為二義，而皆未能切合字恉。以「微盡」釋殲，乃據《爾雅釋詁》，而又粗合纖微為訓，益為文不成義。其云「戔從二人持戈」，則與釋伐為「从人持戈」，謬戾尤甚。良以戈為一人所執，此戍戌二字所以從戈會意，何於卜辭作𢦍，亦以從戈諧聲。乃謂「戔從二人持戈」，則以戈為共舁之物，且與戔義邈不相屬矣。其云「一曰田器古文」，又云「讀若殘㩻女手」，則并誤以假

借為本義。以㦰借為田器之名，故孳乳為殲，乃以別於借義之轉注字。《說文》別㦰殲為二義，是亦昧於轉注之通則矣。

猵

，獺屬，从犬扁聲。，或从賓。

案猵於卣銘作《三代》十三卷29葉，從犬比聲，以示形之比近於犬。篆文作猵或獱，所從扁賓二聲，皆比之假借比於古音屬衣攝幫紐，扁賓屬因攝幫紐，對轉相通。。⿰犭比之或作獱，猶玭於〈夏書〉作蠙見《說文玉部》，【注】《說文玉部》於玭下云「蠙，《夏書》玭从虫賓」。案《尚書禹貢》云「淮夷蠙珠暨魚」。《玉篇犬部》云「⿰犭比似豕」，則與卣銘之⿰犭比，形同義異。此後世孳乳之字，固有異乎殷周古文者也。

侃 ⿺辶侃

，剛直也，从㐰，㐰古文信也，从川取其不舍晝夜。

，過也，从辵侃聲。

案侃於卜辭作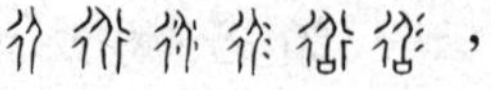，於彝銘作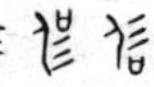，

〈大保簋〉作𠊓《三代》八卷 40 葉，〈父戊彝〉作𤕦《錄遺》508 圖，尊銘作𠊓《三代》十一卷 26 葉，皆一字之異體。𠊓𠊓并從人從行省，隸定為伋，以示人所行過，而為遞之初文，與〈石鼓文〉從行聲之𤕦，音義迥別。𠊓乃從彳伋聲，從彳猶彤之從彡，以示連延行進。侃於卜辭為方名與姓氏，故亦從口作𠊓𠊓，或從重口省而作𠊓，皆以示方名之專字。所從之口，乃《說文》訓回之口，非人所言食之口，此為卜辭方名縣文之通例。【注】卜辭從口為方名，乃示其為都邑城郭之象，此為卜辭方名從口為縣文之通例，《說文冂部》云「冂，古文同，从口象國邑」是也。說詳魯先生《卜辭姓氏通釋之三》。彝銘之𠊓𠊓，乃卜辭𠊓之省體，亦卽篆文侃之所本，非從囪與川也。卜辭之侃於方名之外，亦借為愆尤之義，而為譽之初文。如云「辛未卜𣄽貞，今日王𠊓」《七集》P81 片，「叀盂田弗每，亡𢦦𠊓，王畢」《京都》2049 片，「王其田叀乙湄日亡𢦦𠊓，王畢」《續存上》965 片，其云「王𠊓」者，乃卜王是否有譽，亦卽卜王是否有害。其云「亡𢦦𠊓」者，𢦦𠊓為同義疊語，乃卜王是否無𢦦害也。彝銘之侃，則借為嘉衎或娛。〈大保簋〉云「王𠊓大保」，此器之𠊓，義如《左傳》

「余嘉乃勳」之嘉〈僖十二年〉，謂王嘉大保之功也。〈兮仲鐘〉云「用㵒喜荐文人」《三代》一卷13葉，〈士父鐘〉云「用喜㵒皇考」《三代》一卷44葉，〈赤妝簋〉云「用㵒喜百生倗友」《三代》八卷39葉，〈萬尊〉云「用歔㵒多友」《三代》十一卷35葉，凡此諸侃，義如《小雅》「嘉賓式燕以衎」，及「烝衎烈祖」之衎〈南有嘉魚、賓之初筵〉。【注】衎，歡樂也。〈南有嘉魚〉云「君子有酒，嘉賓式燕以衎」。毛傳「衎，樂也」。〈賓之初筵〉云「樂既和奏，烝衎烈祖」。烝，進也。義謂樂器已和諧演奏，進而享樂有功之先祖也。 其云「侃喜」或「喜侃」者，亦猶《唐風》之「喜樂」〈山有樞〉、《邶風》之「說懌」〈靜女〉，而為同義疊語也。彝器有〈保侃母簋〉《三代》七卷23葉、〈保㵒母壺〉《錄遺》231圖，則為假侃為娿，【注】魯先生曰「保侃」即《漢書外戚上》及劉向《列女傳》之保阿，保阿亦曰阿母，見《史記倉公傳》。侃阿并為娿之假借，《說文》云「娿，女師也，从女加聲，讀若阿」；女師者保母之謂也。文作㵒者，即篆文之遄。卜辭之㳄彝銘省作㵒㳄者，葢以借為衎娿，是以省其初形，示別本義。猶之厽借為數名，而省作六，亦以省體而別於本義也說見厽下。與遄同義之過，乃方名冎之絲文，惟以書傳假過為遄，故

《說文》訓過為度，亦誤以假借為本義。《說文》訓逥為過，其說得之，惟別侃逥為二字，而以剛直釋侃，且云「从㐰从川」，則失之形義俱非。侃之見於載籍及卜辭彝銘者，胥無剛直之訓，唯《說文》云然。葢誤以《論語》「侃侃」之文，屬之子路，故謬釋其義為剛直。【注】《論語鄉黨篇》云「侃侃如也」。何晏集解引孔安國注「侃侃，和樂之貌」。亦猶誤解漢律「威姑」之名而釋威，皆為許氏昧於字義之臆說也。《說文》云「君尊也，訖止也，尗豆也，匃气也」，如斯之屬，亦如以過訓逥，皆據假借之文以釋字義，其說無可非疑。然而君之與尊，訖之與止，非可同義互訓。而《說文》釋過為度，則是以過與逥并為度越之義，是亦昧於過義之謬說也。

虔

，虎行皃，从虍文聲，讀若矜。

案虔於彝銘作，與篆文同體，從虍文會意。從虍示可畏，從文以示敬為文德，而以敬畏為本義。〈師朢鼎〉云「虔夙夜出內王命」《三代》四卷 35 葉，〈毛公鼎〉云「虔夙夕惠我一人」《三代》四卷 47 葉，

〈追簋〉云「追虔夙夕卹氒尸事」《三代》九卷 5 葉，〈師
寰簋〉云「師寰虔不隊」《三代》九卷 28 葉，〈番生簋〉
云「虔夙夕專求不朁德」《三代》九卷 37 葉，是皆虔之
本義而見於西周彝器者。【注】〈追簋〉云「追虔夙夕卹氒
尸事」，案卹義為慎，尸事讀如尸事，死尸古音同屬衣攝，《釋名
釋喪》云「既定死曰尸」。是以死尸互通，而經傳并作尸，彝銘則
作死，《召南采蘋》云「誰其尸主」，《禮記學記》云「當其為尸」，
尸義為主，所云「追虔夙夕卹氒尸事」者，義謂追虔謹夙夕顧念
其所尸職之事也。〈秦公簋〉云「虔敬朕祀」《三代》九卷
34 葉，則以虔敬為同義疊語。《左傳成十三年》云「虔
劉我邊陲」，《爾雅釋詁》云「虔，固也」，乃為牭固
之雙聲假借虔牭古音同屬溪紐，固屬見紐。。【注】《左傳成十
三年》云「芟夷我農功，虔劉我邊陲」。虔劉，杜預注「虔劉，皆
殺也」。謂殺戮；劫掠我邊疆也。《方言十二》「虔，謾也」，
則為疊韻假借虔謾古音同屬安攝。《說文》云「虔，虎
行皃」，其義無徵。乃據所釋號義以釋虔，猶之據所
釋未義以釋丰，是皆失之妄為皮傳說見未號之下。虔
文聲類縣隔文於古音屬噫攝明紐，凡從文聲之字，無轉牙音者，
而《說文》云「虔從文聲」，則又誤以會意為諧聲矣。

虘

𧆜，虎不柔不信也，从虍且聲，讀若鄘縣。

　　案虘於卜辭作𧆜𧆜，彝銘作𧆜𧆜，於卜辭僅有方名之義，卜辭之方名，其緐文皆有從又之例，是以虘虗於卜辭彝銘音義無異，構體亦與篆文相同。虘從且聲乃詛之古文。從虍者猶詛之從亞，皆以示惡聲相加。良以虎可慮人，詛之俾受殘虐，故古文從虍作虘。亞為墓室說見亞下，人所畏惡，示以醜惡相誹，故詛以從亞諧聲。以虘為詛之古文，故祝詛之字，亦從示作禠，或從言作譇，禠見《漢書王子侯表上、五行志上》、及《玉篇示部》，譇見《漢書外戚傳下》。【注】《漢書五行志上》云「屈氂復坐祝禠，要斬」。顏師古注「禠，古詛字」。《漢書外戚傳下·孝成許皇后》云「后姊平安剛侯夫人謁等為媚道祝譇後宮有身者王美人及鳳等，事發覺，太后怒」。顏師古注「譇，古詛字」。祝詛，謂祝告鬼神，使禍殃降於他人者也。蓋虘為禠之初文，亦猶卜辭之且、司、勺、帝，而為祖、祠、礿、禘之初文。譇為詛之古文，亦猶藘、遁、譇、置，而為苴、迌、訐、罝之古文藘見《廣雅釋草》，《說文》別譇訐為二字，說亦非是。，此緐以虘之形聲，及所孳乳之禠譇二字，因知虘為

文字析義注　■　419

詛之古文，決無疑昧。《說文》未錄禠字，而別讁詛為二義，復以互訓而釋詛訓，是皆失之乖剌說見詛下。《說文》釋虖為「虎不柔不信」者，乃粗綴怚詐之義而言虖詐古音同屬烏攝齒音，斯亦曲合音訓之謬說。且也虎無柔信之德，則知虖非不柔不信之名。是猶象無小象之名，則知豫非大象之義說見象下，此審之字例而可知者也。

虢 挌

，虎所攫畫明文也，从虎乎聲。

，擊也，从手各聲。

案虢於卜辭作《甲編》240片、《粹編》1513片、《京都》1845片，〈旟斯土簋〉作《三代》七卷19葉，〈彔白簋〉作《三代》九卷27葉，〈虢文公鼎〉作《三代》三卷48葉，卜辭之從爪虎或臼虎會意，以示空手搏虎。猶為於卜辭作，從又象會意，以示役象任勞，其構字同意。若夫篆文從虎爪人之虘，於卜辭從虎人作，異夫從爪虎之也。卜辭之與彝銘，并從攴虎會意，以示扑擊，卜非占卜之卜，而為攴之初文說見攴下。鼎銘之，彝銘多與

同體，乃從爪攴虎會意，而以搏擊猛獸為本義。《史記殷本紀》云「手格猛獸」，〈李廣傳〉云「有所衝陷折關，及格猛獸」，【注】〈李廣傳〉云「嘗從行，有所衝陷折關，及格猛獸」。衝陷折關，謂衝鋒陷陣而破關也。〈司馬相如傳〉云「手格此獸」，又云「格瑕蛤，鋋猛氏」，【注】裴駰集解「瑕蛤、猛氏，皆獸名」。《漢書東方朔傳》云「手格熊羆」，是皆虢之本義。《墨子天志下》云「扭格人子女」，【注】〈天志下〉云「而況有踰於人之牆垣，扭格人之子女者乎」？扭格攫取掠奪也。《荀子議兵篇》云「格者不舍」，則為虢之引伸義。字作格者，乃挌形近之譌。以虢借為方名與姓氏，故孳乳為挌虢挌古音同屬烏攝見紐。亦猶秦借為方名與姓氏，故孳乳為穧說見秦下，皆為別於借義之轉注字。《說文》云「挌，擊也」，是未知挌為虢之轉注字，而誤以引伸之義釋挌也。《說文》云「虢，虎所攫畫明文也，从虎乎聲」。是未知虢所從之乎，乃夋之形譌。且乎無攫畫之義，乃以「攫畫」釋之者，則以虢攫同音，故爾曲合音訓而言。其云「明文」者，則以牽附從文之虔而言。以其臆釋虢為「虎所攫畫明文」，故亦臆釋虔為「虎行兒」說見虔下，所以悖謬重疊者，皆以未知先民構

字，主於貴人之理。是以於取象人身之文，說多乖剌。而於虞、虙、虘、盧、號五字與人事相聯者，亦當謬其本義也。號乎聲韻睽違乎於古音屬阿攝來紐，乃云「號从乎聲」，則又如釋虘之比，并誤以會意為諧聲矣。

虙

虙，虎皃，从虍必聲。

案虙从虍必聲，當以網獲禽獸為本義，所從必聲乃畢之假借。《玉篇》載瑉之古文作琿，可證必畢同音，古相通作必畢古音同屬衣攝幫紐。畢之初文為畢，於卜辭作畢 畢，蓋凡鳥獸之因網獲者，統名曰禽，故禽於簋銘作畢《三代》六卷50葉，而以從畢為形。

【注】案畢乃從畢今聲，而以網獲為本義。所從之畢乃畢之初文。而簋銘之禽，則以姓氏為義。亦通名曰虙，故虙以從畢為聲。虙之從虍者，以虎為山獸之君，舉虎以晐眾獸。猶之司山澤之虞，亦從虍以晐眾獸也說見虞下。古之王者虙羲見《史記封禪書》、《漢書五行志上》，亦作虙戲與宓戲見《管子輕重戊篇》、《淮南子覽冥篇》、《戰國策趙策二》、宓義見《漢書古今人表》、宓犧見〈揚雄傳下〉，或作伏戲與

伏犧見《莊子人閒世篇、大宗師篇、田方子篇》、《荀子成相篇》、伏犧見《莊子胠篋篇》、《淮南子主術篇》，或作包犧與炮犧見《易繫辭下》、《漢書律歷志下》，義謂網獲禽獸以為犧牲，故以為名。《易繫辭下》云「昔者包犧氏之王天下也，作結繩而為罔罟，以佃以漁」，此為宓犧之正解，亦為虙之本義僅見載籍者。其作宓伏包炮者，皆虙之假借，庖廚無以見網獲，故知包犧非取庖廚之義也。《白虎通號篇》云「伏義始定人道，畫八卦以治下，治下伏而化之，故謂之伏義」。《風俗通義皇霸篇》云「伏者別也，變也，戲者獻也，法也，伏義始別八卦，以變天下，天下法則，咸伏貢獻，故曰伏義」。此皆據假借之文，而妄施曲說者也。通考六畜之以形兒為文，而非局於一形一態者，唯有狀類二字。良以犬為人所狎狃，宜其構字特多，惟以種別猓頤，艱於諦辨。是以不拘形色相同，則通名曰狀，示其形色相似，則通名曰類，而亦引伸為一切形貌之偁，此固造字者以簡馭繁之道。若夫山獸之豸、鹿、熊、虎，非與犬馬同科，固不宜有陳義廣泛之名，亦如狀類之例。然則《說文》釋虙為「虎兒」者，非唯昧於虙之形義，且亦未識構字之通方矣。

詛

詛，詶也，从言且聲。

案詛當以盟詛為本義，《尚書呂刑》云「罔中于信，以覆詛盟」，【注】義謂無忠於信者，即於神前之詛盟亦未有不反覆者。說見吳璵《新譯尚書讀本》。《周禮詛祝》云「掌盟詛」，《左傳宣二年》云「麗姬之亂，詛無畜羣公子」，〈襄十一年〉云「盟諸僖閎，詛諸五父之衢」，【注】杜預注「五父衢，道名，在魯國東南」。〈定六年〉云「陽虎盟國人于亳社，詛于五父之衢」，是皆詛之本義。詛者以禍福相要，故引伸祈降人以禍殃曰詛《左傳隱十一年》云「鄭伯使卒出豭，行出犬雞，以詛射潁考叔者」，此詛之引伸義。書傳有云詛祝者，《尚書無逸》云「否則厥口詛祝」。其云「祝詛」而見於《漢書》者，則有〈文帝紀〉、〈諸侯王表〉、〈王子侯表〉、〈功臣侯表〉、〈外戚恩澤侯表〉、〈百官公卿表〉、〈濟北傳〉、〈江充傳〉、〈息夫躬傳〉、〈武五子傳〉、〈公孫賀傳〉、〈劉屈氂傳〉、〈王嘉傳〉、〈佞幸傳〉、〈外戚傳〉、〈元后傳〉，義皆謂祈神降殃，非以「祝詛」為同義疊語，後起字作咒見《後漢書王忳傳》、《廣韻》作呪，所以別於祝也。其僅云「祝」者，則

為禱之借字〈禱祝古音同屬幽攝端紐〉，本為禱祀求壽之名，引伸為凡祈願之義。《戰國策齊策二》云「犀首跪行為儀千秋之祝」，《漢書外戚傳下》云「下至宮人左右，飲酒酹地，皆祝延之」，此禱之本義，而假祝為之。《左傳成十七年》云「愛我者惟祝我，使我速死」，《公羊傳襄二十九年》云「飲食必祝曰天苟有吳國，尚速有悔於予身」，《莊子天地篇》云「請祝聖人，使聖人壽」，《戰國策趙策四》云「祭祀必祝之，祝曰必勿使反」，《呂氏春秋異寶篇》云「每食必祭之，祝曰江上之丈人」，〈異用篇〉云「湯見祝網者，其祝曰從天墜者，從地出者，從四方來者，皆離我網」，〈樂成篇〉云「魏襄王為羣臣祝，令羣臣皆得志」，《韓非子內儲說下》云「衛人有夫婦禱者，而祝曰使我無故得百束布」，是皆禱之引伸義，而亦假祝為之。《左傳襄十七年》云「宋國區區，而有詛有祝」，〈昭二十年〉云「祝有益也，詛亦有損」，又云「雖其善祝，豈能勝億兆之詛」，可證詛祝異義，此徵之載籍而可知者。詛之古文作𧬫〈說見盧下〉，從虍者猶慮之從虍，從且聲者，猶俎之從且聲，乃示盟詛以虍死相要之義。與祝之本字為禱者，其義縣殊，此徵

之字形，而可知者。《說文》以詛訓互訓者，蓋以「祝詛」為同義疊語，而又誤以「祝」為訓之假借，此昧於詛之形義而然也。自虘而孳乳為禠謔及詛，音義無殊。自禱而孳乳為譸訓及詛，亦一字之異體。而《說文》別虘與謔詛為三字，別禱與譸訓詛為四文，是亦昧於形義，而妄為勞別者矣。

永

𣱆，水長也，象水巠理之長永也，詩曰「江水永矣」。

　　案永於彝銘作𣲒𣱆，從巜伇會意。伇卽卜辭之𣲓𠂤，從人行省會意，而為遮之初文_{說見伇下}。遮者縣延徑歷，故於卜辭或從彳作𠂤，以示連續行進，其義與伇無殊。巜卽《說文》訓「水小流」之巜，永從巜伇者，以示小水長流，而以永流為本義，引伸為凡長久之義。猶之長象人髮之長，而以髮長為本義，引伸亦為長久之義，是皆取象於人而構字_{說見長下}。水與巜乀辰俱為象形，水象流演而有波淪，巜象行潦而無涌浪，乀象滴流而不逶迤，【注】逶迤，謂彎曲縣延貌。辰則結體支分，以象衰流，是於水之象形，已窮於四文矣。循知四文之外，水之長短大小，

未可復以象形見義。是以大於〈者為〈〈，合多〈為川，〈〈川固皆會意。大水之洪澤，小水之滎濘，則皆諧聲。【注】洪澤，謂大水氾濫也。滎濘，謂水小且淺也。它如山、𦣎、艸、木、鳥、獸、蟲、魚、宅、屋、廬、舍、鐘、鼓、鼎、鬲之屬，其於長大之名，未有以象形為文者，則知永非象形，不容疑辯。《說文》以象形釋永，理固難通。釋𠂢從反永，說尤非是。良以𠂢永義非相反，則不至以反永而示衰流之義也。

馘 𣴅

馘，有彡彰也，从有帣聲。

𣴅，水流皃，从川或聲。

案馘於簠銘作彩𢼛《三代》八卷 10 葉、11 葉，從彡友聲。從彡猶彡彰之從彡，密合《說文》釋義。友有同音，故篆文蛻變從有。有或古音同部同屬噫攝，故增或聲，或下之〈〈為彡之變體，然則馘之隸定宜作馘。漢人有孟馘、許馘見《後漢書靈帝紀》，斯其明證。或字始見《小雅信南山》，從彡或聲，卽或之省體。【注】〈信南山〉云「疆埸翼翼，黍稷彧彧」。毛傳「彧彧，

茂盛貌」。漢〈譙敏碑〉云「文武彬彧」《漢隸》卷十一，漢人有荀彧字文若《後漢書本傳》，乃取有彣之義以為名，故以「彬彧」連言，而以文若為字。《廣雅釋詁三》云「彧，文也」，凡此舉可證馘彧音義相同，漢魏固皆審知。《廣韻一屋》以馘彧為一字，葢為承襲古說，而密合字恉。惟於馘作馘，則為隸定以後之省體也。《說文川部》云「彧，水流皃，从川或聲」。是誤別馘彧為二字，而又牽附疾流之淢以釋彧，失之形義皆非。亦猶侃本從彡，而《說文》亦誤釋從川也說見侃下。《玉篇彡部》之𢒪卽彧之異體，而於〈巛部〉別出𢿶字。《廣韻》於彧字之外，亦於〈二十五德〉別出𢿶字。是皆粈合漢魏之遺說，及《說文》之謬義，而誤析彧𢿶為二文矣。有之構體，本為從肉又聲，以示奉肉行祭，而為祐之初文說見有下。彝銘於有亡之義，其作又者，見〈宗周鐘〉《三代》一卷65葉、〈𢇛鎛〉《三代》一卷67葉、〈明公簋〉《三代》六卷49葉、〈陳侯午錞〉《三代》八卷42葉、〈史頌簋〉《三代》九卷7葉、〈大豐簋〉《三代》九卷13葉、〈召白簋〉《三代》九卷21葉、〈秦公簋〉《三代》九卷34葉、〈虢季盤〉《三代》十七卷19葉。【注】〈宗周鐘〉云「朕猷又成亡競」；〈𢇛

鎛〉云「于皇祖又成惠朿」；〈明公簋〉云「魯侯又稽工」；〈陳侯午錞〉云「保又齊邦」；〈史頌簋〉云「休又成事」；〈大豐簋〉云「王又大豐」；〈召白簋〉云「又肅又成」；〈秦公簋〉云「高弘又慶」；〈虢季盤〉云「孔顯又光」。此乃諸器以又為有之文例。其云「有成」，謂有成就也；其云「又肅又成」者，肅義為緒，謂有功績有成就也；其云「孔顯又光」者，謂功業顯耀而有光榮也。其作有者，見〈令鼎〉《三代》四卷 27 葉、〈盂鼎〉《三代》四卷 27 葉、〈散氏盤〉《三代》十七卷 21 葉。其作友者，見〈虢仲盨〉《三代》十卷 37 葉，【注】〈虢仲盨〉云「茲盨友十又二」，此以友為有，義謂此盨有十又二器也。良以有亡之義，乃無本字之假借，惟以三字同音，故相通作。此所以彭為彰之古文，而以友聲示有亡之義也。

鬻

鬻，煮也，从䰜羊聲。

案鬻於〈木工鼎〉作 《三代》三卷 8 葉，〈弦鼎〉作 《三代》三卷 14 葉，〈乃孫鼎〉作 《三代》三卷 21 葉，〈龏鬲〉作 《三代》五卷 30 葉，自〈木工鼎〉至〈乃孫鼎〉并隸定為鬻，從火鬲匕量聲，以示煮食之義。量者糧之初文，故於〈龏鬲〉從米作 ，從

匕者示其為取飯之器也。量羊古音同部同屬央攝，故篆文蛻變為薑。考者於卜辭作𠂤𠂤，乃煮之初文，於文為屮之合體象形說見者下。【注】者之從屮以象亨飪之形，而為煮之初文。者薑對轉相通，故自者而孳乳為薑，斯為疊韻轉注之字者屬烏攝與央攝對轉。薑於彝銘從量糧為聲者，并為殷器，然則者薑轉注，殷世已然。而者之肇興，縱非虞夏之時，亦必在夏殷之際矣。若夫卜辭之𣥂𣥂乃方名羊之緐文，亦通借為養。說者乃疑為薑羅振玉《增訂殷契考釋中》26葉，是未知緐文之例，且未諦審辭義，而謬為皮傳之說也。

蜩

𧐀，蟬也，从虫周聲。詩曰「五月鳴蜩」。**𧑙**，蜩或从舟。

　　案蜩於卜辭作𧑙《粹編》1536片，〈丙申角〉作𧑙《三代》十六卷47葉，乃器工之氏，而文為象形。【注】案古之彝器，多於銘末記其鑄工之姓氏，即《禮記月令》所云「物勒工名，以考其誠」者也。審〈丙申角〉文字，密符殷制，可證蜩之古文本為象形，猶之蠑螋於卜辭亦象形作𧑙也。西周之器有〈𣈤青簋〉拓本，從虵舟聲，

乃蜩之古文，亦卽之後起字。此證之古器，而知蜩蟬轉注_{古音同屬定紐}，蟬乃承蜩而孳乳者一也。毛《詩風雅》有蜩無蟬_{見《豳風七月》、《小雅小弁》、《大雅蕩篇》}，【注】〈七月〉云「四月秀葽，五月鳴蜩」；〈小弁〉云「菀彼柳斯，鳴蜩嘒嘒」；〈蕩篇〉云「如蜩如螗，如沸如羹」。蟬字見於〈月令、檀弓〉、《莊子山木篇》、《楚辭卜居》、《荀子致士篇、大略篇》、《逸周書時訓篇、月令篇》而<u>戰國</u>以前無徵。此考之載籍，因知蟬乃承蜩而孳乳者二也。

寺

，廷也，有法度者也，从寸业聲。

　　案寺於〈寺季簋〉作《三代》七卷33葉，〈邾造遣鼎〉作《三代》三卷24葉，并從又止聲。〈石鼓文〉作，則與篆文同體，而為從寸止聲。從止猶寿坣之從止_{說見坣下}，從又猶扤扰之從手，以示曳引行進，而以止行為本義。《管子度地篇》云「官府寺舍」，此以寺為官舍之名，而見於載籍者。《風雅》、《左傳》有「寺人」之名_{見《秦風車鄰》、《小雅巷伯》、《左傳僖二年、五年、十七年、二十四年、成十七年、襄二十六年、二十七年、}

昭六年、哀十五年》，【注】〈車鄰〉云「未見君子，寺人之令」。〈巷伯〉云「寺人孟子，作為此詩」。毛傳「寺人，內小臣也」。自寺而孳乳為侍，猶自官孳乳為倌，乃示服役官寺，故從官寺諧聲。可證寺為官舍，<u>東周</u>已然。惟其初義，非為官舍。所以知者，玫府庫從广，以示臧貨幣兵車_{說見府下}，守官從宀，以示職司政事_{說見官下}，而寺之構體，非若宅、室、廬、舍、廱、宸、層、扁之取象於屋形，因知官舍非寺之本義。玫之卜辭有宅室與官，則俋官舍曰寺，蓋為宅之轉語_{宅寺古音同屬定紐}。以寺借為官舍，故孳乳為峙待，乃以別於借義之轉注字。孳乳為侍，則為承借義而構字。觀乎峙待與寺形義相承，則知寺以止行為本義，塙不可易。<u>漢</u>世通俋官舍曰府或寺，見《<u>漢書元帝紀、成帝紀、天文志、五行志、張敞傳、何並傳、王嘉傳、酷吏傳、外戚傳</u>》，其於經傳，則通俋官府，而未一見官寺。可證官寺之名，雖出<u>先秦</u>，而盛行於<u>漢</u>世。《說文》以廷訓寺者，乃取<u>漢代</u>習見之名，而又曲合雙聲為解。其云「从寸㞢聲」，則為據篆文之譌體，而謬其字形。良以止㞢音同形近，故從止之巿㞷先，《說文》并誤釋為從㞢也。

奪 敓

奪，手持隹失之也，从又奞。

敓，彊取也，《周書》曰「敓攘矯虔」，从攴兌聲。

案奪於簋銘作⟨圖⟩《三代》七卷 7 葉，壺銘作⟨圖⟩《錄遺》226 圖，并從又衣雀聲，而以敓衣為本義，引伸為凡敓取之義。《墨子非攻上》云「扡其衣裘」，《淮南子人閒篇》云「扡其衣被」，扡拕并扡之異體，斯乃奪之本義，而假扡為之。《尚書呂刑》云「姦宄奪攘矯虔」，【注】「奪攘矯虔」，奪攘，搶奪也。矯虔，孔穎達疏「矯稱上命以取人財，若己固有之」。《大雅瞻卬》云「人有民人，女覆奪之」，【注】民人，指人民；或指奴隸。「人有民人，女覆奪之」，意謂人有奴隸，你反而強奪之。斯為奪之引伸義，而多見於書傳者也。自奪而孳乳為敓，乃為後起之字。敓字見〈鼄兟鐘〉《三代》一卷 32 葉，當為東周所構。《說文》引〈呂刑〉有敓者，蓋為後世所易，非西周之為也。自奪而孳乳為裞，則為雙聲轉注之字奪裞古音同屬定紐。《後漢書杜林傳》云「裞奪衣服」，則以裞奪為同義疊語，是奪之本義，漢人猶知故訓。《說文》云「手持隹失之也，从又奞」，乃據譌變之篆文，而誤以解挩之義釋奪，且誤以諧聲

為會意矣。

奮

奮，翬也，从奞在田上，詩曰「不能奮飛」。

案奮於〈令鼎〉作 **奮**《三代》四卷27葉，從隹衣田會意。衣乃裛之假借同屬影紐。示自田中大力上飛，而以翬騫為本義，引伸為凡振奮之義。自奮而孳乳為翬，乃疊韻轉注之字古音同屬<u>皿</u>攝。《說文》釋奮為翬，其義甚允。惟據譌變之篆文，而釋奪奮并為「从奞」，則皆失其字形說見奪下，通考卜辭彝銘，及<u>先秦</u>、<u>漢</u>、<u>魏</u>載籍，舉無奞字，篆文於奪奮二字外，亦無一從奞者。而《說文》云「奞，鳥張毛羽自奮奞也」，是據篆文之奮而別出奞字。亦猶誤釋廷建從廴，而別出廴字說見廷下，誤釋賓之從宀，而別出宀字，皆為<u>許</u>氏妄增說見賓下。其云「奞讀若睢」者，蓋<u>許</u>氏以奞與疾飛之卂，為音義相同之字，故爾牽合卂音以擬奞。《廣韻六脂》以奞睢并音息遺切，〈廿一震〉以奞卂并音息晉切，【注】奞睢并音息遺切，今音ㄙㄨㄟˋ、sui。息晉切今音ㄒㄧㄣˋ、xinˋ。其於〈四宵〉及〈廿二稕〉所收奞字，皆與卂為雙聲同屬心紐，是

亦承<u>許</u>說，而不可徵信者也。

小

小，物之微也，从八，丨見而八分之。

案小於卜辭作ʲⁱʲⁱʲⁱ，彝銘作ʌʌ，并象小物叢集，於文為指事。萬物靡非聚小成巨，會涓滴以成洪流，絫沙埃而成廣壤，人身百體，艸木蟲魚，毛羽皮骨，經絡肌理，皆為散分所積，故小之構文，疊小點以示纖細。厥義博溥，非可一物象形，故以指事構字。《說文》云「丨見而八分之」，覈之古文，其形不肖，審之義訓，形義未符，斯為曲解字形之謬說。自小而孳乳為肖，以示小肉相似，孳乳為宵，以示小心戒夜說見宵下。小兒之伵、小雨之霖霰、訓散之細纖，皆承小義而孳乳小囟鮮酸鐵同屬心紐，【注】案伵音斯氏切、霖音息移切、霰音索官切、細音穌計切、纖音息廉切，諸字皆同屬心紐。所以不從小聲者，乃音轉之假借構字也。

則

則，等畫物也，从刀貝，貝古之物貨也。則，古文

則。𧵦，籀文則从鼎。

　　案則於〈祖戊簋〉作𧵦《三代》六卷 43 葉，〈孟姬簋〉作𧵦《三代》十卷 1 葉，〈則卡盨〉作𧵦《三代》十卷 30 葉，所從之 呂 ᠃ 為金之象形說見金下，於文為從刀貝金會意，以示等畫財貨，引伸為法則之義。《說文》所載古文之𠞢，字從二貝，與𧵦𧵦同意。篆文之則乃𠞢之省體，亦猶篆文之副為籀文𠚳之省體也。籀文之𩱣多見彝銘，乃以貝鼎形近，故相通作，斯為後世譌易，非取畫分鼎味之義。惟𩱣字已見於<u>西周</u>之〈帚攸比鼎〉《三代》四卷 35 葉、〈舀鼎〉《三代》四卷 45 葉、〈格白簋〉《三代》九卷 14 葉、〈召白簋〉《三代》九卷 21 葉、〈散盤〉《三代》十七卷 22 葉，可證譌貝為鼎，自<u>西周</u>已然矣。【注】則於〈帚攸比鼎〉作𧵦、〈舀鼎〉作𧵦、〈格白簋〉作𧵦𧵦、〈召白簋〉作𧵦、〈散盤〉作𧵦，所從之鼎與貝之或作 ᠃᠃ 貝形近，故譌貝為鼎也。

釐

釐，家福也，从里𠩺聲。

　　案釐於〈師兌簋〉作𧶏《三代》四卷 45 葉，〈舀鼎〉作𧶏《三代》九卷 30 葉，從里𠩺聲。𠩺者犛之古文，

引伸為畫分之義 說見劦下，里者一井之田 說見里下，田
之一井兼包廛畔，是釐之構字，乃以畫分廛里為本
義，引伸為凡整飭、治理，與分理之義。《小雅信南
山》云「我疆我理，南東其畝」，《大雅緜篇》云「迺
疆迺理，迺宣乃畝」，〈江漢〉云「于疆于理，至于
南海」，是皆釐之本義，而假理為之。其云「我疆我
理」者，謂我整飭其封疆，我畫分其廛里。其云「迺
疆迺理」，及「于疆于理」，義亦同此。葢整飭邦國
之田界曰疆 見《左傳文元年、襄八年、十九年、二十六年》、《春
秋昭元年》，畫分廛里之畎畔曰釐，此所以疆理同類并
舉，而數見於詩也。《尚書堯典》云「允釐百工」，《國
語周語下》云「釐政制量」，皆以釐為整飭之義，乃
釐之引伸義也。【注】〈堯典〉云「允釐百工，庶績先咸熙」，
義謂誠能整飭百官，眾功皆興。〈秦公簋〉云「㠯受屯魯多
釐」《三代》九卷 34 葉，《史記孝文本紀》云「今吾聞
祠官祝釐」，〈賈生傳〉云「孝文帝受釐」，乃假釐為
禧。【注】案釐禧同屬噫攝，是為疊韻假借。《說文示部》云「禧，
禮吉也」。〈秦公簋〉云「㠯受屯魯多釐」者，謂以受大福多吉祥
也。〈孝文本紀〉「今吾聞祠官祝釐，皆歸福朕躬，不為百姓，朕
甚愧之」。裴駰集解引如淳曰「釐，福也」。〈堯典〉云「釐降

二女于嬀汭」,《大雅既醉》云「釐爾女士」,〈江漢〉
云「釐爾圭瓚」,乃假釐為賚。【注】案釐賚同屬噫攝來
紐,是為同音假借。《說文貝部》云「賚,賜也」。「釐降二女于嬀
汭」者,謂賜嫁二女於嬀汭也。「釐爾女士」者,陳子展云「賞賜
汝男口女丁也」。「釐爾圭瓚」者,圭瓚,古代玉制酒器,以圭為
柄,用於祭祀,義謂賞賜爾玉柄龍口之酒勺也。《荀子儒效篇》
云「不失豪釐」,乃假釐為氂。斯并釐之假借義也。
《說文》訓釐為「家福」者,乃從詩傳釋里為居,
故以家訓之。又以釐禧通借,故從《爾雅》訓禧之
義,而以福訓之。是昧於犛與里之初義,而唯粗合
詩傳與《爾雅》為訓,迂謬之甚矣。

厂

厂,抴也,朙也,象抴引之形,虒字從此。

　　案厂乃抴曳之初文,於文為指事。《說文》以抴
釋厂,亦猶開之釋启,趨之釋走,故之釋古,藩之
釋林,厚之釋旱,灸之釋久,很之釋目,綴之釋叕,
皆為據後起字以釋初文,而音義胥同者也。通考從
厂之字,有少之從厂,茅之從厂豕,反之從又厂,
爭之從受厂,虒之從厂虎,犮之從厂犬,失之從厂

手，升之從厂斗，尤之從厂又_{反為會意，尤從又聲}。」【注】

_{少從小厂會意，《說文》誤釋从小丿聲。豸從厂豕會意，《說文》誤釋从八豕聲。反從又厂會意，《說文》誤釋从又厂反形。虒從厂虎會意，《說文》誤釋从虎厂聲。失從厂手會意，《說文》誤釋从手乙聲。升從厂斗，《說文》誤釋从斗象形。尤從厂又聲，《說文》誤釋从乙又聲。}若行遲之夂，則為從厂之合體指事。而

《說文》釋少為從小丿聲，釋豸為從八豕聲，釋虒

為從虎厂聲，釋失為從手乙聲，釋升為從斗象形，

釋尤為從乙又聲，是皆失其字形。於反豸虒失尤五

字，則又謬其初義。釋夂不云從厂，是亦昧其構體。

《說文》釋弋從厂，考之古文，其說亦非_{說見弋下}。

《說文》釋虒、厎、系、曳四字，并從厂聲，覈之

聲韻，則虒系二字，未可徵信。葢以厂之結體惟簡，

故《說文》從厂之字，多有誤釋也。

籹

籹，坺也，从攴从厂，厂之性坺，果孰有味亦坺，

　故謂之籹，从未聲。

　　案籹於〈師籹簋〉作_籹《三代》九卷36葉，〈毓祖

丁卣〉作_籹《三代》十三卷 38 葉，齍於〈師衰簋〉作

□《三代》九卷29葉，〈辛鼎〉作□《周金》五卷40葉，釐於〈善夫克鼎〉作□《三代》四卷30葉，〈曶鼎〉作□《三代》四卷45葉，其所從之𢻱，隸定為𢼸，乃從攴𠂆來聲。𠂆卽卜辭之司所從之𠃌，乃枱之象形說見枱下，來者耒之音變，是則𢼸之構字，乃示執耒枱以耕，而為𥝩之古文。考𥝩於卜辭從㹜耒聲而作□《後編上》14.8片、《後編下》23.13片，於〈父丁尊〉從猋耒聲作□《三代》十一卷30葉，并示羣犬曳耒而耕。自□而孳乳為𢼸，自𢼸而孳乳為篆文之𥝩，皆為雙聲轉注之字，【注】所云雙聲轉注者，謂并從來紐也。而以□為初文耒來黎同屬來紐。𢼸於彝銘或從木作□者，乃以示枱之木柄，亦猶枱之從木。木未雙聲，【注】木音莫卜切，屬明紐；未音無沸切，屬微紐。案古無輕脣音，故古微歸明，是木未於古音為雙聲也。故亦從未作𠩺。此審之字形，而知篆文之𠩺，所從之未乃木之假借，所從之厂乃𠂆之形譌。《說文》云「厂之性斥，果孰有味亦坼」，是據譌變之體，而曲解字形，故亦失其初義。凡耒之所剌，卽畋界之攸分，故𠩺引伸為畫分之義。以是而孳乳為訓剝之剺，訓微畫之嫠，及畫分廛里之釐說見釐下。蓋𠩺有畫分之義，亦猶從聿田之畫，

而有界別之義。疀未聲韻縣別_{疀來古音同屬噫攝來紐，未}_{屬威攝明紐。}，而《說文》云「疀從未聲」，是尤不辨聲韻之妄言也。

少

凵，不多也，从小丿聲。

凵，少也，从小乀聲，讀若輟。

案少於卜辭作小小，〈齏夨簋〉作少《三代》八卷43葉，〈少虞劍〉作个《錄遺》601圖，從小厂會意。厂者扒之初文，小物而有扒引，以示減損之義。猶之升從斗厂，以示升小於斗，構字同意_{說見升下}。《說文》誤釋乂弗從丿乀，因而別出丿乀二文_{說見丿乀之}_下。【注】丿音ㄆㄧㄝˇ、pieˇ，乀音ㄈㄨˊ、fuˊ。 則其釋少從丿聲，釋凵從乀聲，皆謬不待辨。猶之《說文》誤釋希之從彑，而謂彝從彑聲，亦謬不待辨_{說見希彝}_{之下}。《廣韻十六屑》以丿擊幷音普滅切，與《玉篇》音丿為普折切者，音讀相同，葢為<u>漢後</u>相承之說。然而律以古音，則丿少聲韻迥異_{丿擊古音屬阿攝脣音，}_{少屬天攝舌音。}，是少非從丿聲，斷無可疑。《說文》別有訓少之凵，形同〈蔡夨鐘〉之凵_{容庚《金文編》，}

斯乃少之異體。而《說文》云「从小乀聲，讀若輟」，
是猶釋于云「讀若畜」，皆為<u>漢</u>人之俗說也。

金

金，五色金也，黃為之長，久薶不生衣，百鍊不輕，
　　從革不韋，西方之行，生於土，从土，ナ又注，
　　象金在土中形，今聲。金，古文金。

　　案金於〈麥鼎〉作✚《錄遺》91 圖，〈遇甗〉作全
《三代》五卷 12 葉，〈頌簋〉作金《三代》九卷 7 葉，〈師
嫠簋〉作金《三代》九卷 36 葉，〈師寰簋〉作金《三代》
九卷 28 葉，〈朿躬簋〉作金《三代》十卷 23 葉，是皆<u>西
周</u>之器，并與篆文同體。二注作✚者，構形益古。
考<u>殷虛</u>大墓，多見包飾器物之金葉，薄如竹笨<u>殷虛</u>大
墓有金葉十片，見《侯家莊 1001 號大墓》334 葉。金葉六片，見
〈1002 號大墓〉101 葉。金葉二十五片見〈1003 號大墓〉132 葉。
金葉三片見〈1004 號大墓〉159 葉。金葉十片見〈1217 號大墓〉
104 葉。。可證<u>殷</u>代椎鍛之術，無遜後世。是黃金之
翀見必在<u>虞夏</u>之前，則其初文，當為象形。案〈效
父簋〉云「<u>休王錫效父</u>≣三，用乍乓寶隣彝」《三代》
六卷 46 葉。〈蚰高卣〉云「<u>王錫蚰高</u>≣，用乍彝」《三

代》十三卷 30 葉。【注】〈效父簋〉云「休王錫效父〓三」者，謂休王賞賜效父金三鎰或三版也。休王葢即休方之王。當西周及春秋之時，諸侯僭王，非僅吳越與徐楚，考之傳世彝器，則有〈夨王鼎〉、〈呂王鬲〉、〈夒王盉〉、〈買王臤卣〉、〈邾王量鼎〉、〈邾王義楚耑〉、〈邵王鼎〉等，諸方之稱王，書傳未載，唯賴彝器見之。二器之〓，皆金之初文，象形作〓者一也。案斷於〈齊夨壺〉作𣃩《三代》十二卷 34 葉。從〓斳聲，以示其利斷金，而為誓之初文，非《說文》所謂「久寒故折」也。段於〈段金鼎簋〉作𣪊《三代》六卷 38 葉，〈段金鼎尊〉作𣪊《三代》十一卷 23 葉，〈段簋〉作𣪊《三代》八卷 54 葉，所從之𠂤乃厜之古文，隸定當為殿，從殳厜會意，以示椎石取金，非《說文》所謂「耑省聲」也。匀於〈非余鼎〉作𠣧《三代》四卷 7 葉，〈匀簋〉作𠣧《三代》六卷 23 葉，乃從〓從古文旬聲，亦即鈞之古文，非《說文》所謂「从勹二」也。〈成周鈴〉之𨥨《三代》十八卷 11 葉，乃從〓令聲，而為鈴之古文。簋銘之𠛱《三代》六卷 43 葉，簠銘之𠛱《三代》十卷 1 葉，盨銘之𠛱《三代》十卷 30 葉，乃從刀貝〓會意，以示等畫財貨，而為則之古文。此證以彝銘之斳段匀鈴則，而知金之初文，象形作〓者二也。案

黃金之產，或含於礦石，或散於河沙，《墨子耕柱篇》云「昔者夏后開使蜚廉採金於山川」，固晐二類言之矣。其產於河沙者，率為瓴粒，大者如瓜子，世名瓜子金，薄者如麩片，世名麩皮金見宋周密《癸辛雜識續集下》，唐李賀詩所謂「赤金瓜子兼雜麩」者，乃謂沙金見《昌谷詩外集》，案唐人所謂赤金，即先秦漢魏之黃金。。以沙金皆成顆片，此金之古文所以象其形而作 ≡ 也。《管子揆度篇》云「黃金起於汝漢水之右衢」，〈輕重甲篇〉云「楚有汝漢之黃金」，《韓非子內儲說上》云「荊南麗水之中生金」，《戰國策楚策三》云「黃金珠璣出於楚」，《尸子》云「清水有黃金」《御覽》五十八引，《山海經南山經》云「閣水南流注于虖勺，其中多黃金」，郭璞注曰「今永昌郡出金，如穰在沙中」。〈西山經〉云「淒水其中多黃金」，〈中山經〉云「漳水東南流注于睢，其中多黃金」。《論衡驗符篇》云「永昌郡有金焉，纖靡大如黍粟，在水涯沙中，民采得日重五銖之金，一色正黃」，其說與郭注《山海經》相合。《魏書食貨志》云「漢中舊有金戶千餘家，常於漢水沙淘金」，其說與《管子》相合，此雖漢魏所記，而皆創見已古。據此是先秦不乏沙

金，且多產於荊揚之域。《尚書禹貢》云「淮海惟揚州，厥貢惟金三品」，又云「荊及衡陽惟荊州，厥貢惟金三品」，《魯頌泮水》云「憬彼淮夷，來獻其琛，元龜象齒，大賂南金」，是可證荊揚之金，久已傳播中夏，此所以金之古文，為沙金之形。矧夫金之含於礦石者，形無定質，未可肖形造字，故亦不得不象沙金之形也。金之色黃，故孳乳為黃芩之芩，黃黑之黔，及面黃之頷，金之色美而賈貴，故孳乳為織文之錦，是皆承黃金之義而孳乳。頷從含聲者，芩以別於低頭之頷，是以假含構字。其若銀、鉛、銅、鐵，則據引伸義而構字。此審金之初文作ﾐ，及所孳乳之芩、黔、頷、錦，因知金之本義為黃金，《說文》云「五色金」者，乃誤以引伸為本義也。藉如其說，而以金兼五色，則不宜復有銀、鉛、銅、鐵，徒增贅複矣。

尤 訧

尤，異也，从乙又聲。

訧，罪也，从言尤聲，《周書》曰「報以庶訧」

案尤於卜辭作ﾅﾅ，〈麤白簋〉作ﾅ，〈大豐簋〉

作㕛，從𠂆又聲，以示抴引為非，而以愆尤為本義。亦猶失從𠂆手，以示為人所抴，構字同意說見失下。見於卜辭者，則曰亡尤，或曰又尤。見於彝器者，〈麥尊〉云「医告于宗周，亾尤」，又云「遲天子休，告亾尤」《西清古鑑》八卷33葉，【注】「遲天子休」者，遲為揚之假借，休義為賞賜，義謂顯揚天子之賞賜也。〈𪓐白簋〉云「𪓐白于告王休亾尤」《三代》六卷53葉，〈大豐簋〉云「王祀於天室，降天亾尤」《三代》九卷13葉。見於詩者，《鄘風載馳》云「許人尤之」，又云「無我有尤」，《小雅四月》云「莫知其尤」，其云「有尤」，卽卜辭之「又尤」，《周易》之「无尤」見〈賁、剝、大畜、蹇、鼎、旅，諸卦象辭〉，卽卜辭之「亾尤」。是皆以尤義之愆，〈麥尊〉或從辵作𨑨者，乃其緐文也。自餘愆尤之義，多見於《左傳》及《論語》、《孟子》，是尤之本義，自卜辭以至書傳，相承無異。惟以借為尤甚之詞，與尤異之義，故孳乳為訧，乃以別於借義之轉注字。訧義僅見於《邶風綠衣》，〈釋文〉曰「訧本或作尤」，然則其作訧者，葢為後世所易。愆過對轉相通愆屬安攝，過屬阿攝，二部對轉。，故載籍假過為愆，詩傳亦釋尤為過，是皆無違本義。《說文》

云「尤，異也，从乙又聲」，斯則誤以假借為本義，誤以厂為乙，失之形義俱非矣。反從厂又會意，以示自扯臂掔，而以反手為本義，尤從厂又諧聲，以示外物扯引為非，此所以構字同體，而音義互殊。叐友并從厂會意說見叐下，而叐於彝銘作叐，友於篆文作友，與卜辭叐所從之厂，皆不曲筆下丞者，其例適同。蓋以別於從厂之反，故爾小異其形而作叐，非若毌中之一以取禁止之義也。

官

官，吏事君也，从宀自，自猶眾也，此與師同意。

　　案官於卜辭作官官，彝銘作官官，并與篆文同體，從宀自會意，而以府寺為本義。從宀以示府舍，猶宦守之從宀，與府之從广。自為師之初文說見自下，從自示司眾人之事。《禮記曲禮下》云「在官言官，在府言府，在庫言庫，在朝言朝」，《莊子德充符》云「官天地，府萬物」，乃以官與府并舉。《管子度地篇》云「官府寺舍」，則以官府與寺舍連言，斯正官之本義。凡國之所屬，必官府所司，是以官田《周禮載師》、官奴《鶡冠子世兵篇》、官器《史記平準書》、官

錢《漢書韓延壽傳》，俱為官之本義。【注】官田謂公田之一種，〈載師〉云「以官田、牛田、賞田、牧田，在遠郊之地」。鄭玄注引鄭司農曰「官田者，公家之所耕田」。官奴謂官府之奴隸，〈世兵篇〉云「伊尹酒保，太公屠牛，管子作革，百里奚官奴」，百里奚官奴謂百里奚被晉國俘虜，成為奴隸。官器謂官府之器具，〈平準書〉云「願募民自給費，因官器作煮鹽，官與牢盆」。官錢謂府之前幣，〈韓延壽傳〉云「侍謁者福為望之道延壽在東都時放散官錢千餘萬」。為官府司事，而名曰官，則為引伸之義。《管子問篇》云「問國之有功大者，何官之吏也，問州之大夫也，何里之士也」，乃以官與里為相對之名。《墨子明鬼下》云「吏治官府不敢不潔廉」，則以吏與官為分別之名，是尤官吏義不相溷之明證。人體之耳目口鼻，各有所司，亦若官之任事，故名曰官見《管子心術上》、《孟子告子上》、《莊子天運篇》、《荀子天論篇》。猶之人體而有臟府之名，并以比擬為偶。《說文》釋官為「吏事君」，亦如釋府為「文書臧」說見府下，皆誤以引伸為本義也。

失

失，縱也，从手乙聲。

案失從又手會意，以示手之所持為人扺引，而以喪失為本義。蓋凵器用為喪說見喪下，喪所持為失，獲財物為得說見得下，引伸則喪失同義，而與得為對名。《論語》云「雖得之，必失之」〈衛靈公篇〉，【注】〈衛靈公篇〉子曰「知及之，仁不能守之，雖得之，必失之」。意謂聰明才智足以得之，而仁德不能保持，則雖得之，必會失之。又云「既得之，患失之」〈陽貨篇〉，《孟子》云「得道者多助，失道者寡助」〈公孫丑下篇〉，又云「三代之得天下以仁，其失天下也以不仁」〈離婁上篇〉，【注】三代謂夏、商、周，夏禹、商湯、周文王、周武王，以仁得天下；而夏桀、商紂、周幽王、周厲王，以不仁失天下。又云「求則得之，舍則失之」〈盡心上篇〉，又云「苟得其養無物不長，苟失其養無物不消」〈告子上篇〉，此皆以得失對言，而見於經傳者。自餘喪失之義，而見於載籍者，多不勝數。是其義訓昭彰，不容曲解。《說文》云「失，縱也，從手乙聲」。是誤以會意為諧聲，非唯形義不符，且亦聲類不合乙屬影紐，失屬透紐，凡從失聲之字，無轉喉音者。。亦猶釋尼從乙聲，而誤於韻部相違說見尼下，皆為許氏晻於聲韻之謬說。物之縱捨，由於己之解捝，異乎物之凵失，由於人之扺引。而

《說文》以縱釋之者，乃以失逸同音失逸古音同屬衣攝舌音，故以縱逸之義而釋失，是亦未得字恉。失於篆文作㡭，所從之乁乃厂之反書。良以文之左右相反，音意無異，斯乃殷商舊法說見止下，故篆文之失，猶存古之遺制，非從甲乙之乙，及訓流之乁也。

建

㳠，立朝律也，从聿从廴。

案建於鼎銘作㳠《三代》二卷52葉，從聿廴會意。從聿以示冊命，從廴以示受命行職，而以任官封爵為本義，引伸為凡設置與豎立之義。《尚書皋陶謨》云「州十有二師，外薄四海，咸建五長」，【注】吳璵《新譯尚書讀本》云「薄，至也。四海，謂四方極遠之地。五長，每五國立一長，謂九州之外，每五國立一國以為長」。〈顧命〉云「乃命建侯樹屏」，【注】樹屏謂建立藩屏也。「乃命建侯樹屏」者，孔穎達疏「封立賢臣為諸侯者，樹之以為藩屏」。《魯頌閟宮》云「建爾元子，俾侯于魯」，【注】元子，天子和諸侯之嫡長子，「建爾元子，俾侯于魯」者，謂立爾之長子，使其為侯在魯也。元子謂伯禽也。《周易震》云「宜建侯而不寧」，〈比〉云「先王以建萬國」，《左傳僖二十四年》

云「封建親戚，以蕃屏周」，〈襄三年〉云「建一官而三物成」，《周禮大宰》云「乃施典于邦國而建其牧，乃施則于都鄙而建其長，乃施灋于官府而建其正」，是皆建之本義。〈蔡戾鐘〉作⬛拓本，與篆文之建并為晚周謬體，失其初形矣。《說文》釋為「立朝律」者，乃以建廷二字篆文俱從𠃊，又以聿律同音，因之牽合廷律為解。斯為援附譌文，而又曲合音訓之謬說也。

律

⬛，均布也，从彳聿聲。

　　案律從行省聿聲，以示記之簡冊，為行事之規范，而以法則為本義。書傳有紀律《左傳桓二年》、法律《管子七法篇、法法篇》、《莊子徐无鬼篇》、《韓非子飾邪篇》、憲律《管子法法篇》、國律《韓非子飾邪篇》、事律《管子君臣上篇》，【注】紀律，謂綱紀；法度。《左傳桓二年》云「百官於是乎戒而不敢易紀律」。法律，古代多指刑法、律令，〈徐无鬼篇〉云「法律之士廣治」。憲律，謂法律，律令，〈法法篇〉云「憲律、法度必治道」。國律，謂國家法律，〈飾邪篇〉云「當趙之方明國律、從大軍之時，人眾兵強，辟地齊燕；及國律慢，用者弱，而

國日削矣」。事律，謂依法律行事，〈君臣上篇〉云「吏嗇夫盡有訾程事律」。尹知章注「訾，限也，程，准也，事律謂每事據律而行也」。五聲之法曰六律《尚書皋陶謨》、尻室之法曰室律《荀子王制篇》、質劑之法曰質律《荀子王霸篇》、控弦之法曰彀律《孟子盡心下》、首虜之法曰首虜律《史記李廣傳》，此皆律之本義。《左傳哀十六年》云「無自律」，〈中庸〉云「仲尼上律天時」，并以律為取法，此為引伸之義。《周易師》云「師出以律」，《禮記王制》云「有功德於民者，加地進律」，又云「析言破律，亂名改作，執左道以亂政殺」，《管子七臣七主篇》云「法者所以興功懼暴，律者所以定分止爭，令者所以令人知事，法律政令者，吏民規矩繩墨也」，《荀子成相篇》云「進退有律，莫得貴賤孰私王，罪禍有律，莫得輕重威不分」，又云「君教出，行有律」，可徵律與法令異名同實。惟律非限於刑罰，而為一切行事之則。此所以荀卿有「行有律」之言，而律之構字亦從行省也。《國語周語下》云「律所以立均出度」，《說文》以「均布」釋律者，乃從《國語》亦就六律而言。是昧於律之構形，而僅得其義之一耑矣。

兜

兜，兜鍪，首鎧也，从兜从兒省，兒象人頭形也。

案兜從兆土會意，以示邕蔽杜塞，而以冡惑為本義杜為閉塞，說見杜下。。《國語晉語六》云「古之王者政德既成，於是使工誦諫於朝，在列者獻詩使勿兜」，【注】誦諫，韋昭注「誦，誦讀前世箴諫之語」。目之傷眥曰蔽兜見《說文目部》，心之惛惑曰懣兜見《說文心部》，目之蔽垢曰覩，亦承兜義而孳乳，所從𥅴聲乃兜之假借兜覩古音同屬謳攝端紐，是皆可證兜為冡惑之義。兜所從之⊖，乃古文土之異體。所以知者，玟印之古文於尊銘作𡳐《三代》十一卷29葉，於〈父癸爵〉作𡳐《三代》十六卷 24 葉，所從之土，形或作△，與兜篆相似，以是而知兜之上體，乃土之古文，而非白之古文，與兒上體也。若夫首鎧之名，戰國以前通儷曰冑，見〈孟鼎〉《攈古錄》三之三卷44葉、〈白晨鼎〉《三代》四卷 36 葉、〈虔簋〉《三代》六卷 52 葉、【注】案冑於〈孟鼎〉作𩊠、〈白晨鼎〉作𩊠、〈虔簋〉作𩊠，而曰「賜裏冑干戈」。《尚書兌命》《禮記緇衣》引、〈費誓〉、《魯頌閟宮》、《周易說卦》、《左傳僖二十二年、三十三年、成十三年、十六年、襄二十四年、哀十六年》、《儀

禮既夕禮》、《禮記曲禮、少儀、儒行》、《大戴禮四代篇》、《國語周語中、晉語五、晉語六》、《管子小匡篇》、《晏子春秋》卷二、卷五，是知首鎧為胄，乃殷周通名，自戰國以前無異也。鞮瞀之名，始見《墨子備水篇》。【注】〈備水篇〉云「劍甲鞮瞀」。或作鞮鍪，見《戰國策韓策》，及《漢書揚雄傳》。或作鞮䪓，見《漢書韓延壽傳》。【注】鞮鍪，〈揚雄傳〉云「鞮鍪生蟣蝨，介胄被霑汗」。李善文選注「鞮鍪即兜鍪也」。〈韓延壽傳〉云「被甲鞮䪓居馬上」，顏師古注「鞮䪓即兜鍪」。西漢《木簡》并與《墨子》相同見羅振玉《流沙墜簡器物類》三三簡、三四簡，勞榦《居延漢簡》577簡、2315簡、8263簡。。《御覽》引《東觀漢記》云「祭遵薨，遣校尉發騎士四百人，被玄甲兜鍪送葬」，又云「建武六年馬武擊隴囂，身被甲兜鍪，擊殺數十人」《御覽》三百五十六引，自茲以降，兜鍪之名，亦載鄭玄注《禮》見《禮記曲禮、少儀、儒行》、《儀禮既夕禮》，王逸注《騷》《楚辭九歎憂苦篇》，及《吳越春秋》卷四。自魏晉以至隋唐，書傳悉偁兜鍪，而無一見鞮瞀或鞮䪓，自東漢以前，則無一見兜鍪。可證鞮之與兜，亦因時序遷迻，劃然有別。《說文》以兜鍪釋兜者，乃承建武以後之名，以釋古文，

其非本義，斷然可知。藉如其說，則從兒無以示首鎧。而《說文》以兜兜二字皆為從兒說見兒下，是亦憭於形義之說也。

彊（彊）

彊，畫弓也，从弓章聲。

案彊於鼎銘作《錄遺》35 圖，爵銘作《錄遺》390 圖，與篆文同體，隸定為彊。孳乳為弤見《孟子萬章上》，乃雙聲轉注之字。【注】〈萬章上〉云「干戈朕，琴朕，弤朕」。趙岐注「弤，彤弓也。天子曰彤弓。堯禪舜天下，故賜之彤弓也」。《大雅行葦》云「敦弓既堅」，【注】〈行葦〉云「敦弓既堅，四鍭既鈞」。毛傳「敦弓，畫弓也。天子敦弓」。敦弓卽彊之析言，猶之《左傳》之巢、車、含、玉〈成十六年、哀十一年〉，而為輨玲之析言，此固書傳所多見說見豨下。《荀子大略篇》云「天子彤弓，諸侯彤弓，大夫黑弓」，審音考義，敦弓亦卽彤弓，猶之彊亦卽弤。然則彊弤俱承彤義而孳乳，彊所從章聲乃彤之假借構字也章古音屬定紐，氏彤古音屬端紐。。蓋弓之施以刻鏤文飾者名為彤弓，亦猶戈戟之施以刻鏤文飾者，而名之彤戈彤戟。《國語晉語三》云「穆

公衡彤戈出見使者」，〈尸臣鼎〉云「賜爾旂鸞黼黻玗戈」《漢書郊祀志下》，案旂鸞乃鸞旂之誤倒。」【注】黼黻，謂禮服上所繡之華美花紋也。它如〈無叀鼎〉《三代》四卷 34 葉、〈害簋〉《博古圖》十六卷 42 葉、〈寰盤〉、〈走馬休盤〉《三代》十七卷 18 葉，并有「錫戈玗韠」之文，其受錫者，皆諸侯與卿大夫，是知彤戈為大夫以上之物。西周之走馬當亦大夫之職，《小雅十月》云「蹶維趣馬」，趣馬卽彝銘之走馬，乃與內史、師氏連類而言，可證職位相若，非《周禮》所云下士之職也。〈小臣宅簋〉云「白錫小臣宅畫干戈九」《三代》四卷 34 葉，良以小臣位卑，故錫以畫戈，而不錫以彤戈。此證以彝器，而知彤畫異名，非可通作。《說文》釋猣為畫弓者，乃蹈襲詩傳之謬說也。

般

般，辟也，象舟之旋。从舟从殳，殳令舟旋者也。

般，古文般从攴。

案般於卜辭作（字形）（字形）（字形）（字形），簋銘作（字形）《三代》六卷 3 葉，〈父乙卣〉作（字形）《三代》十三卷 14 葉，并象操舟或乘舟之形。《莊子漁父篇》、《呂覽異寶篇》，及《史

記陳丞相世家》所謂「刺船」者，乃謂抵竿推舟，《方言》卷九云「所以刺船謂之篙」，徵之卜辭，正肖其形。卜辭或從攴殳而作〔般〕〔般〕者，是即篆文之所本。審其構形，乃以般游為本義，引伸則為般樂之義。《晏子春秋》卷六云「又好盤游戲好」，斯為般之本義，而假盤為之。《尚書無逸》云「王不敢盤于游田」，〈秦誓〉云「民訖自若是多盤」，《孟子》云「般樂怠敖」〈公孫丑上篇〉，【注】怠敖，謂怠惰敖游也。〈公孫丑上篇〉云「今國家閒暇，及是時般樂怠敖，是自求禍也」。趙岐注「適有閒暇，且以大作樂，怠惰敖遊，不修政刑」。《荀子》云「般樂奢汰」〈仲尼篇〉，【注】般樂奢汰，謂玩樂奢侈也。〈仲尼篇〉云「閨門之內，般樂奢汰」。楊倞注「般亦樂也」。是皆般之引伸義。《禮記投壺》云「主人般還曰辟」，《周易屯》云「磐桓利居貞」，《淮南子氾論篇》云「盤旋揖讓以脩禮」，《漢書何武傳》云「槃辟雅拜」，般還與磐桓盤旋，皆疊韻連語古音同屬安攝，槃辟乃雙聲連語二字同屬幫並二組，皆用般為回旋，斯乃假借之義。《說文》云「般，辟也，象舟之旋」，是誤以假借為本義。良以操舟所以濟水，不應以操舟之形，而示旋舟之義也。

里

里，居也，从田从土。

案里於〈矢彝〉作里《三代》六卷 56 葉，〈大簋〉作里《三代》九卷 25 葉，與篆文同體，從田土會意，而以田之一井為本義。《穀梁傳宣十五年》云「古者三百步為里，名曰井田」，《孟子滕文公上》云「方里而井，井九百畝，其中為公田，八家皆私畝，同養公田」。據此則耕田一井為里，此里之所以從田。《禮記郊特牲》云「唯為社事單出里」，單讀如殫，義謂有祀于社，則里人盡出往致祭。可覘古者里必有社，而土為社之初文說見土下，此里之所以從土。然則里之構字，當肇於剏行井田之時，引伸為居止及道里之義，【注】道里謂道路村落也。《商君書錯法》云「苟有道里，地足容身，士民可致也。苟容市井，財貨可眾也」。而以八家為一里《周禮小司徒》云「九夫為井」，《管子乘馬》云「方一里九夫之田也」，義與《孟子》異。。書傳有以二十五家為里者見《周禮地官遂人》，有以五十家為里者見《管子小匡篇》、《鶡冠子王鈇篇》，有以七十二家為里者見《御覽》一百五十七引《尚書大傳》，有以八十戶為里者見《公羊傳宣十五年》注，有以百家為里者見《管子度地篇》、《禮

記雜記下》注引〈王度記〉，有以方六里名曰舍者見《管子乘馬篇》，此皆後世各方之異制，非里之初義也。《漢書食貨志上》云「在壄曰廬，在邑曰里」，是尤謬為區別，益乖初恉。案《禮記祭法》注云「百家以上共立一社，今時禮社是也」。《韓非子外儲說右》云「秦襄王病，百姓殺牛祠社，王玆其里正與伍老屯二甲」。《史記封禪書》云「高祖十年有司請令民里社，各自財以祠」。《陳丞相世家》云「里中社，平為宰」。據此則里之大小雖或因時異制，亦或諸方不同，而里必有社，固為周漢通規。循知里之從土，以示一里共祀一社，确乎無疑。《說文》云「里，居也」，是從詩傳之說，而誤以引伸為本義。或曰「有田有土而可居」《說文》段注，苟如其言，則是田土同義，不宜贅複構字。且無以見里之大小，則不當引伸有道里之義也。徐鍇《說文繫傳》於「從土」之下，復云「一曰士聲也」，蓋以篆文土士形近，且以里士古音同部同屬噫攝，故別以形聲釋之，當非許氏原文。

琱　彫

瑂，治玉也，一曰石似玉，从王周聲。

彫，琢文也，从彡周聲。

案〈祖辛觚〉之𠬪《三代》十四卷 28 葉，隸定為玑，從玉刀聲，以示刻玉。自玑而孳乳為琱琢，則為雙聲轉注之字刀琱琢古音同屬端紐。彝銘有琱無琢，〈師奎父鼎〉《三代》四卷 34 葉、〈休盤〉、〈寰盤〉《三代》十七卷 18 葉，并有「琱戟」之文，【注】〈師奎父鼎〉云「賜載市同黃玄衣黹屯戈琱戟旂」。〈休盤〉云「賜休玄衣黹屯赤市朱黃戈琱戟」。〈寰盤〉云「賜寰玄衣黹屯赤市朱黃鑾旂攸勒戈琱戟」。可證西周已有琱之孳乳。〈祖辛觚〉之字體，宛肖卜辭，其為殷器，憭無疑昧。然則治玉之彫，初文為玑，自玑而孳乳為琱，肇於西周，琢之構字又在琱後，從彡之彫則為琱之或體。琱琢唯以識音者，乃以更其聲文，以應語言遷易，是以聲不兼義，此固轉注之通則也。

珓

珓，大圭也，從王介聲。《周書》曰「稱奉介圭」。

案〈師奎父鼎〉之𡊒《三代》四卷 34 葉，從玉大聲，以示大玉，而為珓之古文。猶之卜辭之𣏌，從

犬大聲，而為狄之古文說見狄下，其構字同意。自夰
而孳乳為玠，亦猶大之孳乳為夰，皆為疊韻轉注之
字大介古音同屬阿攝。通考轉注之孳乳，率為聲不示義
之假借構字。而當新字未興，語有遷易，則假它文
為之。若詩之介福、介圭見《小雅楚茨、信南山、甫田》，
介圭見《大雅崧高、韓奕》。，【注】介福，大福也。〈楚茨、信南
山、甫田〉并云「報以介福，萬壽無疆」。介圭，大圭也。〈崧高〉
云「錫爾介圭，以作爾寶」。〈韓奕〉云「韓侯入覲，以其介圭，
入覲于王」。鄭玄箋「圭長尺二寸謂之介。非諸侯之圭。」傳之
介弟、介麋見《左傳襄二十六年、哀十四年》，【注】介弟，對
他人弟之敬偁，或對己弟之愛偁。〈襄二十六年〉云「夫子為王子
圍，寡君之貴介弟也」。〈哀十四年〉云「逢澤有介麋焉」。杜預注
「介，大也」。陸德明釋文「麋，獐也」。皆為大之音轉，斯
為轉而未注之用字假借。自介而孳乳為夰玠，則為
轉注之構字假借。蓋凡轉注之肇興，無論義轉音轉，
皆為轉迻在前，構字在後，此乃轉注之通則。先秦
載籍有介無夰，夰字始見《方言》卷一，玠字始見
《爾雅釋器》，然則夰玠之孳乳，當在晚周。說彝銘
者，或釋夲為寶吳榮光《筠清館今文》四卷 21 葉，或釋為
皇《愙齋》四冊 27 葉引張之洞說，或釋為璜孫詒讓《名原下》，

是皆徒為皮傅，故無一得其形義也。

元 頑

![元字古文], 始也，从一兀聲。

![頑字古文]，梱頭也，从頁元聲。

　　案元於卜辭作![字]![字]，與篆文同體，從人上會意。以示人上有首，而以首為本義。《左傳僖三十三年》云「狄人歸其元，面如生」，〈哀十一年〉云「公使大夫固歸國子之元」，《孟子》云「勇士不忘喪其元」〈滕文公下〉，《儀禮士冠禮》云「始加元服」，是皆元之本義。以元義為首，故孳乳為冠頑二字，首為人生之始，故引伸為長大之義。《尚書皋陶謨》云「元首」，乃同義疊語。書傳之元帥《左傳宣十二年》、元侯《左傳襄四年》、元戎《小雅六月》、元老《小雅采芑》、元舅《大雅崧高》、元子《尚書召誥》、元孫〈金縢〉、元惡〈康誥〉、元妃《左傳文二年》、元女《左傳襄二十五年》，【注】元帥，統領全軍之主帥；〈宣十二年〉韓獻子謂桓子曰「子為元帥，師不用命，誰之罪也」。元侯，諸侯之長；〈襄四年〉云「天子所以享元侯也，使臣弗敢與聞」，杜預注「元侯，牧伯」。元戎，古代大型兵車；〈六月〉云「元戎十乘，以先啟行」。元老，天子之

老臣；〈采芑〉云「方叔元老，克壯其猷」；毛傳「元，大也。五官之長，出於諸侯，曰天子之老」；今俗資望高深者曰元老。元舅，長舅也；〈崧高〉云「不顯申伯，王之元舅，文武是憲」；不顯即丕顯，謂偉大光明也。元子，天子之嫡長子；〈召誥〉云「改厥元子茲大國殷之命」。元孫，長孫；〈金縢〉云「惟爾元孫某，遘厲虐疾」；孔傳「元孫，武王」。元惡，首惡也；〈康誥〉云「元惡大憝，矧惟不孝不友」；孔傳「大惡之人猶為人所大惡，況不善父母，不友兄弟者乎」。元妃，嫡夫人也；〈文二年〉云「凡君即位，好舅甥、脩婚姻、娶元妃，以奉粢盛，孝也」；杜預注「元妃，嫡夫人，奉粢盛共祭祀」。**紀年之始曰元季**見〈曶鼎〉、〈師酉簋〉、〈師虎簋〉、〈師兌簋〉，【注】《三代》四卷 46 葉〈曶鼎〉、《三代》九卷 21 葉〈師酉簋〉并曰「隹王元季」。《三代》九卷 29 葉〈師虎簋〉、《三代》九卷 31 葉〈師兌簋〉并云「隹元季」。**占卜之首曰元卜**《續編》1.39.9 片，是皆元之引伸義。釋頑為梡頭，乃誤以梡義而釋頑。釋元從一兀，或作從一兀聲，則又昧其構形矣。通考《說文》有從《爾雅》及詩傳以釋字，而乖於本義者。若元、祀、臧、嘉、杜、無、克、耑、尸、蟲，乃據《爾雅》而言。若皇、蔽、離、智、虞、柯、向、彊、里、勝，乃據詩傳而言，是皆悖於本義者也。元天俱非從一，而

《說文》錄於〈一部〉，此以誤釋字形，故亦誤其部次。《說文》部屬之誤，有字形不與部首相應者。有據諧聲分部，而自亂其例者。有誤隸部屬，而謬解字形者。有分部尷尬，尚待增刪者。若〈二部〉之帝旁，〈丨部〉之中，〈屮部〉之熏，〈八部〉之尒、曾、家、介、舍，〈口部〉之吾、周、各、局，〈吅部〉之單，〈哭部〉之喪，〈廴部〉之廷、延、建，〈干部〉之屰、𢀈，〈谷部〉之㕣，〈向部〉之商，〈音部〉之章，〈丵部〉之業、對，〈又部〉之夋、叚，〈广部〉之卑，〈聿部〉之肅，〈用部〉之葡，〈省部〉之省，〈白部〉之皆、魯、者、䁸、皛、百，〈奞部〉之奪奮，〈丫部〉之芾，〈烏部〉之烏、焉，〈冓部〉之再、冉，〈東部〉之橐，〈肉部〉之贏、肓，〈曰部〉之朁，〈乃部〉之卤、鹵，〈矢部〉之短、知、矣，〈冂部〉之市、冘、央，〈畐部〉之良，〈夊部〉之复，〈桀部〉之乘，〈木部〉之樂，〈林部〉之無，〈出部〉之坐，〈㕚部〉之索、南，〈生部〉之丰，〈囗部〉之回，〈日部〉之昴，〈軑部〉之翰，〈巳部〉之圅、甬，〈冃部〉之同，〈网部〉之萬，〈巾部〉之帚，〈人部〉之敝，〈匕部〉之𩖊，〈匕部〉之卓，〈重部〉之量，〈臥部〉

之監、臨，〈儿部〉之兀，〈兒部〉之兊，〈卩部〉之
令、卸，〈勹部〉之勻，〈甶部〉之畏，〈广部〉之庶，
〈互部〉之彘、彖、象，〈大部〉之夷，〈夭部〉之
奔，〈川部〉之惑、侃，〈仌部〉之冶，〈乙部〉之孔、
乳，〈戶部〉之戹，〈耳部〉之耿，〈厂部〉之弋，〈乛
部〉之也，〈氏部〉之氒，〈乚部〉之直，〈凵部〉之
乍，〈匸部〉之匹，〈二部〉之凡，〈勺部〉之与，〈斗
部〉之罜，〈自部〉之書，〈禸部〉之禽、萬，〈乙部〉
之尤，〈子部〉之子、孑，是皆字形不與部首相應者
也。若〈半部〉之胖，〈犛部〉之氂，〈糞部〉之僕，
〈用部〉之庸，〈首部〉之莫，〈羊部〉之羌，〈幺部〉
之幼，〈絲部〉之幽，〈喜部〉之憙，〈豈部〉之愷，
〈凶部〉之兇，〈屵部〉之敝，〈人部〉之仁，〈匕部〉
之化，〈从部〉之從，〈后部〉之垢，〈司部〉之詞，
〈辟部〉之擘，〈交部〉之絞，〈氏部〉之氒，〈鱻部〉
之鱻，〈不部〉之否，〈我部〉之義，〈宁部〉之貯，
〈叕部〉之綴，〈九部〉之馗，〈辡部〉之辯，〈子部〉
之字，〈句部〉之拘、笱，〈丩部〉之茻、糾，〈臤部〉
之緊、堅，〈井部〉之阱、荆，〈包部〉之胞、匏，〈辰
部〉之脤、晨，〈女部〉之奴、如，〈厽部〉之絫、

坐，〈丑部〉之朒、羞，是皆據諧聲分部，而自亂其例者也。若叛從反半聲，而釋為從半反聲。龔從龍共聲，而釋為從共龍聲。叡從目從叡省，而釋為𣦼目谷。詈從言网，而釋為刀詈。哿從加可聲，而釋為從可加聲。游從水斿聲，而釋為從㫃汓聲。羅從網省從隹，而釋為网維。卿從皀丣聲，而釋為從卯皀聲。罿從网潐聲，而釋為网水焦聲。蠲從蜀益聲，而釋為虫罒益聲。是皆牽合部首，而謬解字形者也。若㕚、奞、彑、丿，古無其文，而為許氏增竄。若丨之與工，𠔁之與六，丂之與丏，彳之與行，足之與疋，虍之與虎，亲之與辛，身之與㐆，泉之與灥，冂之與冃冃，本為一文，而為許氏㔾析。然則㕚奞彑丿之屬，宜從芟薙，丨工彳行之屬，宜從併合，辠辛辥辭當列〈辛部〉，舄焉樂蜀則宜別成部居，是皆分部濫闕，尚待增刪者也。

乍

乍，止亡詈也，從亡一，有所礙也。

案乍於卜辭作乍乍，彝銘作乍乍，從乚入會意。乚者柎之古文說見柎下，字從柎入，以示插柎入土，

而以耕種為本義，引伸為凡造作與興起之義。〈堯典〉云「平秩東作」，〈禹貢〉云「大陸既作」，是皆乍之本義。【注】〈堯典〉云「寅賓日出，平秩東作」。案平為釆譌，辨別也，謂辨別春耕次弟使民從事耕作也。孔傳云「歲起於東，而始就耕，謂之東作」。〈禹貢〉云「恆衞既從，大陸既作」。義謂恆水、衞水已順流而下，大陸澤一帶亦可耕作也。說見吳璵《新譯尚書讀本》。《韓非子外儲說右上》云「耕作而食之」，則以耕作為同義疊語。卜辭從玉之珤，篆文從人之作，并為方國乍之繇文。古之乍方即周之胙國見《左傳僖二十四年》，【注】胙國在河南延津北，〈僖二十四年〉云「凡、蔣、邢、茅、胙、祭，周公之胤也」。書傳於治理興起，并假作為乍，以是而乍義久逸。卜辭用乍為造作之義者，大之有乍邑《乙編》570片、3212 片、《丙編》93 片、乍高《乙編》7981 片、《郭氏綴合》121 片，小之有乍冊《京津》703 片、乍豐《粹編》236 片、640片、《甲編》2456 片、《京都》1881 片、1882 片，案豐乃醴之初文。，而亦假乍為之。乍邑乍高義如詩之作都作邑見《小雅十月之交》、《大雅文王有聲》，乍冊義如詩之作歌作誦《小雅四牡、節南山》，【注】案高為郭之本字，今讀郭，古讀墉，《說文土部》云「墉，城垣也，從土庸聲。高，古文墉」。卜辭云「甲寅卜殼貞，我乍邑

若」《戩壽》33.9 片？此貞問我營作都邑是否順利也。「辛卯卜殼貞，軎方乍壴其布」《乙編》906 片？此貞問軎方營作城郭是否有災亥也。〈十月之交〉云「皇父孔聖，作都于向」。〈文王有聲〉云「旣伐于、崇，作邑于豐」。案于當作邘，《尚書大傳》云「文王受命，一年斷虞芮之訟，二年伐邘，三年伐密須，四年伐犬戎，五年伐耆，六年伐崇」。其云乍豐者，如卜辭云「貞，日祖乙，其乍豐」《粹編》366 片？案日為日祭，《國語周語》云「日祭月祀，時享歲貢」。韋注云「日祭于祖考，謂上食也」。意謂行日祭于祖乙，今作醴酒是否可行也。〈四牡〉云「豈不懷歸？是用作歌，將母來諗」！〈節南山〉云「家父作誦，以究王訩」。此徵之卜辭，而知乍之引伸為大小治作之名，與為之用於勞勩大役者，其義迥別說見為下。殷周彝器，凡於鑄造之義通銘曰乍。其於西周之器，而儷為者，則有〈益公鐘〉《三代》一卷 2 葉、〈龜討鼎〉《三代》三卷 23 葉、〈非余鼎〉《三代》四卷 7 葉、〈師眉鼎〉《三代》四卷 10 葉、〈立盨〉《三代》十卷 28 葉、〈弘尊〉《三代》十一卷 30 葉、〈大師子孟姜匜〉《錄遺》502 圖，其以乍為連言者，則有〈姞氏簋〉《三代》七卷 48 葉、〈良父壺〉《三代》十二卷 1 葉、〈朱男父匜〉《三代》十七卷 38 葉，可證西周之時，乍為提用，非若殷之分限嚴明也。《孟子》云「今人

乍見孺子將入於井」〈公孫丑上篇〉，《左傳定八年》云「桓子乍謂林楚」，《公羊傳僖三十三年》云「詐戰不日」，【注】《左傳八年》云「桓子乍謂林楚」，杜預注「乍，暫也」。〈公羊傳僖三十三年〉云「詐戰不日，此何以日」？詐通乍，詐戰謂出其不意之攻擊也。何休注「詐，卒也」。《韓非子解老篇》云「乍死乍生」，《淮南子本經篇》云「乍晦乍明」，《史記天官書》云「乍小乍大」，又云「乍高乍下」，是皆以乍與咋詐為暫猝突忽之詞，而為猝之音轉假借。《說文》誤以乍從亡一，故以止亡詞釋之從《段注本》改。斯乃曲解形義，而於載籍無徵，是亦許氏之臆說而已。

夂

夂，行遲夂夂也，象人网脛有所躧也。

　　案夂乃從厂之合體指事，示扯引其足不利前進。猶友之從厂，示曳犬足，構字同意。從夂之夌憂夑夒，以示徐行或斂足。【注】案《說文夂部》云「夌，越也；一曰夌徲也。憂，和之行也。夑，治稼夑夑進也。夒，斂足也」。皆示徐行或斂足之義。籩夏之從夂，以示樂舞踤踊說見夏下，皆非趨進自如。可證夂之形義，許說無誤。惟

未言從厂，則於夂之構形，猶未明審。若夫行故道
之夏，乃從返行之夊說見夏下，惟以夂夊形近，故《說
文》誤以夏從夊也。

𠂤 師

𠂤，小𠂤也，象形。

師，二千五百人為師，从帀从𠂤，𠂤四帀眾意也。

　𡥀，古文師。

　　案𠂤於卜辭作𠂤𠂤，彝銘作𠂤𠂤，從二厶厶亦
聲，乃師之初文，而以軍旅為本義。師以禦寇止姦，
守禦之道天子守在四夷，諸侯守在四鄰見《左傳昭二
十三年》。【注】〈昭二十三年〉沈尹曰「古者天子守在四夷，天子
卑，守在諸侯，諸侯守在四鄰」。杜預注「守在四夷，德及遠也。
守在四鄰，鄰國為之守也」。師之所止，亦以環衛自處，
故黃帝以師兵為營衛見《史記五帝本紀》。【注】營衛，軍
營護衛也。〈五帝本紀〉云「遷徙往來無常處，以師兵為營衛」。
此所以𠂤從二厶，以示眾人之自環也。自𠂤而孳乳
為師，猶自韋而孳乳為韕見《三代》七卷 28 葉〈趞小子簋〉，
并示圍帀之義，此𠂤之字形，及師韕二字之孳乳，
因知𠂤為師之初文者一也。𠂤之見於卜辭彝銘，而

於經傳有徵者。如云「丁酉貞，王祚三𠂤又中𠂇」《粹編》597片，〈徝公壺〉云「徝公左𠂤」《三代》十二卷1葉，〈廿九年壺〉云「廿九季十二月鑄東周左𠂤酒壺」《三代》十二卷15葉，卜辭之祚乃乍之緐文，此卜王創建三師，其名為右中左。春秋時有右師左師見《左傳僖二十五年》，及中軍、右軍、左軍之名見《左傳桓五年》，斯乃本之古制。壺銘云「徝公左𠂤」，義謂徝公所率左師之器。其云「東周左𠂤」，乃謂東周所屬之左師也。〈柳鼎〉云「冊令柳嗣六𠂤」《錄遺》98圖，〈鼓𣈱簋〉云「王令東宮追以六𠂤之季」《西清古鑑》二十七卷30葉，〈克鼎〉云「遹正八𠂤之季」《三代》四卷28葉，〈小臣謎簋〉云「以殷八𠂤征東尸」《三代》九卷11葉，是皆以𠂤為師旅之義。六𠂤即〈顧命〉之六師，八𠂤則為殷制特有，故於經傳無徵也。【注】六師，周天子所統六軍之師，〈顧命〉云「張皇六師，無壞我高祖寡命」。高祖謂文王。寡命，曾運乾謂大命。〈盂鼎〉云「殷正百辟率肆于酉，古喪𠂤已」《三代》四卷42葉，喪𠂤即《大雅文王》之「喪師」，義謂主殷政之百官，皆習于酒，故失其眾庶，此師之引伸義也。卜辭所記方城之名，有雀𠂤《鐵雲》226.1片、鹿𠂤《乙編》718片、𠂤喜《粹

編》1211 片、自鐆《粹編》1328 片、自醬、自兆《文錄》716 片、自壴、自滴《文錄》682 片、自佮《文錄》675 片、自雺《文錄》677 片、自罜《文錄》683 片、自竂《文錄》694 片、自叚《文錄》710 片、自非《文錄》717 片、自丙《文錄》718 片、自析《文錄》735 片、〈甾鼎〉之休自《三代》三卷 30 葉、〈旅鼎〉之螯自《三代》四卷 16 葉、〈遹甗〉之由自《三代》五卷 12 葉、〈召尊〉之炎自《錄遺》205 圖、〈小臣謎簋〉之牧自《三代》九卷 11 葉、〈小臣單觶〉之成自《三代》十四卷 55 葉，其義皆如〈洛誥〉之洛師。

〈克鐘〉之京自《三代》一卷 21 葉，卽風雅之京師見《曹風下泉》、《大雅民勞》。【注】〈洛誥〉云「予惟乙卯，朝至洛師」。〈克鐘〉云「王親令克遹涇東至于京自」。《曹風下泉》云「愾我寤嘆，念彼京師」。《大雅民勞》云「惠此京師，以綏四國」。洛師謂洛邑，即成周也。京師乃鎬京與成周之通偁。詩之京師乃謂鎬京也。「王親令克遹涇東至于京自」者，謂王親令克自涇水之東至于京師也。《大雅公劉》云「迺陟南岡，乃覯于京。京師之野，于時處處」。則京初為地名，公劉之都于京，因曰京師。而凡城邑之聚戶多者，皆可名之曰師。自後則引伸，凡天子所居皆曰京師也。

〈史良父簋〉之大自《三代》七卷 49 葉，卽經傳之大師。卜辭之師般其名多見，〈茜簋〉之自黃《三代》八卷

50 葉，其義亦如彝銘之師眉、師𧮫《三代》四卷 10 葉，師旅《三代》四卷 31 葉、師害《三代》八卷 33 葉、師遽《三代》八卷 53 葉、師舲《三代》九卷 19 葉、師酉《三代》九卷 21 葉、師寰《三代》九卷 28 葉、師虎《三代》九卷 29 葉、師兌《三代》九卷 30 葉、師毲《三代》九卷 35 葉、師晨《攈古》三之二卷 21 葉，師為其官，卽〈顧命〉師氏之職。此證之卜辭彝銘，而知𠂤為師之初文者二也。追從辵𠂤，示追師旅說見追下。官從宀𠂤，示司眾事說見官下。〈大保𣪕〉之𤔲《三代》八卷 40 葉，以示提師出征，而為遣之古文。〈尹光鼎〉之𨸏《三代》四卷 10 葉，以示師所止舍，而為師次之本字說見次下。此證以追官遣倈，所從之𠂤，皆承師義孳乳，以是而知𠂤為師之初文者三也。𠫂從二厶，亦取厶為聲者，是猶篆文友絲，而從又幺為聲。奕於卜辭作𡘎《乙編》3843 片，丕於彝銘作𠀔，而從大不為聲，胥為構字同軌者也。其若𣔞、𣏌、覞、屾、絲、𨺵之屬，俱為重形者，則為方名與姓氏之複體古方名有複體之例，說見《殷契新詮敍》。，固不得與友絲諸字等量齊觀矣。《說文》以小𠂤釋𠂤者，葢誤以𠂤為𠂤省。猶之誤山為口省，而釋為張口，皆為昧於字形之臆說說見山下。據《周

禮小司徒》以釋師旅，非必合於初怡說見旅下。然而師之本義為軍旅，則确不可易。《說文》不以諧聲釋師，而釋追歸帥并從𠂤聲，是亦誤其音讀。《玉篇》音𠂤為多回切，音近於追。自後若《一切經音義》，《廣韻》之音釋，胥與《玉篇》并云「𠂤，小塊也」聲類見《一切經音義》卷十七，乃據《說文》所釋𤰕義以釋𠂤，謬戾益甚。據此則𠂤之音義，自漢以降，久晦莫彰矣。若大師之名，於〈鐘𠂤鼎〉及〈蔡大師鼎〉并作帀《三代》四卷 3 葉、18 葉，〈國差𦉜〉之攻帀《三代》十八卷 17 葉，卽《左傳定十年》之工師，【注】〈國差𦉜〉云「國差立事歲，咸。丁亥，攻師偃鑄西𩰿寶𦉜」。〈定十年〉邱工師駟赤對曰「臣之業在〈揚水卒章〉之四言矣」。杜預注「工師，掌工匠之官也。《唐風揚之水》卒章四言曰『我聞有命也』。」是皆東周之器，而為師之省體，未可云帀為師之古文也。

枱

𣏃，耒耑也，从木台聲，鈶，或从金台聲。𨬪，籀文从辝。

案枱於鼎銘作ㄛ𠃊《三代》三卷 22 葉，壺銘作𠃌《西

清古鑑》十九卷 13 葉，象枱之岐頭。〈父己觶〉作□《三代》十四卷 44 葉，則於枱上箸以曲木之柄，而為耒之象形說見耒下。《易繫辭》云「神農氏作，斲木為耜，揉木為耒」。可證耒枱之作固在書契之前。而當文字初興，必為象形構字，此所以殷及周初存耒枱之初文，而為象形也。攺黎於卜辭作□□，耤於卜辭作□□，所從之耒耑皆下來，以示用之耕種。眛於卜辭作□□，所從耒聲耑皆向上，以示用之諧聲。可證從耒之字，其耑固有下來與向上之別，其於從枱之字，亦與從耒之字相同。若乍於卜辭作□□，從匕入會意，乃以枱之入土，而示耕種說見乍下，此與卜辭之□□，耒耑下來者相同也。司於卜辭作司后，辭於卜辭作□□，嗣於〈盂鼎〉作□□，并從刁聲，皆以枱形上向，以示諧聲司枱辭古音同屬噫攝，此與卜辭之□□，耒耑上向者相同也。然則證以乍之從匕以示耕種，司別嗣之從刁以示諧聲，因知匕刁為枱之象形，明闇無疑。篆文作枱，經傳作耜見《豳風七月》、《小雅大田》、《周頌載芟、良耜》、《周禮》、《儀禮》、《禮記》、《孟子》、《爾雅》。，【注】《豳風七月》云「三之月于耜」；《小雅大田》云「以我覃耜」；《周頌載芟》云「有略有耜」；〈良耜〉云

「晏晏良耜」;《周禮考工記匠人》云「二耜為耦」;《儀禮既夕禮》云「器用：弓矢、耒耜、兩敦」;《禮記月令》云「天子親載耒耜」;《孟子滕文公上》云「陳良之徒陳相，與其弟辛，負耒耜而自宋之滕」;《爾雅釋訓》云「晏晏，耜也」。皆為所孳乳之識音字。猶之坎為凵所孳乳之識音字_{說見凵下}，此固文字演變之通則也。

潰

，漏也，从水貴聲。

案潰於鼎銘作《三代》三卷 4 葉，盨銘作《三代》十卷 40 葉，從水臾聲。臾者蕢之古文_{見《說文艸部》}，臾為編艸之器，盛水則屚，故從臾聲以示潰屚之義。

【注】案《說文艸部》云「蕢，艸器也。臾，古文蕢，象形。《論語》『有荷臾而過孔氏之門』。」象形之臾，音ㄎㄨㄟˋ、kuìˋ，形近於束縛之臾，而臾乃從申從乙，音ㄩˊ、yúˊ。自臾而孳乳為饋，以示盛食行餉。猶之馶於簋銘從由聲作《三代》七卷 15 葉，以示盛食於由。亦猶簒從算聲，以示陳食於算_{算為食器說見算下}。潰饋與蕢，所從貴聲，皆臾之假借，是以三字形義不符。蓋臾之後起字宜作，亦猶不、亥、甾、骨之後起字而作芣荄菑骨。

惟以與茉萸之字構形相近，故假賚作賚也。

司 詞

司，臣司事於外者，从反后。

詞，意內而言外也，从司言。

　　案司於卜辭作 𠔹 𠮷，〈司母戊鼎〉作 𠮷 《錄遺》50
圖，從口 𠄌 聲，以示言告之義，而為詞之初文。𠄌
者枱之象形說見枱下，所以知者，考犁耤睞於卜辭并
從耒，其耒耑與 𠄌 形宛肖。此證之古文，而知 𠄌 為
枱之象形者一也。辭於卜辭作 𠂭 𠂭，乃從辛 𠄌 聲，
辭枱同音古音同屬噫攝定紐，其後音轉邪紐。，故古文之辭
從 𠄌 為聲。此證之聲韻，而知 𠄌 為枱之象形者二也。
職司之字，於西周彝器多從司聲作嗣，其有從 𠄌 作
嗣者，則有〈頌鼎〉《三代》四卷 37 葉、〈盂鼎〉《三代》
四卷 43 葉、〈嗣土嗣簋〉《三代》六卷 43 葉、〈免簋〉《三
代》六卷 52 葉、九卷 12 葉、〈靜簋〉《三代》六卷 55 葉、〈吳
彝〉《三代》六卷 56 葉、〈髍簋〉《三代》九卷 4 葉、〈令簋〉
《三代》九卷 26 葉、〈師兌簋〉《三代》九卷 30 葉、〈師瘨
簋〉《三代》九卷 35 葉、〈番生簋〉、〈卯簋〉《三代》九卷
37 葉、〈康侯簋〉《錄遺》157 圖、〈免尊〉《三代》十一卷 36

葉，可證司鬥同音，故嗣亦從鬥聲作鬮。此證以聲韻，而知司從鬥聲，鬥乃柄之象形者三也。據此則司柄辭三文，皆鬥所孳乳。惟司之本義為通凡之詞，辭之本義為獄訟之詞，嗣之本義為主守之職，此則覈其構形，不容殽溷。《說文》載辭之籀文作嗣者，乃同音假借，非辭之異體也。職司之名，見於<u>戰國</u>以前之彝器者，則有有嗣見〈令鼎〉、〈毛公鼎〉、〈召白虎簋〉、〈散盤〉、嗣土〈免簋〉、〈散盤〉、嗣馬〈師奎父鼎〉、〈師晨鼎〉、〈師艅簋〉、〈諫簋〉〈散盤〉、嗣寇〈揚簋〉、〈良父壺〉、〈虞嗣寇壺〉、嗣工〈揚簋〉、〈免卣〉、〈嗣工丁爵〉、〈散盤〉、嗣戎〈盂鼎〉、嗣射〈靜簋〉、嗣獻〈免簋〉、大嗣徒〈魯仲白匜〉、大爛馬〈大爛馬簋〉、大嗣工〈召朿山父簋〉、冢嗣土〈舀鼎〉、冢嗣馬〈趞簋〉，於<u>戰國</u>之時則有〈梁司寇鼎〉《三代》三卷 43 葉、〈司正門鋪〉《三代》十八卷 35 葉，可證職司之義，經傳作司者，俱非<u>戰國</u>以前之文。蓋以司借為有嗣，故孳乳為嗣。司既從口，而復從言作嗣者，所以示別於借義之轉注字。猶之或借為或者之義，故孳乳為國，亦為重其形文，以示別於借義之轉注字也。反司為后，始見〈吳王光鑑〉<u>《壽縣蔡厌基出土遺物》</u>39 圖，當與反正為乏，皆為<u>東周</u>

孳乳。若卜辭之后，音義無異於司，非訓君之后也。觀夫春秋以前之彝器，多見君辟與王，而無與君同義之后，是知卜辭之后，其非訓君之后無疑。然則〈堯典、皋陶謨、湯誓、盤庚、梓材、顧命、呂刑〉俱有后字者，當為後世所易，必非西周以前之舊文。

【注】〈堯典〉云「班瑞于羣后」。又云「肆覲東后」。〈皋陶謨〉云「羣后德讓」。后謂諸侯也。〈湯誓〉云「我后不恤我眾」。后謂君也，乃指殷人對湯而言。〈盤庚〉云「嗚呼！古我前后罔不惟民之承保」。又云「汝曷弗念，我古后之聞」。后謂先王也。〈梓材〉云「亦既用明德，后式典集，庶邦丕享」。后謂諸侯也。〈顧命〉云「皇后憑玉几」。皇，大也。后，君也。皇后指成王也。〈呂刑〉云「羣后之逮在下」。羣后，曾運乾謂高辛及堯舜也。又云「乃命三后，恤功于民」。三后謂伯夷、禹，及稷也。說詳見《新譯尚書讀本》。春秋時魯有郈邑與郈氏見《左傳昭二十五年》，【注】〈昭二十五年〉云「臧、會逸奔郈」。杜預注「郈在東平無鹽縣東南」。《公羊傳定十二年》何休注「郈，魯叔孫氏所食邑」。因地受氏，故魯有郈成子、郈昭伯其人。亦當為東周之名，而非相承之古字。職此言之，則后乃司之變體，非司為后之變體也。《說文后部》云「后，繼體君也，象人之形，施令以告四方，故厂之，从一口」。〈司部〉

云「司，臣司事於外者，从反后」。是后司二文，<u>許</u>
<u>氏</u>顛亂其先後。且亦以⎾為象人形，而又曰「故⎾
之，从一口」，形義紆晦，不可通解。其云「臣司事
於外者」，則承經傳假借之義，而益以臆說，乖謬之
甚矣。或曰「司葢從匕，到匕於口，卽飼小兒飯之
義，飼之初文」<u>馬敘倫</u>《說文疏證》卷十七。然案祖妣之
字，於卜辭作 ᔈ ᔈ，於彝銘作 ᔈ ᔈ。從匕之旨見於
〈匽厌鼎〉《三代》三卷 8 葉、50 葉，〈季良父壺〉《三代》
十二卷 28 葉，〈國差𦉜〉《三代》十八卷 17 葉，并象匕之
曲柄，與司之從 ⎛ 者，構形大別，是知司非從匕也。
飼字始見《玉篇》，凡以食餉人者，於經傳俱作食，
於彝銘多作飤。唯《宣和博古圖》所錄〈威君鼎〉
有飼字三卷 9 葉，字體拙劣，必為贋品。乃謂司為飼
之初文，是據後世俗字，而上考<u>殷周</u>古文，殊難徵
信。且曰「司卽飼小兒飯之義」，則是先民為食小兒，
而別創一字，益為愚憨之妄言矣。

輪

輪，有輻曰輪，無輻曰輇，从車侖聲。

　　案輪於卜辭作 ⊗《林氏》2.2.1 片，彝器有〈⊕鼎〉

《錄遺》29 圖，〈⊕觚〉《錄遺》296 圖，〈⊕爵〉《錄遺》379 圖，〈⊕盤〉《錄遺》479 圖，并象輻轂相湊，而為輪之初文。輪於卜辭僅為方名，彝銘與卜辭同體，亦必殷世輪氏之器。篆文之輪乃後起識音之字，斯為文字之蛻變。非因義轉與音轉而別構新字，固不得視為轉注也。彝器有〈龠白卣〉《三代》十三卷 17 葉，從谷侖聲，而為陯之古文，其於姓氏葢與輪為同族，乃因夏之綸邑而受氏綸邑見《左傳哀元年》。【注】〈哀元年〉云「虞思於是妻之以二姚，而邑諸綸」。杜注「綸，虞邑」虞在今河南省虞城縣東南三十里。〈龠白卣〉為西周之器，可證西周必有輪之孳乳。侖從谷者，以示山皀下陷。亦猶瀆之古文作𤱿，以示通溝，篆文從皀，則并失之形義不符矣。車於觚銘作𦥑《錄遺》321 圖，乃象輿輪轅衡之形。篆文之㫐，古文之輪，并取車之一體，而為車之省體象形。軸耑之書，宜亦省體象形，而乃從車作書者，是猶盾之從目，矦之從矢，皆須有所依附，而能明其形義。象形既窮，則發為會意諧聲，以馭品類萬物。此所以衡、輿、轅、軸，皆必資諧聲構字也。

髮

𩠋，頭上毛也，从髟犮聲。𩠋，髮或从首。𩠋，古文。

案髮於卜辭作 𩠋 𩠋 𩠋 𩠋《佚存》441 片、581 片、《撫佚續》190 片、𩠋字多見，彝器有〈𩠋鼎〉《錄遺》27 圖，〈𩠋鼎〉《錄遺》34 圖，及〈𩠋父辛觚〉《錄遺》349 圖，并象髮之分被，於文為從大之合體象形。文作 𩠋 者《京都》2026 片，乃其緐文。西周彝器有〈𩠋鐘〉《三代》一卷 4 葉，〈召卣〉之黃髮作 𩠋《錄遺》277 圖，即《說文》所載之𩠋。據此則西周已有諧聲之𩠋，葢避與長形相涽，故孳乳為諧聲，以明音義，此固文字演變之通則。象形之髮，於卜辭與彝銘皆為方名與姓氏，當因拔邑而氏見《春秋定三年》，即《漢志琅邪郡》之被縣。漢之髮福見《漢書儒林傳》，葢其苗裔。【注】《春秋定三年》云「冬，仲孫何忌及邾子盟於拔」。後漢之法雄《後漢書本傳》，當即法之蛻變，此所以髮福以後，未見髮氏也說見《殷契新詮》。卜辭彝銘之長，象髮杂於一方，卜辭彝銘之髮象髮分被左右，是其結體畫然有別。【注】案長於卜辭作 𩠋 𩠋，於彝銘作 𩠋 𩠋，〈父乙觚〉作 𩠋，并為從人象脩髮之形。說者釋 𩠋 為僕高田忠周《古籀篇》三十二卷 27 葉，釋

為美<u>商承祚</u>《殷虛文字類編》，或釋為須，釋為長<u>金祥恆</u>《續甲骨文編》，是皆未能審辨象形者矣。

蟅

蟅，蠹也，从虫庶聲。

案蟅於卜辭作，爵銘作《三代》十六卷 26 葉，并象觸角及有翼之形。蟅於卜辭有五義，其一為蠹蝗之名。其二義如旱暵之暑。其三為郊祭司暑之神，《禮記祭法》云「相近於坎壇，祭寒暑」，是卽<u>殷</u>之遺制。其四為紀時之名，《淮南子人閒篇》載<u>魏文侯</u>曰「民春以力耕，暑以強耘，秋以收斂，冬以伐林」，可證<u>戰國</u>之時，猶知以暑紀時，經傳作夏者，乃暑之音轉假借也暑夏古音同屬烏攝。其五為方國與姓氏，〈爵〉者，乃<u>蟅氏</u>之器，<u>西周</u>彝器有〈庶鬲〉《三代》五卷 28 葉，<u>子思</u>之母嫁於<u>庶氏</u>見《禮記檀弓》，<u>漢</u>有<u>庶霸遂</u>見<u>史游</u>〈急就章〉，當為<u>蟅氏</u>後昆。【注】〈禮記檀弓下〉云「<u>子思</u>之母死於<u>衛</u>，赴於<u>子思</u>，<u>子思</u>哭於廟門，門人至曰『<u>庶氏</u>之母死，何為哭於<u>孔氏</u>之廟乎』？<u>子思</u>曰『吾過矣，吾過矣，』遂哭他室」。<u>鄭</u>注云「<u>伯魚</u>之妻嫁於<u>衛</u>之<u>庶氏</u>」。以姓氏蛻變為庶，故<u>蟅氏</u>於書傳無徵。蟅暑同音古音同屬

烏攝端紐，故卜辭於旱暵之暑，司暑之神，及紀時之名，并假蟓為之說詳《殷契新銓》。蟓之初文為象形，猶蜩之初文為象形說見蜩下，自象形而孳乳為諧聲之蟓蜩，則唯以識音，而聲不兼義，此固文字演變之通則。自蟓而雙聲孳乳為螽蟓螽古音同屬端紐，古韻對轉為蝗蝗屬央攝，與烏攝對轉，是皆蟓所孳乳之轉注字。《毛詩》及《春秋經傳》，并有螽而無蟓蝗《周南螽斯》、《召南草蟲》之阜螽、《豳風七月》之斯螽，皆以形似於螽而名。，蝗字始見《禮記月令》、《逸周書月令篇》、《呂氏春秋孟夏紀》，此考之卜辭與載籍，而知蟓乃<u>殷</u>與<u>西周</u>之名，螽則<u>東周</u>音變之字，蝗乃<u>戰國</u>之名也。說者釋籥為螊高田忠周《古籀篇》九十七卷 18 葉，或釋為蟬葉玉森《殷契鈎沈》，或釋為蠿，謂即《廣雅》「有角曰蠿龍」之蠿唐蘭《殷虛文字記》6 葉。是未知蟬無觸角，蠿龍無翼，而乃云然，此皆不知象形之謬說，且於卜辭文義，亦無一可以通釋也。

蟊

蟊，多足蟲也，从蚰求聲。蟊，蟊或從虫。

案蟊於卜辭作 ，鼎銘作 《三代》二卷 32 葉，

觶銘作▆《三代》十四卷 45 葉，〈父戊尊〉作▆《三代》十一卷 32 葉，卣銘作▆《三代》十二卷 38 葉，〈父乙簋〉作▆《三代》七卷 15 葉，〈父丁觶〉作▆《三代》十四卷 51 葉，并為蠱之象形。蠱之為物，自項至尾通體皆足，而又體短足長，非若蝛蚰之屬，長身短足，是以彝銘象其形作▆，卜辭作▆▆，彝銘作▆▆，皆其省體。卜辭與彝銘之蠱，并為方名與姓氏，蓋因求水而氏求水見《山海經中山經》。【注】卜辭云「貞：史▆于弁」《遺珠》179 片，此乃卜問令使蠱氏往弁方之吉凶如何也。如云「戊申卜㝵貞：令▆┃析芻」《乙編》4750 片，此卜令蠱方供給析方以芻草之宜否也，是可證蠱於卜辭有方名姓氏之義也。鼎銘云「子蠱口」，乃子姓蠱氏所作之器。觶銘云「蠱父己」，則為蠱氏為祭祀其父己而作之器。〈父戊尊〉銘末之「子蠱」，亦為子姓蠱氏所作。卣銘僅一蠱字，則示其器為蠱氏之器也。〈父乙簋〉云「乍父乙寶彝，冉蠱」，冉蠱當置於乍字之上，示其為器之作者姓氏，蓋謂冉方蠱氏也。觶銘云「冉蠱父乙」者，示其器乃冉方蠱氏所作以祭祀其父乙之器也。此乃證蠱於彝銘有方名姓氏之證也。▆之下體從丙，乃象姓氏之旗豎於磐石之上丙為插旗磐石，說見《殷契新詮釋欽》，此固姓氏緐文之一例也。說卜辭者，或釋▆為皋孫詒讓《契文舉例上》，又疑為畢

《孫氏名原下》12葉，或釋為樂_{高田忠周《古籀篇契》八十六}卷3葉，或疑為昊_{葉玉森}《前編集釋》一卷62葉，或疑為脊之初文_{郭沫若}《粹編考釋》10葉，或釋為蜥易之形，即屰黽之初文。且謂古陸字作𡲩，原為兩蜥易在阜側_{唐蘭}《天壤閣甲骨文存考釋》44葉。或謂象蜻蛉之形，而亦釋為屰黽_{丁山}《殷商氏族方國志》112葉，說并非是。姑勿論卜辭彝銘之蠱，與蜥易蜻蛉形不相似，即如其說，則屰黽二文，亦未可強指為蜥易蜻蛉。案《方言》卷八云「蜥易在澤中者，謂之易蝪」，是坂隰之地，亦有蜥易棲止。乃謂古文之陸字，為從蜥易構形，則何以示陸為高地。且也屰與蜥易蜻蛉聲韻不諧，而乃妄為比合，是誠不學之甚矣。

度

度，法制也，从又庹省聲。

　　案度乃從又石聲，而以揣量為本義。又者尺寸，石者縣繩之沰石。《商君書禁使篇》云「探淵者知千仞之深，縣繩之數也」，凡縣繩必下有沰石，則繩無紆縮，益以臨風不動，入水不浮，此所以度從石聲，以示沰石，而兼有揣高卑量長短之義也。《尚書堯典》

云「同律度量衡」,【注】「同律、度、量、衡」者,同義為統,律卽六律六呂,度量長短,量容升斗,衡稱輕重,義謂統一各地之音樂,及度量衡之制度也。《禮記王制》云「司空執度度地」,〈月令〉云「度有長短」,又云「視長短皆中度」,〈玉藻〉云「笏度二尺有六寸」,〈考工記玉人〉云「璧羨度尺好三寸以為度」,〈匠人〉云「室中度以几,堂上度以筵,宮中度以尋,野度以步,涂度以軌」,《孟子》云「權然後知輕重,度然後知長短」〈梁惠王上篇〉,《管子》云「度之不以長短」〈樞言篇〉,又云「尺寸之度,雖富貴眾強不為益長」〈明法解〉,是皆度之本義。自度而孳乳為揣,則為雙聲轉注之字《方言》卷十二注曰「揣,常絹反」,此為古音,與度同為定紐。《玉篇》、《廣韻》所載音讀,乃後世音變。。《左傳》云「揣高卑,度厚薄」〈昭三十二年〉,斯乃變文而同義。《管子》云「深淵度之,不可測也」〈九守篇〉,則於揣深而云度。《荀子》云「事不揣長」〈非相篇〉,則於度長而言揣,是尤揣度同義之證。《方言》卷十二云「度高為揣」,而《說文》本之。則為後世分別之說,悖其初義矣。《周禮典瑞》云「璧羨以起度」,乃謂璧之徑長以生度數,此蓋度所以從石聲之義。

然而《周禮》所言璧長之度，亦猶言度量生於黃鐘之律見《淮南子天文篇》，皆為傅合之說，而非造字之恉。藉令度從石聲，為取義於璧度，則非唯無以示揣高卑，且以璧度之義，引伸而為度地度宮室之義，斯為以小晐大，亦失字義之通則，知其必不然也。經傳云法度見《尚書盤庚》、《左傳昭二十九年》，節度見《國語周語上》，制度見《荀子儒效篇、王霸篇》，律度見《管子乘馬數》，或云法制見《左傳文六年》、《禮記月令》、《國語周語中》、《管子君臣下篇、侈靡篇、任法篇》，皆謂律令典則，而為度之引伸義。《說文》以法制釋度，乃誤以引伸為本義。釋度從庶聲，則以誤解從石聲之度，為從广芆說見度下，因亦誤解從石聲之度席二字，為從庶省聲也。

具

昺，共置也，從廾貝省，古㠯貝為貨。

案具於〈宗周鐘〉作䀺《三代》一卷65葉，〈未具鼎〉作䀺《三代》三卷15葉，與篆文同體，從廾貝會意。而以供設備物為本義，引伸為凡具備之名。《左傳莊二十二年》云「庭實旅百，奉之以玉帛，天地

之美具矣」，【注】「庭實旅百，奉之以玉帛，天地之美具焉，故曰利用賓於王」。杜預注「艮為門庭，乾為金玉，坤為布帛，諸侯朝王，陳贄幣之象也，旅陳也，百言物備也」。〈襄十年〉云「牲用備具」。【注】牲用，楊伯峻注「牲用猶犧牲」。〈襄十年〉瑕禽曰「昔平王東遷，吾七姓從王，牲用備具，王賴之，而賜之騂旄之盟」。杜預注「平王徙時，大臣從者有七姓，伯輿之祖皆在其中，主為王備犧牲共祭祀，王恃其用，故與之盟，使世守其職。騂旄，赤牛也。舉騂旄者，言其重盟不以犬雞之」。凡偁器物之備而無闕者亦曰具，《管子度地篇》云「食器兩具」，《史記封禪書》云「其牲用牛犢各一牢具」，〈貨殖傳〉云「旃席千具」，是皆具之本義。【注】食器謂盛食物之器具。旃席，氊席；毛氊。〈貨殖傳〉云「通都大邑……旃席千具，佗果菜千鍾」。《鄭風大叔于田》云「火烈具舉」，《小雅常棣》云「兄弟既具」，《左傳》云「四德具矣」，又云「四姦具矣」〈僖二十四年〉，《孟子》云「具體而微」〈公孫丑上〉，《公羊傳》云「四時具然後為年」〈隱六年〉，是皆具之引伸義。〈騣卣〉云「王錫騣八貝一具」《三代》十三卷 36 葉，騣為官名，蓋即大馭或馭夫之職見《周禮夏官》，八為其氏，【注】八為方名姓氏，卜辭云「囗至今于八、出賣」《乙編》3523 片。此卜令往八方及出

方行夐祭之宜否也。彝器有〈子八爵〉云「子八父丁」《三代》十六卷 葉。乃謂八方之子爵為祭祀其父丁而作之器。具為紀數之名，義同《爾雅釋器》所云「玉十謂之區」。蓋以十為備數，故偶十為具，其作區者，乃具之假借具區古音同屬謳攝溪紐。可證具之本義為供設備物，故引伸為凡具備之義，及具數之名也。《說文》釋為「共置」，則僅得其義之一偏矣。

量

量，稱輕重也，从重省鄉省聲。畺，古文。

案量於卜辭作 量 量 量 量，〈克鼎〉作 量《三代》四卷 41 葉，〈量庆簋〉作 量《三代》六卷 47 葉，俱從日東會意。而以測景正方為本義，引伸為忖度之義。《周禮大司徒》云「以土圭之灋測土深，正日景以求地中」，又云「凡建邦國，以土圭土其地而制其域」。〈考工記匠人〉云「置槷以縣眡以景，為規識日出之景，與日入之景，晝參諸日中之景，夜考之極星，以正朝夕」。《淮南子天文篇》云「正朝夕先樹一表東方，操一表卻去前表十步，以參望日始出，北廉日直入，又樹一表於東方，因西方之表以參望日方入，北廉

則定東方兩表之中，與西方之表，則東西之正也」。是卽視日景以正四方之方位，以度道里之遠近，以識一日之加時，以測一歲之中節，而必日出於東，乃能因景測度，此所以量從日東會意也。《周禮縣師》云「凡造都邑，量其地，辨其物，而制其域」，〈量人〉云「掌建國之灋，量市朝道巷門渠」，〈考工記輪人〉云「凡輻量其鑿深以為輻廣」，《儀禮大射禮》云「司馬命量人量侯道」，【注】侯道謂箭靶與射者間之距離。鄭玄注「量侯道，謂去堂遠近也」。《禮記王制》云「幅廣挾不中量」，是皆量之本義。《左傳》云「量輕重」〈襄九年〉、「量事期」〈昭三十二年〉、「量力而動」〈僖二十年〉、「量入脩賦」〈襄二十五年〉，是皆量之引伸義。【注】〈襄九年〉云「備水器，量輕重」，杜預注「量輕重，計人力所任」。〈昭三十二年〉云「量事期，計徒庸，慮材用」，杜預注「量事期，知事幾時畢」。〈襄二十五年〉云「量入脩賦」，杜預注「量九土之所入，而治理其賦稅」。若《周禮》之度量見〈天官內宰〉、〈地官質人、角人〉、〈夏官合方氏〉、〈秋官大行人〉、權量見〈地官掌染草、掌炭〉，《禮記》之量鼓〈曲禮上〉，及〈考工記㮚氏〉之量，則為容器之名，胥為料之假借量料同屬來紐。量於卜辭或從旦作𦊆，與從日同義。〈量庚𣪘〉

從土作量者，乃方名之觫文，非取土圭之義，此固上世方名觫文之通例說詳《殷絜新詮敘》，而為篆文之所本。許氏未識觫文，故誤以量「從重省鄉省聲」，旣誤其字形，因亦誤其本義。量於古璽作量量丁佛言《說文古籀補補》，則為從日章聲，而為晚周之變體。或據漢光和斛之量字，而謂 ⊙ 象斗中有米王筠《說文釋例》，或謂量從良省聲朱駿聲《通訓定聲》，或謂量之上體葢象量器之形徐灝《說文注箋》，或謂量從日從里劉師培《左盦外集》卷六，是皆曲解字形之謬說也。

疌

疌，疾也，从又，又手也，从止屮聲。

案疌乃從屮止會意，以示行止滑利。《說文》釋為从又止屮聲，則失之聲韻乖隔，形義不符疌於古音屬奄攝從紐，屮屬衣攝透紐。。《說文》釋叀、妻、凷皆從屮聲，【注】案屮屬衣攝入聲透紐，而叀屬安攝照紐，妻屬衣攝清紐，凷屬阿攝入聲疑紐，是知叀妻凷不當從屮聲也。釋熏、壴、木、叝、朮、𣏟、奏七字并為從屮。是皆未知聲韻不諧，而謬為附合。未知象形之恉，而曲說字形者也。

熏

熏，火煙上出也，从屮，从黑屮黑熏象。

案熏於〈毛公鼎〉作 🔳《三代》四卷 49 葉，〈番生簋〉作 🔳《三代》九卷 37 葉，與篆文并象火煙上出，而為從黑之合體象形。〈吳彝〉作 🔳《三代》六卷 56 葉，〈師兌簋〉作 🔳《三代》九卷 30 葉，乃其省體。《說文》釋熏從屮，是猶釋叀叀木尗宋之從屮，皆為誤解象形，而失之形義乖舛。古之以香說鼻，乃焚香艸取其煙气，於居室及服飾皆然，故孳乳為香艸之薰見《淮南子說林篇》、《古文苑》卷三所載司馬相如〈美人賦〉。樂器之壎乃以塤為本字說見塤下，若纁纁及醺，亦皆假借構字。《大雅鳧鷖》云「公尸來止熏熏」，【注】公尸，古者天子諸侯祭祀，代被祭者之神靈而受祭之活人謂之公尸。毛傳「公尸，天子以卿，言諸侯也。熏熏，和悅也，欣欣然樂也」。《呂覽離謂篇》云「眾口熏天」【注】熏天，形容感動氣勢之盛，〈離謂篇〉云「毀譽成黨，眾口熏天」。乃借為和說之詞，與感動之義，故孳乳為燻見《墨子節葬下》、《韓非子外儲說右上》、《說苑善說篇》。亦猶然借為語詞，而孳乳為燃見《墨子備蛾傳篇》、《淮南子天文篇》，皆為別於借義之轉注字。二字并為緟益形文，是猶票之孳乳為熛，

同一軌範。惟燻燃不見於《說文》，蓋非<u>先秦</u>古文也。

鼓 鼓

𣪊，郭也，春分之音，萬物郭皮甲而出，故謂之鼓，

　　从壴支象其手擊之也。𠶷，籀文鼓从古聲。

𣪊，擊鼓也，从攴壴亦聲，讀若屬。

　　案鼓於卜辭作𣪊𣪊𣪊，〈克鼎〉作𣪊《三代》四卷
41葉，觶銘作𣪊《三代》十四卷33葉，隸定為彀鼓鼓鈕，
乃從殳支攴丑與壴會意，觶銘之𣪊則示執枹以擊鼓，
與彀鼓之從殳攴同意。案〈師嫠簋〉二器云「令女
嗣乃祖舊官小輔眔鼓鐘」《三代》九卷35葉、36葉，其
鼓字一從支作𣪊，一從之攴作𣪊，此證之彝銘，而
知鼓鼓為一文之異體者一也。案〈齊侯壺〉二器云
「鼓鐘一肆」《三代》十二卷33葉、34葉，肆義如《周禮
小胥》之肆，「鼓鐘一肆」者，乃謂鼓鐘各一堵，合
之為一肆。其鼓字一作𣪊，一作𣪊，字俱從支。此
證之彝銘，而知從攴之鼓與從支之鼓，為一文之異
體者二也。案〈沇兒鐘〉云「子子孫孫永保鼓之」《三
代》一卷53葉，鼓作𣪊乃從口鼓聲，義如《唐風山有
樞》「弗鼓弗考」之鼓。此證之彝銘，而知擊鼓之義，

與樂器之名，音并如古，非為二字者三也。《釋名釋樂器》云「筑以竹鼓之」，又云「箜篌師涓為晉平公鼓焉」，又云「枇杷本出胡中，馬上所鼓也」，漢〈孫叔敖碑陰〉云「倡優鼓儛」《隸釋》卷三，鼓者鼓之俗字，此俳奏樂曰鼓，亦猶詩之鼓瑟《唐風山有樞》、《秦風車鄰》，鼓簧《秦風車鄰》、《小雅鹿鳴》，皆擊鼓之引伸義，而其字俱作鼓，不與鼓形相溷。此證以漢人之說，而知擊鼓之義，與樂器之名，音并如古，非為二字者四也。據此則知《說文》析鼓鼓為二字，而以鼓從壴聲「讀若屬」者，亦如釋丨之音義，皆為據俗說而釋古文說見丨下，其不可徵信審矣。《玉篇攴部》云「鼓，之錄切，又公戶切」，其云「公戶切」者，與樂器之鼓同音，可證漢魏以後，以擊鼓之義，與樂器之名音讀相同。其云「之錄切」者，則為兼存《說文》之謬說。《廣韻十姥》以鼓鼓音并如古，斯蓋鼓說流傳，不以鼓鼓為二字也。諸本《說文》所載鼓之篆體，及其音義，文并相同。唯段玉裁注本據《說文》所釋之殸，改殸為殸，於「从壴」之下，改為「从中又，中象垂飾，又象其手擊之也」。是未知殸從殳聲，乃鼗之雙聲轉注字鼗殸古音同屬透紐

而《說文》釋其義曰「彡垂飾，與鼓同意」，斯固許氏晦於字形，未悉轉注之謬說。乃據釋弢之謬，而改鼓之篆體與釋義，則其構形悖於卜辭彝銘矣。且曰「屮象巫飾，又象其手擊之」，則是不援枹擊鼓，乃執鼓之巫飾以擊鼓，義不可通矣。《禮記曲禮上》云「獻米者操量鼓」，【注】量鼓，古量器名。〈曲禮上〉云「獻粟者執右契，獻米者操量鼓」，鄭玄注「契，券要也。右為尊」。孔穎達疏「量是知斗斛之數，鼓是量器名也。東海樂浪人呼容十二斛者為鼓以量米，故曰量鼓」。《左傳昭二十九年》云「遂賦晉國一鼓鐵，以鑄刑鼎」，《管子地數篇》云「民自有百鼓之粟者不行」，是皆借鼓為量器之名。以鼓借為量鼓，故摯乳為從古聲之鼛，乃以別於借義之轉注字。蓋緐益形聲，或以明初義，或以諧語音，此固轉注之通則也。

虒

原，委虒也，虎之有角者也，從虎厂聲。

　　案虒當讀如蹏，從厂虎會意。猶之彝銘之豕從厂豕會意，并以示扺引獸足，而與豕為雙聲轉注之字說見豕下。《說文》云「虒，委虒，虎之有角者，

从虎厂聲」，是誤以會意為諧聲矣。其以「委虒」釋
虒，猶之以騶虞釋虞，皆須二文見義，而騶委俱非
獸名，則知虞虒必非獸名說見虞下。【注】案虞非獸名，
乃掌山林川澤之官。《尚書堯典》云「益，汝為朕虞」是也。且
也委虒之名，於載籍無考，虒字從厂無以見有角之
義，獸之似虎而有角者，亦為生物所無，而乃云然，
葢為緯書妄說。《說文》於〈皿部〉所云「檳盨」，〈自
部〉所云「書商」，皆於書傳無徵，必為漢人俗語。
而許氏乃偏據一文以釋二字之名，說并非是說見脣下
。覈之字形，則知虒茶轉注，是其音讀如跢。《玉
篇》、《廣韻》并音虒屬心紐者，是猶舌音之攸、易、
台、異、隶、臣六字同屬喻紐，古音屬定紐。，而所孳乳
之脩、賜、泉、屎、肆、獄，則轉為齒音六字同屬心
紐。齒音之肖犀二字同屬心紐，而所孳乳之趙遲，則轉
為舌音二字同屬定紐。亦猶桑之孳乳為柘桑於古音屬央攝
心紐，石屬烏攝定紐，對轉相通。，皆古之音變也。

奴

🐚，奴婢皆古辠人，《周禮》曰「其奴男子入于辠
　隸，女子入于舂槀」，從女又。🐚，古文奴。

案奴於卜辭作［圖］，甗銘作［圖］《三代》五卷 4 葉，與篆文同體，從又女聲。從又以示執役，從女猶委如之從女，以示從人。如於卜辭作［圖］，從口女聲，以示隨人使令奴如女古音同屬烏攝泥紐。然而以女德從人，為人倫恆理，則非肇於殷商。所以知者，〈堯典〉云「釐降二女于嬀汭」，是虞舜兼妻帝堯二女，循知唐虞之時，姓氏必以父系為宗，女德即以從人為主。卜辭所記祭祀，與中丁配享者有妣己、妣癸，與祖辛配享者有妣甲、妣庚、妣辛、妣癸，與祖丁配享者有妣甲、妣乙、妣庚、妣癸，與武丁配享者有妣戊、妣辛、妣癸，與祖甲配享者有妣戊、妣己，可覘殷之王妃，其為子嗣崇列祀典者，一王多至四人。自餘媵妾之倫，而不與享祀者，殆又倍蓰過之。足徵父系為宗，禮制相傳，由來已久，〈堯典〉所記，決非虛詞。考之〈甘誓〉、〈湯誓〉，俱有孥字，【注】〈甘誓〉、〈湯誓〉并云「予則孥戮汝」。孥戮者，奴辱也。〈盤庚〉、〈洪範〉，俱有怒字，【注】〈盤庚中〉云「不其或稽，自怒曷瘳」。意謂不速遷新地，自怒何益。〈洪範〉云「帝乃震怒」，謂上天盛怒也。〈堯典〉、〈皋陶謨〉，疊見如字，【注】〈堯典〉云「如五器，卒乃復。五月，南巡守，至于南岳，如岱禮。

八月，西巡守，至于西岳，如初。十有一月，朔巡守，至于北岳，如西禮」。如五器，謂如五玉也。如岱禮，謂一切典禮、過程，如同祭泰山。如西禮，謂如巡守西方時祭西岳之禮。〈皋陶謨〉禹曰「俞，如何」？皋陶曰「吁！如何」？詳見《新譯尚書讀本》。是又可證以女德從人之奴如二字，必肇於殷商之前。奴如并為諧聲，而《說文》釋為會意。蓋會意諧聲之畛域不明，此固許書所多見。《說文》所載古文從人作仗，無以見執役之義，斯必晚周之俗體也。

扇

扇，扉也，从戶羽。

案扇之從羽會意，與扉之從非諧聲，乃取鳥之雙羽，而以比擬構字。半門之闔通名為扇或扉，故皆從戶而不從門也。〈月令〉云「乃脩闔扇」，《管子小稱篇》云「葬以楊門之扇」，是皆扇之本義。【注】〈小稱篇〉云「死十一日，蟲出於戶，乃知桓公死也，葬以楊門之扇」。尹知章注「謂用門扇以掩尸也」。《方言》卷五云「扇自關而東謂之箑，自關而西謂之扇」，偁箑為扇者，乃以其形平薄，運轉亦如門扇，故以比擬為名。《管子四時篇》云「令禁扇去笠」，此名箑為扇之始見載

籍者。《淮南子人閒篇》云「<u>武王</u>蔭暍人於樾下，左擁而右扇之」，【注】暍人，中暑之人也。樾下，樹蔭之下，指樹林間隙地。〈人閒篇〉云「<u>武王</u>蔭暍人於樾下，左擁而右扇之，而天下懷其德」。<u>高誘</u>注「蔭下，眾樹之虛也」。《文選射雉賦》云「候扇舉而清叫」，<u>徐爰</u>注曰「扇布也形如手巾」，此皆箑扇之引伸義。吹扇所以生風助火，故復引伸為襄助與鼓動之義。《方言》卷十二云「吹扇助也」，《魏志蔣濟傳》云「外內扇動」，此亦箑扇之引伸義。火因扇動而熾盛，故孳乳為熾盛之煽。扇因搖動生風，故孳乳為搖翼之搧，是皆承箑扇之義而構字。卽此可證<u>先秦</u>已偁箑為扇，故有煽搧二字。《方言》卷二云「速逞搖扇疾也，<u>東齊海岱</u>之閒曰速，<u>燕</u>之外郊，<u>朝鮮洌水</u>之閒曰搖扇，<u>楚</u>曰逞」。此乃遠方殊語，而於書傳別無所徵，斯則扇之假借義也。

弈

𢎻，圍棊也，從廾亦聲，《論語》曰「不有博弈者乎」。

　　案弈從亦聲義同於射_{亦射古音同屬烏攝定紐}，凡游戲之爭能角勝者曰射。《史記孫子傳》云「君弟重射，

臣能令君勝」，【注】重射，謂下重賭注也。〈孫子傳〉云「忌數與齊諸公子馳逐重射……於是孫子謂田忌曰：『君弟重射，臣能令君勝』。田忌信然之，與王及諸公子逐射千金」。張守則正義「隨逐而射賭千金」。《列子說射篇》云「樓上博者射」，是皆以射為爭勝負之名。射賭同音，故其後起字作賭。《文選博弈論》云「至或賭及衣物」，《晉書謝安傳》云「方與玄圍棊賭別墅」，可徵古之博弈，類以財貨角勝負，此所以弈從亦聲，而為射之假借。孔穎達《左傳正義》引沈氏云「圍棋稱弈者，取其落弈之義」〈襄二十五年〉，此乃不識字義之妄說。《通俗文》云「錢戲曰賭」玄應《一切經音義》卷十五引，可證賭之構字，乃肇於漢時。

奕

奕，大也，从大亦聲，詩曰「奕奕梁山」。

案奕於卜辭作𡗊《乙編》3843片，從二大大亦聲，而以盛大為本義。《小雅巧言》云「奕奕寢廟」，《大雅韓奕》云「奕奕梁山」，《魯頌閟宮》云「新廟奕奕」，義皆盛大。《小雅車攻》云「四牡奕奕」，《商頌那篇》云「萬舞有奕」，義皆壯盛，是俱奕之本義。

【注】〈巧言〉云「奕奕寢廟，君子作之」。〈韓奕〉云「奕奕梁山，維禹甸之」。〈閟宮〉云「新廟奕奕，奚斯所作」。〈車攻〉云「駕彼四牡，四牡奕奕」。〈那篇〉云「庸鼓有斁，萬舞有奕」。奕奕皆高大、壯盛之貌。自卜辭之夵而孳乳為奕，猶自卜辭之枀而孳乳為狄，皆為雙聲轉注之字說見狄下。狄見於西周彝銘，然則奕當亦西周所構。推類而言，若大艸之茢，大言之誕誕以大言為本義，說見誕下。，大兒之侗，頭大之碩，大鮎之鯣，大盆之甕，似鹿而大之麠，大絲繒之紬，皆承大義而孳乳，所從到延諸聲，并為大之雙聲假借同弟屬定紐，延與由屬喻紐，石尚屬禪紐，古音與大并屬定紐。到屬端紐，亦與定紐相通。。卜辭之炡《戩壽》26.3片，從言大聲，而為誕之古文說見誕下，卜辭之鯹鯹《南北明氏》472片、《鄴羽二集》35.5片，從魚大聲，而為鯣之古文，以此而言，則知奕、狄、誕、鯣古文俱為從大，篆文以應語言音變，而易其聲文，是以形義未能切合。《說文》從《爾雅》及詩傳以釋奕，而不以盛大釋奕者，乃以昧於初文，故亦未得初義也。

炅

炅，見也，从火日。

案炅乃從火日聲，讀如涅，而以昷熱為本義。《素問舉痛論》云「得炅則痛立止」，又云「寒氣客於經脈之中，與炅氣相薄」，又云「寒則氣收，炅則氣泄」，又云「寒則腠理閉，炅則腠理開」，【注】腠理，中醫指皮下肌肉之間之空隙和皮膚、肌肉之紋理。為滲泄及氣血流通及灌注之處。說詳《漢語大詞典》。《韓非子喻老篇》云「君有疾在腠理，不治將恐深」。邵增樺注譯「腠理是皮膚的紋理，似指皮膚排泄汗液的毛孔」。〈長刺節論〉云「盡炅病已」，又云「病起筋炅」，又云「病風且寒且熱，炅汗出」，〈調經論〉云「血并於陽，氣并於陰，乃為炅中」，〈陰陽類論〉云「炅至以病皆死」，王冰注云「炅，熱也」，乃謂炅熱同義，此證之《素問》，而知炅義為熱者一也。《魏志馬韓傳》云「其人魁頭露紒如炅兵」，義謂科頭露其簪結，亦如因熱免冑之兵，此證之《魏志》而知炅義為熱者二也。西漢利氏墓出土，帛書篆文本《老子》云「靚勝炅」，今本《老子》作「靜勝熱」，此證嬴秦寫本《老子》而知炅義為熱者三也案利氏墓出土篆文本《老子》乃秦寫本，說見大下。。又利氏墓出土十大經云「寒涅燥濕，不能並立」，乃假涅為

炅。此證以漢初所錄先秦古籍，因知炅涅同音，俱為日聲孳乳，義同於熱者四也（日與涅熱古音同屬泥紐，日涅亦同屬衣攝。）。然則自炅而孳乳為熱，乃為雙聲轉注之字。凡音轉之轉注字，必易聲文，以諧語音，此所以熱從埶聲，無以示盥燠之義也。《廣韻十二齊》以香炅炔桂四字同音，其說曰「後漢〈太尉陳球碑〉有城陽炅橫，漢末被誅，有四子，一守墳墓姓炅，一子避難居徐州姓香，一子居幽州姓桂，一子居華陽姓炔」，據此則炔姓乃出炅橫之後。然案西漢哀帝之時有博士炔欽，見《漢書師丹傳》，是炔氏非於後漢之末始有之。又《集韻》引〈炅氏譜〉云「桂貞為秦博士，始皇阬儒改姓香，其孫溢避地朱虛改為炅，弟四子居齊改為炔」，其說與《廣韻》殊。要皆讀牒之妄言，不足徵信。《說文》以見釋炅者，葢以炅者如桂，故傅合雙聲為訓。《玉篇火部》以炔炅為一字，而云「炔，煙出皃」，其音讀乃譜牒之說，其釋義則為《說文女部》妜下之文。《廣韻四十一迥》云「炅，光也」，則為援附炯熲之音義以釋炅。是皆謬為比合，無一得其初恉。惟以炅音如桂者，與憲、齊、替、泥，古音同屬衣攝，與炅從日聲韻無殊，

是當為姓氏之別讀。猶之兒為姓氏，則音五稽切，亦與孺子之兒，異其音讀也。後之說者，以經傳無奚字，乃曰「有肌製奚為姓者，恥其不古，羼入許書」《說文》段注，是據後世譜牒之說，而疑後人羼入，謬戾之甚矣。

奚

奚，大腹也，从大糸省聲，糸，籀文系。

案奚於卜辭作 ⚇ ⚇ ⚇ ⚇ ⚇，簋銘作 ⚇《三代》六卷 6 葉，卣銘作 ⚇《三代》十二卷 35 葉，并象係虜之形。與卜辭之 ⚇ 從又人以示降服𠬝之本義為降服，說見𠬝下。，篆文之孚從爪子以示俘獲，構字同意孚乃俘之初文，說見孚下。。卜辭之 ⚇ 與篆文同體，大與人女古相通作，故於卜辭亦從人或女。其作 ⚇ ⚇ 者，乃象長跪面縛之形，是奚當以拘係為本義，係之服役，故有奚隸之義。《墨子天志下》云「民之不格者，則係操而歸，大夫以為僕圉」，《周禮秋官禁暴氏》云「凡奚隸聚而出入者，則司牧之」，【注】奚隸，謂男女奴隸。《周禮秋官禁暴氏》云「凡奚隸聚而出入者，則司牧之」。孫詒讓正義「奚為女奴，隸為男奴也」。《周易隨》云「拘係之乃從」，《荀

子大略篇》云「氐羌之虜也，不憂其係纍也，而憂其不焚也」，《韓非子姦劫弒臣篇》云「邊境不侵，父子相保，而無死凶係虜之患」，《戰國策秦策四》云「父子老弱係虜相隨於路」，《淮南子本經篇》云「係人之子女」，是皆奚之本義。字作係者，乃奚之異體，亦即卜辭之 ⚯ ⚮。奚於經傳借為何二字同屬匣紐，故亦從人作傒，乃以別於借義之轉注字。《玉篇人部》云「傒，待也」，是誤以徯義而釋傒，其說失之。古之奚隸無異禽獸，故卜辭俘田獵得獸曰獲，其俘征伐俘敵亦曰獲。禽獸用為犧牲，奚隸亦用為犧牲。卜辭云「己丑卜爭貞，王其愴， 貞勿愴」《郭氏綴合》255片，「丙寅卜亘貞王愴多矛若☐ 貞王愴多矛若于下乙」《乙編》4119片，「酚雀至卬小辛三牢又𢑥二」《前編》1.16.5片，凡此諸文，并隸定為戕，從戉奚聲而讀若犧，乃用人為犧之本字奚義同屬淺喉音。是皆可證奚之本義為奚隸，亦如臧之本義為臧獲說見臧下。奚於卜辭假為方名與姓氏，故亦從女作嫛，彝器有〈𡙡中簋〉《三代》七卷1葉，正用嫛為姓氏。【注】〈𡙡中簋〉云「嫛仲乍乙白寶毁」。案嫛其姓氏，仲蓋其名或字，白乃伯之初文，乙伯蓋尊長也。是此簋乃嫛仲為祭祀

先人而作之器。字從女者，猶姜姬姞嬴之從女，乃以示其為姓氏之本字也。《說文》云「奚，大腹也」，〈人部〉云「傒，絜束也」，〈女部〉云「嫨，女隸也」，是誤析奚傒為二字，而又誤以引伸義釋傒，誤以臆說釋奚。通考載籍，奚及奚聲之字，胥無大腹之義，

【注】案覈之《說文》，若訓待之徯、訓恥之謑、知時畜之雞、三月豚之豯、野馬騨騱之騱、山瀆無通之谿、女隸之嫨、及蛁蟟之螇，諸字并從奚聲，胥無大腹之義。乃以字之從大，而以大腹釋之，是猶擇菜釋若，皆為曲解字形之謬說也說見若下。案《周禮司厲》云「其奴男子入于罪隸，女子入于舂稾」，然則〈禁暴氏〉所云「奚隸」，乃謂男奴。《周禮序官》，自〈天官酒人〉以至〈春官世婦〉，并敘奚於女酒女漿之下，而不云女奚，則知篆文之嫨，當非女隸之義。葢奚之為名，得之拘傒，猶奴之為名，得之俘虜，固無閒乎男女也。

澡

，洒手也，从水喿聲。

案澡於卜辭作，鼎銘作《三代》二卷 14 葉，爵銘作《三代》十五卷 35 葉，從皿爪聲，以示洒手。

自盥而孳乳為澡，乃雙聲轉注之字_{爪屬莊紐古歸精紐，}從喿聲之璪、趮、剿、澡、繰，亦屬精紐。。為應語言音變而易聲文，是以聲不示義，此固轉注之通則，且亦識字之樞機。卜辭之盥乃為方名，彝銘之盥亦為姓氏，蓋因鄭之郲邑而氏_{見《春秋襄七年》}。【注】郲，春秋時鄭地，在今河南省新鄭、魯山二縣之間。〈襄七年〉云「鄭伯髡頑如會，未見諸侯，丙戌卒于郲」。漢印有〈喿成〉_{《古鉩印景》}、〈橾安〉_{《印統》七卷 29 葉}、〈操乘〉_{見凌迪知《萬姓統譜》所引《印藪》}、宋有〈藻重〉_{見凌氏《萬姓統譜》}，當為盥之苗裔。蓋自盥而孳乳為澡，故於方名及姓氏亦蛻變為郲或喿橾。是猶姓氏之髮蛻變為法，故自西漢以降，而髮氏無徵_{說見《殷契新詮釋髮》}。審此則文字之蛻變，非唯初文多至逸傳，初義因之湮晦，卽於方名及姓氏，亦難溯其祧祖，若盥之孳乳為澡郲，卽其一耑也。說卜辭者，或釋_⊌為盥_{羅振玉《增訂殷契考釋中》68 葉}，或釋為瓚_{高田《古籀篇》七卷 4 葉}，或疑為舀_{馬敘倫《說文疏證》卷十三}，是皆不識文字之謬說。釋盥差為近理，然未知盥於西周彝器之〈夆尗盤〉、〈夆尗匜〉_{《三代》十七卷 17 葉、40 葉}，卽與篆文同體，【注】〈夆尗盤〉及〈夆尗匜〉并云「夆尗作季姬盥般」，其盥字與篆文

同體。循知盥為相承古文，非盇所蛻變。且也彝銘古璽及凡姓氏之書，多見盇氏，或槑槑諸氏，而未一見盥氏，此徵之姓氏，亦知卜辭之⿰⿱手目乃澡之古文，而非盥之古文也。

尋　得（得）

⿰，取也，從見寸，寸度之，亦手也。

⿰，行有所尋也，從彳尋聲。⿰，古文省彳。

　　案尋於卜辭作⿰⿰⿰，瓶銘作⿰《錄遺》306 圖，〈父庚鼎〉作⿰《三代》二卷 26 葉，⿰從貝又會意，而以獲取財物為本義。葢征伐而虜男女曰俘，其初文作孚説見孚下，田獵而得鳥獸曰獲，其初文作隻，引伸則尋與孚同義而互通。〈余義鐘〉云「得吉金鎛鋁」《三代》一卷 51 葉，〈㝬駁簋〉云「㝬駁從王南征，伐楚荊又得」《校經》七冊 46 葉，【注】楚荊，指江陵。因江陵舊為楚都，後又為荊州治所，故偁楚荊。又得即有得也。〈呂行壺〉云「呂行齎孚得」《西清古鑑》十九卷 8 葉，《周易剝》云「君子得輿」，〈无妄〉云「行人得牛」，《春秋定九年》云「得保玉大弓」，《論語》云「先事後得」〈顏淵篇〉，又云「見得思義」〈季氏篇〉，是皆得之

本義。引伸為凡獲有之名，故偶得財物亦曰孚與隻。〈憲鼎〉云「眚于人身孚戈」《積古》四卷 23 葉，〈仲偁父鼎〉云「伐南淮夷孚金」《博古圖》三卷 16 葉，〈過白簋〉云「過白從王伐反荊孚金」《三代》六卷 47 葉，〈貞白簋〉云「貞從王伐反荊孚，用乍餴段」《三代》七卷 21 葉，〈員卣〉云「員孚金用乍旅彝」《三代》十三卷 37 葉，〈楚王鼎〉云「楚王酓忎戰隻兵銅」《三代》四卷 17 葉，是皆孚隻之引伸義，而與尋相通者也。蓋尋之從又貝以示獲財，與孚之從爪子以示獲人，隻之從又隹以示鳥，皆以實物會意，故其引伸之義亦相通。《左傳定九年》云「凡獲器用曰得，得佣焉獲」，斯乃叔世支離之說。亦猶寡之轉語為鰥，姦之轉語為宄，而書傳或析寡鰥與姦宄為二義，是皆謬為區別，非夫轉語之初義說見寡宄之下。尋於卜辭作㦮，猶孚於卜辭作𡥈《菁華》 葉，皆其緐文，非有二義。《說文》區尋得為二字，是未知古緐文之例，而謬為勞析。篆文之尋所從之見乃貝之形譌，《說文》據譌文之言，故以尋為從見。信如所言，則與孚隻二文，俱以實物為會意者，迥不相侔矣。《說文》云「得，行有所得」，是亦皮傳字形之謬說也。

丁 頂

个，夏時萬物皆丁實，象形，丁承丙象人心。

偄，顛也，从頁丁聲。䪼，或从𦣻作。

案丁於卜辭作○囗，彝銘作●◉，乃頭之象形，而為頂之初文，於文為人大與子之省體象形。猶了與子孑為子之省，兀為大之省說見兀下，此皆近取諸身之字，多有省體之例。刀𥝩𥞫作圓體，故卜辭多作囗形。〈王孫鐘〉作▼，〈陳肪簠〉作▮，形非全圓者，則為東周之變體。以丁借為紀日之名，故孳乳為頂，乃以別於借義之轉注字。亦猶元、臣、兀、臣，而孳乳為頑、頤、頔、頤，皆所以明初義也。夫文之象形者，并取一物肖形。而《說文》釋丁云「萬物皆丁實，象形」，釋己云「象萬物辟藏詘形」，釋庚云「象秋時萬物庚庚有實」。信斯言也，則是物之象形詭異者，俱可統攝一形，是尤悖理之甚。或曰丁，蠆尾也，又為箸物之丁《通志、六書略、象形第一》。或曰丁，鐕也，今俗以丁為之朱駿聲《通訓定聲》。或曰詩傳曰丁丁椓杙聲也，又曰丁丁伐木聲也，然則丁者擊伐之義，字形作↑，亦為今之釘章炳麟《文始》。是皆據篆文而言，故皆未得本義。先秦古器有銅鐕，

其形如 ♀ 見羅振玉《雪堂所藏古器物圖》17 葉，漢丁勝印文作 ♀《十鐘》十四冊 20 印， 丁賓印文作 ♀《十鐘》十五冊 8 葉，形并近於篆文。書傳偁鐕曰釘，始見《廣雅釋器》，及魚豢《魏略》《魏志王淩傳》注引。又《潛夫論浮侈篇》云「釘細要，削除鏟靡，不見際會」，此謂櫼入為釘，當亦釘鐕引伸之義。是用釘為鐕，已見後漢之時。葢晚周或有其名，是以篆文及漢印之丁，俱肖其形，然非●之本義，或謂●象鐕之鋪首徐灝《說文注箋》，然鐕為細物，造文者不肖其全形，而獨肖細物之首，無是理矣。矧夫偁鐕曰丁，非殷商古名，詎能以後起之名，而索文字初義。若夫《周南兔罝》所云「椓之丁丁」，乃狀椓杙之聲，猶《小雅斯干》所云「椓之橐橐」，為狀築室之聲毛傳云「橐橐用力也」，其意葢謂用力之聲。。《小雅伐木》所云「伐木丁丁」，乃狀伐木之聲，猶《小雅采芑》所云「伐鼓淵淵」，為狀擊鼓之聲。丁非擊伐，猶橐淵非擊伐，乃謂丁為擊伐之義，足徵言不應理。《爾雅釋魚》云「魚枕謂之丁，魚腸謂之乙，魚尾謂之丙」，《素問生氣通天論》云「高粱之變，足生大丁」，斯乃以物之形似於文者，而比擬為名。鍊銷黃金曰釘，則以

物之形似於文者，而比擬構字，凡此皆非乙丙丁之本義也_{說亦見乙下}。說者乃據《爾雅》以釋乙丙丁三文，且謂枕係字譌，丁係睛之古字，象魚睛之形_{郭沫若《甲骨文字研究》}。是據比擬之名，而求文字初義，已乖理實。且也魚頭枕骨曰丁，固古今通語，乃謂丁象魚睛，益為鑿空之妄言矣。或謂丁為釘之本字，象鍊鉼黃金之形，而以彝銘之 ꞊ 為呂之古文，因謂 ꞊ 象二 ● 之形，則為金鉼無疑_{唐蘭《殷虛文字記》}。此未知丁之孳乳為釘，猶乙孳乳為軋，皆為比擬構字，釘非丁之本義，猶軋非乙之本義也。〈效父簋〉之 ꞊，文象沙金形，乃金之初文，彝銘之段、匀、鈴、則，字俱從 ꞊，義益明審_{說見金下}。【注】〈效父簋〉云「休王賜<u>效父</u> ꞊ 三，用乍卒寶𤭯彝」《三代》六卷 46 葉。〈𧆛高卣〉云「王賜<u>𧆛高</u> ꞊，用乍彝」《三代》十三卷 30 葉。案<u>休王</u>乃<u>休方</u>之王，二器之 ꞊，形象沙金，乃金之初文。段於簋銘作𢆶《三代》八卷 54 葉、〈匀簋〉之𤯍《三代》六卷 23 葉，從 ꞊ 勺聲，〈成周鈴〉之𨫼《三代》十八卷 11 葉，〈祖戊簋〉之劓《三代》六卷 43 葉，其所從之 ꞊ ⁞ ⁝ 并為金之初文。固未可取合〈龜公輕鐘〉之「膚呂」，而謬為立說。藉如所言，亦不足證 ● 之初義為鉼金。良以呂象脊骨，與鉼金之釘，音義遼隔，

呂非從金構字，則未可據〈龜公牼鐘〉之呂，以證古文之 ● 為釘之本字。夫成文之先後，必先有金而後有鍊金成鉼之釘，以是而知〈效父簋〉之 ▪ 非從二 ● 會意，則亦不得謂 ● 為釘之本字也。

克

亨，肩也，象屋下刻木之形。亯，古文克。𣊻，亦古文克。

案克於卜辭作 ㄅ ㄅ，彝銘作 ㄅ ㄅ，從卩由會意。由乃冑之初文說見冑下，克之從由，猶兵之從斤，戎之從甲，從卩猶武之從止，卻之從卩，以示退敵，而以戰勝為本義。《禮記禮器》云「我戰則克」，《春秋隱元年》云「鄭伯克段于鄢」，皆其本義也。自克而孳乳為勝，乃疊韻轉注之字克屬噫攝，勝屬應攝，對轉相通。，《周頌武篇》云「勝殷遏劉」，【注】遏劉謂制止殺戮也。〈武篇〉云「嗣武受之，勝殷遏劉，耆定爾功」。毛傳「劉，殺」。鄭箋「遏，止。嗣子武王，受文王之業，舉兵伐殷而勝之，以止天下之暴虐而殺人者」。《左傳》云「勝不相讓」〈隱九年〉，「勝不告克」〈隱十一年〉，「驟勝而驕」〈宣十二年〉，「勝之不武」〈襄十年〉，是皆勝之本義。《爾雅釋詁》

云「勝，克也」，其義甚允。《爾雅釋言》以能訓克者，乃疊韻相通克能古音同在噫攝。《爾雅釋詁》以克訓肩者，乃聲近相假克屬溪紐，肩屬見紐，二紐多通借。。《說文》云「克，肩也，象屋下刻木之形」，是據譌變之字，襲《爾雅》之義，而又牽合與刻同音，曲為之說。若古文之蓋彔之別體，許氏誤為克之古文，故亦誤以刻木之形而釋克。《商頌玄鳥》傳曰「勝，任也」，蓋以勝與佗儋同為舌音，故有負任之義勝於古音屬透紐，佗屬定紐，儋屬端紐。。《說文》從詩傳釋勝，是亦誤以假借為本義也。

五 啎

，五行也，从二，侌昜在天地閒交午也。，古文五如此。

，逆也，从午吾聲。

案五於卜辭作，彝銘作，并象從横相交之形，文為獨體指事，而以交啎為本義。《儀禮大射禮》云「度尺而午」，注曰「一從一横曰午」。〈特牲饋食禮〉注云「午割從横割之」，《周禮秋官壺涿氏》云「若欲殺其神，則以杜橭午貫象齒而沈之」，

【注】午貫，謂以十字形交叉貫穿。賈公彥疏「以象牙從橫貫之為十字，沈之水中」。斯并五之本義，而假午為之。《周禮》注曰「故書午為五，杜子春云『五貫當為午貫』。」是未知午為杵之初文說見午下，而又未知五以交牾為本義，惟以習見假借之文，故誤以午為交牾之本字，因臆改故書之五為午。是猶漢人不識禩為祭祀之本字，因臆改《周禮》故書之禩為祀也說見異下。五用為紀數之名，猶六七八九用為紀數之名，皆為假借之義。蓋自十以下積畫而示數名，文止於四，乃取籌筭之式而為文。自十以上，并文而示數名，文止於卅。乃合結繩之形而為文。自五至九，非象籌筭與結繩，故五九諸名，非以數名為本義說見一下。以五借為數名，故孳乳為牾，猶屮七之孳乳為垔切，皆為別於借義之轉注字，而未雜以語言音變者也說見屮七之下。或謂〈舟益尊〉之三，即五之本字林義光《文源》，是未知〈舟益尊〉之三，與卜辭之三三，皆為祭名肜之初文，亦即《尚書高宗肜日》之肜，乃誤三為五，是不明彝銘之義，不識造字通規，而徒恃摭前人謬說，曲加比附許瀚誤釋三為五，見《攈古錄》二之三卷46葉，惽懜不學，而索文原，多見其妄矣。《說文》

云「五，五行也，从二，侌昜在天地閒交午也」，是誤以假借為本義，誤以五為從二。彝銘有〈戈𢧵甗〉《三代》五卷 1 葉，乃戈方五氏之器。古貨有五布，文亦作𠄡《古錢大辭典上》385 圖，是知𠄞𠄡為一文，非從二也。卜辭彝銘於紀數之名，無作乂者，而《說文》載乂為古文五，葢為晚周或秦漢之省體，非戰國以前之古文也。

贏

，賈有餘利也，从貝𡝩聲。

案贏於鼎銘作《三代》二卷 12 葉，觚銘作《三代》十四卷 16 葉，從貝成聲，隸定為賮，以示賈有所成。審其字體，乃殷人所作賮氏之器。蛻變為贏成贏古音同屬嬰攝定紐，始見西周之〈庚贏卣〉《三代》十三卷　葉。【注】〈庚贏卣〉云「王逆庚贏宮，王蔑庚贏曆」。案逆為各之緐文，其義為至。王蔑庚贏曆者，謂王嘉勉庚贏之敬事也。庚贏者，庚方贏氏之謂也。示其為姓氏，故自贏而孳乳為從女之嬴，嬴之見於彝銘者，亦皆西周以後之器說見贏下，而於卜辭及殷器，舉未一見贏與嬴贏二文。此考之彝銘，而知姓氏之賮為贏之本字，亦即贏之

初文。然則虞舜之時栢翳所氏之嬴見《史記秦本紀》，於西周之前，其文固作齎，逮乎西周始有嬴嬴二字也。齎字亦見〈豹塤〉，其文曰「豹乍塤卩九𢆡」《綴遺》二十八卷 1葉，九齎義如《尚書》之「九成」，【注】〈皋陶謨〉云「簫韶九成，有鳳來儀」。鄭玄注「簫韶，舜所制樂。樂一終謂之一成，九成即簫樂九奏也，儀，匹也」。孔穎達疏「成猶終也，每曲一終，必更變奏。故《經》言九成，《傳》言九奏，《周禮》謂之九變，其實一也」。樂竟曰成見《儀禮燕禮》注，樂止於九，故有九成、九歌之名九歌見《左傳文七年、昭二十年、二十五年》，《楚辭》之〈九歌〉、〈九章〉，俱以九為節，蓋亦承古而作。塤云「卩九齎」者，謂作此塤以和節一切樂章也。此可證𢆡塙從貝成聲，是以假為樂竟之成。或釋𢆡為成，而謂象權準之形《積古》一卷 葉引吳東發說。後人推演其說，而謂成即古稱字《張穆月齋居士文集》，是皆曲解形義。考稱為㕚所孳乳，㕚象稱權，自㕚而孳乳為冉偁，其文并見彝銘說見冉下，與𢆡成二字構形迥異。乃謂𢆡為古稱字，則其形義大相乖舛矣。嬴嬴聲韻縣隔嬴於古音屬阿攝牙音，是嬴乃從嬴會意，而非從嬴諧聲。嬴者嬴之初文說見嬴下，嬴之從嬴無所取義，蓋為多之假借，

以示貫有盈利。亦猶疊之從宜，而為多之假借，以示星多重疊𣎆宜多古音同屬阿攝舌音。此皆會意之文，覈其音義，而知假借構字者也。

𣎆 驘

，或曰嘼名，象形闕。

，驢父馬母也，从馬𣎆聲。，或从羸。

案贏於〈庚贏卣〉作《三代》十三卷 45 葉，嬴於〈白衛父盉〉作《校經》九卷 53 葉，所從之𣎆為驘之初文。考之《說文》所載之重文，若叀之作蕢、鬲之作𤮍、互之作𥯗、冂之作冋、亩之作廩、笞之作簹，术之作秫、丠之作𡊅、求之作裘、勿之作𣃦、亢之作頏、云之作雲、乙之作鳦、户之作𢨋、𦣝之作頤、𠔿之作終、它之作蛇、豈之作鎧，皆為自象形而增益形文之後起字，𣎆之孳乳為驘，亦猶蕢𤮍之比。《說文》昧其構體，故區𣎆驘為二字。亦猶區豊、羊、異、且，與禮、祥、禩、祖為二字，固許書所多見者也說見丨下。驘之俗字為騾，《呂氏春秋愛士篇》云「趙簡子有兩白騾」，此為騾之始見載籍者。【注】〈愛士篇〉云「趙簡子有兩白騾而甚愛之」。李時珍《本

草綱目獸一騾》云「騾大于驢而健于馬，其力在腰，其後鎖骨不能開，故不能孳乳，牡驢交馬而生騾也」。攷之彝銘，若〈庚嬴卣〉、〈嬴霝德鼎〉《三代》三卷 6 葉、〈嬴霝德簋〉《三代》七卷 15 葉、〈嬴季卣〉《三代》十三卷 19 葉、〈筍白盨〉《三代》十卷 35 葉、〈京未盤〉《三代》十七卷 4 葉、〈囂白盤〉《三代》十七卷 15 葉、〈鑄未簠〉《錄遺》174 圖，皆為西周之器，而其嬴嬴二文，并從羸構字，可證西周已有驢父馬母之嬴。嬴冑俱非從肉，而《說文》列於〈肉部〉。猶之以從肉釋龍，皆為昧於字形之曲說說見能龍之下。自羸而孳乳為嬴、嬴、嬴、嬴及嬴，則皆假借構字也。

封

封，爵諸侯土也，从之土从寸，寸守其制度也，公侯百里，伯七十里，子男五十里。𡉚，古文封省。𡊜，籀文從丰。

案封於卜辭作 𡉚 𡊜，卣銘作 𡊜《三代》十二卷 41 葉，從土丰聲，與古文 𡉚 同體。〈伊簋〉作 𡊜，〈召白簋〉作 𡊜《三代》九卷 20 葉、21 葉，則為從又 𡉚 聲，以示象土樹埶，而以封殖為本義。引伸為象土之名，

與緘固之義。《左傳昭二年》云「封殖此樹」,〈九年〉云「后稷封殖天下」,此為封之本義。【注】封殖此樹,謂長養此樹也。〈昭二年〉云「宿敢不封殖此樹,以無忘〈角弓〉,遂賦〈甘棠〉」。杜預注「封,厚也,殖,長也。〈甘棠〉詩《召南》也」。《周禮大司徒》云「辨其邦國都鄙之數,制其畿疆而溝封之」,又云「制其畿方千里而封樹之」,〈小司徒〉云「凡建邦國,正其畿疆之封」,【注】畿疆,指王畿與九畿之疆界。鄭玄注「千里曰畿。疆,界也」。賈公彥疏「王畿內千里,中置王城,面有五百里,其邦國都鄙亦皆有疆界也」。〈封人〉云「為畿封而樹之,凡封國封其四疆,造都邑之封域亦如之」,《左傳襄三十年》云「田有封洫」,【注】封洫,區分田界之水溝。〈襄三十年〉云「田有封洫,廬井有伍」。杜預注「封,疆也。洫,溝也」。據此則古之畿甸、邦國,與夫畦畛,并以絫土為界。故有封疆見《周禮大司徒、形方氏》、《禮記月令》、《左傳成三年、八年、昭元年、定十年、哀十一年》、封略《左傳昭七年》、封畛《左傳定四年、哀十七年》、封界《管子小匡篇》、封內《左傳成二年》、《管子幼官篇》、封外《管子侈靡篇》,及四封之名《國語楚語上》、《管子大匡篇、中匡篇、霸言篇、戎篇、小問篇》。《周禮冢人》云「以爵等為丘封之度」,《管子形勢解》

云「雖有小封，不得為高」，〈地數篇〉云「苟山之見榮者，謹封為禁」，是皆叅土之義。《墨子備城門篇》云「封以守印」，《戰國策齊策四》云「服劍一封」，《史記秦始皇本紀》云「沛公遂入咸陽，封宮室府庫」，是皆緘固之義，并承封殖之義而引伸。良以叅土樹埶，所以固艸木之本，是以引伸而有緘固之義。凡建邦國，必定封域，以故爵諸侯亦曰封，乃承封疆之義而引伸。《說文》所載古文籀文并為從土丰聲，篆文之封則為從寸坒聲，而與彝銘同體。篆文之寺、專、專、封、射、尋，於卜辭彝銘皆為從又，可證篆文之從寸，俱為又之蛻變。《說文》未能諦辨古文與籀文之構體，因釋封為從坒土寸，是誤以諧聲為會意。《說文》以「守其制度」釋封，是猶以「法度」釋寺射，皆為據後世之變體，曲陳頗解致失初義者也。藉如其說，則篆文所從之坒，與《說文之部》之坒，構形相同，而音義迥異，是亦理遜明通者矣。

壎

壎，樂器也，以土為之，六孔，从土熏聲。

案壎於〈令塤〉三器,〈豹塤〉二器,〈令嗣樂塤〉六器,俱作𡎸𡎸《綴遺齋彝器款識》二十八卷,并從土員聲。員者圓之初文說見員下,從員諧聲,所以示器形之員,篆文作壎,熏乃員之假借,當為<u>晚周俗</u>體。猶勳之古文作勛見《說文力部》,亦以員熏同音,故相通作古音同屬𠁣攝牙音。【注】員音王權切,熏音許云切,同屬𠁣攝牙音,同屬《六書音韻表》十三部。塤字見《周禮小師、瞽矇、笙師》、《爾雅釋樂》、《管子輕重己篇》、《荀子樂論篇》、《呂覽仲夏紀》、《說苑修文篇》、《漢書禮樂志上》、《風俗通義》卷六所引《世本》,可證古文之塤,多見載籍,而為《說文》所遺。《白虎通禮樂篇》云「壎之為言熏也,陽氣於黃泉之下熏丞而萌」,《釋名釋樂器》云「塤,喧也,聲濁喧喧然也」,是皆曲為比合。《白虎通》據假借之文,而言字義,誕謬益甚,此固<u>漢</u>人音訓之通病也。

罪

𦊙,捕魚竹網,從网非,<u>秦</u>以罪為皋字。

案罪之從网,猶罷置罦罵之從网,罪之從非,猶陞之從非,乃示為非者以入灕网,而為皋之後起

字。西漢利氏墓出土篆文本《老子》，及《戰國策》、《伊凡九主》、《經法》，凡於辠字并作罪。篆文本《老子》乃嬴秦寫本說見大下，《戰國策》之類亦皆漢初傳錄，此為罪字與經傳同文，始見載籍，而與〈牧簋〉、〈盄盨〉，及〈詛楚文〉之辠〈牧簋〉見《薛氏款識》卷十四、〈盄盨〉見卷十五、〈詛楚文〉見《絳帖》，為一字之異構。【注】〈牧簋〉云「今嚮司匐氒辠」。〈盄盨〉云「又辠又故」。〈詛楚文〉云「以底楚王熊相之多辠」。所云「氒辠」、「又辠」、「多辠」，皆用辠字。〈詛楚文〉作於秦惠王時，而其辠字上同西周彝器，則知罪之構字，必在其後。《說文》辠下云「秦以辠似皇字改為罪」，而未言借罪為辠。然則罪為嬴秦所構，與辠義不殊。覈之字形，罪從网非會意，亦與辠義密合。審之秦漢寫本之罪，與〈詛楚文〉之辠，未逾百年，而先後異體。則知罪之構字，必在嬴政侈偁皇帝之後，專為辛辠而設，非有魚网之義。《說文》以「捕魚竹网」訓罪者，斯為許氏臆解。所以知者，鳥獸之網若罕、罬、罞、罠，鱗蟲之網若罾、罽、罛、罟，字并諧聲，而罪與罷詈俱為會意，無以示魚網之義。此覈之字形，而知罪非魚網者一也。考之書傳，辠罪音義不殊，

而無魚網之義。《玉篇》、《廣韻》并以皋罪同字，而無「捕魚竹网」之文，蓋以審知《說文》之非，故從芨薙。此徵之載籍，而知罪非魚网者二也。或以罪從非聲見段注本《說文》，冀以彌縫許闕。然而非聲之字無轉齒音者，而乃云然，是不顧聲類乖隔，而曲說形義者矣。

追

䢐，逐也，从辵自聲。

案追於卜辭作 𝄞𝄞，彝銘作 𢍿𢍿，從止自或辵自會意。自乃師之初文說見自下，師後有止，以示隨師前進，而以從敵為本義。卜辭云「己亥楚貞，三族王其令追召方，及于或」《京津》4387 片，「己亥貞令王族追召方于囗」《南北明氏》616 片，「戊午卜殻貞，雀追亘屮獲」《乙編》5303 片，「貞犬追亘屮及　犬追亘亡其及」《乙編》5311 片，「癸未卜方貞，甴皋往追羌」《前編》5.27.1 片，「囗今日皋勿往追羌」《南北師友》二卷 95 片，「癸丑卜貞，夻往追龍，從朱西及」《絜卜》590 片，「貞乎追寇及」《佚存》769 片，「王固曰吉，絲日追光」《乙編》2007 片，「貞追凡」《遺珠》566 片，〈不

鼙簋〉云「王令我羞追于西」《三代》九卷 48 葉,〈敔簋〉云「王令敔追御于上洛㶡谷」《博古圖》十六卷 36 葉,〈鼓驫簋〉云「王令東宮追曰六㠯之秊」《西清古鑑》二十七卷 ˉ葉,《春秋莊十八年》云「公追戎于濟西」,〈僖二十六年〉云「公追齊師至酀弗及」是皆偶從敵曰追,而為追之本義,引伸為懷遠、相送,與隨後、相及之義。《大雅》云「遹追來孝」〈文王有聲〉,《周頌》云「薄言追之」〈有客〉,【注】遹追,遵隨先代孝行。〈文王有聲〉云「匪棘其欲,遹追來孝」。鄭玄箋「乃述追王季勤孝之行,進其業也」。〈有客〉云「薄言追之,左右綏之」。意謂要餞送之,左右安撫之。《左傳》云「追念前勳」〈成十三年〉,又云「璽書追而與之」〈襄二十九年〉,又云「悔其可追」〈哀十六年〉,是皆追之引伸義。追逐之義,於卜辭畛畷互異說見逐下,引伸懷遠相送之義,亦不與逐義相通。惟自戰國以還,書傳或偶從敵為逐,故《說文》以追逐互訓,斯乃誤以引伸為本義。自追聲韻俱異自於古音屬衣攝心紐,追屬威攝端紐。,《說文》昧於自之音義,故亦誤以諧聲釋追也。

逐

，追也，从辵从豚省。

案逐於卜辭作🐗，鼎銘作𢔟《三代》三卷 18 葉，
簋銘作🐗《三代》六卷 3 葉，從止豕或辵豕會意，而以
從禽為本義。猶之追從辵𠂤，以示從敵，構字同意。
卜辭云「己未卜亘貞，逐豕獲」《前編》3.33.3 片，「辛
未卜亘貞，往逐豕獲」《甲編》3339 片，「貞乎逐豕獲」
《粹編》974 片，「貞我逐豕屮又」《粹編》948 片，「貞由
函逐豕獲」《後編下》22.6 片，「辛巳卜在其，今日王逐
累畢，允畢七累」《摭佚續》125 片，【注】畢與畢同，𤰔為
象形，𤰔為形聲字，畢義猶《國語齊語》「田狩畢弋」之畢，猶田
網也。田狩謂田獵，畢為田網，弋為射鳥之箭。畢弋謂打獵之活
動也。「乙巳卜出貞，逐六累畢」《後編上》30.10 片，「口
亥卜殷貞，其逐累獲」《遺珠》920 片，「貞翌辛巳王勿
往逐累，弗其獲」《通纂》XI 3 片，「甲午卜今日王逐累」
《甲編》620 片，「貞其逐累獲」《佚存》25 片，「丙申卜
爭貞，王其逐麋𦴧」《丙編》81 片，「戊戌卜貞，王往
逐麋獲」《林氏》2.15.1 片，「其逐沓麋，自西東北亡弋，
自東西北逐沓麋亡弋」《曾氏綴合》176 片，「貞叀麋逐」
《甲編》1970 片，「丁亥卜王，我叀卅鹿逐，允逐獲十，
一月，　我由七鹿逐七鹿，　癸酉卜王其逐鹿，

乙丑卜王逐鹿獲，不往，　丙戌卜王，我其逐鹿獲，允獲十」《郭氏綴合》116片，「丁未王卜其逐在蚰鹿獲，允獲七，二月」《乙編》3214片，「壬寅王卜其逐在萬鹿獲，允獲五」《乙編》3208片，「辛卯卜王叀慮鹿逐亡𢦔」《佚存》904片，「丙辰卜㱿，王其逐鹿獲」《乙編》3334片，「庚申卜㱿貞，乎逐鹿」《乙編》7492片，「貞乎逐在𧊒鹿獲」《乙編》3431片，「乎子亦逐鹿獲」《後編下》19.14片，「乎多馬逐鹿獲」《丙編》76片，「勿乎多子逐鹿」《乙編》3083片，「戊子卜方貞，王逐𪓔于止亡巛，㞢日往王逐𪓔于止，允亡巛，獲𪓔八」《續存下》166片，「癸未卜貞，翌戊子王往逐畾」《佚存》389片，《周易睽》云「喪馬勿逐」，《孟子》云「有眾逐虎」〈盡心下〉，是皆逐之本義。《左傳》云「逐寇如追逃」〈文七年〉，《孟子》云「如追放豚」〈盡心下〉，則以追逐疊見，而偁從禽為追，斯乃引伸之義。然其初義，考之卜辭，則偁從敵曰追，偁從禽曰逐，辭皆多見，無一相溷。逮乎春秋經文，猶以追為從敵之名說見追下，自戰國以還，則以追逐互易。《說文》承之，故以二字互訓，悖其初義矣。二徐本《說文》并云「逐从豚省」，《一切經音義》十三引《說文》

云「从辵豕聲」，或改為「豕省聲」段注本《說文》，是皆失之形義。豕聲豕聲並於韻部相乖逐於古音屬幽攝，豕屬衣攝，豕屬謳攝。，而臆改為「豕省聲」者，謬戾益甚。良以豕為系蹏說見豕下，獸加系蹏，則無竢馳逐，而乃云然，是不識字義之妄言也。

繭

繭，蠶衣也，从糸从虫芇省。𦃃，古文繭从糸見。

案彝器有〈水芇甗〉《三代》五卷 1 葉，乃<u>靈方繭氏</u>之器，<u>衛邑有繭氏</u>見《呂覽首時篇》，當卽繭族居地，故以為名。芇從絲芇會意，芇為幔之古文說見芇下，所以示縈絲如幔，亦猶裹之從衣，并以比擬構字。《禮記王制》云「祭天地之牛角繭栗」，謂初生之角如繭如栗。《戰國策趙策一》云「足重繭」，〈宋策〉云「百舍重繭」，謂其皮起如繭，皆以比擬為名。孳乳為𦙾見《玉篇皮部》，乃據比擬而構字。篆文作薫，與小束之薫，所從幵聲，則為繭之假借構字。縊女之吐絲自縛，亦如蠶之吐絲成繭，故孳乳為蜆，乃據引伸而構字。【注】《爾雅釋蟲》云「蜆，縊女」。<u>郭璞</u>注「蜆，小黑蟲赤頭，喜自經死，故曰縊女」。<u>孫炎</u>引《異苑》云「蜆吐絲自裹，

望如披蓑，形似自懸」。繅女自縛，因以為名。為避與繭形相
捱，故假見而作蜆也。篆文之繭，從糸虫芇與彝銘
同意。唐張參《五經文字》云「繭从虫从芇」，玄應
《一切經音義》卷十七引《蒼頡解詁》云「繭從絲
從虫芇聲」，慧林《一切經音義》三十一引《說文》
云「繭從絲從虫芇聲」，與彝銘及篆體相合，當為許
氏原文。惟云「繭從芇聲」，則失之聲類相乖_{繭於古}
_{音屬見紐，芇屬明紐}。徐鉉本《說文》云「繭從虫黹
省」，徐鍇《繫傳》作「從虫黹省」，皆於形義不符，
必為後人竄易也。

堂

堂，殿也，從土尚聲。㙶，古文堂。臺，籀文堂從
　　高省。

　　案堂於卜辭作𩫖𩫖，於〈克鼎〉作𩫖，〈師㷉
簋〉作𩫖，從京言聲，京者宮闕之門觀_{說見京下}，言
者宗廟之大室_{說見言下}，從京言聲，以示宮闕之內，
屋如大室。自堂而音轉為殿，則為秦漢之名_{說見殿下}。
𩫖於彝銘有二義，其一為訓主之當。〈克鼎〉《三代》
四卷 41 葉，〈師兌簋〉《三代》九卷 30 葉，〈師㷉簋〉《三

代》九卷 35 葉，并云「今余隹䇫䛒乃令」，䇫䛒讀如縄當，義謂余增益前令，主命於汝也。䛒之第二義則為姓氏，彝器有〈子兼鼎〉《三代》二卷 11 葉，乃子姓䛒氏之器。篆文之鄭即䛒之後起字，春秋時齊吳俱有棠邑見《左傳隱五年、襄六年、襄十四年》，【注】〈隱五年〉云「公矢魚于棠」。棠為春秋魯邑。楊伯峻注「棠，地名，今山東魚臺新縣治西南有觀魚臺址云」。〈襄六年〉云「乙未王湫帥師及正輿子、棠人軍齊師，齊師大敗之」。楊伯峻注「棠，萊國之邑，疑在今山東平度縣東南」。則棠為齊地。〈襄十四年〉云「秋，楚子為庸浦之役故，子囊師於棠，以伐吳」。楊伯峻注「棠，今江蘇六合縣稍西而北二十五里」。則此棠為吳地。是則古之䛒氏，其受氏之邑，未可塙知也。言尚古音同部，故自䛒而蛻變為堂。《說文》載籀文臺，上體之合當為言之省體，堂從尚聲，乃向所孳乳，向言同音古音同屬央攝曉紐，故知堂之古文作䛒者，乃從京言聲。此龤之聲音，與籀文之構體，及彝銘之文義，因知䛒為堂之古文，斷無可疑。尚者掌之初文說見尚下，篆文從尚聲作堂，無以示堂殿之義，斯乃䛒所孳乳之假借構字。《說文》云「籀文堂从高省」，《繫傳》云「籀文堂从尚京省聲」，是皆未識籀文乃從堂言聲也。

殿

殿，擊聲也，从殳屍聲。

案屍在身後，引伸為後下之義，孳乳為黜，以示滓垢在下，孳乳為殿，以示軍役之後，其構字同意，是殿以軍後為本義。《左傳》云「鬬班、王孫游、王孫喜殿」〈莊二十八年〉，【注】杜預注「三子在後為反禦也」。竹添光鴻箋曰「軍行在後曰殿，取其鎮重之義」。又云「孔嬰齊殿」〈閔二年〉，又云「殿其卒而退」〈宣十二年〉，又云「子囊殿」〈襄十四年〉，又云「晉人寘諸戎車之殿」〈襄二十六年〉，又云「陽越殿」〈定八年〉，又云「侯犯殿」〈定十年〉，又云「滑羅殿」〈定十二年〉，又云「姚般、公孫林殿而射」〈哀二年〉，又云「褚師子肥殿」〈哀八年〉，是皆殿之本義。音轉為斷，《蜀志魏延傳》所云「斷後」，亦即殿後也。【注】〈魏延傳〉云「秋，亮病困，密與長史楊儀、司馬費禕、護軍姜維等作身後退軍節度，令魏延斷後，姜維次之」。《史記始皇本紀》云「殿屋複道，周閣相屬」，【注】複道謂樓閣間架天橋；周閣謂回環長廊。「殿屋複道周閣相屬」者，義謂殿屋之間有天橋與長廊互相連接也。又云「作甘泉前殿」，又云「先作前殿阿房」，此為宮殿之名始見載籍者，乃堂之雙聲假借堂殿同屬定紐。

孳乳為墅見《玉篇土部》，則與堂為雙聲轉注。蓋自<u>嬴</u><u>秦</u>以降，侕宮禁之大室曰殿，侕官府與民舍之大室曰堂。然於<u>西漢</u>之時甲第與相府尚有殿名見《漢書霍光傳、黃霸傳》，【注】〈霍光傳〉云「鴞數鳴殿前樹上」。<u>顏師古</u>注「古者屋室高大，則通呼為殿耳，非止天子宮中」。〈黃霸傳〉云「及舉孝子弟弟貞婦者為一輩，先上殿」。<u>顏師古</u>注「丞相所坐屋也。古者屋之高嚴，通呼為殿，不必宮中也」。可徵堂殿非有二義。<u>漢</u>碑數見墅字見《隸釋》所載〈修堯廟碑〉、〈成陽靈臺碑〉、〈周公禮殿記〉、〈西嶽華山廟碑〉，則知<u>後漢</u>之時，已岐堂殿為二名，以是而有墅之孳乳。《說文》訓殿為擊聲，於載籍無徵，蓋據榜擊之籤以釋殿。猶之據分兆之義而釋八，皆為據所孳乳之字以釋初文說見八下。而未知籤非承殿義而孳乳，是以悖其本義也。

旁

𣃟，溥也，从二闕，方聲。𣃟，古文旁，𠂤，亦古文旁，𠕁，籀文。

案旁於卜辭作𤕦𤕦𤕦𤕦，彝銘作𣃟𣃟，從凵方聲。【注】案旁於彝銘有姓氏之義，如〈旁鼎〉云「<u>旁</u>戉乍尊諆」

《三代》二卷 52 業。此器銘文倒亂；殷，肇之省體，依彝銘文例，諆字當在肇字之上或下，而曰「旁肇諆乍尊」者，諆於它器或作其，諆為語詞，肇義即《爾雅釋言》「肇，勉也」。義謂旁氏於是勗勉作其尊也。日者槃之象形，即篆文之凡，借為取括之義，旁從日方者，以示溥及萬方。文作旁者，乃其省體，猶之從日之同，於卜辭或省作日《甲編》3916片，俱非從遠界之冂也。篆文譌易，故《說文》釋為「从二」，則失之形義未符。《說文》載旁之籀文作雱，於〈气部〉載氛之或體作雱，皆誤以同音之字為一文。考《邶風北風》云「雨雪其雱」，又云「雨雪其霏」，《小雅采薇》云「雨雪霏霏」，〈信南山〉云「雨雪雰雰」，〈角弓〉云「雨雪瀌瀌」，又云「雨雪浮浮」，是皆以脣音之雱、霏、雰、瀌為狀雨雪紛雱，因知雱雰皆以雨雪紛雱為本義。惟以旁雱氛雰同音，而許氏誤為一字。是猶〈示部〉之祀禩、〈艸部〉之莊牂、斬斯、〈辵部〉之遲遟、〈彳部〉之御馭、〈攴部〉之徹徹、〈竹部〉之籀籔、〈工部〉之工亞、〈豐部〉之豐豐、〈食部〉之飪恁、〈矢部〉之矣医、〈木部〉之梅楳、〈放部〉之游遊、〈夕部〉之夙佰、〈巳部〉之圅肣、〈宀部〉之宛惌、宄宄、〈人部〉

之保俕、〈壬部〉之朢皇、〈方部〉之方汸、〈髟部〉之鬣獵、〈而部〉之耏耐、〈犬部〉之獘獒、〈水部〉之泰夳、〈手部〉之撻虐、〈乁部〉之也廿、〈它部〉之它蛇、〈土部〉之圭珪、〈辛部〉之辭嗣、〈酉部〉之酉丣，各有本義，而許氏俱以同音之故，誤為一字。若〈仌部〉之冰凝、〈雨部〉之震靁、〈糸部〉之續賡，音義互殊。《說文》乃以凝為冰之俗字，以靁為震之籒文，以賡為續之古文，其失益甚。

庚

庚，春饗所射侯也，从人从厂象張布，矢在其下。

庚，古文庚。

案庚於卜辭作 [圖] [圖]，彝銘作 [圖] [圖]，并象張布受矢，於文為從矢之合體象形。庚伯之字於彝銘并作厌，唯〈秦權〉、〈秦量〉，所云「諸庚」，始見與篆文同體 見容庚《秦金文錄》，乃從人厌聲。蓋厌之孳乳為庚，亦猶公白子之孳乳為仚伯仔，皆為東周所構，俱以示別於本義，而為封爵之專字，故卜辭與殷周彝器無仚庚伯仔四文。《說文》別公仚白伯與子仔各為二字，其說是也。唯不以仚伯仔為爵名，而以庚

厌俱為射厌，則乖於字義矣。葢射厌之見於《齊風猗嗟》、《小雅賓之初筵》、《周禮夏官射人》、《儀禮鄉射禮、大射禮》，字并作侯，與經傳侯伯之字同體，故《說文》誤以矦厌為一文。【注】射侯謂用箭射靶也。〈猗嗟〉云「終日射侯，不出正兮」。〈賓之初筵〉云「大侯既抗，弓矢斯張。射夫既同，獻爾發功」。亦猶誤以旁雱為一文，是皆未能審辨形義說見旁下。《禮記射義》云「天子之大射謂之射侯，射侯者射為諸侯也，射中則得為諸侯，射不中則不得為諸侯」。斯乃晚周謬說，未可據釋字義也。

医 殹

医，盛弓弩矢器也，從匸矢，矢亦聲，春秋《國語》曰「兵不解医」。

殹，擊中聲也，从殳医聲。

　　案医於卜辭作《前編》2.23.1片，《天壤》96片，從匸矢會意。殹於〈格白簋〉作《三代》九卷16葉，從殳医聲，以示翳臧兵器，非僅臧矢。《說文》別医殹為二字，而釋医從矢聲，則失之聲韻乖隔矢於古音屬透紐，医為影紐。。以「擊中聲」釋殹，是亦昧於形

義，且於載籍無徵，乃許氏之臆說也。【注】案解医，今本作解翳；《國語齊語》云「諸侯甲不解纍，兵不解翳」。韋昭注「纍所以盛甲也，翳所以蔽兵也」。意謂不解開臧甲之纍，不解開臧兵之翳也。

𨉖（射）

，弓弩發於身而中於遠也。从矢从身。，篆文𨉖从寸，寸法度也，亦手也。

案𨉖於卜辭作，彝銘作或，文作者乃從弓矢會意，與篆文之弡同體。文作者乃從又聲，以示張弓發矢，與寅之從臼矢會意同例說見寅下。此徵之字形，而知寅𨉖俱以發矢為本義。覈之聲類，寅𨉖乃雙聲轉注之字二字古音同屬定紐，而皆見於卜辭。是猶稻之與稌、帛之與幣、舟之與艅、霝之與零，俱為雙聲轉注之字，【注】稻稌同屬定紐，帛幣同屬幫紐，舟艅古音同屬定紐，霝零同屬來紐。而皆見於卜辭也。篆文之射所從之身為之譌易，所從之寸為又之變體。《說文》乃以「弓弩發於身」釋之，是據譌文而曲說形義者矣。

夷

夷，平也，从大从弓，東方之人也。

　　案夷於〈柳鼎〉作夷《錄遺》98圖，〈守簋〉作夷《三代》八卷48圖，卜辭有方名之陳𩰔，乃從𠂤夷聲。此證之彝銘及卜辭之陳，而知夷乃從弓矢聲，隸定為夷，以示注矢於弦，而以平正為本義。良以控弦發矢，弓矢皆須平正，矢居兩弨之中，亦必平正無偏，始克中微及遠，故以矢加於弦，而示平正之義。夷矢古為同音同屬衣攝舌音，故從矢聲之雉，于卜辭或從夷聲作雉《後編下》6.4片，可證夷從矢聲。《小雅出車》云「玁狁于夷」，《大雅桑柔》云「亂生不夷」，《左傳》云「塞井夷竈」〈成十六年〉，【注】〈成十六年〉云「塞井夷竈」，袁少谷注林釋「軍屯必鑿井結竈以自給，今為楚壓，晉軍戰地迫狹，故自塞其井，自平其竈，以為戰地」。《莊子》云「丘夷而淵實」〈胠篋篇〉，《韓非子》云「準夷而高科削」〈有度篇〉，又云「椎鍛者所以平不夷也」〈外儲說右〉，義皆為平，斯為夷之本義。若夫四夷之字，彝銘并作尸，云東尸者見〈宗周鐘〉《三代》一卷65葉、〈夐鼎〉《三代》四卷18葉、〈小臣謎簋〉《三代》九卷11葉，云南尸者見〈無㠱簋〉《三代》九卷1葉、〈競卣〉《三

代》十三卷 44 葉，**云淮尸者見〈師寰簋〉《三代》九卷 28**
葉、〈曾白簠〉《三代》十卷 26 葉，云南淮尸者見〈虢仲
盨〉《三代》十卷 37 葉、〈翏生盨〉《三代》十卷 44 葉、〈兮
甲盤〉《三代》十七卷 20 葉，凡此諸尸與經傳之夷，胥
為假借之義。古文矢大形近，故《說文》誤為從大，
而以「東方之人」釋之，是誤以諧聲為會意，誤以
假借為本義。猶之《說文》釋貉狄蠻閩為種族之名，
亦皆誤以假借為本義也說見貉狄蠻閩之下。《說文》復
從詩傳釋夷為平者，乃兼存故訓，非能審知二義之
然否也。

局

局，促也，从口在尺下復局之。一曰博所以基，象
　　形。

　　案局於古璽作見<u>丁佛言</u>《說文古籀補補》，從厂句
聲，而以屋卑陋為本義。句為帶鉤說見句下，引伸為
句曲與短小之義。承句曲之義而孳乳為跔、筍、翑、
朐，及痀、軥諸字，承短小之義，而孳乳為小馬之
駒，及小犬之狗。故局從句聲，以示卑陋，亦承引
伸之義而孳乳。從厂猶扉之從厂，所以示屋室。篆

文之局從尸者，亦猶屝、屋、層、屝之從尸，皆為厂之變體。良以石之古文其形似厂，故於從厂之字變體為尸說見厂下，此所以局於古璽從厂，而於篆文從尸也。《管子白心篇》云「大者寬，小者局」，乃以局寬相對而言，是即局之本義。《小雅正月》云「不敢不局」，〈采綠〉云「予髮曲局」，斯乃假為卷曲之義。《左傳》云「離局姦也」〈成十六年〉，【注】〈成十六年〉云「失官，慢也；離局，姦也」。杜預注「去將而御失官也。遠其部曲為離局」。袁少谷注「失官不敬，故曰慢；離局是為失律矣，故其為姦罪甚大」。《禮記》云「左右有局」〈曲禮上〉，斯乃假為部曲與區分之義。《方言》卷五云「所以行棊謂之局」，則又假局為椇局曲區椇古音同屬謳攝牙音，局卷同屬羣紐。，蓋以行棊之器，形同舉食之椇，故以為名。《說文》於局之形義，并箸二說，而無一近是，乃以本義匙徵，以是臆度而無一幸合也。

雊

雊，雄雉鳴也，雷始動，雉乃鳴而句其頸，从隹句句亦聲。

　　案雄雉之鳴曰雊者，乃以句肖其聲，是猶雌雉

鳴曰鷹，亦以唯肖其聲也。它若鳥鳴曰喈或嚶，雞聲曰喔或呃，虎聲曰䶏唬，豕息曰豷、豯，豕驚曰豞，鹿鳴曰呦，犬聲曰猩、狠、狋，犬鬥聲曰狠或猶，呼雞聲曰咮，使犬聲曰嗾，鼓聲曰鼚、鼟、鼛、鼞，金聲曰鏗、鎗、錚、鏖，戶樞聲曰官，新衣聲曰裴，伐木聲曰所，竹聲曰劖，風聲曰颯，石聲曰砳、礔，車聲曰轄、轔，穫禾聲曰挃，車鑾聲曰鉌，玉聲曰玲、瑲、玎、琤，水聲曰活、潕、潏、淪，雨聲曰霣，門聲曰閭，屋響曰宏，弓聲曰弘，吹聲曰嘯，語聲曰嘼，若斯之比，并如雛鷹之例，而以所從之聲肖其聲。且夫物之大聲而鳴者，必伸其頸，雄雉應雷而鳴，其聲宏亮，益非曲頸所能，許氏乃以「句其頸」釋雛，是乖於字義，而遠於物性矣。或曰「雛疑从叫不从句，叫訓嘑，故為雄雉鳴，正與鷹為雌雉鳴同意。嘑者發聲，唯者應聲，發聲為雄鳴，應聲為雌鳴，故雛從叫而鷹從唯」于邑《說文職墨》，是亦曲解聲義，罔通字例之謬說也。夫雄雉因雷而雛，乃物理之恆，或有聲震如雷，而雉亦驚雛者。《漢書郊祀志下》云「音聲砰隱，野雞皆雛」，〈五行志上〉云「成帝鴻嘉三年，天水冀南山大石

鳴聲如雷，平襄二百四十里塾雞皆鳴」。《晉書五行志下》云「永和十年，地震聲如雷，雞雊皆鳴呴」。

【注】呴音巜ㄡ丶、gou丶，雞鳴聲，通雊。見《集韻》。《姚泓載記》云「天水冀縣石鼓鳴，聲聞數百里，野雉皆雊」。《魏書靈徵志上》云「太和三年，地震聲如雷，野雉皆雊」。《舊唐書中宗本紀》云「景龍二年二月癸未夜天保星墜，有聲如雷，野雉皆雊」。《淮南子要略篇》云「齊景公族鑄大鐘，撞之庭下，郊雉皆呴」。可證雄雉之雊，非必如〈月令〉所謂「雷乃發聲」之時。【注】《禮記月令》云「仲春之月，是月也，日夜分，雷乃發聲，始電，蟄蟲咸動，啟戶始出」。鄭玄注「發，猶出也」。然必有聲如雷，始見其鳴遽猝，其聲高吭。若夫非雷而雊，則其鳴非頻數，聲亦低沈，與夫應雷之鳴，聲固縣越。《大戴禮夏小正》云「雉震呴震者鳴也，呴者鼓其翼也，正月必雷，雷不必聞，惟雉必聞之」。又蔡邕《月令章句》云「雷在地中，雉性精剛，故獨知之，應而鳴也」。信如其說，是雷未發聲，雄雉如應，斯則乖於物性之妄言也。許氏云「雷始動雉鳴而句其頸」，乃謂雷聲初動，而雉應之，律以實情，亦與〈夏小正〉及蔡邕之謬說相鄰也。

韇

韇，弓矢韇也，从革賣聲。

案韇於鼎銘作▨《續殷文存上》6 葉，〈父丁簋〉作▨《續殷文存上》38 葉，爵銘作▨《雙劍誃圖錄上》31 葉，觚銘作▨《柯爾銅器集》13 圖，從宁矢聲，以示盛矢於宁。考貯於卜辭作▨，匱於鼎銘作▨《鄴羽三集上》5 葉，俱象臧貝酒於貯中。而韇之古文不象臧矢於宁者，乃以示別於箙之古文於卜辭作▨、於〈父庚鼎〉作▨《三代》二卷 26 葉。若觚銘之▨《三代》十四卷 17 葉，則為古文韇之或體，固與箙之古文其形相亂，此所以蛻變為▨或▨。置矢於宁外，而仍示盛矢之器，亦猶篆文之貯，置貝於宁外，而仍示臧貝之義也。彝銘▨▨諸文，皆構形古樸，而又諧聲兼義，其為殷器憭無可疑。矢賣同為舌音<small>矢於古音屬透紐，賣屬定紐。</small>，故自▨而孳乳為韇。亦猶從酉聲之▨，孳乳為匱，皆為姬周所構之雙聲轉注字。凡音轉之字，率為聲不示義，是以韇從賣聲，無以示矢之義也。《後漢書南匈奴傳》云「班彪立檺草曰今齎雜繒五百匹，弓鞬韇丸一」，李賢注引《方言》云「藏弓為鞬，藏箭為韇丸」，《廣雅釋器》云「鞬，弓藏也，韇炈，矢

藏也」，是《廣雅》與《方言》之說合。班彪〈草詔〉以弓韔、韇丸分別言之，亦謂韔以藏弓，韇以藏矢。《儀禮士冠禮》云「筮人執筴抽上韇」，【注】筮人，古官名，掌占卜之官。《儀禮特牲饋食禮》云「筮人取筮于西塾，執之，東面受命于主人」。鄭玄注「筮人，官名也。筮，問也。」乃以盛筮策之器，形似矢韇，故亦名韇。據此則韇為盛矢之器，《儀禮》與漢魏之說，固為古義相承，密合彝銘之韇從矢之義。今本《方言》卷九云「所以藏弓謂之鞬，或謂之韇丸」，則以鞬韇為一物之異名，蓋為後人竄易。《儀禮》鄭注云「今時藏弓矢者韇丸」，是漢人又以韇兼藏弓，義與《說文》相合。《說文》云「鞬，所以戢弓矢」，《釋名釋兵》云「馬上曰鞬，鞬建也，弓矢並建立其中」，《玉篇》則於鞬韇并云「藏矢」。是皆未知鞬承弓義而孳乳弓建同屬見紐，韇承矢義而孳乳，是以謬其初義也。

櫝匵

櫝，匵也，從木賣聲，一曰木名，又曰大梡也。

匵，匵也，从匸賣聲。

案櫝於鼎銘作𣐈《鄦羽三集上》5 葉，從宁酉聲，

以示臧西於宁，而以酒匵為本義，引伸為凡函匣之名。《論語》云「有美玉如斯，韞匵而藏諸」〈子罕篇〉，【注】〈子罕篇〉云「有美玉如斯，韞匵而藏諸」。韞匵，收藏於櫝中也。又云「龜玉毀於櫝中」〈季氏篇〉，【注】龜玉，蓋謂占卜之龜版與寶玉也，乃國家之重器。《左傳》之「玉櫝」〈昭七年〉，《國語》之「金櫝」〈魯語下〉，【注】玉櫝，玉匣也。〈昭七年〉云「燕人歸燕姬，賂以瑤甕、玉櫝、斝耳，不克而還」。〈魯語下〉金櫝，以金繩綑束之木櫝。〈魯語下〉云「使求，得之金櫝，如之」。韋昭注「櫝，匵也；金，以金帶其外也」。《禮記》之「劍櫝」〈少儀〉，《韓非子》所云「薰桂椒之櫝」〈外儲說左上〉，是皆櫝之引伸義。《左傳昭二十九年》云「衛侯來獻其乘馬，暬而死，公將為之櫝」，〈詛楚文〉云「寘諸冥室櫝棺之中」《石索》卷一，則偁臧屍者為櫝，斯為櫝之比擬義。鼎銘之匵乃為殷器，自酒匵之匵而孳乳為櫝，自藏屍之櫝而孳乳為槥，并為後起雙聲轉注之字酒賣為喻紐，彗屬邪紐，古音并歸定紐。，賣彗唯以識音，故其初義亦晦。槥字始見《漢書高祖紀》，蓋為晚周孳乳，故不見先秦載籍。櫝或作匵，猶鹽或作櫺見《說文匚部》，皆一字之異體。《說文》訓櫝亦為木名，而於先秦、漢、晉無徵，

蓋為<u>許氏</u>望文生義之臆說。《玉篇木部》云「櫝，匱也，木名，又小棺」。觀乎櫝之轉注為櫃，則知「小棺」之義乃<u>許氏</u>原文，而為《玉篇》所本。<u>徐鉉</u>本《說文》作「大梡」，《說文繫傳》作「木枕」者，皆小棺之誤也。

桊

桊，牛鼻環也，從木季聲。

　　案桊於卜辭作 （字形）《佚存》910片，從自叀聲，示穿牛鼻。叀者丞絲縷之紡專說見叀下，晕以系紖，亦若叀之系絲，取其形似，故從叀聲，而以比擬構字。叀桊古音同部同屬安攝，【注】叀，職緣切ㄓㄨㄢ、zhuan，桊，俱劵切ㄐㄩㄢ、juan。叀桊古音同屬安攝。故自晕而孳乳為桊，則為音變之轉注字。從木季聲，無以示穿鼻系紖之義，斯乃假借構字，而為轉注之通則也。

誅

誅，討也，从言朱聲。

　　案誅以譴責為本義，《論語》云「於子與何誅」〈公冶長篇〉，《左傳》云「誅求無時」〈襄三十一年〉，《禮

記》云「以足蹙路馬芻有誅，齒路馬有誅」〈曲禮上〉，

【注】路馬，古代人君之車曰路車。指為君主駕車之馬曰路馬。

鄭玄注「路馬，君之馬」。孔穎達疏「芻，食馬草也，若以足蹴踏之者，則有責罰也；若論量君馬歲數，亦為不敬，亦被責罰」。又云「振書端書於君前有誅，倒筴側龜於君前有誅」〈曲禮下〉，以及《周禮》之「誅賞」見〈天官大宰、宮伯、酒正〉、〈地官小司徒、鄉師、遂大夫、縣正、鄙師〉、〈夏官槀人、方士〉、「誅罰」見〈地官胥師、川衡〉，是皆誅之本義，而與謫為轉注誅謫古音同屬端紐。【注】誅賞謂責罰與獎賞也。〈天官大宰〉云「三歲，則大計羣吏之治而誅賞之」。誅罰謂責罰或懲治。〈地官川衡〉云「川衡掌巡川澤之禁令，而平其守，以時舍其守，犯禁者執而誅罰之」。《說文》以討訓之，義未切合。《左傳》云「見無禮於其君者誅之，如鷹鸇之逐鳥雀也」〈文十八年〉，《管子》云「誅殺當其罪，賞賜當其功」〈形勢篇〉，又云「以法誅罪，則民就死而無怨」〈明法解〉，《孟子》云「聞誅一夫紂矣，未聞弒君也」，又云「誅其君而弔其民」〈梁惠王下〉，【注】弔其民謂慰問受害之人民也。《荀子》云「周公以弟誅兄，而非暴也」〈儒效篇〉，又云「武王伐商，誅紂而斷其首」〈正論篇〉，此皆以誅為刑殺，而為假借之義。卜辭有

絑字《甲編》3575 片，從刀朱聲，則為刑殺之本字。是猶履烏之本字，於〈白晨鼎〉作□《三代》四卷 36 葉，皆為本字逸傳，而假它文為之說見烏下，《釋名釋喪制》云「罪及餘人曰誅，誅株也，如株木根，枝葉盡落也」，是未知訓殺之誅，承斷義而孳乳，木根之株承耑義而孳乳斷耑與朱古音同屬端紐，二字音義邈不相聯，乃據株義而釋誅，且以族滅訓之，妄謬之甚矣。

斀

斀，去陰之荆也，從攴蜀聲，《周書》曰「刖劓斀黥」。

案斀於卜辭作□□或□《後編下》15.7 片、24.9 片、《前編》4.38.7 片，隸定為刟，從刀它聲。它象男陰說見它下，從刀以示斷割，猶之卜辭之□《鐵雲》250.1 片，篆文之刵，從自耳為聲，以示刐鼻斷耳，構字同意。它蜀同為舌音它於古音屬透紐，蜀屬定紐，故自刟孳乳為斀，乃雙聲轉注之字。猶刟之孳乳為劅，皆為後起之假借構字也。自劅同音，可證刟之孳乳為劅，固非音轉構字，則必與刟相去不遠。是以刟

字見於西周之〈辛鼎〉《周金文存》二卷 40 葉，非若刏之孳乳為劃，韻部乖遠。從刀之刏而於劃從攴者，是猶解於卜辭從臼作𦥑《後編下》21.5 片，廢於篆文或從刀作劇，乃以解割須手，故字或從攴與臼也。《尚書呂刑》云「爰始淫為劓刵椓黥」，【注】劓即刖鼻，刵即截耳，椓，《說文》引作劅，劅為宮刑，黥謂墨刑。《大雅召旻》云「昏椓靡共」，則為假椓為劅劅椓古音同屬謳攝端紐。《尚書正義》引<u>鄭玄</u>云「椓謂椓破陰」，乃據椓擊為訓，失其義矣。

短

𥅍，有所長短已矢為正，从矢豆聲。

案<u>慧琳</u>《一切經音義》卷十六、卷四十五、卷八十，并引《說文》云「短，不長也」。據此則古本《說文》於短篆之下有「不長也」三字，是<u>許氏</u>所釋短之本義。其云「有所長短已矢為正」者，乃釋從矢之義也，今本《說文》挩「不長也」三字，則文義不完矣。短所從之矢，蓋大之形誤，豆乃脰之初文，而以脰短為本義。【注】脰謂頸項也。《說文肉部》云「脰，項也，从肉豆聲」。是猶長之古文象人被髮，而

以長為本義。蓋人身自頂至踵，莫長於髮，莫短於朐，故以髮示其長，以朐示其短。玫之古文，長從人，規從夫，短從大，可徵長短規矩胥出於人，此所以構字，從人或從夫與大說見長規矩之下，良以物之長短，本無定制，故皆近取人身，則其示義昭顯，此先民構字之精詣也。大矢古文形近，故從大兮會意之知，從大己聲之矣，而《說文》俱釋為從矢。從矢弓會意之夷，而《說文》則誤釋為從大，此皆大矢形近，致相淆殽之證說見知矣夷之下。然則《說文》釋短從矢，亦猶釋知矣從矢。皆為誤以大為矢也。通考從矢之字，無一為度量之名，則不長之短，不宜從矢見義。且也矢為及遠之兵，笴長三尺見《儀禮鄉射禮注》，亦與短義不符。【注】笴音《ㄜ∨、ge∨，箭桿，見《集韻》。《儀禮鄉射禮》云「阼階下之東南，堂前三笴，西面北上坐」。鄭玄注「笴，矢幹也」。若夫《禮記投壺》云「壺去席二矢半」，《儀禮鄉射禮》云「物長如笴」，又云「福長如笴」，又云「楚扑長如笴」，則以〈投壺〉及〈鄉射〉皆資於矢為度。是猶室中設几，堂上設筵，故度室以几，度堂以筵見《周禮考工記匠人》。亦猶城為版築，故度城以版見《戰國策趙策》、《韓非子難三篇》，

非以矢、几、筵、版為一切度量之名也。短豆古音乖隔短屬安攝，豆屬謳攝。，《說文》釋為「短从豆聲」，是亦誤以會意為諧聲矣，知短之從豆非謂禮器之名，短之從大非取人之就食者，則以卽於卜辭作𤔩，卿於卜辭作𤔩，字并從卩，以示坐而進食。而大象人之直立，其非就食，昭朗無疑。以是從大與從立之字，俱無飲食之義。此所知短之構字，非以人之就食，而示體短於立也。

麐

麐，大麋也，狗足，从鹿旨聲。𪊽或从几。

案麐於卜辭作𪊽《前編》6.46.5 片，從莧矢聲，亦猶雉麑之從矢聲，皆以示為野禽之義。麐與麠麢形俱似鹿，故篆文從鹿。惟麠麢無角，麐之牡者雖有短角，而不岐出，亦與鹿形迥異，此蓋卜辭所以取其形似細角之莧，而從莧構字也。卜辭之旨或從矢聲作𪊽《佚存》436 片，可證矢旨同音，是以篆文蛻變為麐，其從几聲作麂者，則聲有乖隔矢旨同屬衣攝舌音，几屬衣攝見紐。，【注】矢音式視切，屬衣攝審紐；旨音職雉切，屬衣攝照紐；几音居履切，屬衣攝見紐；是聲有乖隔也。又必麐

所孳乳之後起字也。《山海經中山經》云「女几之山其獸多閭麋麢麖」，又云「暴山其獸多麋鹿麈就」，此為麈之始見載籍者。又《山海經南山經》云「招搖之山麗麈之水出焉」，則以麈為水名，可徵麈之為名，由來已古。《爾雅釋獸》云「麈，大麕旄毛狗足」，此為《說文》訓麈之所本。然案麈麕皆為耦蹏，異於狗之鉤爪，葢古籍記鳥獸形色，多與實物不符，《說文》徒傳謬說，是亦失之勿考耳。

曑（參）

曑，商星也，从晶㐱聲。

案曑於〈父乙盉〉作曑《三代》十四卷 6 葉，〈毛公鼎〉作曑《三代》四卷 48 葉，曑從晶人會意，曑與篆文并從晶㐱會意，㐱從人聲，故亦從人作曑。晶者星之初文說見晶下，人㐱并讀如珍，乃以曑主斬刈殺伐見《史記天官書》、《晉書天文志》，故以從珍而示滅絕之義。《尚書堯典》云「朕聖讒說殄行」，〈皋陶謨〉云「用殄厥世」，〈盤庚〉云「我乃劓殄滅之無遺育」，是殄字多見上世。【注】讒說，讒言也，〈堯典〉云「朕聖讒說殄行，震驚朕師」。孔穎達疏「我憎疾人為讒佞之說，絕君子之

行而動驚我眾人」。〈皋陶謨〉云「罔水行舟，朋淫于家，用殄厥世」。用，因也；世，嗣也。孫星衍謂「丹朱非有治水之役，惟好慢游，因此絕其嗣」。〈盤庚中〉云「我乃劓殄滅之無遺育」。劓，割截也。殄滅，謂滅絕也。育，生也；無遺育，不留活口，統統殺光。《說文》載殄之古文作𠬹，當為人之譌易，可證古假人為殄，此所以彝銘從人作𠂍也。參三同音，故三歲牛之犙，駕三馬之驂，并從參聲，以見三歲與三馬之義。《說文》釋為參聲，則失之聲韻相乖參於古音屬音攝心紐，今屬因攝端紐。。葢許氏以參之從今，無所取義，因釋為諧聲。是未知有假借造字，故誤以會意為諧聲也。或謂彝銘之𠂍為從人齊林義光《文源》，是未知自卜辭彝銘以至篆文之齊，形皆上銳，與圓形之晶結體大異。而乃云然，是不識點畫，而妄言文字者矣。

曡

𣊫，揚雄說「㠯為古理官決罪，三日得其宜乃行之，從晶宜」。亡新㠯從三日大盛，改為三田。

　　案〈穌甫人盤〉有𡣪妃《三代》十七卷4葉，從女曡聲，與篆文同體，從晶宜會意。所從之宜乃多之

假借，而以星多重積為本義_{宜多古音同屬阿攝}，引伸為凡重積之名。玄應《一切經音義》卷九引《蒼頡篇》云「疊，重也，積也」，卷十四引《三蒼》云「疊，重也」，是皆疊之引伸義。《周頌時邁》云「莫不震疊」，乃假疊為慴_{二字古音同屬音攝入聲舌音}，此為經傳僅見之疊字，而為假借之義。【注】《說文》云「慴，懼也，從心習聲，讀若疊」。可證疊慴於古同音，故假疊為慴。〈時邁〉云「莫不震疊」者，意謂莫不振動驚恐也。其若疊之本義與引伸義，并於先秦無徵，故許氏未得其解，而引揚雄之說以實之。然案《尚書康誥》云「要囚服念五六日至于旬時，丕蔽要囚」，要讀如幽_{二字同屬影紐}，義謂幽囚犯辠之人，須服念五六日或至經旬累月，而後決其幽囚，尚未成定瀆也。〈呂刑〉云「惟察惟法，其審克之」，又云「其刑其罰，其審克之」，克讀如劾_{二字古音同屬噫攝}，是古之察獄決罪，為以審劾為重，未聞限以三日也。《周禮秋官鄉士》云「辨其獄訟，異其死刑之罪而要之，旬而職聽于朝」，〈遂士〉云「異其死刑之罪而要之，二旬而職聽于朝」，〈縣士〉云「異其死刑之罪而要之，三旬而職聽于朝」，〈方士〉云「辨其死刑之罪而要之，三月而上

獄訟于國」，據此則鄉、遂、縣、方，上其獄訟于朝，少則經旬，多則累月，經朝議決罪而後行刑，又必累月經年。《禮記王制》云「疑獄氾與眾共之，眾疑赦之，必察小大之比以成之。成獄辭，史以獄成告于正，正聽之，正以獄成告于大司寇，大司寇聽之棘木之下，大司寇以獄之成告于王，王命三公參聽之，三公以獄之成告于王，王三又，然後制刑」，【注】棘木之下，乃古代聽訟之地。鄭玄注「司寇聽之朝，王之外朝也」。可覘古之定獄行刑，未嘗限於時日。揚雄乃謂「古理官決罪三日得其宜」，是誤以晶從三日，而臆為悖理之妄言也。後之說者，自鄭樵以次，言皆誕謬，尤無庸一辯矣。

暴

曓，疾有所趣也，从日出夲廾之。

案暴與日部訓晞之暴，音義互異，惟以形近，隸定俱為暴，凡暴露與晞曬之義，暴為本字。凡疾速之義則以暴為本字。若暴虐之義，字當作虣。【注】暴，從夲，音ㄅㄠˋ、baoˋ，暴，從米，音ㄆㄨˋ、puˋ。虣，音ㄅㄠˋ、baoˋ。〈盠盨〉云「勿事虣虐」《辭氏欵識》卷

十五，〈詛楚文〉云「虣虐不辜」《絳帖》《古文苑》，《周禮地官序官》云「司虣十肆則一人」，又〈大司徒〉云「刑教中則民不虣」，〈司市〉云「以刑罰禁虣而去盜」，〈司虣〉云「禁其鬭嚻者，與其虣亂者」，《易繫辭下》云「以待暴客」，〈釋文〉曰「暴，鄭作虣」，是皆虣之見於古器及經傳者。虣從虎武會意，從武猶戔之從戈，從虎猶虐之從虍，以示殘害於人虍虎為一文，說見虍下。。經傳作暴卽篆文之𧆨，乃虣之假借。《周禮》之斿、戲、塤、虣，胥見古器，而《說文》所無說見游簕壎之下。它若經傳文字，《說文》失收者，數亦不尟，固未可局於許書以言文字也。

齊

，禾麥吐穗上平也，象形。

案齊於卜辭作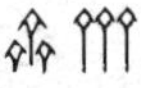，彝銘作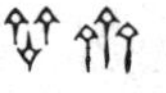，并象禾麥上平之形。古璽文作丁氏《說文古籀補補》，則為戰國所構，而為從二聲，是卽篆文之所本，從二者示二物等平之義。自西周以至春秋時之〈國差𦉜〉，并與卜辭同體，是齊之初文本為象形作。齊之引伸為凡整飭之義，故孳乳為從示聲之齋，此乃據初

文構字之僅見於篆文者。《說文》釋齊為象形，因釋齋為齊省聲。是未知齊之初文作𠂔，因誤以諧聲為象形，誤以𠂔聲為齊省聲也。〈殷穀盤〉有㩗字《三代》十七卷 12 葉，隸定為僑，乃從人齊聲，而為方名齊之鯀文。所從之𪗉則為從再省𠂔聲，而為齊之異體，從再省者，再二同訓，亦所以示均等之義也。說者乃曰「二地也」徐鍇《說文繫傳》，後之說者，率承其謬段玉裁、王筠、朱駿聲、徐灝，并承徐鍇之誤。，【注】《說文》段注云「從二者象地有高下也」。王筠《句讀》云「加二以象地形」。朱駿聲《通訓定聲》云「二象地」。徐灝《說文注箋》云「從二象地，引伸之義為齊等、為齊備、為齊整」。是皆覩形而不能知義者矣。若〈陳曼簠〉之𡎚《三代》十卷 20葉，當為從土𠂔聲，而為方名齊之鯀文。猶之陳於〈陳曼簠〉從土作墜，而為方名陳之鯀文，此故殷周方國鯀文之通例也。

籛

𥬞，惟射收繁具也，从角發聲。

　　案籛於卜辭作𥫱《前編》6.11.8 片，從矢弗聲。矢鏃下𠂉，以示收矢，亦猶至之下𠂉其鏃，以示矢之

所止。從弗聲者，以示為茀矢，《周禮司弓矢》云「矰矢茀矢用之弋射」者是也。【注】矰矢，茀矢，鄭玄注「矰矢，結繳於矢謂之矰。矰，高也。茀矢象焉。茀矢，弩所用也。二者皆可以弋鳥」。自𦥑而孳乳為觠，乃雙聲轉注之字弗發古音同屬幫紐，從角發聲，與收矢之具，義適相反。蓋轉注之字，所從聲文，唯以識音，是以非若初文之形義密合。說殷契者，或疑為茀羅振玉《增訂殷契考釋中》44葉，或釋為墍高田《古籀篇》九卷39葉，是皆不能因形得義者也。

罞

罞，周行也，从网米聲。《詩》曰「罞入其阻」。㝮，罞或从占。

案罞於卜辭作𦊆𦊈，從网麋聲，以示麋网，篆文之罞，乃從麋省聲，卜辭之𦊇𦊉，篆文之罠，以及《爾雅釋器》所云「麋罟謂之罞」，所從目民矛聲，皆為罞之雙聲轉注字麋目民矛古音同屬明紐。《文選吳都賦》注曰「罠，麋網」，正為罠之本義。【注】《文選》左思〈吳都賦〉云「罠蹄連網」，劉逵注「罠，麋網」。《說文》釋罞為周行，釋罠為釣，《廣韻》釋罠為麂網，是皆

誤以假借為本義。《玉篇网部》、《廣韻五支》并云「羉，罟也」，則以羉為網之通名。凡此皆以字失初形，故俱昧其本義也。

𦋁

𦋁，网也，从网每聲。

案𦋁於〈母辛卣〉作𦋁《三代》十三卷 42 葉，與篆文同形。審其字體，當為<u>殷</u>器，可證𦋁為<u>殷商</u>古文。《玉篇》及《廣韻十五灰、九虞》并云「𦋁，雉網」，斯為𦋁之本義。卜辭作𦋁𦋁《甲編》3113 片，乃從网雉會意，可證<u>商</u>時即有雉網之名。《玉篇》、《廣韻》以雉網訓𦋁，乃相承古義。《說文》訓𦋁為网，則以𦋁為网之通名，失其本義矣。

罦

罦，兔罟也，从网否聲。

案罦於卜辭作𦋁《前編》8.7.3 片，〈兮甲盤〉作𦋁《三代》十七卷 20 葉，從网𣆴聲。𣆴否同音古音同屬噫攝幫紐，篆文蛻變為罦。罦罝俱為兔网，而罝於卜辭從兔作𦋁說見罝下，與罦聲韻遼隔。【注】罝音子邪切，

古音在烏攝精紐；罯音縛牢切，古音屬噫攝幫紐；故罝與罯聲韻
遼隔也。是猶瓜與蓏，皆轉注之孳乳說見瓜下，而為異
族方言。罯或做罘，《淮南子兵略篇》云「麋鹿不動，
不離罝罘」，據此則凡獸网俱名罝罘，斯乃罝罘之引
伸義也。

臬

臬，射埻旳也，从木自聲。

案臬於卜辭作𥎦𥎦，從矢作𥎦者示矢之所射。
鬲銘作𥎦《三代》五卷1 葉，亦猶卜辭之𦣻作𦣻，芟之
作𦱷，商之作𠂤，為一文之異體，皆古姓氏複文相
耦之例也。卜辭亦有𥎦字，從矢麀聲，而以麋侯為
本義，《周禮司裘》云「王大射卿大夫則共麋侯」，《儀
禮鄉射禮》云「諸侯麋侯赤質」，是即𥎦之本義。從
三矢者，示侯為眾矢之所集，且以別於獸名之麕說
見麕下，及姓氏之複文也。合麋侯之義而為𥎦，亦猶
合含玉之義而為玲，合甘艸之義而為苷，此固構字
之通則，為別爵名之義，故從三矢而不從厷也。卜
辭云「己亥卜仏貞，翌甲子酚，口王固曰絲隹雨，
卜之夕雨，庚子酚，三䶒云𥎦，其旣祝攸」《絜卜》2

片，【注】仈音ㄎㄢˇ、kanˇ，乃卜人姓氏。囗表缺文。卜辭之例缺一字作囗，缺二字以上作⊡。𤕩讀如霖，祝攸讀如祈啟，其云「三霤云𤕩，其既祝攸」者，義謂三團積疊之雲霖蔽日光，待其已散而祈姓腺也。審此則卜辭於厌射二字之外，復有臬𤕩二文。可證射有厌臬，而亦有麇厌之名，<u>殷周</u>無異。然則射禮之侯有熊虎豹鹿之別，當亦<u>殷周</u>所同。或釋𦎧為浈<u>高田</u>《古籀篇》四卷 36 葉，釋𦎧為曹《古籀篇》五十一卷 14 葉，或釋卜辭之𤕩為邑<u>于省吾</u>《殷栔駢枝三編》，或釋𤕩為冥之緐文，讀為圍，義指雲色<u>饒宗頤</u>《貞卜人物通考》589 葉，是皆未能審辨形義之謬說也。

罝

𦋐，兔网也，从网且聲。𦋈，罝或从糸。𦋖，籀文从虛。

案罝於卜辭作𦋇𦋇，從网兔聲，兔且古音同部同屬烏攝，故孳乳為罝，乃冕之疊韻轉注字。兔弟同為舌音，故孳乳為𦋊<small>兔屬透紐，弟屬定紐</small>。《玉篇网部》云「𦋊，兔網也」，乃冕之雙聲轉注字。證以罝𦋊二字之孳乳，可知冕從兔聲，亦猶𦋖之從麇聲也。

采

𡗉，捋取也，從木從爪。

案采於卜辭作𡗉𡗉，從爪果會意。文作𡗉者，乃從果省，而為西周彝器〈趞尊〉采字之所本《三代》十一卷 34 葉。篆文承其省體，是以初義亦晦。審卜辭之𡗉，以取果為本義，引伸為凡捋取之名。詩之〈采蘩〉、〈采蘋〉《召南》、〈采葛〉《王風》、〈采苓〉《唐風》、〈采薇〉、〈采芑、采菽、采綠〉《小雅》，皆采之引伸義。〈皋陶謨〉云「以五采彰施于五色」，【注】〈皋陶謨〉云「以五采彰施于五色，作服，汝明」。意謂以青黃赤白黑五種顏料，畫成五種色彩，作成衣服，汝要明察。〈月令〉云「命婦官染采」，【注】《禮記月令》云「季夏之月，命婦官染采，黼黻文章」。婦官，宮中女官。染采，謂將織物染成彩色。黼黻文章，指華美鮮豔之彩色。《荀子非相篇》楊倞注「黼黻文章，皆色之美者。白與黑謂之黼，黑與青謂之黻，青與赤謂之文，赤與白謂之章」。〈禮器〉云「甘受和，白受采」，是皆以為文采，而為假借之義。卜辭有紀時之名曰大采、小采見《鐵雲》242.1 片、《前編》5.36.1 片、《粹編》1043 片、《乙編》16 片、《佚存》276 片、《郭氏綴合》79 片，即《國語魯語》之大采、少采。蓋以朝夕之霞采色絢燿，故偶朝日

大采，儔夕曰小采，可證采之借為文采，自殷以然。孳乳為採見《玉篇手部》，乃以別於借義之轉注字。孳乳為彩綵見《玉篇彡部糸部》，則為承借義之假借構字。採字見《左傳》、《莊》、《荀》《左傳昭六年》、《莊子天地篇》、《荀子王制篇》，綵字見《老子》、《晏子春秋》卷二、及《楚辭九歎》，彩字見《淮南子脩務篇、泰族篇》，蓋皆後人竄易。《說文》釋采為捋取，是昧於初形，因亦誤以引伸為本義也。

次

飞，不前不精也，从欠二聲。𤸫，古文次。

案次於〈史次鼎〉作𦱷《三代》二卷16葉，〈嬰次盧〉作𦱷《三代》十八卷24葉，與篆文同體，從欠二會意。從欠以示虧損，從二示非壽列，《說文》釋為「不前不精」者，謂不居壽列，物非精品，卽等此而下之義。《禮記禮器》云「龜為前列，先知也，金次之見情也」，《論語》云「賢者辟世，其次辟地，其次辟色，其次辟言」〈憲問篇〉，【注】辟為避之初文，辟世，謂逃避濁世，隱居不出；辟地，謂遷地以避禍患；辟色，謂避開禮貌不恭者；辟言，謂他人惡言相加或出口不遜則走而避之。是

卽次之本義。引伸為次弟之名，〈洪範〉云「次二次三」，是卽次之引伸義。《左傳莊三年》云「凡師一宿為舍，再宿為信，過信為次」，斯乃次之假借義。其本字於卜辭作𫝀𫝀，於〈尹光鼎〉作𫝀《三代》四卷 10 葉，〈宰𣅽簋〉作𫝀《三代》八卷 19 葉，【注】〈尹光鼎〉云「乙亥王歸在𣄼餗」。〈宰𣅽簋〉云「王來戰自豆彔，在𧝓餗」。在𣄼餗，謂王師駐在𣄼地也；在𧝓餗者，謂王師駐在𧝓地也。并為從𠂤束聲。𠂤者師之初文說見𠂤下，所以從束聲者，以示師所止舍，荒於農事，《老子》所謂「師之所處，荊棘生焉」者是也。餗之引伸義為凡止宿之名，《左傳》云「里克殺奚齊於次」〈僖九年〉，又云「秦伯為之降服出次」〈文四年〉，又云「夫差次有臺榭陂池」〈哀元年〉，【注】臺榭，孔穎達〈泰誓〉疏引李巡曰「臺，積土為之，所以觀望也。臺上有屋謂之榭」。〈泰誓〉孔傳云「澤障曰陂，停水曰池」。陂池謂池塘也。又云「歲棄其次，而旅於明年之次」〈襄二十八年〉，是皆餗之引伸義。唯以餗字久逸，故經傳并假次為之。說者乃據《左傳》所云「過信為次」，而謂《說文》之「不前」，為趑趄不進桂馥《說文義證》，或曰不前者逗留不進王筠《說文句讀》，或曰次之本訓當為敘詞朱駿聲《通訓定聲》，是

皆不識次之構形，且或誤解不前之義，而妄為謬說。
若《說文》所載之古文𣥄，蓋以示次弟重積，無以
見「不前不精」，當為晚周俗體。次二聲類互殊_{次屬}
_{清紐，二屬泥紐。}，而《說文》釋為二聲，斯則誤以會
意為諧聲矣。

盨

盨，槵盨，負戴器也，从皿須聲。

　　案盨於彝銘多與篆文同體，或從金作𨥏《三代》
十卷 27 葉〈攸𠤳盨〉，或從木作𣗪《三代》十卷 33 葉，〈史
䈞盨〉作𥃓《三代》十卷 28 葉，〈杜白盨〉作𥂁《三代》
十卷 43 葉，字并從米者，乃以示其為黍稷之器也。彝
器之以盨為名者，有〈攸𠤳盨〉、〈白筍父盨〉、〈朿
倉父盨〉、〈中白盨〉《三代》十卷 27 葉、〈立盨〉、〈朿
姞盨〉《三代》十卷 28 葉、〈仲義父盨〉《三代》十卷 29 葉、
〈白大師盨〉、〈朿賓父盨〉、〈則朿盨〉、〈遣盨〉、〈為
甫人盨〉《三代》十卷 30 葉、〈仲㦻盨〉、〈虢朿盨〉、〈周
貉盨〉、〈奠義白盨〉、〈奠義羌父盨〉《三代》十卷 31 葉、
〈奠聲朿盨〉、〈易朿盨〉、〈𠤳朿與父盨〉《三代》十卷
32 葉、〈奠井朿康盨〉《三代》十卷 33 葉、〈䜊季獻盨〉《三

代》十卷 34 葉、〈頊爕盨〉、〈遣卡吉父盨〉、〈改盨〉、〈筍白大父盨〉《三代》十卷 35、〈單子白盨〉、〈鼻卡盨〉、〈延盨〉《三代》十卷 36 葉、〈虢仲盨〉《三代》十卷 3 葉、〈師趛盨〉、〈仲𦥑父盨〉《三代》十卷 38 葉、〈曼龏父盨〉、〈弭卡盨〉《三代》十卷 39 葉、〈遅盨〉《三代》十卷 40 葉、〈翏生盨〉、〈善夫克盨〉《三代》十卷 44 葉、〈高比盨〉《三代》十卷 45 葉，凡此諸器，并如簋之有耳有足，惟器皆橢圓，與簋之全圓者，形制稍別，而其用為黍稷之器，與簋不殊。〈妛季嗌盨〉云「妛季嗌乍寶毁」《三代》七卷 33 葉，則固稱盨為簋。〈卡譤父盨〉云「叔譤父乍旅盨毁」《三代》十卷 28 葉，〈白庶父盨〉云「白庶父乍盨毁」《三代》十卷 34 葉，則以盨簋并偁一器。可證盨簋異名，而以形近用同，故亦偁盨為簋。此徵之彝銘，審之器制，因知盨以簋屬為本義。葢黍稷之器其名簋者，初文象形作𣪊說見𣪊下，其名簠盨而以諧聲為文者，乃取輔相之義，所以亦示為簋之副貳也。【注】副貳，輔佐也。通考器之名盨者，皆鑄於西周，自春秋以降，未見盨名，此所以先秦漢魏之載籍，擧未一見盨字。《說文》云「盨，檳盨，負戴器也」，所云「檳盨」，於載籍無徵，葢

為<u>漢</u>之俗名。<u>許氏</u>據以釋𦟀，亦猶以蟹醢釋胥_{說見胥}
_下，皆為悖其本義之謬說也。

胥

胥，蟹醢也，从肉疋聲。

　　案胥從肉疋聲，肉義如縣_{古音同屬幽攝}，疋義如
相疋相_{古音同屬心紐，疋屬烏攝，相屬央攝，對轉相通}，乃
示相隨以任縣役，而以縣役為本義。《周禮序官》於
府吏之下多有胥徒，乃為官府給役之名，《小雅桑扈》
云「君子樂胥」，謂軍子樂於縣役也。《大雅公劉》
云「于胥斯原」，《魯頌有駜》云「于胥樂兮」，于胥
義同《王風》之〈君子于役〉。【注】于役，行役也。謂
因兵役、勞役，或公務奔走在外。〈君子于役〉云「君子于役，不
知其期」。<u>鄭玄</u>箋「君子于往行役，我不知其反期」。〈桑扈〉傳
云「胥，皆也」，箋云「胥，有才知之名」，〈公劉〉
傳云「胥，相也」，是俱悖於詩義之謬說也。刑徒而
給役者，則曰胥靡，其名見《莊子庚桑楚篇》、《荀
子儒效篇》、《韓非子解老篇、內儲說上篇、六反篇》、
《戰國策衛策》、《呂覽求人篇》，靡義如縻，謂係以
繩索而事縣役，故曰胥靡。《墨子天志下》云「胥靡

婦人以為舂酋」，【注】〈天志下〉云「丈夫以為僕圉胥靡，婦人以為舂酋」。舂酋謂舂米與釀酒，則以其婦人為舂米及釀酒之女奴也。《莊子則陽篇》云「築十仞之城，城者既十仞矣，則又壞之，胥靡之所苦也」，《漢書楚元王傳》云「胥靡之，衣之赭衣，使杵臼碓舂於市」，此皆胥靡之義，亦卽胥之本義。胥藉同音，故《荀子正論篇》作藉靡藉乃昔所孳乳，昔胥古音同屬烏攝心紐。○《公羊傳宣十二年》云「廝役扈養」，【注】廝役，從事雜事勞役，或受人驅使之奴役。〈宣十二年〉云「廝役扈養死者數百人」。何休注「艾草為防者曰廝；汲水漿者曰役。養馬者曰扈，炊烹者曰養」。以及《管子》、《呂覽》廝與《管子治國篇》、《呂覽決勝篇》、《戰國策》之廝養、廝徒〈齊策五、魏策一、韓策一〉，并以廝為役使之名，而為胥之雙聲轉注。此證以後起字之廝，因知胥之本義，其為縣役，斷無可疑。《莊子》釋文釋胥靡引司馬云「癃人也，崔云腐刑也」，《史記賈誼傳》集解引徐廣曰「腐刑也」，是皆昧於胥靡之義，而妄為之說也。若夫《周禮庖人》注，及《釋名釋飲食》所云「蟹胥」，乃蟹醬之轉語醬胥對轉相通。是猶漢律之「威姑」，乃君姑之轉語，胥無蟹醢之義，亦猶威無君姑之義說見威下。而

《說文》乃以蟹醢釋胥，以威姑釋威，是皆以<u>漢</u>世之轉語，而釋古文，其謬同揆。且也凡物之以二字立名者，未可偏據一文為訓。而《說文》釋虞為騶虞，釋虒為委虒，釋盉為檳盉，釋兜為兜鍪，釋易為蜥易，釋威為威姑，釋甹為甹商，與夫據蟹胥以釋胥，是皆誤以一文而釋二字之名，則尤懵於釋字之通方矣。其若蘆薕、薢茩、趑趄、趦趄、赽趌、崎嶇、謰謱、詰詘、鷫鵝、鴛鴦、榕樫、仿佛、祇裯、覛覤、覶覰、駗驙、駒驗、潷泧、漂冽、霖霖、媕娿、蛞蚰、蝤蠐、蚣蝑、蠨蛸、蝙蝠、蟧蝀、蚍蠹、颲颰、竈鼀、鐺鉰之雙聲連語。菡萏、茱萸、齵齭、鸀鳿、鴄鵝、鵝鸊、鸊鷉、鴣鴰、髑髏、毗臍、籧篨、筦箽、椳槸、旖施、槤娭、里麗、頊顬、頲顉、嵯峨、崝嶸、厴屬、駊騀、榮澤、濺洸、繁縲、綢繆、蝓蜙、螳蠰、蠣蠃、螟蠕、蛺蜨、蟰蟧、蜦竈、蝦蟆、蜗蛒、鉈鑛、鏌鈘、錏鍜、銀鐺、鋃鐺、隁隗之為疊韻連語。以及玫瑰、琅玕、珊瑚、蓯莁、鶻鵃、椊柖、駃騠、驒騱、蝘蜓、螻蛄、蟜蟥、蠸蝱、鈴鐺、醞釀、酯醅之二字疊名，覈其形文相同，知其義訓相屬。如斯之比，又異乎以蟹胥

釋胥，以騶虞釋虞者矣。

鼓

鼓，三足鍑也，一曰瀹米器也，从鬲支聲。

案鼓於卜辭作𩰥，從鼎氏聲。其辭云「貞王㞢者鼎」《前編》6.34.5片，㞢讀如祭名之有 有為祭名，說見有下，㞢有古相通作。，引伸為薦獻之義，【注】薦獻，謂向祖宗、鬼神祭祀進獻。《周頌潛序》云「季冬薦魚，春獻鮪也」。鄭玄箋「冬，魚之性定，春，鮪新來。薦獻之者，謂於宗廟也」。者乃煮之初文 說見者下，此卜王薦煮鼎之宜否也。鼎鬲同類，氏支同音 古音同屬益攝舌音，故篆文變體為鼓。亦猶膚於〈見觶〉作𧆛《三代》五卷3葉，獻於〈子邦觶〉作𪗴《三代》五卷3葉，篆文從支聲作翄或氏聲作翤 說見《說文羽部》，此皆鼎鬲氏支古相通作之證。自鼓而孳乳為鬵，乃疊韻轉注之字。葢支聲轉為牙音，故孳乳為鬵，此考之鼓鼎同音，故知鼓乃鬵之初文也。或釋鼎為鬵 羅振玉《增定殷契考釋中》38葉，則誤以形聲俱異之字，掍為一文矣。

醸

釄，會歙酒也，从酉虒聲。醠，釄或从巨。

　　案釄於〈孟鼎〉作醠，其銘曰「虒酉無敢醠」《三代》四卷42葉，從酉煮聲，以示亨牲會歙，虒讀如咀，義謂歙酒不敢釄歙。俙歙曰虒，是猶《漢書王嘉傳》之「咀藥」，亦以咀義為歙。《尚書酒誥》云「厥或誥曰羣歙，汝勿佚，盡執拘以歸于周，予其殺」。【注】羣歙，謂多人聚歙。勿佚，莫放縱。意謂有羣歙者莫放過，將其拘捕送交王朝，我將殺之。據此則周初禁羣歙，非禁私歙，此所以鼎銘云「虒酉無敢醠」也。煮虒古音同部同為烏攝，故孳乳為釄，斯為音變疊韻轉注字。釄醠唯取諧音，是以聲不兼義。醠或釋為酗徐同柏《從古堂款識學》卷十六，或釋為酷劉心源《奇觚室吉金文述》卷二，或疑為酣孫詒讓《古籀餘論下》，或疑為醮王國維〈孟鼎銘考釋〉，是皆未諳形義之曲說也。

滈

滈，久雨也，从水高聲。

　　案滈於卜辭作，隸定為霾，從雨龜聲。龜久同音古音同為噫攝見紐，故從龜聲以示久雨。猶之書傳借久為長遠，皆為無本字之假借，霾則承義而構字。

卜辭云「乙巳卜㝱貞，今月困，不⿰」《乙編》8414 片，「貞今月困其⿰」《乙編》8352 片，困讀如㶒古音同屬㿱攝，【注】㶒音ㄈㄣˋ、fenˋ，《說文》云「㶒，水漫也。《爾雅》曰『㶒，大出尾下』。」邢昺疏「尾，猶底也。言源深大出於底下者名㶒」。意謂水自深處噴湧而出也。此卜今月雨水漫溢，是否久雨也。龜與高兼同屬牙音同屬見紐，故孳乳為滈霖，皆龜之雙聲轉注字。

韇

韇，橐紐也，从韋惠聲，一曰盛虜頭橐也。

案韇於卜辭作𤔔𤔔，簋銘作⿱《三代》六卷 28 葉，尊銘作⿱《三代》十一卷 3 葉，并象橐耑之紐，於文為從東之合體象形。東者橐之初文說見東下，於卜辭或作𤔔𤔔，故韇象其紐而作𤔔。自𤔔而孳乳為韇，乃自象形而蛻變為諧聲之識音字。韇於卜辭為方名，於彝銘則為姓氏，葢因惠水而氏惠水見《山海經中山經》、《水經洭水注》。橐橐同類而異名，【注】《說文橐部》云「橐，囊也；橐，車上大橐也」。是橐與橐同類。橐音他各切，ㄊㄨㄛˋ、tuoˊ；橐音古勞切，《ㄠ、gao。則韇乃橐紐與橐紐之通偁，韇附於橐，是以頭橐亦曰韇也。卜辭之𤔔或釋

為惠_{陳邦懷}《殷契考釋小箋》，或疑為樂_{葉玉森}《前編集釋》二卷 32 葉，或釋為黃_{郭沫若}《金文叢考》，或釋為繐，又疑為縛_{陳孟家}《卜辭綜述》299 葉，簋銘之_肅或釋為穗_{吳大澂}《說文古籀補》，是皆未得形義。〈公貿鼎〉云「赤氏使貧安真白，賓貧馬肅乘」《周金文存》二卷 34 葉，乃假轙為繐，義謂贈貧以馬及繐四匹，非以肅為繐之古文也。

堊

堊，白涂也，从土亞聲。

案赤土為赭，黑土為壚，堊之構字與赭壚同例，當以白土為本義。《呂覽察微篇》云「若白堊與黑漆」，《史記司馬相如傳》云「其土則丹青赭堊」，《山海經西山經》云「大次之山多堊」，〈中山經〉云「常烝之山多堊」，又云「高梁之山多堊，蛇山多堊，皮山多堊」，是皆堊之本義。引伸則以白色涂飾而曰堊，《周禮守祧》云「其祧則守祧黝堊之」，【注】祧，祖廟；祠堂。守祧，古官名，掌守先王先公之祖廟。黝堊之，謂塗之以黑色與白色也。《管子輕重丁》云「表稱貸之家，皆堊白其門」，《爾雅釋宮》云「地謂之黝，牆謂之堊」，

乃𡎘之引伸義。《山海經北山經、中山經》并有「黃
𡎘」,及「黑青黃𡎘」之名,則取其質之似𡎘者而名,
非𡎘之本義也,《說文》不以黑涂釋黝,而獨以白涂
釋𡎘,是亦未能覈其義蘊,而誤以引伸為本義也。

耿

耿,耳箸頰也,从耳烓省聲。杜林說「耿,光也,
　从火聖省聲」。凡字皆广形又聲,杜說非也。

　　案耿於〈毛公鼎〉作耿《三代》四卷 46 葉,與篆
文同體,從耳潁省聲,而以警枕為本義耿潁古音同屬
嬰攝見紐。警枕形圓,寐者易寤,從耳潁聲,示因傾
轉聞聲而覺。此所以字必從潁,而不從頃者,乃兼
取明悟之義。蔡邕〈警枕銘〉云「居安慮傾」《御覽》
七百七引,亦取其傾動而言也。《禮記少儀》云「枕
几潁杖」,鄭玄注曰「潁,警枕也」,此耿本義僅見
於載籍者,而假潁為之。若《尚書立政》與〈毛公
鼎〉之「耿光」,則為雙聲疊語,而為潁炯之假借。
【注】〈立政〉云「以觀文王之耿光,以揚武王之大烈」。孔傳「能
使四夷賓服,所以見祖光明,揚父之大業」。〈毛公鼎〉云「亡不
閈于文武耿光」。耿光謂光明、光輝也。許氏見耿之從耳,

故釋為耳箸頰，<u>杜林</u>見耿之從火，故釋為光，是皆謬解字形之臆說。耿聖聲類互殊，乃以耿從聖聲，是尤曲說形義。聖省聲下之十一字，非<u>許氏</u>原文，益不足議矣。

粦

粦，兵死及牛馬之血為粦，粦，鬼火也，从炎舛。

案粦於〈穆公鼎〉作𤏺《錄遺》97 圖，〈父乙觥〉作𤒹《三代》十八卷 20 葉，【注】〈父乙觥〉云「<u>子𤒹在</u>𤔲作文父乙彝」。<u>子𤒹</u>葢為姓氏，文謂有文德，文父乙者尊其父之偁也。〈穆公鼎〉為<u>西周</u>之器，而其構形與篆文同體，可證<u>西周</u>已定體為粦。從舛以示足骨，而以鬼火為本義，引伸以偁牲畜之火為粦。是猶外之從占，骨之從冎，皆為取義於人，引伸則以偁物，此為先民構字近取於人身之通義說見申下。從舛以示全身之骨者，是猶骭骸本為脛骨，而亦偁全身之骨為骭與骸。觥銘之𤒹，隸定為燮，從足從二炎會意。疋足古為一文說見足下，從足以晐股脛，與粦之從舛義益明切。從二炎示火之票揚而無定處，乃粦之初文。文從簡易，故變體作粦也。

肅

肅，持事振敬也，從聿在꣡上，戰戰兢兢。[古文肅字]，古
文肅從心从卪。

案肅於〈王孫鐘〉作[字]《三代》一卷 64 葉，從聿꣡
會意。聿者筆之初文，而以辭令戒慎為本義，引伸
為凡敬慎之名。《論語》云「為命裨諶草創之，世叔
討論之，行人子羽脩飾之，東里子產潤色之」〈憲問
篇〉，此肅之所以從聿。【注】為命，謂創作外交辭令；意謂
先由裨諶擬草稿，世叔審議，子羽修訂增刪，子產潤飾美化。此
為敬慎之意也。《小雅小旻》云「戰戰兢兢，如臨深淵」，
此肅之所以從꣡。【注】〈小旻〉云「戰戰兢兢，如臨深淵，
如履薄冰」。毛傳「戰戰，恐也。兢兢，戒也。如臨深淵，恐隊也。
如履薄冰，恐陷也」。比喻戒懼敬慎也。《說文》誤以肅從又
巾之聿，故亦未得本義。古文之[字]於古器無徵，蓋
亦晚周變體也。

聿

聿，手之疌巧也，从又持巾。

案從聿之肅於〈禹鼎〉作[字]《錄遺》99 圖，〈毛公
鼎〉作[字]《三代》四卷 46 葉，所從之[字]正從又巾會意。

自聿而孳乳為聿聲之箅見《玉篇竹部》，【注】《玉篇竹部》
云「箅，尼懾切，竹」。亦與所以書之聿，聲韻迥殊，是
可證聿之與聿，形聲互異。惟以篆文二字形近，故
《說文》誤以聿肅俱為從聿說見聿肅之下。覈之字形，
聿當以引持為本義，自聿而孳乳為攝，則為後起識
音之字聿攝古音同屬奄攝泥紐。《說文》釋為「手之聿巧」
者，乃以聿聿疊韻，是以附合音訓而言。或曰聿即
聿之省徐灝《說文注箋》，或曰聿聿隶筆四字止一字，
當以隶為正體于鬯《說文職墨》，是皆徒據篆文之聿聿
形近，而妄為謬說也。

狗

梮，孔子曰「狗，扣也」，扣气吠以守，從犬句聲。

　　案狗於卜辭作𤝬𤝒，從犬曲聲，曲句同音，故
篆文蛻變為狗古音同屬謳攝牙音。句為帶鉤說見句下，引
伸為句曲之義。凡物之句曲者，形體必小，是以孳
乳為小犬之狗，小馬之駒。其偁熊虎之子曰狗者見
《爾雅釋獸》，狗所從之犬，亦如從豸，非以小犬之義
引伸為名也。《爾雅釋畜》云「未成毫狗」，《逸周書
王會篇》云「請令以短狗為獻」，《淮南子俶真篇》

云「狡狗之死也，割之猶濡」，【注】狡狗，少壯之狗；高誘注「狡，少也。濡，濡溼，氣力未盡」。文典謹按《御覽》九百五引「濡作蠕」，又引注云「蠕，動也」。此皆偁小犬為狗，斯乃狗之本義，引伸則與犬為通名。《說文》乃引緯書釋之，是亦曲附音訓之謬說也。

須

須，頤下毛也，從頁彡。

案須於卜辭⿰⿱⿰《乙編》872、2601 片，〈則卣盉〉作⿰《三代》十卷 30 葉，〈易卣盉〉作⿰《三代》十卷 32 葉，於卜辭為從人之合體象形，於彝銘為從頁之合體象形。彝銘之從頁以象頤下之毛，猶百之古文𦣻，以象百上之髮，其構字同意。須句於簋銘作⿰《三代》六卷 4 葉，則不從人或頁，而純為象形。須句者因方為氏，卽春秋時為魯所取者見《春秋文七年》，【注】〈文七年〉云「七年春，公伐邾，三月甲戌，取須句」。杜預注「須句，春秋時魯之封內屬國也。僖公反其君之後，邾復滅之」。此證以卜辭彝銘，及須句之合文，因知篆文之須為⿰之譌易。《說文》據譌文而言，故釋為「從頁彡」。信如其說，則與參彭之從彡構字同科，無以示頤下

毛之義矣。若夫而借為語詞，故孳乳為䎡，乃取毛髮之形，以明而之本義，固異乎從頁之須也。書傳之斯須見《禮記樂記、祭義》、《孟子告子上》、《莊子田方篇》，為雙聲連語，其云須臾見《禮記中庸》、《莊子山水篇、知北遊篇》，為疊韻連語_{古音同屬謳攝}，義皆謂少頃與少待_{見《儀禮燕禮》、《史記淮陰侯傳》}之須臾，乃少待之義。。《左傳》云「子不少須」〈成二年〉，又云「寡君須矣」〈成十二年〉，又云「摩厲以須」〈昭十二年〉，《禮記》云「孤某須矣」〈雜記上〉，又云「敢不敬須」〈雜記下〉，是皆訓須為待，而與須臾之屬，俱為假借之義。孳乳為鬚，乃以別於借義之轉注字。孳乳為頿，則承借義而構字。鬚字見《左傳》〈昭二十六年〉、《莊子》〈天道篇〉、《荀子》〈解蔽篇〉、《呂覽》〈恃君覽〉、《戰國策》〈趙策一〉，葢皆後人竄易者也。

尨

尨，犬之多毛者，从犬彡，詩曰「無使尨也吠」。

　　案尨於卜辭作彣 彣《前編》4.52.3片、《佚存》946片，從犬彡會意。而以彡置犬腹之下，以示毛之下㲲，所以別於馬之長髦在項，豕之剛鬣在脊。篆文作尨，

乃以彡置犬脊，與卜辭馬之作𩡧、豕之作𧰨等《甲編》2928 片、《粹編》403 片，構形不殊，則無以見尨犬之音義有別。且夫犬之多毛者，毛皆下垂，非若馬髦豕鬣之形上豎，篆文譌易，無以見先民構字之精詣，此其一耑也。《左傳閔二年》云「衣之尨服」，〈僖五年〉云「狐裘尨茸」，【注】尨服，謂雜色之衣。《左傳閔二年》云「衣之尨服，遠其躬也」。杜預注「尨，雜色也」。意謂毛色不純之犬，不服其身，故云遠其躬也。尨茸，雜亂也。〈僖五年〉云「狐裘尨茸，一國三公，吾誰適從」。杜預注「尨茸，雜貌」。此皆尨之引伸義。孳乳為雜毛之牻，與雜語之哤，乃據引伸義而構字也。

灥（原）

灥，水本也，从灥出厂下，𠩤，篆文从泉。

案灥於〈雍白原鼎〉作𠩤《三代》三卷 42 葉，〈克鼎〉作𠩤《三代》四卷 41 葉，〈散盤〉作𠩤𠩤《三代》十七卷 21 葉，并與篆文同體，從厂泉會意。厂者石之初文說見厂下，字從厂泉，乃示水出巖穴。考泉於卜辭以至篆文，并象水出巖穴之形，而原復從厂者，是猶窨之作暗，舉之作撍，乃以轉注之孳乳，不厭形

聲贅複說詳《轉注釋義》，【注】所云「不厭形聲贅複」者，《轉注釋義》云「義轉之字為存初義以別於假借與引伸也」。泉原為轉注之字古音同屬安攝，是以字復從厂，以示音異於泉。《說文》載篆文作原，是知從三泉之灥驫二字，必為籀文。通考卜辭彝銘未見灥字，而於泉字及從泉之字，則稠疊多見，可證古有泉而無灥。猶之𠄎為籀文之乃，而於卜辭彝銘并有乃而無𠄎。然則灥𠄎二字，葢為後人羼入《史籀篇》，非其原文也。原於書傳借為邍野，故孳乳為源，乃以別於借義之轉注字。源字見《衛風竹竿》、《禮記月令、學記》、《國語周語上、晉語一》、《孟子離婁下、萬章上》、《管子侈靡篇、輕重丁》、《莊子徐无鬼》、《荀子脩身篇、富國篇、王霸篇、法行篇》，其於漢碑，見〈桐柏淮源廟碑〉、〈周憬功勳銘〉、〈劉熊碑〉、〈劉寬碑〉《隸釋》卷二至卷十一，葢為漢所孳乳。書傳之源，當亦漢人所易者也。

乃

𠄎，曳詞之難也，象气之出難也。𠄎，古文乃。𢻑，籀文乃。

案乃於卜辭作ㄑㄑ，彝銘作ㄋㄋ，并與篆文同體，文為指事，而以語詞為本義。于於卜辭或作ㄞ号，於彝銘或作ㄝ亐，字并從乃者，正以乃為語詞，而以從乃示于為語詞之義。夃從乃夂會意，以示且止之詞說見夃下，是皆承乃之本義而孳乳者。若夫〈乃部〉之卤卤皆卣之鎒文，非從乃也說見卤下。語詞之字，若只、丂、亐、乃，文皆指事者，良以語詞義屬陵虛，非可象形構字，是以必資指事為文，【注】魯先生曰「指事者，義有實名，形俱臆構」。是以陵虛之義，必資指事以為文也。構形ㄋㄋ，以示虯曲達意，固無庸繯複如籀文之ﾂ。卜辭彝銘多見乃字，無一與籀文相同，因之籀文之ﾂ，亦猶籀文之驫，葢皆後人羼入《史籀篇》，非夫東周以前之古文，故於卜辭彝銘一無所見說見ﾂ下。語詞之字，若只、丂、亐、兮，以及猷、粤、寧、可、曶、義、乎、粤，無一構形繯複。可證籀文之ﾂ，別無字例可循，其非古文，義益明諟。若夫坴之籀文作壵，以象土塊絫積，而為坴之初文說見坴下，卤之籀文作壵，以象果實絫瓜，而為卤之本字說見卤下。則皆形與義合，其例固與ﾂ驫異撰也。

震

震，劈歷振物者，从雨辰聲，《春秋傳》曰「震夷伯之廟」。𩅧，籀文震。

案籀文之𩅧，從雲※※炎帚聲，以示陰陽激而規耀，乃靂之古文帚歷古音同屬益攝來紐。霹靂之名見《爾雅釋天》郭注，及《後漢書袁紹傳》。於《史記天官書》、《漢書揚雄傳》，并作辟歷，《蒼頡篇》作礔礰引見玄應《一切經音義》卷十五、慧林《一切經音義》卷三十二，《文選七發》，《御覽》卷十三引《說文》、《釋名》、《春秋繁露》、桓譚《新論》，并作霹靂，蓋皆後人所易，非漢人之原文有從雨之霹靂也。【注】霹靂，響雷聲也。枚乘〈七發〉云「其根半死半生，冬則烈風漂霰飛雪之所激也，夏則雷霆霹靂之所感也」。然證之籀文，則知先秦固有辟歷之本字。惟以本字逸傳，而語言流衍，是以假辟歷為之。後起字作霹靂，蓋為漢後孳乳。霹靂為疊韻連語，乃以雷聲為名，與震之取跴動為義者，聲韻迥異。許氏未知𩅧從帚聲，故誤以為震之籀文。猶之許氏未識賡為賡償之義，而誤以賡為續之古文，其謬同揆說見賡下。《釋名釋天》云「辟歷，辟析也，所歷皆破析也」，是亦曲附音訓之謬說也。

嗌

〔篆〕，咽也，从口益聲。蒜，籀文嗌，上象口，下象
頸脈理也。

案嗌於〈昌鼎〉作〔古文〕《三代》四卷46葉，〈弜季嗌
簠〉作〔古文〕《三代》七卷33葉，〈西宮簠〉作〔古文〕《三代》八
卷37葉，〈鼄嗌匜〉作〔古文〕《三代》十三卷21葉，并象咽
喉在頸脈之中，於文為獨體象形。孳乳為嗌，則為
後起識音之字。自嗌而雙聲孳乳為咽古音同屬影紐，
自咽而疊韻孳乳為吞古音同屬因攝，皆為嗌所音變之
轉注字。【注】嗌咽吞三字，乃義轉之義轉字，《說文口部》云
「嗌，咽也，从口益聲。咽，嗌也，从口因聲。吞，咽也，从口
天聲」。魯先生曰「義轉之字，必以同音為主，其或僅為雙聲，或
僅為疊韻者，乃因其孳乳之轉注字，去其初文，歷時較久，因有
音變故也」。嗌咽同屬影紐是為雙聲轉注；咽吞同屬因攝，是為疊
韻轉注。若喉嚨與嚐不承嗌音而孳乳，蓋為攝取異族
之言。若卜辭之〔古文〕《京津》2445片，乃從口龍聲，而
為方名龍之絲文，非訓喉之嚨也。籀文之蒜為〔古文〕之
譌變，《說文》云「蒜上象口」，則為據譌文而曲說
象形者矣。

梟

𣦵，不孝鳥也，日至捕梟磔之，从鳥頭在木上。

案梟隸定或作梟，書傳梟梟互見，唯《漢書》及東魏〈敬史君碑〉《金石萃編》卷三十俱從鳥無足而作梟。覈之義訓，梟之從鳥無足，以示鳥之辜磔，【注】辜磔，分裂肢體，古代之酷刑也。《韓非子內儲說上》云「荊南之地，麗水之中生金，人中竊采金，采金之禁，得而輒辜磔於市，甚眾」。猶桀之從舛無頭，以示人之磔裂，構字同意。藉令作梟，則與蔦之或作槗，靃之或作集，構字同體。無以示為辜磔之鳥。循知梟之篆體，必為從鳥無足。玄應《一切經音義》卷十一、卷十七、《廣韻三蕭》，并引《說文》云「梟從鳥頭在木上」，其文與各本《說文》同。可證許氏原文，深得造字之恉。《說文邑部》之鄡、《玉篇木部》之橤、〈水部〉之潅、〈虫部〉之螦，字并從梟。《廣韻》載鄡橤螦三字，與《說文》、《玉篇》同，是知隸定為梟，切合篆體。〈漢北海相景君銘〉作梟《金石萃編》卷七，案隸釋作梟，不合原文。，乃漢碑之別體也。以漢代譌為梟，是以載籍梟梟互見。注《說文》者，乃據唐張參《五經文字》之謬說，以改許書，謬戾之甚矣段玉裁注。

《說文口部》之噭，篆文譌從梟者，乃漢人增羼，《玉篇》無嗅字，固其證也。

寢 癏

𡨎，臥也，从宀㑴聲。𡩄，籀文寢省。

𤸪，病臥也，从𤕫省㝱省聲。

案寢於卜辭作𡨋𡩅，〈寢敦簋〉作𡨋《錄遺》151圖，〈寢爵〉作𡨋《三代》十五卷 35 葉，文作𡨋者，從宀帚會意。從帚猶婦之從帚，以示妻妾宴居之所，而以臥室為本義。引伸為臥息止息，與廟後之名，承臥息之義而孳乳為病臥之癏，載籍則合寢癏為一名，而隸定為寢。《禮記》云「師吾哭諸寢，朋友吾哭諸寢門之外」〈檀弓上〉，又云「杜蕢入寢，歷階而升」〈檀弓下〉，又云「庶人祭於寢」〈王制〉，又云「九十飲食不違寢」〈內則〉，又云「見諸父各就其寢」〈雜記下〉，是皆寢之本義。《禮記》云「寢毋伏」〈曲禮上〉，又云「曾子寢疾病」，又云「寢苫枕干不仕」〈檀弓下〉，

【注】寢苫枕干，謂父母被人所殺，子女臥草枕干盾，表示時刻不忘報仇之心。〈檀弓下〉云「子貢問於孔子曰『居父母之仇如之何』？孔子曰『寢苫枕干不仕，弗與共天下也』。」又云「孺子

蚤寢晏起」〈內則〉，此為臥息之義。《管子立政篇》
云「寢兵之說勝，則險阻不守」，【注】寢兵，謂停止戰
爭也。〈立政篇〉云「寢兵之說勝，則險阻不守，兼愛之說勝，則
士卒不戰」。《淮南子本經篇》云「鉗口寢說」，《漢書
禮樂志》云「其議遂寢」，又云「漢典寢而不著」，
此為止息之義。《周禮隸僕》云「祭祀脩寢」，《小雅
巧言》云「奕奕寢廟」，此為廟後之名，是皆寢之引
伸義。天子與諸侯有路寢，大夫有適寢，路寢為后
與君夫人所居，適寢為世婦所居，下此為小寢，乃
側室所居。《禮記喪大記》云「君夫然卒於路寢，大
夫世婦卒於適寢」，〈玉藻〉云「君適路寢聽政，然
後適小寢釋服」，是知寢為妻妾之所居，復因尊卑而
異號，此所以古文從宀帚者，正以示執灑埽之妻妾
所居之所。《禮記內則》云「女子居內，深宮固門」，
〈喪大記〉云「婦人不居廬，不寢苫」，可徵女居深
閨，不因喪事而易常處。此所以古文之寢非從宀帚，
固無以示內寢之義也。寢於卜辭有方國與姓氏之義，
彝器之〈寢敖簋〉與〈寢爵〉亦皆寢氏之器，蓋因
寑水而氏。【注】《說文水部》云「寑水出魏郡武安東北入呼沱
水」。段注「今河南武安縣」。凡為姓氏，絲文類皆從女，

此寢之古文不從婦者，乃以別於姓氏之名。所以不從女者，乃以避與安形相掍也。爵銘之俞從宀叀聲，叀為寢之古文《說文》寢下，是卽籀文之所本。篆文之寢則為叀之後起字。《說文》訓寢為臥，是猶釋官為吏事君，并誤以引伸為本義說見官下。《說文》釋叀為寢省，亦猶釋籀文之殷妣為磐妣之省說見磐妣之下，則又昧於文字孳乳之例，而悖易其先後矣。《說文木部》載椁或作棺，所從㝯聲，密合卜辭彝銘之㝯，此為古文之㝯僅存於篆文者，《說文》乃云「棺從叀省」，是不識古文之謬說也。

班

班，分瑞玉，从珏刀。

案班於〈弭尗盨〉作班《三代》十卷 39 葉，〈公孫班鎛〉作班《三代》十卷 35 葉，與副之籀文作班，并以刀居於中，以示分解，其構字同意。〈堯典〉云「班瑞于羣后」，此班之本義始見載籍者。周分魯公以夏后之璜見《左傳定四年》，【注】〈定四年〉云「周公相王室，以尹天下，分魯公夏后氏之璜」。杜預注「魯公，伯禽也。璜，美玉名也」。是虞夏之時，已有圭璧璋璜之制。〈禹貢〉云

「厥貢璆鐵」，可徵爾時已有鐵之創見。然鍊鐵成剛，以任攻堅刻鏤，蓋已肇於堯舜之時，此班與珝之古文所以從刀也說見珝下。《管子制分篇》云「屠牛坦朝解九牛，而刀可以莫鐵」，是春秋之時，已有利刀可以制堅。蓋當堯舜之時，攻玉之物，必有與之相若者。決非賴乎銅錐石斧，可以斷言。亦非僅藉廞諸，而能琢礦成器。後世之剖玉，則資鐵槃沙碾，其任刻鏤，則以鑌鐵刀為利器見明宋應星《天工開物》。《魏書西域傳》云「波斯國出金剛鑌鐵」，此鑌鐵之始見載籍者。金剛可以切玉，始見《晉起居注》《御覽》八百十三引，【注】《大藏法數》卷四十一云「梵語跋折羅，華言金剛。此寶出於金中，色如紫英，百鍊不銷，至堅至利，可以切玉，世所希有，故名為寶」。鑌鐵，泛指精鐵。二物皆非中夏所產，當非上世攻玉之資。《列子湯問篇》云「周穆王征西戎，西戎獻錕鋙之劍，練鋼赤刃，用之切玉，如切泥焉」。《抱朴子論仙篇》云「魏文帝謂天下無切玉之刀、火浣之布，及著典論，嘗言此事，未期二物畢至」。其所云「切玉之刀」，當卽鑌鐵所鑄，惟云「切玉如泥」者，乃誇飾之說也。

磬

磬，樂石也，从石殸，象縣虞之形，殳所以擊之也，
古者毋句氏所作磬。殸，籀文省。硜，古文从巠。

案殸於卜辭作磬磬，從殳卩會意。卩乃石之初
文說見石下，殳象縣石，是其構體乃會意而兼象形，
卽籀文之所本。罄、磬、馨、漀、聲、謦，并從殸
聲，可證東周之前皆相承作殸。孳乳為磬，乃重形
俗體，蓋為東周所構。《說文》以殸為磬省，猶之以
宷妣為窽妣之省說見窽妣之下，皆誤以籀文為省體
也。

夫

夫，丈夫也，从大，一以象簪也，周制以八寸為尺，
十尺為丈，人長八尺，故曰丈夫。

案夫於卜辭作夫，彝銘作夫，并與篆文同體。
從大象箸冠笄之形，與先之象髮笄者，構形迥異。
良以先為男女首笄之通名，故先以髮笄構形。冠笄
為男子所特有，故夫以冠笄象形。所以象冠笄者，
乃示冠禮之後，始以丈夫為名。《說文》云「一以象
簪」，而不云冠簪，其說失之。《御覽》引《說文》

云「夫從一大，一象簪形，冠而旣簪，人二十而冠，成人也，故成人曰丈夫」《御覽》三百八十二引。其說較二徐本為長，蓋為許氏原文。《說文》云「周制以八寸為尺，十尺為丈，人長八尺，故曰丈夫」。乃傅合〈考工記〉「人長八尺」而言，說亦謬戾。蔡邕〈獨斷〉云「夏以十寸為尺，殷以九寸為尺，周以八寸為尺」，是亦臆說，而未可徵信。惟古之尺度，自漢訖唐，代有增益見王國維《觀堂集林》卷九十，〈考工記〉所云「人長八尺」者，蓋戰國之尺度，非東周以前之古制也。玫卜辭於大甲亦作夫甲《前編》4.7.6 片，大示亦作夫示《前編》5.2.4 片，從大之去或從夫作杏《乙編》1185 片，譱夫於〈大鼎〉作譱大《三代》四卷 32 葉，吳王夫差於〈攻吳王鑑〉作大差《三代》十八卷 24 葉，【注】善夫，古官名，即《周禮天官》之膳夫，膳夫掌王之食飲膳羞。〈大鼎〉云「王乎善大驂召大以牟友入攺」，驂乃善夫之名，義謂王令善夫驂召大與其屬員下至虎士之屬，入宮扞衛天子也。〈攻吳王鑑〉云「攻吳王大差擇乓吉金，自乍御監」。案攻吳即句吳，《史記吳太伯世家》云「太伯犇荊蠻，自號句吳」，攻與句同音，攻屬陽聲邕攝，句屬陰聲謳攝，對轉相通。蓋以夫大俱象人形，故二字或相通作也。

落

𦼬，凡艸曰零木曰落，从艸洛聲。

案落擇為疊韻轉注之字_{古音同在烏攝}，凡艸木皮葉蕚實之隊地俱曰落。《禮記月令》云「草木蚤落」，又云「穀實鮮落」_{鮮乃解之形誤}，《呂覽季夏記》、《淮南時則篇》并作解。【注】解落，謂解散，散落。〈季夏記〉〈時則篇〉并云「季夏行春令，則穀實解落」。<u>高誘</u>注「解，散也」。又云「草木黃落」，《逸周書柔武篇》云「枝葉維落」，〈寶典篇〉云「秋落冬殺」，《左傳僖十五年》云「實落材亡」，《莊子在宥篇》云「草木不待黃而落」，《楚辭離騷》云「夕餐秋菊之落英」，【注】落英，落花也。〈離騷〉云「朝飲木蘭之墜露兮，夕餐秋菊之落英」。又云「貫薜荔之落蕊」，〈九辯〉云「草木搖落而變衰」，《史記李斯傳》云「秋霜降者草花落」，是皆落之本義。《禮記王制、月令》、《楚辭離騷》并云「草木零落」，《管子宙合篇》云「奮盛苓落」，〈輕重己〉云「士民零落」，是皆以「零落」與「苓落」為雙聲疊語，非因草木與士民而異名。若《楚辭遠遊》云「悼芳草之先零」，而於艸獨言零者，乃以與征、成、情、程為韻，故不言落，非以降雨之零，為艸隊之專名。《晏

子春秋》卷二云「穗乎不得穫，秋風至兮殫零落」，則以零落而俪禾穗，是知下夆之名，非有艸木之異，此其明證。《說文》及《離騷》王逸注曰「艸曰零木曰落」，是皆昧於字義及文義之謬說。慧琳《一切經音義》六引《說文》云「落木凋衰也」，義亦未允。惟不以艸木之夆區為二名，則較二徐本為長也。

霍

霍，飛聲也，雨而雔飛者，其聲霍然。

案霍於卜辭作䨄𩁹，〈未男父匜〉作䨄《三代》十七卷 38 葉，并從雨雥會意，以示雨中羣鳥，而以疾飛聲為本義，引伸為凡疾速之名，俗省作霍。張衡〈西京賦〉云「起彼集此，霍繹紛泊」，又云「跳丸劍之揮霍」《文選》卷二，【注】〈西京賦〉云「鳥畢駭，獸咸作，草伏木棲，寓居穴託，起彼集此，霍繹紛泊」。薛綜注「霍繹紛泊，飛走之貌」。「跳丸劍之揮霍，走索上而相逢」。丸劍，古雜技名，表演時使用鈴和劍。張銑注「丸，鈴也。揮霍，鈴劍上下貌」。揚雄〈甘泉賦〉云「翕赫習霍」《文選》卷七，【注】翕赫習霍，李善注「翕赫，盛貌。」習霍，迅疾貌。顏師古《漢書》注「翕赫習霍，開合之貌也」。枚乘〈七發〉云「霍然病已」

《文選》卷三十四，皆以霍為疾速之詞，而為疾飛之引伸義，篆文作霍，與〈霍鼎〉同《三代》三卷20葉，【注】〈霍鼎〉云「霍乍己公寶鼎，其萬季用」。霍蓋其姓氏。乃其省體。許氏未知初文，故以「雔飛」釋之。信如其說，則雙鳥疾飛，其聲不顯，固無以示飛聲之義也。

受　授

受，相付也，从受舟聲。

授，予也，从手受，受亦聲。

　　案受於卜辭作 ，尊銘作 《三代》十一卷2葉，卣銘作 《三代》十二卷51葉，并為從受舟聲。春秋時之〈國差瞻〉、戰國時之〈蔡厌盤〉《壽縣蔡厌墓出土遺物》38圖，皆與同體，【注】〈國差瞻〉云「厌氏 福賚壽」。〈蔡厌盤〉云「祐 毋已」。受字并從受舟。篆文之受蓋為嬴秦之省。《周禮司尊彝》云「春祠、夏禴，祼用雞彝鳥彝，皆有舟。秋嘗、冬蒸，祼用斝彝黃彝，皆有舟。凡四時之閒祀、追享、朝享，祼用虎彝蜼彝，皆有舟」。【注】祼，祭名，以香酒灌地而求神。舟者彝器之承臺，殷周彝器若簋卣之屬皆有之。其形正方，亦有與器相連而鑄者，以其如舟之載物，故以為名。

獻祭之時，奉舟以相付受，是以從舟為聲。從受義兼受予，孳乳為授，則區承受與推予為二義。是猶糴之孳乳為糶，買之孳乳為賣，亦區糴糶買賣為二名，皆為<u>東周</u>後起之字。若授復從手，尤為重形俗體。是猶步之孳乳為跿，孚之孳乳為俘，巩之孳乳為鞏，窅之孳乳為暗，雁之孳乳為鴈，益之孳乳為溢，气之孳乳為餼，賣之孳乳為贖，卬之孳乳為仰，居之孳乳為踞，司之孳乳為弖，殸之孳乳為磬，臭之孳乳為嗅，票之孳乳為熛，辰之孳乳為派，告之孳乳為牿誥，共之孳乳為拱拲，异之孳乳為擧擧，彀之孳乳為擊鼕，<u>監</u>之孳乳為瞷覽，皆為後起重形之字。惟步跿孚俘之屬，乃為別於假借之轉注字，窅暗擧擧之屬，則為應語言音變之轉注字，與受授之區為二義，例復異撰。《尚書》、雅頌并有授字者_{見〈堯典、顧命〉、《鄭風緇衣》、《豳風七月》、《大雅行葦》、《周頌有客》，【注】〈堯典〉云「敬授民時」。〈顧命〉云「授宗人同」。〈緇衣〉云「予授子之粲兮」，〈七月〉云「七月流火，九月授衣」。〈行葦〉云「或肆之筵，或授之几」。〈有客〉云「言授之縶，以縶其馬」}。乃後人所易，決非<u>春秋</u>以前之文也。《說文》所釋省聲之字，說多乖剌_{說見窅下}。然亦有陳義甚允

者，若釋受為舟省聲，釋狄為亦省聲，俱有彝銘可證。於旬、謈、融、闉、梓、烊、襲、歖、麇、榮，所釋省聲，并有重文可徵，固無疑義。它若珊、藟、藖、薅、牵、譽、寒、商、騫、薧、隋、觡、鶯、榮、隲、枊、鬱、贛、窺、杲、夢、黎、粲、鰲、家、營、瘂、微、寋、袞、覺、覿、頵、鬐、鶱、鸎、麠、羆、閔、炊、埶、奚、滤、瀓、淀、榮、霅、鈔、陞、觉、徼、繩、紫、虳、坋、鐙、鑿、鈕、鞏、衛、轟、營，所釋省聲，亦皆無可告議者也。

閏

閏，餘分之月，五歲再閏也。告朔之禮天子居宗廟，
　閏月居門中，從王在門中，《周禮》閏月王居門中
　終月也。

　　案〈堯典〉云「以閏月定四時成歲」，此閏字
之始見載籍者。然考之卜辭彝銘第有十三月，而無
閏月。其云十三月，而見於<u>西周</u>彝器者，則有〈中
鼎〉《博古圖》二卷 17 葉、〈趞尊〉《三代》十一卷 34 葉、〈臤
尊〉《三代》十一卷 36 葉、〈小臣靜彝〉《攗古》二之三卷 58

葉，可證自殷以訖西周，於置閏之歲，則偁十三月，亦猶秦漢之偁後九月。蓋以歲終置閏，故有「十三月」，與「後九月」之名。然則殷周固知氣盈朔虛，因有十三月之設。惟以爾時中節未備，【注】中節，謂中氣與節氣。古代曆法以太陽曆二十四氣配陰曆十二月，陰曆每月二氣，在月初者偁節氣；在月中以後者偁中氣。未知以無中之月為閏。下逮春秋之時，十紀閏月，而入居歲終見《春秋文六年、哀五年》、《左傳僖七年、成十七年、襄九年、昭二十二年、哀十五年、二十四年》，魯文公元年閏三月，傳譏非禮，而曰「先王之正時也，歸餘於終」，是知設閏正時，殷周皆知其理，而非以定四時，故以「歸餘於終」，為設閏之制。矧夫以四時繫月紀年，始見《春秋經傳》，四時而有孟仲季之名，始見《禮記月令》及《逸周書》、《左傳》之孟夏〈昭十七年〉、〈䜌書缶〉之季菖《錄遺》514圖，案䜌書即晉之欒書，見《左傳宣十二年》，亦皆春秋之制，而於東周之前無徵也。然則〈堯典〉所云「以閏月定四時成歲」，以及「仲春」、「仲夏」、「仲秋」、「仲冬」，決非唐虞之文。推類而言，官名之司空司徒，於西周彝器作嗣工嗣土嗣工見〈揚簋〉、〈嗣工丁爵〉，嗣土見〈康庚簋〉、〈嗣土司簋〉、〈免卣〉，

而〈堯典〉有「司空司徒」之名。四裔蠻夷，於彝器作㣺尸^{㣺見〈虢季盤〉、〈晉邦盦〉}，尸見〈宗周鐘〉、〈雪鼎〉、〈無㠱簋〉、〈小臣謎簋〉、〈師寰簋〉、〈曾白簠〉、〈虢仲盨〉、〈翏生盨〉、〈競卣〉、〈兮甲盤〉，而〈堯典〉有「蠻夷」之名。中土曰夏，乃文命之國號，而〈堯典〉有「蠻夷猾夏」之文。它若受之孳乳為授，用之孳乳為庸，司之孳乳為后，是皆肇於東周^{說見受用司之下}，皋之異體作罪，則又構於嬴秦^{說見罪下}，州之孳乳為洲，益為晚出，而〈堯典〉俱有其文。審此則〈堯典〉之成書，蓋為古事流傳，而為東周寫定。其若罪洲諸字，則又後人所易者也。

冰

㳄，水堅也，从水仌。㠗，俗冰从疑。

　　案《玉篇仌部》云「冰，卑膺切」，《廣韻十六蒸》亦以冰仌音義相同。可證冰乃從水仌聲，而為仌之後起字，猶之溢酒為益酉之後起字。蓋以金之古文作ニ^{說見金下}，與水凍之仌構形相近，是以蛻變為金冰。亦猶飲器之凵，與坎之古文構形無異，是以蛻變為筮坎^{說見凵下}。皆所以避形溷，故自象形而

孳乳為形聲。與益酉之孳乳為溢酒，乃以明義訓者，異其科程。此證以相承之音讀，及文字之蛻變，而知冰仌音義無異者一也。〈陳逆簋〉之「⿰冫月」《三代》八卷28葉，即《晏子春秋》卷二之「冰月」，乃以時際取冰，故以為名。【注】冰月，謂陰曆十二月也。〈陳逆簋〉云「冰月丁亥」。《晏子春秋》卷四云「景公令兵搏治，當臘冰月之間而寒，民多凍餒，而功不成」。卷十三云「景公為履，黃金之綦，飾以銀，連以珠，良玉之絢，其長尺，冰月服之以聽朝」。《豳風七月》云「二之日鑿冰沖沖」，《禮記月令》云「季冬之月命取冰」者是也。《小雅小宛》云「戰戰兢兢，如履薄冰」，乃以冰兢為韻。【注】戰戰兢兢，畏懼謹慎貌；如履薄冰，喻戒懼敬慎貌。〈小宛〉云「戰戰兢兢，如履薄冰」。毛傳云「戰戰，恐也。兢兢，戒也。如履薄冰，恐陷也」。《左傳昭十三年》云「奉壺飲冰」，〈二十五年〉云「公徒釋甲，執冰而踞」，〈二十七年〉云「豈其伐人，而說甲執冰以游」，是皆假冰為掤。【注】《說文》云「掤，所以覆矢也」。《鄭風大叔于田》云「抑釋掤忌，抑鬯弓忌」。毛傳「掤，所以覆矢」。孔穎達疏「掤為覆矢之物」。「奉壺飲冰」，杜預注「冰箭筩蓋可以取飲」。此證以彝銘及經傳，而知冰仌音義無異者二也仌冰掤古音同屬應攝幫紐。攷之書傳，

於仌凍之字，靡不作冰。其文緐碎，不勝殫述。若夫凝則以水結為本義，引伸為凡結集與定止之名。《周易坤》云「履霜堅冰，陰始凝也」，《周禮考工記》云「水有時以凝，有時以澤」，《莊子在宥篇》云「其熱焦火，其寒凝冰」，《淮南子俶真篇》云「水嚮冬則凝而為冰」，〈天文篇〉云「陰氣盛則凝而為霜雪」，〈精神篇〉云「冰之凝不若其釋也」，〈詮言篇〉云「大寒地坼冰凝」，《論衡感虛篇》云「雨凝而為雪」，〈道虛篇〉云「水凝而為冰」，是皆凝之本義。《衞風碩人》云「膚如凝脂」，【注】凝脂，狀潔白柔潤之皮膚也。〈碩人〉云「手如柔荑，膚如凝脂」。《周禮考工記》云「凝土以為器」，《禮記樂記》云「而凝是精粗之體」，〈中庸〉云「苟不至德，至道不凝焉」，《管子水地篇》云「凝蹇而為人」，《淮南子天文篇》云「重濁者凝滯而為地」，此皆結集之義。《尚書皋陶謨》云「庶績其凝」，《周易鼎》云「君子以正位凝命」，《莊子達生篇》云「用志不分，乃凝於神」，《荀子王制篇》云「好假道人，而無所凝止」，又云「全其力而凝其德」，〈議兵篇〉云「唯堅凝之難焉」，此皆定止之義。《玉篇》、《廣韻》并音凝屬疑紐，可證

凝從疑聲，與從仌聲之冰，聲韻互異。攷之載籍，冰無凝結與定止之義，是冰凝義訓亦殊。《說文》誤以冰為會意，故誤以凝為冰之俗字，是猶以靁為震之籀文，以賡為續之古文說見震緒之下，胥為謬相粘合者也。藉如其說，而以冰讀如凝，則〈小宛〉之冰競為韻，《左傳》之假冰為掤，以及莊周之「凝冰」連文，淮南之「冰凝」綴句，俱為理不可通，文不成義矣。《說文》所載重文，於〈角部〉之䚨、〈食部〉之叼、〈弓部〉之胗、〈鼎部〉之鎡、〈禾部〉之稉穗、〈未部〉之攲、〈呂部〉之躬、〈尸部〉之踞、〈先部〉之簪、〈印部〉之抑、〈蚰部〉之蚊、〈土部〉之塊，與〈仌部〉之凝，并偶為俗字。然案甄明雅俗，存乎字之古今。蓋自象形會意，而孳乳聲不示義之諧聲字，與重形之字，斯為雅俗之攸分。若屮之作葬、冎之作歷、看之作翰、轟之作糧、烏之作雛、劜之作創、舛之作躇、茉之作鈝、呂之作膂、网之作罔、市之作鞁、魈之作魅、沝之作沍、汿之作泗、砅之作瀝、〈之作畎、西之作棲、夊之作處、壹之作轉，此為自象形會意而孳乳為諧聲之俗字也。若簋之古文作匭、舞之古文作翌、表之古文作裱、

尢之古文作𡯁、姦之古文作悬、繭之古文作緄、鼓之籀文作鼕、兒之籀文作貌、厂之籀文作斤，此為自象形會意，或形聲字之聲亦兼意者，而孳乳為聲不示義之俗字也。若受之孳乳為授、步之孳乳為跊，則為重形俗字也_{說見受下}。是知字之雅俗，無閒籀篆古文，非若《說文》所云僅有觥叩胗鎡之屬。若乎凝從疑聲，乃以人之疑立，而示水之定止_{疑之本義為疑立，說見疑下}。亦猶沚從止聲，以示人可託止，澌從斯聲，以示冰仌之巤析，固諧聲之字，字亦兼義。《說文》乃以凝為俗字，是非特誤以冰凝為一文，且亦瞀於雅俗之分，益為重悖矣。

買　賣

𧵇，市也，从网貝，《孟子》曰「登壟斷而网市利」。

𧶠，出物貨也，从出从買。

　　案買於卜辭作𧵇𧵇，〈買車卣〉作𧵇《錄遺》242圖，〈買王卣〉作𧵇《三代》十三卷21葉，從貝网會意，示以貨易財。從网以示網獲羅致，《莊子天下篇》所謂「萬物畢羅」，此卽買之所以從网，乃據引伸義而構字。【注】畢羅，謂包羅；囊括也。《小雅鴛鴦》云「鴛鴦于

飛，畢之羅之」。毛傳云「於其飛乃畢掩而羅之」。《莊子天下篇》
云「芒乎何之，忽乎何適，萬物畢羅，莫足以歸」。成玄英疏「包
羅庶物，囊括宇內」。與《孟子》所謂「有賤丈夫而罔市
利」〈公孫丑下篇〉，其義小別。買糶義兼出入，猶之
承受義兼推予。自買糶而孳乳為賣糶，猶之受而孳
乳為授，是皆東周所構，非夫春秋以前之古文說見受
糶之下。賣從買聲，而《說文》以會意釋之，是猶以
會意釋皇說見皇下，此皆許氏於六書之圻㖙，【注】圻
㖙，或作圻鄂，亦作圻堮，音一ㄣˊ ㄜˋ、yinˊeˋ，謂界線也。
陳義未明者也。

糴 糶

糴，市穀也，从入糴。

糶，出穀也，从出从糴，糴亦聲。

　　案春秋時晉人有糴茷見《左傳成十年》，【注】〈成十
年〉云「十年春，晉侯使糴茷如楚」。杜預注「糴茷，晉大夫」。
蓋其受氏已久，必為東周以前之古文。《春秋莊二十
八年》云「臧孫辰告糴于齊」，【注】杜預云「臧孫辰，
魯大夫臧文仲也」。告糴，竹添光鴻箋「告糴者，將貨財告齊買穀
也」。此為糴字之始見載籍者。《左傳》、《國語》及《逸

周書》并有糶無糴見《左傳隱六年、僖十三年、十四年、十

五年、昭二十二年》、《國語魯語上、晉語三》、《逸周書大匡篇》，

葢以糶兼出穀，猶之受兼授予，買兼出貨，是以經

傳有糶無糴。其於卜辭彝銘，亦有受買，而無授賣。

葢自受買糴而孳乳為授賣糶，皆當肇於<u>東周</u>。糶字

始見《管子》、《墨子》見《管子治國篇、國蓄篇、輕重甲、

輕重丁、輕重戊》、《墨子魯問篇》，葢為<u>戰國</u>所構，而為後

人羼入<u>管氏</u>之書。猶詩書之授，亦為後人所易。糴

糶俱從糶聲，《說文》乃以會意釋糶，是猶以會意釋

賣，皆為釋字之未臻明允者也。

妣

𣏚，歿母也，从女比聲。𣥩，籀文妣省。

　　案妣於卜辭作𠤬𠤬，〈夆妣辛簋〉作𠤬《三代》六

卷 22 葉，〈義妣鬲〉作𡦦《三代》五卷 18 葉，〈召仲鬲〉

作𡖉《三代》五卷 34 葉，〈者妣丁爵〉作𣥩《錄遺》474

圖，〈陳戻午錞〉作𡖉《三代》八卷 42 葉，文作𠤬𠤬者，

乃象匕栖之形說見匕下。匕形銳首而中窒，物之陰器

似之，故孳乳為母牛牝，與母鹿之麀。妣之初文作

匕者，乃以比擬為名。彝銘作妣，則如牝麀之以比

擬構字。考〈義姁鬲〉至〈姁丁爵〉，皆為西周之器，〈陳戻午錞〉為戰國時齊桓公之器見《史記田敬仲完世家》，【注】《史記田敬仲完世家》云「齊侯太公和立二年，和卒，子桓公午立」。案陳完敬仲如齊，以陳字為田氏，因陳田音近故也。後齊世卿田和取代姜姓國君，由是姜齊變為田齊。故陳戻午卽齊桓公午也。此可證籀文之姁，乃西周以降相承之古文。篆文之妣，始見戰國之〈蘭戻簠〉《三代》八卷43葉，則為妣之後起字。蓋以比匕同音，是以假妣為匕。《說文》釋妣為姁省，釋麀為牝省，是非唯昧於文字之先後，且未知妣與牝麀，所以從匕而構字之意，故有此乖剌之說也。

生

屮，進也，象艸木生出土上。

　　案生於卜辭作屮屮，〈單白鐘〉作屮《三代》一卷16葉，〈武生鼎〉作屮《三代》三卷35葉，與篆文同體，并從屮土會意，與屮從屮象形，構字同意，義亦相同。《廣雅釋詁一》云「生，出也」，其說得之。引伸為凡長育與生執之義，人之气質與生俱來，故孳乳為性。古之族號，胥因生地為名，故孳乳為姓，《左

傳隱八年》云「因生以賜姓」者是也。【注】〈隱八年〉
云「天子建德，因生以賜姓，胙之土以命之氏」。杜預注「天子建
德，立有德以為諸侯。因生以賜姓，因其所出生以賜姓，若舜由
媯汭，故陳為媯姓也。胙之土以命之氏，報之以土而命氏曰陳」。
《國語晉語四》云「昔少典娶于有蟜氏生黃帝、炎
帝，黃帝以姬水成，炎帝以姜水成，成而異德，故
黃帝為姬，炎帝為姜」，乃以成功而言受姓之由，謬
其恉矣。自生而孳乳為產，則為雙聲轉注之字同屬疏
紐。《國語晉語六》云「如草木之產也，各以其物」，
正為產之本義。引伸亦為生育之通名，孳乳為牲犉，
乃據引伸義而構字。《說文》訓屮為出，其說甚允。
惟以別於屮義而訓生為進，則未為切合也。

尋

尋，傾覆也，从寸臼覆之，寸，人手也，从巢省，
　　杜林說「㠯為貶損之貶」。

　　案尋從寸巢省會意，以示傾覆鳥巢，引伸為毀
損之義。凡從乏聲之字，皆為東周所構說見乏下，杜
林之說以尋為貶者，乃東周以前之古文也。所以省
巢為臼者，乃示傾覆其巢，非拔其木，且當覆巢之

時，無鳥棲止，是以省木去鳥而作臼。亦猶允從弁省，以示頸在弁下說見允下，梟從鳥省，以示鳥受辜磔說見梟下。【注】辜磔，謂分裂肢體也。循知省形構字固有精義，非比去緐就簡為通則。《說文》云「從寸臼覆之」，又云「從巢省」，則於釋形乃具二說。亦如以二說釋卜說見卜下，【注】《說文》釋卜云「象灸龜之形。一曰象龜兆之縱衡也」。是二釋其形也。皆為見理之未瑩也。

只

只，語已詞也，从口象气下引之形。

案只乃從口之合體指事，亦猶亐為從丂之合體指事，【注】魯先生曰「指事者，義有實名，形俱臆構」。如云象气下引之形，亐所從之一，象气之舒亐，皆為臆構之形，形無實象，故於文為合體指事也。皆以語詞為本義，故自只而孳乳為䩏。《邶風燕燕》云「仲氏任只」，《鄘風柏舟》云「母也天只，不諒人只」，【注】不諒，不相信也。毛傳「諒，信也」。《邶風北風》云「旣亟只且」，《王風君子陽陽》云「其樂只且」，《左傳襄二十七年》云「諸侯歸晉之德只」，以及《楚辭大招》并以只為語已詞。《詩》之「只且」乃二詞疊用。猶之《邶風北風》

之「焉哉」，《魏風陟岵》之「旃哉」，《秦風終南》之「也哉」，亦皆二詞疊用。若《詩》之「樂只君子」《周南樛木》、《小雅南山有臺、采菽》，乃是之疊韻借字_{只是古音同屬益攝}。《左傳》引作旨_{見〈襄十一年、二十四年、昭十三年〉}，乃只之雙聲借字_{只旨同屬照紐}，非只之本義也。

穅

糠，穀之皮也，从禾米庚聲。穅，穅或省作。

案穅於卜辭作𥝩𥝩，彝銘作𥝩𥝩，并為從米庚聲，乃以米之捝粟，而示穀皮之義。米形作⁝⁝者，猶之稻於卜辭作𥝩𥝩，所從之米，亦象顆粒，而省其橫畫也。康之見於<u>西周彝器</u>者，其詞曰康虞〈頌鼎〉、〈虢姜簋〉，或曰康龢〈微欒鼎〉、〈善大克鼎〉、〈繁白星父簋〉，或曰康靜〈師旬簋〉，或曰吉康〈朩毛鼎〉、〈師麗父鼎〉、〈師奎父鼎〉，康虞即〈離騷〉之康娛，【注】《三代》四卷39葉〈頌鼎〉、《辭氏》十四卷〈虢姜簋〉并云「祈乞康虞屯右」，案屯右乃奄祐之初文，義謂祈求安樂大福也。〈離騷〉云「保厥美以驕傲兮，日康娛以淫遊」。<u>王逸</u>注「康，安也。日自娛樂，以遊戲自恣」。康龢即〈命瓜君壺〉之康樂《三代》十二卷28葉，

乃東周之器。」【注】案諸器之「康劋」，劋乃從龠加省聲，當為嘉之或體。嘉，美也；樂也。義即《大雅假樂》云「假樂君子」之假樂。毛傳云「假，樂也」。康義為安，是以康劋義同〈命瓜君壺〉之康樂。〈微繛鼎〉見《辭氏》四卷、〈善大克鼎〉見《三代》四卷 28 葉、〈縈白星父簋〉見《周金》三卷 41 葉。康靜義同〈洪範〉之康寧，是皆借為安樂之義。以康之借義溥行於西周，故孳乳為穅。康已從米，而復從禾作穅者，是猶從米之氣借為雲气，因復從食作餼，并為絫繀形文，而別於借義之轉注字。《說文》以康為穅省，亦如以互為笠省，皆為昧於文字孳乳之謬說也 說見笠下。或釋卜辭之 ⿱ 曰「穀皮非米，以 ⁞⁞ 象其碎屑之形」羅振玉《增訂殷契考釋中》35 葉。是未知康不從米，則無以見穀皮之義。猶之麩不從麥，則無以見麥皮之義。而乃云然，是尤不識字形之妄議也。

斫（折）

斫，斷也，從斤斷艸，譚長說。斫，籀文折从艸在仌中，仌寒故折，斫，篆文折从手。

　　案斷於卜辭作 斫斫《京津》1565 片、2737 片，彝銘作 斫斫，并從斤艸會意，而以斷木為本義，引伸為

凡斷物之名。所以從艸者，乃示別於破木之析。亦猶薪之從艸，非以艸為義也說見薪下。《鄭風將仲子》云「無折我樹杞，無折我樹桑」，此折之本義。《左傳》云「折馘執俘」〈宣十二年〉，【注】折馘，古代戰爭中，殺死敵人，割其左耳以數計功。〈宣十二年〉云「吾聞致師者，右入壘，折馘、執俘而還」。杜預注「折馘，斷耳」。又云「宴有折俎」〈宣十六年〉，【注】折俎，古代祭祀，宴會時，殺牲肢解而後置於俎上。俎，盛犧牲之禮器。〈宣十六年〉云「王享有體薦，宴有折俎」。杜預注「享則半解其體而薦之，所以示共儉也。體解節折，升之於俎，物皆可食，所以示慈惠也」。此折之引伸義。〈齊侯壺〉之𣃟𣃟《三代》十二卷 33 葉、34 葉，乃從＝斷聲，而為誓之古文。＝為金之象形說見金下，從金示信誓之堅明，《易繫辭》云「二人同心，其利斷金」，此誓之古文所以從金也。〈齊侯壺〉之𣃟即籀文之斷與篆文之銴，《說文》云「籀文折从艸在仌中，仌寒故折」。〈金部〉云「銴，車樘結也，一曰銅生五色也，从金折聲，讀若誓」。是誤以斷𣃟為一字，誤以斷為從仌，且又誤以後起之義而釋銴，并悖其初恉矣。玫斷字見於〈師袁簋〉《三代》九卷 28 葉、〈不𡢁簋〉《三代》九卷 48 葉、〈翏生盨〉《三代》十卷 44 葉、〈虢

季盤〉《三代》十七卷 19 葉、〈夗甲盤〉《三代》十七卷 20 葉，【注】〈師寰簋〉、〈不娶簋〉、〈虢季盤〉、〈夗甲盤〉并云「斲首執訊」，斲首即戰國後所言之斬首或斷首。執訊，謂捕獲敵人，須經嚴詞審問之俘虜也。〈敹生盨〉云「斲首孚戎器孚金」。諸折字皆為從斤斷屮作斲。皆與卜辭同體，密合譚長所謂「從斤斷屮」之說，是即篆文之所本。惟以屮手形近，故隸變作折，而《說文》乃載折為斷之重文，斯必後人附益。猶之〈屮部〉之蘜、〈口部〉之嘬、〈咼部〉之鶻、〈炎部〉之燮，皆為後人妄增。若從斷聲之哲、逝、誓、晢、狾、悊、淅、娎、鏨，各本《說文》并從折者，亦以形近，而為傳錄之譌也。

梁

𣹫，水橋也，从木从水刅聲。𣻸，古文。

案梁於〈梁其鐘〉作𣹫《錄遺》3 圖，〈梁其鼎〉《錄遺》96 圖，〈梁其簋〉《錄遺》164 圖，〈白梁其盨〉《錄遺》180 圖，〈梁白戈〉《三代》十九卷 53 葉，胥與同體。梁於〈陳公子甗〉作𣹫《三代》五卷 12 葉，【注】〈陳公子甗〉云「乍旅甗，用征用行，用鬻稻汦」。其稻梁之梁字作汦，與它器作汦同體。可證梁梁并從汦聲。《說文》釋梁為從木水

乃聲，釋梁為梁省聲，是不知古文之汾，因亦誤釋梁梁之構體。《說文》所載古文之𣲸，不見彝銘古璽，葢晚周之俗字也。

上

丄，高也，此古文上，指事也。𠄞，篆文丄。

案上於卜辭作二、反上為下於卜辭作二，戰國以前之彝器，并與卜辭之二二同體，乃以示物在地之上下而為文。〈上樂鼎〉作上《三代》二卷 53 葉，〈上官登〉《周金文存》三卷 167 葉、〈廿年距末〉《三代》二十卷 58 葉、〈蔡庆盤〉《壽縣蔡庆墓出土遺物》38 圖，皆與同體，乃戰國所構，而為隸定之所本。葢以別於數名之二，故蛻變為上。古璽之「上賢事能」，文作𠄞，古匋之「上公」文作上 丁佛言《說文古籀補補》，則為晚周之變體，而為《說文》所載上𠄞二文之所本。《玉篇上部》載古文作上，當據《說文》篆錄。段玉裁注本改上𠄞為二上，覈之《說文》所釋帝旁示之從二，則其所改未可告議，惟不與各本《說文》相合也。《說文》於指事之字，明言為指事者，僅有上下二文。亦猶會意之字，明言為會意者僅有圂之

一文，【注】《說文口部》云「圂，豕廁也，从口象豕在口中也。會意」。是皆立例之不純者。若牟、只、芈、予、刃、曰、冒、乃、夊、亦、厂、乁，并以象形釋之。蓋以臆構之形，為指事之法，是其名偁雖異，義尚無瑕。惟釋音、寸、夃、甘，俱為從一會意，則為昧於指事之圻㟼矣。【注】音、寸、夃、甘諸字所從之一，乃臆構之形，非肖形寫實，有失合文達意之恉，乃為合體指事，非會意也。

牟

牟，牛鳴也，从牛乙象其聲气從口出。

案牟與羊鳴之芈，并為合體指事，牟之本義先秦無徵。《漢書景帝紀》云「侵牟萬民」，《淮南子時則篇》云「毋或侵牟」，并假為蟊。【注】牟蟊古音同屬幽攝明紐。侵牟，謂侵害掠奪也。〈景帝紀〉云「吏以貨賂為市，漁奪百姓，侵牟萬民」。李奇曰「牟，食苗根蟲也。侵牟食民，比之蝥賊」。〈時則篇〉云「乃命水虞漁師，收水泉池澤之賦，毋或侵牟」。案牟為蟊之異體。《荀子非相篇》云「堯舜參牟子」，乃假為目。【注】牟目同屬明紐，目屬幽攝入聲。故假牟為目。〈非相篇〉云「堯舜參牟子」。楊倞注「牟與眸同，參眸子謂有

二瞳之相參也。《史記》曰『舜目重瞳，蓋堯亦然』。」孳乳為睟眸，俱承借義而構字。眸字見《孟子離婁上》、《荀子大略篇》，蓋亦晚周孳乳。或以牟為合體象形《說文》段注，是惑於許說，而未知臆構之形，與寫實之形，畫然有別也。

芈

芈，羊鳴也，从羊象气上出，與牟同意。

案芈篆從段注本訂。《藝文類聚》九十四引《說文》云「咩，羊鳴也」，蓋唐本之咩為芈之重文，惟不見《玉篇》，當為後人附益。芈為從羊之合體指事，猶牟為從牛之合體指事。牟芈為牛羊鳴聲，雖於先秦以至晉宋無徵。然而覈其構形，與曰冒同意，【注】《說文曰部》云「冒，出气曶也，从曰囗象气出形」。今隸定作曶。因知《說文》釋義，明徹無疑。或曰「芈會意兼指事」朱駿聲《通訓定聲》，是未知會意決不少於二文，芈非二文，而乃云然，是亦懜於會意與指事之分限矣。【注】魯先生曰「會意者，合文達意，虛實兼包。其類凡四，一曰異文會意，若元、天。二曰同文會意，若祘、玨。三曰會意兼象形，若爨、畫。四曰變體會意，若乏、丸」。芈字非二文以上

之相合，半所從之「象气之出，未成文，乃臆構之形。故羊與牟同為合體指事也。

扈

扈，夏后同姓所封，戰於甘者，在鄠，有扈谷甘亭，從邑戶聲。岾，古文扈從山弓。

案《公羊傳宣十二年》云「廝役扈養」，乃借扈為賤役之名。其本字於〈魯士簠〉作𡥆《三代》十卷5葉，隸定為厚，從孚戶聲，而以監門為本義，引伸為闌止之名。監門之名見《周禮司門》、《韓非子五蠹篇》，及《史記魏公子傳》。【注】《周禮地官司門》云「祭祀之牛牲繫焉，監門養之」。鄭玄注「監門，門徒」。〈五蠹篇〉云「雖監門之養，不虧於此矣。雖臣虜之勞，不苦於此矣」。邵增樺注「監門，守門的小吏。臣虜，古時以俘虜為奴隸，臣是替人服務的人的稱呼，臣虜是僕役的意思」。〈魏公子傳〉云侯嬴曰「臣脩身潔行數十年，終不以監門困故受公子財」。字從孚者，孚乃俘之初文說見孚下，所以示為俘虜之職。俘虜或加墨刑，故《周禮掌戮》云「墨者使守門」，可徵監門為古之賤役。此所以公羊以「廝役扈養」相綴而言，而韓非亦以「監門」與「臣虜」同類并舉也。監門

職稽出入，故引伸有闌止之義。《左傳宣十二年》云
「屈蕩戶之」，是即屋之引伸義，而假戶為屋，【注】
〈宣十二年〉云「王見右廣，將從之乘，屈蕩戶之」。屈蕩楚大夫，
戶之者，謂闌止王之將從乘也。亦猶公羊之假扈為屋。〈魯
士簠〉之屋父，乃以屋為氏，【注】〈魯士簠〉云「魯士屋
父乍飤簠，永寶用」。蓋方名與姓氏之扈，其初文亦作屋。
然則俘者監門，蓋於夏后之時已然矣。

附錄一

曾運乾教授古音三十攝表

	陰聲噫攝第一	噫攝入聲第二	陽聲應攝第三
喉	意醫	肊音	雁
牙	兀箕龜又友久疑亥己喜郵丳牛丘灰戒	或棘亟黑克革苟戟虱圣夏	興厷弓兢肎冰夐
舌	里來臣牽而之㠯止已耳史乃臺毒	戈力匿㝵食敕陟直異戠質懿	蠅丞徵登乘再升夌承孕彝騰夰
齒	絲思才茲巛司宰子采辭辡士灾再由	則息啬夓色仄矢曾襄	曾
	某母曰不畐負婦	畐艮伏北麥牧晒	瞢朋夂凭

脣	佩葡否	瑃	

	陰聲益攝第四	益攝入聲第五	陽聲嬰攝第六
喉		益	嬰
牙	支舄圭規危羈企解分丫醯乖羋	役畫㲉覡昊	耕巠荊熒頃殷耿刑敬幸炅
舌	知是厂乁卮兒象豸只鷹磊厽	易鬲狄餐帝广秫	正盈贏窴需丁壬貞湅虫
齒	斯徙	折束脊冊	青晶井爭生省

唇	卑買弭羋	辟辰糸冖㮰	鳴名平抃冥羋

	陰聲阿攝第七	阿攝入聲第八	陽聲安攝第九
喉		乙畟	安晏夗冹焉燕冤
牙	乞哥奇咼為加我義匕瓦禾科果戈臥厄扟牛陸	勾衛卣乂离戊外欹丨乚𡕥𦣻桀月臬兀會巛劍粵曰哼子孑丰曷蓋夊癸契介	袁裘厂辛罒邊暵原爰官間面見爾莧く犬干軓柬叩肩冊閑縣元咠憲虜涽凡虔寒姦建隺書侃虤馬鼺宦幻丱夐擤看盥栞繭旋奐开專更款
	它也离多羅夲罨	歺別大屯㞷癹乎	單喬塵丹狀延

舌	吹朵羸蕤那丽妥左	舌奪執篡制摯贄劣夐篡刺折兌	延衍線次羡象台燮崇叡斷頁扇穿善短聯妭卵連旦珏反刊炫敻闋
齒	大差沙坐貞惢叉毳絕尖雪繼	祭最截竄取柰叔	阢產惡奴山仚灸㕂橄羴爨贊算祘算冊夋尳壽弄屏頪
脣	皮麻罷	朮吠市友貝敗滅伐㸚末首罰莽發別八	采半繼反曼弁林㲈般煩片夫芈芇娩絲萬番芮宀魯孈

陰聲威攝第十	威攝入聲第十一	陽聲㬎攝第十二
威畏委	鬱熨	㬎殷彗乚聖壺
鬼歸夔襄回虫贊	气旡貴棄胃位出	困鯀闇君員畏

（喉）

牙		彗眭惠采自白計喬骨季繼眉器昌敂叡豪忍	鰥昆云巾斤堇熏筋蚰困衰坤軍狄囷艮
舌	遺追靁妥佳水	未希四舂復隶內囪聿秫旻突頪巟霓對豕	辰臺川侖盾屯刃典參豚舛疢屍尹隼
齒	衰夊崔奞臯罪揣	卒率崇帥豖	先西孫存寸尊薦飧
唇	飛枚敊非眉妃肥	未孛丿乀筆卉弗旻鼻勿闬配由彪閉彎弸萬棽	門班分昏頮免挽冀文聘豩吻焚奮本奔

	陰聲衣攝第十三	衣攝入聲第十四	陽聲因攝第十五
喉	一肙伊医	一抑壹乙	因開印
牙	皆几禾豈幾系希匚癸启乇口火卟開頁毀枅	吉血穴胅	臣勻壹玄弦丨轟叚瞽狄衍馬
舌	示夷旨尼犀屖氏耑夂尸戾利癸介二豐矢弟履盩彝茵互	至失替實日栗分中徹逸䄵艷聯設質广虘	真參塵申閵人寅胤引夊舜令田仁奠天門身陳
齒	厶齊師帇此次兜臥妻自	疾七卪桼悉	聿秦辛燊囟信千旬壻䖝妻卂晉觲齔容

脣	匕 比 米 美 尾	必 畢 匹	命 民 頻 丏 便 扁 辡 宋

	陰聲烏攝第十六	烏攝入聲第十七	陽聲央攝第十八
喉	烏 於 亞	或	央 尢
牙	罕 瓜 西 下 寡 吳 午 五 戶 乎 虎 壺 互 夃 古 鼓 兆 蠱 庫 魚 于 羽 雨 禹 圉 車 尻 巨 眴 凵 牙 下 夏 叚 冶 朿	各 臯 虢 叡 霍 芦 谷 赫 枼 矍	香 言 向 印 強 畺 弜 光 竟 亞 坒 王 皇 兄 永 回 行 庚 羹 京 詰 慶 競 皂
舌	圖 土 兔 鹵 昪 女 旅 宁 鼠 夊 如 与 與 夃 呂 庶 舍 射 奴 予 魯 庙 盧 者	若 叒 辵 赤 尺 彳 乇 炙 隻 石 亦 睪	易 羊 叕 象 上 章 昌 邑 長 丈 量 兩 梁 尚 良 亮

齒	麤初叱素且卸俎	索昔舄夕	相匠桑爽爿刅倉喪
脣	無毋巫父武普步莫巴馬	罩白百	艸网壂方匸皿罒兵秉竝凵彭明

	陰聲謳攝第十九	謳攝入聲第二十	陽聲邕攝第二十一
喉		屋	邕
牙	矦厚后口寇冓禺區具句後	谷角局曲玉獄珏青	公工孔共鄉凶卅闬
舌	妻屚西兜斗鬥豆	彔鹿禿蜀辱豖丁	東童用冢充舂

	亞朱舜壴几㞢乳戍臾俞畫需殳考	賣	容弄革宂稾庸甹
齒	走奏須取芻	束粟族足	㕜从囪雙㪵送叢嵩
脣	付侮	卜㚇屚変木	尨冤封丰豐豖

	陰聲幽攝第二十二	幽攝入聲第二十三	陽聲宮攝第二十四
喉	絲麀幼㲋奥幺		
牙	休求丩九韭尤叚簋臼臭畾畜丂乔	匊臼	躳夅

	好告夰孝皋咎臭 内臭		
舌	卣攸由襃卯牖秀 昌雔舟周州盩帚 肘守丑流翏百手 夒卤舀本討牢老 鳥匋柔酉首羑	未肉鬻祝竹毒六 逐孰瘷	彤中冬眾蟲農 戎熊
齒	囚就窆轟龘曹叉 爪棗早艸蒐夏酉 茜肅夙佪		宋宗
脣	彪髟予牟驫缶阜 戊孚勹報卯牡焱 勺牟冃暴	目參复	

	陰聲天攝第二十五	天攝入聲第二十六	
喉	要晶杳窅皀天裒		

牙	爻 垚 囂 梟 顥 号 號 敖 交 梟 高 杲 羔 畚 喬	敫 虐 雀	
舌	尞 了 料 勞 詧 刀 鬧 盜 瞿 弔 兆 犀 釗 敫 溍 叟 嶗 梟	桌 勺 弱 龠 樂 翟 尖 怎 庐	
齒	巢 梟 小 少 笑	芊 爵 雀	
脣	苗 叏 毛 兒 票 袁 暴		

		音攝入聲第二十七	陽聲音攝第二十八
喉		邑	音
牙		合及劦鬲	今琴咸銜众
舌		入十廿疊沓喜鬲立夲龖	窊宋尤甚壬男尋坙丙林向閻覃燅羊
齒		習集咠品亼㗊卅丗	侵心森兂三彡參㫃炗

			品丸
脣			

		弇攝入聲第二十九	陽聲弇攝第三十
喉			弅弇猷
牙		曑嶭業盍劫甲夾	兼僉广臽欠弓甘敢籨凵
舌		葉聶聑圛嵒聿曟涉猵齾	占毡染夾閃炎焱户詹甜

齒		妾耴而舀聿燹	戕茇斬麑
脣		法乏	妥尋

附錄二

聲類	廣　韻　切　語　上　字　表
影	一乙握謁於央憶衣伊憂挹烏安煙愛依紆哀鷖
喻	弋羊以余餘予夷移營與翼
為	筠為清羽于雲雨云永有遠王韋榮
曉	火呼海呵休況許喜興虛荒虎香朽馨義
匣	胡侯戶下何黃
見	九几居舉吉古公各兼俱規紀格姑佳詭過
溪	豈起綺羌去丘傾區驅枯康空牽謙口客恪楷苦墟祛詰窺欽
羣	求巨具臼其奇渠強暨衢
疑	虞疑魚牛宜語危玉俄吾研愚遇擬
端	丁冬多當都德得
透	土吐天台他託通湯
定	田同度唐堂徒陀地杜特

泥	乃內奴那諾嬭
來	力呂良里魯來盧賴洛勒落林郎練離
聲類	廣　韻　切　語　上　字　表
知	中卓追張豬知陟竹徵
澄	丈宅直柱佇遲除場持池治
娘	女尼孥
徹	丑癡褚楮抽敕恥
日	人耳兒而如汝仍儒
照	占旨正止之支章煮脂征諸職
穿	尺赤充昌春處叱
神	食乘神實
審	矢失式賞商書始釋詩舒傷施試識
禪	市常嘗蜀寔署氏是成臣視殖植時殊
精	子茲臧遵即將借醉姊祖作資

清	七千采青倉蒼遷親取醋此雌籭麤
從	才自在疾匠慈秦前藏徂昨酢情慚
心	司思悉息胥先寫辛桑相斯私雖須蘇速素
邪	夕旬寺詳祥徐辝辭似隨
莊	仄爭莊阻簪鄒側
初	叉初創瘡廁芻楚測
牀	牀士仕鋤鉏豺崱崇俟助查雛
疏	山生色沙砂史疎疏數所
幫	百布巴卑必兵筆畀邊補伯北博并彼陂鄙
滂	匹丕普譬滂披
並	白步平皮裴蒲薄便傍部婢毗阰弼
明	母眉美靡莫慕謨模摹綿繩明
非	方分甫府封
敷	孚芳峯撫妃拂敷

奉	父房符符防附扶馮浮縛
微	文亡巫無武望

附錄三

古 音 正 聲 變 聲 表			
發音部位	正　　聲	變　　聲	說　明
喉	影	喻　為	清濁相變
	曉		
	匣		
牙	見		清濁相變
	溪	羣	
	疑		
舌	端	知照	輕重相變
	透	徹穿審	
	定	澄神禪	
	泥	娘日	

	來		

古　音　正　聲　變　聲　表			
發音部位	正　　聲	變　　聲	說　　明
齒	精	莊	輕重相變
	清	初	
	從	牀	
	心	邪疏	
脣	幫	非	輕重相變
	滂	敷	
	並	奉	
	明	微	

一、喻紐斜紐古歸于定紐，見曾運乾喻紐古讀考，

　　錢玄同斜母古歸定，戴君仁斜母古歸定補

　　正。

二、曉紐匣紐屬淺喉音（牙音），見錢玄同文字

　　學音篇。

文字析義注（下冊）

作者◆魯實先

注者◆王永誠

發行人◆王春申

編輯顧問◆林明昌教授

營業部兼任編輯部經理◆高珊

責任編輯◆吳素慧

校對◆王永誠 吳素慧 鄭秋燕

美術設計◆吳郁婷

出版發行：臺灣商務印書館股份有限公司

23150新北市新店區復興路43號8樓

電話：(02)8667-3712　傳真：(02)8667-3709

讀者服務專線：0800056196

郵撥：0000165-1

E-mail：ecptw@cptw.com.tw

網路書店網址：www.cptw.com.tw

網路書店臉書：facebook.com.tw/ecptwdoing

臉書：facebook.com.tw/ecptw

部落格：blog.yam.com/ecptw

局版北市業字第 993 號

初版一刷：2015年12月

定價：新台幣 650 元

國家圖書館出版品預行編目(CIP)資料

文字析義注 / 魯實先著；王永誠注. - - 初版. - -
新北市：臺灣商務, 2015. 12
　面；　　公分. --

ISBN 978-957-05-3028-5（下冊：平裝）

1. 漢語文字學

802.2　　　　　　　　　　104024075

23150
新北市新店區復興路43號8樓
臺灣商務印書館股份有限公司　收

請對摺寄回，謝謝！

傳統現代　並翼而翔

Flying with the wings of tradtion and modernity.

讀者回函卡

感謝您對本館的支持，為加強對您的服務，請填妥此卡，免付郵資寄回，可隨時收到本館最新出版訊息，及享受各種優惠。

姓名：＿＿＿＿＿＿＿＿＿＿＿＿＿ 性別：□ 男 □ 女

出生日期：＿＿＿＿年＿＿＿＿月＿＿＿＿日

職業：□學生 □公務(含軍警) □家管 □服務 □金融 □製造
　　　□資訊 □大眾傳播 □自由業 □農漁牧 □退休 □其他

學歷：□高中以下（含高中）□大專 □研究所（含以上）

地址：＿＿＿＿＿＿＿＿＿＿＿＿＿＿＿＿＿＿＿＿＿＿＿
　　　＿＿＿＿＿＿＿＿＿＿＿＿＿＿＿＿＿＿＿＿＿＿＿

電話：(H)＿＿＿＿＿＿＿＿＿＿＿ (O)＿＿＿＿＿＿＿＿

E-mail：＿＿＿＿＿＿＿＿＿＿＿＿＿＿＿＿＿＿＿＿＿＿

購買書名：＿＿＿＿＿＿＿＿＿＿＿＿＿＿＿＿＿＿＿＿＿

您從何處得知本書？

　　□網路 □DM廣告 □報紙廣告 □報紙專欄 □傳單
　　□書店 □親友介紹 □電視廣播 □雜誌廣告 □其他

您喜歡閱讀哪一類別的書籍？

　　□哲學・宗教 □藝術・心靈 □人文・科普 □商業・投資
　　□社會・文化 □親子・學習 □生活・休閒 □醫學・養生
　　□文學・小說 □歷史・傳記

您對本書的意見？（A/滿意 B/尚可 C/須改進）

　　內容＿＿＿＿＿＿編輯＿＿＿＿＿校對＿＿＿＿＿翻譯＿＿＿＿＿
　　封面設計＿＿＿＿＿價格＿＿＿＿＿其他＿＿＿＿＿＿＿＿＿＿

　　您的建議：＿＿＿＿＿＿＿＿＿＿＿＿＿＿＿＿＿＿＿＿＿

※ 歡迎您隨時至本館網路書店發表書評及留下任何意見

臺灣商務印書館 The Commercial Press, Ltd.

23150新北市新店區復興路43號8樓　電話：(02)8667-3712
讀者服務專線：0800-056196　傳真：(02)8667-3709
郵撥：0000165-1號　E-mail：ecptw@cptw.com.tw
網路書店網址：www.cptw.com.tw　網路書店臉書：facebook.com.tw/ecptwdoing
臉書：facebook.com.tw/ecptw　部落格：blog.yam.com/ecptw